U0455775

CHONGWENGUAN

读古人书　友天下士

百余年前，崇文书局于武昌正觉寺开馆刻书，成晚清四大书局之一。所刻经籍，镌工精雅，数量众多，流布甚广，影响巨大。为赓续前贤，昌明国学，弘扬文化，本社现致力于传统典籍的出版。既专事文献整理，效力学术，亦重文化普及，面向大众。或经学，或史论，或诸子，或诗词，各成系列，统一标识，名之为"崇文馆"。

崇文馆

中国古典诗词校注评丛书

# 陈与义诗词全集【汇校汇注汇评】

谢永芳　编著

长江出版传媒｜崇文书局

# 中国古典诗词校注评丛书
## 编撰委员会

# 前　言

陈与义(1090－1139)，字去非，号简斋。洛阳(今属河南)人。其先世居京兆，唐广明中，迁蜀之青神。自曾祖希亮始迁洛。徽宗政和三年(1113)，登上舍甲科，授开德府教授。六年，解开德府教官任，归京师。八年，除辟雍录。宣和二年(1120)，丁内艰，忧居汝州。四年，归洛，服除，擢太学博士，入京。五年，除秘书省著作佐郎。六年，除司勋员外郎，旋擢符宝郎。谪监陈留酒税。钦宗靖康元年(1126)，丁外艰，去陈留。南渡后，避乱襄汉湖湘。高宗建炎二年(1128)，权摄知均州。三年，权摄知郢州。四年，召守尚书兵部员外郎，以病辞，不允。秋，始拜诏。绍兴元年(1131)，抵会稽行在所，继除兵部员外郎。迁起居郎。二年，从驾至临安，试中书舍人兼掌内制，兼侍讲，兼权起居郎。三年，除试尚书吏部侍郎兼侍讲，兼权直学士院。四年，改试礼部侍郎兼侍讲兼权直学士院。除徽猷阁直学士，出知湖州。五年，召试给事中。以病告，除显谟阁直学士提举江州太平观。六年，复用为中书舍人兼侍讲直学士院。除翰林学士知制诰。七年，除左中大夫参知政事。八年，以疾请，复以资政殿学士知湖州。疾益侵，提举临安府洞霄宫。卒，年四十九。《宋史》卷四四五有传。所著传于今者，主要有胡穉笺注本《增广笺注简斋诗集》三十卷、《无住词》一卷。

被方回推举为江西诗派"一祖三宗"之第三宗的陈与义，律体学杜甫，于黄庭坚、陈师道之外，"一洗旧常畦径"(葛胜仲序《简斋集》)，声调音节得杜之弘亮而沉着，而为黄、陈所不及，其词句明净处,亦较之江西派诗为更受人喜爱。古体诗主要受"黄、陈的影响"（钱锺书《宋诗选注》），绝句则颇重意趣。如《次韵周教授秋怀》：

> 一官不办作生涯，几见秋风卷岸沙。宋玉有文悲落木，陶潜无酒对黄花。天机衮衮山新瘦，世事悠悠日自斜。误矣载书三十乘，东门何地不宜瓜。

"秋怀"是个旧题目，陈与义从这里寻觅诗思，正是以故为新。诗的风格，完全可以用瘦硬中见精神这几个字来形容。瘦得处处都是筋骨，确实是"一洗旧常畦径"。陈与义所追求的不是那种意象圆融、形象丰满的风格，而是有意识地将形象炼成一些很深劲的意思。在这方面，他用了一些非常规使用的动词，如"一官不办作生涯"的"不办""作"。又如"秋风卷岸沙"，本来是一个完全可以从形象方面去把捉的句子，但作者在前头加了"几见"二字，就打破了形象原有的固定性和实在性，使它成为形象与抽象之间的一种表现。这样做，正是为了杜绝读者纯粹从形象之美丑、丰满与否等方面去欣赏，也就是不作单纯的体物句。又比如"天机衮衮山新瘦，世事悠悠日自斜"，"天机""世事"抽象，但用"衮衮""悠悠"来形容，却是化抽象为形象，但又终究不是真正可以通过感官接触的形象。而接着的"山新瘦""日自斜"本来是纯粹具象，著一"新""自"字，就有了抽象的性质。（详钱志熙等《江西诗派诗传》）

又如《和张规臣水墨梅五绝》其一：

> 巧画无盐丑不除，此花风韵更清姝。从教变白能为黑，桃李依然是仆奴。

这组诗，是陈与义的成名作，攸关其一生仕宦功名。原因之一，在于诗作并非只是单纯地吟咏水墨梅画，而是时时与人世相联，以画喻世，升华了诗境。上录其第一首，用屈原《怀沙》诗句，以花喻人，以画与人世薰莸不分、倒白为黑相牵连，使诗境陡然一阔。合五首而观之，那种人梅合一的高洁精神如在目前，组诗因而也就具有了一种兴寄深微的崇高美。

"靖康之难"后，陈与义的诗歌创作进入后期。后期作品主要集中在靖康元年（1126）至绍兴元年（1131）的五年间。五年乱离，加深了陈与义对杜诗的领会，此期所作，忧国伤时主题居于主导地位。

陈与义曾讥杜甫固执不解人生，如《冬至》二首其二中"人生本是客，杜叟顾未知。今年我闻道，悲乐两脱遗"四句，即有此意。不过，经过靖康之难的大变动，陈与义对杜诗的看法有了极大的转变，开始认识到杜诗关注现实的深刻价值，更是对自己曾经忽视杜诗很是懊悔，所谓"但恨平生意，轻了少陵诗"。不仅如此，陈与义还明确表现出反对以雕章镂句的方式学杜，认为苦思、苦吟的晚唐诗人虽能做到工、奇，但没能学到杜诗的精神，追求格韵皆高才是学杜应有的态度。江西诗派学杜也是追求工、奇，正是陈与义所反对的做法。陈与义与江西诗派学杜的主要差别在于：黄庭坚和江西派诗人更注重学杜甫夔州以后诗歌那种高超的艺术手法，对诗歌技法精深的锻炼，即老杜自己所说的"晚节渐于诗律细"，追求"语不惊人死不休"的艺术境界，他们的诗有老杜的顿挫而没有老杜的沉郁。陈与义则更侧重于学习老杜在"安史之乱"中的创作精神，在艺术精神上已逼近老杜。如《咏青溪石壁》：

> 青溪宜晓日，曲处千丈晦。天开苍石屏，影落西村外。虚无元气立，明灭河汉对。人行峥嵘下，鸟急浩荡内。向来千万峰，琐细等蓬块。老夫倚杖久，三叹造物大。惜哉太史公，意短遗此快。更欲访野人，穷探视其背。

《简斋集增注》认为："此诗拟杜《万丈潭》。"山水诗忌平庸俗弱，陈、杜二诗皆以奇崛之笔写山川之峭拔幽渺，这是其相同处。而杜诗多从正面落笔，细致刻画，字法、句法皆神奇险怪；陈诗则多侧面衬托，景亦阔大，但笔势又不及杜诗奇拗，是其不似处。如果就陈与义这一时期的其它山川行役诗而言,还可看出,陈与义尽管有意模仿追随杜甫发秦州入蜀道中诗,精神上与杜却有所不同。杜甫山川行役诗的感人之处,更在于诗中所表现的顽强不息的精神状态,而且杜甫的精神是积极进取的,给人以鼓舞和激励。陈与义则不同,他一方面忧国忧民,另一方面也对如此劳顿坎坷的人生世事时怀疲惫苦痛之情,欲求解脱。他的山川行役诗就内容思想的深度来说,是不及杜诗的。当然,陈与义对兵戈不息、山河破碎、人民涂炭的乱亡景象,也同样痛彻肺腑,正和杜甫有同样的情怀,这种情怀在他的七律诗里表现得最为充分。

如《伤春》:

> 庙堂无策可平戎,坐使甘泉照夕烽。初怪上都闻战马,岂知穷海看飞龙。孤臣霜发三千丈,每岁烟花一万重。稍喜长沙向延阁,疲兵敢犯犬羊锋。

题为伤春,实是忧国伤时。前四句一气贯注,写出南北宋之交的国家患难,概括力极强。以下二句进入个人忧思,忧国深浓,如许烟花,无心欣赏。结末二句宕开一笔,赞扬抗敌壮举于江河日下的氛围中,透露出一点令人"稍喜"的讯息。全篇情调雄浑沉郁,忧愤深广,极近老杜。程千帆先生即指出:"读此诗,要细玩其用笔顿挫处,如首联平叙,而次联动荡;三联方叹烟花之无知,而尾联又赞疲兵之敢战。亦忧亦喜,一往情深。"(《古诗今选》)

又如《登岳阳楼二首》其一:

> 洞庭之东江水西,帘旌不动夕阳迟。登临吴蜀横分地,徙倚湖山欲暮时。万里来游还望远,三年多难更凭危。白头吊古风霜里,老木沧波无限悲。

此首前半写得宏伟,后半则声情趋于悲壮,至诗末情景俱哀。"白头"已属不堪,"吊古"更增愁怀,"白头吊古"于"风霜"之中,更有老木沧波酸人眼目,添人悲情。写悲壮之意,可谓意象全工。全篇以

4

宏伟之静景起，以悲壮的动景结。古人所谓"赋到沧桑句便工"，正是指这一类作品。难怪纪昀许为"意境宏深，直逼老杜"。

张嵲《陈公资政墓志铭》尝谓陈与义诗："上下陶、谢、韦、柳之间。"如《诸公和渊明止酒诗因同赋》即是如此：

> 爱河漂一世，既溺不能止。不如淡生活，吟诗北窗里。肺肝亦何罪，困此毛锥子。不如友麴生，是子差可喜。三杯取径醉，万绪散莫起。奈何刘伶妇，苦语见料理。不如一觉睡，浩然忘彼己。三十六策中，此策信高矣。政使江变酒，誓不涉其涘。尚须学王通，艺黍供祭祀。

"陈简斋体""小异"于江西诗派之处，表现之一在诗法自然、活泼灵变的诗境上。即如此诗，追和陶渊明《止酒》，写得活泼流丽，极富流动跳脱之美，构思灵动，运意幽默，与后来杨万里的"诚斋体"有异曲同工之妙。正如陈与义作于绍兴五年（1135）冬的《江梅》中"寒村值西子，足以昌吾诗"二句所云，好诗是需要自然景致的触发的。好诗就在自然万物中，体现出陈与义明确的"师法自然"的诗学观念。这种观念，是两宋之际诗歌史上的精妙之论，对于打破江西诗派末流的艰涩瘦硬之弊，是一副对症的良药。陈与义诗当时号称"新体"，这个"新"，也可以理解成是相对于江西派诗专意于文字、重瘦硬艰深而言。建立在对自然万物真切体悟基础之上的向自然寻诗，所导致的诗学思维、眼光乃至创作方法上的变化，迥异于江西派"闭门觅句"的一贯做派，正是"新体"诗的重要内涵之一，无疑为诗坛注入了新的活力，为宋诗的繁荣开辟了新的天地。后来，杨万里便是延续并拓展了师法自然的路子，从而成为诗坛中兴的动力之一。

又如《八关僧房遇雨》：

> 脱履坐明窗，偶至晴更适。池上风忽来，斜雨满高壁。深松含岁暮，幽鸟立昼寂。世故方未阑，焚香破今夕。

此诗语言平淡而清丽,意境淡泊且幽美,体现着韦、柳的影响。正像任何一位杰出的诗人一样,陈与义的诗歌风格也是多样化的。一般地说,陈与义诗歌中表现爱国主义思想内容的诗歌,主要体现了雄浑、沉郁的艺术风格,杜甫的影响比较显著。而描写山水景物、表现闲情逸致的诗歌,主要体现了清远平淡的艺术风格,陶渊明、韦应物、柳宗元等人的影响比较明显。后者不是陈与义诗歌的主要风格,但其存在也是不容忽视的。

陈与义词,公认的代表作是《临江仙·夜登小阁,忆洛中旧游》:

> 忆昔午桥桥上饮,坐中多是豪英。长沟流月去无声。杏花疏影里,吹笛到天明。　　二十余年如一梦,此身虽在堪惊。闲登小阁看新晴。古今多少事,渔唱起三更。

词作上片回忆承平时节的豪气和雅兴,极具感染力。换头一句将时空拉回到眼前,所珍惜的岁月如今不过"一梦",巨大的反差使人悲喜交集。时代的动荡,社会的剧变,全都包含了这似乎顺手拈来的词句里。就在这转折处,词人又将笔势宕开,以闲情煞尾,令人无法平静,抚卷沉思。全篇淡雅清丽,空灵蕴藉,开阖自如的笔法,所流露出的旷达心胸及其背后隐藏的深深忧思,都差可与东坡比肩。正如黄昇《中兴以来绝妙词选》卷一所评:"词虽不多,语意超绝,识者谓其可摩坡仙之垒也。"

历代有关陈与义词的评价,在黄昇之前,王灼《碧鸡漫志》卷二只是说,跟另外几位词人一样,"佳处亦各如其诗"。陈诗佳处,一般认为是劲健爽利,王灼并没有作进一步的详细论述。进入有明,杨慎在黄昇评语中间添上"笔力排奡",随后附上自己的观点"非溢美云",并以《草堂词》惟载'忆昔午桥'一首"为憾,还另外举出陈与义《渔家傲》(今日山头云欲举)、《虞美人》中"吟诗日日待春风。及至桃花开后却匆匆"、《点绛唇》中"愁无那。短歌谁和。风动梨花朵"、《南柯子》中"阑干三面看晴空。背插浮图,千尺冷烟中"等句为例,说明至少这些词、语是"皆绝似坡仙语"的。(《词品》卷四)杨慎词话多有剿袭前修著述之处,本勿庸讳言亦无足多怪,不过,情况也许并非如此简单。"笔力排奡"即文笔矫健之意,在杨慎之前几个世纪,韩愈曾经用于评价孟郊诗的语言特点,兼以夫子自道。在杨慎看来,词笔动宕也应该是陈与义词能够取得"语意超绝"审美效果的必备条件,二者合一,方才有"摩坡仙之垒"的可能性。也许正是出于相类似的考虑,陈匪石《声执》卷下将陈与义归于"疏宕豪迈一派"。所以,仅就此处添加的"笔力排奡"四个字来看,杨慎的词学功力在有明一代的确高人一筹。当然,杨慎并不认为可摩坡仙之垒的"语意超绝"之作便已达于极致,或者就是词学审美中的惟一选择。不然,他也不会评价《玉楼春》(玉楼十二春寒侧)一阕"悲感凄恻,在陈去非'忆昔午桥'之上"。(《词品》卷一)晚明毛晋的看法又有所不同,其跋《无住词》有云:"或问刘须溪:'宋诗,简斋至矣,毕竟比坡公何如?'须溪曰:'诗论如花,论高品则色不如香,论逼真则香不如色。'雌黄俱在。予于其词亦云。"意思是苏、陈词作各有优劣,无可亦无需轩轾。言下之意,宋人所谓"摩坡仙之垒"的命题根本就不存在。到了清代,《四库全书总目》卷一九八认为"语意超绝"云云说明"当时绝重其词"。值得注意的是,该提要所评《无住词》"吐言天拔,不作柳弹莺娇之态,亦无蔬笋之气"之语,似乎可以看作是对于"语意超绝"的理解的明确表达或补充说明,虽然未必完全准确。冯金伯则从另外的角度立论,其《词苑萃编》卷五引《词苑》在黄昇评语之前又添加"词品极佳"之语,并引陈与义《清平乐》(黄衫相倚)为证。的确,所引该阕结二句"无住庵中新梦,一枝唤起幽禅"能够彰显无住词品。也许,在冯金伯看来,词之有品,才是陈与义、苏轼二人可以拿来进行比较的前提条件。

陈与义之作，在流传、整理的过程中不免存在遗漏错讹。如《海棠》（"春雨夜有声"）、《初至邵阳逢入桂林使作书问其地之安危》（"湖北弥年所"）、《山中》（"当复入州宽作期"）等三首，尝重出于本集与外集，其中第三首另题作《欲入州不果》。此外的情形，在诗作方面有：其一，白敦仁《陈与义集校笺》有辑自陈景沂《全芳备祖》后集卷一的一首《荔支》："炎精孕秀多灵植，荔子佳名闻自昔。绛囊剖雪出雕盘，寻常百果无颜色。闽天六月雨初晴，星火荧煌耀川泽。欻如彩凤戏翱翔，烂若彤云堆翕嫐。中郎裁品三十二，陈紫方红冠傅匹。盐杰蜜渍尚绝伦，啄琼空羡南飞翼。我闻至和全盛时，贡输不减开元日。涪州距雍已云远，况此奔驰来海侧。绣衣使者动辐车，黄纸封林遍阡陌。浮航走辙空四郊，妙品人间无复得。似闻供给只纤毫，往往尽入公侯室。骊山废苑狐兔静，艮岳新宫鼙鼓急。繁华今古共凄凉，绕树行吟悲野客。西风刮地战尘昏，一听胡笳双泪滴。"原书无标题。然据《屏山集》（明刻本，见《宋集珍本丛刊》第四十二册）卷一一，此首作者实系刘子翚，唯诗题作《荔子歌》，"傅匹""啄琼""至和""使者""四郊""供给"分别作"流匹""啄鲜""二和""中使""四郡""供御"异。《全宋诗》录归刘子翚，已然纠正《全芳备祖》之误。其二，《陈与义集校笺》有辑自胡应麟《诗薮》外编卷五的一首《春晚》："舍南舍北草萋萋，原上行人路欲迷。已是春寒仍禁火，楝花风急子规啼。"然据魏庆之《诗人玉屑》卷一九，此首作者实为宋代诗人于革。于革字去非，胡应麟或以此致误。《全宋诗》已录归于革。其三，《陈与义集校笺》有据《全芳备祖》卷四辑补的题作《腊梅》的断句："不施千点白，别是一家春。"然此二句实出自陈师道《黄梅五首》其一，唯"别是"作"别作"。其四，《全宋诗》有辑自祝穆《古今事文类聚》续集卷一八的一首《火蛾》："阳光不照临，积阴生此类。非无惜死心，素有贼明意。粉穿红焰燋，翅扑兰膏沸。为尔一伤嗟，自弃非天弃。"据《全唐诗》卷六八一，此首作者实为韩偓，唯"素有"句、"粉穿"分别作"奈有灭明（一作趋炎）意"、"妆（一作须）穿"异。其五，《全宋诗》有辑自《爱日斋丛钞》卷二的断句："老对白桂花。"然原文具在，作"陈去非'简斋老'对'月桂花'"（详见《微雨中赏月桂独酌》一首辑评）。《全宋诗》显系识读有误所致。

在词作方面则有：其一，陈与义《法驾导引》（朝元路）（东风起）（帘漠漠）三首，杨慎《词品》卷一误为赤城韩夫人作。其二，陈与义《菩萨蛮》（南轩面对芙蓉浦），《历代诗余》卷九误为康与之词。其三，陈与义《临江仙》（忆昔午桥桥上饮），王世贞《艺苑卮言》引"杏花疏影里，吹笛到天明"二句，误为苏轼词。其四，曾慥《乐府雅词·拾遗》卷下所载宋无名氏《如梦令》："落日霞绡一缕。素月棱棱微吐。何处夜归人，呕嘎几声柔橹。归去。归去。家在烟波深处。"杨金本《草堂诗余前集》卷下作陈与义词。其五，周密《浩然斋视听钞》所附元陈参政《木兰花慢》："北归人未老，喜依旧、著南冠。正雪暗滹沱，云迷芒砀，梦绕邯郸。乡心促、日行万里，幸此身、生入玉门关。多少秦烟陇雾，西湖净洗征衫。　　燕山。望不见吴山。回首一归鞍。慨故宫离黍，故家乔木，那忍重看。钧天紫微何处，问瑶池、八骏几时还。谁在天津桥上，杜鹃声里阑干。"金绳武本《花草粹编》卷二一作陈与义词。

本书为展示陈与义诗词全貌，以《陈与义集校笺》为底本（该本以元刻《增广笺注简斋诗集》及元抄《简斋外集》为底本），参以吴书荫、金德厚点校本《陈与义集》以及《全宋诗》、唐圭璋编《全宋词》等，总收诗作六百余首（含集外诗、诗补遗）、词作十八首。注释主要参考《陈与义集校笺》等，择善而从，以尽量排除阅读障碍。评析则注重兼采众长，以读解文本为基础，力求还原陈与义的诗史、词史贡献和地位。

限于水平，书中恐难免存在不足，期望读者批评指正。必须说明的是,这本小书在编写过程中,对前修时彦的相关研究成果多有参考,除上文已经指出的以外,主要还有陈衍、邓红梅、高步瀛、顾随、金性尧、刘大杰、闵定庆、莫砺锋、沈曾植、施蛰存、陶文鹏、王兆鹏、吴淑钿、吴熊和、许总、杨庆存、杨玉华、扬之水、张明华、赵齐平、郑骞、周裕锴和日本学者浅见洋二等诸位先生。所有这些,都尽可能在正文中以随文作注的方式加以说明。谨此一并致谢。


谢永芳
于广西科技师范学院

# 目　录

## 陈与义诗集

9

12

## 集外诗

# 诗补遗

# 陈与义词集

# 陈与义诗集

# 次韵谢文骥主簿见寄兼示刘宣叔①

断蓬随天风,飘荡去何许。②寒草不自振③,生死依墙堵。两途俱寂寞,众手剧云雨。④坐令习主簿,下与鸡鹜伍。⑤遥知竹林交,未肯一时数。⑥翩翩三语掾,智与谩相补。⑦髯刘吾所畏,道屈空去鲁。⑧子才亦落落,倾盖极许予。⑨四夔照河滨,一笑宽逆旅。⑩堂堂吾景方,(张仪掾字。)去作泉下土。⑪未知我露电,能复几寒暑。⑫思莼久未决,食荠转觉苦。⑬我不逮诸子⑭,要先诸子去。不种杨恽田,但灌吕安圃。⑮未知谁善酿,可作孔文举。⑯十年亦晚矣,请便事斯语。(来诗有十年之约。)⑰

**【题解】**

此诗作于政和三年(1113)八月,时初入仕途任开德府(今河南濮阳)教授。诗作描绘断蓬随风、飘荡无所,寒草不振、生死凋零的肃杀之景,以寄托寥落孤寂之情,又揭露朝臣当权("众手剧云雨"),慨叹才高位卑("坐令习主簿,下与鸡鹜伍""道屈空去鲁"),感喟人生短暂无常("未知我露电,能复几寒暑"),盼望弃官归隐("思莼久未决"诸句)。

陈与义自崇宁五年(1106)入读太学后,对于当时的政治黑暗、朝臣倾轧,以及对他所景仰的苏轼、黄庭坚等"元祐党人"受到迫害罪咎等一系列事件,应该是有所了解的。初涉人世,更碰上徽宗治下最黑暗腐朽的年代。如崇宁四年设置苏州应奉局,搜罗奇花异石,名"花石纲",从而导致了浙江方腊领导的农民起义,就是一个典型的例子。生活在那样的时代,难免不使敏感的诗人对未来产生深深的忧虑,心理蒙上浓重的阴影。

**【注释】**

①诗题中"谢文骥",《陈与义集校笺》疑"谢"盖答谢之义,然未审"文骥"何以称名而不称字。文骥,张元干《跋苏黄门帖》(《芦川归来集》卷九)、

苏轼《文骥字说》(《苏轼文集》卷一〇)所载可参。刘宣叔,丁氏八千卷楼藏旧钞本《简斋诗集》(简称丁钞)、武英殿聚珍本《简斋集》(简称聚珍本)作"刘宣教"。胡注:"名长言,丞相忠肃公挚莘老之孙,蹟之子。"蹟为刘挚四子之其三。

②"断蓬"二句:曹植《杂诗六首》其二:"转蓬离本根,飘飘随长风。"

③"寒草"句:自振,自己振作起来。鲍照《芜城赋》:"孤蓬自振,惊砂坐飞。"

④"两途"二句:途,路。杜甫《贫交行》:"翻手作云覆手雨,纷纷轻薄何须数。"剧,要弄。李白《长干行》:"妾发初覆额,折花门前剧。"

⑤"坐令"二句:《北堂书钞》卷七三:习凿齿为桓温荆州主簿,亲遇深密,时人语曰:"徒三十年看儒书,不如一诣习主簿。"鸡鹜,鸡鸭。喻小人或平庸者。屈原《九章·怀沙》:"凤皇在笯兮,鸡鹜翔舞。"王逸注:"言圣人困厄,小人得志也。"

⑥"遥知"二句:《世说新语·任诞》:"陈留阮籍、谯国嵇康、河内山涛,三人年皆相比,康年少亚之。预此契者,沛国刘伶、陈留阮咸、河内向秀、琅邪王戎。七人常集于竹林之下,肆意酣畅,故世谓'竹林七贤'。"数,比较起来更突出。苏轼《叔弼云履常不饮故不作诗劝履常饮》:"他年五君咏,山王一时数。"

⑦"翩翩"二句:《世说新语·文学》:"阮宣子有令闻,太尉王夷甫见而问曰:'老庄与圣教同异?'对曰:'将无同。'太尉善其言,辟之为掾,世谓'三语掾'。"《列子·说符》:"邯郸之民,以正月之旦献鸠于简子,简子大悦,厚赏。客问其故。简子曰:'正旦放生,示有恩也。'客曰:'民知君之欲放之,故竞而捕之,死者众矣。君如欲生之,不若禁民勿捕。捕而放之,恩过不相补矣。'简子曰:'然。'"

⑧"髯刘"二句:扬雄《法言·五百》:"如诎道以信身,虽天下不为也。"《孟子·万章下》:"(孔子)去鲁,曰:迟迟吾行也,去父母国之道也。"

⑨"子才"二句:落落,犹疏阔也。《世说新语·赏誉》:"王平子目太尉:'阿兄形似道,而神锋太俊。'太尉答曰:'诚不如卿落落穆穆。'"《孔子家语·致思》:孔子之郯,遭程子于途,倾盖而语终日,甚相亲,取束帛以赠。

⑩"四夔"二句：以"四夔"况开德诸友，谓得友如此，可慰怀土之思。《旧唐书·崔造传》："永泰中，与韩会、卢东美、张正则为友，皆侨居上元，好谈经济之略，尝以王佐自许，时人号'四夔'。"韩愈《考功员外卢君墓铭》："其义以为道可与古之夔、皋者侔，故云尔。或曰，夔尝为相，世谓相夔，四人者虽处而未仕，天下许以为相，故云。"逆旅，客舍。《庄子·山木》："阳子之宋，宿于逆旅。"

⑪"堂堂"二句：景方，张景方，张棫兄，名未详。韩驹《赠张景方》（《陵阳集》卷三）可见其为人梗概。堂堂，形容志气宏大。《论语·子张》："堂堂乎张也，难于并为仁矣。"黄庭坚《和邢惇夫秋怀十首》其七："世方用贤髦，先成泉下土。"

⑫"未知"二句：露电，朝露易干，闪电瞬逝。喻迅速逝去或消失。《金刚经》："一切有为法，如梦幻泡影，如露亦如电，应作如是观。"寒暑，《四部丛刊》本《增广笺注简斋诗集》《简斋诗外集》（简称原本）误作"塞暑"，此据潘本、丁钞、聚珍本、《宋诗钞》校改；寒冬暑夏，常指代一年。《易·系辞下》："寒往则暑来，暑往则寒来，寒暑相推而岁成焉。"

⑬"思莼"二句：《世说新语·识鉴》："张季鹰辟齐王东曹掾，在洛，见秋风起，因思吴中菰菜羹、鲈鱼脍，曰：'人生贵得适意尔，何能羁宦数千里以要名爵！'"孟郊《赠别崔纯亮》："食荠肠亦苦，强歌声无欢。"

⑭"我不逮"句：不逮，比不上，不及。曹丕《与吴质书》："诸子但为未及古人，自一时之隽也，今之存者已不逮矣。"

⑮"不种"二句：杨恽田，罢官归隐者的田园。《汉书·杨恽传》："恽既失爵位，家居治产业，起室宅，以财自娱。岁余，其友人安定太守西河孙会宗，知略士也，与恽书谏戒之。……（恽）内怀不服，报会宗书曰：'……田彼南山，芜秽不治。种一顷豆，落而为萁。人生行乐耳，须富贵何时！'"吕安，原本、蒋国榜影刻宋本《增广笺注简斋诗集》《无住词》《简斋诗外集》（简称蒋刻）作"柳安"，此据万历刻木潘是仁编《宋元诗四十二种》（简称潘本）、丁钞、聚珍本、《宋诗钞》校改。《世说新语·言语》刘孝标注引《秀别传》："又与谯国嵇康、东平吕安友善，并有拔俗之韵；其进止无不同，而造事营生业亦不异。常与嵇康偶锻于洛邑，与吕安灌园于山阳；不虑家之有无，外物不

5

足拂其心。"

⑯"未知"二句：《三国志·魏书·阮瑀传》"瑀子籍"裴松之注引《魏氏春秋》："籍以世多故，禄仕而已。闻步兵校尉缺，厨多美酒，营人善酿酒，求为校尉，遂纵酒昏酣，遗落世事。"《后汉书·孔融传》："融字文举，及退闲职，宾客日盈其门。常叹曰：'坐上客恒满，尊中酒不空，吾无忧矣。'"

⑰"十年"二句：事，从事，照着去做。《论语·颜渊》："仲弓曰：'雍虽不敏，请事斯语矣。'"尾注"来诗"句，原本脱，此据潘本、丁钞、聚珍本、《宋诗钞》校补。

## 【辑评】

宋刘辰翁《须溪评点简斋诗集》(下同，简称《评点》)：("翩翩"二句)闲语得精意，可以处世。("我不逮"二句)名言。("未知"二句)三脚铛语，终未为然。

# 题刘路宣义风月堂

长风将佳月，万里到此堂。①天游本无待，邂逅今夕凉。②北窗旧竹短，南窗新竹长。③此君本无心④，风月不相忘。道人方燕坐⑤，万物凝清光。不独揖霜雪，似闻笙鹤翔。⑥乃知一念静，可洗千劫忙。⑦明当携麴生，往问安心方。⑧

## 【题解】

此诗作于政和四年(1114)，时任开德府教授。刘路，字斯川。元祐宰辅刘挚幼子。宣义，即宣义郎，宋代文官，列第二十七阶。诗作有明显取法黄庭坚、陈师道的痕迹。内容上吟咏高雅之志，兼作俚语，是元祐诗坛的遗风。艺术手法上立意曲折，语言上求工又有意作拙。篇末诙谐语，更是黄、陈最爱用的以科诨结的章法。当然，陈与义效法前辈而能深造自得，加以才高且韵胜，故所作已可称意象翩翩，境界高妙。

## 【注释】

①"长风"二句：长风，远风。韩愈《北楼》："晚色将秋至，长风送月来。"

②"天游"二句：天游，谓放任自然。《庄子·外物》："心有天游，室无空虚，则妇姑勃溪。心无天游，则六凿相攘。"苏轼《和读山海经十三首》其十："丹成亦安用，御气本无待。"邂逅，不期而遇。《诗·唐风·绸缪》："今夕何夕，见此邂逅。"

③"北窗"二句：《景德传灯录》卷一五："鄂州清平山令遵禅师造于翠微之室，问：如何是西来的意？翠微下禅床，引师入竹园，指竹曰：这竿得怎么长，那竿得怎么短？师虽领其微言，犹未彻其玄旨。"

④"此君"句：《世说新语·任诞》："王子猷尝暂寄人空宅住，便令栽竹。或问：'暂住何烦尔？'王啸咏良久，直指竹曰：'何可一日无此君？'"

⑤燕坐：指坐禅。苏轼《成都大悲阁记》："吾燕坐寂然，心念凝默，湛然如大明镜。"

⑥"不独"二句：谢庄《月赋》："柔祇雪凝，圆灵水镜。连观霜缟，周除冰净。"《列仙传》："王子乔者，周灵王太子晋也。好吹笙，作凤凰鸣。游伊、洛之间，道士浮丘公接以上嵩高山。三十余年，后求之于山上，见桓良曰：'告我家，七月七日待我于缑氏山巅。'至时，果乘白鹤驻山头，望之不得到，举手谢时人，数日而去。"杜甫《玉台观》："人传有笙鹤，时过此山头。"

⑦"乃知"二句：劫，佛教名词。古印度婆罗门教认为，世界经历若干万年毁灭一次，尔后又重新开始，此一灭一生称作一"劫"。一般认为，一"劫"包括"成""住""坏""空"四个时期。后人借以指厄运。《景德传灯录》卷九：如今初心虽从缘得，一念顿悟自理，犹有无始旷劫习气，未能顿净。苏轼《游净居寺》："愿从二圣往，一洗千劫非。"

⑧"明当"二句：麹生，酒的别称。郑棨《开天传信记》：道士叶法善居玄真观，尝有朝客数十人诣之，解带淹留，满座思酒。忽有人叩门，云："麹秀才。"法善令人谓曰："方有朝僚，未暇瞻晤，幸吾子异日见临也。"语未毕，有一美措傲睨而入，年二十余，肥白可观，笑揖诸公，居末席，抗声谈论，援引古人，一席不测，众耸观之。良久暂起，如风旋转。法善谓诸公曰："此子突入，语辩如此，岂非魑魅为惑乎？试与诸公取剑备之。"麹生复至，扼腕抵

掌,论难锋起,势不可当。法善密以小剑击之,随手失坠于阶下,化为瓶榼,一座惊愕,遽视其所,乃盈瓶酝酴也。咸大笑,饮之,其味甚嘉。座客醉而揖其瓶曰:'麹生风味,不可忘也。'"《景德传灯录》卷三:"慧可谓达磨曰:'我心未宁,乞师与安。'师曰:'将心来,与汝安。'曰:'觅心了不可得。'师曰:'我与汝安心竟。'"苏轼《病中游祖塔院》:"因病得闲殊不恶,安心是药更无方。"

**【辑评】**

宋刘辰翁《评点》:("长风"二句)脱用韩语,造以己意,便非众人风月。("北窗"二句)忽忽两语,至此甚超。("此君"二句)又是韩意,用之愈别。

# 送吕钦问监酒受代归①

以我千金帚,逢君万斛船。②要知穷有自,未觉懒相先。盆盎三年梦③,篇章四海传。匆匆秣归马,离恨满霜天。④

**【题解】**

此诗约作于政和五、六年(1115－1116)间。吕钦问,字知止。正献公公著之孙,左司希绩之子,吕本中从叔。此友朋酬赠之作,写来意厚情真。作为江西诗派后期的代表人物,陈与义与吕本中、曾几同样都是诗重来历,点化而显得生新。如此诗中"以我千金帚"二句,说己之不才和吕钦问之高才,便是如此。

**【注释】**

①诗题中"受代",原本作"授代",此据聚珍本校改;谓官吏任满由新官替代。

②"以我"二句:曹丕《典论·论文》:"夫人善于自见,而文非一体,鲜能备善,是以各以所长,相轻所短。里语曰:'家有弊帚,享之千金。'斯不自见之患也。"《颜氏家训·归心》:"昔在江南,不信有千人毡帐,及来河北,不信有二万斛船,皆实验也。"杜甫《三韵三篇》其二:"荡荡万斛船,影若扬

白虹。"

③"盆盎"句:盆盎,粗俗凡庸之器物。黄庭坚《次韵秦觀过陈无己书院观鄙句之作》:"碌碌盆盎中,见此古罍洗。"

④"匆匆"二句:秣马,饲马。《诗·周南·汉广》:"之子于归,言秣其马。"李白《金陵江上遇蓬池隐者》:"明晨挂帆席,离恨满沧波。"

**【辑评】**

宋刘辰翁《评点》:("要知"二句)精嫩。

# 次韵周教授秋怀

一官不办作生涯,几见秋风卷岸沙。① 宋玉有文悲落木,陶潜无酒对黄花。② 天机衮衮山新瘦,世事悠悠日自斜。③ 误矣载书三十乘,东门何地不宜瓜。④

**【题解】**

此诗盖作于政和五、六年(1115－1116)秋间。周教授,当是简斋在开德府的僚友。黄庭坚、陈师道作诗,最主要的原则就是用思深苦,注重锻炼,语不轻出,务使句句精劲,以故为新,以俗为雅。陈与义没有被列入"江西诗社宗派图",但却比同时那些亲炙黄陈法乳的诗人更能领会黄、陈作诗的宗旨。"秋怀"是个旧题目,陈与义从这里寻觅诗思,正是以故为新。诗的风格,完全可以用瘦硬中见精神这几个字来形容。

**【注释】**

①"一官"二句:办,备办。陈师道《八月十日二首》其一:"两官不办一丘费,五字虚随万里船。"李白《江上秋怀》:"飒飒风卷沙,茫茫雾紫洲。"

②"宋玉"二句:宋玉《九辩》:"悲哉,秋之为气也!萧瑟兮草木摇落而变衰。"《太平御览》卷三二引《续晋阳秋》:"陶潜九月九日无酒,宅边东篱下菊丛中摘盈把,坐其侧。未几,望见白衣人至,乃王弘送酒也。即便就醉而

后归。"杜甫《复愁》："每恨陶彭泽，无钱对菊花。"

　　③"天机"二句：天机，造化奥秘。潘岳《悼亡诗》三首其三："曜灵运天机，四节代迁逝。"李善注："陈琳《柳赋》曰：'天机之运旋，夫何逝之速也。'"衮衮，相继不绝。杜甫《上牛头寺》："青山意不尽，衮衮上牛头。"世事，潘本作"人世"。元好问《太白独酌图》："金銮归来身散仙，世事悠悠白发边。"

　　④"误矣"二句：《晋书·张华传》："雅爱书籍，身死之日，家无余财，惟有文史溢于机箧。尝徙居，载书三十乘。秘书监挚虞撰定官书，皆资华之本以取正焉。天下奇秘，世所希有者，悉在华所。由是博物洽闻，世无与比。"《史记·萧相国世家》："召平者，故秦东陵侯。秦破，为布衣。贫，种瓜长安城东，瓜美，故世俗谓之'东陵瓜'，从召平以为名也。"

## 【辑评】

　　宋普闻《诗论》：诗家云炼字莫如炼句，炼句莫若得格，格高本乎琢句，句高则格胜矣。天下之诗，莫出乎二句：一曰意句，二曰境句。境句则易琢，意句难制；境句人皆得之，独意句不得其妙者，盖不知其旨也。……陈去非诗云："一官不办作生涯，几见秋风卷岸沙。"境也。著"几见"二字便成意句。

　　宋黄昇《玉林诗话》：陈简斋《次韵周教授秋怀》诗："天机衮衮山新瘦，世事悠悠日自斜。"真合在苏、黄之右。

　　宋刘辰翁《评点》：（"天机"二句）语有壮意，不刻故也。

　　元方回《瀛奎律髓》卷一二：格高。又，清纪昀：惟"天机衮衮"四字恶，余诚如虚谷之评。

# 次韵张矩臣迪功见示建除体

　　建德我故国，归哉遄我驱。①除道得欢伯，荆棘无复余。②满怀秋月色，未觉饥肠虚。平林过西风，为我起笙竽。③定知张公子，能共寂寞娱。④执此以赠君，意重貂襜褕。⑤破帽与青鞋，耐久心亦舒。⑥危处要进步，安处勿停车。⑦成亏在道德⑧，

不在功利区。收视以为期⑨，问君此何如。开尊且复饮，辞费
道已迁。⑩闭口味更长⑪，香断窗棂疏。

**【题解】**

陈与义于政和六年(1116)八月解开德教官任，归京师。从内容看，以下数诗均为寓居东京时作。此诗描写心境。诗人"满怀秋月色"，呼唤"道德"，眼下道已迁阻，且开尊复饮，闭口不言，期待未来时局的好转。这些，都充分表达了怀念故国，期待振兴家国的缕缕情思。

建除，是"建、除、满、平、定、执、破、危、成、收、开、闭"等十二神的简称。古之占者用以同十二地支相配，来决定时日之吉凶。《淮南子·天文训》："寅为建，卯为除，辰为满，巳为平，主生；午为定，未为执，主陷；申为破，主衡；酉为危，主杓；戌为成，主少德；亥为收，主大德；子为开，主太岁；丑为闭，主太阴。"旧有判断四诀曰："建满平除黑，收危定执黄，成开皆可用，破闭不相当。"建除诗，杂体诗名，指以建、除等十二字嵌入诗歌单句句首。所嵌之字，又与诗句中其他字密不可分，形成一个统一自然的整体。鲍照的《建除诗》(首句"建旗出敦煌")可能是建除体的第一首诗，可以参读。

**【注释】**

①"建德"二句:《庄子·山木》："南越有邑焉，名为建德之国。其民愚而朴，少私而寡欲；知作而不知藏，与而不求其报；不知义之所适，不知礼之所将；猖狂妄行，乃蹈乎大方；其生可乐，其死可葬。吾愿君去国捐俗，与道相辅而行。"遄(chuán)，迅速。我驱，原本作"我躯"，此据丁钞、聚珍本校改。

②"除道"二句:《国语·周语》："故《夏令》曰:'九月除道，十月成梁。'"韦昭注："除道，所以便行旅。"焦赣《易林·坎之兑》："酒为欢伯，除忧来乐。"《云笈七签》卷五六引《太清诰》："许远游与王羲之书曰:'夫交梨火枣者，是飞腾之药也。君侯能剪除荆棘，去人我，泯是非，则二树生君心中矣。'"

③"平林"二句:《诗·大雅·生民》："诞置之平林，会伐平林。"毛传:"平林，林木之在平地者也。"杜甫《玉华宫》："万籁真笙竽，秋色正萧洒。"

④"定知"二句:张公子，本指汉成帝。《汉书·孝成赵皇后传》载童谣

11

曰："燕燕,尾涎涎。张公子,时相见。"后世诗文中常用以戏称张姓友人,如杜甫《赠翰林张四学士》:"天上张公子,宫中汉客星。"陈与义此诗则指张矩臣。《庄子·天道》:"寂寞无为者,天地之平而道德之至。"

⑤"执此"二句:襜褕(chān yú),原本作"襜榆",此据冯校校改。张衡《四愁诗》:"美人赠我貂襜褕,何以报之明月珠。"李善注:"蔡雍《独断》曰:侍中、中常侍加貂蝉。《说文》曰:直裾谓之襜褕。"

⑥"破帽"二句:杜甫《奉先刘少府新画山水障歌》:"吾独何为在泥滓,青鞋布袜从此始。"苏轼《续丽人行》:"杜陵饥客眼长寒,蹇驴破帽随金鞍。"《新唐书·魏玄同传》:"玄同与裴炎缔交,能保终始,故号'耐久朋'。"黄庭坚《次韵答秦少章乞酒》:"颇知富贵事,势穷心亦舒。"

⑦"危处"二句:张师正《倦游录》:"优游之所勿久恋,得意之所勿再往。"《景德传灯录》卷一〇:"师示一偈曰:'百丈竿头不动人,虽然得入未为真。百尺竿头须进步,十方世界是全身。'"安处,安居,安定闲适地生活。《诗·小雅·小明》:"嗟尔君子! 无恒安处。"

⑧"成亏"句:《庄子·齐物论》:"是非之彰也,道之所以亏也。道之所以亏,爱之所以成。果且有成与亏乎哉? 果且无成与亏乎哉?"

⑨"收视"句:陆机《文赋》:"其始也,皆收视反听,耽思傍讯,精骛八极,心游万仞。"收视反听,谓专心一志,对外物不视不听。

⑩"开尊"二句:《礼记·曲礼》:"礼不妄说人,不辞费。"《释文》:"言而不行为辞费。"

⑪"闭口"句:《史记·日者列传》:"从古以来,贤者避世,有居止舞泽者,有居民间闭口不言,有隐居卜筮间以全身者。"《景德传灯录》卷三〇:"多言多虑,转不相应;绝言绝虑,无处不通。"


# 八音歌

　　金张与许史,不知寒士名。①石交少瑕疵②,但有一麴生。丝色随染异,择交士所贵。③竹林固皆贤,山王以官累。④匏酌

可延客，藜羹无是非。⑤土思非不深⑥，无屋未能归。革华虽可
侯⑦，不敢践危地。木奴会足饱，宽作十年计。⑧

　　金章笑鹑衣，玉堂陋茅茨。⑨石火不须臾，白驹隙中驰。⑩
丝鬓那可避，会当来如期。⑪竹固不如肉，飞筋莫辞速。⑫匏竹
且勿喧，听我歌此曲。⑬土花玩四时，未觉有荣辱。⑭革木要一
声，好异乖人情。⑮木公不可待⑯，且复举吾觥。

**【题解】**

　　此诗作于归京之后。八音歌，诗体名。五言十六句诗，从第一句起，隔
句冠以中国古代八种乐器——金、石、丝、竹、匏、土、革、木之名。这八种乐
器，古代统称"八音"，故名。此体始于沈炯（首句"金屋贮阿娇"）。黄庭坚
也写过此类诗体，如《八音歌赠晁尧民》（首句"金荷酌美酒"）。各与作诗时
境遇等相关，亦各有趣味。又，朝鲜诗人金尚容（1561－1637）、高仁继
（1564－1647）对这种作诗法很感兴趣，也分别作了《八音歌》，金尚容（首句
"金樽酒潋滟"）诗题后注明"效简斋体"，可以参读。

**【注释】**

　　①"金张"二句：扬雄《解嘲》："有谈范蔡之说于金、张、许、史之间，则狂
矣。"李善注："金日磾，张安世，许广汉，史恭、史高也。"《汉书·盖宽饶传》：
"上无许、史之属，下无金、张之托。"颜师古注："许氏、史氏有外属之恩，金
氏、张氏自托在于近狎也。"寒士，出身寒微的读书人。

　　②"石交"句：石交，交谊坚固的朋友。《史记·苏秦列传》："大王诚能
听臣计，即归燕之十城。燕无故而得十城，必喜；秦王知以己之故而归燕之
十城，亦必喜。所谓弃仇雠而得石交者也。"疵瑕，指责，指摘。《左传·僖
公七年》："予取予求，不女疵瑕也。"杜预注："我不以女为罪衅。"

　　③"丝色"二句：《墨子·所染》："子墨子言见染丝者而叹曰：'染于苍则
苍，染于黄则黄。所入者变，其色亦变。五入必，而已为五色矣。故染不可
不慎也！'"《史记·苏秦列传》："安民之本，在乎择交。"白居易《寓意诗五
首》其三："乃知择交难，须有知人明。"

④"竹林"二句：《宋书·颜延之传》："延之甚怨愤，乃作《五君咏》以述'竹林七贤'，山涛、王戎以贵显被黜。"

⑤"匏(páo)酌"二句：匏，俗称瓢葫芦。指匏爵，一种酒器。《诗·大雅·公刘》："执豕于牢，酌之用匏。"藜羹，藜菜做的羹。泛指粗劣的食物。《庄子·让王》："孔子穷于陈、蔡之间，七日不火食，藜羹不糁。"杜甫《秋野五首》其二："吾老甘贫病，荣华有是非。"

⑥"土思"句：《汉书·西域传·乌孙国》载汉公主刘细君《悲愁歌》曰："居常土思兮心内伤，愿为黄鹄兮归故乡。"颜师古注："土思，谓忧思而怀本土。"

⑦"革华"句：革华，此处当为靴之戏称。可侯，丁钞作"可俟"。韩愈有《下邳侯革华传》。赵璘《因话录》等认为该文系后人伪作。

⑧"木奴"二句：《三国志·吴书·孙休传》注引《襄阳记》："(李)衡每欲治家，妻辄不听，后密遣客十人于武陵龙阳汜洲上作宅，种甘橘千株。临死，敕儿曰：'汝母恶我治家，故穷如是。然吾州里有千头木奴，不责汝衣食，岁上一匹绢，亦可足用耳。'……吴末，衡甘橘成，岁得绢数千匹，家道殷足。"木奴，以柑橘树拟人。后用以指柑橘或果实。《齐民要术》卷四："谚曰：'木奴千，无凶年。'盖言果实可以市易五谷也。"《管子·权修》："十年之计，莫如树木。"

⑨"金章"二句：金章，金质的官印。一说铜印。因以代指官宦仕途。鲍照《建除诗》："开壤袭朱绂，左右佩金章。"鹑衣，补缀的破旧衣衫。《荀子·大略》："子夏贫，衣若县鹑。"玉堂，玉饰的殿堂。亦为宫殿的美称。宋玉《风赋》："然后倘佯中庭，北上玉堂，跻于罗帷，经于洞房，乃得为大王之风也。"茅茨，茅草盖的屋顶。亦指茅屋。《韩非子·五蠹》："尧之王天下也，茅茨不剪，采椽不斫。"

⑩"石火"二句：沈约《宋书·乐志三》载《满歌行》："命如凿石见火，居世竟能几时。""白驹"句，喻光阴易逝。《庄子·知北游》："人生天地之间，若白驹之过隙，忽然而已。"

⑪"丝鬓"二句：苏轼《送安惇秀才失解西归》："狂谋谬算百不遂，惟有霜鬓来如期。"

⑫"竹固"二句:《晋书·孟嘉传》:"(桓温)又问:'听伎,丝不如竹,竹不如肉,何谓也?'嘉曰:'渐近使之然。'"左思《吴都赋》:"里宴巷饮,飞觞举白。"刘良注:"行觞疾如飞也。"

⑬"匏竹"二句:《玉台新咏》卷一《古诗八首》其六:"四坐且莫喧,愿听歌一言。"

⑭"土花"二句:李贺《金铜仙人辞汉歌》:"画栏桂树悬秋香,三十六宫土花碧。"王琦《汇解》:"土花,苔也。"江淹《杂体诗》:"高谈玩四时,索居慕俦侣。"张衡《归田赋》:"苟纵心于物外,安知荣辱之所如。"

⑮"革木"二句:《国语·周语》:"故乐器重者从细,轻者从大。是以金尚羽,石尚角,瓦丝尚宫,匏竹尚议,革木一声。"韦昭注:"革,鼗鼓也。木,祝圉也。一声,无清浊之变也。"好异,喜好标新立异。《书·毕命》:"政贵有恒,辞尚体要,不惟好异。"

⑯木公:即东王公。五行中木为东方,故名。《太平广记》卷一引杜光庭《仙传拾遗》:"木公,亦云东王父,亦云东王公,盖青阳之元气,百物之先也。……昔汉初,小儿于道歌曰:'著青裙,入天门,揖金母,拜木公。'……盖言世人登仙,皆揖金母而拜木公焉。"

# 题牧牛图

千里烟草绿,连山雨新足①。老牛抱朝饥,向山影觳觫。②犊儿狂走先过浦,却立长鸣待其母③。母子为人实仓廪,汝饱不惭人愧汝。④牧童生来日日娱,只忧身大当把锄。⑤日斜睡足牛背上,不信人间有广舆。⑥

## 【题解】

此诗作于归京之后。诗作以夹叙夹议之法,既生动地再现了画面的情景,又将人世间的不平之鸣寓于其中。尤其是对图中老牛、犊儿和牧童各自神态的描绘与生发,充满了浓郁的意趣。全篇情调活泼自然,而"将那种结构的意匠经营都隐在底里"(钱志熙等《江西诗派诗传》),堪与山谷的《题竹石牧牛》媲美。

**【注释】**

①雨新:聚珍本作"新雨"。

②"老牛"二句:朝饥,早晨未进食时的饥饿状态。《诗·周南·汝坟》:"未见君子,惄如调饥。"毛传:"调,朝也。"郑玄笺:"未见君子之时,如朝饥之思食。"觳觫(hú sù),惶恐之状。《孟子·梁惠王上》:"王坐于堂上,有牵牛而过堂下者,王见之,曰:'牛何之?'对曰:'将以衅钟。'王曰:'舍之!吾不忍其觳觫,若无罪而就死地。'"

③"却立"句:却立,回身而立。其母,原本作"其毋",此据聚珍本校改。

④"母子"二句:仓廪,贮藏米谷的仓库。《礼记·月令》:"季春之月……命有司发仓廪,赐贫穷,振乏绝。"孔颖达疏引蔡邕曰:"谷藏曰仓,米藏曰廪。"柳宗元《牛赋》:"输入官仓,己不适口","人不惭愧,利满天下"。

⑤"牧童"二句:王粲《从军诗》五首其一:"不能效沮溺,相随把锄犁。"

⑥"日斜"二句:《列子·杨朱》:"故野人之所安,野人之所美,谓天下无过者。昔者宋国有田夫,常衣缊黂,仅以过冬。暨春东作,自曝于日,不知天下之有广厦隩室,绵纩狐貉。顾谓其妻曰:'负日之暄,人莫知者,以献吾君,将有重赏。'"广舆,《宋诗钞》作"黄舆";宽大的车。

**【辑评】**

宋刘辰翁《评点》:(末句)信笔落此。


# 题易元吉画獐①


纷纷骑马尘及腹,名利之窟争驰逐②。眼明见此山中吏,怪底吾庐有林谷。③雌雄相对目炯炯④,意闲不受荣与辱。掇皮皆真岂自知⑤,坐令猫犬羞奴仆。我不是李卫公,欺尔无魂规尔肉。⑥又不是曹将军，数肋射尔不遗镞。⑦明窗无尘帘有香，与尔共此春日长。戏弄竹枝聊卒岁，不羡晋宫车下羊。⑧

**【题解】**

此诗作于归京之后。前期的陈与义，身居京洛，交游士林，经太学步入仕途后，久沉下僚。虽一度以诗名蒙受朝廷恩宠，不久又遭贬黜。当时江西诗法盛行，他又受黄庭坚、陈师道的影响。写怀、咏物、唱和、酬赠、题画、感叹时序等等，是这一时期诗歌的主要内容。通过这些题材，诗人或寄慨有志难酬，或感叹职卑官冷，或讽嘲庸俗世态，或流连山水林泉，内容和情趣大体与黄、陈相近。如此诗，其中"纷纷骑马尘及腹"二句，即体现了作者不满自身际遇和嫉恶庸俗世态的情怀。

**【注释】**

①诗题中"易元吉"，北宋画家。梁章钜《浪迹丛谈》卷九："米襄阳《画史》云：'易元吉，徐熙后一人而已。世但以猿獐称之，可叹。'或曰：元吉尝画孝严殿壁院，人妒其能，只令画猿獐以进，后且为人所鸩。"

②"名利"句：杜甫《秋述》："冠冕之窟，名利卒卒。"

③"眼明"二句：眼明，莫钞作"眼前"。黄庭坚《观伯时画马》："眼明见此玉花骢，径思著鞭随诗翁。"怪底，惊怪为何。杜甫《奉先刘少府新画山水障歌》："堂上不合生枫树，怪底江山起烟雾。"仇兆鳌注："唐方言'底'字作'何'字解。"

④雌雄：聚珍本作"雄雌"。

⑤"掇皮"句：皆真岂自知，库本"皆""岂"互易。《世说新语·赏誉》："谢公称蓝田掇皮皆真。"刘孝标注引徐广《晋纪》："述贞审，真意不显。"又《排调》："范启与郗嘉宾书曰：'子敬举体无饶纵，掇皮无余润。'郗答曰：'举体无余润，何如举体非真者？'范性矜假多烦，故嘲之。"掇皮，除去皮。掇，通"剟"。

⑥"我不是"二句：李卫公，指李德裕(封卫国公)。《酉阳杂俎》续集卷八《支动》载李德裕言："道书中言，獐鹿无魂，故可食。"《清异录》卷下："道家流书言獐、鹿，鹿是玉署三牲，神仙所享，故奉道者不忌。"规，谋划，谋求。《三国志·蜀书·诸葛亮传》："今将军诚能命猛将统兵数万，与豫州协规同

17

力,破操军必矣。"

⑦"又不是"二句:《南史·曹景宗传》:"景宗谓所亲曰:'我昔在乡里,骑快马如龙,与年少辈数十骑拓弓弦作霹雳声,箭如饿鸱叫。平泽中逐獐,数肋射之,渴饮其血,饥食其脯,甜如甘露浆。觉耳后生风,鼻头出火,此乐使人忘死,不知老之将至。'"遗镞,损折箭矢。借指细微的损失。贾谊《过秦论》:"秦无亡矢遗镞之费,而天下诸侯已困矣。"

⑧"戏弄"二句:晋宫,潘本、丁钞作"晋公"。《晋书·胡贵嫔传》:"平吴之后复纳孙皓宫人数千,自此掖庭殆将万人,而并宠者甚众,帝莫知所适,常乘羊车,恣其所之,至便宴寝。宫人乃取竹叶插户,以盐汁洒地,而引帝车。"戏弄,玩耍,逗引。卒岁,度过岁月。《左传·襄公二十一年》:"《诗》曰:'优哉悠哉,聊以卒岁。'"

**【辑评】**

宋刘辰翁《评点》:("纷纷"二句)亦欲远出画外,未见自然。("掇皮"句)谓或利其皮。("坐令"句)谓见似不捕,然语意皆未为到。("不羡"句)尤似不切。

# 题唐希雅画寒江图

江头云黄天酿雪,树枝惨惨冻欲折。①耐寒野鸭不知归,犹向沙边弄羽衣。黄茅终日不自力,影乱弱藻相因依。②惟有苍石如卧虎③,不受阴晴与寒暑。舟中过客莫敢侮④,闲伴长江了今古。

**【题解】**

此诗作于归京之后。唐希雅,五代南唐间画家,作品多得郊野真趣,与徐熙并称"江南绝笔"。读陈与义的这首题画诗,仿佛可以直接走进《寒江图》中。这与其诗在艺术结构上讲究匀称工整,讲究情景搭配,浓淡相宜是大有关系的。诗作开头总领一句，概括出画面的气氛。以下，将视线分别集中在画面的各个局部。首先是未归的野鸭，全不顾风凄天寒，还在沙边戏水弄羽；其次是不自量力的黄茅，在风中摇摆，疏影散乱。两种动态的描绘之后，接着描写一静态："惟有苍石如卧虎，不受阴晴与寒暑。"这既是用典，又是形象描写，即使不知其出典，也仍能欣赏其形象与诗情之美，而且前后动静互相映衬，相得益彰。结二句看似淡淡一笔，却绝非浮泛之语。景中人领略寒江秋意的心情弥漫开来，引得读者的许多情绪也随之荡漾。全诗几乎通篇写景，句句不离画面，却毫无重复拖沓之感。诗人不仅把画中景物一一写来，而且将这些巧妙地组成一幅和谐的画面，行云流水般舒卷自如，仿佛一篇优美的游记。

**【注释】**

①"江头"二句：白居易《岁除夜对酒》："草白经霜地，云黄欲雪天。"杜甫《枯楠》："不知几百岁，惨惨无生意。"齐己《早梅》："万木冻欲折，孤根暖独回。"

②"黄茅"二句：沈约《咏湖中雁》："唼流牵弱藻，敛翮带余霜。"谢灵运《石壁精舍还湖中作》："芰荷迭映蔚，蒲稗相因依。"因依，倚傍。

③"惟有"句：苍石，原本作"苍苔"，此据潘本、丁钞、聚珍本、《宋诗钞》校改。《史记·李将军列传》："广出猎，见草中石，以为虎而射之，中石没镞，视之，石也。"

④"舟中"句：韩愈《柳州罗池庙碑》："过客李仪醉酒，慢侮堂上。"

**【辑评】**

宋刘辰翁《评点》：虽卷中物色，首尾政自有讥，生枝作节。


# 江南春

雨后江上绿，客愁随眼新①。桃花十里影，摇荡一江春。②朝风迎船波浪恶③，暮风送船无处泊。江南虽好不如归，老荠绕墙人得肥。④

【题解】

此诗作于政和七年(1117)。诗作描绘江南春日美丽风光,抒发向往之意与思归之情。盖时在汴京,有慨于世路风波险恶而作。全篇语言明净流畅,化用柳宗元、黄庭坚等人诗句也显得妥帖自然。

【注释】

①客愁:丁钞、聚珍本、《宋诗钞》作"客悲";行旅怀乡的愁思。孟浩然《宿建德江》:"移舟泊烟渚,日暮客愁新。"

②"桃花"二句:柳宗元《杨白花》:"杨白花,风吹渡江水。坐令宫树无颜色,摇荡春光千万里。"

③"朝风"句:苏轼《李行中秀才醉眠亭三首》其一:"从教世路风波恶,贺监偏工水底眠。"迎船,聚珍本、《宋诗钞》作"逆船"。

④"江南"二句:韩熙载《感怀诗二首》其一:"不如归去来,江南有人忆。"黄庭坚《次韵秦觏过陈无己书院观鄙句之作》:"薄饭不能羹,墙阴老春荠。"《说文》:"肥,多肉也。"此指荠菜叶肥。

【辑评】

宋刘辰翁《评点》:("朝风"四句)四句情味俱足。

清范大士《历代诗发》卷二六:("桃花"二句)隽妙。

# 蜡　梅

智琼额黄且勿夸,回眼视此风前葩。①家家融蜡作杏蒂,岁岁逢梅是蜡花。②世间真伪非两法③,映日细看真是蜡。我今嚼蜡已甘腴,况此有韵蜡不如。④只愁繁香欺定力,薰我欲醉须人扶。⑤不辞花前醉倒卧经月,是酒是香君试别。

【题解】

此诗作于政和七年(1117)。唐宋以来,梅花作为一种意象,积淀了历

20

代文人的集体审美经验,梅花佐饮也成为一种风俗。此诗便借咏蜡梅,尤其是其熏人欲醉的繁香,而描述了作者对于这一高雅情趣的独特感受。

## 【注释】

①"智琼"二句:智琼,神女名。刘禹锡《夔州窦员外见示悼妓诗因命同作》:"寂寞鱼山青草里,何人更立智琼祠。"额黄,在额间涂上黄色。李商隐《蝶》:"寿阳公主嫁时妆,八字宫眉捧额黄。"《幽怪录》:"君输我智琼额黄十二枝。"葩,花。嵇康《琴赋》:"迫而察之,若众葩敷荣曜春风。"

②"家家"二句:蜡作,《全芳备祖》作"作蜡"。温庭筠《碌碌古词》:"融蜡作杏蒂,男儿不恋家。"苏轼《蜡梅一首赠赵景贶》:"蜜蜂采花作黄蜡,取蜡为花亦其物。"

③"世间"句:《景德传灯录》卷一:"真理本无名,因名显真理。受得真实法,非真亦非伪。"苏轼《虔州景德寺荣师湛然堂》:"方定之时慧在定,定慧寂照非两法。"

④"我今"二句:嚼蜡,味道如同嚼蜡一般,比喻毫无滋味。《楞严经》卷八:"当横陈时,味如嚼蜡。"甘腴,味美。《文心雕龙·总术》:"味之则甘腴,佩之则芬芳。"有韵,原本作"有味",此据潘本、丁钞、聚珍本、《宋诗钞》、《全芳备祖》校改。

⑤"只愁"二句:定力,去除烦恼妄想的禅定之力。钱起《题延州圣僧穴》:"定力无涯不可称,未知何代坐禅僧。"黄庭坚《次韵答马中玉三首》其一:"锦江春色熏人醉,也到壶中小隐天。"


# 次韵张元方春雪


云黄天为低,窗白雪初作。幽人睡方觉,帘外舞万鹤。①斜斜既可人,整整亦不恶。②不知来何暮③,遂失梅花约。东风桃杏暖,不受珠玑络④。聊回万斛润,点点付藜藿。⑤幽人无酒饮,一笑供酬酢⑥。岁晚会复来,相期在丘壑。

## 【题解】

此诗作于政和七年(1117)。刘辰翁好以"嫩"论诗,评此诗之"痴嫩"何谓?痴,是一种执著、浑然忘我之状。刘氏认为,陈与义诗亦往往以痴得之,有所谓痴绝者,种种痴情之态中有童真。其所举"痴嫩"之作,又往往表现细腻,痴中有嫩,于情态见痴、于绘景见嫩。而如果痴与嫩的关系处理失当,则导致"痴可笑,嫩可惜"的浅薄庸俗之境。可见,有嫩有痴即指神情状貌皆妙,是刘辰翁评语中较高的推许之词。

## 【注释】

①"幽人"二句:李白《宣州长史弟昭赠余琴溪中双舞鹤诗以见志》:"谓言天涯雪,忽向窗前落。……当风振六翮,对舞临山阁"。白居易《雪中即事答微之》:"舞鹤庭前毛稍定,捣衣砧上练新铺。"

②"斜斜"二句:可人,称人心意。黄庭坚《次韵师厚食蟹》:"趋跄虽入笑,风味极可人。"整整,工整。黄庭坚《咏雪奉呈广平公》:"夜听疏疏还密密,晓看整整复斜斜。"

③"不知"句:《后汉书·廉范传》:"(百姓)乃歌之曰:'廉叔度,来何暮?不禁火,民安作,平生无襦今五绔。'"

④珠玑:珠玉。《墨子·节葬》:"诸侯死者,虚车府,然后金玉珠玑比乎身。"《汉书·地理志》颜师古注:"玑,谓珠之不圆者也。"

⑤"聊回"二句:孟浩然《和张丞相春朝对雪》:"润从河汉下,花逼艳阳开。"王安石《次韵和甫咏雪》:"平治险秽非无德,润泽焦枯是有才。"藜藿(lí huò),粗劣的汤羹。《墨子·鲁问》:"短褐之衣,藜藿之羹。"

⑥酬酢(zuò):应对,应付。苏轼《德威堂铭叙》:"其综理庶务,酬酢事物,虽精练少年有不如。"

## 【辑评】

宋刘辰翁《评点》:("不知"二句)痴嫩人词。

清范大士《历代诗发》卷二六:结醒"春"字。

# 舍弟逾日不和雪势更密因再赋①

密雪来催诗②,以怪子不作。蔽天白漫漫,谁辨鹭与鹤。③
坐令天回笑,未受风作恶。④急飞既繁丽,缓舞尤绰约。⑤稍积
草木上,断缟莽联络⑥。终然要白日,印彼葵与藿。⑦满眼丰岁
意⑧,空诗信难酢。慎勿辞典衣,已不虑填壑。⑨

【题解】

此诗作于政和七年(1117),写因雪势愈密而催促若拙弟撰著和作。舍
弟,谓若拙,名与能。陈与义集中与若拙唱酬之作甚多,葛胜仲《丹阳集》屡
以"二陈"并称,亦多酬答之作,如《二陈作书怀诗亦次韵》《迨日诗卷承若拙
编为小集见示且有诗因次韵》《蒙若拙见和复次韵》等。陈岩肖《庚溪诗话》
卷下云:"陈简斋去非诗名夙著,而其弟诗亦可喜。见张林甫举其《夏日晚
望》一联云:'前山犹细雨,高树已斜阳。'恨不见其全篇。"与能诗今仅见此
一联。

【注释】

①诗题,聚珍本作"舍弟逾日不知雪势密因再赋"。

②"密雪"句:谢惠连《雪赋》:"俄而微霰零,密雪下。"杜甫《陪诸贵公子
丈八沟携妓纳凉晚际遇雨二首》其一:"片云头上黑,应是雨催诗。"

③"蔽天"二句:韩愈《咏雪赠张籍》:"定非烀鹄鹭,真是屑琼瑰。"谢惠
连《雪赋》:"皓鹤夺鲜,白鹇失素。"

④"坐令"二句:《神异经》:"东王公与玉女投壶,枭而脱误不接者,天为
之笑,开口流光,今电是也。"杜甫《能画》:"每蒙天一笑,复似物皆春。"《类
说》卷二四引《博异志》:"诸女伴皆住苑中,每被恶风所挠,当得(封家)十八
姨相庇。……封姨乃风神也。"杜甫《渼陂行》:"鼍作鲸吞不复知,恶风白浪
何嗟及。"

⑤“急飞”二句：繁丽，艳丽，华丽。苏轼《玉盘盂二首序》：“重柎累萼，繁丽丰硕。”绰约，柔婉美好貌。《庄子·逍遥游》：“肌肤若冰雪，绰约若处子。”

⑥“断缟”句：断缟，原本作“断槁”，此据丁钞、聚珍本校改。缟，未经练染的本色生绢。谢惠连《雪赋》：“眄隰则万顷同缟，瞻山则千岩俱白。”莽，很，极，非常厉害地，程度副词。联络，互相衔接。秦韬玉《贵公子行》：“主人功业传国初，六亲联络驰朝车。”

⑦“终然”二句：曹植《求通亲亲表》：“若葵藿之倾太阳，虽不为之回光，然终向之者，诚也。”藿是豆叶，并无向日的特征。《诗·豳风·七月》有“七月亨葵及菽”，这个菽就是藿，曹植因而连用葵藿以配成双音节。

⑧“满眼”句：谢惠连《雪赋》：“盈尺则呈瑞于丰年，袤丈则表沴于阴德。”李善注：“毛苌《诗传》曰：丰年之冬，必有积雪。”丰岁，犹丰年。张九龄《和崔尚书喜雨》：“惠泽成丰岁，昌言发上才。”

⑨“慎勿”二句：典衣，典押衣服。杜甫《曲江二首》其二：“朝回日日典春衣，每日江头尽醉归。”填壑，死的自谦词。《汉书·汲黯传》：“臣自以为填沟壑，不复见陛下，不意陛下复收之。”

**【辑评】**

宋刘辰翁《评点》：（“印彼”句）皆老意之过。

# 杂书示陈国佐胡元茂四首

一官专为口①，俯仰汗我颜。顾将千日饥，换此三岁闲。冥冥云表雁，时节自往还。②不忧稻粱绝，忧在罗网间。③绝胜杜拾遗，一饱常间关④。晚知儒冠误，犹恋终南山。⑤

杜门十日疾，因得观妄身。⑥勿云千金躯，今视如埃尘。⑦平生老赤脚⑧，每见生怒嗔。挥汗煮我药，见此愧其勤。

巨源邦之栋，急士如拾珍。⑨定知柳下锻，远胜崔史陈。⑩

绝交虽已隘,益见叔夜真。<sup>⑪</sup>士要虽衣食,求仁今得仁。<sup>⑫</sup>释之与王生,盛美俱绝伦。<sup>⑬</sup>吾评竹林咏,未可少若人。<sup>⑭</sup>

昔吾同年友,壮志各南溟。<sup>⑮</sup>十年风雨过,见此落落星。<sup>⑯</sup>秀者吾元茂,众器见鼎铏。<sup>⑰</sup>许身稷契间,不但醉六经。<sup>⑱</sup>时逢下车揖,慰我两眼青。<sup>⑲</sup>勿忧事不理,伯始在朝廷。<sup>⑳</sup>

**【题解】**

此组诗作于政和七年(1117)。陈国佐,名公辅。临海人。曾任侍郎。胡元茂,名松年。怀仁人。任签书枢密院。其中第一首,写为学官虽然清闲,但可免祸患,较胜于杜甫当年在长安一饱不得。第四首,则慨叹当时登科友人,各怀壮志,而十年之后,已寥落如晨星。只有胡元茂硕果尚存,既深于学,复切用世,他日青云得路,自当尽职尽责,且不忘提携同年。

**【注释】**

①"一官"句:苏轼《四月十一日初食荔支》:"我生涉世本为口,一官久已轻莼鲈。"

②"冥冥"二句:冥冥,渺茫,高远。扬雄《法言·问明》:"鸿飞冥冥,弋人何篡焉。"时节,节令,季节。《管子·君臣》:"故能饰大义,审时节,上以礼神明,下以义辅佐者,明君之道。"

③"不忧"二句:鲍当《孤雁》:"天寒稻粱少,万里孤难进。"《淮南子·修务训》:"夫雁顺风以爱气力,衔芦而翔,以备矰弋。"

④间关:崎岖辗转,喻道路艰险。《汉书·王莽传》:"间关至渐台。"

⑤"晚知"二句:儒冠,借指儒生。杜甫《赠韦左丞丈二十二韵》:"纨绔不饿死,儒冠多误身。"

⑥"杜门"二句:杜门,闭门。《汉书·孙光传》:"光退闾里,杜门自守。"《圆觉经》:"四大各离,今者妄身当在何处?"谓人身既由"四大"暂时假合而成,亦是虚幻、无常的假有。

⑦"勿云"二句:陶渊明《饮酒二十首》其十一:"客养千金躯,临化消其宝。"杜甫《寄薛三郎中》:"人生无贤愚,飘摇若埃尘。"

⑧"平生"句:韩愈《寄卢仝》:"一奴长须不裹头,一婢赤脚老无齿。"

⑨"巨源"二句:《晋书·山涛传》:"山涛字巨源,河内怀人也。……涛甄拔隐屈,搜访贤才,旌命三十余人,皆显名当时。"

⑩"定知"二句:《晋书·嵇康传》:"性绝巧而好锻。宅中有一柳树甚茂,乃激水圜之,每夏月,居其下以锻。"《历代法帖》载山涛书:"臣近启:崔谅、史曜、陈准可补吏部郎,诏书可尔。此三人皆众论所推,谅尤质正少华,可似敦教,虽大化未可益,然风尚所劝,为益者多。臣以为宜先用谅。"

⑪"绝交"二句:《晋书·嵇康传》:"山涛将去选官,举康自代,康乃与涛书告绝。"

⑫"士要"二句:虽衣食,丁钞朱笔校改作"难衣食",聚珍本"虽"作"轻"。陶渊明《庚戌岁九月中于西田获早稻》:"人生归有道,衣食固其端。"《论语·述而》:"求仁而得仁,又何怨?"

⑬"释之"二句:《汉书·张释之传》:"王生者,善为黄老言,处士。尝召居廷中,公卿尽会立,王生老人,曰:'吾袜解。'顾谓释之:'为我结袜。'释之跪而结。既已,人或让王生:'独奈何廷辱张廷尉如此!'王生曰:'吾老且贱,自度终亡益于张廷尉。廷尉方天下名臣,吾故聊使结袜,欲以重之。'诸公闻之,贤王生而重释之。"

⑭若人:此人。《论语·宪问》:"君子哉若人! 尚德哉若人!"

⑮"昔吾"二句:昔吾同年友,原本作"昔吾同年交",此据聚珍本校改。又,聚珍本"昔吾"作"吾昔"。《唐国史补》卷下:"进士为时所尚久矣。……得第谓之前进士,互相推敬谓之先辈,俱捷谓之同年,有司谓之座主。"《庄子·逍遥游》:"是鸟也,海运则将徙于南溟。南溟者,天池也。"

⑯"十年"二句:苏轼《别子由三首》其一:"愿君亦莫叹留滞,六十小劫风雨疾。"刘禹锡《送张盥赴举序》:"向所谓同年友,当其盛时,连辔举觯,亘绝九衢,若屏风然;今来落落,如晨星之相望。"

⑰"众器"句:苏轼《石鼓歌》:"古器纵横犹识鼎,众星错落仅名斗。"鼎铏(xíng),煮牲与和羹之器。沈遘《吴正肃公挽歌辞》三首其二:"柱石亏宫庙,盐梅辍鼎铏。"

⑱"许身"二句:稷契,古代传说中的后稷、契,舜之臣,后稷为农官,契

26

为司徒,并为贤臣。王逸《九思·守志》:"配稷契兮恢唐功,嗟英俊兮未为双。"杜甫《自京赴奉先县咏怀五百字》:"许身一何愚,窃比稷与契。"王通《文中子·事君》:"子游河间之渚,河上丈人曰:'何居乎斯人也? 心若醉六经,目若营四海,何居乎斯人也?'"

⑲"时逢"二句:《北户录》载《风土记》:"卿虽乘车我戴笠,后日相逢下车揖。"青眼,眼睛正视,表示喜爱或尊重。《晋书·阮籍传》:"籍又能为青白眼,见礼俗之士,以白眼对之。及嵇喜来吊,籍作白眼,喜不怿而退。喜弟康闻之,乃赍酒挟琴造焉。籍大悦,乃见青眼。"

⑳"勿忧"二句:《后汉书·胡广传》:"京师谚曰:万事不理问伯始,天下中庸有胡公。"胡广字伯始。

### 【辑评】

宋刘辰翁《评点》:(第一首"一官"句)快语。(末句)因物寄兴,拈出可人,反覆慨恨,极所难言,白遣类徘。(第二首)无聊悟笑,情境毕具,又在"清晨闻叩门"上。又,《须溪集》卷六《陈生诗序》:古人于奴婢猥下,写至"孤客亲僮仆",凄然甚矣。又云:"僮仆生新敬。"则出处世态,隐约可见。又云:"犬因无主善。"则俯仰犹有不忍言者。如陈简斋"平生老赤脚,每见生怒嗔。挥汗煮我药,见此愧其勤",更自风致清真。


# 书怀示友十首

俗子令我病,纷然来座隅。①贤士费怀思,不受折简呼。②城东陈孟公,久阔今何如。③(陈孟公谓国佐)明月照天下,此夕与君俱。④不难十里勤,畏借东家驴。⑤似闻有老眼,能作荐鹗书。⑥功名勿念我,此心已扫除。

张子霜后鹰,眉骨非凡曹。⑦不肯兄事钱,但欲仆命骚。⑧胡为随我辈,碌碌着青袍。⑨相逢车马边,伎痒不得搔。⑩

平生诗作祟,肠肚困藿食。⑪使我忘隐忧,亦自得诗力。⑫

绝知是余蔽，且复求今日。⑬不如付杯酒，一笑万事毕。⑭毛颖仅升堂，麹生真入室。⑮

我梦钟鼎食，或作山林游。⑯当其适意时，略与人间侔。觉来迹便扫，⑰我已不悲忧。人间安可比，梦中无悔尤。⑱

我策三十六，⑲第一当归田。柴门种杂树，婆娑乐余年。⑳是中三益友，不减二仲贤。㉑柏树解说法，桑叶能通禅。㉒

有钱可使鬼，无钱鬼揶揄。㉓百年堂前燕，万事屋上乌。㉔微官不救饥，出处违壮图。㉕相牛岂无经，种树亦有书。㉖如何求二顷，归卧渊明庐。㉗曝背对青山㉘，鸟鸣人意舒。试数门前客，终岁几覆车。㉙

仲舒老一经，策世非所长。㉚瓦鼎荐蔬食㉛，但取充饥肠。伟哉贾生书，开阖有耿光。㉜既珍亦可饱，举俗不见尝。㉝

扬雄平生学，肝肾困雕镌。㉞晚于玄有得，始悔赋甘泉。㉟使雄早大悟，亦何事于玄。赖有一言善，酒箴真可传。㊱

萧萧十月菊，耿耿照白草。㊲开窗逢一笑，未觉徐娘老。㊳风霜要饱更㊴，独立晚更好。韩公真躁人，顾用扰怀抱。㊵

青青堂西行，岁寒不缁磷。㊶蓬蒿众小中，拭眼见长身。㊷淡然冬日影，此处极可人。㊸子猷幸见过，一洗声色尘。㊹

**【题解】**

此组诗作于政和七年(1117)，从多方面、多角度反映了作者"羸马帝王州"期间的生活感受。如第六首"有钱可使鬼"，反映了年轻的诗人对黑暗的现实、蝇营狗苟的人际关系的痛切感受，以及自己在仕隐问题上尖锐的矛盾心情。开头四句为一段。用形象的笔触，给那个利欲熏天、冰炭满途的帝王州，勾画出一幅辛辣的讽刺图像。巧妙运用古典成语，简练而深刻地批判黑暗现实，极富于概括力。"微官不救饥"以下八句为第二段，是对自己生活、心理的愤激表述。忧危愁苦，情见乎词。结尾"试数门前客"二句是第三段,是一篇之结穴,言下有大彻大悟之慨,语意十分警动。整篇反映历史现实的深刻程度,颇似骆宾王《帝京篇》所描绘的"倏忽搏风生羽翼,须臾失浪委泥沙"。

对于第九首中"萧萧十月菊,耿耿照白草。开窗逢一笑,未觉徐娘老"诸句,朝鲜诗人申钦(1566-1628)曾认为"徐娘"之喻不妥,他说:"陈简斋以菊比徐娘,徐娘淫妇也,取比不亦谬乎。"还赋诗一首以示批评:"严霜铺地独抽芳,每爱寒花九月黄。不识陈公何似者,错将贞艳比徐娘。"徐娘虽未必如申钦所说的"淫妇",但用来形容女性确有些许贬义。况且菊花一向被视为高洁、坚贞的象征,比之以徐娘实在不够严肃。申钦的批评有一定的道理。

## 【注释】

①"俗子"二句:俗子,见识浅陋或鄙俗之人。韩愈《与华州李尚书书》:"接过客俗子,绝口不挂时事。"贾谊《鵩鸟赋》:"止于座隅兮,貌甚闲暇。"

②"贤士"二句:《三国志·魏书·王凌传》裴松之注引《魏略》:"卿直以折简召我,我当敢不至邪?"《资治通鉴·魏邵陵厉公嘉平三年》胡三省注:"汉制:简长二尺,短者半之。盖单执一札谓之简。折简者,折半之简,言其礼轻也。"

③"城东"二句:《汉书·陈遵传》:遵字孟公。少孤,与张竦伯松俱为京兆史。操行虽异,然相亲友,哀帝之末俱著名字,为后进冠。又《诸葛丰传》:"间何阔,逢诸葛。"颜师古注:"言间者何久阔不相见,以逢诸葛故也。"杜甫《送孔巢父谢病归游江东兼呈李白》:"南寻禹穴见李白(一作若逢李白骑鲸鱼),道甫问讯今何如。"

④"明月"二句:《淮南子·说林训》:"月照天下,蚀于蟾蜍。"谢庄《月赋》:"美人迈兮音尘阙,隔千里兮共明月。"

⑤"不难"二句:十里,潘本作"一旦"。杜甫《偪仄行》:"东家蹇驴许借我,泥滑不敢骑朝天。"

⑥"似闻"二句:杜甫《闻惠二过东溪特一送》:"皇天无老眼,空谷滞斯人。"孔融《荐祢衡表》:"鸷鸟累百,不如一鹗。"

⑦"张子"二句:《朝野佥载》卷四:"或问(张)元一曰:苏(味道)、王(方

庆)孰贤？答曰：苏九月得霜鹰，王十月被冻蝇。或问其故，答曰：得霜鹰俊捷，被冻蝇顽怯。"杜甫《久雨期王将军不至》："安得突骑只五千，崒然眉骨皆尔曹。"

⑧"不肯"二句：鲁褒《钱神论》："亲之如兄，字曰孔方。"杜牧《李贺集序》："盖《骚》之苗裔，理虽不及，辞或过之。……世皆曰：使贺且未死，少加以理，奴仆命《骚》可也。"

⑨"胡为"二句：《汉书·萧望之传》："不肯录录，反抱关为。"颜师古注："录录，谓循常也。"

⑩"相逢"二句：《风俗通义》："高渐离变名易姓，为人庸保，匿作于宋子。久之，作苦，闻其家堂上客击筑，伎痒，不能毋出言。"潘岳《射雉赋》："屏发布而累息，徒心烦而技痒。"徐爰注："伎艺欲逞而痒。"

⑪"平生"二句：刘蜕《文冢铭》："噫，笔绝之年，而麟见祟，文其无祟乎？"黄庭坚《跋自书所为香诗后》："诗或能为人作祟，岂若马通薪，使冰雪之辰，铃下马走皆有挟纩之温邪！"陈师道《和黄预病起》："只信诗书端作祟，孰知糠粃亦能肥。"《说苑·说善》："晋献公之时，东郭民有祖朝者上书献公曰：'草茅臣东郭民祖朝，愿请闻国家之计。'献公使使出告之曰：'肉食者已虑之矣，藿食者尚何与焉？'"

⑫"使我"二句：隐忧，聚珍本作"殷忧"。《诗·邶风·柏舟》："耿耿不寐，如有隐忧。"白居易《伤唐衢二首》其一："怜君儒家子，不得诗书力。"

⑬"绝知"二句：《荀子·解蔽》："凡人之患，蔽于一曲，而暗于大理。"《诗·小雅·白驹》："絷之维之，以永今朝。"

⑭"不如"二句：《世说新语·任诞》："张季鹰纵任不拘，时人号为江东步兵。或谓之曰：'卿乃可纵适一时，独不为身后名邪？'答曰：'使我有身后名，不如即时一杯酒。'"

⑮"毛颖"二句：《论语·先进》："子曰：'由之瑟奚为于丘之门？'门人不敬子路。子曰：'由也升堂矣，未入于室也。'"

⑯"我梦"二句：杜甫《清明二首》其一："钟鼎山林各天性，浊醪粗饭任吾年。"

⑰"觉来"句：杜甫《赠李白》："苦乏大药资，山林迹如扫。"

30

⑱"人间"二句:悔尤,犹怨恨。《论语·为政》:"言寡尤,行寡悔,禄在其中矣。"白居易《想东游五十韵》:"物表疏形役,人寰足悔尤。"

⑲"我策"句:《南史·王敬则传》:"檀公三十六策,走是上计,汝父子唯应急走耳。"

⑳"柴门"二句:杜甫《寒雨朝行视园树》:"柴门杂树向千株,丹橘黄甘此地无。"婆娑,舞貌。《诗·陈风·东门之枌》:"子仲之子,婆娑其下。"

㉑"是中"二句:《论语·季氏》:"益者三友,损者三友。友直,友谅,友多闻,益矣。"陶渊明《归去来兮辞》注引《三辅决录》:"蒋诩字符卿,舍中三径,唯羊仲、求仲从之游,皆挫廉逃名不出。"

㉒"柏树"二句:《古尊宿语录》卷一三:问:如何是祖师西来意?师云:庭前柏树子。问:柏树子还有佛性也无?师云:有。云:几时成佛?师云:待虚空落地。云:虚空几时落地?师云:待柏树子成佛。苏轼《东莞资福堂老柏再生赞》:"人皆不闻,瓦砾说法。今闻此柏,炽然常说。"《孙真人千金翼正禅方》:春桑耳,夏桑子,秋桑叶,服之三日外,身轻目明,无眠睡,十日觉远智,通初地禅。

㉓"有钱"二句:《晋书·鲁褒传》:《钱神论》:"有钱可使鬼,而况于人乎?"揶揄,耍笑,戏弄。《世说新语·任诞》注:"罗友家贫,乞禄于桓温曰:'臣昨中路见一鬼,揶揄云:我只见汝送人作郡,不见人送汝作郡。'"

㉔"百年"二句:刘禹锡《金陵怀古》:"旧时王谢堂前燕,飞入寻常百姓家。"《说苑·贵德》:"武王克殷,召太公而问曰:'将奈其士众何?'太公对曰:'臣闻爱其人者,兼屋上之乌。'"

㉕"微官"二句:潘岳《河阳县作二首》其二:"岂敢陋微官,但恐忝所荷。"苏轼《和孔郎中荆林马上见寄》:"平生五千卷,一字不救饥。"壮图,壮志。杜甫《过南岳入洞庭湖》:"帝子留遗恨,曹公屈壮图。"

㉖"相牛"二句:亦有,丁钞作"岂无"。《世说新语·汰侈》刘孝标注:"《相牛经》曰:《牛经》出宁戚,传百里奚。至魏世,高堂生又传以与晋宣帝,其后王恺得此书焉。"《史记·秦始皇本纪》:"李斯上焚书之议,所不去者,医药、卜筮、种树之书。"韩愈《送石处士赴河阳幕》:"长把种树书,人云避世士。"

31

㉗"如何"二句:《史记·苏秦列传》:"使我有雒阳负郭田二顷,吾岂能佩六国相印乎?"陶渊明《读山海经十三首》其一:"众鸟欣有托,吾亦爱吾庐。"

㉘"曝背"句:曝背,借指耕作。《三国志·蜀书·秦宓传》:"仆得曝背乎陇亩之中……安身为乐,无忧为福。"嵇康《与山巨源绝交书》:"野人有快炙背而美芹子者,欲献之至尊,虽有区区之意,亦已疏矣。"

㉙"试数"二句:《汉书·贾谊传》:"前车覆,后车戒。"

㉚"仲舒"二句:《汉书·董仲舒传》:"董仲舒,广川人也。少治《春秋》,孝景时为博士。……武帝即位,举贤良文学之士前后百数,而仲舒以贤良对策焉。"策世,筹谋世事。

㉛"瓦鼎"句:《后汉书·宣秉传》:"秉性节约,常服布被,蔬食瓦器。"

㉜"伟哉"二句:班固《西都赋》:"张千门而立万户,顺阴阳以开阖。"耿光,光辉,光荣。韩愈《祭田横墓文》:"自古死者非一,夫子至今有耿光。"

㉝"既珍"二句:胡注:"先生此诗,大意以仲舒之策,缓而不切,而贾谊之书,揆之世用,皆当其实,故有是作。"

㉞"扬雄"二句:平生学,《竹坡诗话》卷二作"平生书"。韩愈《赠崔立之评事》:"劝君韬养待征招,不用雕琢愁肝肾。"

㉟"晚于"二句:扬雄尝作《甘泉赋》以讽成帝,晚作《太玄》拟《易》。其《法言·吾子》云:"或问:吾子少而好赋?曰:然。童子雕虫篆刻。俄而曰:壮夫不为也。"杨修《答临淄侯笺》:"修家子云,老不晓事,强著一书,悔其少作。"

㊱"赖有"二句:《汉书·陈遵传》:"先是,黄门郎扬雄作《酒箴》以讽谏成帝,其文为酒客难法度士,譬之于物,曰:'子犹瓶矣。观瓶之居,居井之眉,处高临深,动常近危。酒醪不入口,臧水满怀。不得左右,牵于缧徽。一旦鬻碍,为瓮所辑。身提黄泉,骨肉为泥。自用如此,不如鸱夷。鸱夷滑稽,腹如大壶。尽日盛酒,人复借酤。常为国器,托于属车。出入两宫,经营公家。繇是言之,酒何过乎!'遵大喜之。"

㊲"萧萧"二句:萧萧,萧疏,稀稀落落。杜甫《寄彭州高三十五使君适虢州岑二十七长史参三十韵》:"陇草萧萧白,洮云片片黄。"耿耿,明亮貌。

李白《行行游且猎篇》:"胡马秋肥宜白草,骑来蹴影何矜骄。"

㊳"开窗"二句:《南史·梁元徐妃传》:梁元帝徐妃与暨季江私,季江曰:"徐娘虽老,犹尚多情。"

㊴"风霜"句:饱更,聚珍本作"饱经",充分经历。苏轼《张寺丞益斋》:"又如学医人,识病由饱更。"

㊵"韩公"二句:韩愈《秋怀诗十一首》其十一:"鲜鲜霜中菊,既晚何用好。扬扬弄芳蝶,尔生还不早。运穷两值遇,婉娈死相保。西风蛰龙蛇,众木日凋槁。由来命分尔,泯灭岂足道。"苏轼《甘菊》:"越山春始寒,霜菊晚愈好。朝来出细粟,稍觉芳岁老。……扬扬弄芳蝶,生死何足道。颇讶昌黎翁,恨尔生不早。"《易·系辞下》:"吉人之辞寡,躁人之辞多。"

㊶"青青"二句:虞世南《赋得临池竹应制》:"欲识凌冬性,唯有岁寒知。"《论语·阳货》:"子曰:然。有是言也。不曰坚乎,磨而不磷;不曰白乎,涅而不缁。"孔安国曰:"磷,薄也。涅,可以染皂者。言至坚者磨之而不薄,至白者染之涅不黑,君子虽在浊乱,浊乱不能污也。"

㊷"蓬蒿"二句:众小,李氏藏本作"众草";一群小人。《汉书·刘向传》:"众小在位,而从邪议,歙歙相是,而背君子。"长身,身材高。苏轼《次韵张舜民自御史出倅虢州留别》:"樊口凄凉已陈迹,班心突兀见长身。"

㊸"淡然"二句:《左传·文公七年》:"赵衰冬日之日也,赵盾夏日之日也。"杜预注:"冬日可爱,夏日可畏。"

㊹"子猷"二句:王徽之字子猷。《晋书·王徽之传》:"时吴中一士大夫家有好竹,欲观之,便出坐舆造竹下,讽啸良久。"苏轼《小圃五咏·地黄》:"愿饷内热子,一洗胸中尘。"《圆觉经》:"色尘清净,故声尘清净。"

## 【辑评】

宋吴子良《荆溪林下偶谈》卷一:后山诗:"俗子推不去,可人费招呼。"气象浅露,绝少含蓄。陈简斋又模而衍之曰:"俗子令我病,纷然来座隅。贤士费怀思,不受折简呼。"可谓短于识而拙于才者也。

宋刘辰翁《评点》:(第三首)皆以反覆自笑自言,情至理尽。(第四首)此两"人间"转换出没,警悟奇特。(第五首"第一"句)刘刘乎其尽兴。(末句)借用。高处又陈元龙余子碌碌之气。(第六首"有钱"四句)四句可入谣言。("相牛"二句)落落有气。(第七首"仲舒"二句)十字全传赞尽。(末句)何其能言！与人意合，正是具眼。(第八首)每用短句，七擒七纵，读之犁然。(第九首末句)节制高古，理不在多。(第十首"梦中"句)造奇。

# 风　雨

风雨破秋夕，梧叶窗前惊。不愁黄落近，满意作秋声。①
客子无定力，梦中波撼城②。觉来俱不见，微月照残更。③

**【题解】**
此诗作于政和七年(1117)。诗作完整表现了风雨之夕的印象和感受，从风雨打破秋夕的宁静，一直写到睡醒后一切又归于宁静。通过对真真幻幻各种印象的体验，似乎领悟到这样一个道理：一切都是从有到无，一切的变化印象都要归于宁静。

**【注释】**
①"不愁"二句：黄落，枯草落叶。杜甫《发秦州》："草木未黄落，况闻山水幽。"满意，一心一意。
②"梦中"句：黄庭坚《六月十七日昼寝》："马啮枯萁喧午枕，梦成风雨浪翻江。"
③"觉来"二句：苏轼《金山寺与柳子玉饮大醉卧宝觉禅榻夜分方醒书其壁》："醒时江月堕，撼撼风响变。惟有一龛灯，二豪俱不见。"

**【辑评】**
宋刘辰翁《评点》：("梦中"句)造奇。

# 曼陀罗花

　　我圃殊不俗,翠蕤敷玉房①。秋风不敢吹,谓是天上香②。烟迷金钱梦,露醉木蕖妆。③同时不同调,晓月照低昂。④

## 【题解】

　　此诗作于政和七年(1117),有将花喻人之意。曼陀罗出生与众不同,气质非凡,独具一格。与金钱、木蕖二花相比,曼陀罗花与之"同时不同调":金钱花虽"占得佳名绕树芳",但徒有虚名,并无实际用处;木蕖花被朝露染醉,晓妆如玉,也只知卖弄风骚,没有实际作为。惟有曼陀罗花,虽也朝开夜合,但低调庄重,风采独异。

## 【注释】

　　①"翠蕤(ruí)"句:嵇康《琴赋》:"郁纷纭以独茂兮,飞英蕤于昊苍。"李善注:"《说文》曰:蕤,草木花貌。"白居易《牡丹芳》:"牡丹芳,牡丹芳,黄金蕊绽红玉房。"

　　②"谓是"句:《光明经》:"即雨天上曼陀罗花。"《华严经》:"六天皆有异香。"曼陀罗花即山茄,印度盛产。

　　③"烟迷"二句:《菊谱》:"金钱,出西京,开以九月末。深黄,双纹,重叶。似大金菊而花形圆齐,颇类滴漏花。"木蕖,木芙蓉。黄庭坚《闻吉老县丞按田在万安山中》:"苦雨初闻唤妇鸠,红妆满院木蕖秋。"

　　④"同时"二句:谢灵运《七里濑》:"谁谓古今殊,异世可同调。"低昂,起伏。杜甫《观公孙大娘弟子舞剑器行》:"观者如山色沮丧,天地为之久低昂。"

# 萤 火

翩翩飞蛾掩明烛,见烹膏油罪莫赎。<sup>①</sup>嘉尔萤火不自欺,草间相照光煜煜。<sup>②</sup>却马已录仙人方,映书曾登君子堂。<sup>③</sup>不畏月明见陋质<sup>④</sup>,但畏风雨难为光。

**【题解】**

此诗作于政和七年(1117),名为咏萤火虫,实则写人。在诗人笔下,萤火虫不像扑灯蛾那样自取灭亡,它光明磊落,发自己的光,在草野相照,像一个有性格的君子。同时,也不辞鄙陋,竭力为人服务。"不畏月明见陋质"二句,实言自己虽才力有限,仍愿为国效力;然奸佞当道,风雨如晦,虽愿报国而无门也。陈与义当时仕与隐的矛盾以及进退维谷的窘境,由此可见一斑。也就是在这种心态下,不免把佛老消极避世的思想,当作慰抚一己矛盾痛苦心灵的良方。

**【注释】**

①"翩翩"二句:崔豹《古今注》卷中:"飞蛾善拂灯。"《艺文类聚》卷九七引《符子》曰:"不安其昧而乐其明,是犹夕蛾去暗,赴灯而死也。"

②"嘉尔"二句:杜甫《倦夜》:"暗飞萤自照,水宿鸟相呼。"煜煜,明亮貌。梁简文帝《咏朝日》:"团团出天外,煜煜上层峰。"

③"却马"二句:《淮南万毕术》:"萤火却马。"高诱注:"取萤火裹以羊皮,置土中,马见之鸣,却不敢行。"仙人方,用仙方制的萤火丸。《太平广记》卷一四引《神仙感遇传》:"刘子南者,乃汉冠军将军武威太守也。从道士尹公,受务成子萤火丸,辟疾病疫气、百鬼虎狼、虺蛇蜂虿诸毒,及五兵白刃、贼盗凶害。……以三角绛囊盛五丸,常带左臂上,从军者系腰中,居家悬户上,辟盗贼诸毒物。子南合而佩之。永平十二年,于武威邑界遇虏,大战败绩,余众奔溃,独为寇所围。矢下如雨,未至子南马数尺,矢辄堕地,终不能中伤。虏以为神人也,乃解围而去。子南以教其子及兄弟为军者,皆

未尝被伤,喜得其验,传世宝之。"《晋书·车胤传》:"家贫不常得油,夏月则练囊盛数十萤火以照书,以夜继日焉。"任昉《为萧扬州荐士表》注引《孙氏世录》:"孙康家贫,常映雪读书,清介,交游不杂。"王粲《公宴诗》:"高会君子堂,并坐荫华榱。"

④"不畏"句:傅咸《萤火赋》:"不以姿质之鄙薄兮,欲增辉乎太清。虽无补于日月兮,期自竭于陋形。"潘岳《西征赋》:"当休明之盛世,托菲薄之陋质。"


# 北　风

北风掠野悲岁暮,黄尘涨街人不度①。孤鸿抱饥客千里,性命么微不当怒②。梅花欲动天作难,蓬飞上天得盘桓。③千年卧木枝叶尽,独自人间不受寒。④

## 【题解】

此诗作于政和七年(1117)。黄庭坚曾写过一首《演雅》(首句"桑蚕作茧自缠裹"),一一罗列自然界中的各种生物,目的是表现有生之物都为物候感召而劳碌不得自由的主题。陈与义的这首《北风》,写北风怒号中人与孤鸿、梅花、蓬草的各自情态,立意和表现方式与之相似。但《演雅》是七古长诗,罗列近于无节制,没有表现出完整的境界,此诗却能紧紧扣住北风酿寒这一主题,有选择地表现了能够充分体现这一主题的几种事物,并且将它们统一在一个境界里面。这就完全舍弃了《演雅》那种文字游戏性质,升华为真正的艺术表达。

## 【注释】

①"黄尘"句:左思《蜀都赋》:"嚣尘张天,则埃壒曜灵。"

②么微:即幺微,微小,细微。曾巩《福州谢到任表》:"躬神圣之姿而兼容小善,履富贵之极而深达下情,在于隐恤之心,岂间么微之迹。"

③"梅花"二句:杜甫《至后》:"梅花欲开不自觉,棣萼一别永相望。"王

维《酌酒与裴迪》:"草色全经细雨湿,花枝欲动春风寒。"盘桓,徘徊,逗留。班固《幽通赋》:"承灵训其虚徐兮,伫盘桓而且俟。"李善注:"盘桓,不进也。"

④"千年"二句:千年,原本作"千里",此据冯校校改。《景德传灯录》卷七:大梅山法常师偈:"摧残枯木倚寒林,几度逢春不变心。"韩愈《枯树》:"老树无枝叶,风霜不复侵。"

【辑评】

宋刘辰翁《评点》:(末句)本是新意,亦犯古语。


# 送张仲宗押戟归闽中

翩然鸿鹄本不群①,亦复为口长纷纷。去年弄影河北月,今年迎面江南云。还家不比陶令冷,持节正效相如勤。②青天白日映徒御,玄发降旆明江滨。③舟前落花慰野老,浦口杜若愁湘君。④遥知诗成寄驿使,万里春色当见分。⑤赠人以言予岂敢,不忍负子聊云云。⑥旧山虽好慎勿过,恐有德璋能勒文。⑦

【题解】

此诗当作于宣和元年(1119)春。张元干,字仲宗,号芦川居士。向子𧨏甥。陈与义开德僚友。张元干有一首《满江红·自豫章阻风吴城山作》(春水迷天),同样是写感伤漂泊,可与陈与义此诗互参。又,题中"押戟归闽",当即张元干自跋《祭祖母刘氏墓文》后所称宣和元年八月之"缘职事",惟不详所任何职。又,张元干致仕之官,胡穉注陈与义此诗谓"以将作监丞致仕",今人多从其说,非是。芦川绍兴十年所作两篇《祭李丞相文》皆自称"右朝奉郎致仕赐绯鱼袋张元干"。据宋人习惯,凡祭文中自称,多全署官衔品秩,而芦川不言以将作监丞致仕,足证胡说之误,当以芦川自叙为据。

【注释】

①"翩然"句:翩然,飞貌。鸿鹄,古人对秃鹰之类飞行极为高远之鸟类

38

的通称。《史记·陈涉世家》："陈涉太息曰：'嗟乎！燕雀安知鸿鹄之志哉！'"

②"还家"二句：《宋书·陶潜传》："执事者闻之，以为彭泽令。……郡遣督邮至，县吏白应束带见之，潜叹曰：'我不能为五斗米折腰向乡里小人。'即日解印绶去职，赋《归去来》。"司马相如建节使蜀，略定西南夷。

③"青天"二句：韩愈《与崔群书》："青天白日，奴隶亦知其清明。"旆（pèi），泛指旌旗。

④"舟前"二句：杜甫有《风雨看舟前落花戏为新句》。又《哀江头》："少陵野老吞声哭，春日潜行曲江曲。"屈原《九歌·湘君》："捐余玦兮江中，遗余佩兮澧浦。采芳洲兮杜若，将以遗兮下女。"

⑤"遥知"二句：寄驿使，《宋诗钞》作"值驿使"。《太平御览》卷九七〇引《荆州记》："陆凯与范晔相善，自江南寄梅花一枝诣长安，并赠诗曰：'折花逢驿使，寄与陇头人。江南无所有，聊赠一枝春。'"

⑥"赠人"二句：《荀子·大略》："曾子行，晏子从于郊，曰：'婴闻之，君子赠人以言，庶人赠人以财。婴贫无财，请假于君子，赠吾子以言。'"《汉书·汲黯传》："吾欲云云。"颜师古注："犹言如此如此也。史略其辞耳。"

⑦"旧山"二句：孔稚珪（字德璋）《北山移文》吕向注："钟山在都北，其先周彦伦隐于此山，后应诏出为海盐令，欲却过此山。孔生乃假山灵之意移之，使不许得至。"有云："驰烟驿路，勒移山庭。"勒，雕刻。

【辑评】

宋刘辰翁《评点》：（"翩然"二句）起得慨然。（"不忍"二句）文人样。

明胡应麟《诗薮》外编卷五：陈去非短歌学杜，间得数语耳，无完篇。

清范大士《历代诗发》卷八：（"旧山"二句）规讽妙有含藏。


# 襄邑道中

飞花两岸照船红①，百里榆堤半日风。卧看满天云不动，不知云与我俱东。

此诗作于政和八年(1118)。当时,诗人正值奋发有为的年华,对生活充满自信,所选择的意象是色彩鲜艳的红花绿树、蓝天白云。风是诗眼,篇中由风串接起来的各个意象所组成的动态镜头,含蓄流露出春风得意的情怀。全诗最精彩之处是"满天云不动"的艺术错觉,以动衬动,以白云的流动衬托船行的快速,准确传达出一般人所有而未能道出的旅行经验。

【注释】

①舡(chuán):船的别称。《玉篇》:"舡,船也。"

# 寄新息家叔

风雨淮西梦,危魂费九升①。一官遮日手②,两地读书灯。见客深藏舌,吟诗不负丞。③竹林虽有约,门户要人兴。④

【题解】

此诗作于政和八年(1118)。新息,蔡州县。家叔,未详。陈与义少有大志,但长期沉于下僚。对于一个有远大抱负的人,怎能骋其绝足?这在他的诗里是多所反映的。如此诗中"见客深藏舌,吟诗不负丞",即用崔斯立典故,说明自己的处境和崔氏相同。

【注释】

①"危魂"句:潘岳《寡妇赋》:"意忽恍以迁越兮,神一夕而九升。"张铣注:"言意迷乱,播越不定,其神一夕九度飞扬。"

②"一官"句:杜牧《途中一绝》:"惆怅江湖钓竿手,却遮西日向长安。"

③"见客"二句:冯道《舌》:"口是祸之门,舌是斩身刀。闭口深藏舌,安身处处牢。"韩愈《蓝田县丞厅壁记》:"(崔斯立)再转而为丞兹邑。始至,喟然曰:'官无卑,顾材不足塞职。'既噤不得施用,又喟然曰:'丞哉丞哉,余不负丞,而丞负余!'"

④"竹林"二句:《晋书·乐广传》:"广时年八岁,玄常见广在路,因呼与

40

语,还谓方曰:'向见广神姿朗彻,当为名士。卿家虽贫,可令专学,必能兴卿门户也。'"

# 年　华

去国频更岁,为官不救饥。①春生残雪外,酒尽落梅时。白日山川映,青天草木宜。年华不负客,一一入吾诗。

## 【题解】

此诗作于政和八年(1118)。贫困之中,陈与义能以吟咏自娱,应该说是他没有辜负年华,而此诗中反而说年华没有辜负他。这意味着年华作了他的诗料,成就了他的诗,故为此而自幸,也能表明他是如何重视诗的。陈与义自始至终以诗歌为本位,从诗歌中他能获得心理上的慰藉。但在北宋后期激烈党争的政治环境中,诗歌写作受到限制或干扰。在此情势下,自然意趣便成为陈与义诗歌的重要吟咏对象。即如此诗,中间四句的写景清丽明朗,有万物各得其宜的味道,大自然的生意统统写入诗中,构成了诗作的重要内容。末云"一一入吾诗",实质上也是在说师法自然的问题。

## 【注释】

①"去国"二句:《礼记·檀弓》:"去国则哭于墓而后行,反其国,不哭,展墓而入。"范仲淹《岳阳楼记》:"登斯楼也,则有去国怀乡,忧谗畏讥,满目萧然,感极而悲者矣。"

## 【辑评】

元方回《瀛奎律髓》卷二一:诗律绝高。又,清纪昀:三句精诣,对亦可。

明胡应麟《诗薮》外编卷五:无己"梅柳春犹浅,关山月自明",去非"春生残雪外,酒尽落梅时",却自然有唐味,然不多得。

清范大士《历代诗发》卷二六:玩结句,则客亦不负年华矣,然妙在说得一半。

# 茅　屋

　　茅屋年年破,春风岁岁来。寒从草根退,花值客愁开。时序添诗卷,乾坤进酒杯。片云无思极,日暮却空回。

**【题解】**

　　此诗作于政和八年(1118)。诗作先点题,并暗用杜甫《茅屋为秋风所破歌》的语典。再写时序不关人事,反衬诗人之客愁。又写诗人以诗酒解忧,境界阔大。最后则融情入景。全篇沉郁中见疏放,与杜诗颇为相似。

**【辑评】**

　　宋刘辰翁《评点》:("乾坤"句)与"进弈棋"似。(按杜诗:"耕岩进弈棋。")

# 酴　醾

　　雨过无桃李,唯余雪覆墙。青天映妙质,白日照繁香。[①]影动春微透,花寒韵更长。风流到尊酒[②],犹足助诗狂。

**【题解】**

　　此诗作于政和八年(1118)。前两联是酴醾花的生动写照。谓虽然春色已老,人们仍可从酴醾的白花繁香里,感受到春天的气息。当此之际,诗酒自娱,自然乐在其中。

**【注释】**

　　①"青天"二句:白居易《裴常侍以题蔷薇架十八韵见示因广为三十韵以和之》:"秾因天与色,丽共日争光。"

②"风流"句:黄庭坚《见诸人唱和酴醾诗辄次韵戏咏》:"名字因壶酒,风流付枕帏。"任渊注:"王立之《诗话》云:酴醾本酒名也,世所开花,本以其颜色似之,故取其名。按《唐书·百官志》:良酝署令进御,则供酴醾桑落之酒。《韵书》曰:帏,囊也。今人或取落花以为枕囊。"又《观王主簿家酴醾》:"风流彻骨成春酒,梦寐宜人入枕囊。"

## 【辑评】

宋刘辰翁《评点》:("青天"句)不妨有朴意。

# 秋　雨①

潇潇十日雨,稳送祝融归。②燕子经年别,梧桐昨梦非。③一凉恩到骨,四壁事多违。④衮衮繁华地⑤,西风吹客衣。

## 【题解】

此诗作于政和八年(1118)。陈与义善于写雨,集中写雨的佳作不少。此诗扫弃陈言,独辟蹊径,主要不是体物式地描写雨的形象和雨天的情景,也不借用那些与雨有关的典故和前人成句,而是着重表现自己在雨天所产生的一些感受。超越形似,注重神似,正是陈与义在诗艺上的一种追求,所谓"意足不求颜色似"。

## 【注释】

①诗题,原本作"雨",此据潘本、丁钞、聚珍本校改。

②"潇潇"二句:《诗·郑风·风雨》:"风雨潇潇,鸡鸣胶胶。"《礼记·月令》:"夏神祝融。"《国语·郑语》:"且重、黎之后也,夫黎为高辛氏火正,以淳耀惇大,天明地德,光昭四海,故命之曰祝融,其功大矣。"韦昭注:"祝,始也;融,明也。"

③"燕子"二句:经年别,原本作"经年梦",此据潘本校改。昨梦非,原本作"昨暮非",此据《瀛奎律髓》卷一七校改。又,闽本"非"作"悲"。

④"一凉"二句:恩到骨,聚珍本作"思到骨"。南宋许斐《陈宗之叠寄书

籍小诗为谢》用简斋此语:"城南昨夜闻秋雨,又拜新凉到骨恩。"《史记·司马相如列传》:"文君夜奔相如,相如驰归成都,家徒四壁立。"沈约《学省愁卧》:"缨佩空为忝,江海事多违。"

⑤"衮衮"句:韦应物《拟古诗十二首》其三:"京城繁华地,轩盖凌晨出。"

**【辑评】**

宋刘辰翁《评点》:("一凉"句)使皆如"青归柳叶,红入桃花",上下语脉无甚惨黯,即与村学堂对属何异?后山识此,故云"功名不朽聊通袖,海道无违具一舟",几无一字偶切。简斋识此,故云"一凉恩到骨,四壁事多违"。

元方回《瀛奎律髓》卷一七:简斋五言律为雨而作者选十九首,诗律精妙,上追老杜,仰高钻坚,世之斯文自命者皆当在下风,后山之后,有此一人耳。又,清冯舒:("一凉"句)宋句。又,清纪昀:"稳"字不佳。三、四妙在即、离之间。"恩"字似新而俚。

明李东阳《怀麓堂诗话》:陈与义"一凉恩到骨,四壁事多违",世所传诵,然其支离亦过矣。

# 西 风

木末西风起,中含万里凉。① 浮云不愁思,尽日只飞扬。②梦断头将白,诗成叶自黄③。不关明主弃,本出涧阴乡。④

**【题解】**

此诗作于政和八年(1118),时闲居京师。诗中"不关明主弃"二句,牢骚悲愤语,不言明主弃,而弃的意思藏在诗句的背后,与孟浩然的"不才明主弃"(《岁暮归南山》),深有同慨。

**【注释】**

①"木末"二句:屈原《九歌·湘君》:"采薜荔兮水中,搴芙蓉兮木末。"陆机《前缓声歌》:"长风万里举,庆云郁嵯峨。"

②"浮云"二句:杜甫《观李固请司马弟山水图三首》其一:"群仙不愁思,冉冉下蓬壶。"刘邦《大风歌》:"大风起兮云飞扬,威加海内兮归故乡。"

③"诗成"句:杜甫《和裴迪登新津寺寄王侍郎》:"何恨(一作限)倚山木,吟诗秋叶黄。"

④"不关"二句:《新唐书·孟浩然传》:"(王)维私邀入内署,俄而玄宗至,浩然匿床下。维以实对,帝喜曰:'朕闻其人而未见也,何惧而匿?'诏浩然出。帝问其诗,浩然再拜,自诵所为,至'不才明主弃'之句,帝曰:'卿不求仕,而朕未尝弃卿,奈何诬我?'因放还。"《晋书·王沈传》:"王沈字彦伯,高平人也。少有俊才,出于寒素,不能随俗沉浮,为时豪所抑。仕郡文学掾,郁郁不得志,乃作《释时论》。其辞曰:'东野丈人观时以居,隐耕污腴之墟。有冰氏之子者,出自沍寒之谷,过而问涂。'丈人曰:'子奚自?'曰:'自涸阴之乡。''奚适?'曰:'欲适煌煌之堂。'丈人曰:'入煌煌之堂者,必有赫赫之光。今子困于寒而欲求诸热,无得热之方。'"涸阴,犹穷阴。张衡《西京赋》:"其远则九嵕甘泉,涸阴沍寒。"

# 题许道宁画

满眼长江水,苍然何郡山。向来万里意,今在一窗间。<sup>①</sup>
众木俱含晚,孤云遂不还<sup>②</sup>。此中有佳句,吟断不相关<sup>③</sup>。

**【题解】**

此诗作于政和八年(1118)。许道宁,仁宗时期的著名山水画家。此为陈与义题画诗佳作。首联一问,化实为虚,比正面、直接地说画山似真山,要婉曲有味得多。颔联接续密切,似间不容隙。两句脱胎于山谷而又有所变化,实为画龙点睛、善于概括之语。当然,也可以理解成是借题画来寄托自己不得志的悲愤心情。颈联成俯仰伸含之势。前面已作极力形容,尾联反戈一击,说纵然吟断心肠,终无适当的句子可传画中之意。全篇意足神忘地再现了原画精神,又以诗中有我的寄托象征之法增加了诗的意蕴。而诗中的思想境界,又非出于枯槁之议论,而是熔铸在美好的意象之中,使得这类诗作既具筋骨理思,又有风神情韵。

**【注释】**

①"向来"二句:《南史·萧贲传》:"能书善画,于扇上图山水,咫尺之内,便觉万里为遥。"苏轼《被酒独行遍至子云威徽先觉四黎之舍》:"莫作天涯万里意,溪边自有舞雩风。"黄庭坚《以椰子茶瓶寄德孺二首》其二:"往时万里物,今在篱落间。"

②"孤云"句:李白《春日独酌二首》其二:"长空去鸟没,落日孤云还。"

③"吟断"句:吟断,犹言吟煞。李商隐《晋昌晚归马上赠》:"征南予更远,吟断望乡台。"《景德传灯录》卷八:潭州龙山师颂:"莫把是非来辨我,浮生穿凿不相关。"

**【辑评】**

宋刘辰翁《评点》:("向来"二句)好。


# 和张规臣水墨梅五绝①


巧画无盐丑不除,此花风韵更清姝。②从教变白能为黑,桃李依然是仆奴。③

病见昏花已数年,只应梅蕊固依然。④谁教也作陈玄面,眼乱初逢未敢怜。⑤

粲粲江南万玉妃⑥,别来几度见春归。相逢京洛浑依旧,惟恨缁尘染素衣。⑦

含章檐下春风面,造化功成秋兔毫。⑧意足不求颜色似,前身相马九方皋。⑨

自读西湖处士诗,年年临水看幽姿。明窗画出横斜影,绝胜前村夜雪时。⑩

**【题解】**

此组诗作于政和八年(1118)。张规臣,事迹未详。这组诗是陈与义的成名作,攸关其一生仕宦功名。原因主要在于诗作并非只是单纯地吟咏水墨梅画,而是时时与人世相联,以画喻世,升华了诗境。如第一首"变白能为黑",用屈原《怀沙》诗句,以花喻人,以画与人世薰莸不分,倒白为黑相牵连,使诗境陡然一阔。第三首中"缁尘染素衣",也有久居尘世难免沾染之意,表达出对浊世的憎恶之情。第四首"意足"一句,既是对艺术的追求,也透出了高蹈的人生境界。第五首中"年年临水看幽姿",更是梅己合一,以梅之高洁喻自己的品格追求。合五首而观之,那种人梅合一的高洁精神如在目前,组诗因而也就具有了一种兴寄深微的崇高美。

**【注释】**

①诗题中"张规臣",李氏藏本作"张矩臣"。

②"巧画"二句:巧画,黄校《诗林广记》卷八作"刻画",聚珍本作"巧画",注:"一作刻"。清姝,秀美。《全芳备祖》卷二作"清疏"。《世说新语·轻诋》:"何乃刻画无盐,以唐突西子也?"刘向《列女传》:"钟离春者,齐无盐邑之女,宣王之正后也。其为人极丑无双,臼头深目,长指大节,卬鼻结喉,肥项少发,折腰出胸,皮肤若漆。"

③"从教"二句:从教,《艇斋诗话》引作"虽然";一任。韦骧《菩萨蛮》:"白发不须量,从教千丈长。"屈原《怀沙》:"变白而为黑兮,倒上以为下。"苏轼《再和杨公济梅花十绝》其二:"天教桃李作舆台,故遣寒梅第一开。"舆台,泛指贱役。

④"病见"二句:病见,《诗林广记》作"病眼",《全芳备祖》作"病目"。固依然,潘本、丁钞、聚珍本、《宋诗钞》作"故依然"。苏轼《送表弟程六知楚州》:"我正含毫紫微阁,病眼昏花困书檄。"陈师道《八月十日二首》其一:"一梦人间四十年,只应炊灶固依然。"

⑤"谁教"二句:也作,《全芳备祖》作"色作"。韩愈《毛颖传》:"颖与绛人陈玄、弘农陶泓及会稽褚先生友善,相推致,其出处必偕。"又《春雪间早梅》:"荧煌初乱眼,浩荡忽迷神。"

⑥"粲粲"句:粲粲,鲜明貌。韩愈《辛卯年雪》:"白帝盛羽卫,鬖髿振裳

47

衣。白霓先启途,从以万玉妃。"苏轼《花落复次前韵》:"玉妃谪堕烟雨村,先生作诗与招魂。"

⑦"相逢"二句:唯恨,《容斋随笔》卷八作"只恨",《永乐大典》卷二八一二引《儒学警悟》作"只是",《濠南遗老集》卷四〇作"只有"。陆机《为顾彦先赠妇》:"京洛多风尘,素衣化为缁。"

⑧"含章"二句:檐下,《苕溪渔隐丛话》前集卷五二引作"帘下",《怀古录》卷中所引作"阁下"。功成,丁钞作"初成",《怀古录》作"工夫"。《太平御览》卷三〇引《杂行五书》:"宋武帝女寿阳公主,人日卧于含章殿檐下,梅花落公主额上,成五出花,拂之不去。皇后留之,看得几时,经三日洗之,乃落。宫女奇其异,竞效之。今梅花妆是也。"杜甫《咏怀古迹五首》其三:"画图省识春风面,环佩空归夜月魂。"秋兔毫,指用秋季兔的毫毛所制的毛笔。黄庭坚《刘晦叔洮河绿石研》:"莫嫌文吏不知武,要试饱霜秋兔毫。"

⑨"意足"二句:《史记·晏婴传》:"然子之意,自以为足。"《列子·说符》:"秦穆公欲求马,伯乐荐九方皋,穆公见之,使行求马。三月而反报曰:'已得之矣,在沙丘。'穆公曰:'何马也?'对曰:'牝而黄。'使人往取之,牡而骊。穆公不说。召伯乐而谓之曰:'败矣,子所使求马者,色物牝牡尚弗能知,又何马之能知也?'伯乐喟然太息曰:'一至于此乎!是乃其所以千万臣而无数者也。若皋之所观,天机也。得其精而忘其粗,在其内而忘其外。见其所见,不见其所不见;视其所视,而遗其所不视。若皋之相马,乃有贵乎马者也。'马至,果天下之马也。"

⑩"明窗"二句:林逋《山园小梅》二首其一:"疏影横斜水清浅,暗香浮动月黄昏。"西湖处士即林逋。齐己《早梅》:"前村深雪里,昨夜一枝开。"

【辑评】

宋刘辰翁《评点》:(第二首"病见"句)来得特别。(末句)此世道人物变态之感也。末七字宛转三折,收拾曲尽。(第三首末句)俗之所喜。(第四首末句)犹涉比并。

宋洪迈《容斋续笔》卷八:陈简斋《墨梅绝句》一篇云"粲粲江南万玉妃",语意皆妙绝。晋陆机《为顾荣赠妇》诗云:"京洛多风尘,素衣化为缁。"齐谢玄晖《酬王晋安》诗云:"谁能久京洛,缁尘染素衣。"正用此也。

宋曾季貍《艇斋诗话》：墨梅诗甚多，如陈去非"虽然变白能为黑，桃李依然是仆奴"，其词盖几乎骂矣。惟闻人武子一诗云："瑶姬伫立缘何事，直到烟昏月堕时。"形容得宛转，甚佳。

宋陈善《扪虱新语》上集卷四：客有诵陈去非《墨梅》诗于余者，且曰："信古人未曾道此。"予摘其一曰："'粲粲江南万玉妃，别来几度见春归。相逢京洛浑依旧，只是缁尘染素衣。'世以简斋诗为新体，岂此类乎？"客曰："然。"予曰："此东坡句法也。坡《梅花》绝句云：'月地云阶漫一尊，玉奴终不负东昏。临春结绮荒荆棘，谁信幽香是返魂。'简斋亦善夺胎耳。简斋又有《腊梅》诗曰：'奕奕金仙面，排行立晓晴。殷勤夜来雪，少住作珠缨。'亦此法也。"

宋朱熹《朱子语类》卷一四〇：高宗最爱简斋"客子光阴诗卷里，杏花消息雨声中。"又问坐间云："简斋《墨梅》诗何者最胜？"或以"皋"字韵一首对。先生曰："不如'相逢京洛浑依旧，惟恨缁尘染素衣。'"

金王若虚《滹南遗老集》卷四〇：予尝病近世《墨梅》二诗，以为过。及观宋诗选，陈去非云："粲粲江南万玉妃，别来几度见春归。相逢京洛浑依旧，只有缁尘染素衣。"曹元象云："忆昔神游姑射山，梦中栩栩片时还。冰肤不许寻常见，故隐轻云薄雾间。"乃知此弊有自来矣。

宋陈模《怀古录》卷中：东坡云："吟诗必此诗，定知非诗人。"陈简斋《墨梅》云："含章阁下春风面，造化工夫秋兔毫。意足不求颜色似，前身相马九方皋。"使事而得活法者也。

宋佚名《简斋集增注》：苕溪渔隐曰：简斋《墨梅》诗，徽庙称赏乃"皋"字韵一首。《朱文公语录》：晦庵尝问学者：简斋《墨梅》诗，何者最胜？或以"皋"字韵一首为对。晦庵曰：不如"相逢京洛浑依旧，惟恨缁尘染素衣"。刘后村选江左绝句，亦取"衣"字韵一首。

元刘壎《隐居通议》卷一一：近世有咏墨梅者，一诗云："高结长眉满汉宫，君王图玉按春风。龙沙万里王家女，不著黄金买画工。"又一云："五换邻钟三唱鸡，云昏月淡正低迷。金帘不著阑干角，瞥见伤春背面啼。"评诗者谓去题太远，不知其咏何物。简斋陈去非咏墨梅云："粲粲江南万玉妃，别来几度见春归。相逢京洛浑依旧，惟恨缁尘染素衣。"曹元象云："忆昔神游姑射山,梦中栩栩片时还。冰肤不许寻常见,故隐轻云薄雾间。"评诗者亦谓其格调虽高,去题终远。予谓后二诗尚见仿佛,前二诗委是悬远,然却是好诗,只欠换题目耳。坡翁云:"作诗必此诗,定知非诗人。"亦可执此语以自解。

# 夜 雨

　　经岁柴门百事乖,此身只合卧苍苔①。蝉声未足秋风起,木叶俱鸣夜雨来。棋局可观浮世理②,灯花应为好诗开。独无宋玉悲歌念,但喜新凉入酒杯③。

## 【题解】

　　政和七年(1117)春暮,陈与义由洛阳入汴京,客居京城一年有余,于次年十月除辟雍录。此诗当作于授官之前。其间对人事沉浮、官场奔营颇多感慨,对自己的仕途未通也甚是伤怀,于是有首联之叹,并借夜雨秋风抒怀。唯有"百事乖""卧苍苔"的哀鸣,夜雨秋风才更具有凄厉的韵味。而且,在一片凄厉衰颓的秋声中来写身世落寞的哀叹,更能产生令人伤感的效果;同样,也只有以悲凉失落的心情来体会夜雨秋风,才会更觉声声揪心。不过,诗人没有沉溺于其中,而是登高一层,放开胸怀来作自我解脱。窗外风雨交加,为了解脱愁思,诗人于灯下弈棋吟诗,从纵横的棋枰上,悟出了大千世界的浮沉之道。通过观棋悟道,诗人认为没有必要像宋玉那样来悲秋,因为得便是失,失便是得,杯酒之间,顿时产生了一种参透禅机的快意。全诗结构独特,以情起,以景承,以理结。用典甚多,脱胎换骨,绝少痕迹,体现出早期诗风中的江西诗味还是相当足的。

## 【注释】

　　①"此身"句:杜甫《昔游》:"庞公任本性,携子卧苍苔。"
　　②"棋局"句:杜甫《秋兴八首》其四:"闻道长安似弈棋,百年世事不胜悲。"浮世,旧时认为人世间是浮沉聚散不定的,故称。阮籍《大人先生传》:

"逍遥浮世,与道俱成。"

③"但喜"句:韩愈《符读书城南》:"时秋积雨霁,新凉入郊墟。"

**【辑评】**

宋刘辰翁《评点》:("木叶"二句)下七字好,尝欲写此境不能到。

元方回《瀛奎律髓》卷一七:清冯舒:似缓散,次联好句也,起结不相应。("灯花"句)厌。又,清纪昀:风格自好。又,诗固不必句句抱题,然如此五、六亦太脱。"棋局"外添一层,更为迂远。第七句笨。


# 连雨不能出有怀同年陈国佐


雨师风伯不吾谋,漠漠穷阴断送秋。<sup>①</sup>欲过苏端泥浩荡,定知高凤麦漂流。<sup>②</sup>檐前甘菊已无益,阶下决明还可忧。<sup>③</sup>安得如鸿六尺马,暂时相对说新愁。<sup>④</sup>


**【题解】**

此诗作于政和八年(1118)。诗作客观上只是因雨不得出门而怀念同年,但充斥的是浓浓的忧愁,与其说是自然风雨,还不如说是风雨飘摇的政局使人忧愁。

**【注释】**

①"雨师"二句:《汉书·郊祀志》:"雍有日、月、参、辰、南北斗、荧惑、太白、岁星、填星、辰星、二十八宿、风伯、雨师、四海、九臣、十四臣、诸布、诸严、诸逐之属,百有余庙。"颜师古注:"风伯,飞廉也;雨师,屏翳也,一曰屏号。而说者乃谓风伯箕星也,雨师毕星也。此《志》既言二十八宿,又有风伯、雨师,则知非箕毕也。漠漠,云烟密布貌。穷阴,极其阴沉的天气。鲍照《舞鹤赋》:"于是穷阴杀节,急景凋年。"断送,犹云推送之送或迎送之送。此处谓风雨推送秋来。苏轼《次韵笑邦直子由四首》其二:"醉呼妙舞留连夜,闲作清诗断送秋。"

②"欲过"二句：杜甫《雨过苏端》："杖藜入春泥，无食起我早。"又有《苏端薛复筵简薛华醉歌》。钱起也有《题苏公林亭》《苏端林亭对酒喜雨》二诗。合诸诗而观，苏端似为一慷慨而有才华者，与《新唐书·杨绾传》所谓"憸人"不同："比部郎中苏端，憸人也，持异议，宰相常衮阴助之。帝以其言丑险不实，贬端巴州员外司马，犹赐谥曰文简。"《后汉书·高凤传》："高凤字文通，南阳叶人也。少为书生，家以农亩为业，而专精诵读，昼夜不息。妻尝之田，曝麦于庭，令凤护鸡。时天暴雨，而凤持竿诵经，不觉潦水流麦。妻还怪问，凤方悟之。"

③"檐前"二句：杜甫《叹庭前甘菊花》："庭前甘菊移时晚，青蕊重阳不堪摘。"又《秋雨叹三首》其一："雨中百草秋烂死，阶下决明颜色鲜。"决明，一种七月开花的草药，相传可以使眼睛明亮，故名。

④"安得"二句：相对，潘本作"相就"。杜甫《苦雨奉寄陇西公兼呈王征士》："愿腾六尺马，背若孤征鸿。"苏轼《和子由初到陈州见寄二首次韵》其二："闭户时寻梦，无人可说愁。"

# 目　疾①

天公嗔我眼常白，故著昏花阿堵中②。不怪参军谈瞎马，但妨中散送飞鸿。③著篦令恶谁能对，损读方奇定有功。④九恼从来是佛种，会如那律证圆通。⑤

**【题解】**

此诗作于政和八年(1118)。陈与义作诗，喜欢在七律中间两联铺排四典作对句，已经成为一套程式。此诗更是八句用七事，且所用之典故均与眼睛有关。这与黄庭坚的一首《和答钱穆父咏猩猩毛笔》作风极为相近："爱酒醉魂在，能言机事疏。平生几两屐，身后五车书。物色看王会，勋劳在石渠。拔毛能济世，端为谢杨朱。"又，葛胜仲《和目疾韵》(首句"幻翳乘虚近漆瞳")即和陈与义此诗。

## 【注释】

①诗题,潘本、《瀛奎律髓》卷四四作"眼疾"。

②"故著"句:阿堵,犹云这个。《世说新语·巧艺》:"顾长康画人,或数年不点目精。人问其故,顾曰:'四体妍蚩,本无关乎妙处,传神写照,正在阿堵中。'"韩愈《寄崔二十六立之》:"玄花著两眼,视物隔褷缡。"

③"不怪"二句:《世说新语·排调》:"桓南郡与殷荆州语次……次复作危语……殷有一参军在坐,云:'盲人骑瞎马,夜半临深池。'殷曰:'咄咄逼人!'仲堪眇目故也。"嵇康《赠秀才入军》十九首其十四:"目送归鸿,手挥五弦。"

④"著篱"二句:谁能对,原本作"谁能继",此据潘本、丁钞、聚珍本校改。《唐摭言》卷一三:"方干姿态山野,且更兔缺,然性好陵侮人。有龙丘李主簿者,不知何许人,偶于知闻处见干而与之传杯酌。龙丘目有翳,改令以讥之曰:'干改令,诸人象令主:措大吃酒点盐,军将吃酒点酱。只见门外著篱,未见眼中安障。'龙丘答曰:'措大吃酒点盐,下人吃酒点鲜。只见手臂着襕,未见口唇开胯。'一座大笑。"《晋书·范宁传》:"初,宁尝患目痛,就中书侍郎张湛求方。湛因嘲之曰:'古方……用损读书一,减思虑二,专内视三,简外观四,早晚起五,夜早眠六。凡六物,熬以神火,下以气篱,蕴于胸中七日,然后纳诸方寸。修之一时,近能数其目睫,远视尺捶之余。长服不已,洞见墙壁之外。非但明目,乃亦延年。"

⑤"九恼"二句:是佛种,聚珍本作"自佛种"。会如,《瀛奎律髓》作"会知"。《维摩经》:九恼处为种,十不善为种,六十二见,一切烦恼,皆是佛种。《楞严经》:阿那律失双目,世尊示以乐见照明金刚三昧,不因眼观,见十方,遂证圆通。

## 【辑评】

元方回《瀛奎律髓》卷四四:此诗八句而用七事。谓诗不在用事者,殆胸中无书耳。"盲人骑瞎马,夜半临深池",此《世说》殷仲堪参军所作危语,仲堪眇一目,适忤之。"只见门外著篱,未见眼中安障",此方干令以嘲李主簿。范宁武子患目痛,求方于张湛,湛戏谓此方用损读书一,减思虑二,专内视三,简外观四,早晚起五,夜早眠六。凡六物,熬以神灰,下以气篱。今刊本多误作"损续",非也。白眼、阿堵、送飞鸿三事非僻。那律事出《楞严经》,无目可以证道。其要,妙在用虚字以斡实事,不可不细味也。又,清冯舒:参军危语如此,初未尝云参军自骑也。又,清冯班:太堆砌,如此何得薄昆体耶? 江西派承昆体之后,用事多假借扭合,往往不可通。昆体用三十六体,用事出没,皆本古法,黄、陈多杜撰,所以不及。

# 以事走郊外示友

二十九年知已非,今年依旧壮心违。①黄尘满面人犹去②,红叶无言秋又归。万里天寒鸿雁瘦,千村岁暮鸟乌微。往来屑屑君应笑,要就南池照客衣。③

**【题解】**
此诗作于政和八年(1118)复除辟雍录后。所谓"以事走郊外",即去辟雍也。辟雍在南郊,陈与义此时尚寓城中,故有"黄尘满面""往来屑屑"之叹,而"南池"当即泮池也。诗作抒发怀才不遇、壮志难酬的满腹牢骚和苦闷矛盾。不过,作者仍是身不由己,在这种矛盾彷徨中苦苦挣扎,茫然失措,无可奈何。其中,尾联用雍容飘逸之语收束全篇,克服了牢骚太盛的板滞和村伧气,正是作者诗风俊雅的成功表现。

**【注释】**
①"二十"二句:《淮南子·原道训》:"故蘧伯玉年五十,而有四十九年非。"高诱注:"今年所行是也,则还顾知去年之所行非也。"杜甫《夜》:"烟尘绕阊阖,白首壮心违。"

②"黄尘"句:令狐楚《塞下曲二首》其二:"黄尘满面长须战,白发生头未得归。"

③"往来"二句:屑屑,忙碌纷乱貌。《后汉书·王良传》:"王良字仲子,东海兰陵人也。……六年,代宣秉为大司徒司直。……后以病归。一岁复征,至荥阳,疾笃不任进道,乃过其友人。友人不肯见,曰:'不有忠言奇谋

而取大位,何其往来屑屑不惮烦也?'遂拒之。良惭,自后连征,辄称病。"李贤注:扬雄《方言》曰:"屑屑,不安也。"杜甫《太平寺泉眼》:"明涵客衣净,细荡林影趣。"

# 十 月

十月北风催岁兰,九衢黄土污儒冠①。归鸦落日天机熟②,老雁长云行路难。欲诣热官忧冷语③,且求浊酒寄清欢。孤吟坐到三更月,枯木无枝不受寒。

**【题解】**

此诗政和八年(1118)作于在京都任学官时。诗作正面描述自我形迹和仕路心态。前两联写客观的季候环境和景象,同时交织着主观的际遇和情愫。"催"、"污"二字,使时间和空间染上了感情色彩。"归鸦","老雁",既是写景,又是比人。"欲诣热官忧冷语"二句,一副傲骨跃然纸上。末以深夜孤吟、免受宦海风险收煞。全篇情景交会,足为诗人前半生写照。

**【注释】**

①"九衢"句:九衢,纵横交叉的大道。屈原《天问》:"靡萍九衢,枲华安居?"王逸注:"九交道曰衢。"杜甫《狄明府》:"虎之饥,下巉岩;蛟之横,出清泚。早归来,黄土泥衣眼易眯。"

②"归鸦"句:天机熟,冯校:熟,库作"豁"。《庄子·大宗师》:"耆欲深者天机浅。"

③"欲诣"句:《北齐书·王昕传》:"帝欲以晞为侍中,苦辞不受,或劝晞勿自疏。晞曰:'我少年以来,阅要人多矣,充诎少时,鲜不败绩。且性实疏缓,不堪实务,人主恩私,何由可保,万一披猖,求退无地。非不爱作热官,但思之烂熟耳。'"热官,权势显赫的官吏。

55

# 题小室

暂脱朝衣不当闲，澶州梦断已多年。<sup>①</sup>诸公自致青云上，病客长斋绣佛前。<sup>②</sup>随意时为师子卧，安心懒作野狐禅。<sup>③</sup>炉烟忽散无踪迹，屋上寒云自黯然。

**【题解】**

此诗作于政和八年（1118）。即使在描写日常所见的题材中，也时见国家政治的重要内容。如此诗中"暂脱朝衣不当闲"四句，不仅因目睹国力衰颓，联想到屈辱于外敌的"澶渊之盟"，而且对朝中诸公蝇营苟且、振国无才表露出深切的焦虑。陈与义的这种忧世之心，其时固尚隐曲，却也仍然时时可见。又，葛胜仲《和小室韵》（首句"一味伽那已默传"）即和陈与义此诗。

**【注释】**

①"暂脱"二句："暂脱"句，李氏藏本下有"自注：张籍云：'朝衣暂脱见闲身'"。张籍《题韦郎中新亭》："新酒欲开期好客，朝衣暂脱见闲身。"陈与义政和三年起任开德府教授。开德府即澶（chán）州，亦称澶渊郡，故址在今河南濮阳西。真宗景德元年（1004）十二月，宋辽于此订立"澶渊之盟"。

②"诸公"二句：青云，喻高官显爵。《史记·范雎蔡泽列传》："贾不意君能自致青云之上，贾不敢复读天下之书，不敢复与天下之事。"长斋，谓佛教徒长期坚持过午不食。后多指长期素食。杜甫《饮中八仙歌》："苏晋长斋绣佛前，醉中往往爱逃禅。"仇兆鳌注："《广弘明集》：'宋刘义隆时，灵鹫寺有群燕共衔绣像，委之堂内。'据此，则绣佛之制久矣。"

③"随意"二句：《阿含经》："师子夜卧，右胁在地，累足尾后。至明，见身不正则惭，正则喜。"野狐禅，禅宗对一些妄称开悟而流入邪僻者的讥刺语。引申为外道，异端。《五灯会元》卷三：师每上堂，有一老人随众听法。一日众退，唯老人不去。师问："汝是何人？"老人曰："某非人也。于过去迦

叶佛时,曾住此山,因学人问'大修行人还落因果也无',某对云:'不落因果。'遂五百生堕野狐身,今请和尚代一转语,贵脱野狐身。"师曰:"汝问。"老人曰:"大修行人还落因果也无?"师曰:"不昧因果。"老人于言下大悟,作礼曰:"某已脱野狐身,住在山后。敢乞依亡僧津送。"师令维那白椎告众,食后送亡僧。大众聚议,一众皆安,涅槃堂又无病人,何故如是? 食后师领众至山后岩下,以杖挑出一死野狐,乃依法火葬。苏轼《乐全先生生日以铁拄杖为寿二首》其一:"遥想人天会方丈,众中惊倒野狐禅。"

**【辑评】**

清范大士《历代诗发》卷二六:结句妙,有比兴。


# 次韵张迪功春日

年年春日寒欺客,今日春无一半寒。不觉转头逢岁换,便须揩目待花看。<sup>①</sup>争新游女幡垂鬓,依旧先生日照盘。<sup>②</sup>从此不忧风雪厄,杖藜时可过苏端。<sup>③</sup>

**【题解】**

此诗作于政和八年(1118)。张迪功,即张矩臣,与陈与义为中表兄弟。首联反映两种景况,两种心情,前者衬托后者。颔联直接描写季节转换与诗人的心理反应。颈联具体写迎春的行动。两种人,两种情态,一老一少,一静一动,相映成趣,充分体现出迎春的习俗与欢乐。尾联回应起首二句,进一步申述诗人从此不再担心风雪阻碍,随时可以拄着拐杖探访亲朋好友的喜悦心情。全诗虽无深意,而表情达意细腻真实,极有层次。

**【注释】**

①"不觉"二句:揩目,聚珍本作"揩眼"。白居易《自咏》:"百年随手过,万事转头空。"苏轼《寓居定惠院之东杂花满山有海棠一株土人不知贵也》:"忽逢绝艳照衰朽,叹息无言揩病目。"

②"争新"二句：《岁时风土记》："立春之日，士大夫之家，剪彩为小幡（fān），谓之春幡。或悬于家人之头，或缀于花枝之下。"黄庭坚《再次前韵》其二："邻娃似与春争道，酥滴花枝彩剪幡。"薛令之《自悼》："朝日上团团，照见先生盘。盘中何所有，苜蓿长阑干。"

③"从此"二句：陈师道《九月九日与智叔雕堂宴集夜归》："欲留歌舞尽客意，风雨和更作三厄。"杖藜，谓拄着手杖行走。藜，野生植物，茎坚韧，可为杖。王十朋《记梦》："夜梦随先君，梅溪策藜杖。"

# 又和岁除感怀用前韵

宦情吾与岁俱阑，只有诗盟偶未寒。①鬓色定从今夜改，梅花已判隔年看。高门召客车稠叠，下里烧香篆屈盘。②我亦三杯聊复尔，梦回鹓鹭出朝端。③

【题解】

此诗作于政和八年（1118）岁除。诗中"只有诗盟偶未寒"云云，值得注意。所谓盟会，本非与生俱有的血缘身份关系，而是契约取向的结合，但在观念上却力图与血缘身份关系形成内在的同构对应关系。也就是说，盟会实际上是一种变相的、扩大的氏族宗法组织形式。文人社团也是如此。又，王之道作有《夜泊官牌夹口大风追和陈去非岁晚成怀》（首句"咿喔邻鸡夜向阑"），可以参看。

【注释】

①"宦情"二句：阑，将尽。白居易《酬李少府曹长官舍见赠》："公事与日长，宦情随岁阑。"《左传·哀公十二年》："若可寻也，亦可寒也。"苏轼《答仲屯田次韵》："秋来不见渼陂岑，千里诗盟忽重寻。"

②"高门"二句：《汉书·于定国传》："始定国父于公，其闾门坏，父老方共治之。于公谓曰：'少高大闾门，令容驷马高盖车。我治狱多阴德，未尝有所冤，子孙必有兴者。'至定国为丞相，永为御史大夫，封侯传世云。"稠

叠,稠密重叠,密密层层。谢灵运《过始宁墅》:"岩峭岭稠叠,洲萦渚连绵。"宋玉《对楚王问》:"客有歌于郢中者,其始曰《下里》《巴人》,国中属而和者数千人。"李贺《沙路曲》:"独垂重印押千官,金窠篆字红屈盘。"

③"我亦"二句:李白《月下独酌四首》其二:"三杯通大道,一斗合自然。"聊复尔,姑且如此。《世说新语·任诞》:"阮仲容步兵居道南,诸阮居道北。北阮皆富,南阮贫。七月七日,北阮盛晒衣,皆纱罗锦绮。仲容以竿挂大布犊鼻裤于中庭。人或怪之,答曰:'未能免俗,聊复尔耳。'"鹓(yuān)鹭飞行有序,以喻班行有序的朝官。《隋书·音乐志》:"怀黄绾白,鹓鹭成行。"


# 张迪功携诗见过次韵谢之二首

黄纸红旗意未阑,青衫俱不救饥寒。①久荒三径未得返,偶有一钱何足看。②世事岂能磨铁砚,诗盟聊可歃铜盘。③不嫌野外时迂盖,政要相从叩两端。④

黄鸡白日唱初阑,便觉杯觞耐薄寒。⑤坐上客多真足乐,床头易在不须看⑥。更思深径授红蕊,(是日游小园,张屡举此词。)政待移厨洗玉盘。⑦若恨重城催兴尽,归时落日尚云端。⑧

**【题解】**

此二诗作于宣和元年(1119)。在"靖康之乱"前陈与义的诗作中,抒发才高位卑、沉沦下僚的悲愤牢骚是其主要内容。如此诗中"久荒三径未得返,偶有一钱何足看",以及后录诗作中"衮衮诸公车马尘,先生孤唱发阳春"(《次韵家叔》)、"晚岁还为客,微官只为身"(《送张迪功赴南京掾二首》其一)等等,皆是如此。这种悲愤牢骚,既是对自己难于用世的抗争,也是当时黑暗政治的一种折射。

**【注释】**

①"黄纸"二句:白居易《刘十九同宿》:"红旗破贼非吾事,黄纸除书无

我名。"苏轼《杜介熙熙堂》:"白砂碧玉味方永,黄纸红旗心已灰。"《春明退朝录》:"《唐日历》:上元三年三月敕云:'制敕施行,既为永式,皆用白纸,多有蠹食。自今尚书省颁下诸州及县,并用黄纸书之。'"《归田录》卷二:"钱思公官兼将相,阶、勋、品皆第一。自云平生不足者,不得于黄纸书名,每以为恨也。"白居易《春去》:"白发更添今日鬓,青衫不改去年身。"

②"久荒"二句:久荒,聚珍本作"久抛"。陶渊明《归去来兮辞》:"三径就荒,松菊犹存。"杜甫《空囊》:"囊空恐羞涩,留得一钱看。"

③"世事"二句:《春渚纪闻》:"桑维翰试进士,有司嫌其姓,黜之。或劝勿试,维翰持铁砚示人曰:'铁砚穿,乃改业。'著《日出扶桑赋》以见志。"《史记·平原君列传》:"毛遂奉铜盘而跪进之楚王,曰:'王当歃血而定从。'"歃(shà),指饮血,或将血涂于口旁。古代订立盟约时歃血为礼,表示信守不渝。

④"不嫌"二句:迂盖,聚珍本作"纡盖"。杜甫《宾至》:"不嫌野外无供给,乘兴还来看药栏。"《论语·子罕》:"有鄙夫问于我,空空如也,我叩其两端而竭焉。"

⑤"黄鸡"二句:白居易《醉歌》:"谁道使君不解歌,听唱黄鸡与白日。黄鸡催晓丑时鸣,白日催年酉时没。"苏轼《九日黄楼作》:"薄寒中人老可畏,热酒浇肠气先压。"

⑥"床头"句:《世说新语》刘孝标注引《晋纪》:"王湛字处冲,太原人。隐德,人莫之知,虽兄弟宗族,亦以为痴,唯父昶异焉。昶丧,居墓次,兄子济往省湛,见床头有《周易》,谓湛曰:'叔父用此何为?颇曾看不?'湛笑曰:'体中佳时,脱复看耳。今日当与汝言。'因共谈《易》。剖析入微,妙言奇趣,济所未闻,叹不能测。"

⑦"更思"二句:挼(ruó),揉搓。冯延巳《谒金门》:"闲引鸳鸯香径里,手挼红杏蕊。"杜甫《严公仲夏枉驾草堂兼携酒馔得寒字》:"竹里行厨洗玉盘,花边立马簇金鞍。"

⑧"若恨"二句:《世说新语·任诞》:"王子猷居山阴,夜大雪,眠觉,开室,命酌酒。四望皎然,因起彷徨,咏左思《招隐诗》,忽忆戴安道。时戴在剡,即便夜乘小舟就之。经宿方至,造门不前而返。人问其故,王曰:'吾本乘兴而行,兴尽而返,何必见戴?'"

# 即席重赋且约再游二首

墙头花定觉风阑,墙外池深酒亦寒。马健莫愁归路远,诗成未许俗人看①。钓鱼不用寻温水,濯发真如到洧盘。②一笑得君天所借,尊前无地着忧端。③

诗情不与岁情阑,春气犹兼水气寒④。怪我问花终不语,须公走马更来看。⑤共知浮世悲驹隙,即见平波散芡盘⑥。得一老兵虽可饮,从今取友要须端。⑦

**【题解】**

此二诗作于宣和元年(1119)。其第一首中"诗成未许俗人看"需要注意。它与黄庭坚要求诗歌"脱去流俗"(《跋王荆公禅简》)的精神一脉相传,是一种不可以常理待之的创新意识。

**【注释】**

①"诗成"句:李涉《黄葵花》:"此花莫遣俗人看,新染鹅黄色未干。"

②"钓鱼"二句:韩愈《赠侯喜》:"吾党侯生字叔起,呼我持竿钓温水……温水微茫绝又流,深如车辙阔容辀。虾蟆跳过雀儿浴,此纵有鱼何足求。"屈原《离骚》:"夕归次于穷石兮,朝濯发乎洧(wěi)盘。"王逸注:"《禹大传》曰:洧盘之水,出崦嵫山。宓妃好清洁,暮舍穷石之室,朝沐洧盘之水。"

③"一笑"二句:陈师道《和饶节咏周昉画李白真》:"青莲居士亦其亚,斗酒百篇天所借。"杜甫《自京赴奉先县咏怀五百字》:"忧端齐终南,澒洞不可掇。"

④春气:《宋诗钞》作"春风"。

⑤"怪我"二句:温庭筠《惜春词》:"百舌问花花不语,低头似恨横塘雨。"冯延巳《蝶恋花》:"泪眼问花花不语,乱红飞过秋千去。"韩愈《奉酬卢

给事云夫四兄曲江荷花行见寄并呈上钱七兄阁老张十八助教》:"大明宫里给事归,走马来看立不正。"

⑥"即见"句:韩愈《独钓四首》其一:"曲树行藤角,平池散芡盘。"芡(qiàn),即鸡头子。嫩茎可为蔬。茎之嫩者曰芀蕨,叶蹙衄如沸而大,曰芡盘。

⑦"得一"二句:《晋书·谢奕传》:"常逼温饮,温走入南康主门避之,奕遂携酒就听事,引温一兵帅共饮,曰:'失一老兵,得一老兵,亦何所怪。'"《孟子·离娄下》:"夫尹公之他,端人也,其取友必端矣。"


# 次韵家叔

　　衮衮诸公车马尘,先生孤唱发阳春。①黄花不负秋风意,白发空随世事新。②闭户读书真得计,载看从学岂无人。③只应又被支郎笑,从者依前困在陈。④

【题解】

　　此诗作于宣和元年(1119)。家叔未详何人。诗中灵活流动的宽对"黄花不负秋风意,白发空随世事新"颇堪注意,这是一种一物一我、一情一景的对仗法,可以避免律诗极易流入的板滞单调之病,从而使其诗句显得活泼流动。这种灵活宽松的对仗法,正是陈与义"句律流丽"的原因之一。而这,也是学习杜诗句型章法的结果。

【注释】

　　①"衮衮"二句:杜甫《醉时歌》:"诸公衮衮登台省,广文先生官独冷。"韦应物《有所思》:"缭绕万家井,往来车马尘。"宋玉《对楚王问》:"其为《阳春》《白雪》,国中属而和者,不过数十人。"

　　②"黄花"二句:杜甫《崔评事弟许相迎不到应虑老夫见泥雨怯出必愆佳期走笔戏简》:"浮云不负青春色,细雨何孤白帝城。"李白《寄远十一首》其三:"朱颜凋落尽,白发一何新。"苏轼《李颀秀才善画山以两轴见寄仍有

62

诗次韵答之》:"年来白发惊秋速,长恐青山与世新。"

③"闭户"二句:张方《楚国先贤传》:"孙敬常闭户读书,睡则以绳系发,悬之梁上。"陈师道《答颜生见寄》:"问舍求田真得计,临流据石有余清。"《汉书·扬雄传》:"家素贫,耆酒,人希至其门。时有好事者载酒肴从游学。"

④"只应"二句:依前,潘本、聚珍本、《宋诗钞》作"依然"。支郎,支谦。《高僧传》卷一:(支谦)该览经籍及诸技艺,善诸国语。细长黑瘦,白眼黄睛。时人语曰:"支郎眼中黄,形躯虽细是智囊。"刘禹锡《宣上人远寄和礼部王侍郎放榜后诗因而继和》:"借问至公谁印可,支郎天眼定中观。"《论语·卫灵公》:"在陈绝粮,从者病,莫能兴。"

【辑评】

元方回《瀛奎律髓》卷一二:自是一种高格英风。又,清纪昀:冯氏抹"支郎"二字,可谓千虑一失矣,此非僻事也。


# 次韵答张迪功坐上见贻张将赴南都任二首

足钱便可不须侯,免对妻儿赋百忧。①一笑相逢亦奇事,平生所得是清流。②谈天安用如邹子,扫地还应学赵州。③(是日坐上谈天说佛。)南北东西底非梦,心闲随处有真游④。

千首能轻万户侯,诵君佳句解人忧。⑤梦阑尘里功名晚,笑罢尊前岁月流。⑥世事无穷悲客子,梅花欲动忆吾州⑦。明朝又作河梁别,莫负平生马少游。⑧


【题解】

此二诗作于宣和元年(1119)。陈与义经历南渡之变,其诗记离乱,伤流亡,写忧国。不过,他同样倾心隐沦,向往避世,追求"采真之游"。其以上第一首,劈头说有钱养妻儿不需做官,免得招惹麻烦,使家人担忧;再说与朋友高兴的相逢,最为开心,平生的知己大都是品格清白的君子,可以谈天说佛、海阔天空。最后归结到安心任天,意谓外境皆虚、世事如烟,唯有内心闲静,才可获得"真游"之趣。

【注释】

①"足钱"二句:《陈书·周文育传》:"至大庾岭,诣卜者,卜者曰:'君北下不过作令长,南入则为公侯。'文育曰:'足钱便可,谁望公侯。'"杜甫《百忧集行》:"入门依旧四壁空,老妻睹我颜色同。痴儿未知父子礼,叫怒索饭啼门东。"

②"一笑"二句:陈羽《送灵一上人》:"十年劳远别,一笑喜相逢。又上青山去,青山千万重。"苏轼《与毛令方尉游西菩提寺二首》其一:"一笑相逢那易得,数诗狂语不须删。"清流,本指清澈的流水,以喻德行高洁负有名望的士大夫。赵至《与嵇茂齐书》:"吾子植根芳苑,擢秀清流。"

③"谈天"二句:《史记·孟子荀卿列传》:"驺衍之术迂大而闳辩,奭也文具难施,淳于髡久与处,时有得善言。故齐人颂曰:'谈天衍,雕龙奭,炙毂过髡。'"《景德传灯录》卷一〇:赵州观音院从谂禅师:"师扫地,有人问云:'和尚是善知识,为什么有尘?'师曰:'外来。'"

④"心闲"句:《庄子·天运》:"古之至人,假道于仁,托宿于义,以游逍遥之虚,食于苟简之田,立于不贷之圃。逍遥,无为也;苟简,易养也;不贷,无出也。古者谓是采真之游。"

⑤"千首"二句:解人忧,潘本、《宋诗钞》作"解人愁"。杜牧《登池州九峰楼寄张祜》:"谁人得似张公子,千首诗轻万户侯。"

⑥"梦阑"二句:杜甫《将晓二首》其二:"壮惜身名晚,衰惭应接多。"陈师道《别黄徐州》:"白头未觉功名晚,青眼常蒙今昔同。"孔融《论盛孝章书》:"岁月不居,时节如流。"

⑦"梅花"句:杜甫《立春》:"春日春盘细生菜,忽忆两京梅发时。"

⑧"明朝"二句:明朝,丁钞、潘本、《宋诗钞》作"明年"。李陵《与苏武》三首其三:"携手上河梁,游子暮何之。徘徊蹊路侧,恨恨不得辞。"《后汉书·马援传》:"援乃击牛酾酒,劳飨军士。从容谓官属曰:吾从弟少游常哀吾慷慨多大志,曰:'士生一世,但取衣食裁足,乘下泽车,御款段马,为郡掾

史,守坟墓,乡里称善人,斯可矣。致求盈余,但自苦耳。'当吾在浪泊、西里间,虏未灭之时,下潦上雾,毒气重蒸,仰视飞鸢跕跕堕水中,卧念少游平生时语,何可得也!"

# 送张迪功赴南京掾二首

　　士固难推挽,君其自宠珍。①诗成建安子,名到斗南人。②晚岁还为客,微官只为身。③向来书尽熟,去不愧张巡。④

　　岸阔舟仍小,林空风更多。能堪几寒暑,又作隔山河。看客休题凤,将书莫换鹅。⑤功名大槐国,终要白鸥波。⑥

**【题解】**

　　此二诗作于宣和元年(1119)。正如第一首诗中"诗成建安子"所云,陈与义自觉体验到如同建安乱世中诗人的情怀,也把建安诗歌视为自己的创作目标。他的诗歌,把时代苦难与个人遭际融合在一起,歌唱诗人的壮烈情怀。这种创作特征,既可以振作江湖诗人的卑弱萎靡,又突破了江西诗派于句中讨生活的狭隘,以及宋季江西末流"太粗疏"的毛病,将诗人的眼光转向现实生活,表现真切的人生情怀。从这个意义上说,方回通过对杜甫和陈与义创作精神,亦即所谓"格高"的激赏,来提倡诗歌表现时代苦难和抒发乱世情怀的创作道路,这是他对江西诗学的理论发展。又,葛胜仲《和送张元方南京掾》(首句"下位沉英俊")即和以上第二首。

**【注释】**

　　①"士固"二句:推挽,前牵后推,喻引荐。《左传·襄公十四年》:"卫君必入。夫二子者,或挽之,或推之,欲无入,得乎?"黄庭坚《次韵秦少章晁适道赠答诗》:"士固难得挽,时闻有诏除。"刘桢《赠五官中郎将》四首其二:"勉哉修令德,北面自宠珍。"

　　②"诗成"二句:孔融、陈琳、王粲、徐干、阮瑀、应玚和刘桢合称"建安七

子"。《新唐书·狄仁杰传》:蔺仁基曰:"狄公之贤,北斗以南,一人而已。"

③"晚岁"二句:杜甫《八哀诗·故秘书少监武功苏公源明》:"负米晚为身,每食脸必泫。"

④"向来"二句:韩愈《张中丞传后叙》:"尝见嵩读《汉书》,谓嵩曰:'何为久读此?'嵩曰:'未熟也。'巡曰:'吾于书读不过三遍,终身不忘也。'因诵嵩所读书,尽卷不错一字。嵩惊,以为巡偶熟此卷,因乱抽他帙以试,无不尽然。嵩又取架上诸书试以问巡,巡应口诵无疑。"

⑤"看客"二句:《世说新语·简傲》:"嵇康与吕安善。每一相思,千里命驾。安后来,值康不在,喜出户延之,不入。题门上作'凤'字而去。喜不觉,犹以为欣,故作。'凤'字,凡鸟也。"《晋书·王羲之传》:"又山阴有一道士,养好鹅,羲之往观焉,意甚悦,固求市之。道士云:'为写《道德经》,当举群相赠耳。'羲之欣然写毕,笼鹅而归,甚以为乐。"李白《送贺宾客归越》:"山阴道士如相见,应写黄庭换白鹅。"

⑥"功名"二句:《太平广记》卷四七五引《异闻录》:淳于棼宅南有古槐,生饮其下,醉梦乘车入槐穴,见大城朱门,题曰"大槐安国"。王以生为驸马,作南柯太守。后位居台辅,生五男二女,荣盛莫比。乃命生暂归,遂寤。斜日未隐,余尊尚温。因寻槐穴,洞然容一榻,有土壤为城郭台殿之状,有蚁数斛。杜甫《奉赠韦左丞丈二十二韵》:"白鸥没(一作波)浩荡,万里谁能驯。"

【辑评】

宋刘辰翁《评点》:(第二首末句)总似歇后。


# 梅　花

高花玉质照穷腊①,破雪数枝春已多。一时倾倒东风意,桃李争春奈晚何。②

【题解】

此诗作于宣和元年（1119）。诗作赞颂梅花高洁、凌寒、报春，对其不凡品质心仪甚殷，也是咏物见志之作。

【注释】

①"高花"句：玉质，原本作"王质"，此据聚珍本校改；形容质美如玉。王逸《九思·逢尤》："愍余命兮遭六极，委玉质兮于泥涂。"穷腊，古代阴历十二月腊祭百神之日。后以指阴历年底。杨凌《钟陵雪夜酬友人》："穷腊催年急，阳春怯和歌。"

②"一时"二句：苏轼《再和潜师》："化工未议苏群槁，先向寒梅一倾倒。"黄庭坚《寄杜家父二首》其一："红紫争春触处开，九衢终日犊车雷。"又《入穷巷谒李材叟翘叟戏赠兼简田子平三首》其一："紫冠黄钿网丝窠，蝶绕蜂围奈晚何。"


# 与周绍祖分茶


竹影满幽窗，欲出腰髀懒①。何以同岁暮，共此晴云碗②。
摩挲蛰雷腹，自笑计常短。③异时分忧虞④，小杓勿辞满。


【题解】

此诗作于宣和元年（1119）冬。周绍祖，未详。分茶，钱锺书《宋诗选注》曰："是宋代流行的一种茶道，诗文笔记里常常说起，如王明清《挥麈余话》卷一载蔡京《延福宫曲宴记》，杨万里《诚斋集》卷二《淡庵座上观显上人分茶》，宋徽宗《大观茶论》也有描写，黄遵宪《日本国志·物产志》自注说日本'点茶'即'同宋人之法'：'碾茶为末，注之以汤，以筅击拂'云云，可以参观。"其实，分茶，除了酒菜店或面食店之意外，两宋通常皆指点茶。如陈与义此诗，"晴云"，自指点茶时盏面浮起的乳花。末联之"分"，却是义取双关。两宋之分茶，原从点茶而来，与煎茶不同，点茶乃预分茶末、调膏盏中，然后一一冲点，此即所谓"分"意之一。小杓，舀取茶末之器也。陈与义此

诗借以拟喻分忧。(参扬之水《古诗文名物新证合编》)

**【注释】**

①"欲出"句:腰髀(bì),原本作"腰脾",此据潘本、丁钞、聚珍本校改。《说苑》卷八:"(晋)文侯援绥下车,辞大夫曰:'寡人有腰髀之病,愿诸大夫勿罪也。'"《说文》:"髀,股外也。"

②"共此"句:陆羽《茶经》卷下:"第一沸汤之华,如晴天爽朗,有浮云鳞然"。

③"摩挲"二句:苏轼《次韵孔毅父久旱已而甚雨三首》其三:"夜来饥肠如转雷,旅愁非酒不可开。"鲍照《升天行》:"穷途悔短计,晚志重长生。"

④"异时"句:忧虞,潘本、丁钞作"密云",聚珍本作"白云";忧虑。《易·系辞上》:"悔吝者,忧虞之象也。"杜甫《寄裴施州》:"尧有四岳明至理,汉二千石真分忧。"


# 题画兔

碎身鹰犬惭何忍,埋骨诗书事亦微。①霜露深林可终岁,雌雄暖日莫忘机。②

**【题解】**

此诗作于宣和元年(1119)。诗中充满了对弱小者的同情,以及对世路网罗的虞忧警觉,写物即是写人,诫兔亦即警世,暗示"暖日"也有可能突遭奇祸,对前途和人生充满了忧虑。

**【注释】**

①"碎身"二句:碎身,丁钞作"破身"。崔骃《与窦宪笺》:"夫鹰犬所获,不过雉兔,有而有历险阻之难,斯乃细人匹夫之事,非王侯大人所为要资也。"崔颢《古游侠呈军中诸将》:"地迥鹰犬疾,草深狐兔肥。"埋骨诗书,为诗书所记载。

②"霜露"二句:霜露,丁钞、聚珍本作"霜落"。雌雄,聚珍本作"雄雌"。

《庄子·天地》:"功利机巧,必忘夫人之心。"

**【辑评】**

宋刘辰翁《评点》:(末句)胜前《画獐》全首。

# 寄若拙弟兼呈二十家叔

退之送穷穷不去,乐天待富富不来。<sup>①</sup>政须青山映白发,
顾着皂盖争黄埃。<sup>②</sup>何如父子共一壑,庞家活计良不恶。<sup>③</sup>阿奴
况自不碌碌,白鸥之盟可同诺。<sup>④</sup>三间瓦屋亦易求,着子东头
我西头。<sup>⑤</sup>中间共作老莱戏,世上乐复有此不。<sup>⑥</sup>问梦膏肓应已
瘳,归来归来无久留。<sup>⑦</sup>竹林步兵非俗流,为道此意思同游。

**【题解】**

此诗作于宣和二年(1120)。陈与义胞弟与能,字若拙。二十叔,名援,
字惠彦。全篇句句用典,工整妥帖,正是江西诗派的本色。先写自己虽求
富贵,而依旧穷厄的窘状。于是思绪飘向满目青山之间,正须在这自然的
美景中流连的自己,为什么要为了那点碌碌的官位而奔波于黄尘之中呢?
不如学庞公的办法,父子兄弟共聚一堂共享天伦。接着归结到寄弟的"弟"
字上。若拙弟的才识远非碌碌之辈,可以与他一起许下与白鸥为侣的隐居
之诺。如果能与弟若拙及母亲相聚于汝州,朝夕相见供奉母亲,以尽孝意,
世上哪还有比这更快乐的事?以下用典,既赞美弟弟的才能,又切中现实
情事。又谓自己将归于田里,与弟弟一起隐居于汝州。末句想起"竹林七
贤"优游闲适的情趣,于是见贤思齐,希冀辞官与弟同隐。

**【注释】**

①"退之"二句:韩愈《送穷文》:"主人于是垂头丧气,上手称谢。烧车
上船,延之上座。"白居易《浩歌行》:"欲留年少待富贵,富贵不来年少去。"

②"政须"二句:白发,丁钞、聚珍本、《宋诗钞》作"黑发"。苏轼《今年正

月十四日与子由别于陈州五月子由复至齐安未至以诗迎之》："早晚青山映黄发，相看万事一时休。"《后汉书·舆服志》："中二千石、二千石皆皂盖，朱两轓。"顾着，犹云反使。

③"何如"二句：《汉书·叙传上》："渔钓于一壑，则万物不奸其志。"《后汉书·逸民列传》："庞公，南郡襄阳人，刘表延请不屈，乃就候之，曰：'先生苦居畎亩，而不受官禄，后世何以遗子孙乎？'公曰：'世人皆遗之危，今独遗之安。'后携妻子登鹿门山，因采药不反。"韩愈《崔十六少府摄伊阳以诗及书见投因酬三十韵》："谋拙日焦拳，活计似锄划。"

④"阿奴"二句：《世说新语·识鉴》："周伯仁母冬至举酒赐三子曰：'吾本谓度江托足无所，尔家有相，尔等并罗列吾前，复何忧！'周嵩起，长跪而泣曰：'不如阿母言。伯仁为人志大而才短，名重而识暗，好乘人之弊，此非自全之道。嵩性狼抗，亦不容于世。唯阿奴碌碌，当在阿母目下耳。'"黄庭坚《奉同子瞻韵寄定国》："老骥心虽在，白鸥盟已寒。"同诺，一同允诺。

⑤"三间"二句：《世说新语·赏誉》："陆机兄弟住参佐廨中，三间瓦屋，士龙住东头，士衡住西头。"

⑥"中间"二句：《孝子传》："老莱子奉二亲，行年七十，作婴儿戏，著五采斑斓之衣。"陶渊明《游斜川》："未知从今去，当复如此不。……且极今朝乐，明日非所求。"苏轼《和游斜川正月五日与儿子过出游作》："未知陶彭泽，颇有此乐不。"

⑦"问梦"二句：《世说新语·文学》："卫玠总角时问乐令'梦'，乐云：'是想。'卫曰：'形神所不接而梦，岂是想邪？'乐云：'因也。未尝梦乘车入鼠穴，捣齑啖铁杵，皆无想无因故也。'卫思'因'，经日不得，遂成病。乐闻故，命驾为剖析之，卫即小差。乐叹曰：'此儿胸中当必无膏肓（huāng）之疾。'"膏肓之疾，致命的疾病。《左传·成公十年》："疾不可为也，在肓之上，膏之下，攻之不可，达之不及，药不至焉，不可为也。"杜预注："肓，鬲也。心下为膏。"瘳（chōu），病愈。淮南小山《招隐士》："王孙兮归来，山中兮不可以久留。"

70

# 次韵谢表兄张元东见寄

平生张翰极风流①,好事工文妙九州。灯里偶然同一笑,书来已似隔三秋②。(元夕获从游。)林泉入梦吾当隐,花鸟催诗岁不留。③安得清谈一陶写,令人绝忆许文休。④

**【题解】**

此诗作于宣和二年(1120)。张元东,即张规臣。诗中"灯里偶然同一笑"二句,骤读之似自然言语,一意贯注,细察之则字字对偶也,正所谓"浑然天成,殆不见有牵率排比处"(叶梦得《石林诗话》卷上)。

**【注释】**

①"平生"句:李白《金陵送张十一再游东吴》:"张翰黄花句,风流五百年。"

②"书来"句:《诗·王风·采葛》:"一日不见,如三秋兮。"

③"林泉"二句:白居易《以诗代书酬慕巢尚书见寄》:"书意诗情不偶然,苦云梦想在林泉。"杜甫《江上值水如海势聊短述》:"老去诗篇浑漫与,春来花鸟莫深愁。"

④"安得"二句:绝忆,丁钞作"绝意"。《三国志·蜀书·许靖传》:"许靖字文休,汝南平舆人。爱乐人物,诱纳后进,清谈不倦。"陶写,谓怡悦情性,解闷消愁。《世说新语·言语》:"谢太傅语王右军曰:'中年伤于哀乐,与亲友别,辄作数日恶。'王曰:'年在桑榆,自然至此,正赖丝竹陶写。恒恐儿辈觉,损欣乐之趣。'"

# 若拙弟说汝州可居已约卜一丘用韵寄元东①

四岁冷官桑濮地,三年羸马帝王州。②陶潜迷路已良远③,

张翰思归那待秋。病鹤欲飞还踯躅,孤云将去更迟留。④盍簪
共结鸡豚社,一笑相从万事休。⑤

## 【题解】

此诗作于宣和二年(1120)。在汴京三年,作者自谓入了"迷途",其实,
又何尝不是为仕宦失意而慨叹?

## 【注释】

①诗题中"约卜",原本作"卜约",此据丁钞、潘本、聚珍本、《宋诗钞》
校改。

②"四岁"二句:桑濮,丁钞、潘本、《宋诗钞》作"居濮"。《史记·乐书》:
"桑间濮上。"裴骃《集解》郑玄注:"濮水之上,地有桑间,在濮阳南。"韩愈
《赠河阳李大夫》:"裘破气不暖,马羸鸣且哀。"谢朓《入朝曲》:"江南佳丽
地,金陵帝王州。"

③"陶潜"句:陶渊明《归去来兮辞》:"实迷途其未返,觉今是而昨非。"

④"病鹤"二句:将去,原本作"欲去",此据丁钞、潘本、聚珍本、《宋诗钞》
校改。《艳歌何尝行》:"飞来双白鹄,乃从西北来。十十将五五,罗列行不
齐。忽然卒被病,不能飞相随。五里一反顾,六里一徘徊。"踯躅,徘徊不进
貌。白居易《同微之赠别郭虚舟炼师五十韵》:"孤云难久留,十日告将归。"

⑤"盍簪"二句:《易·豫卦》:"勿疑,朋盍簪。"王弼注:"夫不信于物,物
亦疑焉,故勿疑则朋合疾也。盍,合也。簪,疾也。"鸡豚社,古时祭祀土地
神后乡人聚餐的交谊活动。韩愈《南溪始泛》:"愿为同社日,鸡豚燕春秋。"
刘禹锡《重答柳柳州》:"耦耕若便遗身老,黄发相看万事休。"

## 元方用韵见寄次韵奉谢兼呈元东二首

大难词源三峡流,小难诗不数苏州。①了无徐生齐气累,
正值宁子商歌秋。②鹄飞千里从此始③,骥绝九衢谁得留。岁

晚烦君起我病，两篇三叹不能休。④

一欢玄发水东流，两脚黄尘阅几州。⑤王湛时须看周易，虞卿未敢著春秋⑥。不辞彭泽腰常折，却得邯郸梦少留⑦。有句惊人虽可喜⑧，无钱使鬼故宜休。

## 【题解】

此二诗作于宣和二年(1120)。陈与义踏上仕途时，正值江西诗风弥漫诗坛，他也不例外地受到熏染。从内容上看，他前期的诗表现了在北宋末造混乱腐败的政局下，一个欲全身远祸、清高自守的士大夫的志趣。从形式上看，多以典故来写思致、发议论，比况个人处境，江西派矜持的习气很浓。如此二诗即很典型。其第二首中"却得邯郸梦少留"句，用《枕中记》之典入诗。黄粱梦的由来和传播，应归功于陈翰对《枕中记》的修订。《文苑英华》本和《太平广记》本《枕中记》文字上存在着许多差异，其中一个关键性的差异便是：《文苑英华》本"时主人方蒸黍"、"吕翁坐其傍，主人蒸黍未熟"等语在《太平广记》本中作"是时主人蒸黄粱为馔"、"顾吕翁在傍，主人蒸黄粱尚未熟"。这一改动使得《枕中记》在此后以"黄粱梦"的文化意象出现于两宋人的头脑中，乃至深入其心灵深处；另一显著例证是他们常引《异闻集》为诗人的作品作注。又，葛胜仲有和作《和元方用韵见寄次韵奉谢兼呈元东诗二首》(首句"人与严徐是一流""文律高峰与激流")，可参。

## 【注释】

①"大难"二句：《世说新语·德行》："陈元方子长文有英才，与季方子孝先各论其父功德，争之不能决，咨于太丘。太丘曰：'元方难为兄，季方难为弟。'"杜甫《醉歌行》："词源倒流三峡水，笔阵独扫千人军。"《唐国史补》卷下："韦应物立性高洁，鲜食寡欲，所至焚香扫地而坐。其为诗，驰骤建安以还，各得其风韵。"不数，不亚于。

②"了无"二句：徐生，原本作"余生"，此据聚珍本校改。曹丕《典论·论文》："粲长于辞赋，徐干时有齐气，然粲之匹也。"李善注："言齐俗文体舒缓，而徐干亦有斯累。"王褒《四子讲德论》："昔宁戚商歌，以干齐桓。"李善

注："《吕氏春秋》曰：宁戚饭牛车下，望桓公而悲，击牛角疾歌。《淮南子》曰：宁越商歌车下，而桓公慨然而悟。许慎曰：商，秋声也。"《淮南子·道应训》录载宁戚《饭牛歌》三首，逯钦立以为乃汉人伪托。

③"鸪飞"句：《韩诗外传》卷二："田饶事鲁哀公而不见察，谓哀公曰：'夫鸡有五德，犹曰瀹而食之者，以其所从来近也。夫黄鹄一举千里，止君园池，啄君稻粱，君犹贵之，以其所从来远也。故臣将去君，黄鹄举矣。'"杜甫《奉先刘少府新画山水障歌》："吾独胡为在泥滓，青鞋布袜从此始。"

④"岁晚"二句：烦君，聚珍本作"烦公"。《礼记·乐记》："清庙之瑟，朱弦而疏越，一倡而三叹，有遗音者矣。"李翱《答侯高第二书》："三读足下书，感叹不能休。"

⑤"一欢"二句：玄发，黑发。谢惠连《秋怀》："各勉玄发欢，无贻白首叹。"白居易《西楼夜》："年光东流水，生计南枝鸟。"阅，犹更历也。

⑥"虞卿"句：《孔丛子·执节》："虞卿著书，名曰《春秋》，魏齐曰：'子无然也，《春秋》，孔圣所以名经也。今子之书，大抵谈说而已，亦以为名何？'答曰：'经者取其事常也，可常则为经矣。且不为孔子，其无经乎？'齐问子顺，子顺曰：'无伤也，鲁之史记曰《春秋》，经因以为名焉。又晏子之书亦曰《春秋》。吾闻泰山之上封禅者七十有二君，其见称述，数不盈十，所谓贵贱不嫌同名也。'"《史记·平原君虞卿列传》：虞卿"不得意，乃著书，上采《春秋》，下观近世，曰《节义》、《称号》、《揣摩》、《政谋》，凡八篇，以刺讥国家得失，世传之曰《虞氏春秋》。"《虞氏春秋》，《汉书·艺文志》作十五篇。已佚。有马国翰辑本一卷。

⑦"却得"句：沈既济《枕中记》："开元中，卢生遇道士吕翁于邯郸逆旅，自叹不得意。翁与一枕，曰：此当令子荣适如志。生俯首就之，乃举身入枕穴中，遂至家。未几登第，出入将相五十余年，子孙列显仕，荣盛无比，年八十而卒。生欠伸而寤，吕翁坐其傍，主人蒸黍未熟。生怃然良久，谢曰：'夫宠辱之道，穷达之运，得丧之理，死生之情，尽知之矣。'"邯郸梦，也即"黄粱梦"。

⑧"有句"句：杜甫《江上值水如海势聊短述》："为人性僻耽佳句，语不惊人死不休。"

74

# 元方用韵寄若拙弟邀同赋元方将托
# 若拙觅颜渊之五十亩故诗中见意

　　梦中与世极周流，错认三刀是得州。①拟学耕田给公上，
要为同社燕春秋。②囊间已办青芒屦，桑下想闻黄栗留。③傥有
幽人咨出处，为言无况莫来休。④

**【题解】**

　　此诗作于宣和二年(1120)。诗借与亲友唱酬表达归园田居之思。葛
胜仲有《和元方寄若拙弟托觅颜渊之五十亩韵》(首句"下田弥望股清流")
可与参读。

**【注释】**

　　①"梦中"二句：周流，周转，周遍流行。《易·系辞下》："变动不居，周
流六虚。"《晋书·王濬传》："濬夜梦悬三刀于卧屋梁上，须臾又益一刀，濬
惊觉，意甚恶之。主簿李毅再拜贺曰：'三刀为州字，又益一者，明府其临益
州乎？'及贼张弘杀益州刺史皇甫晏，果迁濬为益州刺史。"

　　②"拟学"二句：公上，朝廷，官家。《汉书·杨恽传》："身率妻子，戮力
耕桑，灌园治产，以给公上。"燕春秋，聚珍本作"醉春秋"。韩愈《南溪始泛
三首》其二："愿为同社人，鸡豚燕春秋。"

　　③"囊间"二句：孟浩然《王迥见寻》："手执白羽扇，脚步青芒履。"青芒
屦(jù)，草鞋而色青者。胡应麟《少室山房笔丛》卷一二："六朝前率草为
履，古称芒履，盖贱者之服，大抵皆然。"桑卜，原本作"桑间"，此据丁钞、聚
珍本校改。陆玑《毛诗草木疏》：黄鸟，黄鹂鸟也，或谓之黄栗留。当甚熟
时，来在桑间。故俚语曰："黄栗留，看我麦黄甚熟不。"欧阳修《再至汝阴三
绝》其一："黄栗留鸣桑葚美，紫樱桃熟麦风凉。"

④"傥有"二句：陆经《言怀》："薄有田园归去好，苦无官况莫来休。"无况，没有居官的境遇。莫来休，不来就罢了。休，句末语气词。

# 西郊春事渐入老境元方欲出游以无马未果今日得诗又有举鞭何日之叹因次韵招之①

毛颖陈玄虽胜流，也须从事到青州。②重吟玉树怀崔子，（近诗怀元东，有"临风瞻玉树"之句。）欲唱金衣无杜秋。③官柳正须工部出，园花犹为退之留。④篮舆自可烦儿辈，一笑来从樾下休。⑤

【题解】

此诗作于宣和二年(1120)。招游之作。葛胜仲有《和西郊春事招元方同游韵》(首句"仙桥水殿照清流")可与参看。

【注释】

①诗题中"渐入"，潘本作"寖入"，李氏藏本作"寝入"。又"今日"，聚珍本作"今"。

②"毛颖"二句：胜流，犹名流。《魏书·张纂传》："纂颇涉经史，雅有气尚，交结胜流。"《世说新语·术解》："桓公有主簿，善别酒，有酒辄令先尝。好者谓青州从事，恶者谓平原督邮。青州有齐郡，平原有鬲县；从事言到脐，督邮言在鬲上住。"

③"重吟"二句：杜甫《饮中八仙歌》："宗之潇洒美少年，举觞白眼望青天，皎如玉树临风前。"杜牧《杜秋娘》："秋持玉斝醉，与唱金缕衣。"原注中"临风瞻玉树"句，现存陈与义诗中未见。

④"官柳"二句：官柳，官道上的柳树。《晋书·陶侃传》："尝课诸营种柳，都尉夏施盗官柳植之于己门。侃后见，驻车问曰：'此是武昌西门前柳，

何因盗来此种？'"杜甫《西郊》："市桥官柳细，江路野梅香。"《唐语林》卷六："韩退之有二妾，一曰绛桃，一曰柳枝，皆能歌舞。初使王庭凑，至寿阳驿，绝句云：'风光欲动别长安，春半边城特地寒。不见园花兼巷柳，马头惟有月团团。'盖有所属也。柳枝后逾垣遁去，家人追获。及镇州初归，诗曰：'别来杨柳街头树，摆弄春风只欲飞。还有小园桃李在，留花不放侍郎归。'自是专宠绛桃矣。"

⑤"篮舆"二句：《晋书·陶潜传》："（王弘）要之还州，问其所乘，答云：'素有脚疾，向乘篮舆，亦足自反。'乃令一门生二儿共舁之至州。"《淮南子·精神训》："今夫徭者揭钁臿，负笼土，盐汗交流，喘息薄喉，当此之时，得茠越下，则脱然而喜矣。"高诱注："茠，荫也。《三辅》：人谓休华树下为茠也。楚人树上大本小如车盖状为樾，言多荫也。"

**【辑评】**

宋刘辰翁《评点》：（"园花"句）无谓牵帅。

# 答元方述怀作

不见圆机论九流，纷纷骑鹤上扬州。①令之敢恨松桂冷，君叔但伤蒲柳秋。②汝海蛇杯应已悟，（近闻舍弟汝州尝服药。）襄陵驹隙竟难留。③（襄邑周簿报病不起。）来牛去马无穷债，未盖棺前盍少休。④

**【题解】**

此诗作于宣和二年（1120）。诗中"来牛去马无穷债"，对杜诗的点化较为灵活，甚至可以称之为"夺胎"。这在陈与义的前期作品中并不常见，至少比同期诗作中直取杜诗入句的做法要高明。

**【注释】**

①"不见"二句：王通《文中子·周公》："安得圆机之士与之共言九流

哉?"阮逸注:"圆无执张,机发必中。"苏轼《于潜僧绿筠轩》:"若对此君仍大嚼,世间那有扬州鹤。"王文诰注:"厚曰:'有客相从,各言所志,或愿为扬州刺史,或愿多货财,或愿骑鹤上升。'其一人曰:'腰缠十万贯,骑鹤上扬州。'盖欲兼三人者之所欲也。"

　　②"令之"二句:《唐摭言》卷一五:"薛令之,闽中长溪人,神龙二年及第,累迁左庶子。时开元东宫官僚清淡,令之以诗自悼,复纪于公署曰:'朝旭上团团,照见先生盘。盘中何所有,苜蓿长阑干。饭涩匙难绾,羹稀箸易宽。无以谋朝夕,何由保岁寒。'上因幸东宫,览之,索笔判之曰:'啄木嘴距长,凤凰羽毛短。若嫌松桂寒,任逐桑榆暖。'令之因此谢病东归。诏以长溪岁赋资之,令之计月而受,余无所取。"《晋书·殷浩传附》:"顾悦之字君叔,少有义行。与简文同年,而发早白。帝问其故,对曰:'松柏之姿,经霜犹茂;蒲柳常质,望秋先零。'简文悦其对。"

　　③"汝海"二句:《太平御览》卷三三八引《世说》:"乐令有数客,阔不复来。乐问所以,答曰:'前在坐,蒙赐酒,方欲饮,见杯中有蛇,意甚恶之。既饮而疾。'于时河南听事壁上有角,角边漆画作蛇。乐疑是角影入杯中,复令置杯酒于前处,谓曰:'君更看酒中,复有所见不?'答曰:'所见如初。'乐乃告其所以,客豁然意解,沉疴顿消。"襄陵,原本作"襄阳",此据李氏藏本校改。

　　④"来牛"二句:杜甫《秋雨叹三首》其二:"去马来牛不复辨,浊泾清渭何当分。"又《自京赴奉先县咏怀五百字》:"盖棺事则已,此志常觊豁。"


# 六言二首

　　莫赋涧松郁郁,但吟陇麦青青。①为妇读刘伶传②,教儿书宁戚经。

　　种竹可侔千户,拥书不假百城。③何必思之烂熟,热官无用分明。

## 【题解】

此二诗作于宣和二年(1120)。第二首中"何必思之烂熟"二句,反用熟典,却并无沮丧之意,谓"种竹"、"拥书"足矣,可见其思想状态。又,相比于唐代而言,宋代的六言诗创作显得更为活跃,成就也更为明显。具体表现在:其一,从事六言创作的诗人和六言诗的数量都大大增加。当时的著名诗人在六言诗创作上都有不俗的表现,其中王安石、苏轼、黄庭坚、陆游、杨万里、范成大更是成就非凡。其二,宋代许多诗人对六言诗创作具有浓厚的兴趣,单个诗人创作的六言诗动辄就是十几首或几十首,如苏轼有六言诗三十三首,陆游有三十七首,杨万里有四十余首。这种情况在唐代是不可想象的。其三,六言诗在宋代的地位和影响远甚于唐代。著名诗人大量创作六言诗,并取得显著成就,使六言诗创作在宋代达到了一个高峰。这不仅对其他诗人进行六言诗创作,而且对六言诗在元、明、清各代的发展,无疑都具有正面影响。

## 【注释】

①"莫赋"二句:左思《咏史》八首其二:"郁郁涧底松,离离山上苗。以彼径寸茎,荫此百尺条。世胄蹑高位,英俊沈下僚。地势使之然,由来非一朝。"《庄子·外物》:"儒以《诗》《礼》发冢。大儒胪传曰:'东方作矣,事之何若?'小儒曰:'未解裙襦,口中有珠。《诗》固有之,曰:"青青之麦,生于陵陂。"生不布施,死何含珠为?'"

②"为妇"句:《晋书·刘伶传》:"尝渴甚,求酒于其妻。妻捐酒毁器,涕泣谏曰:'君酒太过,非摄生之道,必宜断之。'伶曰:'善!吾不能自禁,惟当祝鬼神自誓耳。便可具酒肉。'妻从之。伶跪祝曰:'天生刘伶,以酒为名。一饮一斛,五斗解酲。妇儿之言,慎不可听。'仍引酒御肉,隗然复醉。"

③"种竹"二句:《史记·货殖列传》:"渭川千亩竹,及名国万家之城,带郭千亩亩钟之田,若千亩厄茜,千畦姜韭:此其人皆与千户侯等。"《魏书·李谧传》:"每曰:'丈夫拥书万卷,何假南面百城。'遂绝迹卜帷,杜门却扫,弃产营书,手自删削。"

# 闻葛工部写华严经成随喜赋诗

如来性海深复深，著书与世湔蓬心。<sup>①</sup>画沙累土皆佛事，况乃一字能千金。<sup>②</sup>老郎居尘念不起，法中龙象人师子。<sup>③</sup>前身智永心了然，结习未空犹寄此。<sup>④</sup>怪公聚笔如须弥<sup>⑤</sup>，经成笔尽手不知。凌云题就韦诞老，愿力所到公何疑。<sup>⑥</sup>珠函绣帙之兰室，护持金刚疏神物。<sup>⑦</sup>枯葵应感不足伦，毛颖陶泓俱见佛。<sup>⑧</sup>

**【题解】**

诗题中"葛工部"，乃胜仲之兄和仲。此诗言佛性如海、佛法无边，且盛誉葛工部写《华严经》之功德。诗中涉及《景德传灯录》《法华经》《华严经》《高僧传》《圆觉经》《法苑珠林》《长阿含起世经》《观普贤经》《维摩经》《楞严经》等佛籍中的有关典故，乃长期潜心佛学所致，恐非一时好尚使然。北宋末年，"山雨欲来风满楼"，文士中好释老的风气已相当普遍，徽宗本人也醉心佛老，生活在这种社会历史条件下，陈与义自然会受到影响。刚踏上仕途，便缺乏一个封建时代的青年知识分子应有的热情和进取的朝气，对未来感到失望，急切地盼望归隐，渴望无拘无束地享受自然山水之真趣，这除了世道黑暗、有志难伸的原因外，似乎也与他对佛老思想的浸染过深有关。此诗作于丁忧居汝期间的宣和二年(1120)，因多与极佞佛的葛胜仲兄弟酬唱，也就比较集中地体现出陈与义佞佛之深。到了晚年，这种以佛老慰藉自己敏感而又苦闷的心灵的思想，更加突出。

**【注释】**

①"如来"二句：著书，丁钞作"留书"。《景德传灯录》卷一："马鸣大士问迦毗摩罗：'汝尽神力，变化若？'曰：'我化巨海，极为小事。'师曰：'汝化性海得否？'曰：'何谓性海？我未尝知。'师即为说性海云：'山河大地，皆依建立；三昧六通，由兹发现。'毗摩罗闻言，遂发信心。"又卷二七："禅师示众

曰：'道源不远，性海非遥，但向己求，莫从他觅。'"《庄子·逍遥游》："则夫子犹有蓬之心也夫。"《释文》引向云："蓬者短不畅，曲士之谓。"

②"画沙"二句：佛事，聚珍本作"佛寺"。《法华经》："积土成佛庙，乃至童子戏聚沙为佛塔，如是诸人等，皆已成佛道。"《魏书·释老志》："苟能精致，累土聚沙，福钟不朽。"《老子》："九层之台，起于累土。"杜甫《李潮八法小篆歌》："八分一字直百金，蛟龙盘拏肉屈强。"

③"老郎"二句：郑谷《重访黄神谷策禅者》："初尘芸阁辞禅阁，却访支郎是老郎。"《汉武故事》："帝至郎署，见一老郎，鬓发皓白。问之，对曰：'臣姓颜名驷，文帝时为郎。文帝好文而臣好武，景帝好老而臣尚少，陛下好少而臣已老，是以三叶不遇。'"《晋书·索袭传》："宅不弥亩而志忽九州，形居尘俗而栖心天外。"《华严经》："亿劫入一念起。"《景德传灯录》卷七："心本无损伤，云何要修理？无论垢与净，一切勿起念。"苏轼《虔州景德寺荣师湛然堂》："卓然精明念不起，兀然灰槁照不灭。"又卷三："达摩是王之叔，六众所师，波罗提法中龙象，愿王崇仰二圣，以福皇基。"《高僧传》卷二："天竺法师佛驮斯那，本学大乘，天才秀发，诵半亿偈，明了禅法，故四方诸国号为人中师子。"《华严经》卷五〇："《普贤颂》：人中师子一法门，众生亿劫莫能知。"

④"前身"句：《书断》："陈永兴寺僧智永师，远祖逸少，历纪专精，真草惟命。"《尚书故实》："智永积年学书，后有秃笔头十瓮，每瓮皆数石，后瘗之，号退笔冢。"《明皇杂录》："开元中，房琯宰桐庐，真人邢和璞暇日同出城，至一废寺竹间，以杖叩地，令掘之。得一瓶，瓶中皆娄师德与永公书。谓琯曰：'省此乎？'琯即洒然悟为永公后身也。因语身事，无不验。"结习，源于佛经，意为烦恼和习气。结，有系缚意，谓众生被烦恼所系缚，不能离开生死的苦海。习，习气，也就是烦恼（结）的余习。《维摩诘经·观众生品》："结习未尽，华著身耳；结习尽者，华不著也。"沈约《内典序》："结习纷论，一随理悟。"

⑤"怪公"句：《华严经》："如须弥庐山，诸天咸在其中，无有穷尽。"《俱舍论》："须弥庐山，此云妙高。"释道世《法苑珠林》："今据三千大千世界之中，诸佛世尊皆垂化现，现生现灭，导圣导凡，约一四天下，即以一日月所照

临处,以苏迷卢山为中,高三百三十六万里,四宝所成。"《长阿含起世经》:"四洲地心,即是须弥山。山外别有八山,围如须弥。山下大海,深八万四千由旬。大海初广八千由旬,中有八功德水"。

⑥"凌云"二句:《世说新语·巧艺》:"韦仲将能书,魏明帝起殿,欲安榜,使仲将登梯题之。既下,头鬓皓然。因敕儿孙勿复学书。"刘孝标注引《文章叙录》:"韦诞字仲将,京兆杜陵人,太仆端子。有文学,善属辞。以光禄大夫卒。"又引卫恒《四体书势》:"诞善楷书,魏宫观多诞所题。明帝立陵霄殿,误先钉榜。乃笼盛诞,辘轳长絚引上,使就题之。去地二十五丈。诞甚危惧,乃戒子孙绝此楷法,著之家令。"愿力,佛教语,誓愿的力量,多指善愿功德之力。《圆觉经》:皆依无始,清净愿力。沈约《佛教语》:"参差各随,愿力密迹。"

⑦"珠函"二句:《东都故事》:"隋炀帝嘉则殿书,皆用珠函绣帙。"《孔子家语·六本》:"与善人居,如入芝兰之室,久而不闻其香,即与之化矣。"《法苑珠林》:"西方有神八人,相貌狰狞,身披金甲,手持宝刀,名曰金刚。尝卫世尊说法于雷音寺。"

⑧"枯葵"二句:《华严演义钞》:"邓元爽写《华严经》竟,先种蜀葵,至冬而已瘁,一朝华发。"陶泓,砚之戏称。因砚有以陶制者,中凹以蓄墨,故称。杨炯《登秘书省阁诗序》:"陶泓寡务,油素多闲。"

# 次韵家弟碧线泉

七孔穿针可得过,冰蚕映日吐寒波。①练飞空咏徐凝水,带断疑分汉帝河。②川后不愁微步袜,鲛人暗动卷绡梭。③才高下视玄虚赋,对此区区转患多。④

**【题解】**

此诗作于宣和二年(1120)。家弟,当即陈与义之弟若拙,惜生平难考。诗中"才高下视玄虚赋",用韩愈《杂诗》中"下视禹九州,一尘集毫端。"类似的例子不胜枚举,可见其诗对韩愈的接受尽管不甚明显,又确有端倪的事实。又,葛胜仲有《次韵若拙碧线泉》(首句"掉缭穿桥一线过"),可以参读。

## 【注释】

①"七孔"二句:《西京杂记》:"汉宫七夕穿针,皆会于开襟楼,针皆七孔。"《拾遗记》卷一〇:"圆峤有冰蚕,长七寸,黑色,有角有鳞。以霜雪覆之,然后作茧,长一尺,其色五彩,织为文锦,入水不濡,以之投火,经宿不燎。"

②"练飞"二句:疑分汉帝河,原本作"凝分潢帝河",此据潘本、聚珍本校改。徐凝《庐山瀑布》:"千古长如白练飞,一条界破青山色。"《史记·高祖功臣年表序》:"封爵之誓曰:'使黄河如带,泰山若厉,国以永存,爱及苗裔。'"

③"川后"二句:曹植《洛神赋》:"屏翳收风,川后静波","凌波微步,罗袜生尘"。左思《吴都赋》:"泉室潜织而卷绡,渊客慷慨而泣珠。"刘渊林注:"俗传鲛人从水中出,曾寄寓人家,积日卖绡。"

④"才高"二句:韩愈《杂诗》:"下视禹九州,一尘集毫端。"木华,字玄虚,有《海赋》。区区,形容微不足道。《左传·襄公十七年》:"宋国区区,而有诅有祝,祸之本也。"《晋书·陆机传》:"机天才秀逸,辞藻宏丽。张华尝谓之曰:'人之为文,常恨才少,而子更患其多。'"


# 同家弟赋蜡梅诗得四绝句


朱朱与白白①,著意待春开。那知洞房里②,已傍额黄来。
韵胜谁能舍,色庄那得亲。③朝阳一映树,到骨不留尘。④
黄罗作广袂,绛纱作中单。⑤人间谁敢著,留得护春寒。
一花香十里,更值满枝开。承恩不在貌⑥,谁敢斗香来。


## 【题解】

此组诗作于宣和二年(1120)。其中,尤以第二首能遗貌取神,于蜡梅之色香形貌几乎不著一字，而得尽其风流标格。

**【注释】**

①"朱朱"句：朱朱白白，花红貌。韩愈《感春三首》其三："晨游百花林，朱朱兼白白。"

②"那知"句：洞房，幽深的居室。司马相如《长门赋》："悬明月以自照兮，徂清夜于洞房。"

③"韵胜"二句：《头陀寺碑》："道胜之韵，虚往实归。"黄庭坚《以双井茶送孔常父》："心知韵胜舌知腴，何似宝云与真如。"色庄，面色严肃。《礼记·玉藻》："立容德，色容庄。"《论语·先进》："君子者乎？色庄者乎？"

④"朝阳"二句：《诗·大雅·卷阿》："梧桐生矣，于彼朝阳。"杜牧《自贻》："饰心无彩缋，到骨是风尘。"

⑤"黄罗"二句：绛纱，原本作"绛帐"，此据聚珍本校改。《新唐书·车服志》："凡祀天地之服，皆白纱中单。"《古今事文类聚》续集卷一九引《炙毂子》："燕朝，衮冕有白纱中单，有明衣，皆汗衫之象，以行祭接神。汉高祖与项羽交战，汗透中单，改名汗衫，贵贱通服。"

⑥"承恩"句：杜荀鹤《春宫怨》："承恩不在貌，教妾若为容。"

**【辑评】**

宋王楙《野客丛书》卷二三：简斋《腊梅》诗曰："黄罗为广袂，绛帐作中单。"既言"帐"又言"中单"，似觉意重。仆观东坡诗曰："海山仙人绛罗襦，红纱中单白玉肤。"恐简斋用东坡意，绛纱作中单，而传写误以为绛帐耳。


# 次韵光化宋唐年主簿见寄二首

茂林当日映群贤，也唤畸人到席间。①弃我便惊车辙远，怀君端合鬓毛班。②梦中犹得攀珠树，别后能忘倒玉山。③遥想诗成寄来日，笔端风雨发天悭。④

高人主簿固非宜,天马何妨略受羁。⑤会有梅花堪寄远,
可因莼菜便怀归。相如未免家徒壁,季子行看嫂下机⑥。且
复哦诗置此事,江山相助莫相违。⑦

【题解】

此二诗作于宣和二年(1120)。宋唐年,字景纯。朝散祚国字延叔之
子,景文公之孙。第二首中"且复哦诗置此事"二句,说明江西诗派中人已
经逐渐认识到,诗不能脱离生活,应得江山之助。诗家悟得此"活法",便有
可能激发诗情,在创作中达致自然天成之境。又,葛胜仲有《次韵宋景纯寄
陈去非昆仲》(首句"云台献纳愧先贤")即和第一首。

【注释】

①"茂林"二句:王羲之《兰亭集序》:"会于会稽山阴之兰亭,修禊事也。
群贤毕至,少长咸集。此地有崇山峻岭,茂林修竹,又有清流激湍,映带左
右。"《庄子·大宗师》:"子贡曰:'敢问畸人?'曰:'畸人者,畸于人而侔于
天。'"《释文》:司马云:"不耦也,'不耦于人,谓阙于礼教也。'李云:
'异也。'"

②"弃我"二句:《史记·陈平世家》:"然门外多长者车辙。"杜甫《涪江
泛舟送韦班归京》:"天涯故人少,更益鬓毛斑。"端合,应当。

③"梦中"二句:能忘,原本作"能志",此据聚珍本校改。《新唐书·王
勃传》:"勔、勮、勃皆著才名,杜易简称为三珠树。"秦观《别子瞻》:"珠树三
株讵可攀,玉海千寻真莫测。"《世说新语·容止》:"其醉也,嵬峨若玉山之
将颓。"李白《襄阳歌》:"清风朗月不用一钱买,玉山自倒非人推。"

④"遥想"二句:寄来日,原本作"记来日",此据聚珍本校改。苏轼《祈
雪雾猪泉出城马上作赠舒尧文》:"愿君发豪句,嘲诙破天悭((qiān))。"悭,
吝啬。

⑤"高人"二句:《汉书·孙宝传》:"宝曰:高士不为主簿,而大夫君以宝
为可,一府莫言非,士安得独自高? ……且不遭者可无不为,况主簿乎!"
《史记·大宛列传》:"初,天子发书《易》,云'神马当从西北来'。得乌孙马
好,名曰天马。及得大宛汗血马,益壮,更名乌孙马曰西极,名大宛马曰天

85

马云。"苏轼《次韵赵德麟雪中惜梅且饷柑酒三首》其三:"蹀躞娇黄不受鞿(jī),东风暗与色香归。"鞿,马嚼子。

⑥"季子"句:嫂下机,原本作"婏下机",聚珍本作"妻下机"。苏秦,字季子。白居易《读史》:"季子憔悴时,妇见不下机。"苏轼《和汪覃》:"季子应嗔不下机,弃家来伴碧云师。"简斋此处"嫂"下机恐系误用。

⑦"且复"二句:哦诗,原本作"俄诗",此据冯校据莫校校改。《维摩经》:"且置是事。"《新唐书·张说传》:"为文属思精壮,长于碑志,世所不逮。既谪岳州,而诗益凄婉,人谓得江山助云。"


# 再用景纯韵咏怀二首①

路断赤墀青琐贤②,士龙同此屋三间。愁边潘令鬓先白③,梦里老莱衣更斑。欲学大招那有赋,试谋小隐可无山。④一钱留得真堪笑,未到囊空犹是悭。

木枕蒲团病更宜,从教恶少事鞍鞿。⑤元无王老又何怨,不有曲生谁与归。⑥六日取蟾乖世用,三年刻楮费天机。⑦只应杖屦从公处,未觉平生与愿违。⑧


【题解】

此二诗作于宣和三年(1121)。其中"试谋小隐可无山","只应杖屦从公处,未觉平生与愿违",借友朋赠答,表达希望与老友一道归隐的心愿。

【注释】

①诗题中"二首",原本无,此据聚珍本校补。

②"路断"句:《南史·何胤传》:"仆自弃人事,交游路断。"《汉书·梅福传》:"故愿壹登文石之陛,涉赤墀之涂。"应劭注:"以丹淹泥,涂殿上也。"《汉官仪》:"天子朱泥殿上,曰丹墀。"《汉书·元后传》:"曲阳侯根骄奢僭上,赤墀青琐。"孟康注:"以青画户边镂中,天子制也。"颜师古注:"青琐者,

刻为连环文,而以青涂之也。"李白《玉壶吟》:"揄扬九重万乘主,谑浪赤墀青琐贤。"

③"愁边"句:潘岳《秋兴赋》序:"余春秋三十有二,始见二毛",赋云:"斑鬓髟以承弁兮,素发飒以垂领。"

④"欲学"二句:王逸《楚辞章句》:"大招者,屈原之所作也。或曰景差,疑不能明也。屈原放流九年,忧思烦乱,精神越散,与形离别,恐命将终,所行不遂,故愤然大招其魂。因以风谏,达己之志也。"一般以为,此诗的内容反映的主要是屈原的思想,所以,即便是景差所作,也是为屈原招魂。王康琚《反招隐诗》:"小隐隐陵薮,大隐隐朝市。"所谓"反招隐",是说只要心存玄远、与物终始就行,而不必纠缠于具体的隐逸之否。

⑤"木枕"二句:《北史·郎基传》:"基性清慎,无所营求,尝语人云:'任官之所,木枕亦不须作,况重于此乎?'"《新唐书·卓行传》:"常以木枕布衾质钱,人重其贤,争售之。"苏轼《谪居三适三首》其二《午窗坐睡》:"蒲团盘两膝,竹几阁双肘。"《汉书·昭帝纪》:"发三辅及郡国恶少年,吏有告劾亡者,屯辽东。"韩愈《寄卢仝》:"昨晚长须来下状,隔墙恶少恶难似。"又《送区弘南归》:"王都观阙双巍巍,腾踔众骏事鞍鞿。"鞍鞿,马鞍和缰绳。

⑥"元无"二句:谁与,原本作"虽与",此据潘本、丁钞、聚珍本校改。《玉泉子》:"王元宝富厚,以钱文如其名,因呼名为王老。"《礼记·檀弓》:"死者如可作也,吾谁与归?"

⑦"六日"二句:《荆楚岁时记》:"以五月五日日中取之,阴干,带于身辟五兵,六日则不中用。"《列子·说符》:"宋人有为其君以玉为楮叶者,三年而成。锋杀茎柯,毫芒繁泽,乱之楮叶中而不可别也。此人遂以巧食宋国。子列子闻之,曰:'使天地之生物,三年而成一叶,则物之有叶者寡矣。故圣人恃道化而不恃智巧。'"

⑧"只应"二句:《礼记·曲礼》:"侍坐于君子,君子欠伸,撰杖屦,视日蚤莫,侍坐者请出矣。"韩愈《尚书左丞孔公墓志铭》:"亲戚之不仕与倦而归者,不在东阡在北陌,可杖屦来往也。"《诗·鲁颂·泮水》:"无小无大,从公于迈。"嵇康《幽愤诗》:"嗟我愤叹,曾莫能俦,事与愿违,遭兹淹留,穷达有命,亦又何求。"

87

# 谢杨工曹

借屋三间稍离尘，携书一束谩娱身。①客居最负青春好，世事空随白发新②。造化小儿真薄相，市朝大隐亦长贫。③独无芋栗供宾客，虚辱先生赋北邻。④（与义新居在工曹所居之北。）

**【题解】**

此诗作于宣和三年(1121)。杨工曹，名景，字如晦。颍昌人。尝为洛阳工曹。其中"客居最负青春好，世事空随白发新"，"独无芋栗供宾客，虚辱先生赋北邻"，均是对杜诗的化用。这显然是与陈与义喜爱、熟悉以至刻意学习杜诗分不开的。

**【注释】**

①"借屋"二句：沈千运《山中作》："栖隐非别事，所愿离风尘。不辞城邑游，礼乐拘束人。"韩愈《示儿》："始我来京师，止携一束书。"

②"世事"句：空随，潘本、丁钞、聚珍本作"还随"。

③"造化"二句："市朝"句下，李氏藏本有注："简斋自注工曹亦甚贫"。《新唐书·杜审言传》："初，审言病甚，宋之问、武平一等省候何如，答曰：'甚为造化小儿相苦，尚何言。'"苏轼《次韵鲁直赤目》："天公戏人亦薄相，略遣幻翳生明珠。"《汉书·陈平传》："张负归，谓其子仲曰：'吾欲以女孙予陈平。'仲曰：'平贫不事事，一县中尽笑其所为，独奈何予之女？'负曰：'固有美如陈平长贫者乎？'卒与女。"

④"独无"二句：芋栗，原本作"芋粟"，此据冯校校改；橡栗，因其形似芋芳，故名。一说指芋芳和橡栗。虚辱，谓空承美意。韩愈《答陈生书》："虽然，厚意不可虚辱，聊为足下诵其所闻。"北邻，聚珍本作"比邻"；在北侧的邻居。韦应物《道晏寺主院》："北邻有幽竹，潜筠穿我庐。"

# 谨次十七叔去郑诗韵二章以寄家叔一章以自咏①

　　乡里小儿真可怜②，市朝大隐正陶然。固应聊颂屈原橘③，底事便歌杨恽田。广陌遥知驹款段，曲池犹记鹭联拳④。(郑州官舍有池。)对床夜雨平生约，话旧应惊岁月迁。⑤(家叔书来，喜与家伯大人相会。)

　　蚍蜉堪笑亦堪怜，撼树无功更怫然。⑥赋就柳州聊解祟，诗成彭泽要归田。⑦身谋共悔蛇安居，理遣须看佛举拳。⑧怀祖定知当晚合，次君未可怨稀迁。⑨

　　镜中无复故人怜，却愧谋生后计然。⑩叔夜本非堪作吏，元龙今悔不求田。⑪怀亲更值薪如桂，作客重看栗过拳。⑫万事巧违高枕卧，忧来一夕费三迁。⑬

## 【题解】

　　此组诗作于宣和三年(1121)。十七叔名振，字敏彦。终于朝散郎。葛胜仲《蒙若拙宠次陈敏彦(振)韵三和》七律三首，其一、三中有云："庙堂厌席方求助，管库飞刍莫辞劳"，"韶颜秘殿赐恩袍，白首山城始梦刀"，盖其人早得科名，继则沉浮下僚者。陈与义组诗第二首中"怀祖定知当晚合，次君未可怨稀迁"，亦此意，并由人及己，心生感慨。

## 【注释】

　　①诗题，聚珍木无"谨"字。

　　②"乡里"句：萧统《陶渊明传》："我岂能为五斗米，折腰向乡里小儿。"

　　③"固应"句：屈原《九章·橘颂》："后皇嘉树，橘徕服兮。受命不迁，生南国兮。深固难徙，更壹志兮。绿叶素荣，纷其可喜兮。"王逸注："屈原自

比志节如橘,亦不可移徙也。"

④"曲池"句:杜甫《漫成一绝》:"沙头宿鹭联拳静,船尾跳鱼拨剌鸣。"

⑤"对床"二句:韦应物《示全真元常》:"宁知风雪夜,复此对床眠。……无将一会易,岁月坐推迁。"苏轼《辛丑十一月十九日既与子由别于郑州西门之外马上赋诗一篇寄之》:"寒灯相对记畴昔,夜雨何时听萧瑟。"苏辙《逍遥堂会宿二首》其一:"逍遥堂后千寻木,长送中宵风雨声。误喜对床寻旧约,不知漂泊在彭城。"苏轼《次韵答顿起二首》其一:"相逢应觉声容似,欲话先惊岁月奔。"

⑥"蚍蜉(pí fú)"二句:蚍蜉,一种大蚁。韩愈《调张籍》:"蚍蜉撼大树,可笑不自量。"怫(fú),形容愤怒。《庄子·德充符》:"我怫然而怒。"

⑦"赋就"二句:柳宗元《解祟赋序》:"柳子既谪,犹惧不胜其口,筮以玄,遇于之八,其赞曰:'赤舌烧城,吐水于瓶。'其测曰:'君子解祟也。'喜而为之赋。"

⑧"身谋"二句:杜甫《晦日寻崔戢李封》:"至今阮籍等,熟醉为身谋。"《史记·楚世家》:"人有遗其舍人一卮酒者,舍人相谓曰:'数人饮此,不足以遍,请遂画地为蛇,蛇先成者独饮之。'一人曰:'吾蛇先成。'举酒而起,曰:'吾能为之足。'及其为之足而后成,人夺其酒而饮之,曰:'蛇固无足,今为之足,是非蛇也。'"《唐摭言》卷六:"韩偓天复初入翰林,其年冬,车驾出幸凤翔,偓有扈从之功。返正初,上面许偓为相。奏云:'陛下运契中兴,当复用重德,镇风俗。臣座主右仆射赵崇可以副陛下是选。乞回臣之命授崇,天下幸甚。'上嘉叹。翌日,制用崇暨兵部侍郎王赞为相。时梁太祖在京,素闻崇之轻佻,赞复有嫌衅。驰入,请见于上前,具言二公长短。上曰:'赵崇是偓荐。'时偓在侧,梁主叱之。偓奏云:'臣不敢与大臣争。'上曰:'韩偓出。'寻谪官入闽。故偓有诗曰:'谋身拙为安蛇足,报国危曾捋虎须。'"《楞严经》:"如来举臂屈指为光明拳,示阿难曰:'若无我手,不成我拳。若无汝眼,不成汝见。以汝眼根,例我拳理,其义均不。'阿难曰:'我无我眼,不成我见,例如来拳,事义相类。'"

⑨"怀祖"二句:《世说新语·简傲》:"谢中郎是王蓝田女婿,尝著白纶巾,肩舆径至扬州听事,见王,直言:'人言君侯痴,君侯信自痴。'蓝田曰:

'非无此论,但晚令耳。'"刘孝标注引《述别传》:"述少真独退静,人未尝知,故有晚令之言。"稀迁,甚少迁升。《汉书·萧望之传》:"育为人严猛尚威,居官数免,稀迁。"

⑩"镜中"二句:杜甫《览镜呈柏中丞》:"镜中衰谢色,万一故人怜。"陈师道《寄曹州晁大夫》:"死去不为天下惜,镜中当有故人怜。"《汉书·货殖传》:"范蠡叹曰:'计然之策,十用其五而得意,既以施国,吾欲施之家。'"孟康注:"姓计名然,越臣也。"蔡谟曰:"计然者,范蠡所著书篇名耳,非人也。"颜师古曰:"计然一号计研,故《戏宾》曰:'研桑心计于无垠。'即谓此耳。计然者濮上人也,博学无所不通,尤善计算,尝南游越,范蠡卑身事之。"

⑪"叔夜"二句:嵇康《与山巨源绝交书》:"有必不堪者七","又闻道士遗言,饵术黄精,令人久寿,意甚信之。游山泽,观鱼鸟,心甚乐之。一行作吏,此事便废。安能舍其所乐而从其所惧哉?"《三国志·魏书·陈登传》:"陈登者,字元龙,在广陵有威名。又犄角吕布有功,加伏波将军,年三十九卒。后许汜与刘备并在荆州牧刘表坐,表与备共论天下人。汜曰:'陈元龙湖海之士,豪气不除。'……备问汜:'君言豪,宁有事邪?'汜曰:'昔遭乱过下邳,见元龙。元龙无客主之意,久不相与语,自上大床卧,使客卧下床。'备曰:'君有国士之名,今天下大乱,帝主失所,望君忧国忘家,有救世之意,而君求田问舍,言无可采,是元龙所讳也,何缘当与君语?如小人,欲卧百尺楼上,卧君于地,何但上下床之间邪?'表大笑。"

⑫"怀亲"二句:《战国策·楚策三》:"楚国食贵于玉,薪贵于桂。"《西京杂记》:"上林苑有峄阳栗,峄阳都尉曹龙所献,大如拳。"杜甫《秋日夔府咏怀奉寄郑监(审)李宾客(之芳)一百韵》:"色好梨胜颊,穰多栗过拳。"

⑬"万事"二句:费三迁,原本作"废三迁",此据潘本、丁钞、聚珍本校改。《汉书·张良传》:"君安得高枕而卧?"《左传·哀公八年》:"吴子闻之,一夕三迁。"

# 连雨书事四首①

九州逢连雨，萧萧稳送秋。龙公无乃倦②，客子不胜愁。云气昏城壁，钟声咽寺楼。③年年授衣节，牢落向他州。④

风伯方安卧，云师亦少饕。⑤气连河汉润，声到竹松高。⑥老雁犹贪去⑦，寒蝉遂不号。相悲更相识⑧，满眼楚人骚。

寒入薪蒭价，连天两眼愁。⑨生涯赤藤杖，契分黑貂裘。⑩乌鹊无言暮，蓬蒿满意秋。同时不同味，世事剧悠悠。⑪

白菊生新紫，黄芜失旧青。俱含岁晚恨⑫，并入夜深听。梦寐连萧瑟，更筹乱晦冥。⑬云移过吴越，应为洗余腥。⑭

**【题解】**

此组诗作于宣和三年(1121)九月。第一首诗为久雨而作。先写秋雨连绵，使人生愁。后写久雨中听见闻之物状及作客情绪。全诗沉着苍劲，逼近老杜，不止一二句之脱化而已。第四首写在连雨中菊花已由白变紫，芜青已失青成黄，俱表明时届岁晚。萧瑟之声，夜不成眠，故浮想联翩，竟欲趁方腊初平之际，移雨过吴越，以洗涤"余腥"矣。

**【注释】**

①诗题，原本作"连雨赋书事四首"，此据潘本、《瀛奎律髓》卷一七校删。又，"四首"原本作题下小注，潘本无此二字。杜牧《忆齐安郡》："一夜风欺竹，连江雨送秋。"

②无乃：犹莫非、恐怕是。《论语·雍也》："居敬而行简，以临其民，不亦可乎？居简而行简，无乃大简乎？"

③"云气"二句：杜甫《别李义长》："三峡春冬交，江山云雾昏。"苏轼《郁孤台》："岚气昏城树，滩声入市楼。"

④"年年"二句：授衣，制备寒衣。《诗·豳风·七月》："九月授衣。"牢

落,孤寂,无聊。陆机《文赋》:"心牢落而无偶,意徘徊而不能揥。"杜甫《法镜寺》:"身危适他州,勉强终劳苦。"

⑤"风伯"二句:《广雅》:"风伯曰飞廉。"《西京杂记》:"云师曰屏翳。"饕,贪。

⑥"气连"二句:河汉润,潘本、丁钞作"河汉阔"。竹松,丁钞作"竹窗"。

⑦老雁:聚珍本作"老鹤"。

⑧相识:潘本作"相失"。

⑨"寒入"二句:薪蒭,《瀛奎律髓》作"新蒭"。韩愈《答胡直均书》:"雨不止,薪蒭价益高。"卢照邻《秋霖赋》:"眺穷阴兮断地,看积水兮连天","睹皇天之淫溢,孰不隔坐而含嚬"。

⑩"生涯"二句:《战国策·秦策一》:"说秦王书十上而说不行,黑貂之裘弊。"

⑪"同时"二句:剧悠悠,《瀛奎律髓》作"极悠悠"。白居易《永崇里观居》:"年光忽冉冉,世事本悠悠。"

⑫岁晚恨:潘本作"岁晚怅"。

⑬"梦寐"二句:更筹,古时夜间报更用的记时的竹签。欧阳澈《小重山》:"无眠久,通夕数更筹。"萧瑟,聚珍本作"萧索"。

⑭"云移"二句:杜甫《喜雨》:"峥嵘群山云,交会未断绝。安得鞭雷公,滂沱洗吴越。"又《喜闻官军已临贼寇二十韵》:"谁云遗毒螫,已是沃腥臊。"

**【辑评】**

元方回《瀛奎律髓》卷一七:清冯舒:(第三首"契分"句)下言秋,则太冷些。又,清纪昀:(第一首)"稳送"二字究不佳。六句从工部"钟鼓报新晴"意对面化出。"年年"二字不接五、六。(第二首)起二句太狰狞。四句胜二句。后四句悲壮。五句"贪"字不稳,而此联句法亦复起二句。(第三首)起句费解。五、六句有寄托,惜末句说破,较少味,浑之则更佳。冯氏识貂裘太早,然此不过借言客况耳,不必如此泥。(第四首)起四句沉着,结亦切实,亦阔远。

# 陈叔易赋王秀才所藏梁织佛图诗邀同赋因次其韵

维摩之室本自空，忽惊满月临丹宫。①稽首世尊真实相，不比图画填青红。②天女之孙擅天巧，经纬星宿超庸庸。③沦精入此三昧手，一念直到只园中。④意匠经营与佛会，七宝欲动声珑珑。⑤眉间毫光放未尽，指下已带旃檀风。⑥飞梭本是龙变化，挟大戚德行神通。⑦恍若只洹遇佛影⑧，岂彼台像能比崇。共惟此事不思议⑨，细看众巧无遗踪。日浮鸡园赤烂烂，天入鹫岭青丛丛。⑩那知金臂是正倒，但觉已挫千魔锋。⑪龙天四众俨然侍，喜满尺宅俱成功。⑫向来八风几卷地，众宝行树无摧棒。⑬老萧区区佛所悯，岂与十二蛲蛔同。⑭重云之殿珠作帐，一朝入海奔雷公。⑮幸留此像不为少，福聚万纪兼千总⑯。余休八叶终灰烬，坚固却赖三眠虫。⑰似闻法猛藕丝像，当时已不随烟东。⑱煌煌二宝照南北，各摄万鬼专其雄。⑲龙华已耀东坡墨，惊梦不假撞洪钟。⑳唯有兹图晦几岁，留待公句贻无穷。画沙累土皆见佛，而况笔墨如此工。亦念众生业障厚，要与机杼聊分攻。㉑从今俱尽未来世，买丝不绣平原容。㉒

## 【题解】

此诗作于宣和三年(1121)。陈叔易，名恬。阳翟人。任秘书省校书郎。后弃官，卜筑嵩华之间。号涧上丈人。宋人有许多家贫好学而登第做高官者，在他们的为官生涯里，以天下为己任而不以个人的荣枯得失进退出处为怀，至少在营造他们的居所时，外形简陋狭小而涵蕴丰富阔大的维摩方丈给了他们精神启迪。即如此诗"维摩之室本自空，忽惊满月临丹宫。"

稽首世尊真实相,不比图画填青红。天女之孙擅天巧,经纬星宿超庸庸"云云,维摩方丈虽小,其中却可以神游八极,心骛万仞。维摩方丈虽空,但芥子可纳须弥,维摩曾以不可思议之力纳三万二千狮子座于其中。因此,维摩方丈实际上是一个受拘束的形体与不受拘束的灵魂、有限的空间与无限的空间的一个对立统一体。宋人身处其中,品到了其中的理趣。

与道士和尚交友,本是宋代文人的习气。陈与义入仕后因沉沦下僚,官卑禄微,尤其是有感于当时北宋王朝的政治黑暗、危机四伏,因而便自然地以佛老寂然无为、淡泊自省来作为精神的慰藉,而丁母忧居汝期间,因与葛胜仲等佞佛之人来往酬唱,与觉心长老结为诗友,耳濡目染,更增加了他对佛学的兴趣,并且对以后的生活及思想产生了很大的影响。细观此作,诗人对佛书、佛典之熟悉,征引之繁富,对佛理之阐幽发微,绝不可能是一时兴趣所致,如非长期潜心于佛学,决不会至此。

**【注释】**

①"维摩"二句:《维摩经》:"文殊问维摩疾,见其室空无诸所有。"《观佛三昧经》:"佛外现十楞,内现空相,放之能遍十方,圆卷如秋满月,分明皎净。"

②"稽(qǐ)首"二句:《周礼·春官·大祝》郑玄注:"稽首,拜,头至地也。"《观无量寿佛经》:观世音真实色身相。韩愈《谒衡岳庙遂宿岳寺题门楼》:"粉墙丹柱动光彩,鬼物图画填青红。"

③"天女"二句:《史记·天官书》:"织女,天女孙也。"司马贞《索隐》引《荆州占》曰:"织女,一名天女,天子女也。"庸庸,凡常无奇。左思《魏都赋》:"荣操行之独得,超百王之庸庸。"

④"沦精"二句:直到,聚珍本作"真到"。谢庄《月赋》:"委照而吴业昌,沦精而汉道融。"李善注:《汉书》元后母李亲梦月入怀而生后,遂为天下母。《华严经》:"入诸佛三昧","入此三昧已"。苏轼《南屏谦师妙于茶事自云得之于心应之于手非可以言传学到者……》:"道人晓出南屏山,来试点茶三昧手。"《阿含经》:"给孤长者买祇陀太子园侧,布黄金遍地,为佛造寺。"

⑤"意匠"二句:《法华经》:"或以七宝妆严饰作佛像。七宝谓金、银、琉

璃、砗磲、玛瑙、真珠、玫瑰。"珑玲,象声词。孔翁归《长门怨》:"雷声听隐隐,车响绝珑玲。"

⑥"眉间"二句:《法华经》:"放眉间白毫相光。"又,"旃(zhān)檀香风,悦可众心"。旃檀,即檀香。

⑦"飞梭"二句:《晋书·陶侃传》:"或云侃少时渔于雷泽,网得一织梭,以挂于壁。有顷雷雨,自化为龙而去。"威德,威力与功德。《金光明经》:"有大威德。"神通,心念通达,能于己念不著不动又分明了知,并能以己心观照他众心念而不染。

⑧"恍若"句:《玄奘师西域记》:"师至祇洹寺,闻有佛影时现毒龙窟中,往观焉,经一日一夜乃见之。"

⑨"共惟"句:共惟,犹云深思,与"细看"相对。《法苑珠林》:"如佛变化无量三昧力不可思议。"

⑩"日浮"二句:《阿含经》:"佛在鸡园。"《俱舍论》:"五百罗汉居处鸡园。"烂烂,光芒闪耀貌。《七佛咒经》:"佛在给孤鹫岭。"《佛国记》:"入谷搏山,东南上十五里,到耆阇崛山,未至顶三里,有石窟南向,佛坐禅处。西北三十步,复有一石窟,阿难坐禅处。天魔波旬,化作雕鹫,恐阿难佛以神力隔石舒手,摩阿难肩,怖即得止,鸟迹手孔悉存,故曰雕鹫窟。其山峰秀端严,是五山之最高也。"《释氏西域记》:"耆阇崛山在阿耨达王舍城东北,望其山有两峰双立,相去二三里,中道鹫鸟常居其岭,土人号曰耆阇崛山,山名耆阇,鹫也。"丛丛,聚集貌。齐己《闻落叶》:"来年未离此,还见碧丛丛。"

⑪"那知"二句:《楞严经》:"如来垂金色臂,轮手下指示阿难,言:'汝见我手为正为倒?'阿难言:'世间以此为倒,我不知谁正谁倒。'"《本行经》:"六欲天主彼旬领诸魔众,雨刀剑、大石、毒蛇来恼怖佛,佛入慈悲无量定以伏之,魔自退散。"

⑫"龙天"二句:公乘亿《奖公塔碑》:"天花散地,水月澄空,尝与四众天人,皆臻法要,六州士庶,尽结胜因。"龙天,谓八部众中之龙众与天众也。八部众:一曰天众,欲界六天,色界四禅天,无色界之四空处天也。身具光明,故名天。二曰龙众,如《法华经》听众所列八大龙王。又四众有四说:一说:发起众,当机众,应想众,结缘众也。二说:比丘,比丘尼,优婆塞,优婆

夷,是僧伽之四众也。三说:比丘,比丘尼,沙弥,沙弥尼,是为出家之四众。四说:龙象众,边鄙众,多闻众,大德众,即四果之圣众。俨然,庄重,严肃。尺宅,聚珍本作"火宅"。《云笈七签》卷一一·《黄庭内景经》:云宅既清玉帝游。梁丘子注释:"面为云宅,一名尺宅,以眉目鼻口之所居,故为宅也。"又,《经》云:"外应尺宅气色芳。注:尺宅,面也。"《洞神经》:"面为尺宅。字或作赤泽。"

⑬"向来"二句:《宝积经》以利、衰、毁、誉、称、讥、苦、乐为八风,言能动人也。寒山诗:"八风吹不动,万古人传妙。"《弥陀经》:"微风吹动诸宝行树。"《广雅》:桴,木末也。

⑭"老萧"二句:《南史·侯景传》:"请兵三万,横行天下,要须济江缚取萧衍老公,以作太平寺主。"柳宗元《东海若》:"今有为佛者二人,同出于毗卢遮那之海,而泪于五浊之粪,而幽于三有之瓠,而窒于无明之石,而杂于十二类之蟯蛔(náo huí)。"孙汝听注:"十二类,谓子为鼠、丑为牛之类。"《说文》:"蟯,腹中短虫也。从虫,尧声。"《广韵》:"蛔,人腹中长虫。户恢切。"

⑮"重云"二句:《南史·梁武帝纪》:"是月(中大通元年六月),都下疫甚,帝于重云殿为百姓设救苦斋,以身为祷。"《释氏辨正理论》:梁武帝得鹫峰奥旨,鸡园密义,编之金简,藏之宝印,覆以珠帐,擎以玉床。《续高僧传》:梁武帝崩,以葬事有缺,欲拆重云殿上宝物。人众方至,忽雷雨大火焚殿,殿乘空入海,举众皆见。有从海来者,见殿事在海。苏轼《赠潘谷》:"一朝入海寻李白,空看人间画墨仙。"

⑯"福聚"句:《说文》:"纪,丝别也。"《诗·召南·羔羊》:"羔羊之缝,素丝五总。"

⑰"余休"二句:胡注:"自武帝衍至琼,八叶。"荀子《赋篇》:"三俯三起,事乃大已,夫是之谓蚕理。"杨倞注:"俯为卧而不食。"李白《寄东鲁二稚子》:"吴地桑叶绿,吴蚕已三眠。"

⑱"似闻"二句:《蔡氏谈丛》:"钱塘龙华寺有传大士真身,仍藏所谓敲门槌、颂《金刚经》拍板与藕丝灯三物,盖昔时吴越钱王从婺女双林取来。藕丝者,乃梁武帝时物也。谬言藕丝织成,惧不然,疑但当时之上锦尔。所织纹实华严会释氏说法相状,凡七所,即所谓七处九会者是也。有天人鬼

97

神龙象宫殿之属，穷极幻妙，奇特不可名。政和后，索入九禁。宣和初，既大黜释氏教，因复以藕丝灯赐宦者梁师成。师成靖康间籍没，而藕丝灯者莫知何在。"

⑲"煌煌"二句：煌煌，明亮辉耀貌。各摄，原本作"客摄"，此据聚珍本校改。韩愈《谒衡岳庙遂宿岳寺题门楼》："火维地荒足妖怪，天假神柄专其雄。"

⑳"龙华"二句：《西湖游览志余》卷六："龙华寺旧名龙华宝胜，钱王以瑞萼园舍建。有傅大士塔像、拍板、门槌、司马温公祠堂，今皆不存。傅大士故渔人也，遇嵩头陀，语曰：'我昔与汝于毗婆尸佛前，发愿度生，汝今何时还兜率宫？'指令临水观影，大士乃见圆光宝盖，便悟前因。夫妇双修，顿通佛法。梁武帝召见寿光殿，共论真谛，大士曰：'息而不灭。'帝又请讲《金刚经》，大士挥案一拍而起。帝不喻，再请讲，大士乃索拍板，升座唱四十九颂，颂终而去。苏子瞻《大士像赞》云：'善慧执板，南泉作舞。借我门槌，为君打破。'元末毁，国朝宣德四年建。"李白《游云际寺》："云领浮名去，钟撞大梦醒。"洪钟，大钟。《世本·作篇》："颛顼命飞龙氏铸洪钟，声振而远。"

㉑"亦念"二句：业障，佛教语，谓妨碍修行正果的罪业。《造象经》："造佛形象，一切业障，莫不除灭。"分攻，李氏藏本作"分巧"。《类说》卷五七："张宣，熙宁中梦行大空中，闻天风海涛，声振林木。徐见海中楼阙金碧，琼裾琅佩数百人揖宣，出纸请赋，笔砚皆碧玉也，且戒曰：'此间文章，要似隐起鸾凤，当与织女机杼分巧，过是乃人间语耳。'"

㉒"从今"二句：《楞严经》："尽未来际作佛事。"《华严经》："如是未来世，有求于佛众。"李贺《浩歌》："买丝绣作平原君，有酒惟浇赵州土。"


## 赵虚中有石名小华山以诗借之

君家苍石三峰样，磅礴乾坤气象横①。贱子与山曾半面②，小窗如梦慰平生。炉烟巧作公超雾，书册尚避秦皇城。③病眼朝来欲开懒，借君岩岫障新晴。

此诗作于宣和三年(1121)。赵虚中,未详。诗作描述匠心独运的假山,体现出宋代文人士大夫的审美情趣。

【注释】

①"磅礴"句:磅礴,形容气势盛大。《庄子·逍遥游》:"将旁礴万物以为一,世蕲乎乱,孰弊弊焉以天下为事。"

②"贱子"句:贱子,谦称自己。鲍照《东武吟》:"主人且勿喧,贱子歌一言。"《后汉书·应奉传》李贤注引谢承书:"奉年二十时,尝诣彭城相袁贺,贺时出行闭门,造车匠于内开扇出半面视奉,奉即委去。后数十年于路见车匠,识而呼之。"

③"炉烟"二句:《后汉书·张楷传》:楷字公超,"性好道术,能作五里雾"。秦皇城,丁钞作"秦王城"。"书册"句盖有激于当时书禁风气(自崇宁以来禁元祐学术,至宣和时犹未除)而发。


# 次韵乐文卿北园①


故园归计堕虚空,啼鸟惊心处处同。②四壁一身长客梦,百忧双鬓更春风。梅花不是人间白,日色争如酒面红。③且复高吟置余事,此生能费几诗筒。④


【题解】

此诗作于宣和三年(1121)。乐文卿,里居事迹未详。诗作表现客里逢春所生的故园之思,以及身世忧患之感。题材虽然很普通,但诗人的感觉很好,写得句句皆能生色,有化常为奇的妙处。如"四壁 身长客梦"二句写足作客之事与客里逢春之意,意思都很圆满。大凡律诗的章法,前四句需要集中表现主题或基本情事,写得意足事完,给人以相对完整的形象。"梅花不是人间白"句,梅花的洁白当然不是人间所有的那种白,而是自然界的创造。这一句初看似甚无谓,甚拙率,熟看之后,却有奇趣在,盖非声色外现之句,而是意趣内敛,如水中之象,初睹空荡,谛视却见其下种种形象,大有造作。简斋此诗浑厚中见清畅,锻炼而能自然,风格在苏、黄之间。

**【注释】**

①诗题中"北园",方回《瀛奎律髓》卷一三作"故园"。

②"故园"二句:杜甫《伤秋》:"何年减豺虎,似有故园归。"苏轼《次韵舒教授寄李公择》:"别时流涕揽君须,悬知此欢堕空虚。"杜甫《春望》:"感时花溅泪,恨别鸟惊心。"

③"梅花"二句:白居易《烧药不成命酒独醉》:"赖有杯中绿,能为面上红。"

④"且复"二句:班固《答宾戏》:"取舍者,昔人之上务;著作者,前列之余事耳。"《唐语林》卷二:"白居易,长庆二年以中书舍人为杭州刺史,替严员外休复。休复有时名,居易喜为之代。时吴兴守钱徽、吴郡守李穰皆文学士,悉生平旧友,日以诗酒寄兴。官妓高玲珑、谢好好巧于应对,善歌舞。后元稹镇会稽,参其酬唱,每以筒竹盛诗来往。"

**【辑评】**

元方回《瀛奎律髓》卷一三:此诗似新春冬末之作。又,清纪昀:绝有笔力。三、四江西派,然新而不野。又,纯是新春之作,不宜入之冬日。


# 汝州吴学士观我斋分韵得真字

狂夫缚轩冕①,自许稷契身。静者乐山林,谓是羲皇人。②不如两忘抉,内保一色醇。③伟哉道山杰④,滞此汝水滨。大来会阔步,小憩得幽欣。⑤一斋有琴酒,万事无缁磷。⑥不作子公书,肯受元规尘。⑦人言君侯痴,我知丈人真⑧。月明泉声细,雨过竹色新。是间有真我,宴坐方申申。⑨

## 【题解】

此诗作于宣和四年(1122)。观我斋,吴学士斋名。吴学士,字粹老,名不详。诗中"静者乐山林"二句,表露出对陶、谢、韦、柳诸人,特别是陶渊明的崇慕与心仪。整个作品也有对陶渊明淡泊情趣与诗风的有意识的追摹。

## 【注释】

①"狂夫"句:杜甫《狂夫》:"欲填沟壑唯疏放,自笑狂夫老更狂。"又《独酌成诗》:"苦被微官缚,低头愧野人。"《庄子·缮性》:"古之所谓得志者,非轩冕之谓也。轩冕在身,非性命也。"

②"静者"二句:《晋书·陶潜传》:"尝言夏月虚闲,高卧北窗之下,清风飒至,自谓羲皇上人。"

③"不如"二句:两忘,两者一起忘记。《庄子·大宗师》:"与其誉尧而非桀也,不如两忘而化其道。"韩愈《读皇甫湜公安园池诗书其后二首》其一:"诚不如两忘,但以一概量。"《汉书·梅福传》:"一色成体谓之醇,白黑杂合谓之驳。"

④"伟哉"句:《后汉书·窦章传》:"学者以东观为道家蓬莱山。"黄庭坚《和答子瞻和子由常父忆馆中故事诗》:"天网极恢疏,道山非簿领。"任渊注:"蓬莱道山,天帝图书之府也。"

⑤"大来"二句:《易·泰卦》:"小往大来。"苏轼《次韵孙莘老斗野亭寄子由在邵伯堰》:"孤亭得小憩,暮景含余清。"又《和癸卯岁始春怀古田舍》二首其二:"客来有美载,果熟多幽欣。"

⑥"一斋"二句:嵇康《与山巨源绝交书》:"时与亲旧叙阔,陈说平生,浊酒一杯,弹琴一曲,志愿毕矣。"缁磷,喻操守不坚贞、受环境影响而起变化。韩愈《北极赠李观》:"方为金石姿,万世无缁磷。"

⑦"不作"二句:《汉书·陈咸传》:"即蒙子公力,得入帝城,死不恨。"颜师古注:"子公,(陈)汤之字。"《晋书·王导传》:"时亮虽居外镇,而执朝廷之权,既据上流,拥强兵,趣向者多归之。导内不能平,常遇西风尘起,举扇自蔽,徐曰:'元规尘污人。'"

⑧"我知"句:杜甫《奉赠韦左丞丈二十二韵》:"甚愧丈人厚,甚知丈人真。"

# 送秘典座胜侍者乞麦

一春不雨但多风,家家买龟问丰凶①。天宁疏头与天通,沺笔未了云埋空。②一雨三日勤老龙③,陇头满眼十分丰。法中福将两英雄,自诡去立丘山功。④堂头老师言语工,一诗自直三千钟。⑤不忧乞米送卢仝⑥,末章谨已藏胸中。

## 【题解】

此诗作于宣和四年(1122)。陈与义记叙描述日常生活情事的七古不少,也有"宋调"的特征。即如此诗,更是写琐细的小事,但善于从小事上进行理性思考和表述,从细微处发现理趣,甚有生活情趣,甚得理实,是宋人深造有得,追求精诣,从平庸凡近中寻找正大深邃的义理的表现。

## 【注释】

①丰凶:丰收与荒歉。《周礼·地官·廪人》:"以岁之上下数邦用,以知足否,以诏谷用,以治年之凶丰。"

②"天宁"二句:疏,为敬神佛而向人募捐的册子。《新唐书·岑文本传》:"或策令丛遽,敕吏六七人沺笔待,分口占授,成无遗意。"

③"一雨"句:苏轼《喜雨亭记》:"一雨三日,伊谁之力。"

④"法中"二句:《续高僧传》:"经云:后五百岁有福智者,此子谓乎?法之大将,岂不然乎?"又:"余少游讲肆多矣,未见少年神悟若斯人也!席中听侣金号英雄。"《汉书·京房传》:"今臣得出守郡,自诡效功。"颜师古注:"诡,责也。"东方朔《答客难》:"所欲必得,功若丘山。"陈琳《檄吴将校部曲文》:"故乃建丘山之功,享不訾之禄。"

⑤"堂头"二句:堂头,方丈室,亦曰丈室。《庄子·寓言》:"曾子再仕而心再化,曰:吾及亲仕,三釜而心乐;后仕,三千钟而不洎,吾心悲。"

⑥"不忧"句:韩愈《寄卢仝》:"至今邻僧乞米送,仆忝县尹能不耻。"

# 食 齑

君不见领军家有鞋一屋,相国藏椒八百斛。①士患饥寒求免患,痴儿已足忧不足。②伯龙平生受鬼笑③,无钱可使宜见渎。但当与作谪仙诗,聊复使渠终夜哭。④诗中有味甜如蜜,佳处一哦三鼓腹⑤。空肠时作不平鸣,却恨忍饥犹未熟。⑥冰壶先生当立传,木奴鱼婢何足录。⑦颜生狡狯还可怜,晚食由来未忘肉。⑧

## 【题解】

此诗作于宣和四年(1122)。这首咏物诗共使用了十个典故,表现了贫士的"不平鸣",又说出了对简陋生活的满足,歌颂了诗歌创作对贫士的安慰。不过,读者在诠释与义作品时,可能因此而遇到或大或小的障碍。陈与义作品文字间的阻力除了来自强烈形象化,改变节奏及声调反常之外,也来自于如此诗一样的对典故的刻意运用。(参吴淑钿《陈与义诗歌研究》)

## 【注释】

①"君不见"二句:《颜氏家训·治家》:"邺下有一领军,贪积已甚,家童八百,誓满一千,朝夕每人肴膳,以十五钱为率,遇有客旅,更无以兼。后坐事伏法,籍其家产,麻鞋一屋,弊衣数库,其余财宝,不可胜言。"《新唐书·元载传》:"及死,行路无嗟隐者。籍其家,钟乳五百两,诏分赐中书、门下台省官,胡椒至八百石。"

②"士患"二句:《国语·周语》:"然则无夭昏札瘥之忧,而无饥寒乏匮

之患，故上下能相固。"《新五代史·马胤孙传》："崔居俭扬言于朝曰：'孔昭序解语，是朝廷无解语人也。且仆射师长百寮，中丞、大夫就班修敬，而常侍在南宫六卿之下，况仆射乎？昭序痴儿，岂识事体？'"《世说新语·俭啬》注引《晋阳秋》："戎多殖财贿，常若不足。或谓戎故以此自晦也。"

③"伯龙"句：《南史·刘粹传》："损同郡宗人有刘伯龙者，少而贫薄，及长，历位尚书左丞、少府、武陵太守，贫窭尤甚。常在家慨然，召左右将营十一之方，忽见一鬼在傍抚掌大笑。伯龙叹曰：'贫穷固有命，乃复为鬼所笑也。'遂止。"

④"但当"二句：《本事诗·高逸》："李太白初自蜀至京师，舍于逆旅。贺监知章闻其名，首访之，既奇其姿，复请所为文。出《蜀道难》以示之，读未竟，称叹者数四，号为'谪仙'。解金龟换酒，与倾尽醉，期不间日，由是称誉光赫。贺又见其《乌栖曲》，叹赏苦吟曰：'此诗可以泣鬼神矣。'"《淮南子·本经训》："昔者苍颉作书，而天雨粟，鬼夜哭。"苏轼《次韵吴传正枯木歌》："但当与作少陵诗，或自与君拈秃笔。"

⑤"诗中"二句：《四十二章经》："人为道，犹若食蜜，中边皆甜。吾经亦尔，其义皆快，行者得道矣。"苏轼《安州老人食蜜歌》："小儿得诗如得蜜，蜜中有药治百疾。"又《和钱安道寄惠建茶》："此诗有味君勿传，空使时人怒生瘿。"苏轼《读孟郊诗二首》其一："寒灯照昏花，佳处时一遭。"《庄子·马蹄》："含哺而熙，鼓腹而游。"

⑥"空肠"二句：犹未熟，潘本、丁钞作"尤未熟"。韩愈《送孟东野序》："大凡物不得其平则鸣。"又《月蚀诗效玉川子作》："婪酣大肚遭一饱，饥肠彻死无由鸣。"陆龟蒙《杞菊序》："忍饥诵经，岂不知屠沽儿有酒食耶？"

⑦"冰壶"二句：当立传，《全芳备祖》卷二四作"作玄传"。《玉壶清话》："太宗命苏易简讲《文中子》，有杨素遗子食经羹藜含糗之说。上因问：'食品何物最珍？'对曰：'物无定味，适口者珍。臣止知蒧汁为美，……屡欲作《冰壶先生传》记其事，因循未暇也。'上笑然之。"柳宗元《柳州城西北隅种柑树》："方同楚客怜皇树，不学荆州利木奴。"崔豹《古今注》卷中："江东呼青衣鱼为婢鳎，呼童子鱼为土父，呼鼍为河伯使者。"

⑧"颜生"二句:《战国策·齐策四》:"(颜)斶愿得归,晚食以当肉,安步以当车,无罪以当贵,清静贞正以自虞。"《易·坤卦》:"臣弑其君,子弑其父,非一朝一夕之故,其所由来者渐矣。"

# 古别离

东门柳,年年岁岁征人手。①千人万人于此别,柳亦能堪几人折。②愿君遄归与君期,要及此柳未衰时。

**【题解】**
此诗作于宣和四年(1122)。诗作不仅抒发依依惜别之情,而且期盼友人早日归来,表达了友朋间深厚的情谊。全篇模拟民歌而作,显得浅白自然。

**【注释】**
①"东门柳"二句:征人,丁钞作"在人"。李白《新林浦阻风寄友人》:"今朝东门柳,夹道垂青丝。"刘希夷《代悲白头吟》:"年年岁岁花相似,岁岁年年人不同。"

②"千人"二句:《三辅黄图》卷六:"霸桥在长安东,跨水作桥。汉人送客至此桥,折柳赠别。"《全唐诗话》:世传(韩)翃有宠姬柳氏。翃成名,从辟淄青,置之都下。数岁,寄诗曰:"章台柳,颜色青青今在否。纵使长条似旧垂,也应攀折他人手。"柳答曰:"杨柳枝,芳菲节,可恨年年赠离别。一叶随风忽报秋,纵使君来岂堪折。"后果为蕃将沙咤利所劫。翃会入中书,道逢之,谓永诀矣。是日临淄大校置酒,疑翃不乐。具告之。有虞侯将许俊,以义烈自许,即诈取得之,以授韩。

# 蜡梅四绝句

花房小如许,铜切黄金涂。<sup>①</sup>中有万斛香,与君细细输。
来从底处所,黄露满衣湿。<sup>②</sup>缘憨翻得怜,亭亭倚风立。<sup>③</sup>
奕奕金仙面<sup>④</sup>,排行立晓晴。殷勤夜来雪,少住作珠璎<sup>⑤</sup>。
亭亭金步摇<sup>⑥</sup>,朝日明汉宫。当时好光景,一似此园中。<sup>⑦</sup>

**【题解】**

此组诗作于宣和四年(1122)。其中第一首,将梅花的香描写得格外形象生动。

**【注释】**

①"花房"二句:铜切,原本作"铜剪",此据丁钞、《宋诗钞》校改。黄庭坚《蜡梅》:"天工戏剪百花房,夺尽人工更有香。"《汉书·外戚传》:"(孝成赵皇后)居昭阳舍,其中庭彤朱,而殿上髹漆,切皆铜沓冒黄金涂。"颜师古注:"切,门限也。"

②"来从"二句:韩愈《泷吏》:"潮州底处所,有罪乃窜流。"《洞冥记》:后复去,经年乃归。母忽见,大惊曰:"汝行经年一归,何以慰我耶?"(东方)朔曰:"儿至紫泥海,有紫水污衣,仍过虞泉湔浣。朝发中返,何云经年乎?"母问之:"汝悉是何处行?"朔曰:"儿湔衣竟,暂息都崇台。王公饴以丹粟霞浆,儿食之太饱,闷几死。乃饮玄天黄露半合,即醒。"

③"缘憨"二句:缘憨,潘本、丁钞作"缘懑",《全芳备祖》作"缘态"。倚风,《永乐大典》卷二八一一作"依风"。《南部烟花录》:时洛阳进合蒂迎辇花,帝令宝儿持之,号司花女。时虞世南草征辽指挥德音敕于帝侧,宝儿注视久之。帝谓世南曰:昔传飞燕可掌上舞,今得宝儿,方昭前事。然多憨态,今注目于卿,卿才人,可便嘲之。世南为绝句曰:"学画鸦黄半未成,垂肩亸袖大憨生。缘憨却得君王惜,长把花枝傍辇行。"杜甫《牵牛织女》:"亭

亭新妆立,龙驾具曾空。"又《江畔独步寻花七绝句》其五:"黄师塔前江水东,春光懒困倚微风。"李商隐《蜂》:"宓妃腰细才胜露,赵后身轻欲倚风。"

④"奕奕"句:李白《赠僧崖公》:"授余金仙道,旷劫未始闻。"《诗·鲁颂·闷宫》:"新庙奕奕,奚斯所作。"扬雄《方言》:"自关而西,凡美容谓之奕。"

⑤"少住"句:少住,《全芳备祖》作"小住"。珠璎,原本作"珠缨",此据聚珍本校改。《维摩经》:"又见珠璎在彼佛上。"

⑥"亭亭"句:《后汉书·舆服志》:"步摇,以黄金为山题,贯白珠为桂枝相缪,一爵九华。"《释名》:"步摇,上有垂珠,步则摇也。"

⑦"当时"二句:此园,《全芳备祖》作"北园"。李白《越女词五首》其五:"新妆荡新波,光景两奇绝。"

# 次韵富季申主簿梅花①

东风知君将出游,玉人迥立林之幽。②歆墙数苞乃尔瘦,中有万斛江南愁。③君哦新诗我听莹,句里无尘春色静。④人人索笑那得禁,独为君诗起君病。⑤欲语未语令人嗟,桃李回看眼中沙。⑥同心不见昭仪种⑦,五出时惊公主花。典衣重作明朝约,聊复宽君念归洛。笛催疏影日更疏,快饮莫教春寂寞⑧。

## 【题解】

此诗作于宣和四年(1122)。富直柔,字季申,富弼之孙。少敏悟有才名。靖康初,晁说之奇其文,荐于朝,召赐同进士出身,除秘书省正字。徜徉山泽,放意吟咏,与苏迟、叶梦得诸人游,以寿终于家。季申原作未见。就像陈与义的大多数写景咏物之作一样,此诗也是借花言志。用这种遗貌取神之法,写出事物的品性神情,虽无镂金错彩、精雕细摹之语,但神完意足,堪称佳作。又,葛胜仲另有一首《次韵陈去非梅花》(首句"造化小儿心恋嫫")可备参酌,陈与义原唱已佚。

**【注释】**

①诗题中"富季申",原本作"傅季申",此据冯校校改。

②"东风"二句:苏轼《新城道中二首》其一:"东风知我欲山行,吹断檐间积雨声。"《晋书·卫玠传》:"总角乘羊车入市,见者皆以为玉人,观之者倾都。"

③"欹墙"二句:乃尔,犹言如此。曹操《杨阜让爵报》:"姜叙之母,劝叙早发,明智乃尔。"庾信《愁赋》:"且将一寸心,能容万斛愁。"苏轼《次韵宋肇惠澄心纸二首》其一:"知君也厌雕肝肾,分我江南数斛愁。"

④"君哦"二句:《庄子·齐物论》:"是黄帝之所听荧也。"成玄英疏:"听荧,疑惑不明之貌也。"杜甫《伤春五首》其二:"巴山春色静,北望转逶迤。"

⑤"人人"二句:杜甫《舍弟观赴蓝田取妻子到江陵喜寄三首》其二:"巡檐索共梅花笑,冷蕊疏枝半不禁。"《三国志·魏书·陈琳传》裴松之注引《典略》:"琳作诸书及檄,草成呈太祖(曹操)。太祖先苦头风,是日疾发,卧读琳所作,翕然而起曰:'此愈我病。'数加厚赐。"

⑥"欲语"二句:李白《绿水曲》:"荷花娇欲语,愁杀荡舟人。"白居易《续古诗十首》其七:"何意掌上玉,化为眼中砂。"

⑦"同心"句:《赵飞燕外传》:"后始加大号,婕妤奏上二十六物以贺,中有五色同心结一盘。"(案:《类说》卷一曾详载此"二十六物"。)

⑧"快饮"二句:快饮,痛饮,畅饮。白居易《落花》:"留春春不住,春归人寂寞。"韦庄《谒金门》:"满院落花春寂寂,断肠芳草碧。"


# 钱东之教授惠泽州吕道人砚为赋长句①

君不见铜雀台边多事土,走上觚棱荫歌舞。②余香分尽垢不除,却寄书林污缥褚。③岂如此瓦凝青膏,冷面不识奸雄曹。④吕公已去泫余泣,通谱未许弘农陶。⑤暮年得君真耐久,摩挲玉质云生手⑥。未知南越石虚中⑦,亦有文章似君否。西家扑满本弟昆,趣尚清浊何年分。⑧一朝堕地真瓦砾,莫望韩公无瘗文。⑨

**【题解】**

此诗作于宣和四年(1122)。钱东之名元明,钱惟演四世孙。何薳《春渚纪闻》卷九:"高平吕老造墨常山,遇异人传烧金诀,毁出而视之,瓦砾也。有教之为研者,研成,坚润宣墨,光溢如漆。每研首必有一白书'吕'字为志。"吕老死后,其所造砚甚宝贵,"好奇之士有以十万钱购一研而不可得者"。这种砚又叫澄泥砚,是用泥土烧制而成的,但特别坚硬,金铁划之不入,坚泽如端溪石砚。又曾慥《类说》卷五八引《砚谱》云:"泽州道人吕翁作澄泥砚,坚重如石,手触辄生晕。"可见陈与义此诗中"暮年得君真耐久,摩挲玉质云生手"实为形容之妙者。

全诗从其他瓦砚名品说起,贬彼扬此,笔锋更见凌厉。"君不见铜雀台边多事土"四句说的是铜雀台瓦砚,"多事土"、"垢不除"、"却寄书林污缣楮",都是随题点化的妙语。第二层四句方才正式叙出"吕道人砚"。"青膏"形容砚的颜色质地,亦指其为土膏所制。"冷面"一句关合前段甚妙,且"冷面"确能写出瓦砚给人的感觉。"吕公"句中"泫余泣"三字暗指砚中的墨水,如此双关甚妙。"弘农陶"即泥砚,此句是说吕道人砚虽亦为瓦砚,然而它是特等的瓦砚,与一般的瓦砚不同。以下"暮年得君真耐久"四句又是一层,两句叙得砚,两句作问砚口吻。最后四句又生一番曲折,将瓦砚与藏钱的"扑满"相挂接,说它们都是泥土制做的,但却一为文人之雅具,一为铜臭之器,亦如弟兄两人,趣尚清浊如此不同。这样写,更增一番意外的趣味。结尾两句又引出韩愈的《瘗破砚文》,完满凑足,结束这一篇奇妙的文字。又,葛胜仲有《次韵去非谢前教授饷泽州瓦砚》(首句"锡花蒸成一抔土"),可以参读。

**【注释】**

①诗题中"钱东之",丁钞、聚珍本作"钱柬之"。
②"君不见"二句:吴融《铜雀古瓦砚赋》:"瓯棱金爵,竞托岩峣。玉女胡人,争来睥睨","昔之藏歌盖舞,庇日干霄;繁华几代,零落一朝。委地而

合随尘土,依人而却伍琼瑶"。班固《西都赋》:"设璧门之凤阙,上觚棱而栖金爵。"吕向注:"觚棱,阙角也。"

③"余香"二句:污缣楮,潘本、丁钞作"汗缣楮"。陆机《吊魏武帝文》:又曰:吾婕好妓人,皆著铜爵台。……又云:余香可分与诸夫人。吴融《铜雀古瓦砚赋》:"衔来而月影重重,漏出而炉香细细。"《文房四宝》卷三:"魏铜雀台遗址,人多发其古瓦,琢之为砚,甚工,而贮水数日不渗。世传云:昔人制此台,其瓦俾陶人澄泥以绵绤滤过,碎胡桃油方埏埴之,故与众瓦有异焉。即今之大名、相州等处,土人有假作古瓦之状砚以市于人者甚众。"缣楮(jiān chǔ),作书画之绢、纸,亦以代称书画。

④"岂如"二句:《清异录》:"符昭远不喜茶,尝为御史,同列会茶,叹曰:'此物面目严冷,了无和美之态,可谓冷面草也。'苏轼《岐亭五首》其四:"何从得此酒,冷面妒君来。"江总《杂曲三首》其二:"妾门逢春自可乐,君面未秋何意冷。"《三国志·魏书·武帝纪》裴松之注引孙盛《异同杂语》:"太祖尝问许子将:'我何如人?'子将不答。固问之,子将曰:'子治世之能臣,乱世之奸雄。'太祖大笑。"

⑤"吕公"二句:吕公,丁钞、聚珍本作"吕翁"。《说文》:"泫(xuàn),潜流也。"即水珠下滴。通谱,同姓的人互认为同族。

⑥"摩挲"句:高似孙《砚笺》卷四:"不磷不缁,美玉未足方其质。"

⑦"未知"句:文嵩《即墨侯石虚中传》:"砚姓石,名虚中,字居默,南越高要人也。隐遁不仕,因采访遇之端溪。"

⑧"西家"二句:趣尚清浊,潘本、丁钞作"趣清尚浊"。《西京杂记》:"邹长倩与公孙弘书曰:'扑满者,以土为器以蓄钱,具其有入窍而无出窍,满则扑之。士有聚敛而不能散者,将有扑满之败,可不诫钦!'"《三国志·魏书·邴原传》注引《原别传》:"君谓仆以郑为东家丘,君以仆为西家愚夫邪?"韩愈《题杜工部坟》:"何人凿开混沌壳,二气由来有清浊。孕其清者为圣贤,钟其浊者成愚朴。"

⑨"一朝"二句:《后汉书·郭太传》:"荷甑堕地,不顾而去。林宗见而问其意,对曰:'甑以破矣,视之何益?'"韩愈《瘗(yì)砚铭》:"砚乎砚乎,与瓦砾异。"《吕氏春秋》高诱注:"祭土曰瘗。"

# 以石龟子施觉心长老

老龟千年作一息，天地并入支床力。①何年生此石肠儿，非皮裹骨骨裹皮。②君家元绪不慎口，遂与老桑同一朽。③知君游世磨不磷，往作道人之石友④。道人莫欺此龟无六眸，试与话禅当点头。⑤

**【题解】**

此诗作于宣和四年(1122)。诗作以石龟话禅，巧用竺道生在虎丘说法令顽石点头事，趣怪。

**【注释】**

①"老龟"二句：千年，聚珍本作"十年"。《史记·龟策列传》："余至江南，观其行事，问其长老，云龟千岁乃游莲叶之上"，"游三千岁，不出其域。安平静正，动不用力。寿蔽天地，莫知其极"，"南方老人用龟支床足，行二十余岁，老人死，移床，龟尚生不死。龟能行气导引"。白居易《赠王山人》："夜后不闻龟喘息，秋来唯长鹤精神。"

②"何年"二句：皮日休《桃花赋序》："余尝慕宋广平之为相，贞姿劲质，刚态毅状，疑其铁肠石心，不解吐婉媚辞。然睹其文而有《梅花赋》，清便富艳，得南朝徐庾体，殊不类其为人也。后苏相公味道得而称之，广平之名遂振。"《景德传灯录》卷一一："益州大随法真禅师：师庵侧有一龟，僧问：'一切众生皮裹骨，这个众生为甚骨裹皮？'师拈草履覆龟背上，僧无语。"

③"君家"二句：元绪，龟的雅称。《类说》卷四九："孙权时，有人获大龟，欲献吴王。夜泊越里，于大桑中，桑呼龟曰：'勤乎玄绪，奚事尔？'龟曰：'我行不择日，乃遭拘系。然尽南山之薪，不能溃我。'桑曰：'诸葛元逊必致相困，求我之徒煮汝，计将安出？'龟曰：'子无多言，祸将及汝。'既至建业，恪谕权烹之，龟乃立烂。"

④"往作"句：潘岳《金谷集作诗》："投分寄石友，白首同所归。"

⑤"道人"二句：郭璞《江赋》："有鳖三足，有龟六眸。"《南齐书·祥瑞志》："八年四月，长山县王惠获六目龟一头，腹下有'万欢'字，并有卦兆。"《尔雅》郭璞注："今吴兴郡阳羡县君山上有池，池中出三足鳖，又有六眼龟。"龚明之《中吴纪闻》："今虎邱千人坐旁有石点头。《十道四蕃志》云：生公，异僧竺道生也。讲经于此，无信之者，乃聚石为徒，与谭至理，石皆为点头。"

# 陪诸公登南楼啜新茶家弟出建除体诗诸公既和余因次韵①

建康九酝美，侑以八品珍。②除瘴去热恼，与茶不相亲。③满月堕九天，紫面光磷磷。④平生酪奴谤⑤，脉脉气未申。定论得公诗，雅好知凝神。⑥执持甘露碗，未觉有等伦。⑦破睡及四座，愧我非嘉宾。⑧危楼与世隔，万事不及唇。成公方坐啸，赏此玉花匀。⑨收杯未要忙，再试晴天云。⑩开口得一笑，兹游念当频。⑪闭眼归默存⑫，助发梨枣春。

**【题解】**

此诗作于宣和四年(1122)。诗作主要叙写茶的作用，即提神醒脑、除瘴去热等。其中，"闭眼归默存"透出消极避世思想。

**【注释】**

①诗题中"新茶"，聚珍本作"新茗"。

②"建康"二句：八品，聚珍本作"八味"。《南史·顾宪之传》："宪之，字士思，性尤清直。宋元徽中，为建康令。……性又清俭，强力，为政甚得人和，故都下饮酒者，醇旨辄号为'顾建康'，谓其清且美焉。"《西京杂记》："汉制：宗庙八月饮酎，用九酝。以正月旦作酒，八月成，名曰九酝。"张衡《南都赋》："九酝甘醴，十旬兼清。"李善注："《魏武集·上九酝酒奏》曰：三日一

112

酿,满九斛米止。"《广雅》:"酟,投也。"《周礼·食医》:"掌和王八珍。"又《膳食》:"以乐侑食。"

③"除瘴"二句:"除瘴"句下,李氏藏本有注:"自注《本草》云"。《本草纲目》:陈藏器云:茶苦寒,破热除瘴。《楞严经》:"白旃檀涂身,能除一切热恼。"

④"满月"二句:磷磷,原本作"磷磷",此据潘本、丁钞、聚珍本校改。《茶谱》:"衡山封州之西乡茶,研膏为之片,团如月。"卢仝《走笔谢孟谏议寄新茶》:"开缄宛见谏议面,手阅月团三百片。"王安石《寄茶与平甫》:"碧月团团堕九天,封题寄与洛中仙。"《茶谱》:"蒙顶研膏茶名紫笋。"《茶经》:"紫者上,绿者次。"欧阳修《乐哉襄阳人送刘太尉从广赴襄阳》:"磊落金盘烂磷磷,槎头缩项昔所闻。"

⑤"平生"句:《洛阳伽蓝记》卷三:"(王)肃初入国,不食羊肉及酪浆等物,常饭鲫鱼羹,渴饮茗汁。京师士子见肃一饮一斗,号为漏卮。经数年已后,肃与高祖殿会,食羊肉酪粥甚多。高祖怪之,谓肃曰:卿中国之味也,羊肉何如鱼羹? 茗饮何如酪浆?'肃对曰:'羊者是陆产之最,鱼者乃水族之长。所好不同,并各称珍。以味言之,甚是优劣。羊比齐、鲁大邦,鱼比邾、莒小国,唯茗不中,与酪作奴。'高祖大笑,……因此复号茗饮为酪奴。"

⑥"定论"二句:雅好,原本作"雅号",此据聚珍本校改。《庄子·达生》:"孔子顾谓弟子曰:'用志不分,乃凝于神。'"颜延之《五君咏·嵇中散》:"形解验默仙,吐论知凝神。"

⑦"执持"二句:《宋录》:"新安王子鸾、豫章王子尚,诣县济道人于八公山,道人设茶茗,尚味之曰:'此甘露也,何言茶茗焉。"黄庭坚《博士王扬休辗密云龙同事十三人饮之戏作》:"非君灌顶甘露碗,几为谈天干舌本。"等伦,同类。《汉书·甘延寿传》:"投石拔距,绝于等伦。"

⑧"破睡"二句:破睡,使睡意消失。白居易《赠东邻王十三》:"驱愁知酒力,破睡见茶功。"嘉宾,贵客。《诗·小雅·鹿鸣》:"我有嘉宾,鼓瑟吹笙。"

⑨"成公"二句:《后汉书·党锢传叙》:"南阳太守岑公孝,弘农成瑨但坐啸。"卢仝《走笔谢孟谏议寄新茶》:"碧云引风吹不断,白花浮光凝碗面。"

⑩"收杯"二句:韩愈《游青龙寺赠崔大补阙》:"年少得途未要忙,时清谏疏尤宜罕。"《茶经》:"第一沸汤之华,如晴天爽朗,有浮云鳞鳞然。"

⑪"开口"二句:《庄子·盗跖》:"其中开口而笑者,一月之中,不过四五日而已矣。"韩愈《闲游二首》其二:"兹游苦不数,再到遂经旬。"

⑫"闭眼"句:默存,形不动而神游。《列子·周穆王》:"王执化人之祛,腾而上者,中天乃止。暨及化人之宫。……化人复谒王同游,所及之处,仰不见日月,俯不见河海。……王问所从来。左右曰:'王默存耳。'"苏轼《永和清都观谢道士童颜鬒发问其年生于丙子盖与予同求此诗》:"羁枕未容春梦断,清都宛在默存中。"

# 诸公和渊明止酒诗因同赋

爱河漂一世,既溺不能止。①不如淡生活,吟诗北窗里。②肺肝亦何罪,困此毛锥子。③不如友麹生,是子差可喜④。三杯取径醉,万绪散莫起。⑤奈何刘伶妇,苦语见料理⑥。不如一觉睡,浩然忘彼己。三十六策中,此策信高矣⑦。政使江变酒⑧,誓不涉其涘。尚须学王通,艺黍供祭祀。⑨

## 【题解】

此诗作于宣和四年(1122)。"陈简斋体""小异"于江西诗派之处,表现之一在诗法自然活泼灵变的诗境上。如此诗,追和陶渊明《止酒》(首句"居止次城邑"),写得活泼流丽,极富流动跳脱之美,构思灵动,运意幽默,与后来杨万里的"诚斋体"有异曲同工之妙。

自从苏轼首创追和陶诗的范式之后,宋代创作"和陶诗"的风气比较盛行。如此诗中提及的众人共和一题的现象,可以说也是承袭苏门诸人在扬州共和陶渊明《饮酒二十首》的传统。宋代追和陶诗的,还有李纲、吴芾、毛质、陈造、陈起、赵蕃、张栻、释觉范、张镃、刘龠、舒岳祥、于石等。甚至连批评苏轼"和陶诗"失去"自然之趣"的朱熹,也写过《和游斜川》诗一篇。在北宋诗风的笼罩之下,金代追和陶诗的风气仍然在继续,如赵秉文,即也留下了三十五首"和陶诗"。

## 【注释】

①"爱河"二句:《七佛咒经》:"为渴爱河漂溺生死大海。"《楞严经》:"爱河干枯,令汝解脱。"梁武帝《舍道归佛文》:"登长乐之高山,出爱河之深际。"

②"不如"二句:《唐摭言》卷一三:"裴令公居守东洛,夜宴半酣,公索联句,元白有得色。时公为破题,次至杨侍郎曰:'昔日兰亭无艳质,此时金谷有高人。'白知不能加,遽裂之曰:'笙歌鼎沸,勿作此冷淡生活。'元顾曰:'白乐天所谓能全其名者也。'"苏轼《游卢山次韵章传道》:"莫笑吟诗淡生活,当令阿买为君书。"李白《答王十二寒夜独酌有怀》:"吟诗作赋北窗里,万言不直一杯水。"

③"肺肝"二句:蔡琰《悲愤诗》:"茕茕对孤景,怛咤糜肝肺。"苏轼《次前韵送刘景文》:"一篇向人写肺肝,四海知我霜鬓须。"《旧五代史·史弘肇传》:"又厉声言曰:'安朝廷,定祸乱,直须长枪大剑,至如毛锥子,焉足用哉!'三司使王章曰:'虽有长枪大剑,若无毛锥子,赡军财赋,自何而集?'"胡三省注:"毛锥谓笔也。以束毛为笔,其形如锥也。"白居易《代书诗一百韵寄微之》:"策目穿如札,锋毫锐若锥。"自注:"时与微之各有铁锋细管笔,携以就试,相顾辄笑,目为毫锥。"

④"是子"句:苏轼《送江公著知吉州》:"奉亲官舍当有择,得郡江南差可喜。"又《和连雨独饮二首》其二:"床头伯雅君,此子可与言。"

⑤"三杯"二句:韩愈《感春四首》其一:"三杯取醉不复论,一生长恨奈何许。"苏轼《上巳日与二三子携酒出游随所见辄作数句明日集之为诗故词无伦次》:"三杯卯酒人径醉,一枕春睡日亭午。"《列子·周穆王》:"今顿识既往,数十年来存亡、得失、哀乐、好恶,扰扰万绪起矣。"

⑥"苦语"句:料理,处理。黄庭坚《戏咏高节亭边山矾花二首》其一:"平生习气难料理,爱着幽香未拟回。"

⑦信高:丁钞作"高信"。

⑧"政使"句：李白《襄阳歌》："此江若变作春酒，垒曲便筑糟丘台。"

⑨"尚须"二句：王通《文中子·天地》："子艺黍登场，岁不过数石，以供祭祀、冠婚、宾客之酒也。成礼则止。子之室酒不绝。"

# 以纸托乐秀才捣治

古人争名翰墨薮，柿叶桑根俱不朽。①固知老褚下欧阳，控御管城须好手。②嫁非好时聊自强，幅则甚短惭甚长③。闻道蔡侯闲石臼，为借余力生银光。④

**【题解】**

此诗作于宣和四年（1122）。陈与义虽然做过参知政事，于南渡诗人中堪称显达，但其建树主要在文学方面，他自己也一向以诗人自命。如此诗中"古人争名翰墨薮"二句，能够说明他潜心翰墨的诗人气质。

**【注释】**

①"古人"二句：《史记·张仪列传》："臣闻争名者于朝，争利者于市。"谢瞻《张子房诗》："济济属车士，粲粲翰墨场。"《宣和书谱》卷一八："（徐）峤之父师道已精于书，峤之复以善书称，且以法授其子浩，故浩书又杰然为一家法。自师道至浩，盖三世矣，是亦熟于翰墨之场者也。"《尚书故实》："广文学士郑虔好书无纸，知慈恩寺贮柿叶数屋，遂借僧房居，取叶书，岁久殆遍。"《纸谱》："雷孔璋曾孙穆之，犹有张华与祖书，乃桑根纸也。"

②"固知"二句：老褚，丁钞作"老楮"。《新唐书·欧阳询传》："褚遂良亦以书自名，尝问虞世南曰：'吾书何如智永？'答曰：'吾闻彼一字直五万，君岂得此？'曰：'孰与询？'曰：'吾闻询不择纸笔，皆得如志，君岂得比？'"好手，精于某种技艺的人。杜甫《奉先刘少府新画山水障歌》："画师亦无数，好手不可遇。"

③"幅则"句：《资暇集》卷下："元和初，薛陶尚斯色，而好制小诗，惜其幅大，不欲长，乃命匠人狭小之。蜀中才子既以为便，后减诸笺亦如是，特

116

名曰薛陶笺。今蜀纸有小样者皆是也,非独松花一色。"《左传·昭公三年》:"子尾欲复之。子雅不可,曰:'彼其发短而心甚长,其或寝处我矣。'"发短心长,谓年龄虽大却深谋远虑。

④"闻道"二句:《荆州记》:耒阳县蔡子江南有石臼,云是蔡伦春纸之臼。《丹阳记》:江宁县有官署,齐高帝造纸所也。尝造银光纸以赐王僧虔。


# 述怀呈十七家叔

儿时学道逃悲欢,只今未免忧饥寒。浮生万事蚁旋磨,冷官十年鱼上竿。①竹林步兵亦忍辱,长安闭门出无仆②。门前故人拥庐儿,政坐向来甘碌碌。③公不见古人有待良不多,利名溺人甚风波。④垂露成帏仲长统,明月为烛张志和。⑤尘中别多会日少,世事欲谈何可了。⑥胸中万卷已无用,劝公留眼送飞鸟。⑦两翁观光今几时,(大人与家叔元丰八年同赴省试。)赋归有约时已稽。⑧未暇藏身北山北,且须觅地西枝西。⑨愿从我翁归洗耳,不用妓女污山水。⑩肩舆亦莫要仆夫,自有门生与儿子。

## 【题解】

此诗作于宣和四年(1122)。苏轼《和陶贫士七首》其六末二句:"门生与儿子,杖屦聊相从。"是诗歌中较早出现儿子与门生对举的情况。此句一出,即有模仿者如陈与义此诗中"肩舆亦莫要仆夫"二句。这些诗句,都体现出座主门生间亲密无间的关系,为师者往往视门生为儿子甚至重于儿子,这既是传统师生关系在科举时代的延续,又有了较之更深一层的关系,更容易产生深厚的感情。当然,这些诗中的门生也有可能是泛称,未必皆座主门生关系。

以陶、杜为典范,是宋代文人典型的艺术理想与审美风范。因此,南宋文人在变革江西诗风的过程中,同时亦体现了自欧、梅至苏、黄时期的宋诗内在本色的回归，重新唤起被局限于自我世界中的被江西诗人淡化了的理性精神。在这方面，以陈与义表现得最为突出，其诗歌走向现实自然世界的规模最大，且在面对外在世界时由冷静观察、敏锐感受而生哲理思考的程度亦显然最为深入。如此诗中"儿时学道逃悲欢，只今未免忧饥寒。浮生万事蚁旋磨，冷官十年鱼上竿"数句，将"浮生"比喻为"蚁旋磨"，即表露了人生的深刻反思乃至对整个人类社会的普遍认识，揭示了社会和自然的不可抗拒的规律。

**【注释】**

①"浮生"二句：《晋书·天文志》："《周髀》家云：天圆如张盖，地方如棋局。天旁转如推磨而左行，日月右行，随天左转。故日月实东行，而天牵之以西没。譬之于蚁行磨石之上，磨左旋而蚁右去，磨疾而蚁迟，故不得不随磨以左回焉。"钱锺书《管锥编》：谓奔波竞攘而实则未进分寸，原地不离，故我依然。《归田录》卷二："梅圣俞以诗知名，三十年终不得一馆职。晚年与修《唐书》，书成未奏而卒，士大夫莫不叹惜。其初受敕修《唐书》，语其妻刁氏曰：'吾之修书，可谓猢狲入布袋矣。'刁氏对曰：'君于仕宦，亦何异鲇鱼上竹竿耶！'闻者皆以为善对。"谢逸断句："贪夫蚁旋磨，冷官鱼上竹。"

②"长安"句：闭门，李氏藏本作"闭户"。韩愈《卢郎中云夫寄示送盘谷子诗两章歌以和之》："闭门长安三日雪，推书扑笔歌慷慨。"

③"门前"二句：《汉书·萧望之传》："是时，大将军霍光秉政，长史丙吉荐儒生王仲翁与望之等数人，皆召见。先是，左将军上官桀与盖主谋杀光，光既诛桀等，后出入自备，吏民当见者，露索去刀兵，两吏挟持。望之独不肯听，自引出阁，曰：'不愿见。'……于是光独不除用望之，而仲翁等皆补大将军史。三岁间，仲翁至光禄大夫、给事中，望之以射策甲科为郎，署小苑东门候。仲翁出入从仓头庐儿，下车趋门，传呼甚宠，顾谓望之曰：'不肯录录，反抱关为？'望之曰：'各从其志。'"颜师古注：仓头庐儿，"皆官府之给贱役者也。"

④"公不见"二句：公不见，丁钞、聚珍本、《宋诗钞》作"君不见"。韩愈《太学生何蕃传》："故凡贫贱之士必有待，然后能有所立，独何蕃欤？"李康《运命论》："将以遂志而成名也，求遂其志，而冒风波于险途。"

⑤"垂露"二句：《后汉书·仲长统传》："垂露成帏，张霄成幄。"《艳歌》：

"垂露成帷幄,奔星扶轮舆。"《新唐书·张志和传》:"陆羽尝问孰为往来者,对曰:'太虚为室,明月为烛,与四海诸公共处,未尝少别也。'"

⑥"尘中"二句:古诗:"百年能几何,会少别离多。"《晋书·王导传》:"桓彝初过江,见朝廷微弱,谓周顗曰:'我以中州多故,来此欲求全活,而寡弱如此,将何以济!'忧惧不乐。往见导,极谈世事,还,谓颙曰:'向见管夷吾,无复忧矣。'"杜甫《寄高适》:"诗名惟我共,世事与谁论。"

⑦"胸中"二句:《资治通鉴》卷一六五:"帝入东阁竹殿,命舍人高善宝焚古今图书十四万卷。"或问:何意焚书? 帝曰:读书万卷,犹有今日,故焚之。杜甫《奉赠韦左丞二十二韵》:"读书破万卷,下笔如有神。"陈师道《送王元均贬衡州兼寄元龙二首》其一:"宛洛风尘莫回首,直须留眼送归鸿。"

⑧"两翁"二句:《易·观卦》:"六四,观国之光,利用宾于王。象曰:观国之光,尚宾也。"朱熹《宿密庵分韵赋诗得衣字》:"明朝驿骑黄尘里,莫待迷途始赋归。"苏轼《送乔仝寄贺君六首》其一:"上山如飞嗔人扶,东归有约不敢渝。"

⑨"未暇"二句:《三国志·蜀书·法正传》引《三辅决录》注:"真字高卿,少明五经,兼通谶纬,学无常师,名有高才。常幅巾见扶风守,守曰:'哀公虽不肖,犹臣仲尼,柳下惠不去父母之邦,欲相屈为功曹何如?'真曰:'以明府见待有礼,故四时朝觐,若欲吏使之,真将在北山之北,南山之南矣。'"杜甫《寄赞上人》:"近闻西枝西,有谷杉黍稠。亭午颇和暖,石田又足收。"

⑩"愿从"二句:《世说新语·排调》:"孙子荆年少时,欲隐,语王武子'当枕石漱流',误曰'漱石枕流'。王曰:'流可枕,石可漱乎?'孙曰:'所以枕流,欲洗其耳;所以漱石,欲砺其齿。'"《晋书·谢安传》:"安虽放情丘壑,然每游赏,必以妓女从。"

## 同叔易于观我斋分韵得自字

小草浪出山①,大隐乃居市。功名一画饼,甚矣痴儿计。②倾身犯火宅,顾自以为戏。③汗颜逢冰子,更复问奚自。三肃

119

斋中人,本是青云器。④虽然山上山,政尔吏非吏。⑤肃肃窗前竹,见引著胜地。⑥世间剧寒暑,了不受荣悴。门前剥啄客,欲问观我意。⑦但持邯郸枕,赠客一觉睡⑧。

**【题解】**

此诗作于宣和四年(1122)。靖康之难以前,诗人在和平繁华的社会中,其"观我生"的自我认识,多是远离功名是非的高士隐者之言,表现出士大夫的闲情雅趣,因此意义有限。但经历国破家亡的颠沛离乱之后,如《北征》同样称"观我生",但是语调陡变。一定意义上讲,这种慨叹已经具有了较为深刻的历史内容,从个人恩怨上升到了民族精神。

**【注释】**

①"小草"句:《世说新语·排调》:"谢公始有东山之志,后严命屡臻,势不获已,始就桓公司马。于时人有饷桓公药草,中有远志。公取以问谢:'此药又名小草,何一物而有二称?'谢未即答。时郝隆在坐,应声答曰:'此甚易解,处则为远志,出则为小草。'谢甚有愧色。"杜甫《苏大侍御访江浦赋八韵记异》:"庞公不浪出,苏氏今有之。"

②"功名"二句:《三国志·魏书·卢毓传》:时举中书郎,诏曰:"得其人与否,在卢生耳。选举莫取有名,名如画地作饼,不可啖也。"《晋书·傅玄传》:杨济与傅咸书曰:"天下大器,非可稍了,而相观每事欲了。生子痴,了官事,官事未易了也。了事正作痴,复为快耳。"黄庭坚《登快阁》:"痴儿了却公家事,快阁东西倚晚晴。"

③"倾身"二句:《法华经》:"诸子于火宅内乐著嬉戏,心不忧患,无求出意。"《景德传灯录》卷五:洪州法达禅师为偈赞曰:"经诵三千部,曹溪一句亡。未明出世旨,宁歇累生狂。羊鹿牛权设,初中后善扬。谁知火宅内,元是法中王。"

④"三肃"二句:《左传·成公十六年》:"郤至三肃使者而退。"杜预注:"肃,手至地。"《周礼·春官·大祝》:"九曰肃拜。"颜延之《五君咏·阮始平》:"仲容青云器,实禀生民秀。"

⑤"虽然"二句:《古绝句四首》其一:"藁砧今何在,山上复有山。何当

120

大刀头,破镜飞上天。"《晋书·孙绰传》:"尝鄙山涛,而谓人曰:'山涛吾所不解,吏非吏,隐非隐。'"

⑥"肃肃"二句:肃肃,聚珍本作"萧萧"。《世说新语·任诞》:"王卫军云:'酒正自引人著胜地。'"黄庭坚《对酒歌答谢公静》:"但对清樽即眼开,一杯引人著胜地。"

⑦"门前"二句:剥啄,形容轻轻敲门等的声音。韩愈《剥啄行》:"剥剥啄啄,有客至门。"《易·观卦》:"六三,观我生进退。""九五,观我生,君子无咎。"

⑧赠客:原本作"赠我",此据丁钞、聚珍本校改。


# 观我斋再分韵得下字

一慵缚两脚,闭户了晨夜。梦攀城西树,起造君子舍①。紫髯出堂堂②,见客披衣谢。平生功名手,嗜静如食蔗。③小斋剧冰壶④,中明外无罅。要知日用事,趺坐看鸟下。⑤主人心了了⑥,竹石亦闲暇。儿童惯看客⑦,我车当日驾。平分斋中闲,风月不待借⑧。还须酒屡费,不用牛心炙。⑨


## 【题解】

此诗作于宣和四年(1122)。诗作不仅表情真挚,造语朴拙,而且于"闭户"、"嗜静"之中展开内心的世界,全然是陈师道诗风的再现。

## 【注释】

①起造:建造。

②"紫髯"句:《三国志·吴书·吴主传》注引《献帝春秋》:张辽问吴降人:"向有紫髯将军,长上短下,便马善射,是谁?"降人答曰:"是孙会稽。"杜甫《送张二十参军赴蜀州因呈扬五侍御》:"御史新骢马,参军旧紫髯。"

③"平生"二句:苏轼《王莽》:"汉家殊未识经纶,入手功名事事新。"《世

说新语·排调》：“顾长康啖甘蔗，先食尾。人问所以，云：‘渐至佳境。’”

④“小斋”句：姚崇《冰壶诫序》：“冰壶者，清洁之志也。君子对之，示不忘乎清也。”《五灯会元》卷一六：“慧剑无纤缺，冰壶彻底清。”

⑤“要知”二句：《景德传灯录》卷八：“一日，石头问曰：‘子自见老僧已来，日用事作么生？’对曰：‘若问日用事，即无开口处。’复呈一偈云：‘日用事无别，惟吾自偶谐。头头非取舍，处处勿张乖。朱紫谁为号，青山绝点埃。神通并妙用，运水及搬柴。’”趺（fū）坐，即结跏趺（jiā fū）坐，是佛弟子坐禅使用的一种特定坐法。《大智度论》：“诸坐法中，结跏趺坐最安稳，不疲极，此是坐禅人坐法。”两足交叉置于左右股上，称“全跏坐”；单以左足押在右股，或以右足押在左股上，叫“半跏坐”。《列子·黄帝》：“明日之海上，沤鸟舞而不下也。”陈师道《次韵秦少游春江秋野图二首》其一：“候看双鸟下，已负百年身。”

⑥“主人”句：《景德传灯录》卷二：“偈曰：认得心性时，可说不思议。了了无可得，得时不说知。”又卷三〇：“心中了了总知，且作佯痴缚钝。”

⑦“儿童”句：杜甫《南邻》：“锦里先生乌角巾，园收芋栗不全贫。惯看宾客儿童喜，得食阶除鸟雀驯。”

⑧“风月”句：李白《流夜郎至西塞驿寄裴隐》：“扬帆借天风，水驿苦不缓。”孟郊《夜集汝州郡斋听陆僧辩弹琴》：“征文北山外，借月南楼中。”

⑨“还须”二句：还须，聚珍本、《宋诗钞》作“要须”。《晋书·谢安传》：“又于土山营墅，楼馆林竹甚盛，每携中外子侄往来游集，肴馔亦屡费百金，世颇以此讥焉，而安殊不以屑意。”《晋书·王羲之传》：“王羲之字逸少。……年十三，尝谒周颛。颛察而异之。时重牛心炙，坐客未啖，颛先割啖羲之，于是始知名。”

# 寄题商洛宰令狐励迎翠楼

西来金衣鹤，书落汝水湄。① 云霞映道路，中有迎翠诗。遥知五斗粟，未办买山资②。政要百尺楼，了此浮天眉③。森然诗中画④,想见凭栏时。朝曦与暮霭,百变皆令姿。⑤君方领此意,簿书何急为。众手剧云雨,唯山不瑕疵。当年四老翁,视世轻于芝。⑥坐令山偃蹇,不受人招麾。⑦谁欤楼中客,俯仰与山期。顾要君折腰,督邮真小儿。因之感我意⑧,故岩归已迟。便携灵运屐⑨,不待德璋移。

## 【题解】

此诗作于宣和四年(1122)。"诗中有画"所代表的宋代文人的诗画同质论,是在人们常说的"如在目前"、"宛然在目"的读诗体验、诗学观念的支撑下形成的。这一点我们从宋人表达"宛然在目"的读诗体验时,将"画"这一动词用于评诗的做法中也可看出,比如南宋张戒评论杜甫《哀江头》诗时,就有"一时行乐可喜事,笔端画出,宛在目前"(《岁寒堂诗话》卷上)的评语。又如此诗中"西来金衣鹤,书落汝水湄。云霞映道路,中有迎翠诗。……森然诗中画,想见凭栏时"诸句,陈与义在汝州收到了商洛令狐励的来信,信中附有歌咏迎翠楼的诗作,此处所引即为其答书。说的是:读到此诗,诗中好像出现了一幅美丽的绘画,从迎翠楼所眺望的风景如在目前。通过这些诗句,可以肯定作者是将诗中对象世界的再现,比作画中对象世界的再现的。

## 【注释】

①"西来"二句:李白《代寿山答孟少府移文书》:"淮南小寿山,谨使东峰金衣双鹤衔飞云锦书于维扬孟公足下。"

②"未办"句:《世说新语·排调》:"支道林因人就深公买印山,深公答曰:'未闻巢由买山而隐。'"《云溪友议》卷一:"有匡庐符载山人,遣三尺童子,赍数幅之书乞买山钱百万,公遂与之。"

③"了此"句:韩愈《南山》:"天宇浮修眉,浓绿画新就。"

④"森然"句:苏轼《书摩诘蓝田烟雨图》:"味摩诘之诗,诗中有画;观摩诘之画,画中有诗。诗曰:'蓝溪白石出,玉川红叶稀。山路元无雨,空翠湿人衣。'此摩诘之诗,或曰非也,好事者以补摩诘之遗。"(案:"诗中有画,画

中有诗"，大抵谓诗歌绘图、绘画写情本身都已经超越了各自语言工具的限制，通过借鉴对方的特长，实现了诗画相通。）

⑤"朝曦"二句：欧阳修《醉翁亭记》："若夫日出而林霏开，云归而岩穴暝，晦明变化者，山间之朝暮也。"令姿，美丽的姿容。傅咸《赠何劭王济》："金珰缀惠文，煌煌发令姿。"

⑥"当年"二句：《高士传》卷中：四皓作歌，"莫莫高山，深谷逶迤。晔晔紫芝，可以疗饥。唐虞世远，吾将何归。驷马高盖，其忧甚大。富贵之畏人，不如贫贱之肆志。"《史记·留侯世家》："顾上有不能致者，天下有四人。四人者年老矣，皆以为上慢侮人，故逃匿山中，义不为汉臣。"不过，后来刘邦想废掉太子盈，吕后用张良之计迎"四皓"出山辅佐太子，刘邦这才作罢。

⑦"坐令"二句：偃蹇（yǎn jiǎn），高耸。苏轼《越州张中舍寿乐堂》："青山偃蹇如高人，常时不肯入官府。高人自与山有素，不待招邀满庭户。"《史记·汲黯传》："然至其辅少主，守城深坚，招之不来，麾之不去。"

⑧"因之"句：李白《闻李太尉大举秦兵百万出征东南……》："因之出寥廓，挥手谢公卿。"李商隐《井泥四十韵》："因之感物理，恻怆平生怀。"

⑨"便携"句：《宋书·谢灵运传》："寻山陟岭，必造幽峻，岩障千重，莫不备尽。登蹑常著木屐，上山则去前齿，下山去其后齿。"

# 次韵谢天宁老见贻①

庭柏不受寒②，依然照人绿。雾收晨光发，可玩不可掬。③道人方出定，不复辨羊鹿。④微云度遥天，一笑立于独。⑤嗟予晚闻道，学看传灯录。⑥三生蠹书鱼，万卷今可束。⑦彀虽已破碎，犹欲大其幅。⑧是身堪底用，况乃五斗粟。自从识师面，日月几转毂。⑨受师炉中烟，无处著荣辱。⑩周妻与何肉⑪，恨我未免俗。从今谢百事，请作龟头缩。⑫却笑长沙传，区区问淹速。⑬聊将非舌言，往和无谱曲。⑭

124

**【题解】**

此诗作于宣和四年(1122)。诗中"嗟予晚闻道,学看传灯录……从今谢百事,请作龟头缩"大有可说处。忍让退缩,强作旷语,仍然保持着内心的平衡。有学者认为,这样一种心理性格与适意、淡泊的生活情趣形成了一股合力,于是,当宋代理学从另一角度以"灭人欲,存天理"的人生哲学进行说教时,它便在士大夫心里积淀、生根了。传统的"独善其身"与禅宗的"自我解脱"嫁接,传统的"克己复礼"与佛教的乌龟人生哲学杂交,老庄的"无为""自然"与士大夫的淡泊,自然生活情趣混合,在唐宋以后,逐渐形成了中国士大夫那种以自我精神解脱为核心的适意人生哲学与自然、淡泊为特征的生活情趣,也融铸了中国士大夫极端内向、封闭的心理与克制、忍让、和谐的性格特征。(参葛兆光《禅宗与中国文化》)

**【注释】**

①原本题下注"觉心",冯校:"库无。"李氏藏本"觉心"上有"自注"二字。

②"庭柏"句:杜甫《陪李北海宴历下亭》:"修竹不受暑,交流空涌波。"

③"雾收"二句:柳宗元《晨诣超师院读禅经》:"日出雾露余,青松如膏沐。"朱湾《题段上人院壁画古松》:"孤标可玩不可取,能使支公道场古。"苏轼《和李太白》:"泠然洗我心,欲饮不可掬。"

④"道人"二句:《六度集经》:"复有四种禅定,具足智慧,何等为四:一常乐独处,二常乐一心,三求禅及通,四求无碍佛智。"《金陵语录》:"定有出定入定之意,非若止无所不定慧者,见微而已。不若止观,无所不见。"贯休《题简禅师院》:"思山海上月,出定印香终。"(案:此诗又题方干作,题为《赠江南僧》。)《法华经》:"以羊车、鹿车、牛车诱引诸子,出离火宅。"《景德传灯录》卷五:"洪州法达禅师问:'经说三车,大牛之车与白牛车如何区别?'祖曰:'经意分明,汝自迷背,诸三乘人不能测佛智者,患在度量也。况经文明向汝道无二无三,汝何不省? 三车是假,为昔时故;一乘是实,为今时故。'"

⑤"微云"二句:《庄子·田子方》:"向者先生形体掘若槁木,似遗物离人而立于独也。"

⑥"嗟予"二句:《庄子·渔父》:"惜哉,子之蚤湛于人伪,而晚闻大道

也。"苏轼《子由自南都来陈三日而别》:"嗟我晚闻道,款启如孙休。"传灯录,又称灯录,记载禅宗历代传法机缘的著作。灯或传灯,意谓以法传人,如灯火相传,辗转不绝。灯录之作,萌芽于南北朝时代,至宋代达于极盛,元明清各代继承传统,续而不尽。

⑦"三生"二句:韩愈《杂诗》:"岂殊蠹书虫,生死文字间。"又《寄卢仝》:"春秋三传束高阁,独抱遗经究终始。"苏轼《次韵高要令刘湜峡山寺见寄》:"新闻妙无多,旧学闲可束。"

⑧"毂虽"二句:毂,车轴。《老子》:"三十辐共一毂(gǔ)。"《周礼·考工记·轮人》:"则毂虽敝不蕴。"又"参分其毂长,二在外,一在内,以置其辐。"

⑨"自从"二句:贾岛《古意》:"碌碌复碌碌,百年双转毂。"苏轼《辩才老师退居龙井不复出入轼往见之……》:"日月转双毂,古今同一丘。"

⑩"受师"二句:《列子·力命》:"终身逌然,不知荣辱之在彼也,在我也。"

⑪"周妻"句:《南史·周颙传》:"颙音辞辩丽,长于佛理……清贫寡欲,终日长蔬,虽有妻子,独处山舍。甚机辩,卫将军王俭谓颙曰:'卿山中何所食?'颙曰:'赤米白盐,绿葵紫蓼。'文惠太子问颙菜食何味最胜,颙曰:'春初早韭,秋末晚菘。'何胤亦精信佛法,无妻。太子又问颙:'卿精进何如何胤?'颙曰:'三涂八难,共所未免,然各有累。'太子曰:'累伊何?'对曰:'周妻何肉。'其言辞应变如此。"

⑫"从今"二句:韩愈《盛山诗序》:"令人弃百事而往与之游。"《史记·龟策传》:"神龟缩颈而却。"苏轼《陈季常见过三首》其三:"人言君畏事,欲作龟头缩。"

⑬"却笑"二句:淹速,迟速。贾谊《鹏鸟赋》:"请问于鹏兮:予去何之?吉乎告我,凶言其灾。淹速之度兮,语予其期。"

⑭"聊将"二句:《景德传灯录》卷二:"九玄沙宗一大师颂:'有语非关舌,无言切要词。'"苏轼《再和并答杨次公》:"唱我三人无谱曲,冯夷亦合舞幽宫。"

# 陈叔易学士母阮氏挽词二首

典刑奕奕照来今，鹤发鱼轩汝女浔。<sup>①</sup>避地梁鸿不偕老，弄鸟莱子若为心。<sup>②</sup>送丧忽见三千乘，奉裞那闻五百金。<sup>③</sup>妇德母仪俱不愧，碑铭知已托张林。<sup>④</sup>（晁说之许铭墓。）

去年披雾识儒先，欲拜萱堂未敢前。<sup>⑤</sup>卢壶要传纱缦业，王哀忽废蓼莪篇。<sup>⑥</sup>秀眉隔梦黄垆里，落日驱风丹旐边。<sup>⑦</sup>佛子归真定何处，空令苦泪涨黄泉。<sup>⑧</sup>

**【题解】**

此二诗作于宣和四年(1122)。据第二首中"去年披雾识儒先"，知陈与义与陈恬相识，当始于上年。

**【注释】**

①"典刑"二句：典刑，旧法常规。《诗·大雅·荡》："虽无老成人，尚有典刑。"张协《杂诗》十首其六："经阻贵勿迟，此理著来今。"庾信《竹杖赋》："予老矣，鹤发鸡皮，蓬头历齿。"《左传·闵公二年》："归夫人鱼轩。"杜预注："鱼轩，夫人车，以鱼皮为饰。"

②"避地"二句：《后汉书·梁鸿传》："居有顷，妻曰：'常闻夫子欲隐居避患，今何为默默？无乃欲低头就之乎？'鸿曰：'诺。'乃共入霸陵山中，以耕织为业，咏诗书弹琴以自娱。"《孝子传》：老莱子孝养二亲，行年七十，或弄鸟于亲侧，欲之喜焉。

③"送丧"二句：送丧，原本作"送葬"，此据聚珍本校改。《汉书·楼护传》：楼护字君卿，与谷永俱为五侯上客。母死，送葬者致车二二千两。《汉书·朱建传》：辟阳侯欲知建，建不肯见。及建母死，贫未有以发丧，方假贷服具。辟阳侯用陆贾计，乃奉百金裞(shuì)，列侯贵人以辟阳侯故，往赙凡五百金。颜师古注："赠终者之衣被曰裞，言青以百金为衣被之具。"

④"妇德"二句：《周礼·天官·九嫔》："掌妇学之法，以教九御妇德、妇言、妇容、妇功。"郑玄注："妇德谓贞顺，妇言谓辞令。"《艺文类聚》卷一八张林《陈夫人碑》："夫人姓徐，吴郡嘉兴人也。夫人少膺灵粹，诞兹淑贞，聪哲明敏，温恭柔顺；体仁足以长人，嘉德足以合礼；恭顺不惰其心，明烈实备其体。若夫柔惠清顺，中和圣善，妇德既备，母道亦践；志厉冰玉，厥德靡显，靡靡其操，翼翼其仁；明景内映，朗节外新，芳徽风迈，淑慎其身。"

⑤"去年"二句：披雾，原本作"坡雾"，此据丁钞、聚珍本校改。《晋书·乐广传》："尚书令卫瓘，朝之耆旧，逮与魏正始中诸名士谈论，见广而奇之曰：'自昔诸贤既没，常恐微言将绝，而今乃复闻斯言于君矣。'命诸子造焉，曰：'此人之水镜，见之莹然，若披云雾而睹青天也。'"萱堂，指母亲。《诗·卫风·伯兮》："焉得谖草，言树之背。"毛传："背，北堂也。"

⑥"卢壶"二句：纱缦，聚珍本作"纱幔"。《晋书·韦逞母宋氏传》："苻坚尝幸其太学，问博士经典，乃悯礼乐遗阙。时博士卢壶对曰：'废学既久，书传零落，比年缀撰，正经粗集，唯《周官礼注》未有其师。窃见太常韦逞母宋氏世学家女，传其父业，得《周官》音义，今年八十，视听无阙，自非此母无可以传授后生。'于是就宋氏家立讲堂，置生员百二十人，隔绛纱缦而受业，号宋氏为宣文君，赐侍婢十人。《周官》学复行于世，时称韦氏宋母焉。"《晋书·王裒（póu）传》："裒少立操尚，行己以。痛父非命，未尝西向而坐，示不臣朝廷。庐于墓侧，旦夕堂至墓所拜跪，攀柏悲号，涕泪著树，树为之枯。母性畏雷，母没，每雷，辄到墓曰：'裒在此。'及读《诗》至'哀哀父母，生我劬劳'，未尝不三复流涕，门人受业者并废《蓼莪（é）》之篇。"《诗·小雅·蓼莪》："蓼蓼者莪。"蓼蓼，高大貌。莪，莪蒿。

⑦"秀眉"二句：李白《山人劝酒》："秀眉霜雪桃花貌，青髓绿发长美好。"《淮南子·览冥训》："上际九天，下契黄垆。"高诱注："黄泉下垆土也。"《说文》："垆，黑土也。"丹旐，丧具名，犹丹旌，即用写有死者姓名的旗幡，竖于柩前或敷于棺上，出丧时为棺柩引路。贺循《葬礼》："杠今之旐（zhào）也，古以缁布为之，绛缯，题姓名而已，不为画饰。"杜甫《承闻故房相公灵榇自阆州启殡归葬东都有作二首》其二："丹旐飞飞日，初传发阆州。"

⑧"佛子"二句：《法华经》："佛子行道已，来世得作佛。"《列子·天瑞》：

128

"精神离形,各归其真,故谓之鬼。"《左传·隐公元年》:"不及黄泉,无相见也。"韩愈《孟东野失子》:"上呼无时闻,滴地泪到泉。"

# 归洛道中

洛阳城边风起沙,征衫岁岁负年华。归途忽践杨柳影,春事已到芜菁花①。道路无穷几倾毂,牛羊既饱各知家。人生扰扰成底事,马上哦诗日又斜。

**【题解】**

此诗作于宣和四年(1122)。诗写回故乡洛阳途中所见所感,本属习见题材,但不仅句法生新,词语瘦硬,而且由感叹"年华"到忽见"春事",再到"道路无穷"、牛羊"知家"的反衬,最后又回复到"人生扰扰"的感叹,章法结构极见曲折安排,可以见出黄庭坚诗的特点。

**【注释】**

①"春事"句:韩愈《感春三首》其二:"黄黄芜菁花,桃李事已退。"苏轼《望江南》:"柘林深处鹁鸪鸣,春色属芜菁。"芜菁,又名蔓菁,二年生草本植物,肉质根供食用,花供药用。

# 道中寒食二首①

飞絮春犹冷,离家食更寒②。能供几岁月,不办了悲欢。刺史蒲萄酒,先生苜蓿盘。③一官违壮节,百虑集征鞍。④

斗粟淹吾驾,浮云笑此生⑤。有诗酬岁月⑥,无梦到功名。客里逢归雁,愁边有乱莺。⑦杨花不解事⑧,更作倚风轻。

此二诗作于宣和四年(1122)。第一首先写寒食道中触景兴怀,百无聊赖。后写清贫生活,素志多违,盖不胜身世之感。第二首首联自嘲,写鄙薄又不得不淹留官场的矛盾心情。颔联自慰,不追求功名利禄,有诗传之后世,没有蹉跎岁月。颈联借归雁和乱莺,表现客居他乡的愁苦。尾联看似指责杨花,实则流露出思乡的情怀。

**【注释】**

①诗题中"二首",原本无,此据潘本、丁钞、聚珍本校补。又,潘本"道中"作"中道"。

②"离家"句:《荆楚岁时记》:"去冬节一百五日,即有疾风甚雨,谓之寒食,禁火三日。"

③"刺史"二句:《后汉书·张让传》注引《三辅决录》注曰:"(孟)佗字伯郎,以蒲陶酒一斗遗让,让即拜佗为凉州刺史。"苜蓿(mù xu),西北种之畦中,宿根肥雪,绿叶早春与麦齐浪,被陇如云怀风之名。夏时紫萼颖竖,映日争辉。滇南苜蓿,稆生圃园,亦以供蔬,味如豆藿,讹其名为龙须。

④"一官"二句:壮节,丁钞、聚珍本作"壮志"。《庄子·逍遥游》:"故夫知效一官,行比一乡,德合一君,而征一国者,其自视也亦若此矣。"《后汉书·戴就传》:"(薛)安深奇其壮节。"《易·系辞下》:"天下同归而殊途,一致而百虑。"

⑤"浮云"句:杜甫《戏作俳谐体遣闷二首》其二:"是非何处定,高枕笑浮生。"

⑥有诗:原本作"有酒",此据丁钞、聚珍本、《瀛奎律髓》、《宋诗钞》校改。

⑦"客里"二句:有乱莺,潘本作"又乱莺"。杜甫《王十五司马弟出郭相访兼遗营茅屋赀》:"客里何迁次,江边正寂寥。"韦应物《听莺曲》:"谁家懒妇惊残梦,何处愁人忆故园。"

⑧"杨花"句:韩愈《晚春》:"杨花榆荚无才思,惟解漫天作雪飞。"

**【辑评】**

元方回《瀛奎律髓》卷一六:清冯舒:(第一首)甚好,后山犹可及,黄则千里。又，清纪昀：(第一首)此诗逼近后山。冯抹"食更寒"三字，七言中，老杜"佳辰强饭食犹寒"句，又不敢抹，此全以人之唐宋为诗之工拙。又，五、六用蒲萄酒换凉州事。又，(第二首)后四句意境、笔路皆佳，绰有工部神味，而又非相袭。

# 龙　门①

不到龙门十载强②，断崖依旧挂斜阳。金银佛寺浮佳气，花木禅房接上方。③羸马暂来还径去④，流莺多处最难忘。老僧不作留人意，看水看山白发长。⑤

## 【题解】

此诗作于宣和四年(1122)。龙门，又名伊阙，在今河南洛阳南。首联先概说，再称此间景色还是那样迷人。颔联写龙门此处有众多的佛寺凝聚祥光瑞气，禅房和内室均掩映在花木丛中，格外清幽。颈联以"羸马"自喻，谓多年来四处奔波，所到之处，也有不少花香鸟语、令人难忘的佳绝之地。尾联与"老僧"作一对比，表面写老僧不管游人的往来，悠闲地在观山看水中终此一生，实寓含深邃的禅机。

## 【注释】

①诗题，《海虞文征》卷二八作"破山寺"。

②"不到"句：杜甫《别常征君》："儿扶犹杖策，卧病一秋强。"

③"金银"二句：佛寺，原本作"佛事"，此据潘本、聚珍本、《宋诗钞》校改。杜甫《龙门》："气色皇居近，金银佛寺开。"常建《题破山寺后禅院》："曲径通幽处，禅房花木深。"

④暂来：《宋诗钞》作"乍来"。

⑤"老僧"二句：杜甫《不离西阁二首》其一："不知西阁意，肯别定留人。"胡注：灵澈诗："看水看山待明月。"(案：《全唐诗》卷八一〇所载灵澈《归湖南作》首二句作："山边水边待月明，暂向人间借路行。"不知胡注所据

何本。)《五灯会元》卷一七：吉州青原惟信禅师云："老僧三十年前未参禅时，见山是山，见水是水；及至后来，亲见知识，有个入处，见山不是山，见水不是水；而今得个休歇处，依前见山只是山，见水只是水。"这则公案，形象地揭示了未悟、初悟、彻悟的禅悟三阶段，更是对禅悟重构创新精神的具体阐释。

# 次韵谢心老以缘事至鲁山

禅师瓶贮几多空，欲问以书无去鸿。①鲁县人迎波若杖，天宁树起吉祥风。②荒山春色篇章里，快士交情笔砚中③。(闻师见富主簿甚款。)一日尘沙双碧眼④，归时应与去时同。

**【题解】**

此诗作于宣和四年(1122)。陈与义颇具创作禀赋，对诗歌创作也贯注了比一般人更多的热情。如此诗"荒山春色篇章里"二句，从中可以看出，陈与义常以诗人使命自任，自觉地把诗歌作为一种反映外在客观世界和自己内在主观心灵的有用武器，并且潜心竭力而为之，这也是其诗歌取得重大成就的一个重要原因。《宋史》本传即云陈与义"意不拔俗，语不惊人，不轻出也"，可见他对作诗非常认真严肃。

**【注释】**

①"禅师"二句：《楞严经》："譬如有人取频伽瓶，塞其两孔，满中擎空，千里远行，用饷他国。"韩愈《与李秘书论小功不税书》："不果鞠躬亲问而以书。"《汉书·苏武传》："后汉使复至匈奴，常惠请其守者与俱，得夜见汉使，具自陈道。教使者谓单于，言天子射上林中，得雁，足有系帛书，言武等在某泽中。使者大喜，如惠语以让单于。"

②"鲁县"二句：《晋书·艺术传》："沙门县霍者，不知何许人也。秃发偐檀时从河南来，持一锡杖，令人跪曰：'此是波若眼，奉之可以得道。'时人咸异之。或遗以衣服，受而投之于河，后日以还其本主，衣无所污。行步如风云，言人死生贵贱无毫厘之差。人或藏其锡杖，县霍大哭数声，闭目须

132

臾,起而取之。"《华严经·世主妙严品》:"生吉祥风主空神。"

③"快士"句:快士,豪爽之士。《三国志·蜀书·黄权传》:"宣王与诸葛亮书曰:'黄公衡,快士也,每坐起叹述足下,不去口实。'"

④"一日"句:碧眼,聚珍本作"眼碧"。杜甫《大云寺赞公房四首》其三:"明朝在沃野,苦见尘沙黄。"


# 友人惠石两峰巉然取杜子美玉山高并两峰寒之句名曰小玉山①


旧喜看书今不看,且留双眼向屠颜②。从来作梦大槐国,此去藏身小玉山。暮霭朝曦一生了,高天厚地两峰闲。九华诗句喧寰宇,细比真形伯仲间。③(家有壶中九华石刻。)


**【题解】**

此诗作于宣和四年(1122)。其中,"从来作梦大槐国,此去藏身小玉山",谓做了多年的功名梦,醒来仍是一领青衫,从此要将自己隐藏起来。又,当句对"暮霭朝曦一生了,高天厚地两峰闲",流动灵活,正是陈与义七律艺术特色的重要标识。洪迈《容斋续笔》卷三所云可参:"唐人诗文,或于一句中自成对偶,谓之当句对。盖起于《楚辞》'蕙烝兰藉'、'桂酒椒浆'、'桂棹兰枻'、'斫冰积雪'。自齐、梁以来,江文通、庾子山诸人亦如此。"

**【注释】**

①诗题中杜甫诗句,出其《九日蓝田崔氏庄》:"蓝水远从千涧落,玉山高并两峰寒。"巉(chán)然,陡峭貌。苏轼《壬寅二月寄子由》:"乱峰巉似槊,一水淡如油。"

②"且留"句:司马相如《大人赋》:"放散畔岸,骧以屠(chán)颜。"颜师古注:"不齐也。"李商隐《荆山》:"压河连华势屠颜,鸟没云归一望间。"苏轼《峡山寺》:"我行无迟速,摄衣步屠颜。"

③"九华"二句:黄庭坚诗题:"湖口人李正臣蓄异石九峰,东坡先生名曰壶中九华并为作诗。后八年自海外归,过湖口,石已为好事者所取,乃和前篇以为笑,实建中靖国元年四月十六日。明年当崇宁之元五月二十日,庭坚系舟湖口,李正臣持此诗来,石既不可复见,东坡亦下世矣。感叹不足,因次前韵。"苏轼《予昔作壶中九华诗其后八年复过湖口则石已为好事者取去乃和前韵以自解云》:"尤物已随清梦断,真形犹在画图中。(道藏有《五岳真形图》。)"曹丕《典论·论文》:"傅毅之于班固,伯仲之间耳。"杜甫《咏怀古迹五首》其五:"伯仲之间见伊吕,指挥若定失萧曹。"

# 秋　夜

中庭淡月照三更,白露洗空河汉明。①莫遣西风吹叶尽,却愁无处着秋声。②

## 【题解】

此诗作于宣和四年(1122)。陈与义也写一些较为纯净的咏物诗,以平易的语言表现自我的自然之趣,清新宜人。如此首,状秋夜之色,景色的秀美和诗人的情趣和谐相融,作品在平淡悠远的韵味下也归于浑厚了。

## 【注释】

①"中庭"二句:淡月,丁钞作"月淡"。河汉,银河。
②"莫遣"二句:叶尽,《墨庄漫录》卷六引此诗作"叶落"。却愁,《墨庄漫录》作"只愁"。《景德传灯录》卷二〇:"问:'牛头未见四祖时如何?'(善静禅)师曰:'异境灵松,睹者皆羡。'曰:'见后如何?'师曰:'叶落已枝摧,风来不得韵。'"

# 跋外祖存诚子帖

乱眼龙蛇起平陆,前身羲献已黄墟。<sup>①</sup>客来空认袁公额,
泪尽惭无杨恽书。<sup>②</sup>

**【题解】**

此诗作于宣和四年(1122)。陈与义外祖张友正,号存诚子。此诗高度
评价存诚子的书法成就,抒发了对外祖的一往深情。

**【注释】**

①"乱眼"二句:前身,丁钞、聚珍本作"后身"。黄墟,《简斋集增注》谓
闽本作"黄垆"。杜甫《寄裴施州》:"霜雪回光避锦袖,龙蛇动箧蟠银钩。"黄
庭坚《刘明仲墨竹赋》:"游戏翰墨,龙蛇起陆。"羲献,王羲之、王献之。白居
易《狂歌辞》:"焉用黄墟下,珠衾玉匣为。"

②"客来"二句:《南史·王筠传》:沈约见筠,以为似外祖袁粲,谓仆射
张稷曰:'王郎非唯额类袁公,风韵都欲相似。'"《汉书·杨敞传》:"恽母,司
马迁女也。恽始读外祖《太史公记》,颇为《春秋》,以材能称。"


# 咏 蟹

量才不数制鱼额,四海神交顾建康。<sup>①</sup>但见横行疑长躁,
不知公子实无肠。<sup>②</sup>

**【题解】**

此诗作于宣和四年(1122)。前两句是说论才智,蟹比不上制鱼;论交
往,蟹之与酒最为人所称道。蟹本是佐酒佳品,故以酒味之美来衬托蟹味

之佳,而对饮酒食蟹者来说,真可以称得上是"神交"。后两句是说,人们一见到蟹横行便疑猜它心情急躁,其实蟹腹内无肠,缺乏心计。这就写出了蟹不拘外形而富内美的品德。就诗论诗,全篇写得词句明净,音调响亮。

**【注释】**

①"量才"二句:顾建康,原本作"顾长康",此据李氏藏本校改。《酉阳杂俎》卷一六:"宁去累世宅,不去制鱼额。"潘岳《夏侯常侍诔》:"心照神交,唯我与子。"顾建康,谓酒也。

②"但见"二句:长躁,潘本、丁钞、聚珍本作"是躁"。皮日休《咏螃蟹呈浙西从事》:"莫道无心畏雷电,海龙王处也横行。"《荀子·劝学篇》:"蟹六跪而二螯,非蛇鳝之穴无所寄托者,用心躁也。"《抱朴子》:"山中辰日称无肠公子,蟹也。"


# 留别心老①

老心霜下松,名与隆公齐。②人物北斗南,佛事东院西。③
平生四海脚,不踏四海泥。④晚说汝州禅,饱啖天宁齑⑤。梦中
与我遇,相扶两枯藜。⑥每见眼自明,不复烦金篦。⑦却从梦中
别,未免意惨凄。它时访生死⑧,林深路应迷。


**【题解】**

此诗作于宣和四年(1122)。心老,当即汝州天宁寺僧觉心。与其交往甚密的葛胜仲有一首《次韵觉心道人游郡园》,诗中以"空门第一流"许心老,可见心老是一个能诗善画、佛学造诣颇高的僧人。与陈与义此诗中"每见眼自明,不复烦金篦"之意同。

**【注释】**

①诗题下,李氏藏本有注:"汝州天宁师"。

②"老心"二句:《高僧传·释惠隆》:"汝南周颙目之曰:'隆公萧散森

疏,若霜下之松竹。'时江西有释智诞,亦善于经论,与隆比德齐时,各驰名两岸。"

③"人物"二句:《景德传灯录》卷一〇:"婆问(赵州从谂师):'和尚住甚么处?'师曰:'赵州东院西。'"《广灯录》:杨亿偈:"欲识真归处,赵州东院西。"

④"平生"二句:《景德传灯录》卷一六:天台智勤师颂:"今年五十五,脚未踏寸土。山河是眼睛,大海是我肚。"卷七麻谷山窦彻师:"僧问:'如何是佛法大意?'师默然。僧又问石霜:'此意如何?'霜曰:'主人擎拳带累,阇黎拖泥带水。'"

⑤"饱啖"句:《景德传灯录》卷一五牛头微禅师传:"僧问:'如何是和尚家风?'师曰:'山畲脱粟饭,野菜淡黄齑(jī)。'"又,"僧问伏龙山奉璘师家风,师曰:'长齑冷饭。'"《释名》:"齑,济也,与诸味相济成也。"即切细腌制的蔬菜。

⑥"梦中"二句:白居易《天竺寺送坚上人归庐山》:"与师俱是梦,梦里暂相逢。"枯藜,老翁常杖藜,因以之为其代称。

⑦"每见"二句:杜荀鹤《赠韦书记归京》:"韦杜相逢眼自明,事连恩地倍牵情。"《涅槃经》卷八:"如目盲人为治目故,造诣良医,是时良医即以金箆决其眼膜。"《法苑珠林》:"后周张元,其祖失明,元读经燃灯,梦一翁以金箆疗之,后三日果瘥。"

⑧"它时"句:《汉书·蒯通传》:"赵武信君不知通不肖,使人候问其死生。"柳宗元《贺进士王参元失火书》:"因人南来,致书访死生。"


# 中牟道中二首

雨意欲成还未成,归云却作伴人行。依然坏郭中牟县,千尺浮屠管送迎①。

杨柳招人不待媒②,蜻蜓近马忽相猜。如何得与凉风约,不共尘沙一并来。

宣和四年(1122)夏,陈与义丁母忧期满后再登仕途,被任命为太学博士,这两首绝句就是入京时途经中牟县所作。两首诗一句一景,又共同构成一个全景,写得既精致又自然,在简练的白描中融入淡淡的人生情趣,使诗不只是清新,而且有味。第一首从大处远处落笔,写景在于渲染气氛;第二首从细处着眼,侧面虽有不同,但都是以舒畅而兴奋的心情来欣赏夏季雨前的各种物态。

二诗最突出之处是幽默风趣的情调,这与其拟人化的表现手法分不开。浮云能"伴人行",浮屠专"管送迎",杨柳主动"招人",蜻蜓懂得"相猜",诗人将主观的情感外射到客观景物上去,便觉得行云有意,宝塔多情。拟人化是江西派诗人常用的表现手法,陈与义早年作诗深受其影响。最有趣的是与凉风订约,这就是江西派所谓的"打诨"。但这里是基于诗人与自然景物进行沟通的愿望,不同于一般江西派诗人老爱从书本中去寻找打诨的材料。

【注释】

①"千尺"句:浮屠,佛塔。《晋书·佛图澄传》:"宣先到寺与澄同坐,浮屠一铃独鸣。"苏轼《佛日山荣长老方丈五绝》其一:"山中只有苍髯叟,数里萧萧管送迎。"又《南乡子》:"谁似临平山上塔,亭亭。迎客西来送客行。"

②"杨柳"句:《孟子·滕文公下》:"不待父母之命,媒妁之言,钻穴隙相窥,逾墙相从,则父母国人皆贱之。"

# 秋　雨

尘起一月忧无禾,瓦鸣三日忧雨多。①书生重口轻肝肾,不如墙角蚯蚓方长哦。②少昊行秋龙洒道,风作万木皆商歌。③病夫强起开户立,万个银竹惊森罗。④人间伟观如此少⑤,倚杖不觉泥及靴。菊丛欹倒未足道,老境知奈梧桐何。⑥是事且置当务本⑦,菜圃已添三万科。

此诗作于宣和四年(1122)。不雨忧"无禾",雨多亦忧"无禾",反映了诗人对农事的关切。避乱途中诸诗更是把忧国之情、爱民之心与身世之叹紧密结合在一起。抚事念乱亦即忧国爱民,陈诉动荡乱离之苦亦即倾吐承平安定之愿,把自己、国家、社会的苦难忧患一并写入诗中。这时的诗人,已经与多灾多难的国家人民连成了一体,他的诗因而也成了历史的记录、人民的心声。

**【注释】**

①"尘起"二句:李康《运命论》:"风惊尘起,散而不止。"苏轼《和癸卯岁始春怀古田舍二首》其二:"临池作虚堂,雨急瓦声新。"

②"书生"二句:重口,谓以口腹为重。苏轼《游博罗香积寺》:"诗成捧腹便绝倒,书生说食真膏肓。"轻肝肾,谓苦吟也。黄庭坚《次韵谢公定王世弼赠答二绝句》其一:"何用苦吟肝肾愁,但知把酒更无忧。"崔豹《古今注》卷中:"蚯蚓,善长吟于地中,江东谓之歌女,或谓之鸣砌。"

③"少昊"二句:《月令》:"秋帝少皞。"杜甫《同诸公登慈恩寺塔》:"羲和鞭白日,少昊行清秋。"《韩非子·十过》:"风伯进扫,雨师洒道。"《庄子·齐物论》:"夫大块噫气,其名为风。是唯无作,作则万窍怒吗。"

④"病夫"二句:《汉书·张良传》:"良疾,强起至曲邮。"《史记·货殖列传》:"木千章,竹竿万个。"李白《宿鰕湖》:"白雨映寒山,森森似银竹。"森罗,纷然罗列。杜甫《冬日洛城北谒玄元皇帝庙》:"森罗移地轴,妙绝动宫墙。"

⑤伟观:大观。仲并《水调歌头》:"无穷伟观,只应天意为君谋。"

⑥"菊丛"二句:老境,聚珍本、《宋诗钞》作"老景"。李白《秋登宣城谢朓北楼》:"人烟寒橘柚,秋色老梧桐。"

⑦"是事"句:《维摩经》:"所可见者,更不可见。且置是事。"《论语·学而》:"君子务本,本立而道生。"

# 中秋不见月

去年中秋端正月，照我沾襟万条血。<sup>①</sup>姮娥留笑俟今年，净洗金觥对银阙。<sup>②</sup>高唐妒归心不闲，招得封姨同作难。<sup>③</sup>岂惟恨满月宫里，肠断西山吴采鸾。<sup>④</sup>却疑周生怀月去，待到三更黑如故。<sup>⑤</sup>人间今乏赵知微，无复清游继天柱。<sup>⑥</sup>南枝乌鹊不敢哗，倚杖三叹风枝斜。<sup>⑦</sup>明年强健更相约，会见林间金背蟆。<sup>⑧</sup>

## 【题解】

此诗作于宣和四年(1122)。诗写中秋不见月出的情景，表现遗憾的心情。全篇广用典故，解释中秋不见月的原因，饶有风趣地驰骋奇思逸想。如写到嫦娥的多情，和高唐神女因此嫉妒；写到封姨的作难和周生的取月纳怀。这些浪漫情调的故事，虽不能真正说清楚中秋为何无月，但这种无理而问和无理而答，却能得"无理之妙"，诗的兴味正蕴藏于其中。

## 【注释】

①"去年"二句：韩愈《和崔舍人咏月二十韵》："三秋端正月，今夜出东溟。"江淹《恨赋》："但闻悲风汩起，血下沾衿。"

②"姮(héng)娥"二句：姮娥，姮本作"恒"，俗作"姮"，因避汉文帝刘恒讳改称常娥、嫦娥。《后汉书·天文志》刘昭注引张衡《灵宪》："羿请无死之药于西王母，姮娥窃之以奔月。……遂托身于月，是为蟾蜍。"《感异记》："姮娥妒人，不肯留照。织女无赖，已复斜河。"题蓝采和《踏歌》："长景明晖在空际，金银宫阙高嵯峨。"苏轼《和子由中秋见月》："一杯未尽银阙涌，乱云脱坏如崩涛。"

③"高唐"二句：宋玉《高唐赋序》："昔者楚襄王与宋玉游于云梦之台，望高唐之观，其上独有云气……玉曰：'昔者先王尝游高唐，怠而昼寝，梦见一妇人曰："妾巫山之女也。为高唐之客，闻君游高唐，愿荐枕席。"王因幸

之。去而辞曰:'妾在巫山之阳,高丘之阻,旦为朝云,暮为行雨,朝朝暮暮,阳台之下。'旦朝视之,如言。故为立庙,号曰朝云。'"封姨,原本作"风姨",此据聚珍本校改。

④"岂惟"二句:《类说》卷三二:"文箫抵钟陵,西山有许真君上升第。每岁中秋,士女栉比,多召名姝,夜与丈夫间立,握臂连踏而唱。文生睹一姝歌曰:'若能相伴陟仙坛,应得文箫驾彩鸾。自有绣襦并甲帐,琼台不怕雪霜寒。'歌罢,秉烛穿大松,陟山扪石。生亦潜蹑其踪。姝顾曰:'非文箫耶?'引至绝顶,侍卫甚严。有二仙娥持簿书,请详断,多江湖没溺之事。某日,风波误杀孩稚。姝怒曰:'岂容易而误耶!'仙娥执书去,忽天地黯晦,风雷震怒,有仙童持天判云:'吴彩鸾以私欲泄天机,谪为民妻一纪。'姝与生携手下山。因诘夫人之先。姝曰:'我父吴先君,字猛,豫章人也。吾为仙,主阴籍,六百年矣。睹色界兴心,遭责,子亦因吾可出世矣。'生不能自赡。夫人日写孙愐《唐韵》一部,每鬻五缣,仅十载。会昌初,与生奔越王山,作诗曰:'一班与两班,引入越王山。世数今逃尽,烟梦得再还。'是夜风雨,及明,樵者见二人各跨一虎,陟峰峦而去。"

⑤"却疑"二句:《太平广记》卷七五引《宣室志》:"唐太和中,有周生者,庐于洞庭山,时以道术济吴楚,人多敬之。后将抵洛谷之间,途次广陵,舍佛寺中,会有三四客皆来。时方中秋,其夕霁月澄莹,且吟且望。有说开元时明皇帝游月宫事,因相与叹曰:'吾辈尘人,固不得至其所矣,奈何?'周生笑曰:'某常学于师,亦得焉,且能挈月致之怀袂,子信乎?'或患其妄,或喜其奇,生曰:'吾不为明,则妄矣。'因命虚一室,翳四垣,不使有纤隙。又命以箸数百,呼其僮,绳而架之。且告客曰:'我将梯此取月去,闻呼可来观。'乃闭户久之。数客步庭中,且伺焉。忽觉天地曛晦,仰而视之,即又无纤云。俄闻生呼曰:'某至矣。'因开其室,生曰:'月在某衣中耳,请客观焉。'因以举之。其衣中出月寸许,忽一室尽明,寒逼肌骨。生曰:'子不信我,今信乎?'客再拜谢之,愿收其光。因又闭户,其外尚昏晦。食顷方如初。"

⑥"人间"二句:《太平广记》卷八五引《三水小牍》:(赵知微有道术)。"去岁中秋,自朔霖霔,至于望夕。玄真谓同门生曰:'堪惜良宵而值苦雨。'语顷,赵君忽命侍童曰:'可备酒果。'遂遍召诸生,谓曰:'能升天柱峰玩月

不?'诸生虽强应,而窃议以为浓阴骤雨如斯,若果行,将有垫巾角、折屐齿之事。少顷,赵君曳杖而出,诸生景从。既辟荆扉,而长天廓清,皓月如昼。扪萝援筱,及峰之巅,赵君处玄豹之茵,诸生藉芳草列侍。俄举卮酒,咏郭景纯《游仙诗》数篇。诸生有清啸者、步虚者、鼓琴者,以至寒蟾隐于远岑,方归山舍。既各就榻,而凄风飞雨宛然。众方服其奇致。"

⑦"南枝"二句:曹操《短歌行》:"月明星稀,乌鹊南飞。绕树三匝,何枝可依。"《书·费誓》:"公曰:嗟!人无哗,听命!"杜甫《茅屋为秋风所破歌》:"公然抱茅入竹去,唇焦口燥呼不得,归来倚杖自叹息。"

⑧"明年"二句:杜甫《九日蓝田崔氏庄》:"明年此会知谁健,醉把茱萸子细看。"《酉阳杂俎》卷一:"长庆中,有人玩八月十五夜月,光属于林中如匹布。其人寻视之,见一金背虾蟆,疑月中者。"


# 九日赏菊

黄花不负秋,与秋作光辉。夜霜犹作恶①,朝日为解围。今晨岂重九,节意入幽菲②。孤芳擅天地,众卉亦已微。殷勤黄金靥,照辉白板扉。③洁酒欲寿花,孔兄与我违④。清坐绝省事,未觉此计非。⑤夕英岂不腴,骚人自难肥。⑥


【题解】
此诗作于宣和四年(1122)。诗作主要赞赏菊花的傲霜品格。其中"孤芳擅天地"句,尤其能体现菊花的精神。诗人在菊花前自比骚人,是因为他们都要在菊花的形象中汲取精神力量,这便使得赏菊的意义更深了一层。

【注释】
①犹作恶:《全芳备祖》卷一二作"为作意"。
②幽菲:原本作"幽扉",此据丁钞、聚珍本校改;《全芳备祖》作"芳菲"。
③"殷勤"二句:《酉阳杂俎》卷八:"近代妆尚靥,如射月曰黄星靥。靥

铟之名,盖自吴孙和邓夫人也。和宠夫人尝醉舞如意,误伤邓颊,血流,娇婉弥苦。命太医合药,医言得白獭髓,杂玉与琥珀屑,当灭痕。和以百金购得白獭,乃合膏。琥珀太多,及愈,痕不灭,左颊有赤点如痣。视之,更益甚妍也。诸婢欲要宠者,皆以丹青点颊,而进幸焉。"李贺《同沈驸马赋得御沟水》:"入苑白泱泱,宫人正靥黄。"白居易《渭村退居寄礼部崔侍郎翰林钱舍人诗一百韵》:"昼扉扃白版,夜碓扫黄粱。"

④"孔兄"句:孔兄,《全芳备祖》作"孔方"。陶渊明《归去来兮辞》:"世与我而相违,复驾言兮焉求。"

⑤"清坐"二句:清坐,《全芳备祖》作"静坐"。《晋书·荀勖传》:"省吏不如省官,省官不如省事,省事不如清心。"苏轼《次前韵送刘景文》:"怪君西行八百里,清坐十日一事无。"又《发洪泽中途遇大风复还》:"挂帆却西迈,此计未为非。"

⑥"夕英"二句:屈原《离骚》:"朝饮木兰之坠露兮,夕餐秋菊之落英。"

# 游葆真池上

墙厚不盈咫,人间隔蓬莱。高柳唤客游,我辈御风来①。坐久落日尽,淡淡池光开。白云行水中,一笑三徘徊②。鸭儿轻岁月,不受急景催③。试作弄篙惊,徐去首不回。无心与境接,偶遇信悠哉④。再来知何似⑤,有句端难裁。

【题解】

此诗作于宣和四年(1122)。葆真池,可参陈鹄《耆旧续闻》卷二:"宣和间,重华葆真宫(曹王南宫也)烧灯都下,癸卯上元,馆职约集,而蔡老携家以来,珠翠阗溢,僮仆杂行,诸名士几遭排斥。已而少过池北,游人纵观。时少蓬韩驹子苍咏小诗曰:'玉作芙蓉院院明,博山香度小峥嵘。谁言水北无人到,亦有槃跚勃窣行。'"诗中"墙厚不盈咫"四句,可见其作诗受道教影响之一斑。又"无心与境接"四句,前面写蓬莱般美境,后面却说本来无心去探寻这仙境,只是一场偶然相遇,却实在令人悠然自乐。但想到再来的时候,又会是怎样的景象呢? 这便很难说了。由眼前事物想到世变的必然,显得相当无奈,但既然不知会变成怎样,就尽量享受这偶遇的美好的一切好了。"无心"、"偶遇"道出了人生常常的际遇与得失,这又使诗歌的情调"在悲观中得到节制"(吴淑钿《陈与义诗歌研究》)。另所作《夏至日与同舍会葆真二首》也是如此,含有"理"的成分。

**【注释】**

①"我辈"句:《庄子·逍遥游》:"夫列子御风而行,泠然善也。"

②"一笑"句:吴融《彭门用兵后经汴路三首》其一:"长亭一望一徘徊,千里关河百战来。"

③"不受"句:急景,急促的时光。鲍照《舞鹤赋》:"于是穷阴杀节,急景凋年。"

④"偶遇"句:谢朓《观朝雨》:"耳目暂无扰,怀古信悠哉。"

⑤"再来"句:苏轼《和子由渑池怀旧》:"人生到处知何似,应似飞鸿踏雪泥。"

**【辑评】**

宋刘辰翁《评点》:("坐久"二句)佳句。("试作惊"二句)世间常有此景,要人拾得。

# 次韵王尧明郊祀显相之作

奏书初不待衡谭,奠璧都南万玉参。①黄屋倚霄明半夜,紫坛承明眩诸龛。②声喧大吕初终六,影动玄圭陟降三。③可是天公须羯鼓,已回寒驭作春酣。④

**【题解】**

此诗作于宣和四年(1122)。王尧明,名俊义。海陵人。宣和元年赐上舍第,与承事郎,两学职事。四年,任太学博士。显相,谓有名望的公卿诸侯参加助祭。《诗·周颂·清庙》:"于穆清庙,肃雍显相。"苏辙《代张公谢南郊加恩表》:"上自股肱之列,下同筦库之微。嘉其显相之勤,录其骏奔之助。"诗写友人助祭郊祀事。胡注载尧明原唱《圆坛午奠行事》:"平日郊丘事口谈,今朝相祀列星参。(午阶祀七星。)大裘衮冕升南陛,小次龙床近午奠。韦杜去天真尺五,嵩神祀圣似呼三。清都佩玉人归后,尚听笙鳙万谷酣。"并云:"当时和者多名士,如赵承之诸公,皆次韵焉。"可以参读。

## 【注释】

①"奏书"二句:《汉书·郊祀志》:"成帝初即位,丞相(匡)衡、御史大夫(张)谭奏言:'帝王之事莫大乎承天之序,承天之序莫重于郊祀,故圣王尽心极虑以建其制。祭天于南郊,就阳之义也;瘗地于北郊,即阴之象也。天之于天子也,因其所都而各飨焉。……甘泉泰畤、河东后土之祠宜可徙置长安,合于古帝王。愿与群臣议定。'奏可。"韩愈《元和圣德诗》:"宵升于丘,奠璧献斝。"

②"黄屋"二句:《汉书·高帝纪》:"乘王车黄屋。"李斐曰:"天子车以黄缯为盖里。"《汉书·郊祀志》:"紫坛有文章采镂黼黻之饰。"

③"声喧"二句:《周礼·春官·大司乐》:"奏黄钟,歌大吕,以祀天神","冬日至,于地上之圜丘奏之。若乐六变,则天神皆降,可得而礼矣。"《诗·周颂·闵予小子》:"念兹皇祖,陟(zhì)降庭止。"陟,升。诸葛亮《出师表》:"陟罚臧否,不宜异同。"

④"可是"二句:《羯鼓录》:"(唐玄宗)尝遇二月初,诘旦,巾栉方毕,时当宿雨初晴,景色明丽,小殿内庭,柳杏将吐。睹而叹曰:'对此景物,岂可不与他判断之乎?'左右相目,将命备酒,独高力士遣取羯(jié)鼓。上旋命之,临轩纵击一曲,曲名《春光好》,神思自得。及顾柳杏,皆已发拆,上指而笑谓嫔御曰:'此一事不唤我作天公可乎?'嫔御侍官皆呼万岁。"羯鼓,古乐器名。源自西域,状似小鼓,两面蒙皮,均可击打。

145

# 端门听赦咏雪<sup>①</sup>

　　云叶垂鸡竿，雪花眩鸾旗。<sup>②</sup>一天丰年意，飘入万寿卮<sup>③</sup>。茫茫玉妃班，影乱千官仪<sup>④</sup>。也知楼头喜，舞态方自持<sup>⑤</sup>。教坊可怜女<sup>⑥</sup>，面赤婆娑时。天公一笑罢，未觉风来迟。小儒惊伟观，到笏不敢吹。归家得细说，平分遗妻儿。茅檐玉三尺，坐玩可乐饥<sup>⑦</sup>。生活太冷淡，侑以一篇诗<sup>⑧</sup>。

**【题解】**

　　此诗作于宣和四年（1122）。陈与义所存之文，最早当是收于《外集》的《颐轩记》。为人斋轩作序，对别人的隐居自得大加钦羡，这本是文士的套话，并没有多少过人之处，且往往是违心之言。但细考陈与义此前的经历思想，则这种因有感于世路坎坷和官场险恶，而急想归隐山林，向往一种自由生活的愿望和心情，就不能看做是套话和泛泛之论了。观此一时期陈与义的诗作，如此诗中"生活太冷淡"二句，这一点就会得到清楚的说明。又，大赦的相关情形，亦见载于孟元老《东京梦华录》卷一〇与岳珂《愧郯录》卷一五，可以参阅。

**【注释】**

　　①诗题，李氏藏本题下有十二字小注："《汉书·五行志》注端门宫之正门"。

　　②"云叶"二句：崔豹《古今注》卷上：黄帝"与蚩尤战于涿鹿之野，常有五色云气，金枝玉叶止于帝上，有花葩之象。"《宋史·仪卫制》："鸡竿，附竿为鸡形，金饰，首衔绛幡，承以彩盘，维以绛索，揭以长竿，募卫士先登，争得鸡者，官给以缣袄子，或取绛幡而已。大礼毕，丽正门肆赦则设之。其义则鸡为巽神，巽主号令，故宣号令则象之。阳用事则鸡鸣，故布宣阳泽则象之。一曰天鸡星动为有赦，故王者以天鸡为度。金鸡事，六朝已有之，或谓

起于西京。"《朝野类要》卷一:"大礼毕,车驾登楼。有司于丽正门下肆赦,即立金鸡竿盘,令兵士抢之。在京系左右军百戏人,今乃瓦市百戏人为之。盖天文有天鸡星,明则主人间有赦恩。"《太平御览》卷一二引《韩诗外传》:"凡草木花多五出,雪花独六出。"扬雄《甘泉赋》:"流星旄以电烛兮,咸翠盖而鸾旗。"

③"飘入"句:《汉书·高帝纪》:"上奉玉卮为太上皇寿,群臣皆称万岁。"

④"影乱"句:杜甫《喜达行在所三首》其三:"犹瞻太白雪,喜遇武功天。影静千官里,心苏七校前。"《荀子·正论》:"古者天子千官,诸侯百官。以是千官也,令行于诸夏之国,谓之王。"

⑤"舞态"句:傅毅《舞赋》:"轶态横出,瑰姿谲起。"宋玉《神女赋》:"颟薄怒以自持兮,曾不可乎犯干。"

⑥"教坊"句:唐玄宗精晓音律,以太常礼乐之司,不应典倡优杂伎,乃更置左右教坊。可怜,讨人喜欢。

⑦"坐玩"句:谢惠连《雪赋》:"若乃申娱玩之无已,夜幽静而多怀。"乐饥,玩乐而忘饥。《诗·陈风·衡门》:"泌之洋洋,可以乐饥。"

⑧"侑以"句:苏轼《次韵曹子方运判雪中同游西湖》:"尊前侑酒只新诗,何异书鱼餐蠹简。"

**【辑评】**
宋刘辰翁《评点》:("舞态"句)下同想像。


# 游玉仙观以春风吹倒人为韵得吹字

清游天不借,破帽沙疾吹。下马榱桷鸣①,未恨十里陂。风余檐铎语,坐定炉烟迟。②新春碧瓦丽,古意乔木奇。黄冠见客喜,此士定不羁。③但愧城中尘,浣子青松枝④。人间争夺丑,我亦寄枯棋。⑤输赢共一笑,马影催归时。

**【题解】**

此诗作于宣和五年(1123)。胡仔《苕溪渔隐丛话》后集卷二七引《复斋漫录》云:"玉仙观在京城东南宣化门七八里间。仁宗时,陈道士所修葺,花木亭台,四时游客不绝。东坡诗所谓'玉仙洪福花如海'是也。"诗中"输赢共一笑"二句值得注意。随着专业围棋和文人士大夫围棋发展不平衡的矛盾的加剧,文人士大夫中的嗜棋者开始越来越多地审视这个问题。在他们的围棋观念中,更多的是侧重于围棋的陶情怡性,讲求风流儒雅、飘逸超脱的情趣。正如陈与义这两句诗所公开表明的态度一样。

**【注释】**

①榱桷(cuī jué):屋椽。《孔子家语·五仪解》:"君子入庙,如右,登自阼阶,仰视榱桷,俯察几筵。"

②"风余"二句:檐铎(duó),即檐马,风铃。苏轼《大风留金山两日》:"塔上一铃独自语,明日颠风当断渡。"韦应物《滁城对雪》:"玉座分曙早,金炉上烟迟。"

③"黄冠"二句:李播,仕隋高唐尉,弃官为道士,号黄冠子。韩愈《送张道士》:"诣阙三上书,臣非黄冠师。"司马迁《报任安书》:"仆少负不羁之才,长无乡曲之誉。"

④洗(měi):污染。《孟子·公孙丑上》:"推恶恶之心,思与乡人立,其冠不正,望望然去之,若将洗焉。"赵岐注:"与乡人立,见其冠不正,望望然,惭愧之貌也,去之恐其污己也。"

⑤"人间"二句:杜甫《赠蜀僧闾丘师兄》:"漠漠世界黑,驱驱争夺繁。"韦曜《博弈论》:"枯棋三百,孰与万人之将?"

# 归路马上再赋①

偶然思玉仙,便到玉仙游。兴尽未及郭,玉仙失回头。成毁俱一念,今昔浪百忧。未知横笛子,亦解此意不。春风所经过,水色如泼油②。垂鞭见落日③,世事剧悠悠。

此诗作于宣和五年(1123)。为了追求诗歌的韵味悠长,就必须在诗歌语言的"多"与"少"之间构成张力,达到"以少出多"的效果,这是刘辰翁重要的诗学思想。其诗学评点,正体现了这种张力诗学思想。从对此诗"世事剧悠悠"句的评点"不多不少"来看,刘辰翁认为陈与义的有些诗作,的确焕发出了某种内在的美学张力。

【注释】

①诗题中"路归",《陈与义集校笺》以意改作"归路"。

②"水色"句:白居易《夜泛阳坞入明月湾即事寄崔湖州》:"掩映橘林千点火,泓澄潭水一盆油。"又《答客问杭州》:"山名天竺堆青黛,湖号钱塘泻绿油。"

③见落日:聚珍本、《宋诗钞》作"看落日"。

【辑评】

宋刘辰翁《评点》:("世事"句)情境嗒然,不多不少。


# 来禽花

来禽花高不受折①,满意清明好时节。人间风日不贷春,昨暮胭脂今日雪。②舍东芜菁满眼黄,胡蝶飞去专斜阳③。妍媸都无十日事④,付与梧桐一夏凉。


【题解】

此诗作于宣和五年(1123)。由学杜而涉晚唐,通过晚唐诗之情景充实和流利句法,对江西诗派之弊端加以矫正,陈与义的诗学探索成为南宋杨万里、范成大等人的先导,具有重要的诗学史意义。陈与义学杜而涉晚唐者不在少数,此诗即其一,其中的"昨暮胭脂今日雪"句,对来禽花由红变白的生理状态捕捉得很准,描写得既形象又真切。

①"来禽"句:《尚书故实》:"王内史书帖中有《与蜀郡守朱书》,求樱桃、来禽、日给藤子。(来禽,言味甘来众禽也,俗作林檎。)"

②"人间"二句:不贷,不施与。《庄子·天运》郭象注:"不贷者,不损己以为物也。"昨暮胭脂,原本作"昨暮烟脂",此据丁钞校改。聚珍本、《宋诗钞》作"昨夜胭脂"。

③专斜阳:聚珍本作"转斜阳"。

④妍媸(chī):原本作"妍嗤",此据聚珍本、《全芳备祖》校改;美和丑。


# 放　慵

　　暖日薰杨柳,浓春醉海棠①。放慵真有味,应俗苦相妨。②
宦拙从人笑,交疏得自藏。③云移稳扶杖,燕坐独焚香④。

【题解】

　　此诗作于宣和五年(1123)。一些宋人诗作诗句在明代的广泛传播与接受推广,途径之一是明代的通俗作品。如陈与郊《鹦鹉洲》,第三折里女巫说的"暖日薰杨柳,浓春醉海棠。放慵真有味,应俗苦相妨",就是陈与义此诗的前半四句。而其入选缘由,应当与其中"暖日"二句中的"薰"字和"醉"字用得好有一定的关系,这就是诗眼的作用,尽管这个诗眼并没有构成全篇诗作的线索。

【注释】

　　①"浓春"句:浓春,《朱子语类》卷一四〇所引作"浓阴"。杜甫《奉和贾至舍人早朝大明宫》:"五夜漏声催晓箭,九重春色醉仙桃。"朱鹤龄注:"言春色之浓,桃花如醉。"

　　②"放慵"二句:放慵,疏懒。白居易《四年春》:"近日放慵多不出,少年嫌老可相亲。"《后汉书·王充传论》:"虽周物之智,不能研其推变;山川之奥,未足况其纡险。则应俗适事,难以常条。"

③"宦拙"二句:潘岳《闲居赋序》:"岳尝读汲黯传,至司马安四至九卿,而良史书之,题以巧宦之目,未尝不慨然废书而叹,曰:'嗟乎!巧诚有之,拙亦宜然。'"《庄子·山木》:"吾犯此数患,亲交益疏,徒友益散。"《初学记》卷一八引颜延之《庭诰》曰:"富则盛,贫则病,甚矣贫之为病也。不唯形色粗厉,或亦神心沮废,岂但交友疏弃,必有家人诮让,非廉洁深识者,何能不移其植。"

④"燕坐"句:燕坐,安坐,闲坐。《唐国史补》卷下:"韦应物立性高洁,鲜食寡欲,所在焚香扫地而坐。"韦应物《郡斋雨中与诸文士燕集》:"兵卫森画戟,燕寝凝清香。"

## 【辑评】

宋朱熹《朱子语类》卷一四〇:古人诗中有句,今人诗更无句,只是一直说将去,这般诗一日作百首也得。如陈简斋诗"乱云交翠壁,细雨湿青林","暖日薰杨柳,浓阴醉海棠"。他是甚么句法。

元方回《瀛奎律髓》卷二三:此公气魄尤大,起句十字,朱文公击节,谓"薰"字"醉"字下得妙。又何必专事晚唐?又,清冯舒:此亦未见胜晚唐。又,清纪昀:二字诚佳,然以诋晚唐则不然。此正晚陪字法也。

清仇兆鳌《杜诗详注》卷二:(《何氏山林》)后人沾丐牡诗,皆成佳句。杜有"春色醉仙桃"句,陈简斋云:"暖日薰杨柳,浓春醉海棠。"杜有"红绽雨肥梅"句,范石湖云:"梅肥朝雨细,茶老暮烟寒。"各见脱化之妙。


# 清明二绝①


街头女儿双髻鸦,随蜂趁蝶学夭邪。②东风也作清明节,开遍来禽一树花。

卷地风抛市井声,病夫危坐了清明。③一帘晚日看收尽,杨柳微风百媚生④。

此二诗作于宣和五年(1123)。如第二首,被认为"与唐人声情气息不隔累黍",主要在于诗人不作说理议论,而是用深情的语言来表现自己对美好事物的真切感受,这是一种单纯的美,充满对生活的热爱,和唐诗那种明净而富有情韵的"声情气息"的确是相通的。当然,诗中多少还是可以见出江西派的痕迹:一是炼字,如"抛"字就是所谓"句中之眼",将风送喧嚣声的情状刻画得神采飞动;二是结构转折奇崛,首句写热闹,次句却写冷峻,第三、四句又从冷峻中生出一段热情。由此可见,陈与义接受了一些江西派的诗法,他的某些早期诗作的内在情韵却是和唐人一致的。

**【注释】**

①诗题中"二绝",聚珍本、《宋诗钞》作"二首"。

②"街头"二句:《东京梦华录》卷七:"寻常京师以冬至后一百五日为大寒食。前一日,谓之炊熟,用面造枣?飞燕,柳条串之,插于门楣,谓之子推燕。子女及笄者,多以是日上头。……四野如市,往往就芳树之下,或园囿之间,罗列杯盘,互相劝酬,都城之歌儿舞女,遍满园亭,抵暮而归。"王延寿《梦赋》:"嗟妖邪之怪物,岂干真人之正度。"

③"卷地"二句:病夫,潘本、丁钞、聚珍本、《宋诗钞》作"病扶"。韩愈《双鸟诗》:"春风卷地起,百鸟皆飘浮。"陈师道《春夜》:"鸟度清溪影,风回晚市声。"《史记·日者列传》:"贾谊瞿然而悟,猎缨正襟危坐。"王梵志诗:"不愿大大富,不愿大大贫。昨日了今日,今日了明晨。"

④"杨柳"句:白居易《长恨歌》:"回头一笑百媚生,六宫粉黛无颜色。"

**【辑评】**

清潘德舆《养一斋诗话》卷五:予又从近人严长明用晦所选千首宋人绝句中反复拣择,得其似唐者百数十首,承渔洋之风旨,广渔洋所未备。……而宋人绝句之佳者,仍未尽于是也。如陈简斋《清明》云:"卷地风抛市井声……杨柳微风百媚生。"……此十数绝句,与唐人声情气息不隔累黍,何故遗之?且无论唐、宋,即以诗论,亦明珠美玉,千人皆见,近在眼前,而严氏置若无睹,故操选枋为至难也。

# 春日二首①

朝来庭树有鸣禽,红绿扶春上远林。忽有好诗生眼底,安排句法已难寻②。

忆看梅雪缟中庭,转眼桃梢无数青。万事一身双鬓发,竹床欹卧数窗棂③。

**【题解】**

此二诗作于宣和五年(1123)。第一首写寻春情趣。首二句写景,由近而远,由庭院到郊原,"扶"字下语警策。后二句说春色引发诗兴,唯激情诗思灵动飘忽,稍纵即逝,需得构想快捷,妙手捕捉。这首绝句与其说是咏春,不如说是论诗:要善于以锐敏的激情,向绚丽多姿的大千世界中寻诗觅句。

**【注释】**

①诗题中"二首",原本无,此据聚珍本、《宋诗钞》校补;《诗林广记》卷八题作"春晓"。

②"安排"句:谢灵运《晚出西射堂》:"安排徒空言,幽独赖鸣琴。"

③"竹床"句:欹卧,聚珍本作"欹枕"。柳宗元《同刘二十八院长述旧言怀感时书事奉寄澧州张员外使君五十二韵之作其韵增至八十通赠二子》:"贮愁听夜雨,隔泪数残蓓。"

**【辑评】**

宋叶寘《爱日斋丛钞》卷三:陈去非云:"忽有好诗生眼底,安排句法已难寻。"吕居仁云:"忽见云天有新语,不如风雨对残书。"静中置心,真与见闻无毫膜隔碍,始得此妙。

宋魏庆之《诗人玉屑》卷五引《小园解后录》:"朝来庭树有鸣禽,红绿扶春上远林。忽有好诗生眼底,安排句法已难寻。"此简斋之诗也。观末后两句,则诗之为诗,岂可以作意为之耶?

# 夏日集葆真池上以绿阴生
# 昼静赋诗得静字①

清池不受暑,幽讨起予病②。长安车辙边,有此荷万柄③。
是身惟可懒,共寄无尽兴。④鱼游水底凉,鸟语林间静⑤。谈余
日亭午,树影一时正。⑥清风不负客,意重百金赠⑦。聊将两鬓
蓬,起照千丈镜。⑧微波喜摇人,小立待其定⑨。梁王今何许,柳
色几衰盛。⑩人生行乐耳,诗律已其剩。⑪邂逅一樽酒,它年五
君咏。重期踏月来⑫,夜半啸烟艇。

**【题解】**

此诗作于宣和五年(1123)。其写作情况,洪迈《容斋四笔》卷一四尝记
云:"自崇宁以来,时相不许士大夫读史作诗,何清源至于修入令式,本意但
欲崇尚经学,痛沮诗赋耳,于是庠序之间以诗为讳。政和后稍稍复之,而陈
去非遂以《墨梅》绝句擢置馆阁。尝以夏日携五同舍集葆真宫池上避暑,取
'绿阴生昼静'分韵赋诗,陈得'静'字。其词云云。诗成出示坐上,皆诧为
擅场。朱新仲时亲见之,云京师无人不传写也。"究其缘由,更是因为且此
诗情、景、理融合无间,语句精粹,不见雕琢之痕;声情风韵,颇有韦柳之致,
是陈与义写景诗趋于成熟的标志性作品之一。

**【注释】**

①诗题,《宋诗纪事》卷三八作"夏日偕五同舍集葆真池上避暑取绿阴
生昼静赋诗得静字分韵"。又,原本"得静字"作"得静日",此据冯校
校改。

②"幽讨"句:杜甫《赠李白》:"李侯金闺彦,脱身事幽讨。"又《大云寺赞
公房四首》其一:"汤休起我病,微笑索题诗。"

③荷万柄:《容斋四笔》卷一四所引作"万荷柄"。

④"是身"二句:惟可懒,原本作"虽可懒",此据聚珍本校改。苏轼《次韵赵景贶春思且怀吴越山水》:"飘然不系舟,乘此无尽兴。"

⑤"鸟语"句:鸟语,原本作"鸟宿",此据聚珍本校改。王籍《入若耶溪》:"蝉噪林逾静,鸟鸣山更幽。"

⑥"谈余"二句:亭午,正午。孙绰《游天台山赋》:"尔乃羲和亭午,游气高褰。"刘禹锡《昼居池上亭独吟》:"日午树阴正,独吟池上亭。"

⑦"意重"句:李白《古风五十九首》其十:"意轻千金赠,顾向平原笑。"

⑧"聊将"二句:千丈,《诗林广记》卷八作"十丈"。杜甫《暮春题瀼西新赁草屋五首》其三:"身世双蓬鬓,乾坤一草亭。"韩愈《奉酬卢给事云夫四兄曲江荷花行见寄并呈上钱七兄阁老张十八助教》:"曲江千顷秋波净,平铺红云盖明镜。"

⑨"微波"二句:《庄子·渔父》:"乃刺船而去,延缘苇间。颜渊还车,子路授绥,孔子不顾,待水波定,不闻拏音而后敢乘。"王安石《岁晚》:"俯窥怜绿净,小立伫幽香。"

⑩"梁王"二句:胡注:世传葆真池即梁王故沼。

⑪"人生"二句:陈师道《寄答王直方》:"人生如此耳,文字已其闲。"

⑫"重期"句:白居易《夏夜宿直》:"寂默挑灯坐,沉吟踏月行。"

## 【辑评】

元吴师道《吴礼部诗话》:柳柳州云:"微风一披拂,林影久参差。"陈简斋云:"微波喜摇人,小立待其定。"语有所见,而意不同。

清潘德舆《养一斋诗话》卷五:洪容斋考订他书极详,于唐、宋诗证据亦核;独其所录同时人诗,不尽得风旨。……他如陈简斋《池上避暑》诗:"长安车辙边,有此万荷柄。谈余日亭午,树影一时正。清风不负客,意重百金赠。微波喜摇人,小立待其定。"词意新峭可喜,虽西江风格,而能药俗,录之可也。若其《水墨梅》诗云:"粲粲江南万玉妃,别来几度见春归。相逢京洛浑依旧,惟见缁尘染素衣。"猝乍阅之,几不省为何题,而亦喜而录之,此殆由宋诗习气蒸染至深耳。

清范大士《历代诗发》卷二六:精细入微,含毫渺然之作。

陈衍《石遗室诗话》续编卷三:陈简斋五言古,在宋人几欲独步,以宋人学常建、刘眘虚及韦、柳者鲜也。至《夏日集葆真池上》一首尤为压卷之作，厉樊榭平生所心摹力追者，全在此种。

# 游慧林寺以三伏炎蒸定有无为韵得定字
## 是日欲逃暑阁下而守阁童子持不可①

我如东郊马，欹侧甘瘦病。②今晨举足轻，起行得幽胜。③抚窗唤懒融，槁面初出定。④眼中无长物⑤，坐久炉烟正。门前几乌帽，来往送朝暝。⑥岂知帽影边，有地白日静⑦。宝阁阴肃肃，童子色不令。⑧年来惜违人，一笑取归径。愿言捐何肉，终岁奉清净。檐铎岂印吾⑨，出门有余听。

**【题解】**

此诗作于宣和五年(1123)。《宋东京考》卷一一："资圣阁在府治东北相国寺内。唐天宝四载建，阁上有铜罗汉五百尊及佛牙等。凡有斋供，取旨方开。都人夏月于此纳凉，所谓资圣薰风是也。"又卷一四："相国寺在府治东北大宁坊……元丰中曾建东西两厢，又立八院，东曰宝严、宝梵、宝觉、慧林，西曰定慈、广慈、普慈、智海。"张元干《跋苏诏君楚语后》："顷在东都，一日，陈去非、吕居仁诸公，同予避暑资圣阁，以'二仪清浊还高下，三伏炎蒸定有无'分韵赋诗，会者适十四人，从周诗颇佳，为诸公印正。然则阮嗣宗喜仲容，又常曰'吾不如与阿戎谈'，方之养直，惓惓如此，不为过也。"据知，陈与义此首避暑诗即是此次"分韵赋诗"所作。元干当亦有作，惜其不传。

**【注释】**

①诗题中"三伏"，原本作"三峡"，此据李氏藏本、《芦川归来集》卷九校改。

②"我如"二句：欹侧，原本作"歌侧"，此据冯校、莫校校改。杜甫《瘦马

156

行》:"东郊瘦马使我伤,骨骼硉兀如堵墙。绊之欲动转欹侧,此岂有意仍腾
骧。……士卒多骑内厩马,惆怅恐是病乘黄。"

③"今晨"二句:苏轼《次韵杨次公惠径山龙井水》:"幻色将空眼先暗,
胜游无碍脚殊轻。"

④"抚窗"二句:《景德传灯录》卷四:"金陵牛头山法融禅师,润州延陵
人。姓韦氏,年十九,学通经史,寻阅大部般若,晓达真空。后入牛头山幽
栖寺北岩之石室,有百鸟衔华之异。唐贞观中,四祖遥观气象,知彼山有奇
异之人。乃躬自寻访,问寺僧:'此间有道人否?'曰:'出家儿,那个不是道
人!'祖曰:'阿那个是道人?'僧无对。别僧云:'此去山中十里来,有一懒
融,见人不起,亦不合掌,莫是道人?'祖遂入山见师。"槁面,憔悴衰老的
面容。

⑤"眼中"句:丁钞作"眼明无常物"。《晋书·王恭传》:"尝从其父自会
稽至都,忱访之,见恭所坐六尺簟,忱谓其有余,因求之。恭辄以送焉,遂坐
荐上。忱闻而大惊,恭曰:'吾平生无长物。'其简率如此。"长物,多余的
东西。

⑥"门前"二句:《读曲歌》:"白门前,乌帽白帽来。白帽郎,是侬良,不
知乌帽郎是谁?"来往,丁钞作"往来"。

⑦"有地"句:杜甫《题省中壁》:"落花游丝白日静,鸣鸠乳燕青春深。"

⑧"宝阁"二句:谢朓《直中书省》:"紫殿肃阴阴,彤庭赫弘敞。"《庄子·
田子方》:"至阴肃肃,至阳赫赫。"令,美好。《论语·学而》:"巧言令色,鲜
矣仁。"《诗·小雅·十月之交》:"烨烨震电,不宁不令。"

⑨"檐铎"句:《维摩诘所说经·弟子品》:"若能如是坐者,佛所印可。"
印,决定无疑之意。印可,认可。禅宗以"直指人心、顿悟成佛"的"心印"来
印可学人。苏轼《次韵王定国南迁回见寄》:"心通岂复问云何,印可聊须答
如是。"

# 道山宿直

离离树子鹊惊飞[①]，独倚枯筇无限时。千丈虚廊贮明月，十分奇事更新诗。人间路绝窗扉语[②]，天上云空阁影移。遥想王戎烛下算，百年辛苦一生痴。[③]

**【题解】**

此诗作于宣和五年(1123)。诗写山中夜宿的奇妙景象，表现出一种静谧心态与悠闲情趣，全篇充溢着轻灵清淡的风韵。

**【注释】**

①树子：即树。《晋书·孙绰传》："所居斋前种一株松，恒自守护，邻人谓之曰：'树子非不楚楚可怜，但恐永无栋梁日耳。'"

②"人间"句：陈师道《和郑户部宝集丈室二首》其二："冲风窗自语，浣壁虫成字。"

③"遥想"二句：《晋书·王戎传》："性好兴利，广收八方园田水碓，周遍天下。积实聚钱，不知纪极，每自执牙筹，昼夜算计，恒若不足。而又俭啬，不自奉养，天下人谓之膏肓之疾。"《世说新语·俭啬》："司徒王戎既贵且富，区宅、僮牧、膏田、水碓之属，洛下无比。契疏鞅掌，每与夫人烛下散筹算计。"苏轼《和王晋卿题李伯时画马》："岂惟马不遇，人已半生痴。"

**【辑评】**

宋刘辰翁《评点》：("百年"句)骄吝同俗。

# 雨　晴

天缺西南江面清，纤云不动小滩横。[①]墙头语鹊衣犹湿，

158

楼外残雷气未平。②尽取微凉供稳睡③,急搜奇句报新晴。今宵绝胜无人共,卧看星河尽意明。④

## 【题解】

此诗作于宣和五年(1123)。诗写夏日雷雨后天色转晴的景象和自己的心境。首联描绘天空地面:西南放晴,江面澄清,微云静止,积水横陈。次联展现墙头楼外所见所闻,对话的鸟鹊身着湿衣,残存的雷声时而闪现,用拟人化手法写雷雨初晴景象,何其逼真。三联写自我心态,尽情安眠享受微凉,急忙搜索妙句回报新晴。末联以独赏宵夜胜景、卧看明朗的天河群星收煞。全篇意象新警,清新宜人。

朝鲜诗人林泳(1649-1696)《次简斋雨晴韵》曰:"冥冥风气忽回清,划破长云片片横。雨脚渐疏雷乍动,江心如洗浪初平。林霏点滴翻斜景,岳翠鲜新带晚晴。转觉天光无限发,夜来星月又分明。"不仅仅是一首简单的次韵之作,更是一首在遣词造句、结构安排上的模拟仿效之作。

## 【注释】

①"天缺"二句:江面清,原本作"江面晴",此据丁钞校改。黄庭坚《咏雪奉呈广平公》:"连空春雪明如洗,忽忆江清水见沙。"

②"墙头"二句:程浩《雷赋》:"及夫白日雨歇,长虹霁后。……蓄残怒之未泄,闻余音之良久。"

③"尽取"句:杜甫有诗《七月三日亭午已后较热退,晚加小凉,稳睡有诗,因论壮年乐事,戏呈元二十一曹长》。

④"今宵"二句:绝胜,丁钞作"胜绝"。苏轼《和子由柳湖久涸忽有水开元寺山茶旧花今岁盛开二首》其一:"如今胜事无人共,花下壶卢鸟劝提。"杜甫《天河》:"常时任显晦,秋至辄分明。"

## 【辑评】

元方回《瀛奎律髓》卷一七:清纪昀:三、四眼前景,而写来新警。又,清冯班:("急搜"句)厌。

# 十　月

十月天公作许悲[1]，负霜鸿雁不停飞。莽连万里云一去[2]，红尽千林秋径归。病夫搜句了节序，小斋焚香无是非。睡过三冬莫开户，北风不贷芰荷衣[3]。

**【题解】**

此诗作于宣和五年（1123）。诗中"病夫搜句了节序，小斋焚香无是非"，谓当时官场倾轧成风，这是诗人所厌恶的，所以把自己关在小斋里，与外界隔绝，诗作成了他的精神支柱。又，此二句虽貌为对仗，然语意连续，实非排比可比，即既得对仗神益声调之利，复无意义隔阂滞塞之害。

**【注释】**

①作许：这般，如此。黄庭坚《题阳关图》二首其二："渭城柳色关何事，自是行人作许悲。"

②"莽连"句：一去，潘本作"山去"。纪昀云："山"字必误，再校。杜甫《遣怀》："芒砀云一去，雁鹜空相呼。"

③"北风"句：杜甫《醉为马坠诸公携酒相看》："共指西日不相贷，喧呼且覆杯中渌。"屈原《离骚》："制芰荷以为衣兮，集芙蓉以为裳。"

**【辑评】**

元方回《瀛奎律髓》卷一三：简斋诗独是格高，可及子美。又，清纪昀：简斋风骨高出宋人之上，此评是。又，五、六便嫌习气太重。

# 漫　郎

漫郎功业大悠然，挂笏看山了十年。[1]黑白半头明镜里，

160

丹青千树恶风前。②星霜屡费惊人句,天地元须使鬼钱。踏破
九州无一事,只今分付结跏禅。③

**【题解】**

此诗作于宣和五年(1123)。本来在官而悠然自得,有闲情雅兴的诗
人,即此诗中"拄笏看山"云云,竟然生出想出家的思想,如末二句"踏破九
州无一事,只今分付结跏禅"所云。

**【注释】**

①"漫郎"二句:大悠然,聚珍本、《宋诗钞》作"太悠然"。元结《自释》:
"及有官,人以为浪者亦漫为官乎?呼为漫郎。"《世说新语·简傲》:"王子
猷作桓车骑参军。桓谓王曰:'卿在府久,比当相料理。'初不答,直高视,以
手版拄颊云:'西山朝来,致有爽气。'"

②"黑白"二句:白居易《白发》:"最憎明镜里,黑白半头时。"杜甫《夔州
歌十绝句》其四:"枫林橘树丹青合,复道重楼锦锈悬。"

③"踏破"二句:白居易《开成二年三月三日河南尹李待价以人和岁稔
将禊于洛滨……》:"闹于杨子渡,踏破魏王堤。"又《清调吟》:"若不结跏禅,
即须开口笑。"

# 柳　絮

柳送腰支日几回,更教飞絮舞楼台。①颠狂忽作高千丈,
风力微时稳下来。②

**【题解】**

此诗作于宣和六年(1124)。诗作咏物而别有所讽。登高易跌重,终究
是一场悲剧,可谓警世通言。

**【注释】**

①"柳送"二句:柳送,原本作"柳絮",此据聚珍本、《宋诗钞》校改。杜

161

甫《绝句漫兴九首》其九:"隔户杨柳弱袅袅,恰似十五女儿腰。"《青箱杂记》卷五引晏殊断句:"楼台侧畔杨花过,帘幕中间燕子飞。"

②"颠狂"二句:杜甫《绝句漫兴九首》其五:"癫狂柳絮随风舞,轻薄桃花逐水流。"《秘阁闲谈》引陈继达《纸鸢》:"霄汉只因风送上,无风还有下来时。"

【辑评】

宋刘辰翁《评点》:("风力"句)调笑近厚。


# 侯处士女挽词

畴昔翁才比太师,固应生女作门楣。[①]人间似梦风旌出,佛子何之宰树悲。[②]五日祝金空穗帐[③],三千车乘忽荒陂。它年不共江流去,突兀张林妇德碑。


【题解】

此诗作于宣和六年(1124)。哀挽痛惜之意,事后写来哀而不伤。这是一种由理性精神替代情感冲突,淡化哀伤的方式。

【注释】

①"畴昔"二句:太师,原本作"大师",此据丁钞、聚珍本校改。韩愈《试大理评事王君墓志铭》:"妻上谷侯氏处士高女。高固奇士,自方阿衡太师。"《杨妃外传》:时谣云:"生女勿悲酸,生男勿喜欢","男不封侯女作妃,看女却为门上楣"。

②"人间"二句:《楞严经》:"却来观世间,犹如梦中事。"《公羊传·僖公三十三年》:"秦伯怒曰:'若尔之年者,宰上之木拱矣。'"何休注:"宰,冢也。"

③"五日"句:祝金,原本作"悦金",此据聚珍本校改。穗(suì)帐,麻布缝制的灵帐。陆机《吊魏武帝文》:"悼穗帐之冥漠,怨西陵之茫茫。"

# 登天清寺塔<sup>①</sup>

为眼不计脚,攀梯受微辛。半天拍阑干,惊倒地上人。<sup>②</sup>
风从万里来,老夫方岸巾。<sup>③</sup>荒荒春浮木,浩浩空纳尘。<sup>④</sup>夕阳
差万瓦,赤鲤欲动鳞。须臾暮烟合,青鲂映斋沦<sup>⑤</sup>。万化本日
驰,高处觉眼新。借问龛中仙,坐稳今几辰。<sup>⑥</sup>俗子书满壁,淡
然不生嗔。唯有太行山,修供独殷勤。<sup>⑦</sup>

**【题解】**

此诗作于宣和六年(1124)。苏舜钦《和邻几登繁台塔》有云:"我来历
初级,穰穰瞰市衢。车马尽蝼蚁,大河乃污渠。跻攀及其颠,四顾万象无。
迥然尘坌隔,顿觉襟抱舒。俄思一失足,立见糜体躯。投步求自安,不暇为
他谟。"陈与义此诗中,也有"为眼不计脚,攀梯受微辛。半天拍阑干,惊倒
地上人"之句,虽不无夸张之处,仍不失为对当年繁塔高大形象的生动
描述。

**【注释】**

①诗题中"天",原本作"大",此据冯校据聚珍本校改。潘本题作"登天
清塔"。

②"半天"二句:刘禹锡《同乐天登栖灵寺塔》:"步步相携不觉难,九层
云外倚阑干。忽然笑语半天上,无限游人举眼看。"

③"风从"二句:岸巾,即一种高巾,为仕宦燕居之服。盖即"岸帻"。李
贺《潞州张大宅病酒遇江使寄上十四兄》:"岸帻褰纱幞,枯塘卧折莲。"王琦
等《集注》:"谓戴帻而露额也。"

④"荒荒"二句:荒荒,黯淡迷茫貌。杜甫《漫成二首》其一:"野日荒荒
白,春流泯泯清。"苏轼《真兴寺阁》:"山川与城郭,漠漠同一形。市人与鸦
鹊,浩浩同一声。"

⑤"青鲂"句：映蘅(yūn)沦，《宋诗钞》作"隐蘅沦"。蘅沦，水势回旋貌。白居易《和三月三十日四十韵》："鱼尾上蘅沦，草芽生沮洳。"

⑥"借问"二句：几辰，丁钞、潘本、聚珍本作"几晨"。褚遂良《家侄帖》："复闻久弃尘滓，与弥勒同龛，一食清斋。"

⑦"唯有"二句：太行山，原作"大行山"，此据丁钞、潘本、聚珍本、《宋诗钞》校改。修供，向神佛供献物品。黄庭坚《所住堂》："天女来修散花供，道人自有本来香。"

**【辑评】**

宋刘辰翁《评点》：(末句)触目戏言，无伦无理，得之跌宕。

清范大士《历代诗发》卷二六：("为眼"二句)语最俚，却最趣。


# 浴室观雨以催诗走群龙为韵得走字

微云生屋脊，敧枕看培塿。①崔嵬乱一瞬，泰华入搔首。②须臾万银竹，壮观惊户牖③。摧击竟自碎，映空白烟走。余飘送未了，日色在井口。④去冬三寸雪，寒日淡相守。商量细细融，未觉经旬久。⑤谁能料天工，办此颖脱手。⑥一凉满天地，平分到庭柳。叶端啸余风，送我一杯酒。画屏题细字，尽记同来友。俗眼之所遗，此事当不朽⑦。


**【题解】**

此诗作于宣和六年(1124)。浴室，当即汴京浴室院。陈与义学苏，主要是学苏诗笔意纵横、超旷俊逸处，对其"登临意超然，笔落风雨似"的创作方式极为神往。如此诗，气机生动，淋漓痛快，即颇得东坡神髓，可谓学而有得之作。

**【注释】**

①"微云"二句：王安石《道人北山来》："道人北山来，问松我东冈。举

手指屋脊,云今如许长。"培塿(lóu),本作"部娄"。《左传·襄公二十四年》:"部娄无松柏。"杜预注:"部娄,小阜。"《风俗通》引《左传》作"培塿"。柳宗元《始得西山宴游记》:"然后知是山之特立,不与培塿为类。"

②"崔嵬(wéi)"二句:崔嵬,高耸。《诗·周南·卷耳》:"陟彼崔嵬,我马虺隤。"陆机《文赋》:"观古今于须臾,抚四海于一瞬。"

③"壮观"句:班固《西都赋》:"尔乃盛娱游之壮观,奋泰武乎上囿。"

④"余飘"二句:余飘,原本作"余飚",此据聚珍本、《宋诗钞》校改。卢纶《晚到盩厔耆老家》:"乱藤穿井口,流水到篱根。"

⑤"商量"二句:杜甫《江畔独步寻花七绝》其七:"繁枝容易纷纷落,嫩叶商量细细开。"经旬,经过十天。《吕氏春秋·孝行览·本味》:"求之其本,经旬必得;求之其末,劳而无功。"

⑥"谁能"二句:天工,聚珍本、《宋诗钞》作"天公"。颖脱,聚珍本、《宋诗钞》作"脱颖"。《史记·平原君列传》:"使遂得早处囊中,乃颖脱而出。"杜甫《上水遣怀》:"善知应触类,各藉颖脱手。"

⑦"此事"句:曹丕《典论·论文》:"盖文章经国之大业,不朽之盛事。"

**【辑评】**

宋刘辰翁《评点》:("日色"句)自然语。(末句)严整故好,脱严整又好。


# 夏至日与同舍会葆真二首①


微官有阀阅②,三赋池上诗。林密知夏深,仰看天离离③。官忙负远兴,觞至及良时。荷气夜来雨④,百鸟清昼迟。微风不动蘋⑤,坐看水色移。门前争夺场,取欢不偿悲。欲归未得去,日暮多黄鹂。

明波影千柳,绀屋朝万荷⑥。物新感节移,意定觉景多。游鱼聚亭影,镜面散微涡。⑦江湖岂在远,所欠雨一蓑⑧。忽看带箭禽,三叹无奈何。⑨(是日有恶少射水禽,一箭中臆,悲鸣飞去。)

此二诗作于宣和六年(1124)。"靖康之变"是陈与义创作生涯的自然分界。其前期作品的具体内容,与当时江西派大多数诗人一样,多为诗酒酬赠、游景登台及个人感怀之类,体现出对个人情感世界的建构。这种特点,在大量的酬赠往来、同游集会的场合,则进而与特定的时代风尚及诗人的群体意识合流融汇了。即如此诗,尤其是竟至于"京师无人不传写"的《夏日集葆真池上以绿阴生昼静赋诗得静字》,可见与当时风气的趋同。

【注释】

①诗题,聚珍本作"夏至日与太学同舍会葆真二首"。

②"微官"句:阀阅,《宋诗钞》作"阅阀"。《汉书·车千秋传》:"又无伐阅功劳,特以一言寤意。"颜师古注:"伐,积功也;阅,经历也。"

③"仰看"句:《诗·小雅·湛露》:"其桐其椅,其实离离。"毛传:"离离,垂也。"

④"荷气"句:韦应物《南塘泛舟会元六昆季》:"云淡水容夕,雨微荷气凉。"

⑤"微风"句:宋玉《风赋》:"风生于地,起于青蘋(pín)之末。"蘋,多年生水生蕨类植物。

⑥"绀屋"句:苏轼《同王胜之游蒋山》:"朱门收画戟,绀宇出青莲。"

⑦"游鱼"二句:白居易《初领郡政衙退登东楼作》:"水心如镜面,千里无纤毫。"郭璞《江赋》:"盘涡谷转,凌涛山颓。"

⑧"所欠"句:张志和《渔父》:"青箬笠,绿蓑衣,斜风细雨不须归。"

⑨"忽看"二句:韩愈有《雉带箭》诗。

【辑评】

宋刘辰翁《评点》:(第一首"微官"二句)好。(末句)少少许,不可极。(第二首末句)古今朝士自道所不能及。

# 翁高邮挽诗

万里功名路,三生翰墨身。<sup>①</sup>暮年铜虎重,浮世石羊新。<sup>②</sup>天地悭豪杰,山川泣吏民。空传四十诔,竟不识斯人。<sup>③</sup>

**【题解】**

此诗作于宣和五年(1123)。翁彦约,字行简。建州崇安人。登政和二年第。宣和初,为太常博士。五年,卒于高邮,终承议郎。

**【注释】**

①"万里"二句:白居易《赠张处士韦山人》:"世说三生如不谬,共疑巢许是前身。"

②"暮年"二句:《史记·孝文帝纪》:"初与郡国守相为铜虎符、竹使符。"《炙毂子》:"秦汉以来,帝王陵寝有石麟、辟邪、兕、马之属,人臣墓有石人、羊虎柱之类,皆表饰坟垄,如生前仪卫。"

③"空传"二句:《晋书·郄鉴传》:"及死之日,贵贱操笔而为诔者四十余人,其为众所宗贵如此。"

# 秋试院将出书所寓窗

门前柿叶已堪书,弄镜烧香聊自娱<sup>①</sup>。百世窗明窗暗里,题诗不用着工夫<sup>②</sup>。

**【题解】**

此诗作于宣和五年(1123)。语言的清新流利,是陈与义"新体"的一个突出特点。正如此诗末句所云,"题诗不用着工夫"就是"新体"能让人感到清新扑面的一个重要原因。陈与义诗中句律最为流利的,正是这种"新体"诗。

**【注释】**

①"弄镜"句:《诗·郑风·出其东门》:"缟衣茹藘,聊可与娱。"《汉书·南粤传》:"老夫故敢妄窃帝号,聊以自娱。"

②"题诗"句:苏轼《送刘攽倅海陵》:"君不见阮嗣宗,臧否不挂口。莫夸舌在牙齿牢,是中惟可饮醇酒。读书不用多,作诗不须工。海边无事日日醉,梦魂不到蓬莱宫。"黄庭坚《再次韵》:"道应无芥蒂,学要尽工夫。"

**【辑评】**

宋刘辰翁《评点》:(末句)有省。此与"安排句法已难寻",皆自得于文字语言之外。


# 秋　日


琢句不成添鬓丝,且撑筇杖看云移①。槐花落尽全林绿,光景浑如初夏时。


**【题解】**

此诗作于宣和五年(1123)。"琢句不成添鬓丝"句,表明陈与义写诗曾受黄庭坚、陈师道影响很大。表现在诗法上,其中之一便是注重刻苦锻炼,一字不苟,也是与江西派的一脉相承之处。正是因为作诗如此苦心孤诣,千锤百炼,故出语常能摆脱故常,自辟蹊径。

**【注释】**

①"且撑(zhī)"句:撑,支撑。苏辙《次韵子瞻送范景仁游嵩洛》:"鹤老身仍健,鸿飞世共看。云移忽千里,世路脱重滩。"

# 夏　日

赤日可中庭①，树影敛不开。烛龙未肯忙，一步九徘徊。②
梦中惊耳鸣，欲觉闻远雷③。屋山奇峰起，敧枕看云来。④变化
信难料，转头失崔嵬。虽然不成雨，风起亦快哉。⑤槐叶万背
白⑥，少振十日埃。白团岂办此，掷去羞薄才。⑦蜻蜓泊墙阴，
近人故多猜。墙西岂更热，已去却飞回⑧。

## 【题解】

此诗作于宣和六年(1124)。陈与义喜欢点化刘禹锡的诗文。如此诗
中"赤日可中庭"，脱胎于刘"一方明月可中庭"(《生公讲堂》)。又，《送大光
赴石城》"山川勃郁不平处"脱胎于刘《楚望赋》"山川郁乎不平"，《和王东卿
绝句四首》其四"平生不得吟诗力"脱胎于刘诗《郡斋书怀寄河南白尹兼简
分司崔宾客》"一生不得文章力"，等等。据统计，黄庭坚和陈师道点化刘诗
的诗句也共四十处之多。可见，江西诗派的作家在创作上学习刘禹锡的诗
歌，是非常普遍的现象。

## 【注释】

①"赤日"句：可，当，对着。刘禹锡《生公讲堂》："高坐寂寥尘漠漠，一
方明月可中庭。"《苕溪渔隐丛话》前集卷二〇引《洪驹父诗话》云："山谷至
庐山一寺，与群僧围炉，因举《生公讲堂》诗，末云'一方明月可中庭'。一僧
率尔云：'何不曰一方明月满中庭?'山谷笑去。"

②"烛龙"二句：屈原《天问》："日安不到，烛龙何照?"王逸注："言天之
西北，有幽冥无日之国有龙衔烛而留照之。"洪兴祖补注："《山海经》云：钟
山之神，名曰烛阴，视为昼，瞑为夜，吹为冬，呼为夏，不饮不食，不喘不息，
身长千里，人面蛇身，赤色。注曰：即烛龙也。"李白《和卢侍御通塘曲》："通
塘不忍别，十去九迟回。"

③欲觉：聚珍本作"忽觉"。

④"屋山"二句：屋山，聚珍本、《宋诗钞》作"屋上"。韩愈《寄卢仝》："每骑屋山下窥阚，浑舍惊怕走折趾。"

⑤"虽然"二句：宋玉《风赋》："王乃披襟以当之，曰：'快哉此风！寡人所与庶人共者邪？'"

⑥"槐叶"句：苏轼《宿余杭法喜寺后绿野堂望吴兴诸山怀孙莘老学士》："荷背风翻白，莲腮雨退红。"

⑦"白团"二句：白团，原本作"白围"，此据聚珍本、《宋诗钞》校改。《乐府诗集》卷四五《团扇郎六首》其二："青青林中竹，可作白团扇。"薄才，微薄的才能，犹不才。杜甫《奉赠鲜于京兆二十韵》："且随诸彦集，方凯薄才伸。"

⑧却飞回：聚珍本、《宋诗钞》作"复飞回"。


# 送王周士赴发运司属官①


宁食三斗尘，有手不揖无诗人。宁饮三斗酒，有耳不听无味句。②墙东草深兰发薰，君先梦我我梦君。③小窗诵诗灯花喜④，窗外北风怒未已。书生得句胜得官，风其少止尽人欢。⑤五更月晕一千丈⑥，明日君当泛淮浪。去去三十六策中，第一买酒麚北风⑦。


**【题解】**

此诗作于宣和五年(1123)。王以宁，字周士。湘潭人。发运司是宋代设在江淮、两浙两路的管理调运入汴京粮食及茶盐等事宜的机构。诗作前半幅以"诗"字为中心，一气说下。句句说的都是作诗之意，但句句不同，境不同，句法也不同，章法变化真是神奇难测。至"窗外"句又引出"北风"，此下也是句句皆有北风之意，最后落实在"北风"这一形象上，同时又引出

"酒"这一意象。这是指最后四句,说夜占月象,见月旁有大晕,明日王以宁泛舟淮水,料将遭受风波之险。为今之计,不若买酒狂饮,因醉倒后可以茫然不知,任其风浪抛天,白波如山。全篇结构甚为奇特,但纯粹是气盛言宜、水到渠成,并非刻意安排。

## 【注释】

①诗题中"运司"作"运同",此据聚珍本、《宋诗钞》校改。

②"宁饮"二句:《北史·崔弘度传》:"弘度性严酷,官属百工见之,无敢欺隐。长安为之语曰:'宁饮三斗醋,不见崔弘度。'"《新唐书·权怀恩传》:"怀恩赏罚明,见恶辄取。时语曰:'宁饮三斗尘,无逢权怀恩。'每盛服,妻子不敢仰视。"李白《行路难三首》其三:"有耳莫洗颍川水,有口莫食首阳蕨。"

③"墙东"二句:《后汉书·逢萌传》:"时人谓之论曰:避世墙东王君公。"刘峻《广绝交论》:"颜冉龙翰凤雏,曾史兰薰雪白。"《孔子家语·车厄》:"芝兰生于深林,不以无人而不芳。"《本事诗·征异》:"元相公稹为御史,鞠狱梓潼。时白尚书在京,与名辈游慈恩,小酌花下,为诗寄元曰:'花时同醉破春愁,醉折花枝当酒筹。忽忆故人天际去,计程今日到梁州。'时元果及褒城,亦寄《梦游》诗曰:'梦君兄弟曲江头,也向慈恩院院游。亭吏唤人排马去,忽惊身在古梁州。'千里神交,合若符契,友朋之道,不期至欤!"

④"小窗"句:灯花喜,聚珍本作"灯花起"。杜甫《独酌成诗》:"灯花何太喜,酒绿正相亲。醉里从为客,诗成觉有神。"灯花喜,又称"灯焰喜"。俗以灯花为吉兆,谓灯花爆则有喜。萧纲《和湘东王古意咏烛》:"忆啼流滕上,烛焰落花中。"周邦彦《浣沙溪》:"幽阁深沈灯焰喜,小炉邻近酒杯宽。"

⑤"书生"二句:郑谷《静吟》:"相门相客应相笑,得句胜于得好官。"《礼记·曲礼》:"君子不尽人之欢,不竭人之忠,以全交也。"

⑥"五更"句:李白《横江词六首》其六:"月晕天风雾不开,海鲸东蹙百川回。"

⑦"第一"句:《汉书·霍去病传》:"合短兵鏖皋兰下。"颜师古注:"鏖,苦战。"黄庭坚《又和二首》其一:"西风鏖残暑,如用霍去病。"

171

元方回《桐江集》卷三《读刘章稊志》:刘章《稊志》疑陈简斋集二诗为非简斋所作,其一:"敲门俗子令我病,面有三寸康衢埃。风饕雪虐君驰去,蓬户那无酒一杯。"其一:"宁食三斗尘,有手不揖无诗人。"予谓此二诗怒詈诚太露,然诗人每恶俗人。山谷云:"德人泉下梦,俗物眼中埃。"下一句不已甚乎?刘评诗不当者甚多。

[朝]李景奭《题后》:余尝读陈简斋之诗,有曰:"有手莫揖无诗人。"其言傲兀放浪。然反复味之,则盖甚言人之不可无诗也。见人之有诗者,则自不觉手之揖之也。简斋之言,其亦警之也欤。余自银台至台鼎,忝提内局者屡矣。内局诸太医多好诗者,余窃窃然时揖之。其一即郑同枢也,见其所为诗,且叩之。盖尝屈首于荐绅先辈,本源乎经传而取材乎唐宋诸家,故其辞畅,其声和。

清范大士《历代诗发》卷二六:粗豪之气迸露行间,要以雄浑代尖巧,非一味跱驰者也。

# 试院春晴

今日天气佳①,忽思赋新诗。春光挟晴色,并上桃花枝。白云浩浩去,天色青陆离。②余霏遇晚日,彩翠纷新奇。③天公出变化,惊倒痴绝儿。④逶迤或耐久,美好固暂时。平生一枝筇,稳处念力衰。淡然意已足,却赴青灯期。⑤

【题解】

此诗作于宣和六年(1124)。时除司勋员外郎,为省闱考官。首二句稳稳开篇,韵却已胜。首句全用陶诗,盖情景当前,不觉与古人眼目心口皆同。次句即折入新境。以后八句,愈出愈奇,将那无法捉摸的"春晴"景气十足地凸现出来。"春光挟晴色"二句通过桃花枝映现出春光和晴色,语意清巧。"白云浩浩去"二句纯用白描形容春晴天象,观察之真,立象之奇伟,俱前人所未有。"余霏遇晚日"二句是说白云退去后留下来一些纤纤的薄霏,恰遇斜阳照耀,出现种种彩翠新奇的形象。至"天公出变化"二句,直抒观感以增强前面那些描写效果。"逶迤或耐久"以下是另一层,叙写观赏奇景所发的感想。大凡事物美好太过不易长久,倒不如逶迤迟慢的平常景色或能久久观赏。想到这个问题,不由将日间因为观赏春晴奇景所产生的新奇、惊喜的心情全部收起来,唯以淡然已足之意,平和地迎接着黄昏的到来,去与那长伴生涯的青灯黄卷作伴。自足自警之外,或者还有所寄托。

## 【注释】

①"今日"句:陶渊明《诸人共游周家墓柏下》:"今日天气佳,清吹与鸣弹。"

②"白云"二句:杜甫《送长孙九侍御赴武威判官》:"皇天悲送远,云雨白浩浩。"屈原《离骚》:"纷总总其离合兮,斑陆离其上下。"《广雅·释训》:"陆离,参差也。"

③"余霏"二句:纷新奇,原本作"分新奇",此据潘本、丁钞、聚珍本校改。王维《送方尊师归嵩山》:"瀑布杉松常带雨,夕阳彩翠忽成岚。"白居易《代书诗一百韵寄微之》:"树暖枝条弱,山晴彩翠奇。"

④"惊倒"句:《晋书·顾恺之传》:"恺之有三绝:才绝、画绝、痴绝。"苏轼《送陈伯修察院赴阙》:"一日喧万口,惊倒同舍儿。"

⑤"淡然"二句:柳宗元《晨诣超师院读禅经》:"淡然离言说,悟悦心自足。"青灯,光线青荧的油灯。借指孤寂、清苦的生活。韦应物《寺居独夜寄崔主簿》:"坐使青灯晓,还伤夏衣薄。"


# 试院书怀


细读平安字①,愁边失岁华。疏疏一帘雨,淡淡满枝花。投老诗成癖,经春梦到家。②茫然十年事,倚杖数栖鸦。

此诗作于宣和六年(1124)。诗人所要表现的人生的真实境界,是通过即目所见的一些具体事象表达出来的。先说在试院中收到家书,大大慰藉了愁怀。"疏疏一帘雨,淡淡满枝花"一联造境极有韵致,既是隔帘看雨的光景,又深得雨中之花的意致。这种景象,是作者接读家书后平和欣悦心情的继续,所以不仅有景象,而且还映现着诗人的形象。"投老诗成癖,经春梦到家"一联直接写身内的情事,语亦警策。结联情感深沉,两句之间是一种若即若离的关系,古人称之为以景结情,具有禅悟似的效果。

**【注释】**

①"细读"句:宋朝贡举锁院,少则十天,多则近两月,家中难免有事需要通报。为了方便通报,又能防止借机作弊,于是发明了"平安历"。司马光《涑水记闻》卷一四:"旧制,试院门禁严密,家人日遣报平安,传数人口,讹谬皆不可晓,常苦之。皇祐中,王罕为监门,始置平安历,使吏隔门问来者,详录其语于历,传入院中。试官复批所欲告家人之语及所取之物于历,罕遣吏呼其人读示之,往来无一差失。自知举至弥封、誊录、巡铺,共一历,人皆见之,不容有私,人甚便之。自后遵以为法。"《岱史》:胡瑗布衣时,读书泰山,十年不归。得家书,见上有平安字,即投之涧中,不复展读。

②"投老"二句:投老,临老。《后汉书·仇览传》:"母守寡养孤,苦身投老,奈何肆忿于一朝,欲致子以不义乎?"白居易《醉后重赠晦叔》:"各以诗成癖,俱因酒得仙。"卢纶《长安春望》:"家在梦中何日到,春来江上几人还。"

**【辑评】**

宋胡仔《苕溪渔隐丛话》前集卷五三:陈去非诗平淡有工,如:"疏疏一帘雨,淡淡满枝花。"

元方回《瀛奎律髓》卷一七:虽止一句说雨,与花作一串。《渔隐丛话》盛称此联。又,清纪昀:通体清老,结亦有味。

# 次韵何文缜题颜持约画水墨梅花二首①

窗间光影晚来新,半幅溪藤万里春。②从此不贪江路好,
剩拚心力唤真真。③

夺得斜枝不放归,倚窗承月看熹微。④墨池雪岭春俱好,
付与诗人说是非。⑤

**【题解】**

此二诗作于宣和六年(1124)。何栗(1089－1127),字文缜,号北斋,四
川仁寿人。政和五年状元,后仕至宰相。颜博文,字持约,政和间甲科进
士,是当时很有名气的一位画家,长于人物,亦善水墨花卉。陈与义此二诗
与《和张规臣水墨梅五绝》一道,进一步说明,经过黄庭坚、陈与义等人的评
论推阐,到北宋末年,继"墨竹"之后,由仲仁开创的水墨写梅这一新的文人
画类型已经基本确立。诗词中的墨梅品题之作急剧增加,诗人、画家等各
自不同的观照、体验相互融通激发,大大丰富和深化了对梅花形象的认识。

**【注释】**

①诗题中"韵"字,聚珍本在"花"字下。

②"窗间"二句:"窗间"句,原本"景"作"影",此据丁钞、聚珍本校改。
毛刻《烘堂词》跋语引作"窗前光景晚清新"。韩愈《酬裴十六功曹巡府西驿
途中见寄》:"是时山水秋,光景何鲜新。"《纸谱》:"剡溪之藤为纸最妙。"

③"从此"二句:江路好,毛刻《烘堂词》跋语引作"江路远"。剩拚,丁
钞、聚珍本作"剩抛",《全芳备祖》卷一"剩"作"猛"。《闻奇录》:"唐进士赵
颜于画工处得一软障,图一妇人甚丽。颜谓画工曰:'世无其人也,如可令
生,余愿纳为妻。'画工曰:'余神画也,此亦有名,曰真真。呼其名百日,昼
夜不歇,即必应之;应则以百家彩灰酒灌之,必活。'颜如其言……遂下步言
笑饮食如常,终岁生一儿。友人曰:'此妖也,必与君为患。'真真乃泣曰:

"妾南岳仙也,君今疑妾,妾不可住。"言讫,携其子即上软障,呕出先所饮百家酒。睹其障,唯添一孩子,仍是旧画焉。"

④"夺得"二句:承月,毛刻《烘堂词》跋语引作"乘月"。林逋《梅花又二首》其二:"池水倒窥疏影动,屋檐斜入一枝低。"熹微,多形容清晨的阳光不强。陶渊明《归去来兮辞》:"问征夫以前路,恨晨光之熹微。"陶宗仪《说郛》卷九一《画梅谱序》:"墨梅始自花光仁老之所酷爱。其方丈植梅数本,每花放时,辄移床其下,吟咏终日,莫知其意。偶月夜未寝,见窗间疏影横斜,萧然可爱,遂以笔规其状,凌晨视之,殊有月下之思。因此好写得其三昧,标名于世。"

⑤"墨池"二句:《云溪友议》卷中:"崔涯者,吴、楚之狂生也,与张祜齐名。每题一诗于倡肆,无不诵之于衢路,誉之则车马继来,毁之则盘杯失错。尝嘲李端端:'黄昏不语不知行,鼻似烟囱耳似铛。独把象牙梳插鬓,昆仑山上月初生。'端端得此诗,忧心如病。使院饮回,遥见二子躞屧而行,乃道旁再拜竟灼曰:'端端只候三郎、六郎,伏望哀之。'又重题一绝句粉饰之,赠诗曰:'觅得黄骝被绣鞍,善和坊里取端端。扬州近日浑成美,一朵能行白牡丹。'于是大贾巨豪竞臻其户。或戏之曰:'李家娘子才出墨池,便登雪岭,何期一日黑白不均?'"

**【辑评】**

宋刘辰翁《评点》:(第二首末句)比旧作更化。


# 又六言①

未央宫里红杏,羯鼓三声打开。大庾岭头梅萼②,管城呼上屏来。


**【题解】**

此诗作于宣和六年(1124)。值得注意的是,宋代六言绝句不仅在继承唐人写作传统的基础上进行拓展,而且开创了一系列全新的题材。具体来说,就是出现了唐代绝句中没有的或极罕见的诸如评诗题画、谈禅说理、书事咏物的内容。而这些新题材、新内容的出现,与北宋后期诗坛的整体倾向基本是一致的。今存唐代六言绝句中没有一首题画诗,而在宋代,题画的六言绝句则俨然为泱泱大国。从现存作品来看,黄庭坚是第一个作六言题画诗的诗人,共作有《题郑防画夹五首》等十一首。合南北宋,包括陈与义的这三篇,总数在百首以上。与题画诗性质相类似,还有不少题书帖、诗文卷的作品。这也是由黄庭坚发其轫,《题子瞻书诗后》应该是今存最早的题书帖六言绝句。可以说,自宋代开始,题书画成为中国六言绝句最重要的写作传统。

**【注释】**

①诗题,聚珍本作"题颜持约水墨梅花"。

②"大庾"句:李商隐《对雪二首》其一:"梅花大庾岭头发,柳絮章台街里飞。"

# 题持约画轴

日落川更阔,烟生山欲浮。舟中有闲地,载我得同游。①

**【题解】**

此诗作于宣和六年(1124)。此诗前两句中"阔"、"浮"二字,表现出了画中山水壮美不凡的气势。后两句则通过写作者舟游的遐想,烘托出画面所体现的、令人神往的魅力。渴望亲临画中美景,是宋元文人观赏山水画图时一种较为普遍的心理倾向。如张端义即曾感慨:"余三十年前,赋《秋江图》一绝云:'浪静风平月正中,自摇柔橹驾孤篷。若无二万六千顷,把甚江湖着此翁。'今白发种种,恍符此诗语,吾志毕矣。"(《贵耳集》卷上)方回《题戚子云五云山图》也说:"不浓不淡烟中树,如有如无雨外山。尺素展看空想象,何由身著画图间。"

①"舟中"二句:《世说新语·德行》:"华歆、王朗俱乘船避难,有一人欲
依附,歆辄难之。朗曰:'幸尚宽,何为不可?'后贼追至,王欲舍所携人。歆
曰:'本所以疑,正为此耳。既已纳其自托,宁可以急相弃邪?'遂携拯如初。
世以此定华、王之优劣。"

# 为陈介然题持约画

层层水落白滩生,万里征鸿小作程。日暮微风过荷叶①,
陂南陂北听秋声。

【题解】
此诗作于宣和六年(1124)。陈介然,名璠。兴化人。靖康初,为吏部
左侍郎官。全诗看似仅仅客观地、轻淡地描写眼前所见,如果仔细寻思,可
以发现实际上所要表达的,乃是一种闲适而又略带几分寥落的心情。《早
行》《怀天经智老因访之》等诗,也是这种写法。

【注释】
①日暮:聚珍本作"日落"。

# 寄题兖州孙大夫绝尘亭二首(伯野之父)①

不读远游赋②,放怀兹地宜。云山绕窗户,万态争纷披③。
世故日已远,风水方逶迤。倚杖夜来雨,东山烟散迟。人间
许长史,不与此心期。④
境空纳浩荡,日暮生沉寥。⑤竹声池边起,欲断还萧萧。⑥
丈人方微吟,万象各动摇。⑦林间光景异,月出东山椒⑧。门前

谁剥啄,已逝不须邀。

**【题解】**

此二诗作于宣和六年(1124)。第二首诗透过山林景色的描写,充满了哲理意趣,由开篇"境空纳浩荡"经"万象各动摇"至结句"已逝不须邀",不仅活现了一个超绝风尘的高人形象,而且贯穿着邃密禅理。

**【注释】**

①诗题中"兖州"丁钞作"兖州府"。

②"不读"句:王逸《楚辞章句》:"《远游》者,屈原之所作也。屈原履方直之行,不容于世。上为谗佞所谮毁,下为俗人所困极,章皇山泽,无所告诉。……遂叙妙思,托配仙人,与俱游戏,周历天地,无所不到。然犹怀念楚国,思慕旧故,忠信之笃,仁义之厚也。"

③"万态"句:纷披,盛多貌。黄庭坚《清凉国师真赞(摘裴休语)》:"万象纷披,花开古锦。"

④"人间"二句:《真诰》卷二:紫微王夫人谓许长史曰:"玉醴金浆,交生神梨,方丈火枣,玄光灵芝,我当与山中许道士,不以与人间许长史也。"

⑤"境空"二句:苏轼《送参寥师》:"静故了群动,空故纳万境。"宋玉《九辩》:"泬(xuè)寥兮天高而气清。"泬寥,清朗空旷貌。

⑥"竹声"二句:李白《寻阳紫极宫感秋作》:"何处闻秋声,翛翛北窗竹。"

⑦"丈人"二句:丈人,原本作"文人",此据聚珍本校改。杜甫《奉赠卢五丈参谋琚》:"说诗能累夜,醉酒或连朝。藻翰惟牵率,湖山合动摇。"

⑧"月出"句:苏轼《赤壁赋》:"少焉,月出于东山之上,徘徊于斗牛之间。"

**【辑评】**

宋刘辰翁《评点》:(第一首末句)兴趣自然。(第二首末句)极是达意。

# 梅花两绝句

客行满山雪,香处是梅花。①丁宁明月夜,认取影横斜②。
晓天青脉脉,玉面立疏篱。③山中尔许树,独自费人诗。④

**【题解】**

此二诗作于宣和六年(1124)。陈与义咏花诗以咏梅,尤其是蜡梅为多,如此二诗,写得颇具风神情韵,且诗中有我,物我浑融。平凡的梅花,在作者笔下显得清妍雅洁、多彩多姿,充分表现出陈与义能从多角度观察、多方面表现大自然中美的事物和意象的能力。陈与义诗中咏梅诗独多,正可见其操守品性之一斑。

**【注释】**

①"客行"二句:王安石《梅花》:"遥知不是雪,为有暗香来。"

②认取:《全芳备祖》卷一作"记取"。

③"晓天"二句:晓天,《全芳备祖》作"晚天"。立疏篱,《全芳备祖》作"一疏枝"。东方朔《楚辞·七谏·自悲》:"厌白玉以为面兮,怀琬琰以为心。"梁简文帝《乌栖曲四首》其四:"织成屏风金屈膝,朱唇玉面灯前出。"

④"山中"二句:独自费人,《全芳备祖》作"独汝负人"。《华严经·入法界品》:"彼诸如来如是众会、如是寿命,经尔许时亲近供养。"

# 送善相僧超然归庐山

九叠峰前远法师,长安尘染坐禅衣。①十年依旧双瞳碧②,万里今持一笑归。鼠目向来吾自了,龟肠从与世相违。③酒酣更欲烦公说,黄叶漫山锡杖飞④。

## 【题解】

此诗作于宣和六年(1124)。超然,未详。佛教的世俗化、民间化,使得佛教更贴近社会,其实也是佛教社会功能的扩大。在这扩大的过程中,社会也体受了佛教的禁约思想与信条。如此诗中"长安尘染坐禅衣"云云,即从一个侧面说明,由于世俗化和民间化,意味着异质有了更多深入佛教的机会。

## 【注释】

①"九叠"二句:《高僧传》卷六:慧远"见庐峰清静,足以息心,始住龙泉精舍","复于山东更立房殿,即东林是也。远创造精舍,洞尽山美,却负香炉之峰,傍带瀑布之壑,仍石叠基,即松栽构,清泉环阶,白云满室"。《异苑》卷五:"沙门释慧远栖神庐岳,常有游龙翔其前。"李白《庐山谣寄卢侍御虚舟》:"庐山秀出南斗傍,屏风九叠云锦张,影落明湖青黛光。"坐禅,闭目端坐,凝志静修。

②"十年"句:达摩眼绀青色,称"碧眼胡僧"。史浩《再次韵》:"鄞峰老子双瞳碧,已悟人间空是色。"

③"鼠目"二句:《新唐书·李揆传》:"初,苗晋卿数荐元载,揆轻载地寒,谓晋卿曰:'龙章凤姿士不见用,獐头鼠目子乃求官邪?'载闻,衔之。"《南史·檀道济传》:"珪字伯玉,位沉南令。元徽中,王僧虔为吏部尚书,以珪为征北板行参军。珪诉信虔求禄不得,与僧虔书曰:'仆一门虽谢文通,乃忝武达,群从姑叔,三媾帝姻,而令子侄饿死,遂不荷润,蝉腹龟肠,为日已久。'"

④"黄叶"句:漫山,丁钞作"满山"。韦应物《寄全椒山中道士》:"落叶满空山,何处寻行迹。"杜甫《留别公安太易沙门》:"先踏炉峰置兰若,徐飞锡杖出风尘。"

# 休日早起

昽昽窗影来①,稍稍禽声集。开门知有雨,老树半身湿。

剧读了无味②,远游非所急。蒲团着身宽,安取万户邑③。开镜白云渡,卷帘秋光入。饱受今日闲,明朝复羁絷④。

**【题解】**

此诗作于宣和六年(1124)。此首写景诗,白描中曲折有意趣,且具风神情韵。诗中"开门知有雨"二句,据说是陈与义平生得意之句,又为朱松举作教人作诗的例子,的确笔路疏放,无刻琢之痕,幽静淡远,颇有意趣。

**【注释】**

①晓(lóng)晓:一作"朦胧",天色渐明貌。苏辙《登嵩山诗·玉女窗》:"岩窦有虚明,晓晓发晴晓。"

②剧读:原本作"剧谈",此据潘本、丁钞、聚珍本、《宋诗钞》校改。

③"安取"句:《史记·滑稽列传》:"庙食太牢,奉以万户之邑。"

④"明朝"句:羁絷(zhí),马络头和马缰绳。《左传》杜预注:"絷,马绊也。执之,示修臣仆之职。"《公羊传·襄二十七年》:"夫负羁絷,执铁钻,从君东西南北,则是臣仆庶孽之事也。"

**【辑评】**

宋胡穉《诗笺正误》:昔招隐居士龚相圣任,尝学诗于先生,先生以此十字书扇赠之,且屡语之曰:"此吾平生得意句,子宜饱参。"居士之子宗簿养正云。按龚颐正《芥隐笔记》:陈去非尝语先君云:"吾生平得意十字,云:'开门知有雨,老树半身湿。'"先君故效之,作《感兴》诗云:"夜半露雨湿,凌晨春草长。"谓颐正云:"吾十字似有味。"后读《河岳英灵集》阎访诗:"荒庭人何许,老树半空腹。"殷璠谓皎然可佳,殆亦有所祖云。

宋傅自得《韦斋集序》:故吏部员外郎韦斋先生朱公,建炎、绍兴间,诗声满天下。一时名公巨卿,交口称荐,词人墨客传写讽诵如不及。予少时学诗,尝以作诗之要扣公,公不以辈晚遇我,而许从游。间宿于闽部宪台从事官舍之东轩,夜对榻语,蝉联不休。比晨起,则积雨初霁,西风凄然,公因为予举简斋"开门知有雨,老树半身湿",及韦苏州"诸生时列坐,共爱风满林"之句,且言古之诗人贵冲口直致,盖与彭泽"采菊东篱下,悠然见南山"同一关键。三人者出处穷达,虽不同诵此诗,则可见其人之萧散清远,此殆太史公所谓难与俗人言者。予时心开神会,自是始知为诗之趣。

宋刘辰翁《评点》:("远游"二句)闲处有商量。

清王辰《诗录》五言古卷二:("开门"二句)淡景入妙。("饱受"二句)是休日语。

清范大士《历代诗发》卷二六:练语新隽,故能矫矫出尘。

# 夏　夜

幽窗报夕霁,微月在屋橑①。手中白羽扇,共此夜寥寥。②
六月天正碧,三更树微摇。缅怀山中景,兹夕感路遥。长啸
送行云,可望不可招。③夜阑林光发,白露濡青条。

## 【题解】

此诗作于宣和六年(1124)。诗写夏夜之景,又似有淡淡微妙情思。

## 【注释】

①橑(liáo):《广雅·释室》:"椽也。"

②"手中"二句:《初学记》卷二五引《语林》:"诸葛武侯持白羽扇,指麾三军。"寥寥,寂寥。宋之问《温泉庄卧疾寄杨七炯》:"移疾卧兹岭,寥寥倦幽独。"

③"长啸"二句:柳宗元《邕州马退山茅亭记》:"于是手挥丝桐,目送还云。"杜甫《前出塞九首》其七:"浮云暮南征,可望不可攀。"

# 棋

长日无公事,闲围李远棋。①傍观真一笑,互胜不移时。②
幸未逢重霸,何妨着献之。③晴天散飞雹④,惊动隔墙儿。

此诗作于宣和六年（1124）。陈与义此诗写的是公事清闲时，以棋消日。在唐宋时代，围棋也成为士大夫文人休闲文化的重要组成部分，甚至成为其精神生活中不可或缺的方面。读来"棋乐"无穷的类似作品，还有如黄庭坚《弈棋二首呈任渐》其二（首句"偶无公事客休时"），可以并读。

**【注释】**

①"长日"二句：长日，整天，终日。《唐语林》卷二："宣宗坐朝，次对官趋至，必待气息平均然后问事。令狐绹进李远为杭州，上曰：'我闻李远诗云：长日惟消一局棋，何以临郡？'对曰：'诗人言不足有实也。'仍荐廉察可任，乃许之。"

②"傍观"二句：韩愈《祭柳子厚文》："巧匠旁观，缩手袖间。"杜甫《遣兴三首》其一："汉虏互胜负，封疆不常全。"

③"幸未"二句：《北梦琐言》卷一："蜀简州刺史安重霸渎货无厌，州民有油客者，姓邓，能棋，其家亦赡。重霸召对敌，只令立侍，每落一子，俾其退立于西北牖下，俟我算路，乃始进之。终日不下十数子而已。邓生倦立，且饥，殆不可堪。次日又召。或有讽邓生曰：'此侯好赂，牟不为棋，何不献赂而自求退？'乃献中金十铤获免。"《晋书·王献之传》："年数岁，尝观门生樗蒲，曰：'南风不竞。'门生曰：'此郎亦管中窥豹，时见一斑。'献之怒曰：'远惭荀奉倩，近愧刘真长。'遂拂衣而去。"

④"晴天"句：黄庭坚《饯子敦席上奉同孔经父八韵》："晴云泛茗碗，飞霤落文楸。"

# 与伯顺饭于文纬大光出宋汉杰画秋山①

焚香消午睡，开画逢秋山。皇都马声中②，有此四士闲。离离南国树，闪闪湘水湾。悠悠孤鸟去，淡淡晨辉还。屐上十年蜡，未散腰脚顽。③不如一诣君，坐此岩石间。④远峰如修眉,近峰如堕鬟。⑤书生饱作祟,眼乱纷斓斑。⑥一笑遗世人,聊破千载颜⑦。诗成即画记,可益不可删。

## 【题解】

耿伯顺,名延禧。门下侍郎南仲之子。官至龙图阁学士。文纬,未详。席益,字大光。席旦之子。绍兴初,参知政事。《靖康要录》卷二:"靖康元年二月七日,中书舍人席益除徽猷阁待制,知河中府。"《建炎以来系年要录》卷一亦记云:"建炎元年正月甲寅,陕西宣抚使范致虚以勤王兵次华州。先是,致虚在长安,缮兵为守河计。有万花寺僧宗印者,孝义人,本姓赵,避乱过河中,题诗佛寺。守臣席益见而奇之,荐于致虚。"宋汉杰,名子房。宋迈之子,宋迪之侄。此诗是陈与义集中与席益有关的最早一首诗,时为宣和六年(1124)秋,简斋在符宝郎任上,相会之地当在京师。诗作写出宋汉杰山水"不古不今,稍出新意"(苏轼《跋宋汉杰画》)的"士人画"特点。

## 【注释】

①诗题中"伯"原本作"百",此据聚珍本校改。

②皇都:闽本作"长安"。

③"屐上"二句:《晋书·阮孚传》:"或有诣阮,正见自蜡屐,因自叹曰:'未知一生当著几量屐?'神色甚闲畅。"苏轼《祈雪雾猪泉出城马上作赠舒尧文》:"此行亦何事,聊散腰脚顽。"

④"不如"二句:《世说新语·巧艺》:"顾长康画谢幼舆在岩石里。人问其所以,顾曰:'谢云:一丘一壑,自谓过之。'此子宜置丘壑中。"

⑤"远峰"二句:苏轼《追饯正辅表兄至博罗赋诗为别》:"梨花寒食隔江路,两山遥对双烟鬟。"《后汉书·梁冀传》:"寿色美而善为妖态,作愁眉、啼妆、堕马髻、折腰步、龋齿笑,以为媚惑。"司空曙《长林令卫象饧丝结歌》:"雪发羞垂倭堕鬟,绣囊畏并茱萸结。"

⑥"书生"二句:《史记·田叔列传》:"久乘富贵,祸积为祟。"苏轼《书王定国所藏王晋卿画著色山二首》其一:"正赖天日光,洞谷吐斓斑。"

⑦"一笑"二句:杜甫《诸将五首》其一:"多少材官守泾渭,将军且莫破愁颜。"

## 九日宜春苑午憩幕中听大光诵朱迪功诗①

酒酣耳热不能歌,奈此一川黄菊何。②卧听西风吹好句,
老夫无恨幕生波。③

【题解】

此诗作于宣和六年(1124)。宜春苑,乃丽景门外东御园。朱迪功,未
详。诗作写出对所听之诗的极高评价。

【注释】

①诗题中"朱迪功",丁钞、聚珍本作"宋迪功"。

②"酒酣"二句:不能,聚珍本作"不成"。杨恽《报孙会宗书》:"酒后耳
热,仰天拊缶而呼乌乌。"曹丕《与吴质书》:"每至觞酌流行,丝竹并奏,酒酣
耳热,仰而赋诗,当此之时,忽然不自知乐也。"杜甫《醉歌行赠公安颜少府
请顾八题壁》:"酒酣耳热忘白头,感君意气无所惜,一为歌行歌主客。"

③"卧听"二句:老夫无恨,丁钞、聚珍本作"老天无恨"。原本"恨"作
"限",丁钞作"眼",此据聚珍本校改。苏轼《次前韵再送周正孺》:"西风
吹好句,珠玉本无踵。"李贺《夜坐吟》:"西风罗幕生翠波,铅华笑妾颦
青蛾。"

## 冬至二首

少年多意气①,老去一分无。闭户了冬至,日长添数珠。②
北风不贷节,鸿雁天南驱。③乌帽亦何幸,七日守屋庐。④石炉
深炷火,撩乱一榻书⑤。只可自怡悦,不堪寄张扶。⑥

人生本是客,杜叟顾未知。⑦今年我闻道,悲乐两脱遗。⑧

日色如昨日,未觉墉阴迟⑨。不须行年记⑩,异代寻吾诗。东家窈窕娘,融蜡幻梅枝。但恐负时节,那知有愁时。

## 【题解】

此二诗作于宣和六年(1124)。第二首诗中"人生本是客"四句,写自己归隐的原因,还有讥杜甫固执不解人生的意味。不过,经过靖康之难的大变动,陈与义对杜诗的看法有了极大的转变,开始认识到杜诗关注现实的深刻价值,更是对自己曾经忽视杜诗很是懊悔,所谓"轻了少陵诗"。不仅如此,陈与义还明确表现出反对以雕章镂句的方式学杜,认为苦思、苦吟的晚唐诗人虽能做到工、奇,但没能学到杜诗的精神,认为追求格韵皆高才是学杜应有态度。江西诗派学杜也是追求工、奇,正是陈与义所反对的做法。陈与义与江西诗派学杜的主要差别在于:黄庭坚和江西派诗人更注重学杜甫夔州以后诗歌那种高超的艺术手法,对诗歌技法精深的锻炼,即老杜自己所说的"晚节渐于诗律细",追求"语不惊人死不休"的艺术境界,他们的诗有老杜的顿挫而没有老杜的沉郁。陈与义则更侧重于学习老杜在"安史之乱"中的创作精神,在艺术精神上已逼近老杜。

## 【注释】

①"少年"句:《史记·管晏列传》:"拥大盖,策驷马,意气扬扬,甚自得也。"

②"闭户"二句:杜甫《至后》:"冬至至后日初长,远在剑南思洛阳。"又《小至》:"刺绣五纹添弱线,吹葭六琯动浮灰。"数珠,佛教徒诵经时用来计算次数的成串的珠子,也叫念珠。

③"北风"二句:不贷,丁钞、聚珍本、《宋诗钞》作"不待"。《淮南子·时则训》:仲秋之月、季秋之月,"候雁来"。高诱注:"候时之雁从北漠中来,过周雒,南至彭蠡也。"

④"乌帽"二句:亦何幸,聚珍本、《宋诗钞》作"独何幸"。《假宁法》:冬至七日。

⑤撩乱:纷乱,杂乱。韦应物《答重阳》:"坐使惊霜鬓,撩乱已如蓬。"

⑥"只可"二句:怡悦,喜悦,愉快。《汉书·薛宣传》:"及日至休吏,贼

曹掾张扶独不肯休,坐曹治事。"

⑦"人生"二句:《古诗十九首》:"人生天地间,忽如远行客。"杜甫《冬至》:"年年至日长为客,忽忽穷愁泥杀人。"

⑧"今年"二句:《庄子·天运》:"孔子行年五十有一而不闻道。"韩愈《忽忽》:"忽忽乎余未知生之为乐也,愿脱去而无因。……死生哀乐两相弃,是非得失付闲人。"脱遗,舍弃,谓超然物外。元稹《江陵三梦》:"君复不憎事,奉身犹脱遗。"

⑨墉(yōng):城墙。《说文》:"城垣也。"

⑩"不须"句:苏轼《答陈师仲主簿书》:"足下所至诗,但不择古律,以日月次之,异日观之,便是行记。"

**【辑评】**

宋赵与虤《娱书堂诗话》卷上:陶弘景隐居华山,梁高祖问曰:'山中何所有?'弘景以诗答曰:'山中何所有,岭上多白云。只可自怡悦,不堪持赠君。'陈简斋尝仿之云:'石炉深炷火,撩乱一榻书。只可自怡悦,不堪寄张扶。'"

宋刘辰翁《评点》:(第二首末二句)忽得二语动兴。


# 西省酴醾架上残雪可爱戏
# 同王元忠席大光赋诗


酴醾花底当年事,夜雪模糊照酒阑。①北省今朝枝上雪②,还揩病眼作花看。

**【题解】**

此诗作于宣和六年(1124)。西省,中书省。《南史·王韶之传》:"晋帝自孝武以来,常居内殿,武官主书于中通呈,以省官一人管诏诰,住西省,因谓之西省郎。"王元忠,名宇,九江人。诗中"北省今朝枝上雪,还揩病眼作花看"二句,弘治《温州府志》卷一〇误谓出林一龙诗《西省荼蘼架上残雪可爱戏呈诸友人》。

陈与义也不乏谐趣诗,如此首即写得极富喜剧性色彩。这是一首写雪景的上乘之作,其中没有用高雅的比喻,而是通过视觉错觉,把残雪误认为是当年秉烛观赏的酴醾花。更为有意思的是,一个个都以为是自己的眼睛出了毛病,结果几"揩病眼"才明白是把残雪看成了花。时至宋代,"以才学为诗"的士子们往以谐趣美来表达受压抑的情感。就部分宋诗所表现出的喜剧精神而言,它的影响更是不可低估:"以故为新"这一表现手法直接为元曲所借鉴,而元曲的喜剧精神正是宋诗谐趣美的明转暗承。

### 【注释】

①"酴醾(tú mí)"二句:《墨庄漫录》卷九:"酴醾花或作荼蘼,一名木香,有二品。一种花大而棘,长条而紫心者为酴醾。一品花小而繁,小枝而檀心者为木香。高濂《草花谱》:"荼蘼花,大朵色白,千瓣而香,枝根多刺。(王琪《春暮游小园》)诗云'开到荼蘼花事了',为当春尽时开耳。"白居易《雪中即事答微之》:"连夜江云黄惨淡,平明山雪白模糊。"邵雍《插花吟》:"头上花枝照酒卮,酒卮中有好花枝。"酒阑,酒筵将尽。

②北省:尚书省。因其在宫阙之北,故称。《北齐书·宋游道传》:"文襄谓遏、游道曰:'卿一人处南台,一人处北省,当使天下肃然。'"

# 对　酒

新诗满眼不能裁,鸟度云移落酒杯。官里簿书无日了,楼头风雨见秋来。①是非衮衮书生老,岁月匆匆燕子回。笑抚江南竹根枕,一樽呼起鼻中雷②。

### 【题解】

此诗作于宣和六年(1124)。首联切题,但以倒装出之。诗人对着酒杯,只见飞鸟掠过,浮云缓移,这一切都倒映在杯中,于是心中若有触动,觉得这是极好的诗料,想写出来,又似乎找不到适当的诗句来表达。江西诗派的诗喜欢拗折,这样起句,将因果倒置,便显得突兀而有波折。第二、第三联写现实生活,抒发感慨。两联都一句说情,一句写景作陪衬,进一步阐发情,感叹自己整天忙忙碌碌,周旋于案牍文书之中,没有出头的日子;没完没了的是非恩怨,又缠绕着自己,伴随着自己渐渐老去。与所抒发的心理动态相呼应,两联的对句便写相应的景物,自成连续,说眼见到楼头阵阵风雨,秋天已经来到,满目苍凉萧瑟,使人感伤;燕子已经离开,飞往南方的故巢,令人感到岁月在匆匆地流逝。一句情、一句景的不同寻常之处,主要在于情景组合方式的"活法"变化上,可以引起思维跳跃,造成语言的陌生感。尾联虽然是故作达语,力求轩豁,但气势与上不称。

**【注释】**

①"官里"二句:"官里"句,《优古堂诗话》、《能改斋漫录》卷八作"案上簿书何日了"。风雨见秋来,《优古堂诗话》、《能改斋漫录》作"风月又秋来"。

②"一樽"句:韩愈《石鼎联句序》:"道士倚墙睡,鼻息如雷鸣。"

**【辑评】**

宋吴开《优古堂诗话》:近时称陈去非诗"案上簿书何日了,楼头风月又秋来"之句。或者曰:"此东坡'官事无穷何日了,菊花有信不吾欺'耳。予以为本唐人罗邺《仆射坡晚望》诗:'身事未知何日了,马蹄唯觉到秋忙。'"

元方回《瀛奎律髓》卷二六:此诗中两联俱用变体,各以一句说情,一句说景,奇矣。坡词有云:"官事何时毕,风雨外,无多日。"即前联意也。后联即与前诗"世事纷纷"、"春阴漠漠"一联用意亦同,是为变体。学许浑诗者能之乎?此非深透老杜、山谷、后山三关不能也。又,清纪昀:结不雅。


# 后三日再赋

天生瘿木不须裁,说与儿童是酒杯。①落日留霞知我醉,长风吹月送诗来。②一官扰扰身增病,万事悠悠首独回。不奈长安小车得,睡乡深处作奔雷。③

此诗作于宣和六年(1124)。诗中吟及奇特的盛酒器——瘿杯。瘿杯是用楠木根制成的酒杯,因楠树树根赘胤甚大,正可以此制成器皿。这种酒器,亦称瘿柟杯,唐宋人都十分喜爱使用。

【注释】

①"天生"二句:不须裁,原本作"不须栽",此据丁钞、聚珍本、《宋诗钞》校改。瘿(yīng)木,泛指所有长有结疤(瘿结)的树木,具有一种天然的病态美。皮日休《夏景无事因怀章来二上人二首》其一:"淡景微阴正送梅,幽人逃暑瘿柟杯。"

②"落日"二句:李白《鲁郡尧祠送窦明府薄华还西京》:"长风吹月渡海来,遥劝仙人一杯酒。"韩愈《北楼》:"晚色将秋至,长风送月来。"

③"不奈"二句:小车得,聚珍本作"小车过"。得,语助词,此云不奈得也。苏轼《睡乡记》:"睡乡之境,盖与齐州接,而齐州之民无知者……昔黄帝闻而乐之,闲居斋,心服形,三月弗获其治。疲而睡,盖至其乡。既寝,厌其国之多事也,召二臣而告之。凡二十有八年,而天下大治,似睡乡焉。"郭璞《游仙诗十四首》其九:"登仙抚龙骊,迅驾乘奔雷。"

【辑评】

宋刘辰翁《评点》:("一官"二句)好。

# 将赴陈留寄心老

今日忽不乐①,图书从纠纷。不见汝州师,但见西来云②。长安岂无树,忆师堂前柳。世路九折多③,游子百事丑。三年成一梦,梦破说梦中④。来时西门雨,去日东门风。书到及师闲,为我点枯笔⑤。画作谪官图,羸骖带寒日⑥。他时取归路⑦,千里作一程。饱吃残年饭⑧,就师听竹声。

## 【题解】

此诗作于宣和六年(1124)。诗中"世路九折多,游子百事丑",意亦言事事拙于应付。丑,等于说朴拙,常用为自谦之辞,不含贬义。杜甫《遭田父泥饮美严中丞》:"指挥过无礼,未觉村野丑。"仇兆鳌《详注》卷一一引《杜臆》云:"其写出村人口角,朴野气象,俨然如画。""朴野"二字,正可为"丑"字之注脚。孟郊《送郑仆射出节山南》诗:"国老出为将,红旗满青山。再招门下生,结束余病孱。自笑骑马丑,强从驰驱间。"意谓拙于骑马也。姚合《拾得古研》诗:"波澜所激触,背面生罅隙。质状朴且丑,今人作不得。""丑"与"朴"并举,其不含贬义反含褒义,于下句可见。皎然《诗式·取境》:"诗不假修饰,任其丑朴,但风韵正,天真全,即名上等。""丑""朴"亦连言,其义更加明显。又《景德传灯录》卷一四,药山惟俨禅师:"师曰:'我跛跛挈挈,百丑千拙,且怎么过。'""丑"与"拙"互文见义,并可参证。(王锳《诗词曲语辞例释》)

## 【注释】

①"今日"句:苏轼《送笋芍药与公择二首》其二:"今日忽不乐,折尽园中花。"

②"但见"句:《景德传灯录》卷二六:"问:如何是祖师西来意?"韩愈《送浮屠令纵西游序》:"其来也云凝,其去也风休。"

③"世路"句:《汉书·王尊传》:"先是,琅邪王阳为益州刺史,行部至邛郲九折阪,叹曰:'奉先人遗体,奈何数乘此险!'后以病去。"

④"梦破"句:《庄子·齐物论》:"梦之中又占其梦焉,觉而后知其梦也。且有大觉而后知此其大梦也。而愚者自以为觉,窃窃然知之。"

⑤枯笔:指用蘸墨很少的毛笔作画。

⑥羸骖(cān):瘦弱的马。韩愈《秋雨联句》:"深路倒羸骖,弱途拥行轵。"

⑦他时:聚珍本作"他日"。

⑧"饱吃"句:杜甫《病后遇王倚饮赠歌》:"但使残年饱吃饭,只愿无事常相见。"

# 赴陈留二首

草草一梦阑,行止本难期。岁晚陈留路,老马三振鬐①。自看鞭袖影②,旷野日落迟。柳林行不尽,想来见春时。③点点羊散村,阵阵鸿投陂。城中那有此,触处皆新诗。举手谢路人,醉语勿瑕疵④。我行有官事,去作三年痴。⑤遥闻避谷仙,阅世河水湄⑥。时从玩木影,政尔不忧饥。

马上摩挲眼⑦,出门光景新。鸦鸣半陂雪,路转一林春。旧岁有三日,全家无十人。平生鹦鹉盏,今夕最关身。⑧

## 【题解】

此二诗作于宣和六年(1124)。其第一首中"自看鞭袖影……去作三年痴"云云,谓广袤的大自然中充满了诗材,实质上说的是师法自然的问题。接受理学的诗人,以人格修养为本位,视诗歌为余事,在心性田地中用力,以此提升创作主体的精神境界。本色的诗人则在诗歌写作方面花费大量的心思,极力寻找新的诗歌素材。陈与义便是其中较为典型的例子,将心思用在向自然界寻诗上。

## 【注释】

①鬐(qí):鬃毛。

②"自看"句:自看,原本作"自着",此据丁钞、聚珍本、《宋诗钞》校改。《景德传灯录》卷二七:"佛云:'如世间良马,见鞭影而行。'"

③"柳林"二句:杜牧《隋堤柳》:"夹岸垂杨三百里,只应图画最相宜。自嫌流落西归疾,不见东风二月时。"

④"醉语"句:陶渊明《饮酒二十首》其二十:"但恨多谬误,君当恕醉人。"

⑤"我行"二句:《宋史·徽宗纪》:"癸酉,诏内外官并以三年为任,治绩

著闻者再任，永为式。"

⑥"遥闻"二句：陈留有张良庙。辟谷，源自道家养生中的"不食五谷"，是古人常用的一种养生方式。《史记·留侯世家》："留侯乃称曰：'……愿弃人间事，欲从赤松子游耳。'乃学辟谷，道引轻身。"陆机《叹逝赋》："世阅人而为世，人冉冉而行暮。"

⑦"马上"句：白居易《睡后茶兴忆杨同州》："睡足摩挲眼，眼前无一事。"

⑧"平生"二句：《酉阳杂俎》卷一二："梁宴魏使，魏肇师举酒劝陈昭……俄而酒至鹦鹉杯，徐君房饮不尽，属肇师，肇师曰：'海蠡蜿蜒，尾翅皆张。非独为玩好，亦所以为罚，卿今日真不得辞责。'"白居易《感春》："除非一杯酒，何物更关身。"又《有感三首》其三："二事最关身，安寝加餐饭。"

**【辑评】**

宋佚名《简斋集增注》引宋邓郯（中斋）：（第一首"自看"句）尽低徊顾怀，凄凉淡薄意。


# 至陈留

烟际亭亭塔①，招人可得回。等闲为梦了，闻健出关来。②日落河冰壮，天长鸿雁哀。③平生远游意④，随处一徘徊。


**【题解】**

此诗作于宣和七年（1125）。初入仕途的诗人被贬陈留期间，诗篇中虽然放情山水，但牢骚不平之意时有表露，如"平生远游意，随处一徘徊"，以及下一首中"客里东风起，逢人只四愁"，说明政治创痛的伤口还在隐隐作痛。

**【注释】**

①"烟际"句：亭亭，高耸貌。张衡《西京赋》："干云雾而上达，状亭亭以苕苕。"

②"等闲"二句:刘禹锡《竹枝词九首》其七:"长恨人心不如水,等闲平地起波澜。"闻健,聚珍本作"老健",犹言趁健。白居易《秋游平泉赠韦处士闲禅师》:"山头与洞底,闻健且相随。"

③"日落"二句:《左传·昭公四年》:"夫冰以风壮,而以风出。"杜甫《别赞上人》:"天长关塞寒,岁暮饥冻逼。"《诗·小雅·鸿雁》:"鸿雁于飞,哀鸣嗷嗷。"

④平生:聚珍本、《宋诗钞》作"平安"。

【辑评】

宋刘辰翁《评点》:("烟际"二句)甚未忘情。


# 客　里

客里东风起,逢人只四愁①。悠悠杂唯唯,莫莫更休休。②
窗影鸟双度,水声船逆流。③一官成一集,尽付古河头。④


【题解】

此诗作于宣和七年(1125)。诗写作客之苦,如首二句"客里东风起,逢人只四愁"所云。

【注释】

①"逢人"句:张衡有《四愁诗》。

②"悠悠"二句:《新唐书·蒋俨传》:"于是田游岩兴处士,为洗马,太子所尊礼,俨贻书责之曰:'太子年鼎盛,圣道有所未尽,足下受调护之寄,居责言之地,唯唯悠悠,不出一谈。向使不餐王粟,仆何敢议?今禄及亲矣,尚何酬塞?'游岩愧不能答。"司空图《题休休亭》:"休休休,莫莫莫。伎两虽多性灵恶,赖是长教闲处着。"

③"窗影"二句:杜甫《和裴迪登新津寺寄王侍郎》:"蝉声集古寺,鸟影度寒塘。"逆流,迎着水流方向。梅尧臣《细雨樵行》:"波上女儿飞轻桡,逆流自与郎去樵。"

④"一官"二句：河头，《苕溪渔隐丛话》后集卷三四、周密《浩然斋雅谈》卷上作"沙头"。《苕溪渔隐丛话》后集卷三四："去非诗云：'一官成一集，尽付古沙头。'盖用王筠事，而杨大年亦如此。《南史》：'王筠自撰其文章，以一官为一集，自洗马、中书、中庶、吏部、左佐、临海、太府，各十卷，尚书三十卷，凡一百卷，行于世。'本朝《名臣传》：'杨亿为文，每官成一集，所著《括苍》《武夷》《颍阴》《韩城》《退居》《汝阳》《蓬山》《辞荣》《冠鳌》等集。'"

## 【辑评】

宋刘辰翁《评点》：（"悠悠"二句）十字开合，有无涯之悲。

# 初至陈留南镇夙兴赴县

五更风摇白竹扉①，整冠上马不可迟。三家陂口鸡喔喔，早于昨日朝天时。②行云弄月翳复吐，林间明灭光景奇。③川原四望郁高下，荡摇苍茫森陆离④。客心忽动群鸟起⑤，马影渐薄村墟移。须臾东方云锦发⑥，向来所见今难追。两眼聊随万象转，一官已判三年痴。只将乘除了吾事⑦，推去木枕收此诗。写我新篇作画障，不须更觅丹青师。⑧

## 【题解】

此诗作于宣和七年（1125）。诗中"乘除了身世"，表现出对苏轼以万物生成消长的自然哲学移衍于社会人世的人生观的直接继承。这种由"乘除"循环对人生之理的体悟，在陈与义诗中多有表现，皆可见其由自身遭际的体味感受进而到人世社会的哲理概括。因此，陈与义诗无论是关注现实政治，还是描写自然景物，实际上都深蕴着作为宋文化特质的理性精神乃至哲理思考，从而在对江西派创作模式加以改造的同时，又与传统的写实方式构成了深刻的差异。

## 【注释】

①"五更"句:李商隐《梦令狐学士》:"山驿荒凉白竹扉,残灯向晓梦清晖。"

②"三家"二句:《景德传灯录》卷九:"(洪州东山慧和尚)游山见一岩,僧问云:'此岩有主也无?'师云:'有。'僧云:'是什么人?'师云:'三家村里觅什么?'"王季友《代贺若令誉赠沈千运》:"山上双松长不改,百年惟有三家村。"白居易《新秋晚兴》:"喔喔鸡下树,辉辉日上梁。"杜甫《饮中八仙歌》:"汝阳三斗始朝天,道逢曲车口流涎,恨不移封向酒泉。"

③"行云"二句:杜甫《法镜寺》:"泄云蒙清晨,初日翳复吐。"又《雨》:"明灭洲景微,隐见岩姿露。"

④"荡摇"句:苏轼《登州海市》:"摇荡浮世生万象,岂有贝阙藏珠宫。"杜甫《发秦州》:"磊落星月高,苍茫云雾浮。"

⑤"客心"句:群鸟,丁钞、聚珍本作"群雁"。《列子·黄帝》:"海上之人有好沤鸟者,每旦之海上,从沤鸟游,沤鸟之至者百住而不止。其父曰:'吾闻沤鸟皆从汝游,汝取来,吾玩之。'明日之海上,沤鸟舞而不下也。"张湛注:"心动于内,形变于外,禽鸟犹觉,人理岂可诈哉?"

⑥"须臾"句:木华《海赋》:"若乃云锦散文于沙汭之际,绫罗被光于螺蚌之节。"

⑦"只将"句:乘除,谓消长盛衰。韩愈《三星行》:"名声相乘除,得少失有余。"苏轼《吴道子画后》:"道子画人物,如以灯取影,逆来顺往,旁见侧出,横斜平直,各相乘除,得自然之数,不差毫末。"

⑧"写我"二句:画障,画屏。王勃《郊园即事》:"断山疑画障,县溜泻鸣琴。"杜甫《丹青引赠曹将军霸》:"丹青不知老将至,富贵于我如浮云。"

## 【辑评】

宋刘辰翁《评点》:("五更"句)初谪至官,况味次第,甚怨不伤。("推去"句)好。

# 游八关寺后池上

　　落日生春色，微澜动古池①。柳林横绝野，藜杖去寻诗。不有今年谪，争成此段奇。②殷勤雪颅老，随客转荒陂。③

**【题解】**

　　此诗作于宣和七年(1125)。诗中"落日生春色，微澜动古池。柳林横绝野，藜杖去寻诗。不有今年谪，争成此段奇"数句，认为美好的大自然给人以无限的诗情画意，激发了创作热情。这是诗人总结创作经验，对诗与自然的关系问题进行不断思考的必然结果。

**【注释】**

　　①"微澜"句：孟郊《烈女操》："波澜誓不起，妾心古井水。"

　　②"不有"二句：不有，无有。《论语·雍也》："不有祝鲍之佞，而有宋朝之美，难乎免于今之世矣！"王羲之《十七帖》："以尔要欲一游目汶领，非复常言。足下但当保护，以俟此期。勿谓虚言，得果此缘，一段奇事也。"

　　③"殷勤"二句：苏轼《书麐公诗后》："霜颅隐白毫，锁骨埋青玉。"又《次荆公韵四绝》其三："骑驴渺渺入荒陂，想见先生未病时。"

# 种　竹

　　种竹不必高，摇绿当我楹。向来三家墅，无此笙箫声①。皇天有老眼，为闷十日晴。护我萧萧碧，伟事邻翁惊。同林偶落此②，相向意甚平。何须俟迷日，可笑世俗情。③明年万夭矫，穿地听雷鸣。④但恨种竹人，南山合归耕⑤。它时梦中路，留眼记所更⑥。苍云屯十里⑦，不见陈留城。

198

此诗作于宣和七年(1125)。宋人通过竹的栽种,表明自己的志趣、节操、品行和人生追求,将生活环境和人生境界融为一体。

**【注释】**

①"无此"句:《艺文类聚》卷八九:盛弘之《荆州记》曰:"临贺冬山中有大竹,数十围,高亦数十丈。有小竹生其旁,皆四五围。……未数十里,闻风吹此竹,如箫管之音。"又同卷:《丹阳记》曰:"江宁县南三十里,有慈母山,积石临江,生箫管竹。"

②同林:丁钞、聚珍本作"同休"。

③"何须"二句:《艺苑雌黄》:"五月十三日,人谓之竹醉日。"《笋谱》:"民间说竹有生日,即五月十三日也,移竹宜用此日。"黄庭坚《书自草秋浦歌后》:"时小雨清润,十三日所移竹及田野中人致红莲三十本,各已苏息。唯自篱外移橙一株著篱里,似无生意。盖十三日竹醉,而使橙亦醉,亦失其性矣。"

④"明年"二句:夭矫,形容姿态的伸展屈曲而有气势。张衡《思玄赋》:"偃蹇夭矫,婉以连卷兮。"陈陶《竹十一首》其二:"谁道乖龙不得雨,春雷入地马鞭狂。"欧阳修《初夏刘氏竹林小饮》:"惊雷进狂鞭,雾箨舒文绣。"

⑤"南山"句:《汉书·杨恽传》:"田彼南山,芜秽不治。"

⑥留眼:留待以后目睹。杜甫《渝州候严六侍御不到先下峡》:"船经一柱观,留眼共登临。"张远笺:"留眼,公留眼以待严耳。"

⑦"苍云"句:十里,丁钞、聚珍本作"千里"。云屯,如云之聚集,形容盛多。韩愈《送进士刘师服东归》:"泥雨城东路,夏槐作云屯。"苏轼《和赵景贶栽桧》:"汝阴多老桧,处处屯苍云。"

# 对 酒①

陈留春色撩诗思,一日搜肠一百回。②燕子初归风不定,桃花欲动雨频来。人间多待须微禄③,梦里相逢记此杯。白竹扉前容醉舞,烟村渺渺欠高台④。

此诗作于宣和七年(1125)。起首二句,可说是这一时期的生活实录。次联为意象圆融语,具体写"陈留春色",都是动态的景象,给人以景色欲活之感,于象外见其"撩诗思"之意。五、六转向抒怀,意甚微婉深沉。作者本来就有厌仕倾向,此番遭遇变故,心境变得更加冷淡。最后,说自己乘醉起舞,藏身之地虽小,精神上是自由的;只是小小烟村,没有高台可登,毕竟是憾事。

【注释】

①诗题,聚珍本有题注:"在陈留作"。

②"陈留"二句:王安石《南浦》:"南浦东冈二月时,物华撩我有新诗。"杜甫《三绝句》其二:"自今已后知人意,一日须来一百回。"

③"人间"句:人间多待,指人生都须营求衣食。骆宾王《帝京篇》:"相顾百龄皆有待,居然万化咸应改。"杜甫《官定后戏赠》:"耽酒须微禄,狂歌托圣朝。"

④烟村:《瀛奎律髓》卷一九作"烟波"。

【辑评】

元方回《瀛奎律髓》卷一九:简斋诗响得自是别。又,清纪昀:三、四有托寓。


# 寒　食

草草随时事①,萧萧傍水门。浓阴花照野,寒食柳围村。客袂空佳节,莺声忽故园。不知何处笛,吹恨满清尊。


【题解】

此诗作于宣和七年(1125)。诗作中的景物是美丽的"花"、"柳"以及"莺声"、"笛"韵,情绪却是落寞不欢的"草草"、"萧萧"、"恨",情与景之间采用的是一种对比反衬搭配方式。其审美效果,正如王夫之《姜斋诗话》所说的:"以乐景写哀,以哀景写乐,一倍增其哀乐。"

**【注释】**

①草草:马虎。苏轼《与康公操都官书》三首其二:"所索诗,非敢以浅陋为辞,但希世绝境,众贤所共咏叹,不敢草草为寄也。"

# 再游八关

古镇易为客,了身一篮舆。贪游八关寺,忘却子公书。青青天气肃,淡淡春意初。东风经古池,满面生纤余①。卯申缚壮士,人世信少娱。②时来照兹水,点检鬓与须③。日暮登古原,微白见远墟。念我遂初赋,徘徊月生裾。④悠悠不同抱,悄悄就归途。⑤

**【题解】**

此诗作于宣和七年(1125)。宋佚名《简斋集增注》引邓郯(中斋)评此诗"似储光羲",可视为对陈与义学杜之一端的体认。又,以戒律名作寺名,是因佛从有八戒:杀生、与取、非梵行、虚诳语、饮酒、涂饰香鬘及歌舞观听、眠坐高广严丽床坐、食非时食。

**【注释】**

①"满面"句:纤余,从容宽舒貌。《头陀寺碑》:"西眺城邑,百雉纤余。"

②"卯申"二句:马异《暮春醉中赠李干秀才》:"不须愁犯卯,且乞醉过申。"

③点检:聚珍本作"检点"。

④"念我"二句:刘歆《遂初赋》:"昔遂初之显禄兮,遭闾阖之开通。"《晋书·孙绰传》:"时大司马桓温欲经纬中国,以河南粗平,将移都洛阳。朝廷畏温,不敢为异,而北土萧条,人情疑惧,虽并知不可,莫敢先谏。绰乃上疏曰……桓温见绰表,不悦,曰:'致意兴公,何不寻君《遂初赋》,而知人家国

事邪！’”庾肩吾《和徐主簿望月》：“楼上徘徊月，窗中愁思人。”

⑤“悠悠”二句：《诗·邶风·终风》：“莫往莫来，悠悠我思。”又《柏舟》：“忧心悄悄，愠于群小。”韦应物《林园晚霁》：“同游不同意，耿耿独伤魂。”

# 感　怀

少日争名翰墨场①，只今扶杖送斜阳。青青草木浮元气②，渺渺山河接故乡。作吏不妨三折臂，搜诗空费九回肠。③子房与我同羁旅，世事千般酒一觞。（张子房所封，乃彭城之留，而陈留庙食甚盛。）④

## 【题解】

此诗作于宣和七年(1125)。全诗感慨良多，思绪深沉。首联发今昔之感。颔联描写眼中所见，草木青葱，山河广远。颈联写仕途阅历、文章事业。“三折臂”见出宦场沉浮、仕路曲折，“九回肠”说明为了写诗，煞费苦心。尾联联系眼前张良的陈留庙，慨叹人生飘萍、世事无常，唯有借酒浇愁、以酒开解。

## 【注释】

①“少日”句：《战国策·秦策一》：张仪说秦惠王：“臣闻：争名者于朝，争利者于市。”《唐国史补》卷下：“进士为时所尚久矣。是故俊义实集其中，由此出者，终身为闻人。故争名常切，而为俗亦弊。”谢瞻《张子房诗》：“济济属车士，粲粲翰墨场。”杜甫《壮游》：“往昔十四五，出游翰墨场。”

②“青青”句：李白《西岳云台歌送丹丘子》：“白帝金精运元气，石作莲花云作台。”

③“作吏”二句：《孔丛子·嘉言》：孔子曰：“三折臂然后为良医。”司马迁《报任安书》：“是以肠一日而九回。”

④“子房”二句并尾注：羁旅，寄居异乡。《左传·庄公二十二年》：“齐侯使敬仲为卿，辞曰：‘羁旅之臣……敢辱高位？’”杜预注：“羁，寄；旅，客

也。《史记·陈杞世家》:"羁旅之臣,幸得免负担,君之惠也。"傅亮《为宋公修张良庙教》:"途次旧沛,伫驾留城。"李善注:《汉书》:"沛郡有留县。"又曰:"张良为留侯。"

# 窦园醉中前后五绝句

东风吹雨小寒生①,杨柳飞花乱晚晴。客子从今无可恨,窦家园里有莺声。

海棠脉脉要诗催,日暮紫绵无数开。②欲识此花奇绝处,明朝有雨试重来。

不见海棠相似人③,空题诗句满花身。酒阑却度荒陂去,驱使风光又一春。④

三月碧桃惊动人,满园光景一时新。剩倾老子樽中玉,折尽残枝不要春。⑤

一樽相属莫辞空,报答今朝吹面风。⑥自唱新诗与明月,碧桃开尽曲声中。⑦

【题解】

此组诗作于宣和七年(1125)。如果说组诗其五中"自唱新诗与明月,碧桃开尽雨声中",雨洗桃花,幻化出千尺晴霞,已足以令诗人对月歌吟的话,那么,其三"三月碧桃惊动人"句中的"惊动人"三字,则具有较强的夸张意味,满园景色为之焕然一新,更是高度赞美。这两句没有具体描绘碧桃花的美丽,而是通过人的观感来渲染这种美丽所产生的效果,这种间接描写的手法,能够启发读者的联想。

【注释】

①"东风"句:卢纶《长安春望》:"东风吹雨过青山,却望千门草色闲。"
②"海棠"二句:脉脉,《苕溪渔隐丛话》后集卷二二引作"默默"。《古诗

十九首》："盈盈一水间,脉脉不得语。"沈立《海棠记》："唯紫绵色者,最佳之海棠,余乃棠梨花耳。"黄庭坚《戏答诸君追和予去年醉碧桃》："白蚁拨醅官酒满,紫绵揉色海棠开。"

③"不见"句:《太真外传》："妃子醉倚残妆,钗横鬓乱,不能再拜。玄宗笑曰:'是岂妃子耶,海棠睡未足耳。'"李白《于阗采花》："于阗采花人,自言花相似。"

④"酒阑"二句:驱使,丁钞作"驰使"。杜甫《江畔独步寻花七绝句》其二:"诗酒尚堪驱使在,未须料理白头人。"

⑤"剩倾"二句:《十洲记》:瀛洲有玉酒。杜甫《少年行二首》其一:"倾银注玉惊人眼,共醉终同卧竹根。"残枝,聚珍本、《宋诗钞》作"繁枝"。白居易《别柳枝》："明日放归归去后,世间应不要春风。"

⑥"一樽"二句:韩愈《八月十五日夜赠张功曹》："沙平水息声影绝,一杯相属君当歌。"杜甫《酬孟云卿》："但恐天河落,宁辞酒盏空。"又《江畔独步寻花七绝句》其三:"报答春光知有处,应须美酒送生涯。"又《上巳日徐司录林园宴集》："薄衣临积水,吹面受和风。"

⑦"自唱"二句:曲声,丁钞、聚珍本、《宋诗钞》作"雨声"。李白《闻王昌龄左迁龙标遥有此寄》："我寄愁心与明月,随风直到夜郎西。"

**【辑评】**

宋胡仔《苕溪渔隐丛话》后集卷二二引《复斋漫录》:郑谷《蜀中海棠》诗二首,前一云:"秾艳最宜新着雨,妖娆全在欲开时。"一云:"浣花溪上堪惆怅,子美无情为发扬。"故钱希白《海棠》诗云:"子美无情甚,郎官着意频。"欧公以郑诗为格卑。近世陈去非尝用郑意赋海棠云:"海棠默默要诗催云云。"虽本郑意,便觉才力相去不侔矣。山谷亦有"紫绵揉色海棠开"之句。

宋刘辰翁《评点》:(第一首"客子"二句)极是恨意。(第三首末句)无不恨恨。(第四首末句)每有狂意。(第五首末句)写得耿耿。

# 雨

沙岸残春雨，茅檐古镇官。一时花带泪，万里客凭栏。
日晚蔷薇重，楼高燕子寒。<sup>①</sup>惜无陶谢手，尽力破忧端。<sup>②</sup>

**【题解】**

此诗作于宣和七年(1125)。首二句写小镇雨色如画，令人神往。"茅檐"句极写官舍之陋，作者从汴京繁丽之地而来，感觉同样很新鲜，对宦途风波的忧虑，也没有妨碍到对自然美的尽情欣赏。"古镇官"三字官气全消，野味全出。"一时"一联以多对少，以人对物，写得浑厚，有杜诗神味。且"花带泪"遥承"残春雨"，"客凭栏"亦承"古镇官"，交叉相承，焊接得无一丝缝隙。以下一联写雨歇后的晚景，全以感觉出之。因为雨刚停止，蔷薇花色显得特别浓重，晚日一照映，更是意趣十足。雨后天寒，但诗人不写自身感觉之寒，而是通过筑巢高楼的燕子来写寒意。最后两句亦精劲。将杜诗缩尺成寸，用意造语又略有差别。是说可惜我没有陶谢那样的好手笔，攻不破将身心围困在内的愁城。这样就显得很深婉，也很有表现力，不同于浮泛措辞。

**【注释】**

①"日晚"二句：杜甫《春夜喜雨》："晓看红湿处，花重锦官城。"白居易《燕子楼三首》序："徐州故张尚书有爱妓曰盼盼，善歌舞，雅多风态。予为校书郎时，游徐、泗间，张尚书宴予，酒酣，出盼盼以佐欢，欢甚。予因赠诗云：'醉娇胜不得，风袅牡丹花。'尽欢而去。尔后绝不相闻，迨兹仅一纪矣。昨日司勋员外郎张仲素绘之访予，因吟新诗，有《燕子楼三首》，词甚婉丽。诘其由，为盼盼作也。绘之从事武宁军累年，颇知盼盼始末，云：'尚书既没，归葬东洛，而彭城有张氏旧第，第中有小楼名燕子。盼盼念旧爱而不嫁，居是楼十余年，幽独块然，于今尚在。'予爱绘之新咏，感彭城旧游，因同其题，作三绝句。"

②"惜无"二句:杜甫《江上值水如海势聊短述》:"焉得思如陶谢手,令渠述作与同游。"尽力,丁钞、聚珍本作"尽意",潘本作"尽可",《瀛奎律髓》卷一七作"尽日"。忧端,愁绪。谢灵运《长歌行》:"览物起悲绪,顾己识忧端。"

**【辑评】**

宋刘辰翁《评点》:("一时"二句)此集五言之最。

元方回《瀛奎律髓》卷一七:清纪昀:深稳而清切,简斋完美之篇。

# 食 笋

竹君家多才,楚楚皆席珍。<sup></sup>①成行着锦袍,玉色映市人。②惠然集吾宇,老眼檐光新。③麴生亦税驾④,共慰藜藿贫。不待月与影,三人宛相亲。⑤可怜管城子,头秃事苦辛。⑥按谱虽同宗,闻道隔几尘。⑦诗成聊使写,一笑惊比邻。⑧

**【题解】**

此诗作于宣和七年(1125)。诗写食笋,而言外似有意在,如诗中"可怜管城子,头秃事苦辛。按谱虽同宗,闻道隔几尘。诗成聊使写,一笑惊比邻"数句所云。

**【注释】**

①"竹君"二句:多才,原本作"多林",此据聚珍本校改;《全芳备祖》后集卷二三作"多材"。《诗·曹风·蜉蝣》:"蜉蝣之羽,衣裳楚楚。"《礼记·儒行》:"儒有席上之珍以待聘。"

②"成行"二句:成行,《全芳备祖》作"成竹"。《冷斋夜话》卷二:"老杜诗曰:'竹根稚子无人见,沙上凫雏并母眠。'世或不解'稚子无人见'何等语。唐人《食笋》诗曰:'稚子脱锦绷,骈头玉香滑。'则稚子为笋明矣。"《礼记·玉藻》:"山立,时行,盛气颠实扬休,玉色。"郑玄注:玉色,"色不变也"。

市人,集市或城中街道上的人。

③"惠然"二句:惠然,顺心貌。《诗·邶风·终风》:"终风且霾,惠然肯来。"韩愈《苦寒》:"悬乳零落堕,晨光入前檐。"

④"躻生"句:税驾,犹解驾,停车。《史记·李斯列传》:"物极则衰,吾未知所税驾也。"扬雄《方言》:"舍车曰税。"

⑤"不待"二句:李白《月下独酌四首》其一:"举杯邀明月,对影成三人。"

⑥"可怜"二句:韩愈《毛颖传》:"秦皇帝使恬赐之汤沐而封诸管城,号管城子。……上见其发秃,又所摹画不能称上意,上嘻笑曰:'中书君老而秃,不任吾用。'"

⑦"按谱"二句:僧赞宁有《笋谱》。《类说》卷三引《列仙传》:异人丁约,隐于卒伍,韦子威师事之。一日辞去,谓子威曰:"郎君得道,尚隔两尘。"问其故,约曰:"儒谓之世,释谓之劫,道谓之尘。"

⑧"诗成"二句:使写,丁钞、聚珍本作"便写"。韩愈《醉赠张秘书》:"诗成使之写,亦足张吾军。"苏轼《凌虚台》:"联翩向空坠,一笑惊尘寰。"比邻,近邻。王勃《送杜少府之任蜀川》:"海内存知己,天涯若比邻。"


# 初夏游八关寺

闭门睡过春①,出门绿满城。八关池上柳,絮罢但藏莺②。世故剧千猬,今朝此闲行。③草木随时好,客恨终难平。④寺有石壁胜,诗无康乐声⑤。扶鞍不得上,新月水中生。


【题解】

此诗作于宣和七年(1125)。诗写游寺,清景娱人,而有"世故"、"客恨"之叹。

【注释】

①闭门:原本作"闲门",依冯煦校本据聚珍本改。

②"絮罢"句：梁简文帝《金乐歌》："槐香欲覆井，杨柳正藏鸦。"

③"世故"二句：《新唐书·王世充窦建德传赞》："炀帝失德，天丑其为，生人吁辜，群盗乘之，如猬毛而奋。其剧者，若李密因黎阳，萧铣始江陵，窦建德连河北，王世充举东都，皆磨牙摇毒，以相噬螫。"杜牧《八月十二日得替后移居雪溪馆因题长句四韵》："景物登临闲始见，愿为闲客此闲行。"

④"草木"二句：随时，随着季节时令。谢灵运《山居赋》："夏凉寒燠，随时取适。"杜甫《寄杜位》："峡中为客恨，江上忆君时。"又《不归》："从弟人皆有，终身恨不平。"

⑤"诗无"句：谢灵运（康乐公）《石壁精舍还湖中作》："昏旦变气候，山水含清晖。清晖能娱人，游子憺忘归。"

【辑评】

宋刘辰翁《评点》：（末句）甚无紧要，甚未易得。

宋佚名《简斋集增注》引宋邓郯（中斋）：（末句）此有"采菊东篱下，悠然见南山"、"诸生时列坐，共爱风满林"意。

# 题酒务壁①

野马本不羁，无奈卯与申。当时彭泽令，定是英雄人。②客来两绳床，客去一欠伸。③市声自杂沓，炉烟自轮囷。④莺声时节改，杏叶雨气新。佳句忽堕前，追摹已难真。⑤自题西轩壁，不杂徐庾尘⑥。

【题解】

此诗作于宣和七年(1125)。诗中"佳句忽堕前"二句，是说一旦客体意念化，主体物化，构成审美意象，便要当机立断，立刻凭借语言文字的载体将它表现或再现出来，不然稍纵即逝。

【注释】

①酒务：嘉泰《吴兴志》卷八："储米曰仓，贮财曰库，茶盐曰场，酒税曰

208

务,皆取诸民而资公家之用者。"

②"当时"二句:"当时"句,明抄本宋诗话《北山诗话》作"想见陶靖节"。黄庭坚《宿旧彭泽怀陶令》:"潜鱼愿深渺,渊明无由逃。彭泽当此时,沉冥一世豪。"

③"客来"二句:绳床,胡床。张籍《题清彻上人院》:"过斋长不出,坐卧一绳床。"欠伸,打呵欠,伸懒腰。《仪礼·士相见礼》:"凡侍坐君子,君子欠伸,问日之早晏,以食具告。"郑玄注:"志倦则欠,体倦则伸。"

④"市声"二句:杂沓,纷杂繁多貌。左思《蜀都赋》:"舆辇杂沓,冠带混并。"轮囷(qūn),盘曲貌。《史记·天官书》:"若烟非烟,若云非云,郁郁纷纷,萧索轮囷,是谓卿云。"

⑤"佳句"二句:黄庭坚《奉答子高见赠十韵》:"诗卷堕我前,谓从天上落。"苏轼《腊日游孤山访惠勤惠思二僧》:"作诗火急追亡逋,清景一失后难摹。"

⑥"不杂"句:刘峻《辩命论》:"亭亭高竦,不杂风尘。"《北史·庾信传》:"父肩吾为梁太子中庶子,掌管记。东海徐摛为右卫率。摛子陵及信并为抄撰学士。父子东宫,出入禁闼,恩礼莫与比隆。既文并绮艳,故世号为'徐庾体'焉。当时后进,竞相模范,每有一文,都下莫不传诵。"

**【辑评】**

宋刘辰翁《评点》:("野马"二句)一样卯申,此语永白。


# 秋夜咏月

庭树日日疏,稍觉夜月添。①推愁了此段②,卷我三间帘。黄花墙阴远,白发露气严③。平生六尺影,随我送凉炎。④踏破千忧地,投老乃自嫌。⑤尚想采石江,宫锦映霜蟾。⑥夜半赋诗成,起舞鱼龙兼⑦。办此讵难事,取快端宜廉。


**【题解】**

此诗作于宣和七年(1125)。秋夜咏月,抑忧强欢,有身世之慨。"平生六尺影"数句,感叹岁月流逝,希望像李白那样,以赏月赋诗取乐解忧。

**【注释】**

①"庭树"二句:张协《杂诗》十首其四:"密叶日夜疏,丛林森如束。"高蟾《官词》:"君恩秋后叶,日日向人疏。"韩愈《竹径》:"若要添风月,应除数百竿。"

②"推愁"句:曹植《释愁文》:"愁之为物,惟恍惟惚,不召自来,推之弗往。"王安石《自遣》:"闭户欲推愁,愁终不肯去。"黄庭坚《戏和舍弟船场探春二首》其二:"城南一段春如锦,唤取诗人到酒边。"

③"白发"句:韩愈《短灯檠歌》:"黄帘绿幕朱户闭,风露气入秋堂凉。"

④"平生"二句:《史记·晏婴传》:"晏子长不满六尺,身相齐国,名显诸侯。今者妾观其出,志念深矣,常有以自下者。"李白《月下独酌四首》其一:"月既不解饮,影徒随我身。"

⑤"踏破"二句:杜甫《水会渡》:"入舟已千忧,陟巘仍万盘。"《世说新语·仇隙》刘孝标注引《中兴书》:"羲之初辞其友曰:'王怀祖免丧,正可当尚书,投老可得为仆射,更望会稽,便自邈然。'"自嫌,自生疑忌。《三国志·魏书·邓艾传》:"艾虽无古人之节,终不自嫌以损于国也。"白居易《花前叹》:"几人得老莫自嫌,樊李吴韦尽成土。"

⑥"尚想"二句:《旧唐书·李白传》:"尝月夜乘舟,自采石达金陵,白衣宫锦袍于舟中,顾瞻笑傲,傍若无人。"霜蟾,月亮。贯休《诗》:"吟向霜蟾下,终须神鬼哀。"

⑦"起舞"句:李白《月下独酌四首》其一:"我歌月徘徊,我舞影零乱。"

# 入　城

竹舆声伊鸦①,路转登古原。孟冬郊泽旷,细水鸣芦根。雾收浮屠立,天阔鸿雁奔。平生厌喧闹,快意三家村。思生长林内②,故园归不存。欲为唐衢哭,声出且复吞。③

此诗作于宣和七年(1125)。诗中流露出抑郁怨怅的情绪,却并不消沉。张元干有《洛阳陈去非自符宝郎谪陈留酒官予时作丞澶渊旧僚友也有诗次韵》(首句"寒水绕近廓"),可以参读。

【注释】

①伊鸦:聚珍本作"咿呀"。

②"思生"句:长林,喻隐逸者的居处。嵇康《与山巨源绝交书》:"此由禽鹿少见驯育,则服从教制,长而见羁,则狂顾顿缨,赴蹈汤火。虽饰以金镳,飨以嘉肴,逾思长林而志在丰草也。"范晔《乐游应诏诗》:"探己谢丹黻,感事怀长林。"

③"欲为"二句:《唐国史补》卷中:"唐衢,周、郑客也,有文学,老而无成。唯善哭,每一发声,音调哀切,闻者泣下。常游太原,遇享军,酒酣乃哭,满坐不乐,主人为之罢宴。"《旧唐书·唐衢传》:"世称唐衢善哭。左拾遗白居易遗之诗曰:'贾谊哭时事,阮籍哭路岐。唐生今亦哭,异代同其悲。唐生者何人,五十寒且饥。不悲口无食,不悲身无衣。所悲忠与义,悲甚则哭之。太尉击贼日,尚书叱盗时。大夫死凶寇,谏议谪蛮夷。每见如此事,声发涕辄随。我亦君之徒,郁郁何所为。不能发声哭,转作乐府辞。'其为名流称重若此。"杜甫《阆州东楼筵奉送十一舅往青城县得昏字》:"临风欲恸哭,声出已复吞。"

# 夜步堤上三首

世故生白发,意行无与期。①平生木上座,临老始相知。②月中沙岸永,岁暮河流迟。留侯庙前柳,叶尽空离离。百年信难料③,剩赋奇绝诗。

人间睡声起,幽子方独步。倚杖看白云,亭亭水中度。十月雁背高,三更河流去。物生各扰扰,念此煎百虑。④聊将忧世心⑤,数遍桥西树。

旋买青芒鞋,去踏沙头月⑥。争教冠盖地,着此影突兀。⑦
树寒栖鸟动,风转孤管发。月色夜夜佳,人生事如发⑧。梦中
续清游,浓露湿银阙。


**【题解】**

此组诗作于宣和七年(1125)。内忧外患使国家局势动荡不安,诗人为
此万分忧虑,明确地表露出对国家民族前途命运的关注。此组诗中"煎百
虑"、"忧世心",借用杜诗,也表现出和杜甫一样的对国家灾难即将来临的
政治预感和自己徒有拯时济物之心却无能为力的叹惋。

**【注释】**

①"世故"二句:嵇康《与山巨源绝交书》:"机务缠其心,世故繁其虑。"
刘禹锡《蛮子歌》:"腰斧上高山,意行无旧路。"

②"平生"二句:木上座,手杖。《景德传灯录》卷二〇:"夹山又问:'阇
梨与什么人为同行?'师曰:'木上座。'……曰:'在什么处?'师曰:'在堂
中。'……师遂去取得柱杖,掷于夹山面前。"苏轼《送竹几与谢秀才》:"留我
同行木上座,赠君无语竹夫人。"杜甫《得家书》:"临老羁孤极,伤时会合
疏。"又《得弟消息二首》其一:"不知临老日,招得几人魂。"

③"百年"句:杜甫《龙门阁》:"百年不敢料,一坠那得取。"

④"物生"二句:扰扰,纷乱貌。《庄子·天道》:"尧曰:'胶胶扰扰乎!
子,天之合也,我,人之合也。"杜甫《羌村三首》其二:"萧萧北风劲,抚事煎
百虑。"

⑤"聊将"句:杜甫《西阁曝日》:"胡为将暮年,忧世心力弱。"

⑥"去踏"句:苏轼《和赵德麟送陈传道》:"君行踏晓月,疏木挂寸银。"

⑦"争教"二句:黄庭坚《钱子敦席上奉同孔经父八韵》:"只园冠盖地,
清与耳目谋。"

⑧"人生"句:《诗·小雅·都人士》:"彼君子女,绸直如发。"韩愈《送文
畅师北游》:"风尘一出门,时日多如发。"

宋刘辰翁《评点》:(结句)嫩。


# 早 起


竟夜闻落木,雨歇窗如新。<sup>①</sup>披衣有忙事<sup>②</sup>,檐前看归云。初阳上林端,鸦背明纷纷。<sup>③</sup>我亦迫经课,日计在一晨。再烧结愿香,稍洗三生勤。<sup>④</sup>群公持世故<sup>⑤</sup>,白发到幽人。幸不识奇字,门绝车马尘。<sup>⑥</sup>谁能共此窗,竹影可与分。


【题解】

此诗作于宣和七年(1125)。"竟夜闻落木,雨歇窗如新。披衣有忙事,檐前看归云。初阳上林端,鸦背明纷纷",其中体物寓兴之句,清道超逸,原本王维,而上下于陶韦柳之间,其迹不可没也。陈与义寓清新于沉鸷,与吕本中以锻炼出妥帖不同。钱基博《中国文学史》即谓:自来论江西诗者,以杜甫为一祖,而以与义继黄庭坚、陈师道为三宗。今诵其诗,创意造言,辞必己出,非同黄庭坚、陈师道之捃摭古人以夸奇骋博;而以简严敛驰骋,以雄浑代生新,跌宕昭彰,境更老成,亦与黄陈之以拗硬粗犷为老境者异趣。自言:"时至老杜极矣,苏黄复振之而正统不坠。东坡赋才大,故解纵绳墨之外,而用之不穷。山谷措意深,故游泳玩味之余,而索之益远。要必识苏黄之所不为,然后可以涉老杜之涯涘。"则知取法乎上,直探杜甫,固不屑江西门里讨生活也。

【注释】

①"竟夜"二句:整夜,通宵。杜甫《昔游》:"林昏罢幽磬,竟夜伏石阁。"如新,丁钞作"如前"。

②"披衣"句:韩偓《即日》:"须信闲人有忙事,早来冲雨觅渔师。"

③"初阳"二句:初阳,朝阳,晨辉。温庭筠《正见寺晓别生公》:"初阳到

古寺，宿鸟起寒林。"温庭筠《春日野行》："蝶翎朝粉尽，鸦背夕阳多。"

④"再烧"二句：稍洗，丁钞作"消洗"。《类说》卷一三："有郎官梦谒老僧于松林中，前有香炉，烟甚微。僧曰：'此是檀越结愿香，香烟尚存，檀越已三生，三荣朱紫矣。'"苏轼《示周掾祖谢和游城东学舍作》"永言百世祀，未补平生勤。"

⑤"群公"句：《诗·大雅·云汉》："群公先正，则不我助。"

⑥"幸不"二句：《汉书·扬雄传赞》："刘棻尝从雄学作奇字，雄不知情。有诏勿问。然京师为之语曰：'惟寂寞，自投阁；爱清静，作符命。'雄以病免，复召为大夫。家素贫，耆酒，人希至其门。时有好事者载酒肴从游学。"

# 晚　步

手把古人书，闲读下广庭①。荒村无车马，日落双桧青。旷然神虑静，浊俗非所宁。②逍遥出荆扉，伫立瞻郊垌。③须臾暮色至，野水皆晶荧。④却步面空林，远意更杳冥。停云甚可爱，重叠如沙汀。⑤

## 【题解】

此诗作于宣和七年(1125)。在陈与义的诗歌中，避俗成为很显豁的表达，如此诗中"手把古人书"八句。对避俗的强调，能看出他真实的追求，即心神的宁静与高远。始终在与俗世的对比中确立自己的人生观及价值观，是南渡诗人、学人共同的思想特征。他们的人生重心始终在人格、道德完善上，追求克己、乐道的人生境界，砥练修身工夫。"不俗"之诗"不俗"的精神追求体现在文章中，便是"格高"之论。葛立方《韵语阳秋》卷二云：

陈去非尝为余言："唐人皆苦思作诗，所谓'吟安一个字，捻断数茎须'、'句向夜深得，心从天外归'、'吟成五字句，用破一生心'、'蟾蜍影里清吟苦，蚱艋舟中白发生'之类者是也。故造语皆工，得句皆奇，但

214

韵格不高,故不能参少陵逸步。后之学诗者,倘或能取唐人语而掇入少陵绳墨步骤中,此速肖之术也。”余尝以此语似叶少蕴。少蕴云:“李益诗云:‘开门风动竹,疑是故人来。’沈亚之诗云:‘徘徊花上月,虚度可怜宵。’皆佳句也。郑谷掇取而用之,乃云:‘睡轻可忍风敲竹,饮散那堪月在花。’真可与李、沈作仆奴。”由是论之,作诗者兴致先自高远,则去非之言可用;倘不然,便与郑都官无异。

葛立方非常认同“格高”之论,表明了一种普遍的诗学观念:兴致高远,有胸中气象,才会有格高之作。因此,要提高内在修养,从而提升诗歌的品味,区别于流俗之作。有识文人在世俗之作的强烈刺激下,自觉地有别于俗世之文章,追求格高、不俗之作。

## 【注释】

①闲读:原本作“闭读”,据聚珍本、《宋诗钞》校改。

②“旷然”二句:嵇康《养生论》:“外物以累心不存,神气以醇白独著,旷然无忧患,寂然无思虑。”班固《西都赋》:“实列仙之攸馆,非吾人之所宁。”

③“逍遥”二句:荆扉,柴门。陶渊明《归园田居》五首其二:“白日掩荆扉,对酒绝尘想。”坰(jiōng),离城远的郊野。《说文》:“邑外谓之郊,郊外谓之牧,牧外谓之野,野外谓之林,林外谓之坰。象远界也。”《诗·鲁颂·驹》:“在坰之野。”毛传:“坰,远野也。”

④“须臾”二句:柳宗元《始得西山宴游记》:“苍然暮色,自远而至。”韦应物《郡中对雨赠元锡兼简杨凌》:“沉沉暮色至,凄凄凉气入。”晶荧,明亮闪光。王起《浊水求珠》:“的皪终难掩,晶荧愿见收。”

⑤“停云”二句:陶渊明《停云》:“霭霭停云,蒙蒙时雨。八表同昏,平路伊阻。”

## 【辑评】

宋刘辰翁《评点》:(末句)看似偶然。

# 同杨运干黄秀才村西买山药

潦缩田路宽，委蛇散腰脚①。胜日三枝杖②，村西买山药。岗峦相吞吐，远木互前却③。天阴野水明，岁暮竹篱薄。田翁领客意，发筐堆磊落。④玉质缃色裘，用世乃见缚。⑤屠门几许快⑥，夜语寻幽约。石鼎看云翻⑦，门前北风恶。

**【题解】**

此诗作于宣和七年(1125)。诗中"玉质缃色裘"六句，感叹自己"用世见缚"，且言北事已亟，身为贬官，欲报国而无门也。与一时之作《玉延赋》相参，并联系陈与义此时正因王黼之累而谪居陈留，命运与玉延相类，故借玉延之"不平"发抒一己牢骚，因此实为言此意彼、深有寄寓之作。

**【注释】**

①"委蛇"句：《诗·召南·羔羊》："委蛇委蛇，自公退食。"郑玄笺："委蛇，委曲自得之貌。"

②"胜日"句：三枝杖，聚珍本作"一枝杖"；《全芳备祖》后集卷二五"杖"作"筇"。《汉书·郊祀志》："乃作画云气车，及各以胜日驾车辟恶鬼。"《晋书·卫玠传》："遇有胜日，亲友时请一言，无不咨嗟，以为入微。"黄庭坚《送刘士彦赴福建转运判官》："官闲得胜日，杖屦之林皋。"

③"岗峦"二句：吞吐，原本作"吞去"，此据丁钞、聚珍本、《宋诗钞》校改。鲍照《登大雷岸与妹书》："吞吐百川，写泄万壑。"前却，进退。郭璞《江赋》："巨石硉矹以前却。"

④"田翁"二句：杜甫《太子张舍人遗织成褥段》："领客珍重意，顾我非公卿。"韩愈《永贞行》："公然白日受贿赂，火齐磊落堆金盘。"

⑤"玉质"二句：刘琨《劝进表》："玉质幼彰，金声夙振。"《说文》："缃，帛浅黄色也。"用世，见用于世，为世所用。戴叔伦《寄孟郊》："用世空悲闻道

216

浅,入山偏喜识僧多。"

⑥"屠门"句:曹植《与吴季重书》:"过屠门而大嚼,虽不得肉,贵且
快意。"

⑦看云:陈景沂《全芳备祖》作"春云"。

【辑评】

宋刘辰翁《评点》:("胜日"二句)无趣之趣,宜有新语。


# 同二子观取鱼于窦家池以钱得数斗置驿
# 西野塘中围围而逝我辈皆欣然也①


闭户读书生白发,闲向村东看鱼穴。②曾随树影数圆波,
铁面渔师肝肺别。③向来痴腹负此翁,只可买放莲塘中。④万事
成亏等闲里⑤,他年此地费雷风。


【题解】

此诗作于宣和七年(1125)。赋鱼而自赋,寓自伤自警之意,可与一时
之作《放鱼赋》相互参看。后来,陆游曾作诗二首,总题曰《闲中信笔二首,
其一追和陈去非韵,其一追和王履道韵》,其中之一追次陈与义此诗韵(首
句"我看浮名如脱发"),可以参读。

【注释】

①诗题中"驿",原本作"骑",此据聚珍本校改。又丁钞"窦家"作"窦
园",无"以钱得数斗"及"我辈皆欣然"。又,聚珍本"同二子"作"同杨运干
黄秀才"。

②"闭户"二句:闭户,聚珍本作"闭门"。左思《蜀都赋》:"嘉鱼出于
丙穴。"

③"曾随"二句:渔师肝肺别,聚珍本作"渔翁肝肺别"。闽本"肝肺"作
"肺肝"。潘岳《河阳县作》二首其二:"归雁映兰畤,游鱼动圆波。"李白《观

217

鱼潭》："日暮紫鳞跃,圆波处处生。"

④"向来"二句:莲塘,原本作"莲溏",此据冯校据莫钞校改。苏轼《过于海舶得迈寄书酒作诗远和之皆粲然可观……》:"会当洗眼看腾跃,莫指痴腹笑空洞。"又《闻子由瘦》:"从来此腹负将军,今者固宜安脱粟。"自注:"俗谚云:大将军食饱扪腹而叹曰:我不负汝。左右曰:将军固不负此腹,此腹负将军,未尝出少智虑也。"

⑤"万事"句:《庄子·齐物论》:"无成与亏,故昭氏之不鼓琴也。"


# 早　起

晓寒生木枕①,窗白梦难续。自起开柴扉,空庭立乔木。蒙蒙井气上,淡淡天容肃。②尘心忽昭旷③,何异居涧谷。学道审不遥,忍饥差已熟。④皇天赐丰年,菜本如白玉。⑤一简了百事,狡狯嗤颜歜。⑥幽鸟行屋山,悠然寄吾目。⑦

**【题解】**

此诗作于宣和七年(1125)。诗中"一简了百事",可以说明诗人彼时生存状态,以及对这种状态的态度。此句中"简",闽本作"闲",非。盖"简"故能"了百事",若"闲"则无事矣。陈与义自号简斋,即此意也。

**【注释】**

①"晓寒"句:白居易《春夜喜雪有怀王二十二》:"微寒生枕席,轻素对阶墀。"

②"蒙蒙"二句:韩愈《太学生何蕃传》:"天将雨,水气上。"苏轼《六月二十日夜渡海》:"云散月明谁点缀,天容海色本澄清。"

③"尘心"句:《晋书·谢道韫传》:"又尝讥玄学植不进,曰:'为尘务经心,为天分有限邪?'"《汉书·邹阳传》:"独观乎昭旷之道也。"颜师古注:"昭,明也;旷,广也。"谢灵运《富春渚》:"怀抱既昭旷,外物徒龙蠖。"

④"学道"二句:《中庸》:"道不远人,人之为道而远人。"陆龟蒙《杞菊序》:"忍饥诵经,岂不知屠沽儿有酒食耶!"

⑤"皇天"二句:菜本,丁钞作"菜木"。《孝德经》:"阳公雍伯种菜,其本化为白璧。"程俱《园居荒芜春至草生日寻野蔬以供匕箸……》:"君非老浮图,菜本可长啮。"杜甫《七月三日亭午已后较热退晚加小凉稳睡有诗因论壮年乐事戏呈元二十一曹长》:"园蔬抱金玉,无以供采掇。"

⑥"一简"二句:吴筠《高士咏·颜歜(chù)》:"高哉彼颜歜,逸气陵齐宣。"

⑦"幽鸟"二句:屋山,屋顶。吾目,原本作"吾日",此据聚珍本校改。

【辑评】

宋刘辰翁《评点》:("自起"二句)是翁先得,每在此处。


# 招张仲宗

北风日日吹茅屋,幽子朝朝只地炉。①客里赖诗增意气,老来唯懒是工夫。空庭乔木无时事,残雪疏篱当画图。亦有张侯能共此,焚香相待莫徐驱。②


【题解】

此诗作于宣和七年(1125)。仲宗,张元干字。诗作前六句写作者幽居生活:地炉取暖,老懒吟诗,眼前风物,又足自娱。末二句招张仲宗来临,得共优游,别具兴致,淡泊自甘,笔下宛然。

【注释】

①"北风"二句:白居易《即事重题》:"重裘暖帽宽毡履,小阁低窗深地炉。身稳心安眠未起,西京朝士得知无。"

②"亦有"二句:徐驱,聚珍本作"徐徐"。白居易《送考功崔郎中赴阙》:"青云上了无多路,却要徐驱稳着鞭。"

元方回《瀛奎律髓》卷二一:此"空庭乔木无时事"一句尤奇,人所不能道者,比"小斋焚香无是非"更高。又,清纪昀:此是江西粗调,不似简斋他作。又,"幽子"二字生。

# 宴坐之地蘧篨覆之名曰蓬斋

不须杯勺了三冬①,旋作蓬斋待朔风。会有打窗风雪夜,地炉孤坐策奇功。②

【题解】

此诗作于宣和七年(1125)。蘧篨(qú chú),《玉篇》:"竹席也。"诗中"旋作蓬斋待朔风",反映出当时山雨欲来风满楼的情况。未几,果然,京师被围,陈与义也避地南奔,离开陈留了。

【注释】

①"不须"句:杜甫《奉送十七舅下邵桂》:"绝域三冬暮,浮生一病身。"

②"会有"二句:风雪,丁钞、聚珍本作"飞雪"。韩偓《访同年虞部李郎中》:"地炉贳酒成狂醉,更觉襟怀得丧齐。"又《地炉》:"两星残火地炉畔,梦断背灯重拥衾。"

# 寓居刘仓廨中晚步过郑仓台上

纱巾竹杖过荒陂,满面东风二月时。①世事纷纷人老易,春阴漠漠絮飞迟。②士衡去国三间屋,子美登台七字诗③。草绕天西青不尽,故园归计入支颐。④

## 【题解】

此诗作于宣和七年(1125)。诗中"子美登台七字诗",系指杜甫著名的《登高》。《登高》以雄健的笔力,抒写久客万里忧苦凄怆之情,虽伤感而不颓唐,令人感到心胸阔大,正是杜诗感人魅力之所在。全篇皆用"紧调"(张谦宜语),八句贯连而下,无一笔放松。局境开宏,体裁整密,被看作是杜甫七律高浑正声。陈与义此诗正学此种调式,或者因此而成为入选《宋诗别裁集》的十首作品之一。

## 【注释】

①"纱巾"二句:纱巾竹杖,聚珍本作"纶巾鹤氅"。东风二月时,《瀛奎律髓》卷二六"东"作"春"。原本"时"作"诗",此据潘本、聚珍本校改。

②"世事"二句:老易,丁钞、聚珍本、《瀛奎律髓》、《宋诗钞》作"易老"。苏轼《八月十五日看潮五绝》其三:"造物亦知人易老,故教江水向西流。"韩偓《春阴独酌寄同年虞部李郎中》:"春阴漠漠土脉润,春寒微微风意和。"

③"士衡"二句:《世说新语·赏誉》:"蔡司徒在洛,见陆机兄弟住参佐廨中,三间瓦屋,士龙住东头,士衡住西头。士龙为人,文弱可爱。士衡长七尺余,声作钟声,言多慷慨。"杜甫《登高》:"万里悲秋常作客,百年多病独登台。"

④"草绕"二句:杜甫《望岳》:"岱宗夫如何,齐鲁青未了。"《庄子·渔父》:"左手据膝,右手持颐以听。"支颐,用手托下巴。刘禹锡《洛滨病卧李侍郎见惠药物谑以文星之句》:"隐几支颐对落晖,故人书信到柴扉。"

## 【辑评】

宋刘辰翁《评点》:("世事"二句)好。

元方回《瀛奎律髓》卷二六:以"世事"对"春阴",以"人老"对"絮飞",一句情,一句景,与前"客子"、"杏花"之句律令无异。但如此下两句,后面难措手。简斋胸次却会变化斡旋,全不觉难,此变体之极也。又,清冯班:("子美"句)村态,不好在"七字"两字。又,清纪昀:三、四二句意境深微,胜"客子光阴"二句。

# 八关僧房遇雨

脱履坐明窗，偶至晴更适①。池上风忽来，斜雨满高壁。②
深松含岁暮，幽鸟立昼寂。世故方未阑，焚香破今夕。③

**【题解】**

此诗作于宣和七年(1125)。诗作语言平淡而清丽，意境淡泊且幽美，
体现着韦、柳的影响。正像任何一个杰出的诗人一样，陈与义的诗歌风格
也是多样化的。一般地说，陈与义诗中表现爱国主义思想内容的作品主要
体现了雄浑、沉郁的艺术风格，杜甫的影响比较显著。而描写山水景物、表
现闲情逸致的诗歌主要体现了清远平淡的艺术风格，陶渊明、韦应物、柳宗
元等人的影响比较明显。后者不是陈与义诗歌的主要风格，但其存在也是
不容忽视的。

**【注释】**

①晴更适：潘本、丁钞、聚珍本作"情更适"。
②"池上"二句：杜甫《雨三首》其一："风吹苍江树，雨洒石壁来。"
③"世故"二句：潘尼《迎大驾》："世故尚未夷，崤函方崄涩。"破，犹云安
排。"焚香破今夕"，言焚香消遣今夕也。

**【辑评】**

宋刘辰翁《评点》：(末句)太逼柳州。

# 赠黄家阿莘

君家阿莘如白玉，呼出灯前语录续。①可怜郎罢穷一生，
只今有汝照茅屋。②猪生十子豚复豚，阿莘明年可当门③。阶
庭一笑不外索④，万事纷纷何足论。

此诗作于宣和七年(1125)。阿莘,疑为黄秀才之子。诗人对阿莘寄予期望。又,诗中除用方言"郎罢"外,也以俗语"猪生十子豚复豚"(张鷟《朝野佥载》卷二)为诗句,都能浑然一体。

【注释】

①"君家"二句:《诗·小雅·白驹》:"生刍一束,其人如玉。"语录,聚珍本作"语陆"。韩愈《赠张籍》:"有儿虽甚怜,教示不免简。君来好呼出,踉蹡越门限。"陈师道《后山诗话》:"谢师厚废居于邓,王左丞存,其妹壻也,奉使荆湖,枉道过之,夜至其家,师厚有诗云:'倒着衣裳迎户外,尽呼儿女拜灯前。'"元稹《连昌宫词》:"逡巡大遍凉州彻,色色龟兹轰录续。"

②"可怜"二句:《苕溪渔隐丛话》后集卷三一:"予官闽中,见其风俗呼父为郎罢,呼子为囝。顾况有诗云:'郎罢别囝','囝别郎罢','及至黄泉,不得在郎罢前'。乃知顾况用此方言也。山谷《送秦少章往余杭从苏公》诗:'斑衣儿啼真自乐,从师学道也不恶。但使新年胜故年,即如常在郎罢前。'唐子西诗:'儿馁嗔郎罢。'皆用顾况语也。"《世说新语·容止》:"见裴叔则如玉山上行,光映照人。"

③"阿莘"句:傅玄《豫章行》:"男儿当门户,堕地自生神。"

④"阶庭"句:《世说新语·言语》:"谢太傅问诸子侄:'子弟亦何预人事,而正欲使其佳!'诸人莫有言者。车骑答曰:'譬如芝兰玉树,欲使其生于阶庭耳。'"

# 发商水道中

商水西门语,东风动柳枝。年华入危涕,世事本前期。①
草草檀公策,茫茫杜老诗②。山川马前阔③,不敢计归时。

【题解】

此诗作于靖康元年(1126)。陈与义避乱诗的基本内容,包括对统治者庙堂无策、投降逃跑的嘲讽,自己四处奔走、漂泊无依、前路茫茫的感喟,及在避乱中对老杜诗发生心心相印关系的感想等,此诗中大都已包容无遗。这些情感不因时异,不以境迁。这是陈与义的第一首避乱诗,可以说是其后期诗歌的发轫之作。不意诗中"山川马前阔,不敢计归时"一联,竟成了他后半生留居江南,终未还乡的预言。

**【注释】**

①"年华"二句:危涕,哀伤涕泣。江淹《恨赋》:"或有孤臣危涕,孽子坠心。"刘禹锡《竞渡曲》:"百胜本自有前期,一飞由来无定所。"

②"茫茫"句:杜甫《南池》:"干戈浩茫茫,地僻伤极目。"又《惜别行送刘仆射判官》:"九州兵革浩茫茫,三叹聚散临重阳。"

③马前阔:聚珍本作"马前涧"。

**【辑评】**

宋刘辰翁《评点》:("年华"二句)乱离多矣,何是公之能语也。("草草"四句)经历如新,不可更读。

# 次舞阳①

客子寒亦行,正月固多阴。马头东风起,绿色日夜深。大道不敢驱,山径费推寻②。丈夫不逢此,何以知岖嵚。③行投舞阳县,薄暮森众林。古城何年缺,跋马望日沉④。忧世力不逮,有泪盈衣襟。嵯峨西北云,想像折寸心。⑤

**【题解】**

此诗作于靖康元年(1126)。嘉庆《一统志》卷二一○:"舞阳县在府东北二百七十里,宋属颍昌府,本朝属南阳府。"据叶梦得《避暑录话》卷下:"兵兴以来,盗贼夷狄,所及无噍类。有先期奔避,藏匿山谷林莽间者,或幸以免。忽襁负婴儿啼声闻于外,亦因得其处。于是避贼之人,凡婴儿未解事,不可戒语者,率弃之道旁以去,累累相望。"知诗中"大道不敢驱",盖纪实也。又,"忧世力不逮,有泪盈衣襟",为一篇之主旨。在日本侵略朝鲜的壬辰战争期间,朝鲜文人黄慎曾在与学者成浑探讨边境形势时,所作《上牛溪先生书》中引用过陈与义此二句诗。

**【注释】**

①李氏藏本题下有"颍昌县"三字注。

②推寻:推求寻索。蔡邕《文恭侯胡公碑》:"率慕黄鸟之哀,推寻雅意,彷徨旧之。"

③"丈夫"二句:《南史·武帝诸子传》:广陵王义真为虏将所败,单马而归,谓参军段宏曰:"丈夫不经此,何以知艰难!"岖嵚(qīn),道路险阻。范晔《乐游应诏诗》:"遵渚攀蒙密,随山上岖嵚。"

④"跋马"句:望日,丁钞、聚珍本本作"看日"。跋马,勒马使回转。严武《巴岭答杜二见忆》:"跋马望君非一度,冷猿秋雁不胜悲。"

⑤"嵯峨"二句:谢灵运《登江中孤屿》:"想像昆山姿,缅邈区中缘。"杜甫《冬至》:"心折此时无一寸,路迷何处是三秦。"

**【辑评】**

宋刘辰翁《评点》:("古城"二句)自然可及。("忧世"四句)好,似《夔》后。


# 次南阳


今日东北云,景气何佳哉①。我马且忽驱,当有吉语来。②春寒欺客子,满意旗下杯③。百年耳频热,万事首不回。卧龙今何之,有冢今半摧。空余乔木地④,薄暮鸦徘徊。怀古视落日,愧我非长才。⑤却凭破鞍去,风林生七哀⑥。


**【题解】**

此诗作于靖康元年(1126)。嘉庆《一统志》卷二一〇:"邓州在府西南一百二十里，五代梁置宣化军节度，唐改威胜军，周改武胜军，宋亦曰邓州南阳郡、武胜军节度，属京西南路。"这首由记行而怀古之作，由于其所怀古的特定对象与当时国家的特定状况以及诗人遭遇的特定环境的聚合，在古事今景的眺览与神驰之中，形成一种深沉的意味与开阔的气势。

**【注释】**

①"景气"句：殷仲文《南州桓公九井作》："景气多明远，风物自凄紧。"《后汉书·光武纪论》："望气者苏伯阿为王莽使，至南阳，遥望见春陵郭，唶曰：'气佳哉！郁郁葱葱然。'"

②"我马"二句：苏轼《和饮酒诗二十首》其十："前山正可数，后骑且勿驱。"《汉书·陈汤传》：西域都护为乌孙所围，上问汤，汤曰："不出五日，当有吉语闻。"

③旗下：丁钞、聚珍本作"亭下"。

④"空余"句：《孟子·梁惠王下》："所谓故国者，非谓有乔木之谓也，有世臣之谓也。"

⑤"怀古"二句：杜甫《遣怀》："气酣登吹台，怀古视平芜。"长才，优异的才能。嵇康《与山巨源绝交书》："然使长才广度，无所不淹，而能不营，乃可贵耳。"

⑥"风林"句：曹植《七哀诗》吕向注："七哀谓痛而哀，义而哀，感而哀，怨而哀，耳目闻见而哀，口叹而哀，鼻酸而哀也。子建为汉末征役别离妇人哀叹，故赋此诗。"

**【辑评】**

宋刘辰翁《评点》：(末句)何其慷慨能言，每读堕泪。

# 西轩寓居

牢落西轩客，巡檐费独吟①。桃花明薄暮，燕子闹微阴。辛苦元吾事，淹留更此心。②小窗随意写，蛇蚓起相寻③。

【题解】

此诗作于靖康元年(1126)。诗作表现出江西诗派风格,其中"桃花明薄暮"二句的炼字,即明显受到黄庭坚的影响。

【注释】

①巡檐:来往于檐前。

②"辛苦"二句:《庄子·让王》:"汤将伐桀,因卞随而谋,卞随曰:'非吾事也。'"宋玉《九辩》:"时亹亹而过中兮,蹇淹留而无成。"杜甫《秦州杂诗二十首》其一:"西征问烽火,心折此淹留。"

③"蛇蚓"句:《晋书·王羲之传论》:"(萧)子云近世擅名江表,然仅得成书,无丈夫之气。行行若萦春蚓,字字如绾秋蛇。"

# 邓州西轩书事十首

小儒避贼南征日,皇帝行天第一春。<sup>①</sup>走到邓州无脚力,桃花初动雨留人<sup>②</sup>。

千里空携一影来,白头更着乱蝉催。书生身世今如此,倚遍周家十二槐。

瓦屋三间宽有余,可怜小陆不同居<sup>③</sup>。易求苏子六国印,难觅河桥一字书。<sup>④</sup>

莫嫌啖蔗佳境远,橄榄甜苦亦相并。<sup>⑤</sup>都将壮节供辛苦<sup>⑥</sup>,准拟残年看太平。

皇家卜年过周历,变故未必非天仁。<sup>⑦</sup>东南鬼火成何事,终待胡锋作争臣。<sup>⑧</sup>

杨刘相倾建中乱,不待白首今同归。<sup>⑨</sup>只今将相须廉蔺,五月并门未解围。<sup>⑩</sup>

不须夜夜看太白,天地景气今如斯。<sup>⑪</sup>始行夷狄相攻策,

可惜中原见事迟。<sup>⑫</sup>

诏书忧民十六事<sup>⑬</sup>，父老祝君一万年。白发书生喜无寐，从今不仕可归田。<sup>⑭</sup>

范公深忧天下日，仁祖爱民全盛年。<sup>⑮</sup>遗庙只今香火冷，时时风叶一骚然。<sup>⑯</sup>

诸葛经行有夕风<sup>⑰</sup>，千秋天地几英雄。吊古不须多感慨，人生半梦半醒中。


**【题解】**

此组诗作于靖康元年(1126)。这组诗,在体制上模仿杜甫的议论时事绝句(用拗体七绝来记叙时事或表达政见)和黄庭坚的《病起荆江亭即事十首》,将个人身世和国家时事放在一起表达。由于作者遭遇的乱离是北宋开国以来的第一度浩劫,所以诗中表现的感情远较《病起荆江亭即事》凄苦,写得忧心如捣,有"诗史"的价值。如第一首"小儒"自叙从陈留避贼乱入邓州的经历,"皇帝"句指钦宗即位事。"走到邓州无脚力"二句写得凄婉动人,不直言乱离之苦,而遭乱仓皇辛苦的情景已见言中。"桃花初动雨留人",避乱时见此景象,是何等的慰藉!第二首写得更凄哀。"千里空携一影来",写作者只身避乱,当是想寻一妥善之地再来搬迁家口。"白头"句非但写身,更能写世。不忍直说乱象,根本没法接受这种天地翻覆的剧变,是逢乱初期人心的常有表现。"书生身世今如此"二句说得更凄婉。"倚遍周家十二槐","周家"是陈与义在邓州的居停主人周元翁家。哀楚之情多而愤发之意少。可见,乱离生活给陈与义的创作所带来的变化,除了使那些与前期作品题材相同的诗也发生了质的变化之外,而且出现了前所未有的新题材和新内容。

朝鲜文人柳成龙(1542—1607)在其《读史蠡测》中谈到蔡京等以绍述之说误哲宗、徽宗,卒以亡宋时,引陈与义诗句曰:"陈简斋所谓'东南鬼火成何事,终待胡锋作净臣',有国者可不戒哉?"又,壬辰战争(1592—1598)期间的1593年,洪可臣也在《贼退后封事》中引陈氏诗句,苦口婆心劝谏宣祖曰："宋臣陈与义之诗曰：'城南鬼火成何事，终待胡锋作诤臣。'殿下倘能因此变故，而痛心疾首，宗庙陵寝之耻，思必雪之，百姓子弟之怨，思必报之。"

## 【注释】

①"小儒"二句：避贼，聚珍本作"避地"。杜甫《南征》："老病南征日，君恩北望心。"行天，行空，经行天空。《后汉书·马援传》："行天莫如龙，行地莫如马。"

②"桃花"句：苏轼《饮湖上初晴后雨二首》其一："朝曦迎客艳重冈，晚雨留人入醉乡。"

③"可怜"句：杜甫《答郑十七郎一绝》："把文惊小陆，好客见当时。"

④"易求"二句：难觅，丁钞、聚珍本、《宋诗钞》作"难得"。《史记·苏秦列传》："使我有雒阳负郭田二顷，吾岂能佩六国相印乎！"《晋书·陆机传》：陆机为大将军，与长沙王战，"列军自朝歌至于河桥，鼓声闻数百里。"又常以骏犬黄耳通家书。

⑤"莫嫌"二句：佳境，丁钞作"佳景"。欧阳修《水谷夜行寄子美圣俞》："初如食橄榄，真味久愈在。"苏轼《橄榄》："待得微甘回齿颊，已输崖蜜十分甜。"黄庭坚《谢王子予送橄榄》："想共余甘有瓜葛，苦中真味晚方回。"

⑥壮节：壮烈的节操。《后汉书·戴就传》："（薛安）收就于钱唐县狱，幽囚考掠，五毒参至。就慷慨直辞，色不变容……安深奇其壮节，即解械，更与美谈，表其言辞，解释郡事。"

⑦"皇家"二句：卜年，占卜预测国运之年数。《左传·宣公三年》："成王定鼎于郏鄏，卜世三十，卜年七百。"《汉书·诸侯王表》："周过其历，秦不及期。"《荀子·荣辱》："夫起于变故，成乎修为。"未必，原本作"未朱"，此据冯校、莫钞校改。董仲舒《对贤良第一》："国家将有失道之败，而天乃先出灾害以谴告之；不知自省，又出怪异以警惧之；尚不知变，而伤败乃至。以此见天心之仁爱人君，而欲止其乱也。"

⑧"东南"二句：终待胡锋，《宋诗钞》作"终朝胡蜂"，《鹤林玉露》卷一六作"终藉胡"，聚珍本"胡"作"边"。《简斋集增注》；《史记·陈涉世家》："陈胜、吴广起兵，行卜，卜者曰：足下卜之鬼乎？乃于丛祠中夜篝火狐鸣。"《后

村诗话》前集卷二:"谓方腊不能为患,直待粘罕耳。"《简斋集增注》引中斋评曰:"按此指宣和政失民怨。方腊起浙,未足以儆戒,直待敌国外患以为法家拂士耳。"

⑨"杨刘"二句:《新唐书·刘晏传》:"始杨炎为吏部侍郎,晏为尚书,盛气不相下。晏治元载罪,而炎坐贬。及炎执政,衔宿怒,将为载报仇。……遂罢晏使。坐新故所交簿物抗谬,贬忠州刺史,中官护送。炎必欲傅其罪,知庾准与晏素憾,乃擢为荆南节度使。准即奏晏与朱泚书,语言怨望,又搜卒,擅取官物,胁诏使,谋作乱。炎证成之。建中元年七月,诏中人赐晏死,……天下以为冤。"潘岳《金谷集作诗》:"投分寄石友,白首同所归。"《简斋集增注》引中斋评曰:"此言小人相倾致乱者已诛,而靖康将相又不相能,不念国家之急也。"

⑩"只今"二句:并门,原本作"荆门",此据丁钞校改。《史记·廉颇蔺相如列传》:"相如拜上卿,位在廉颇右,颇羞为之下,宣言欲辱相如。相如闻,不肯与会,每朝时常称病,不欲与廉颇争列。已而出,望见颇,引车避匿。舍人为相如羞之,相如曰:'夫以秦王之威,而相如廷叱之,辱其群臣,相如虽驽,独畏廉将军哉?顾吾念之,强秦之所以不敢加兵于赵者,徒以吾两人在也。今两虎共斗,其势不俱生。吾所以为此者,以先国家之急而后私仇也。'廉颇闻之,肉袒负荆至相如门谢罪,卒相与欢,为刎颈之交。""五月并门未解围",指太原自宣和七年十二月初被围,至次年九月方解。

⑪"不须"二句:《史记·天官书》:"荧惑从太白,军忧;离之,军却。出太白阴,有分军;行其阳,有偏将战。当其行,太白逮之,破军杀将","太白光见景,战胜"。《索隐》引宋均云:"太白宿,主军来冲拒也。"《晋书·天文志》:"景云,此喜气也,太平之应。"

⑫"始行"二句:夷狄,聚珍本作"鹬蚌"。《后汉书·班超传》:"超使西域,攻破姑墨石城,欲因平诸国,上疏曰:'今宜拜龟兹侍子白霸为其国王,以步骑数百送之,与诸国连兵,岁月之间,龟兹可禽。以夷狄攻夷狄,计之善者也。'"《史记·范雎蔡泽列传》:范雎曰:"吾闻穰侯智士也,其见事迟。"

⑬"诏书"句:《宋史·钦宗纪》:"丁丑,诏以俭约先天下,澄冗汰贪,为

民除害,授监司、郡县奉行所未及者,凡十有六事。”

⑭“白发”二句:《孟子·告子上》:“吾闻之喜而不寐。”张衡有《归田赋》。

⑮“范公”二句:杜甫《忆昔二首》其二:“忆昔开元全盛日,小邑犹藏万家室。”《简斋集增注》引中斋评曰:此谓范公(仲淹)当盛时忧西北,乞城京师,皆忧深思远之谋也。

⑯“遗庙”二句:黄庭坚《陪谢师厚游百花洲槃磚范文正祠下道羊昙哭谢安石事因读生存华屋处零落归山丘为十诗》其四:“公归未百年,鹳巢荒古屋。我吟殄瘁诗,悲风韵乔木。”其五:“伤心祠下亭,在时公燕处。临水不相猜,江鸥会人语。”嘉庆《一统志》卷二一一:“三君子祠,在邓州西关,祀唐韩愈、宋寇准、范仲淹。”骚然,风动。苏轼《减字木兰花》(双龙对起)词序:“时余为郡,一日屏骑从过之,松风骚然,顺指落花求韵,余为赋此。”

⑰“诸葛”句:嘉靖《邓州志》卷二一二:“诸葛氏墓,在叶县北平山下,有断石幢。相传此地有诸葛旧坟墟,疑是亮祖茔也。石幢为隋开皇二年物”,“忠武祠在府西南卧龙冈,即诸葛亮故庐,旧为祠以奉之,春秋祭祀,前代碑文俱存”。

**【辑评】**

宋刘辰翁《评点》:(第四首末句)可哀。(第五首末句)不忍言,不忍言!(第六首末句)多见世事,存之仿佛。

明胡应麟《诗薮》外编卷五:陈去非诸绝虽亦多本老杜,而不为已甚,悲壮感慨,时有可观处。

[朝]李滉《与大成暨诸昆季》:陈简斋诗云:“莫嫌啖蔗佳境远,橄榄甜苦亦相并。”此本言涉世之味,而为学亦犹是也。初间,须是耐烦忍苦,咀嚼玩味,不以不可口而厌弃之。至于积功之多,渐觉苦中生甜。岁月既深,则蔗境之佳,当自渐入。

# 晚步顺阳门外

六尺枯藜了此生①,顺阳门外看新晴。树连翠筱围春昼②,水泛青天入古城。梦里偶来那计日,人间多事更闻兵③。只应千载溪桥路,欠我媻姗勃窣行。④

【题解】

此诗作于靖康元年(1126)。诗中"树连翠筱围春昼"二句,可谓诗情画意兼而有之。又,诗中所谓"古城",当即顺阳故城。嘉庆《一统志》卷二一一:"顺阳故城载淅川县东,本汉淅县之顺阳乡,唐为顺阳镇,宋太平六国六年复升为县,属邓州。"

【注释】

①"六尺"句:《世说新语·任诞》:"毕茂世云:'一手持蟹螯,一手持酒杯,拍浮酒船中,便足了一生矣。'"

②"树连"句:筱(xiǎo),小竹。《古乐府》:"绣幕围香风,耳节朱丝桐。"

③"人间"句:嵇康《与山巨源绝交书》:"不喜作书,而人间多事。"

④"只应"二句:千载,丁钞、聚珍本、《宋诗钞》作"十载"。《汉书·司马相如传》:"媻(pán)姗勃窣,上金堤。"颜师古注:"媻姗勃窣,谓行于丛薄之间也。"

【辑评】

宋刘辰翁《评点》:("树连"二句)怨景入微。(末句)写得彻头彻尾。


# 纵步至董氏园亭三首

池光修竹里,筇杖季春头①。客子愁无奈,桃花笑不休。②

百年今日胜,万里此生浮③。莽莽樽前事,题诗记独游。

　　槐树层层新绿生,客怀依旧不能平。自移一榻西窗下,要近<u>丛篁</u>听雨声。④

　　客子今年驼褐宽⑤,邓州三月始春寒。帘钩挂尽蒲团稳,十丈虚庭借雨看。⑥

**【题解】**

此组诗作于靖康元年(1126)。第二首中"自移一榻西窗下"二句,颇可玩味。为着丛篁听雨,诗人不惜移榻西窗。在这里,雨是自然的象征,导引着人们摆脱尘世的林林总总,置身于本真沉静的诗意状态中。

**【注释】**

①"筇杖"句:《汉书·张骞传》:在大夏见邛竹杖,问之,云此客乃贾人,市之身毒国。

②"客子"二句:韩愈《秋雨联句》:"主人吟有欢,客子歌无奈。"李白《古风》其四十七:"桃花开东园,含笑夸白日。"李商隐《即目》:"夭桃唯是笑,舞蝶不空飞。"

③"万里"句:《庄子·刻意》:"其生若浮,其死若休。"杜甫《重题》:"儿童相顾尽,宇宙此生浮。"

④"自移"二句:陈师道《斋居》:"青奴白牯静相宜,老罢形骸不自持。一枕西窗深闭阁,卧听丛竹雨来时。"

⑤"客子"句:驼褐,原误作"驼楬",此据冯校校改;用驼毛织成的衣服。《北梦琐言》卷一五:"(昭宗)宴于寿春殿,(李)茂贞肩舆,入金鸾门,衣驼褐,易服赴宴。咸以为前代跋扈,未有此也。"欧阳修《下直》:"轻寒漠漠侵驼褐,小雨班班作燕泥。"

⑥"帘钩"二句:王勃《滕王阁序》:"画栋朝飞南浦云,珠帘暮卷西山雨。"

**【辑评】**

宋刘辰翁《评点》:(第三首)"借"字用得奇杰。

# 海　棠

　　春雨夜有声,连林杏花落。海棠已复动,寒食岂寂寞。人间有此丽,赴我隔年约。<sup>①</sup>花叶两分明,春阴耿帘幕<sup>②</sup>。东风吹不断,日暮胭脂薄。<sup>③</sup>何可无我吟,三叫恨诗恶。<sup>④</sup>

**【题解】**

　　此诗作于靖康元年(1126)。《外集》重出。诗写海棠花及时开放,饶有风韵。先以杏花落陪衬海棠开,已含有海棠别具一段深情之意。再说海棠是为"赴我隔年约",更使海棠摇漾着绵绵情意。又说"东风吹不断",显露了海棠眷顾的深情。诗人以全从对面落笔之法,将自己惜春爱花的情思婉曲传示了出来。

**【注释】**

　　①"人间"二句:白居易《草词毕遇芍药初开因咏小谢红药当阶翻诗以为一句未尽其状偶成十六韵》:"应愁明日落,如恨隔年期。"苏轼《江月五首》其四:"幽人赴我约,坐待玉绳横。"

　　②耿帘幕:丁钞作"秋帘幕",《全芳备祖》卷七作"取帘幕"。耿,光明。苏轼《二十六日五更起行至磻溪未明》:"山头孤月耿犹在,石上寒波晓更喧。"

　　③"东风"二句:胭脂,《外集》原误作"烟脂"。李白《望庐山瀑布水二首》其一:"海风吹不断,江月照还空。"杜甫《曲江对雨》:"林花著雨胭脂落,水荇牵风翠带长。"

　　④"何可"二句:苏轼《往富阳新城李节推先行三日留风水洞见待》:"春山磔磔鸣春禽,此间不可无我吟。"《唐国史补》卷中:"杜太保在淮南,进崔叔清诗百篇。德宗谓使者曰:'此恶诗,焉用进?'时呼为准敕恶诗。"

宋佚名《简斋集增注》引邓郯（中斋）：海棠既开则色淡。近世刘后村词云："东风日暮无聊赖，吹得胭脂成粉。"盖用公意，尽发之耳。

# 雨中观秉仲家月桂

月桂花上雨①，春归一凭栏。东西南北客，更得几回看。②
红衿映肉色，薄暮无乃寒。③园中如许树④，独觉赋诗难。

## 【题解】

此诗作于靖康元年（1126）。秉仲，未详何人。烽烟四起，颠沛流离，在如许心境中赏花，自然别有一番滋味在心头。春寒未了，细雨霏霏，雨中花悄然而立，赏花人无语凝视。尽管心绪重重，仍然庆幸还能看到盛开的月桂花，感受它所带来的这份宁静和快乐。雨水洗去尘土，月桂花叶相映，益发鲜嫩夺目。暮色渐浓，寒意阵阵，诗人不禁忧上心头，花容娇艳的月桂能否抗得住春寒的侵袭。然而，月桂是不屈的。面对无所畏惧、高洁傲然的月桂，诗人竟一时觉得很难找到合适的诗句来赞美它了。此诗体物寓兴，月桂的品格和诗人的心境无不凸现纸上，洵为咏桂佳作。

## 【注释】

①月桂花：《全芳备祖》卷二〇作"月季花"。
②"东西"二句：《礼记·檀弓》："孔子既得合葬于防，曰：'吾闻之，古也墓而不坟。今丘也，东西南北之人也，不可以弗识也。'于是封之，崇四尺。"郑玄注："东西南北，言居无常处也。"高适《人日寄杜二拾遗》："龙钟还忝二千石，愧尔东西南北人。"黄庭坚《同韵和元明兄知命弟九日相忆二首》其一："早为学问文章误，晚作东西南北人。"苏轼《再游径山》："此生更得几回来，从今有暇无辞数。"
③"红衿"二句：肉色，聚珍本作"玉色"。苏轼《寓居定惠院之东杂花满山有海棠一株土人不知贵也》："朱唇得酒晕生脸，翠袖卷纱红映肉。"杜甫

《佳人》:"天寒翠袖薄,日暮倚修竹。"

④如许树:《全芳备祖》作"如许多"。

# 香林四首

绝爱公家花气新,一林清露百般春。是中宴坐应容我①,
只恐微风唤起人。

丈人延客非俗物,百和香中进一杯。②乞取齐奴锦步障③,
与春遮断晓风来。

谁见繁香度牖时,碧天残月映花枝。固应撩我题新句,
压倒韦郎宴寝诗。④

简斋居士不饮酒,一入香林更不醒。驱使小诗酬晓露,
绝胜辛苦广骚经。⑤

**【题解】**

此组诗作于靖康元年(1126)。香林,当即向子谭别墅芗林。胡仔《苕
溪渔隐丛话》前集卷五四记张元干有《香林九咏》。陈与义重"韵"的学杜倾
向,最终落实于诗歌创作方式的改变。与黄庭坚好诗"从学问中来"和陈师
道"闭门觅句"的创作观念不同,局限于书斋生活之中的创作方式在很大程
度上被陈与义摒弃。刻苦的雕琢运思,结果只是徒增白发而无所得,走出
书斋亲近自然,诗人突然发现眼目所及,身心所感,天机运行,处处诗料,得
之全不费功夫,正组诗第三首所谓。

**【注释】**

①宴坐:闲坐。白居易《病中宴坐》:"宴坐小池畔,清风时动襟。"

②"丈人"二句:《世说新语·排调》:"嵇、阮、山、刘在竹林酣饮,王戎后
往。步兵曰:'俗物已复来败人意。'王笑曰:'卿辈意亦复可败邪!'"百和香,
由多种香料配制而成,可使香味浓郁经久。何逊《咏七夕》:"月映九微火,

风吹百和香。"杜甫《即事》:"雷声忽送千峰雨,花气浑如百和香。"

③"乞取"句:锦步障,原本作"锦步帐",此据聚珍本校改;遮蔽风尘或视线的锦制屏幕。《世说新语·汰侈》:"王君夫以饴糒澳釜,石季伦用蜡烛作炊。君夫作紫丝布步障碧绫里四十里,石崇作锦步障五十里以敌之。石以椒为泥,王以赤石脂泥壁。"遮断,遮蔽不见。韦庄《春日》:"红尘遮断长安陌,芳草王孙暮不归。"

④"固应"二句:固应,聚珍本作"故应"。《唐摭言》卷三:"宝历年中,杨嗣复相公具庆下继放两榜。时先仆射自东洛入觐,嗣复率生徒迎于潼关。既而大宴于新昌里第。仆射与所执坐于正寝,公领诸生翼坐于两序。时元白俱在,皆赋诗于席上,唯刑部杨汝士侍郎诗后成,元白览之失色。诗曰:'隔坐应须赐御屏,尽将仙翰入高冥。文章旧价留鸾掖,桃李新阴在鲤庭。再岁生徒陈贺宴,一时良史尽传馨。当年疏传虽云盛,讵有兹筵醉醑醺。'汝士其日大醉,归谓子弟曰:'我今日压倒元白。'"

⑤"驱使"二句:《汉书·扬雄传》:"又旁《离骚》作重一篇,名曰《广骚》。"颜师古注:"旁,依也。"(案:严可均《铁桥漫稿》卷六《重编扬子云集序》:"其《广骚》、《畔牢愁》仅见篇名,似即《反骚》之子目。")


# 题简斋

我窗三尺余,可以阅晦明。北省虽巨丽①,无此风竹声。不着散花女②,而况使鬼兄。世间多歧路③,居士绳床平。未知阮遥集,几屐了平生。领军一屋鞋,千载笑绝缨④。槐阴自入户,知我喜新晴。觅句方未了,简斋真虚名⑤。

**【题解】**

此诗作于靖康元年(1126)。简斋,即陈与义读书处。这首自咏书斋的题诗洋溢着豪情,在明窗净几前,伴着风竹声读书,可以阅览自然和社会的明暗,比在"巨丽"的官场要强得多。

**【注释】**

①巨丽:极其美好。司马相如《上林赋》:"君未睹夫巨丽也,独不闻天子之上林乎?"

②"不着"句:不着,不用。韩愈《调张籍》:"腾身跨汗漫,不着织女襄。"

③"世间"句:《列子·说符》:"大道以多歧亡羊,学者以多方丧生。"鲍溶《歧路》:"人间多歧路,常恐终身行。"

④"千载"句:《史记·滑稽列传》:"淳于髡仰天大笑,冠缨索绝。"

⑤"简斋"句:苏轼《次韵子由所居六咏》其二:"石榴有正色,玉树真虚名。"


# 印老索钝庵诗

人言融公懒,床上揖宾客①。我来两忘揖,团团一庵白②。戏谈邓州禅,分食天宁麦。竹风亦喜我,萧瑟至日夕③。出家丈夫事,轩冕本儿剧。④愿香惊余烟,世故感陈迹⑤。固应师未钝,使我不安席。⑥时求一滴水,为洗三生石。⑦

**【题解】**

此诗作于靖康元年(1126)。印老,事迹未详。诗中有云:"戏谈邓州禅,分食天宁麦。"则其人当系邓州天宁寺僧。陈与义虽云"出家丈夫事,轩冕本儿剧",但究竟未当出家,只是说:"时求一滴水,为洗三生石。"

**【注释】**

①"床上"句:《景德传灯录》卷一〇:"自小持斋身已老,见人无力下禅床。""第一等人来,禅床上接。中等人来,下禅床接。末等人来,三门外接。"

②"团团"句:团团,柳宗元《禅堂》:"发地结青茅,团团抱虚白。"

③萧瑟:丁钞、聚珍本作"萧索"。

④"出家"二句:轩冕,原本作"轩裳",此据丁钞、聚珍本校改。《唐国史补》卷上:"崔赵公尝问径山曰:'弟子出家得否?'答曰:'出家是大丈夫事,非将相所为也。'"苏轼《送小本禅师赴法云》:"山林等忧患,轩冕亦戏剧。"

⑤"世故"句:嵇康《与山巨源绝交书》:"心不耐烦,而官事鞅掌,机务缠其心,世故繁其虑,七不堪也。"王羲之《兰亭集序》:"俯仰之间,已为陈迹。"

⑥"固应"二句:《法华经》:"众生诸根钝,众生诸根钝,云何而可度。"《战国策·楚策一》:"寡人卧不安席,食不甘味,心摇摇如悬旌,而无所终薄。"

⑦"时求"二句:《景德传灯录》卷二五:"一日净慧上堂,有僧人问:'如何是曹源一滴水?'净慧曰:'是曹源一滴水。'僧惘然而退。师于座侧豁然开悟。"三生石,谢灵运早就写过一首《三生石》诗。作为佛教故事,是指唐李源与高僧圆泽禅师相约来世相见之事。借指前世姻缘,来世重新缔结。袁郊《甘泽谣》:"三生石上旧精魂,赏月吟风不要论。惭愧情人往相访,此生虽异性长存。"苏轼《南华寺》:"借师锡端泉,洗我绮语砚。"

# 春　雨

花尽春犹冷,羁心只自惊①。孤莺啼永昼,细雨湿高城。②
扰扰成何事,悠悠送此生③。蛛丝闪夕霁,随处有诗情。

## 【题解】

此诗作于靖康元年(1126)。从北宋后期到南宋初年,陈与义对创作规律的探寻,始终不曾停息。南渡之后的作品,同样贯彻了亲近大自然、向自然界寻找诗歌素材的理念。"随处有诗情",便是师法自然的明证。创作主体的内心修养达到一定境界,所见所闻皆可入诗。敏锐的感受与细致的观察,造成诗人对山川景物的特别的钟情。即如"蛛丝闪夕霁",在夕阳中闪闪发光的蛛丝,也成了作者喜欢着眼的风景。

**【注释】**

①"羁心"句:羁心,旅思。谢灵运《七里濑》:"羁心积秋晨,晨积展游眺。"杜甫《岁暮》:"济时敢爱死,寂寞壮心惊。"

②"孤莺"二句:杜甫《乾元中寓居同谷县作歌七首》其四:"呜呼四歌兮歌四奏,林猿为我啼清昼。"顾况《酬本部韦左司》:"好鸟依佳树,飞雨洒高城。"

③"悠悠"句:杜甫《水槛遣心二首》其二:"浅把涓涓酒,深凭送此生。"

**【辑评】**

元方回《瀛奎律髓》卷一七:清纪昀:三、四不减随州"柳色孤城里,莺声细雨中"句。又,结有闲致。若再承感慨说下,便入窠白。

# 难老堂周元翁家①

城南乌声和且都,我识丈人屋上乌。②难老堂中一樽酒,不教霜雪上髭须。③樊侯种梓用莫竭,丈人向来亦种德。④挽回万事入绳床,花竹相看有佳色。人生知足一饱多,当时恨我弃渔蓑⑤。题诗素壁蛇蚓集,五百年后公摩挲⑥。

**【题解】**

此诗作于靖康元年(1126)。周寿,字季老,一字元翁。周敦颐长子。元丰五年进士。陈与义的七古讲究深婉之趣,格调俊爽清越,新峭可喜。与此相适应,他的作品在句式上也有了明显变化,主要表现在更善于运用杂言上。即如此诗,所用杂言句式,又并不恣意错综,过分散文化,而是采用接近民歌的句式,流畅婉转,自然顺适。

**【注释】**

①诗题中"元翁",原本作"元公",此据李氏藏本校改。聚珍本诗题作"难老堂",《永乐大典》卷七二三八作"难老堂周元公家"。

②"城南"二句:《诗·郑风·有女同车》:"彼美孟姜,洵美且都。"杜甫《奉赠射洪李四丈明甫》:"丈人屋上乌,人好乌亦好。"

③"难老"二句:《诗·鲁颂·泮水》:"既饮旨酒,永锡难老。"不教,聚珍本作"不敢"。

④"樊侯"二句:莫竭,解缙等《永乐大典》本作"莫谒"。《后汉书·樊宏传》:"尝欲作器物,先种梓漆,时人嗤之。然积以岁月,皆得其用,向之笑者咸求假焉。"后谥为寿张敬侯。《史记·货殖列传》:"居之一岁,种之以谷;十岁,树之以木;百岁,来之以德。德者,人物之谓也。"苏轼《种德亭》:"木老德亦熟,吾言岂荒唐。"苏轼《过于海舶得迈寄书酒作诗远和之皆粲然可观……》:"誉儿虽是两翁癖,积德已自三世种。"

⑤渔蓑:渔人的蓑衣。苏轼《乘舟过贾收水阁收不在见其子》三首其一:"青山来水槛,白雨满渔蓑。"

⑥"五百"句:摩挲,用手抚摩。《后汉书·蓟子训传》:"时有百岁翁,自说童儿时见子训卖药于会稽市,颜色不异于今。后人复于长安东霸城见之,与一老公共摩挲铜人,相谓曰:'适见铸此,已近五百岁矣。'顾视见人而去,犹驾昔所乘驴车也。"


# 登城楼

去年梦陈留,今年梦邓州。几梦即了我,一笑城西楼。新晴草木丽,落日淡欲收。远川如动摇,景气明田畴①。百年几凭栏,亦有似我不。城阴坐来失②,白水光不流。丈夫贵快意,少住宽千忧。归嫌简斋陋,局促生白头③。

**【题解】**

此诗作于靖康元年(1126)。嘉庆《一统志》卷二一〇:"邓州城,内城周四里有奇,门四,池广一丈五尺;外城周十五里有奇,门五,池广六丈,引刁河水注之。"诗中"白水光不流",当指刁河水。又"归嫌简斋陋"二句,写的实际上仍然是"凭栏""快意"而不得稍宽的"千忧"。

**【注释】**

①"景气"句:景气,景色;景象。殷仲文《南州桓公九井作》:"景气多明远,风物自凄紧。"田畴,田地。《礼记·月令》:"(季夏之月)可以粪田畴,可以美土疆。"孙希旦《集解》引吴澄曰:"田畴,谓耕熟而其田有疆界者。"

②"城阴"句:言少顷之间,城阴已失也。

③"局促"句:《史记·魏其武安侯列传》:"公平生数言魏其、武安长短,今日廷论,局趣效辕下驹。"应劭注:"局趣,纤小之貌。"局趣,犹局促也。

**【辑评】**

宋刘辰翁《评点》:("百年"句)重。(末句)末有无转身处,人自未悟。


# 雨


忽忽忘年老,悠悠负日长。小诗妨学道,微雨好烧香。檐鹊移时立①,庭梧满意凉。此身南复北,仿佛是它乡。


**【题解】**

此诗作于靖康元年(1126)。诗写雨中的情趣,平易的语句中流露出悠长的思乡之情和身世之感,可谓语淡情浓。

**【注释】**

①"檐鹊"句:白居易《春尽日宴罢感事独吟》:"闲听莺语移时立,思逐杨花触处飞。"

**【辑评】**

元方回《瀛奎律髓》卷一七:清纪昀:诗亦闲淡有味。惟结处别化一意,与前六句不甚兜结。

# 游董园

西园可散发<sup>①</sup>，何必赋远游。地旷多雄风，叶声无时休。<sup>②</sup>
幸有济胜具<sup>③</sup>，枯藜支白头。平生会心处<sup>④</sup>，未觉身淹留。散
坐青石床<sup>⑤</sup>，松意淡欲秋。薄雨青众卉<sup>⑥</sup>，深林耿微流。一凉
天地德，物我俱夷犹。<sup>⑦</sup>东北方用武，六月事戈矛。<sup>⑧</sup>甲裳无乃
重<sup>⑨</sup>，腐儒故多忧。珍禽叫高树，且复寄悠悠。

## 【题解】

此诗作于靖康元年(1126)。"甲裳无乃重"二句中"忧"字，是在国破家
亡的深重民族灾难中，忧国忧民的感情表达，标志着诗人已进入了一个新
的思想境界。

## 【注释】

①"西园"句：嵇康《幽愤诗》："采薇山阿，散发岩岫。"

②"地旷"二句：宋玉《风赋》："此所谓大王之雄风也。"陈师道《晚立》：
"地平宜落日，野旷自多风。"杜甫《同诸公登慈恩寺塔》："高标跨苍天，烈风
无时休。"

③"幸有"句：济胜具，能攀越胜境、登山临水的好身体。《世说新语·
栖逸》："许掾好游山水，而体便登陟，时人云：'许非徒有胜情，实有济胜
之具。'"

④"平生"句：《世说新语·言语》："简文入华林园，顾谓左右曰：'会心
处不必在远，翳然林水，便自有濠、濮间想也。'"

⑤"散坐"句：苏轼《游桓山会者十人以春水满四泽夏云多奇峰为韵得
泽字》："暮回百步洪，散坐洪上石。"陈陶《杜鹃》："东西青石床，似有幽
人踪。"

⑥"薄雨"句：韦应物《观田家》："微雨众卉新，一雷惊蛰始。"

⑦"一凉"二句:贾岛《北岳庙》:"有时起霖雨,一洒天地德。"屈原《九歌·湘君》:"君不行兮夷犹,蹇谁留兮中洲。"王逸注:"夷犹,犹豫也。"

⑧戈矛:戈和矛。亦泛指兵器,战争。《诗·秦风·无衣》:"王于兴师,修我戈矛,与子同仇。"王昌龄《箜篌引》:"便令海内休戈矛,何用班超定远侯。"

⑨甲裳:皮革制的战袍。腰以上谓之甲衣,腰以下谓之甲裳。《左传·宣公十二年》:"赵旃弃车而走林,屈荡搏之,得其甲裳。"

# 夏　雨

三伏过几日,坐数令人瘿。①片云忽西行,庭树生光景。须臾万银竹,壮观发异境。天公终老手,一笑破日永。②龙公勿惮烦,事了亦俄顷。③修竹恬变化,依然半窗影。

## 【题解】

此诗作于靖康元年(1126)。地域环境、风土人情的悬殊,给文士的南渡生活带来了很大的不便。这些感受,包括气候不适、水土不服,往往通过敏感的诗人的诗作,如此诗中的"三伏过几日"二句体现出来,因为它给人带来的是疾病和痛苦。至于语言上的不通、土著人的排斥等生活上的压力,无疑也是很沉重的,也同样会引发他们沉重的身世之感,强烈的故国之痛、去国之恨。

## 【注释】

①"三伏"二句:《初学记》卷四:"四时代谢,皆以相生,立春木代水,水生木;立夏火代木,木生火;立冬水代金,金生水。至于立秋,以金代火,金畏火,故至庚日必伏。庚者金也。"注引《阴阳书》曰:"从夏至后第三庚为初伏,第四庚为中伏,立秋后初庚为后伏,谓之三伏。曹植谓之三旬。"《三国志·魏书·贾逵传》注引《魏略》曰:"逵前在弘农,与典农校尉争公事,不得理,乃发愤生瘿。"黄庭坚《送李德素归舒城》:"此士落江湖,熟思令人瘿。"

②"天公"二句：苏轼《至真州再和二首》其一："老手王摩诘，穷交孟浩然。"日永，指夏至。以夏至日白昼最长之故。《史记·五帝本纪》："日永，星火，以正中夏。"裴骃《集解》引孔安国曰："永，长也，谓夏至之日。"

③"龙公"二句：苏轼《聚星堂雪》："窗前暗响鸣枯叶，龙公试手初行雪。"惮烦，怕麻烦。《左传·昭公三年》："唯惧获戾，岂敢惮烦？"《孟子·滕文公上》："何为纷纷然与百工交易？何许子之不惮烦？"俄顷，片刻。郭璞《江赋》："倏忽数百，千里俄顷，飞廉无以睎其踪，渠黄不能企其景。"

## 【辑评】

宋刘辰翁《评点》：（"龙公"句）叠了。


# 夏　夜


闲弄玉如意，天河白练横。<sup>①</sup>时无李供奉，谁识谢宣城。<sup>②</sup>两鹤翻明月，孤松立快晴。<sup>③</sup>南阳半年客，此夜满怀清<sup>④</sup>。


## 【题解】

此诗作于靖康元年（1126）。诗写对夏秋之交的朗净夜空的爱赏。

## 【注释】

①"闲弄"二句：《南史·梁简文帝纪》："手执玉如意，不相分辨。"白练，白色熟绢。张籍《凉州词》："无数铃声遥过碛，应驮白练到安西。"

②"时无"二句：李白曾供奉翰林，谢朓尝为宣城太守。谢朓《晚登三山还望京邑》："余霞散成绮，澄江静如练。"李白有《秋夜板桥浦泛月独酌怀谢朓》，又《金陵城楼》："解道澄江静如练，令人长忆谢玄晖。"

③"两鹤"二句：两鹤，聚珍本、《宋诗钞》作"两鹊"。快晴，爽朗的晴天。

④此夜：丁钞、聚珍本、《宋诗钞》作"复此"。

# 又两绝①

虚庭散策晚凉生，斟酌星河亦喜晴。不记墙西有修竹，夜风还作雨来声。

待到天公放月时②，东家乔柏两虬枝。悬知满地疏阴处，不及遥看突兀奇。③

## 【题解】

此二诗作于靖康元年(1126)。作为南宋初年最为显贵的诗人，陈与义的诗在乱离中少有激越之音，更不像杜甫那样注意到民间疾苦。当然也不是完全没有感受，只是不够深刻，哀吟而不沉重。而对于人生的闲适情致，却有着深切的体会，但又毕竟是生活在丧乱中，所以虽闲适也略带了些苦味，正像第一首所云。

## 【注释】

①诗题：聚珍本作"夏夜二首"。

②天公：丁钞、聚珍本作"天宫"。

③"悬知"二句：曹丕《典论·论文》："常人贵远贱近，向声背实。又患暗于自见，谓己为贤。"《鬼谷子·内揵》："君臣上下之事有远而亲，近而疏，就之不用，去之反求，日近前而不御，遥闻声而相思。"

# 积雨喜霁①

积雨得一晴，开窗送吾目。叠云带余愤②，远树增新绿。天公信难料，变化杂神速。③夕霞尽意红，诘朝固难卜。④西轩一杯酒,末风将军腹。竹林怀微风,余韵久回复⑤。热官岂办此⑥,可必思烂熟。曳杖出门行⑦,栖鸦息枯木。

**【题解】**

此诗作于靖康元年(1126)。陈与义的诗歌很注意遣词造句的新颖。如同是写雨后新晴,"叠云带余愤"二句与《雨晴》中"墙头语鹊衣犹湿,楼外残雷气未平"、《雨晴徐步》中"雪消众绿净,雾罢群蜂立"等句,就分别是几种不同的景。

**【注释】**

①诗题中"喜霁",聚珍本作"喜晴"。

②"叠云"句:韦应物《立夏日忆京师诸弟》:"长风始飘阁,叠云才吐岭。"丘迟《侍宴乐游苑送张徐州应诏诗》:"风迟山尚响,雨息云犹积。"

③"天公"二句:《新唐书·李靖传》:"靖曰:'兵机事,以速为神。'"

④"夕霞"二句:尽意,犹尽情。元稹《遣春》三首其一:"逢酒判身病,拈花尽意怜。"《左传·僖公二十八年》:"敢烦大夫谓二三子:'戒尔车乘,敬尔君事,诘朝相见。'"杜预注:"诘朝,平旦。"

⑤"余韵"句:左思《吴都赋》:"潮波汩起,回复万里。"

⑥办此:原本作"辨此",此据聚珍本校改。

⑦"曳杖"句:《礼记·檀弓》:"孔子蚤作,负手曳杖,消遥于门。"

# 邓州城楼

邓州城楼高百尺,楚岫秦云不相隔。①傍城积水晚更明,照见纶巾倚楼客。李白上天不可呼②,阴晴变化还须臾。独抚栏干咏奇句,满楼风月不枝梧。③

**【题解】**

此诗作于靖康元年(1126)。诗作登高而咏,不应无所怀抱,如"阴晴变化还须臾"及末二句"独抚栏干咏奇句,满楼风月不枝梧"所云。其中,"枝梧"也作"支吾""支梧",在这里有抵挡、支持、顶得住的意思。

**【注释】**

①"邓州"二句:城楼,《简斋集增注》:闽本作"城头"。楚岫(xiù),胡注:一作"楚树";楚地山峦。

②"李白"句:韩愈《残形操》:"巫咸上天兮,识者其谁。"苏轼《次前韵送刘景文》:"白云在天不可呼,明月岂肯留庭隅。"

③"独扶"二句:栏干,聚珍本、《宋诗钞》作"危阑"。《汉书·项籍传》:"莫敢枝梧。"如淳曰:"枝梧,犹枝杆也。"臣瓒曰:"小柱为枝,邪柱为梧。"杜甫《夜听许十一诵诗爱而有作》:"陶谢不枝梧,风骚共推激。"


# 北　征

　　世故信有力,挽我复北驰。独冲七月暑,行此无尽陂。百卉共山泽,各自有四时。华实相后先,盛过当同衰。亦复观我生①,白发忽及期。夕云已不征,客子今何之。愿传飞仙术,一洗局促悲。②披襟阅风观,濯发扶桑池。③


**【题解】**

　　此诗作于靖康元年(1126)。此次北征,因特定情势,所以有所感,有所思,不过主要目的大约是探望家属,如诗中所云"独冲七月暑,行此无尽陂",而且因为前一次他是孤身一人离开陈留的。未几,金人再次南侵,陈与义遂携家自汝、叶趋光化,自是不复北归矣。张嵲《自顺阳至均房道五首用陈符宝去非韵》其一(首句"行客路正远")即和此诗韵。

**【注释】**

①"亦复"句:《易·观卦》:"观我生,君子无咎。"

②"愿传"二句:《十洲记》:"蓬莱山,对东海之东北岸,周回五千里,外

别有圆海绕之。圆海水正黑，而谓之冥海也。无风而洪波百丈，不可得往来。上有九老丈人九天真王官，盖太上真人所居，唯飞仙能到其处耳。”苏轼《赤壁赋》：“携飞仙以遨游，抱明月而长终。”

③“披襟”二句：披襟，敞开衣襟，多喻心怀舒畅。宋玉《风赋》：“有风飒然而至，王乃披襟而当之。”屈原《离骚》：“夕归次于穷石兮，朝濯发乎洧盘。”《十洲记》：“昆仑北角曰阆风之颠。”《山海经·海外东经》：“旸谷上有扶木，十日所浴。”郭璞注：“扶木，扶桑。”《淮南子·天文训》：“日出于旸谷，浴于咸池，拂于扶桑。”

**【辑评】**

宋魏庆之《诗人玉屑》卷一九：先君尝于逆旅间录一诗云：“山行险而修，老我骖且羸。独驱六月暑，蹑此千仞梯。世故不贷人，牵去复挽归。茗碗参世味，甘苦常相持。白云抱溪石，令人心愧之。岂无趺座处，逸固不疗饥。大叫天上人，凉风为吹衣。”盖学简斋诗法者，莫知为何人作也。（玉林）

宋刘辰翁《评点》：（“世故”二句）喟然而得所以言。（“独冲”六句）优柔叹咏中有无涯之思，贤于流涕。

## 秋日客思

南北东西俱我乡，聊从地主借绳床。①诸公共得何侯力，远方新抄陆氏方。②老去事多藜杖在，夜来秋到叶声长。蓬莱可托无因至，试觅人间千仞岗。③

**【题解】**

此诗作于靖康元年（1126）。诗作上半写客中生活。时作者避金寇入襄汉，间关道路，又多疾病。五、六句写老境逢秋，触事兴感。七、八句从“诸公”句来，有寄托，谓官不可得，则遁迹山林。

**【注释】**

①“南北”二句：东西，原本作“东北”，此据《瀛奎律髓》卷一二校改。绳

床,丁钞、聚珍本、《宋诗钞》作"胡床"。《左传·哀公十二年》:"地主归饩,以相辞也。"杜预注:"地主,所会之地主人也。"

②"诸公"二句:何侯,原本作"河侯",此据《瀛奎律髓》《宋诗钞》校改。《汉书·何武传》:"武为人仁厚,好进士,奖称人之善。为楚内史,厚两龚;在沛郡,厚两唐;及为公卿,荐之朝廷。此人显于世者,何侯力也。"《新唐书·陆贽传》:"既放荒远,常阖户,人不识其面。又避谤不著书,地苦瘴疠,只为《今古集验方》五十篇示乡人云。"《芝田录》:"陆宣公至忠州,土塞其门,盐菜由狗窦中,端坐抄药方,兄侄亦罕与语。"

③"蓬莱"二句:《史记·封禅书》:"自威、宣、燕昭使人入海求蓬莱、方丈、瀛洲。此三神山者,其传在勃海中,去人不远;患且至,则船风引而去。盖尝有至者,诸仙人及不死之药皆在焉。其物禽兽尽白,而黄金银为宫阙。未至,望之如云;及到,三神山反居水下。临之,风辄引去,终莫能至云。"左思《咏史》八首其五:"振衣千仞岗,濯足万里流。"

【辑评】

元方回《瀛奎律髓》卷一二:"共得何侯力",以指新进;"新抄陆氏方",以怜迁客。汉何武、唐陆贽传可考。此诗家用事之妙。五、六尤佳。又,清纪昀:五、六深微。又,此简斋南渡时避乱襄、汉时所作,借用陆氏集方以形容多病耳,虚谷坐实迁客,上下文遂不相接,宜为冯氏之所讥。

# 道中书事

临老伤行役,篮舆岁月奔。①客愁无处避,世事不堪论。②白道含秋色③,青山带雨痕。坏梁斜斗水,乔木密藏村。易破还家梦,难招去国魂。④一身从白首,随意答乾坤。

【题解】

此诗作于靖康元年(1126)。其中,"客愁无处避,世事不堪论"是一篇主旨。张嵲《自顺阳至均房道五首用陈符宝去非韵》其五(首句"蓐食带残月")即和此诗韵。

【注释】

①"临老"二句：行役，泛称行旅，出行。《诗·王风·君子于役》毛诗序："君子行役无期度，大夫思其危难以风焉。"篮舆，古代交通工具，类似于后世的轿子。《晋书·陶潜传》："弘要之还州，问其所乘，答云：'素有脚疾，向乘篮舆，亦足自反。'"

②"客愁"二句：庾信《愁赋》："深藏欲避愁，愁已知人处。"杜甫《园官送菜》："园吏未足怪，世事固堪论。"

③"白道"句：白道，月球的运行轨道。李商隐《无题》："白道萦回入暮霞，斑骓嘶断七香车。"

④"易破"二句：陈师道《宿齐河》："还家只有梦，更着晓寒侵。"杜甫《冬深》："易下杨朱泪，难招楚客魂。"

# 将次叶城道中

荒野少人去，竹舆伊轧声。晴云秋更白，野水暮还明。寂寞信吾道，淹留谙物情。①王乔有余舄，借我一东征。②

【题解】

此诗作于靖康元年(1126)。陈与义是南宋初期山水诗创作成就最高的诗人，如此诗中的传世佳句"晴云秋更白，野水暮还明"，就有一种清远之美，表现出创作主体清逸高洁的审美情怀。

【注释】

①"寂寞"二句：物情，原本作"世情"，此据丁钞、潘本、聚珍本校改。扬雄《解嘲》："惟寂惟寞，守德之宅。"杜甫《久客》："羁旅知交态，淹留见俗情。"

②"王乔"二句：《后汉书·王乔传》："王乔者，河东人也。显宗世，为叶令。乔有神术，每月朔望，常自县诣台朝。帝怪其来数，而不见车骑，密令

太史伺望之。言其临至，辄有双凫从东南飞来，于是候凫至，举罗张之，但得一只舄焉。乃诏尚方诊视，则四年中所赐尚书官属履也。"舄（xì），履也。崔豹《古今注》卷上："舄，以木置履下，干腊不畏泥湿也。"

# 至叶城

苏武初逢雁，王乔欲借凫。深知念行李，为报了长途。[①]难稳三更枕，遥怜五岁雏。却思正月事，不敢恨榛芜[②]。

## 【题解】

此诗作于靖康元年（1126）。诗中"难稳三更枕"及"却思正月事，不敢恨榛芜"，略可见出诗人南奔途中的惊魂未定之态。

## 【注释】

①"深知"二句：《左传·僖公三十年》："若舍郑以为东道主，行李之往来，共其乏困。"杜预注："行李，使人。"《左传·襄公八年》："君有楚命，亦不使一介行李告于寡君，而即安于楚。"

②"不敢"句：杜甫《北风》："且知宽病肺，不敢恨危途。"又《哭台州郑司户苏少监》："飘零迷哭处，天地日榛芜。"榛芜，荒凉的景象。

# 晓发叶城[①]

竹舆开两牖，秋色为横分。左送廉纤月[②]，右揖离披云。诗情满行色，何地着世纷。[③]欲语王县令，三叫不能闻。

## 【题解】

此诗作于靖康元年（1126）。诗写纷乱行色，"诗情满行色"二句颇有意味。张嵲《自顺阳至均房道五首用陈符宝去非韵》其二、三、四(首句分别为"桑柘共平陆"、"我行均阳道"、"行客日暮时")依次用陈与义《晓发叶城》《美哉亭》《山路晚行》诗韵,当为后来追和,可以并读。张嵲少学诗于陈与义,又有《赠陈符宝去非》一首(首句"大雅久不作"),颇能道出陈与义诗癯而实腴、清远雄浑的艺术特色,以及思苦理奇、志深言高的创作与构思上的特点,确为深知诗道者之言。

**【注释】**

①诗题中"晓发",聚珍本作"晚发"。

②廉纤:细小,细微。多用以形容微雨。韩愈《晚雨》:"廉纤晚雨不能晴,池岸草间蚯蚓鸣。"

③"诗情"二句:《庄子·盗跖》:"今者阙然数日不见,车马有行色,得微往见跖邪?"颜延之《陶征士诔》:"遂乃解体世纷,结志区外。"李善注:"嵇康《幽愤诗》曰:世务纷纭。"

# 方城陪诸兄坐心远亭

　　客中日食三斗尘①,北去南来了今岁。暂时亭中一杯酒,与兄同宗复同味②。博山云气终日留③,竹君萧萧不负秋。世路明年傥无故,却携藜杖更来游。

**【题解】**

此诗作于靖康元年(1126)。方城山,在叶县西南十八里。心远亭,在裕州旧方城县治,相近有美哉亭。陈与义作诗喜用"了"字,如此诗中之"北去南来了今岁",实非一个"了"字所能了得。对此相关情形,《钱锺书论学文选》所云可参:潘四农善评遗山诗,《养一斋诗话》卷八尝病其"以了字煞尾句太多",窃谓此亦遗山步趋简斋之证。少陵《洗兵马》:"整顿乾坤济时了",山谷《病起荆江亭即事》:"十分整顿乾坤了",皆煞尾,"了"句样。至简斋而用"了"字不了。其在句中者,有如此首中"北去南来了今岁"……其于煞尾"了"更见猎心喜……或则熟手容易而不艰辛,或则老手颓唐而徒率易,要之"得人嫌处只缘多"也。(详参吴宗海《养一斋诗话笺注》)

**【注释】**

①客中:原本作"容中",此据聚珍本、李氏藏本校改。

②"与兄"句:《仪礼·丧服》:"何如而可为之后?同宗则可为之后。"《礼记·大传》:"同姓从宗,合族属。异姓主名,治际会。"《左传·襄公八年》:"今譬于草木,寡君在君,君之臭味也。"杜预注:"言同类。"《世说新语·轻诋》:"孙长乐作王长史诔云:'余与夫子,交非势利,心犹澄水,同此玄味。'"黄庭坚《答李任道谢分豆粥》:"豆粥能驱晚瘴寒,与公同味更同餐。"

③"博山"句:《西京杂记》卷一:"长安巧工丁缓者……作九层博山香炉,镂为奇禽怪兽,穷诸灵异,皆自然运动。"吕大临《考古图》卷一〇:"按《汉朝故事》:诸王出阁,则赐博山香炉。《晋东宫旧事》曰:太子服用,则有博山香炉,象海中博山,下有盘贮汤,使润气蒸香,以象海之回环。此器世多有之,形制大小不一。"韦应物《长安道》:"下有锦铺翠被之粲烂,博山吐香五云散。"


# 美哉亭

西出城皋关,土谷仅容驼。天挂一匹练,双崖斗嵯峨①。忽然五丈缺,亭构如危窠。青山丽中原②,白日照大河。下视万里川,草木何其多。临高一吐气,却奈雄风何。③辛苦生一快,造物巧揣摩。④险易终不偿,翻身下残坡。


**【题解】**

此诗作于靖康元年(1126)。成皋关,又称为虎牢关,为洛阳的东大门,位于今天河南荥阳市西北汜水镇。诗中"西出成皋关"六句对成皋关的雄奇形势作出了生动的刻画。而"翻身下残坡",既是临亭时对比性的实写,也有时事日蹙之意暗蕴其中。

**【注释】**

①"双崖"句:言两崖相接凑。斗,犹凑也。嵯(cuó)峨,山势高峻。杜甫《江梅》:"故园不可见,巫岫郁嵯峨。"

②"青山"句:谢灵运《从游京口北固应诏》:"远岩映兰薄,白日丽江皋。"杜甫《绝句二首》其一:"迟日江山丽,春风花草香。"

③"临高"二句:谓临高吐气,却可以对付雄风。奈何,犹云对付,处分。班固《东都赋》:"谠言弘说,咸含和而吐气。"苏轼《与顿起孙勉泛舟探韵得未字》:"要将百篇诗,一吐千丈气。"

④"辛苦"二句:造物,聚珍本、《宋诗钞》作"造化"。苏轼《百步洪》二首其一:"险中得乐虽一快,何异水伯夸秋河。"《史记·苏秦列传》:"于是得周书《阴符》,伏而读之。期年,以出揣摩,曰:'此可以说当世之君矣。'"司马贞《索隐》引江邃曰:"揣人主之情,摩而近之。"

**【辑评】**

宋刘辰翁《评点》:("青山"四句)写得曲尽形势。又,引邓剡(中斋):宽壮巨丽,似阮嗣宗语。


# 山路晓行①

两崖夹晓月②,万壑分秋风。今朝定何朝,孤赏莫与同③。石路抱壁转④,云气青蒙蒙。篮舆拂露枝⑤,乱点惊仆童。微泉不知处,玉佩鸣深丛。⑥平生慕李愿,得此行旅中。⑦居人轻佳境,过客意无穷。山木好题诗⑧,恨我行匆匆。


**【题解】**

此诗作于靖康元年(1126)。诗写天还未亮,作者就在峡谷中行色匆匆,峡谷两山夹着黎明前的月亮,秋风萧瑟,山路弯弯,云雾茫茫,泉声叮咚,像玉佩鸣响在树丛里。作者坐在人抬的篮舆上,后边跟着仆人。这是要到哪里去? 我平生羡慕李愿,在此路过,孤芳自赏,匆匆前去拜谒。居住在这里的人们,见惯不惊,而我们这些过客却对如此佳景无限留恋。我平生好题诗,也想在此留下观感,怎奈我时间有限,只好匆匆离去。作者紧扣时间来写,绘景抒情相得益彰,表现了对李愿的敬仰,亦表露了自己的归隐之意。

**【注释】**

①诗题中"晓行",原本作"晚行",此据聚珍本校改。

②"两崖"句:曹丕《芙蓉池作》:"丹霞夹明月,华星出云间。"

③"孤赏"句:谢灵运《于南山往北山经湖中瞻眺》:"不惜去人远,但恨莫与同。孤游非情叹,赏废理谁通。"柳宗元《游南亭夜还叙志七十韵》:"孤赏诚所悼,暂欣良足褒。"

④抱壁:聚珍本作"抱岩"。

⑤拂露枝:聚珍本作"扶露枝"。

⑥"微泉"二句:陆机《招隐诗》:"山溜何泠泠,飞泉漱鸣玉。"柳宗元《至小丘西小石潭记》:"从小丘西行百二十步,隔篁竹,闻水声,如鸣佩环,心乐之。"深丛,深密的树林。

⑦"平生"二句:韩愈有《送李愿归盘谷序》。

⑧"山木"句:《太平广记》卷五五引《仙传拾遗》:"寒山子者,不知其名氏,大历中,隐居天台翠屏山。其山深邃,当暑有雪,亦名寒岩。因自号寒山子。好为诗,每得一篇一句,辄题于树间石上。有好事者随而录之,凡三百余首。"

## 题董宗禹园先志亭宗禹之父早失母 万方求得之此其晚节色养之地也

作客古南阳,问俗仁孝敦。坐读杜羔传①,起访城西园。

伟哉是家事，作传堪千言。当年怀橘处，华屋淡晓暾。②大松荫后楹，小松罗前轩③。风露所沐浴，千载当连根。我已废蓼莪，感兹泪河翻。④叶声含三叹，送我出园门。

**【题解】**

此诗作于靖康元年(1126)。董宗禹，未详。题咏园亭，感叹仁孝。

**【注释】**

①"坐读"句：《唐国史补》卷中："杜羔有至行，其父为河北一尉而卒。母氏非嫡，经乱不知所之，羔尝抱终身之戚。会堂兄兼为泽潞判官，尝鞠狱于私第，有老妇辩对，见羔出入，窃谓人曰：'此少年状类吾儿。'诘之，乃羔母也，自此迎侍而归。又往来河北求父厝所，邑中故老已尽，不知所询，馆于佛庙，日夜悲泣，忽睹屋柱烟煤之下，见字数行，拂而视之，乃其父遗迹，言：'后我子孙，若求吾墓，当于某村某家询之。'羔号泣而往，果有老父年八十岁余，指其邱垄，因得归。羔至工部尚书致仕。"

②"当年"二句：《三国志·吴书·陆绩传》："陆绩字公纪，吴郡吴人也。父康，汉末为庐江太守。绩年六岁，于九江见袁术。术出橘，绩怀三枚，去，拜辞堕地，术谓曰：'陆郎作宾客而怀橘乎？'绩跪答曰：'欲归遗母。'术大奇之。"屈原《九歌·东君》："暾将出兮东方，照吾槛兮扶桑。"王逸注："日始出东方，其容暾(tūn)暾而盛貌也。"

③"小松"句：陶渊明《归园田居》五首其一："榆柳荫后檐，桃李罗堂前。"

④"我已"二句：感兹，李氏藏本作"感此"。《南史·顾欢传》："欢早孤，读《诗》至'哀哀父母'，辄执书恸泣，由是受学者废《蓼莪》篇，不复讲焉。"《诗·小雅·蓼莪》哀痛父母生养自己，恩德无极，而不能终养。《世说新语·言语》："顾长康拜桓宣武墓，作诗云：'山崩溟海竭，鱼鸟将何依。'人问之曰：'卿凭重桓乃尔，哭之状其可见乎？'顾曰：'鼻如广莫长风，眼如悬河决溜。'曰：'声如震雷破山，泪如倾河注海。'"韩愈《杂诗》："慷慨为悲咤，泪如九河翻。"

# 同继祖民瞻游赋诗亭二首

邂逅今朝一段奇<sup>①</sup>，从来华屋不关诗。诸君且作留连意，正是微风到竹时。<sup>②</sup>

浩浩白云溪一色，冥冥青竹鸟三呼。只今那得王摩诘，画我凭栏觅句图。<sup>③</sup>

**【题解】**

此二诗作于靖康元年(1126)。继祖、民瞻未详。徐度《却扫编》卷中引陈与义语曰："天下书虽不可不读，然慎不可以有意于用事。"说明陈与义虽然跟黄庭坚一样也强调要读书，但并不认同以学问为诗的观点，认为读书的目的不是为了在诗中炫耀学问。不仅如此，陈与义对黄庭坚苦心追求"法度"、"句法"等观点也不以为然，认为自然景物本来就是一首首好诗，如果费尽心思去琢磨"句法"，自然景物所触发的诗意早就荡然无存了。因此，他主张走出书斋，去接触广大的自然和社会，才能写出好诗，如第一首诗中"邂逅今朝一段奇"二句所云。这些观点，对黄庭坚的诗文理论是一大发展，对"江西诗派"的弊端有所纠正，对后来杨万里、陆游等中兴四大诗人产生了积极的影响。

**【注释】**

①"邂逅"句：《诗·唐风·绸缪》："今夕何夕，见此邂逅。"

②"诸君"二句：诸君，聚珍本作"诸公"。苏轼《与秦太虚参寥会于松江而关彦长徐安中适至分韵得风字二首》其一："舟师不会留连意，拟看斜阳万顷红。"李白《对雪醉后赠王历阳》："子猷闻风动窗竹，相邀共醉杯中渌。"

③"只今"二句：《新唐书·王维传》："画思入神，至山水平远，云势石色，绘工以为天机所到，学者不及也。"

# 题崇山

　　短篷如凫鹥,载我万斛愁。①试登山上亭,却望沙际舟。世故莽相急②,长江去悠悠。西南浸山影③,晦明分中流。荡摇宝鉴面,翠髻千螺浮。④去程虽云阻,兹地固堪留。客路惜胜日,临风搔白头。⑤众色忽已晚⑥,川光抱岩幽。三老呼不置,我兴方未收。⑦下山事复多,题诗记曾游⑧。

**【题解】**

　　此诗作于靖康元年(1126)。崇山,即固封山,在光化县系北五里。唐天宝六载改名。陈与义是年冬寓光化,至明年正月始自光化复入邓。诗中"去程虽云阻,兹地固堪留",即谓留居光化。诗作缘景而赋,特意将瞬间的感受现诸文字,诗中显然有人为加工的成分在,即由学问与生活的条件去刻意搜索灵感而成诗。

**【注释】**

　　①"短篷"二句:短篷,聚珍本作"短蓬"。苏轼《晓至巴河口迎子由》:"孤舟如凫鹥,点破千顷碧。"

　　②"世故"句:杜甫《寄刘峡州伯华使君四十韵》:"年华纷已矣,世故莽相仍。"

　　③"西南"句:杜甫《渼陂行》:"半陂已南纯浸山,动影袅窕冲融间。"

　　④"荡摇"二句:荡摇,丁钞、聚珍本作"荡漾"。刘禹锡《望洞庭湖》:"湖光秋月两相和,潭面无风镜未磨。遥望洞庭山水翠,白银盘里一青螺。"苏轼《过广爱寺见三学演师观杨惠之塑宝山朱瑶画文殊普贤三首》其二:"乱峰螺髻出,绝涧阵云崩。"

　　⑤"客路"二句:胜日,亲友相聚或风光美好的日子。鲍照《上浔阳还都道中作》:"客行惜日月,崩波不可留。"杜甫《春望》:"白头搔更短,浑欲不

胜簪。"

⑥"众色"句：杜甫《上水遣怀》："苍苍众色晚，熊挂玄蛇吼。"

⑦"三老"二句：不置，聚珍本作"不至"。杜甫《拨闷》："长年三老遥怜汝，捩柁开头捷有神。"仇兆鳌注引蔡梦弼注曰："峡中以篙师为长年，柁工为三老。"嵇康《与山巨源绝交书》："卧喜晚起，而当关呼之不置，一不堪也。"韦应物《府舍月游》："心期与浩景，苍苍殊未收。"韩愈《远游联句》："离思春冰泮，澜漫不可收。"

⑧"题诗"句：王安石《乙巳九月登冶城作》："跻攀隐木杪，稍记曾游处。"


# 与季申信道自光化复入邓书事四首①

孙子白木杖，富子黑油笠。我独白竹篮，差池复相及。夕阳桥边画②，岸帻归云急。勿语城中人，从渠慎出入。③

卖舟作归计，竹篮稳如舟④。雾收青皋湿⑤，行路当春游。老马不自知，意欲踏九州。⑥依然还故枥，寂寞壮心休。⑦

再来生白发，重见邓州春。依旧城西路，桃花不记人。⑧卜居得穷巷，日色满窗新。微吟惊市卒，独鹤语城闉⑨。

城西望城南，十日九相隔。何如三枝杖⑩，共踏江上石。门前流水过，春意满渠碧⑪。遥知千顷江，如今好颜色⑫。


**【题解】**

此组诗作于建炎元年(1127)。富直柔字季申，富弼之孙。《宋史》卷三七五有传。葛立芳《韵语阳秋》卷一八录载富直柔所作十绝。孙信道，名确。沈晦榜擢甲科。建炎初，作京西运司属官，仅改京秩而死，年止四十。组诗表面说的是客中行程，而从中寄托了壮志难酬的感慨，正如第二首中所云："老马不自知,意欲踏九州。依然还故枥,寂寞壮心休。"

**【注释】**

①诗题中"复入邓",聚珍本作"复入邓州"。四首,原本作题下小注,此据聚珍本校改。

②桥边画:《宋诗钞》作"桥边尽"。

③"勿语"二句:苏轼《狄韶州煮蔓菁芦菔羹》:"勿语贵公子,从渠醉膻腥。"古乐府《枯鱼过河泣》:"作书与鲂鲡,相教慎出入。"

④竹篮:聚珍本作"竹舆"。

⑤青皋:泛指郊野。梅尧臣《野田行》:"青皋暗藏雉,万木欣已春。"

⑥"老马"二句:苏轼《石苍舒醉墨堂》:"兴来一挥百纸尽,骏马倏忽踏九州。"

⑦"依然"二句:枥(lì),马槽。曹操《短歌行》:"老骥伏枥,志在千里。烈士暮年,壮心不已。"

⑧"依旧"二句:崔护《题都城南庄》:"去年今日此门中,人面桃花相映红。人面不知(一作只今)何处去,桃花依旧笑春风。"

⑨"独鹤"句:《搜神后记》卷一:"丁令威,本辽东人,学道于灵虚山。后化鹤归辽,集城门华表柱。时有少年,举弓欲射之。鹤乃飞,徘徊空中而言曰:'有鸟有鸟丁令威,去家千年今始归。城郭如故人民非,何不学仙冢累累。'遂高上冲天。"闉(yīn),《说文》:"城曲重门也。"

⑩何如:李氏藏本作"如何"。

⑪满渠:原本作"满江",此据丁钞、聚珍本、《宋诗钞》校改。

⑫"如今"句:杜甫《花底》:"深知好颜色,莫作委泥沙。"

**【辑评】**

宋刘辰翁《评点》:(第一首末句)善用古语,自出新意。(第二首末句)语语好。

# 寄季申

雨歇城南泥未干①,遥知独立整衣冠。旧时邺下刘公幹,今日辽东管幼安。②绿阴展尽身犹远,黄鸟飞来节已阑。安得一樽生耳热③,暂时相对说悲欢。

**【题解】**

此诗作于建炎元年(1127)。处于彼时"身犹远"、"节已阑"的情景之下,亦惟有与友人"相对说悲欢"而已。

**【注释】**

①城南:聚珍本作"城西"。

②"旧时"二句:黄庭坚《以梅馈晁深道戏赠二首》其二:"前身邺下刘公幹,今日江南庾子山。"《三国志·魏书·管宁传》:"管宁字幼安,北海朱虚人也。……天下大乱,闻公孙度令行于海外,遂与原及平原王烈等至于辽东。度虚馆以候之。既往见度,乃庐于山谷。时避难者多居郡南,而宁居北,示无迁志,后渐来从之。"

③耳热:耳朵发热。杨恽《报孙会宗书》:"酒后耳热,仰天拊缶,而呼乌乌。"

# 题继祖蟠室三首

云起炉山久未移,功名不恨十年迟①。日斜疏竹可窗影,正是幽人睡足时。

万卷吾今一字无,打包随处野僧如②。短檠未尽残年债,欲问班生试借书。③

中兴天子要人才,当使生擒颉利来。④正待吾曹红抹额,
不须辛苦学颜回。⑤

**【题解】**

此组诗作于建炎元年(1127)。其中第一首,昭示出历经磨难的诗人,
已然返璞归真,与大自然完全融合在一起,精神得到了最大的解脱;其内心
的超然旷达,也已经通过此类诗歌中的平淡自然之风展现出来。而这,足
可构成陈与义南渡后诗篇多样化艺术风格的一个重要侧面。当然,虽然不
能认为是决然对立,问题却也还有另外的一面,正如第三首所写,国破家亡
之痛使得诗人猛然觉醒:如果大家都做颜子,谁来挽救国家和民族? 这显
然是感到了挽回知识人与朝廷疏离局面的重要性和困难性,所以要求士大
夫将自己的人生价值与朝廷紧密结合起来。

**【注释】**

①"功名"句:白居易《初除主客郎中知制诰与王十一李七元九三舍人
中书同宿话旧感怀》:"莫怪不如君气味,此中来校十年迟。"陈师道《除官》:
"端能几字正,敢恨十年迟。"

②"打包"句:随处,聚珍本作"借处"。刘昌诗《芦浦笔记》卷三:"行路
有打伴、打包、打轿。"郑克《折狱龟鉴》卷五:"僧之富者必不能出游,其出游
也,则必治装告别,亦不能如打包僧翩然往也。"

③"短檠(qíng)"二句:残年债,丁钞、聚珍本作"残年兴"。试借书,聚
珍本作"借赐书"。韩愈《短灯檠歌》:"此时提携当案前,看书到晓那能眠。"
《汉书·叙传上》:"(班)彪字叔皮,幼与从兄嗣共游学,家有赐书,内足于
财,好古之士自远方至,父党扬子云以下莫不造门。嗣虽修儒学,然贵老、
严之术。"桓生欲借其书,嗣不进。

④"中兴"二句:中兴,国家由衰退而复兴。当使,原本作"要使",此据丁
钞、聚珍本校改。《新唐书·李靖传》:"颉利走保铁山,遣使者谢罪,请举国
内附。以靖为定襄道总管迎之。又遣鸿胪卿唐俭、将军安修仁慰抚。靖
谓副将张公谨曰:'诏使到,虏必自安,若万骑赍二十日粮,自白道袭之,必得
所欲。'公谨曰:'上已与约降,行人在彼,奈何?'靖曰:'机不可失,韩信所以

破齐也。如唐俭辈何足惜哉！'督兵疾进，行遇候逻，皆俘以从，去其牙七里乃觉，部众震溃，斩万余级，俘男女十万，禽其子叠罗施，杀义成公主。颉利亡去，为大同道行军总管张宝相禽以献。于是斥地自阴山北至大漠矣。"

⑤"正待"二句：《爱日斋丛钞》卷五：《元和圣德》诗云"以红帕首"。注者引《实录》曰："禹会涂山之夕，大风雷震，有甲步卒千余人，其不被甲者，以红绢帕抹其额，自此遂为军容之服。又退之《送幽州李端公序》，'红帕首'帕一作抹。《送郑权尚书序》'帕首靴裤'，盖屡用之。……唐娄师德使吐蕃，谕国威信，虏为畏悦。后募猛士讨吐蕃，乃自奋戴红抹头来应诏。此近涂山军容之遗制，虽不敢以释帕首，其云戴红抹额，抑亦帕首巾帻之物尔。"《论语·雍也》："一箪食，一瓢饮，在陋巷，人不堪其忧，回也不改其乐。"秦韬玉《贵公子行》："却笑儒生把书卷，学得颜回忍饥面。"


# 述　怀


闭户生白发，逍遥步城隅。野外晴林满，天末暮云孤。水容淡春归，草色带雨濡。物态纷如昨，世事再呜呼①。京洛了在眼，山川一何迂。乘槎莽未办②，且复小踟蹰。


**【题解】**

此诗作于建炎元年(1127)。南渡文人对于京洛生活的怀念，往往与痛彻心扉的亡国之痛糅合在一起。《述怀》正是此类诗作中的一首。晁说之也是如此，如《过雁和二十二弟韵》二首其一(首句"我避胡尘淮海远")以及《寓高邮禅居寺》(首句"冰霜岁暮时")所写，可以并读。

**【注释】**

①"世事"句：杜甫《遣怀》："吾衰将焉托，存没再呜呼。"

②乘槎：原误作"垂槎"，据聚珍本校改；本指上天。《博物志》卷三："旧说天河与海通。近世有人居海渚者，年年八月有浮槎去来不失期。人有奇志，立飞阁于槎上，多赍粮，乘槎而去。"此处喻入朝做官。杜甫《奉赠萧十

二使君》:"起草鸣先路,乘槎动要津。"

【辑评】
宋刘辰翁《评点》:("京洛"二句)此语可痛。(末句)俯仰且是。

# 寄题赵景温筠居轩①

相逢汉江边,盗起方如云。②当时苍黄意,亦可无此君。③
俗士固鲜欢,王孙终逸群。清秋不可负,牖壁看修筠。碧干
立疏雨,丛梢冒斜曛。引君著胜地,世事徒纠纷。④何时微月
夕,胡床与子分。⑤高吟呼天风,夜半笙箫闻⑥。

【题解】
　　此诗作于建炎元年(1127)。赵景温,殆宗室也,故诗中以"王孙"称之。
诗作咏竹寄怀,"碧干立疏雨"的修竹,在这里不正是诗人品德操守的寄托
与象征么? 张嵲《题景温筠居》(首句"昔游安康道")与陈与义此诗当系一
时之作。

【注释】
　　①诗题:原脱"居",此据丁钞、聚珍本校补。
　　②"相逢"二句:《汉书·食货志下》:"令禁铸钱,则钱必重,重则其利
深,盗铸如云而起。"颜师古注:"言其多。"
　　③"当时"二句:苍黄,比喻事物的变化。孔稚珪《北山移文》:"岂期终
始参差,苍黄翻覆。"
　　④"引君"二句:《世说新语·任诞》:"王卫军云:酒正自引人著胜地。"
纠纷,原本作"纷纷",此据丁钞、聚珍本校改;交错杂乱貌。司马相如《子虚
赋》:"岑崟参差,日月蔽亏,交错纠纷,上干青云。"皇甫冉《题高云客舍》:
"世事徒乱纷,吾心方浩荡。"
　　⑤"何时"二句:《世说新语·容止》:"庾太尉在武昌,秋夜气佳景清,使

吏殷浩、王胡之之徒登南楼理咏。音调始遒,闻函道中有屐声甚厉,定是庾公。俄而率左右十许人步来,诸贤欲起避之,公徐云:'诸君少住,老子于此处兴复不浅。'因便据胡床与诸人咏谑竟坐,甚得任乐。"与子,原本作"与予",此据李氏藏本校改。胡床,又称交床、交椅、绳床,一种可折叠的轻便坐具。东汉末年传自西域,故称胡床。《风俗通》:"(汉)灵帝好胡服、胡帐、胡床,京师皆竞为之。"隋炀帝更名交床。

　　⑥夜半:闽本作"半夜"。

**【辑评】**

　　宋刘辰翁《评点》:("相逢"二句)凿户纳竹,所谓好事,发明得又别,千古名言。


# 重　阳


　　去岁重阳已百忧,今年依旧叹羁游。篱底菊花唯解笑,镜中头发不禁秋。<sup>①</sup>凉风又落宫南木,老雁孤鸣汉北州。如许行年那可记,谩排诗句写新愁。


**【题解】**

　　此诗作于建炎元年(1127)。诗人忧心国事,无时不兴起家国之悲。如诗中"去岁重阳已百忧,今年依旧叹羁游"、"凉风又落宫南木,老雁孤鸣汉北州"各二句,就充满了伤感,表现出忧国伤乱的情怀。

**【注释】**

　　①"篱底"二句:杜甫《九日五首》其二:"即今蓬鬓改,但愧菊花开。"

**【辑评】**

　　宋刘辰翁《评点》:("凉风"二句)可感。

　　元方回《瀛奎律髓》卷二六:"菊花"对"头发",即老杜"蓬鬓"、"菊花"一联定例。又,清纪昀:(三、四句)"头发"二字不雅,此避黄花白发耳。

# 有感再赋

忆昔甲辰重九日，天恩曾与宴城东。①龙沙此日西风冷②，谁折黄花寿两宫。

**【题解】**

此诗作于建炎元年(1127)。诗作先是追忆君臣在汴京欢度重阳，接着笔锋一转，设想徽、钦二帝在金国的凄凉生活；两相比较，更能突出悲怆情怀。两宫一去不返，成为彼时文学作品中中原遗恨的集结点，也是激励朝野士气的重要精神源泉。如刘一止《傅子骏右司见和雪句且有两宫北狩之感复用韵二首》其一(首句"万里胡沙惊毳幕")以及沈与求《戊申初寒偶作》中"吾侪小人不论数"诸句亦是如此，可以参读。

**【注释】**

①"忆昔"二句：忆昔，聚珍本、《诗林广记》后集卷八作"忆得"。曾与，丁钞、聚珍本、《诗林广记》本、《宋诗钞》作"曾预"。

②"龙沙"句：《后汉书·班超传赞》："坦步葱、雪，咫尺龙沙。"李贤注："白龙堆，沙漠也。"此日，《诗林广记》本作"北望"。

**【辑评】**

宋刘辰翁《评点》：("龙沙"二句)直须写至此，不忍下笔。

宋蔡正孙《诗林广记》后集卷八：简斋此诗，悲慨之情溢于言外，有老杜风，此后村所以谓其"造次不忘忧爱"也。

元仇远《金渊集》卷六《读陈去非九日诗》：忆得甲辰重九日，宣和遗恨几番秋。蒋陵依旧西风在，一度黄花一度愁。

明胡应麟《诗薮》外编卷五：王维"遥知兄弟登高处，遍插茱萸少一人"，岑参"遥怜故园菊，应傍战场开"，皆佳句也。去非《重九》二绝七言云："龙沙北望西风冷，谁折黄花寿两宫。"五言云："菊花纷四野，作意为谁秋。"虽用前人之意，而不袭其语，殊自苍然。

# 感　事

　　丧乱那堪说<sup>①</sup>，干戈竟未休。公卿危左衽，江汉故东流。<sup>②</sup>风断黄龙府，云移白鹭洲。云何舒国步<sup>③</sup>，持底副君忧。世事非难料，吾生本自浮<sup>④</sup>。菊花纷四野，作意为谁秋。<sup>⑤</sup>

## 【题解】

　　这首五言排律作于建炎元年(1127)春，时寓居邓州(今河南邓县)。开篇便以国事为念：自从靖康丧亡离乱以来，国事扰攘，已是不堪叙说；而兵戈一起，不知何时才能望其止息。"那堪""竟未"二语沉痛无比。次二句，谓面对残局，公卿士大夫人人自危，纷纷逃散，诗人却表示要像江汉东流一样，忠于宋室。再谓旧君音讯杳闻，新君追随不及，陈述当时所面临的严峻局势，为后文抒发感慨铺垫。以下，慨叹时势艰危如彼，身世飘零如此，无力纾解国难，为君分忧，已足使人抑郁感伤。然则秋日黄花，纷披四野，作此荣秀，更欲使何人观赏耶？

## 【注释】

　　①"丧乱"句：《诗·大雅·桑柔》："天降丧乱，灭我立王。降此蟊贼，稼穑卒痒。"

　　②"公卿"二句：左衽，聚珍本作"北顾"；衣襟向左掩，主要借指异族入侵。《论语·宪问》："微管仲，吾其被发左衽矣。"《尚书·禹贡》："江汉朝宗于海。"

　　③"云何"句：《诗·大雅·桑柔》："于乎有哀，国步斯频。"国步，毛传："步，行；频，急也。"高亨注："国步，犹国运。"

　　④自浮：丁钞作"是浮"。

　　⑤"菊花"二句：纷四野，潘本作"分四野"。杜甫《九日寄岑参》："是节东篱菊，纷披为谁秀。"

宋刘克庄《后村诗话》前集卷二：徐师川《闻捷》云："时时传破虏，日日望修门。"又云："诸公宜努力，荆棘已千村。"陈简斋《感事》云："风断黄龙府，云移白鹭洲。菊花纷四野，作意为谁秋。"颇逼老杜。

元方回《瀛奎律髓》卷三二："危"、"故"二字最佳。黄龙府，谓二帝北狩；白鹭洲，谓高庙在金陵。又，冯班评：好。又，清纪昀：此诗真有杜意，乃气味似，非面貌似也。第八句"底"字缪鄙。


# 送客出城西


邓州谁亦解丹青，画我羸骖晚出城。①残年政尔供愁了，末路那堪送客行②。寒日满川分众色，暮林无叶寄秋声。垂鞭归去重回首，意落西南计未成。


【题解】

此诗建炎元年（1127）作于邓州。避乱至此，先写残年送客，情所难堪。五、六句写景，描绘精妍，炼字得法。末二句叹未成西南之行，客人独去，不得与偕。

【注释】

①"邓州"二句：晚出城，丁钞、聚珍本、《宋诗钞》作"晓出城"。杜甫《画像题诗》："洛阳无限丹青手，还有工夫画我无。"

②"末路"句：《战国策·秦策五》："《诗》云：行百里者，半于九十。此言末路之难。"谢灵运《酬从弟惠连》："末路值令弟，开颜披心胸。"

【辑评】

宋刘辰翁《评点》：（"残年"四句）四句情景无余。

元方回《瀛奎律髓》卷二四：五、六一联绝妙。"分"字、"寄"字奇。又，清纪昀：简斋风骨自不同，六句警绝，前人未道。以"分"字、"寄"字取之，浅矣。

# 得席大光书因以诗迓之①

十月高风客子悲,故人书到暂开眉。②也知廊庙当推毂③,无奈江山好赋诗。万事莫论兵动后,一杯当及菊残时。喜心翻倒相迎地,不怕荒林十里陂。④

## 【题解】

此诗作于建炎元年(1127)十月。起笔既写出一己心情,又点出迎客之意。"也知廊庙当推毂"二句,承"开眉"而来,既是对朋友得官的祝贺,也表明二人相聚,正好把臂同游,得啸傲河山之乐。"无奈"二字暗寓山河残破之意。"万事莫伦兵动后,一杯当及菊残时"一联,是说种种伤心事无从说起,还是趁残菊尚在,早日到来,共饮一杯吧!既是劝说,也是宽慰。最后,表现出欢迎朋友的热烈情绪,从中可见友情之诚挚深厚。全篇感情诚笃忠厚,堪比老杜。又巧妙运用虚字,使全诗前后呼应,转运灵便,气韵生动。于中,颇能显出江西诗派语句明畅、音节浏亮的优长处。

## 【注释】

①诗题:聚珍本无"因",李氏藏本"迓"下无"之"。

②"十月"二句:高风,聚珍本作"风高"。开眉,解愁,欣喜。白居易《偶作寄朗之》:"歧分两回首,书到一开眉。"

③"也知"句:《汉书·郑当时传》:"其推毂士及官属丞史,诚有味其言也。"颜师古注:"推毂,言荐举人如推毂之运转也。"

④"喜心"二句:杜甫《喜达行在所三首》其二:"喜心翻倒极,呜咽泪沾巾。"翻倒,原本作"翻到",据聚珍本校改。荒林,聚珍本作"寒林"。

# 送大光赴石城

石城高嵲嵲<sup>①</sup>，城下是江波。莫愁织绮地<sup>②</sup>，年来战马过。秀眉使君医国手，却把江头无事酒。<sup>③</sup>山川勃郁不平处，浇以三杯一搔首。<sup>④</sup>半江楼影白逶迤，想见春流二月时。<sup>⑤</sup>待予去扫仲宣赋<sup>⑥</sup>，走马还朝亦未迟。

**【题解】**

此诗作于建炎元年（1127）。席益次年知郢州，此行盖赴郢州之任，故陈与义的这首赠别诗中有"秀眉使君"句。面对时局，诗人也写出了"莫愁织绮地，年来战马过"，"待予去扫仲宣赋，走马还朝亦未迟"的句子，渗透着挥之难去的感伤之情。这是一种颠沛困厄中不忘国事的情怀。

**【注释】**

①"石城"句：嵲嵲（dié niè），小而不安貌。杜甫《自京赴奉先县咏怀五百字》："凌晨过骊山，御榻在嵲嵲。"

②"莫愁"句：《乐府诗集》卷四八："《唐书·乐志》曰：'《莫愁乐》者，出于《石城乐》。石城有女子名莫愁，善歌谣，《石城乐》和中复有忘愁声，因有此歌。'"梁武帝《河中之水歌》："河中之水向东流，洛阳女儿名莫愁。莫愁十三能织绮，十四采桑南陌头。"

③"秀眉"二句：《南史·何点传》："点明目秀眉，容貌方雅。"李白《山人劝酒》："秀眉霜雪颜桃花，骨青髓绿长美好。"《国语·晋语》："对曰：'上医医国，其次医人。'"《史记·张仪列传》："陈轸曰：'公何好饮也？'犀首曰：'无事也。'口：'吾请令公厌事可乎？'"苏轼《送王伯扬守虢》："惟有使君千里来，欲饮三堂无事酒。"

④"山川"二句：刘禹锡《楚望赋》："动植瞭兮已分，山川郁乎不平。"宋玉《风赋》："勃郁烦冤，冲孔袭门。"《世说新语·任诞》："王孝伯问王大：'阮

271

籍何如司马相如？'王大曰：'阮籍胸中垒块，故须酒浇之。'"韩愈《感春四首》其四："数杯浇肠虽暂醉，皎皎万虑醒还新。"

　　⑤"半江"二句：王粲《登楼赋》："路逶迤以修迥兮，川既漾而济深。"韩愈《送李翱》："广州万里途，山重江逶迤。"春流，丁钞作"春风"。

　　⑥"待予"句：王粲《登楼赋》李善注："盛弘之《荆州记》曰：'当阳县城楼，王仲宣登之而作赋。'"《三国志·魏书·王粲传》："粲字仲宣，山阳高平（治所在今山东微山西北）人也。献帝西迁，粲徙长安……以西京扰乱，皆不就。乃之荆州依刘表。"赋中有云："虽信美而非吾土兮，曾何足以少留。遭纷浊而迁逝兮，漫逾纪以迄今。情眷眷而怀归兮，孰忧思之可任。"


# 梦中送僧觉而忘第三联戏足之

　　两鸿同一天，羽翼不相及①。偶然一识面，别意已超忽②。去程秋光好，万里无断绝。虽无仁人言，赠子以明月。

**【题解】**

此诗作于建炎元年(1127)。这是一首颇有禅意的送僧诗，体现出对于人生离别的超然态度。

**【注释】**

①"羽翼"句：《左传·僖公四年》："君处北海，寡人处南海，唯是风马牛不相及也。"

②"别意"句：李白《金陵酒肆留别》："请君试问东流水，别意与之谁短长。"王巾《头陀寺碑文》："东望平皋，千里超忽。"吕向注："超忽，远貌。"

**【辑评】**

宋刘辰翁《评点》：(末句)浑成语。

# 无　题

　　六经在天如日月<sup>①</sup>，万事随时更故新。江南丞相浮云坏，洛下先生宰木春。<sup>②</sup>孟喜何妨改师法，京房底处有门人。<sup>③</sup>旧喜读书今懒读，焚香阅世了闲身。<sup>④</sup>

## 【题解】

　　此诗作于建炎元年(1127)。宋室南渡后，王安石新学独霸的局面已经打破，并开始在走下坡路，而"伊川学"则走在上坡路上。陈与义注意到了这一动向，行诸诗篇，且以末二句"旧喜读书今懒读，焚香阅世了闲身"表明态度。陆游《老学庵笔记》卷八有云："唐人诗中有曰'无题'者，率杯酒狎邪之语，以其不可指言，故谓之'无题'，非真无题也。近岁吕居仁、陈去非亦有曰'无题'者，乃与唐人不类。或真忘其题，或有所避，其实失于不深考耳。"诗题《无题》，说明冷眼旁观的同时，或亦不免"有所避"，实难高蹈于纷争之外。即便如此，理学家对陈与义的表现也是不甚满意的，正《朱子语类》所谓"与他分一个是非始得"。言下之意，是说陈与义在这个问题上并未分清是非。

## 【注释】

　　①"六经"句：萧统《文选序》："若夫姬公之籍，孔父之书，与日月俱悬。"

　　②"江南"二句：江南丞相，胡注：谓王文公。《维摩经》："是身如浮云，须臾变灭。"苏轼《王安石赠太傅制》："浮云何有，脱屣如遗。"洛下先生，胡注：意谓二程先生。

　　③"孟喜"二句：《汉书·孟喜传》："孟卿以《礼经》多，《春秋》烦杂，乃使喜从田王孙受《易》。喜好自称誉，得《易》家候阴阳灾变书，诈言师田生且死时枕喜膝，独传喜，诸儒以此耀之。同门梁丘贺疏通证明之，曰：'田生绝于施雠手中，时喜归东海，安得此事？'……博士缺，众人荐喜。上闻喜改师法，遂不用喜。"《汉书·梁丘贺传》："房出为齐郡太守，贺更事田王孙。宣

帝时,闻京房为《易》明,求其门人,得贺。"

④"旧喜"二句:旧喜,聚珍本作"旧爱"。《后汉书·边韶传》:"边韶,字孝先,陈留浚仪人也。以文章知名,教授数百人。韶口辩,曾昼日假卧,弟子私嘲之曰:'边孝先,腹便便。懒读书,但欲眠。'韶潜闻之,应时对曰:'边为姓,孝为字。腹便便,五经笥。但欲眠,思经事。寤与周公通梦,静与孔子同意。师而可嘲,出何典记?'"阅世,经历世事。刘禹锡《宿诚禅师山房题赠》二首其二:"视身如传舍,阅世甚东流。"

## 【辑评】

宋朱熹《朱子语类》卷一四〇:刘叔通屡举简斋"六经在天如日月,万事随时更故新。江南丞相浮云坏,洛下先生宰木春"(前谓荆公,后谓伊川)。先生曰:"此诗固好,然也须与他分一个是非始得。天下之理,那有两个都是?必有一个非。"

宋刘辰翁《评点》:(末句)其时其人,可以意会。末二句尽难言之感,南渡之中兴以此。


# 刘大资挽词二首①

天柱欹倾日,堂堂堕虏围。② 遂闻王蠋死,不见华元归。③
一代名超古,千年泪染衣。当时如有继,犹足变危机④。

一死公余事,由来虏亦人⑤。使知临难日,犹有不欺臣⑥。
河洛倾遗愤,英雄叹后尘⑦。煌煌中兴业,公合冠麒麟。⑧


## 【题解】

此二诗当作于建炎元年(1127)刘韐被南宋朝廷赠官予谥之后。刘韐,字仲偃。子羽之父,珙之祖。建州人。建炎元年赠资政殿大学士,谥"忠显"。陈与义没有用一字一句去表彰刘韐平生的其他业迹或才能,而是集中笔墨颂扬他的节义,可谓开门见山,重点突出。而且,这两首诗立论严正,词句工整,用典多出经史,行文之间有一种肃穆、正大之气,完全合乎传统的挽诗写法。更为值得注意的是,作者在这种严整的形式中,还做到了议论精警,感情充沛,使作品具有很强的感染力。

**【注释】**

①诗题中"刘大资",即刘韐。建炎元年赠资政殿大学士,谥"忠显"。

②"天柱"二句:《南史·梁元帝纪》:王僧辩劝进表:"地维绝而重纽,天柱倾而更植。"堕虏,聚珍本妄改作"堕急"。

③"遂闻"二句:《史记·田单传》:"燕之初入齐,闻画邑人王蠋(zhú)贤,令军中曰'环画邑三十里无人',以王蠋之故。已而使人谓蠋曰:'齐人多高子之义,吾以子为将,封子万家。'蠋固谢。燕人曰:'子不听,吾引三军而屠画邑。'王蠋曰:'忠臣不事二君,贞女不更二夫。齐王不听吾谏,故退而耕于野。国既破亡,吾不能存;今又劫之以兵为君将,是助桀为暴也。与其生而无义,固不如烹!'遂经其颈于树枝,自奋绝脰而死。"华元,春秋时期宋国大臣。曾被俘于郑,得脱后归宋。

④"犹足"句:杜甫《伤春五首》其三:"不成诛执法,焉得变危机。"

⑤虏亦人:聚珍本妄改作"彼亦人"。

⑥"犹有"句:《春秋公羊传·宣公十五年》:"司马子反曰:'以区区之宋,犹有不欺人之臣,可以楚而无乎?是以告之也。'"

⑦叹后尘:原本作"艰后尘"。

⑧"煌煌"二句:《汉书·苏武传》:"甘露三年,单于始入朝。上思股肱之美,乃图画其人于麒麟阁,法其形貌,署其官爵、姓名……皆有功德,知名当世,是以表而扬之,明著中兴辅佐,列于方叔、召虎、仲山甫焉。凡十一人,皆有传。"张晏注:"武帝获麒麟时作此阁,图画其象于阁,遂以为名。"颜师古注:"《汉宫阁疏名》云萧何造。"这十一个人分别是:霍光、张安世、韩增、赵充国、魏相、丙吉、杜延年、刘德、梁丘贺、萧望之、苏武。

**【辑评】**

元方回《瀛奎律髓》卷四三:诗家不专用实句实字,而或以虚为句,句之中以虚字为工,天下之至难也。后山曰:"欲行天下独,信有俗间疑。""欲行"、"信有"四字是工处。"剩欲论奇字,终能讳秘方。""剩欲"、"终能"四字是工处。简斋曰:"使知临难日,犹有不欺臣。""使知"、"犹有"四字是工处。他皆仿此。

# 正月十二日自房州城遇金虏至
# 奔入南山十五日抵回谷张家①

久谓事当尔,岂意身及之。②避虏连三年,行半天四维。③
我非洛豪士,不畏穷谷饥。④但恨平生意⑤,轻了少陵诗。今年
奔房州,铁马背后驰。造物亦恶剧,脱命真毫厘。⑥南山四程
云,布袜傲险巇⑦。篱间老炙背,无意管安危。知我是朝士,
亦复颦其眉⑧。呼酒软客脚⑨,菜本濯玉肌。穷途士易德⑩,欢
喜不复辞。向来贪读书,闭户生白髭。岂知九州内,有山如
此奇。自宽实不情,老人亦解颐。⑪投宿恍世外,青灯耿茅茨。
夜半不能眠,涧水鸣声悲。

## 【题解】

此诗作于建炎二年(1128)。南山,在房县南三里,一名凤凰山。作为
陈与义流亡诗中的五首力作,顿挫沉郁,音节苍凉,深得"少陵诗"之旨趣。
尽管仍然不免略微粗糙之处,但其中描绘大难后获山间老农救济、惊恐之
情稍见平复即以喜见奇山而兴奋,以及终因避乱他乡而夜不能寐、心生悲
戚等,均饱含着超越字面意义的痛切情怀。而厚重的内涵以外,诗中也还
有类似于"菜本濯玉肌"的出奇之笔,以机巧构思,写出欣喜中深含的感慨
之意。

## 【注释】

①题中"自房州城遇金虏","金虏"原本作"虏",此据丁钞、聚珍本校
补。又,聚珍本"虏"作"兵",无"城"。

②"久谓"二句：句法本于柳宗元《觉衰》："久知老会至，不谓便见侵。今年宜未衰，稍已宋相寻。"

③"避虏"二句：虏，聚珍本作"兵"。《淮南子·天文训》："东北为报德之维也，西南为背阳之维，东南为常羊之维，西北为号通之维。"

④"我非"二句：《剧谈录》卷下：乾符中，洛中有豪贵子弟，承藉勋荫，饮馔华鲜，极口腹之欲。尝谓门僧圣刚曰："凡以炭炊馔，先烧令熟，谓之炼火，方可入爨，不然，犹有烟气。"及大寇先陷瀍洛，财产剽掠俱尽，昆仲数人，与圣刚同时窜避，潜伏山谷，不食者三日。贼锋稍远，徒步将往河桥，道中小店始开，以脱粟为餐而卖。僧囊中有钱数文，买于土杯同食，腹枵既甚，粱肉之美不如。僧笑而谓曰："此非炼炭所炊，不知可与诸郎君吃否？"但低首惭腼，无复词对。

⑤"但恨"句：《世说新语·言语》："郗太尉拜司空，语同坐曰：'平生意不在多，值世故纷纭，遂至台鼎。朱博翰音，实愧于怀。'"

⑥"造物"二句：恶剧，恶作剧。苏轼《白水山佛迹岩》："山灵莫恶剧，微命安足赌。"柳宗元《寄韦珩》："奇疮钉骨状如箭，鬼手脱命争纤毫。"

⑦险巇（xī）：艰困险阻。马融《长笛赋》："夫固危殆险巇之所迫也，众哀集悲之所积也。"

⑧"亦复"句：《庄子·天运》："西施病心而矉其里，其里之丑人见而美之，归亦捧心而矉其里。其里之富人见之，坚闭门而不出。贫人见之，挈妻子而去之走。彼知美矉，而不知矉之所以美。"

⑨"呼酒"句：《新唐书·杨国忠传》："帝常岁十月幸华清宫，春乃还。而诸杨汤沐馆在宫东垣，连蔓相照。帝临幸，必遍五家，赏赉不訾计。出有赐，曰'饥路'，返有劳，曰'软脚'。"《大唐遗事》："郭子仪自同州归，诏大臣就宅作软脚局，人率三百千。"

⑩"穷途"句：《史记·平原君列传》："士方其危苦之时，易德耳。"张守节《正义》："言士方危苦之时，易有恩德。"

⑪"自宽"二句：《列子·天瑞》："孔子游于太山，见荣启期行乎郕之野，鹿裘带索，鼓琴而歌。……孔子曰：'善乎！能自宽者也。'"不情，不近人情。《汉书·匡衡传》："诸儒为之语曰：'无说《诗》，匡鼎来。匡语《诗》，解

277

人颐。'"颜师古注引如淳曰:"使人笑不能止也。"

**【辑评】**

宋刘辰翁《评点》:("久谓"二句)恨恨无涯,又胜子厚《白发》,每见潸然。("我非"二句)情语自别。("亦复"句)隔世诵此,如对当日避世,常有此不能言。(末句)转换余情,殆不忍读,欣悲多态,尚觉《北征》为烦。

宋佚名《简斋集增注》引邓剡(中斋):此诗尽艰苦历落之态,杂悲喜忧畏之怀,玩物适意语,时见于奔走仓中,杜北征、柳南涧,盖兼之。

明解缙等《永乐大典》卷八二三引罗志仁《姑苏笔记》:柳子厚《觉衰》一首,起语云:"久知老会至,不谓便见侵。"陈简斋房州避难,起语云:"久谓事当尔,岂意身及之。"事不同而情同,有吻合如此。


# 正月十六夜二绝

正月十六夜,竹篱田父家。明月照树影,满山如龙蛇。①
二更风薄竹,悲吟连夜分。村西递余韵,应胜此间闻。


**【题解】**

此二诗作于建炎二年(1128)。第一首中"明月照树影"二句,谓明月映照之下,地上树影纵横,交错叠出,像满山龙蛇在奔逐,写来生动如见。

**【注释】**

①"明月"二句:黄庭坚《八月十四日夜刀坑口对月奉寄王子难子闻适用》:"寒藤老木被光景,深山大泽皆龙蛇。"

**【辑评】**

宋刘辰翁《评点》:(末句)又似笛诗。

# 坐涧边石上

三面青山园竹篱,人间无路访安危。扶筇共坐槎牙石①,涧水悲鸣无歇时。

**【题解】**

此诗作于建炎二年(1128)。诗作记录避乱生涯,反映动乱时代带来的无边忧患,痛苦的心境和索寞孤独的形象如在目前。其中"扶筇共坐槎牙石"二句,尤能移情入景,托出绵绵愁恨。

**【注释】**

①"扶筇"句:槎牙,错落不齐之状。苏轼《江上看山》:"前山槎牙忽变态,后岭杂沓如惊奔。"

# 十七日夜咏月

月轮隐东峰,奇彩在南岭。①北崖草木多,苍茫映光景。玉盘忽微露②,银浪泻千顷。岩谷散陆离,万象杂形影③。不辞三更露,冒此白发顶④。老筇无前游,危处有新警。涧光如翻鹤,变态发遥境。回首房州城,山中夜何永。

**【题解】**

此诗作于建炎二年(1128)。诗作用准确形象的语言描绘了山中月夜景色,它是如此幽静迷人,难怪作者"不辞三更露,冒此白发顶",要前去一游,并且流连忘返了。不过,据诗末"回首房州城"二句,结合后录《独立》诗中"偷生亦聊尔,难与众人言",以及《采菖蒲》诗中"明朝却觅房州路,飞下山颠不要扶"等,也可想见山中愁苦之状。

**【注释】**

①"月轮"二句:月轮,圆月。庾信《象戏赋》:"月轮新满,日晕重圆。"奇彩,原本作"可彩",据丁钞、《宋诗钞》校改。谢灵运《游南亭》:"密林含余清,远峰隐半规。"谢庄《月赋》:"增华台室,扬采轩宫。"

②"玉盘"句:李白《古朗月行》:"小时不识月,呼作白玉盘。"

③"万象"句:杂形影,丁钞作"离形影"。《景德传灯录》卷三〇《一钵歌》:"青天寥寥月初上,此时影空含万象。"

④"冒此"句:杜甫《毒热寄简崔评事十六弟》:"开襟仰内弟,执热露白头。"

**【辑评】**

宋刘辰翁《评点》:("泂光"句)甚新。

# 独　立

篱门一徙倚①,今夜天星繁。独立人世外,唯闻泂水喧。丛薄凝露气,群峰带春昏。②偷生亦聊尔,难与众人言。③

**【题解】**

此诗作于建炎二年(1128)。夜中独立,由景到心,诗人不禁念及自己这样的于浮世中偷闲安居,也实在是很难向别人说的。

**【注释】**

①"篱门"句:《楚辞·远游》:"步徙倚而遥思兮,怊惝恍而永怀。"王逸注:"傍偟东西,意愁愤也。"

②"丛薄"二句:《淮南子·俶真训》:"鸟飞千仞之上,兽走丛薄之中。"高诱注:"聚木曰丛,深草曰薄。"李贺《感讽六首》其六:"蘡蒙梨花满,春昏弄长啸。"

③"偷生"二句:《荀子·荣辱篇》:"以偷生反侧于乱世之间,是奸人之

所以取危辱死刑也。"司马迁《报任安书》："然此可为智者道,难为俗人言也。"

## 【辑评】

宋刘辰翁《评点》:(末句)最是情钟此语。

# 采菖蒲

闲行涧底采菖蒲,千岁龙蛇抱石癯。①明朝却觅房州路,飞下山颠不要扶②。

## 【题解】

此诗作于建炎二年(1128)。诗作运用夸张手法,写菖蒲佳品健步轻身的特异功效。看来,作者在这方面有特殊的体验。又,广州艺术博物院藏有一幅署款为马守真的《菖蒲石图》,其上有署款为陈继儒所题的一首诗:"闲行涧底采菖蒲,千岁能令抱石癯。明朝飞下山颠路,过却房州不用扶。"与陈与义原诗相比,有比较明显的出入。这些异文,是判定《菖蒲石图》为赝品的重要依据(据陈志云《广州艺术博物院藏古代女画家作品真伪辨析》)。

## 【注释】

①"闲行"二句:《简斋集增注》:《本草》:菖蒲,采石涧所生紧如鱼鳞者,服之轻身。《耆域方》:"石菖蒲,服之,行如奔马。"苏轼《和子由记园中草木十一首》其九:"下有千岁根,蹙缩如蟠虬。"

②"飞下"句:杜甫《寄薛三郎中》:"上马不用扶,每扶必怒嗔。"白居易《不准拟二首》其一:"不准拟身年六十,上山仍未要人扶。"

# 与信道游涧边

斜阳照乱石,颠崖下双笻<sup>①</sup>。试从绝壑底,仰视最奇峰。回埼发涧怒,高霭生树容。<sup>②</sup>半岩菖蒲根,翠葆森伏龙<sup>③</sup>。岂无避世士,于此傥相逢。<sup>④</sup>客心忽悄怆<sup>⑤</sup>,归路迷行踪。

**【题解】**

此诗作于建炎二年(1128)。信道,孙确。诗末"岂无避世士"四句写游后感受,尤其是客心的悲怆与迷乱,幽愤深广。

**【注释】**

①颠崖:高耸的山崖。

②"回埼(qí)"二句:埼,曲折的堤岸。左思《吴都赋》:"埼岸为之不枯,林木为之润黩。"高霭,浮云。

③"翠葆"句:杜牧《华清宫三十韵》:"嫩岚滋翠葆,清渭照红妆。"

④"岂无"二句:苏轼《过宜宾见夷中乱山》:"岂无避世士,高隐炼精魄。"

⑤悄怆:忧伤,凄凉。柳宗元《至小丘西小石潭记》:"凄神寒骨,悄怆幽邃。"

**【辑评】**

宋刘辰翁《评点》:("岂无"四句)正可如此。

# 咏西岭梅花

雨后众崖碧,白处纷寒梅。遥遥迎客意,欲下山坡来。穷村爱春晚<sup>①</sup>,邂逅今日开。绛领承玉面,临风一低回。折归无可赠,孤赏心悠哉。

此诗作于建炎二年(1128)。梅花作为一个象征创作主体高雅审美情趣的意象,也得到南渡诗人的高度认可,在于清秀淡雅的梅正是南渡诗人嗜雅情怀的写照。作为当时诗坛的重要代表人物,陈与义诗"清邃超特"的特点,恐怕与诗人这种闲雅之趣的追求不无关系。

**【注释】**

①穷村:聚珍本作"穷谷"。

**【辑评】**

宋刘辰翁《评点》:("绛领"句)拙。

# 游南嶂同孙信道

遥瞻南嶂深复深,双崖与天藏太阴。青鞋济胜不能懒,踏破积雪穷崎嵚。空中朽树抱孤筱,无窍苍壁生横林。孤禽三叫危石裂①,欲返未返神萧森。磴回忽然何处所,当面烟如翠蛟舞②。石门泄风无昼夜,古木截道藏雷雨。丹丘赤城去几许,下视人间足尘土。③放身天地不自知,导以龙蛇翼熊餐。④山中异事记今晨,杖藜得道孙与陈。

**【题解】**

此诗作于建炎二年(1128)。孙信道,孙碻。诗作主要采用写实手法,具体细致地描摹南嶂所见奇险的面貌,给读者留下鲜明的印象。末尾写游后感受,虽有议论,但能适可而止,与苏轼、黄庭坚的大多数山水诗写法不同,效果也迥然有别。其中对时局的忧虑,都从景物描写中流露出来,不显痕迹。

**【注释】**

①"孤禽"句:《唐国史补》卷下:"李舟得村舍烟竹,截以为笛,坚如铁

石,以遗李牟。牟吹笛天下第一,月夜泛舟吹之。俄有客呼船请载。既至,请吹之。其声清壮,山石可裂,及入破,呼吸盘擗,应声粉碎。客忽不见,疑蛟龙也。”

②“当面”句:苏轼《洞霄宫》:“庭下流泉翠蛟舞,洞中飞鼠白鸦翻。”

③“丹丘”二句:孙绰《游天台山赋》:“赤城霞起而建标,瀑布飞流以界道。”“仍羽人于丹丘,寻不死之福庭。”李善注:“支遁《天台山铭序》曰:‘往天台,当由赤城山为道径。’孔灵符《会稽记》曰:‘赤城,山名,色皆赤,状似云霞。’《天台山图》曰:‘赤城山,天台之南门也。’”“《楚辞》曰:‘仍羽人于丹丘兮,留不死之旧乡。’王逸曰:‘因就众仙于明光也。丹丘,昼夜常明。’”

④“放身”二句:原本置于篇首,据丁钞、聚珍本、《宋诗钞》校移。放身,不受拘束。《新五代史·一行传论》:“孰若无愧于心,放身而自得。”

【辑评】

宋刘辰翁《评点》:(“古木”句)此诗两“藏”字,“雷雨”、“太阴”全犯。

# 游东岩

散策东岩路,梦中曾记经。①斜晖射残雪,崖谷遍晶荧②。鸦鸣山寂寂,意迥川冥冥。乘兴欲穷讨,会心还少停③。新晴远村白,薄暮群峰青。危途通仙境,胜日行画屏④。岂独净一念,将期朝百灵⑤。不同南涧咏,悲慨满中扃⑥。

【题解】

此诗作于建炎二年(1128)。诗末提到的“南涧咏”,是指柳宗元幽冷峭拔风格的代表作《南涧中题》(首句“秋气集南涧”)。虽然陈与义此诗不同于柳诗中被贬逐后的苦闷悲愤,但幽独的意境以及由此所表现出的诗人的寂寞情绪,却也显而易见,这是故意要翻柳诗之意的结果。又,“岂独净一念”句拗峭,同样使作品具有挺拔之气。

【注释】

①"散策"二句:散策,拄杖散步。杜甫《郑典设自施州归》:"北风吹瘴疠,羸老思散策。"苏轼《次韵子由书王晋卿画山水二首》其一:"老去君空见画,梦中我亦曾游。"

②崖谷:原本作"岩谷",据聚珍本校改。

③少停:丁钞、聚珍本作"小停"。

④"胜日"句:李白《赠崔秋浦三首》其三:"水从天汉落,山逼画屏新。"柳宗元《再至界围岩水帘遂宿岩下》:"幽岩画屏倚,新月玉钩吐。"

⑤"将期"二句:杜甫《桥陵诗三十韵因呈县内诸官》:"先帝昔晏驾,兹山朝百灵。"

⑥"不同"二句:苏舜钦尝题此诗后云:"柳子厚南迁后诗,清劲纡徐,大率类此。"又云:"柳仪曹《南涧》诗,忧中有乐,乐中有忧,盖妙绝古今矣。"然老杜云:"王侯与蝼蚁,同尽随丘墟。仪曹何忧之深也!"中扃,内心。《淮南子·主术训》:"故中欲不出谓之扃,外邪不入谓之塞。中扃外闭,何事之不节!外闭中扃,何事之不成!"

【辑评】

宋刘辰翁《评点》:("乘兴"二句)学始至若有得。(末句)极自洗炼。

# 晚望信道立竹林边

修竹林边烟过迟,幅巾藜杖立疏篱①。恨无顾陆同携手,写取孙郎觅句时。②

【题解】

此诗作丁建炎二年(1128)。诗作像一幅素描,但"恨无顾陆同携手"二句也牵涉到了对于诗、画间差异的感性认识。

【注释】

①"幅巾"句:《后汉书·符融传》:"融幅巾奋褎,谈辞如云。"李贤注:

"幅巾者,以一幅为之也。"

②"恨无"二句:觅句时,原本作"觅句诗",据丁钞、聚珍本校改。《北齐书·辛术传》:"少爱文史,晚更修学,虽在戎旅,手不释卷。及定淮南,凡诸资物一毫无犯,唯大收典籍,多是宋、齐、梁时佳本;鸠集万余卷,并顾、陆之徒名画,二王已下法书数亦不少,俱不上王府,唯入私门。及还朝,颇以馈遗权要,物议以此少之。"《类说》卷一五:"晋以来,顾长康、张僧繇、陆探微为画家三祖。"

# 雨晴徐步

百年几晴朝,徐步山径湿。忽悟春已深,鸣禽飞相及①。雪消众绿净,雾罢群峰立②。涧边千嵁岩,今日可复集。③

## 【题解】

此诗作于建炎二年(1128)。陈与义诗很注意遣词造句的新颖,比如同是写雨后新晴,此诗中"雪消众绿净"二句,就与《雨晴》中"墙头语鹊衣犹湿,楼外残雷气未平"、《积雨喜霁》中"叠云带余愤,远树增新绿"所写各是一种景,并且都是情景交融,极富诗情画意。陈与义后期的作品由于世变确实起了质的变化,但慷慨激昂只是基于环境的刺激,他的内在仍属于温和一类,故发为诗歌,便有了这一种调节,虽然仍带着淡淡的哀愁,但明显表现一份对生活的关注和爱,如此诗中所表达的对自然的观赏。这里面有诗人悠然自得的生活情感。

## 【注释】

①"鸣禽"句:谢朓《夏始和刘屯陵》:"浮云去欲穷,暮鸟飞相及。"

②"雾罢"句:《韩非子·难势》:慎子曰:"飞龙乘云,腾蛇游雾,云罢雾霁,而龙蛇与蚯蚓同矣,则失其所乘也。"

③"涧边"二句:可复集,原本作"何复集",据李氏藏本校改。《庄子·在宥》:"故贤者伏处大山嵁岩之下,而万乘之君忧栗乎庙堂之上。"嵁

286

(kān)，王先谦《集解》：当为"湛"。湛，深也。

**【辑评】**

宋刘辰翁《评点》：(末句)似可渐近晋人，酷欲复胜南磵，亦不可得，然已逼。

# 同信道晚登古原

幽怀忽牢落，起望登古原①。微吹度修竹，半林白翻翻②。日暮纷物态，山空销客魂。惜无一樽酒，与子醉中言。③

**【题解】**

此诗作于建炎二年(1128)。刘辰翁评末句所谓"甚似，甚似"，指的是甚似柳宗元《南涧中题》的幽寂情怀。

**【注释】**

①"起望"句：李商隐《登乐游原》："向晚意不适，驱车登古原。"

②翻翻：飘动貌。《善哉行》："经历名山，芝草翻翻。"温庭筠《南湖》："湖上微风入槛凉，翻翻菱荇满回塘。"

③"惜无"二句：杜甫《春日忆李白》："何时一樽酒，重与细论文。"

**【辑评】**

宋刘辰翁《评点》：(末句)甚似，甚似。

# 岸 帻

岸帻立清晓①，山头生薄阴。乱云交翠壁，细雨湿青林②。时改客心动，鸟鸣春意深③。穷乡百不理，时得一闲吟。

　　此诗作于建炎二年(1128)。这首诗把山上的景象写得极其传神,尤其是"乱云交翠壁"二句,不但形象地再现了阴云笼罩石壁、山林间细雨霏霏的画面,而且作者笔下的"乱云"、"细雨"都充满了柔情。

【注释】

　　①"岸帻(zé)"句:《世说新语·简傲》:(谢奕)"在温坐,岸帻啸咏,无异常日。"

　　②青林:《朱子语类》卷一四〇引作"青松"。

　　③鸟鸣:《瀛奎律髓》卷一七作"鸟啼"。

【辑评】

　　宋刘辰翁《评点》:("乱云"二句)此以上句胜。

　　元方回《瀛奎律髓》卷一七:清纪昀:此有杜意。又,五、六有味。


# 雨


　　云起谷全暗,雨晴山复明。①青春望中色,白涧晚来声。远树鸟群集,高原人独耕。老夫逃世日,坚坐听阴晴。②


【题解】

　　此诗作于建炎二年(1128)。纪昀评此诗为不"甜熟"之作,值得注意。"甜熟"也者,是指的通畅而温润之诗。这种诗原具有一种吸引人的魅力,但却缺少一定的骨力,没有疏放的高格。它不落套、不熟烂,因此不同于明七子之诗,也不同于"清秀李于鳞"的王士禛;它不熟滑、不浮滑,因此又不同于唐之白居易的某些俗滥的诗,更不同于明末公安一派的作风;它似刻意而又不似刻意,这就不同于黄庭坚和陈师道,更有别于竟陵体的幽深孤峭;它似有妆点而又不似妆点,这就不同于李商隐和西昆体;它洒脱旖旎而又不风华侧艳,这又与所谓齐梁体和香奁体有了分明的泾渭。但它却是人巧多于天工的。惟其总想要以人巧来夺天工之美,遂使它失去了天真与天趣、浑朴与自在,因此气格与气韵,就常常会弄得两败其伤。"甜熟"之诗虽落第二乘,不为纪昀所取,但真要作出这种诗来,也是极不容易的。最典型的"甜熟"之诗,千古以来,也唯有陆游最为得手。方回选诗,因宗法江西之故,自不取这方面的代表作。纪昀所批,也不过就其所选者而论罢了。(参刘衍文《诗与好诗》)

## 【注释】

①"云起"二句:全暗,潘本、丁钞、《宋诗钞》作"全曙"。雨晴,原本作"雨时",据潘本、丁钞、聚珍本校改。虞世南《奉和幽山雨后应令》:"日下林全暗,云收岭半空。"

②"老夫"二句:逃世日,潘本、丁钞、聚珍本作"逃世久"。坚坐,形容久坐。韩愈《赠侯喜》:"晡时坚坐到黄昏,手倦目劳方一起。"

## 【辑评】

元方回《瀛奎律髓》卷一七:清纪昀:语不必奇,而情迥无甜熟之味。

# 醉中至西径梅花下已盛开

梅花乱发雨晴时,褪尽红绡见玉肌。醉中忘却头边雪①,横插繁枝归竹篱。

## 【题解】

此诗作于建炎二年(1128)。陈善《扪虱新话》卷四云:"客有诵陈去非墨梅诗于予者,且曰:'信古人未曾到此。'予摘其一曰:'"粲粲江南万玉妃,别来几度见春归。相逢京洛浑依旧,只是缁尘染素衣。"世以简斋诗为新体,岂此类乎?'客曰:'然'。予曰:'此东坡句法也。坡梅花绝句云:"月地云阶漫 尊,玉奴终不负东昏。临春结绮荒荆棘,谁信幽香是返魂。"简斋亦善夺胎耳。'"在陈善看来,所谓"新体",就是将无感情的生命拟人化,写得有情有意,富于浓郁的感情色彩。如此一来,这首诗也可以作为"新体"之一例。

【注释】

①"醉中"句:杜甫《寄杜位》:"干戈况复尘随眼,鬓发还应雪满头。"

# 出山二首

阴岩不知晴,路转见朝日。独行修竹尽,石崖千丈碧。
山空樵斧响,隔岭有人家①。日落潭照树,川明风动花。

【题解】

  此二诗作于建炎四年(1130)。二诗采取移步换景、耳目并用的手法,通过捕捉若干个突出的视觉和听觉形象,把出山道上的所见所闻,鲜明地展示在了读者面前。刘克庄称陈与义诗善于"以简洁扫繁缛",此为一例。

【注释】

  ①"隔岭"句:隔岭,《舆地纪胜》卷六二引作"阳岭"。参寥《东园》:"隔林仿佛闻机杼,知有人家在翠微。"刘长卿《寻白石山真禅师旧草堂》:"隔岭春犹在,无人燕亦来。"

# 入山二首

出山复入山,路随溪水转。东风不惜花,一暮都开遍。
都迷去时景①,策杖烟漫漫。微雨洗春色,诸峰生晚寒。②

【题解】

  此二诗作于建炎四年(1130)。此二诗与《出山》合读,可见"出山"也罢、"入山"也罢,其所谓"山"者,实乃山中之山。诗人的意趣本不在"出山"或者"入山"上,所以既没有杨万里那种"莫言下岭便无难,赚得行人错喜

欢"(《过松源晨炊漆公店》)式的轻松的懊恼,也没有陆游那种"山重水复疑
无路,柳暗花明又一村"(《游山西村》)式的恬然的欣喜,有的只是一种"迷"
而未"迷"的混沌心态,以及因此而体验到的苍茫而清冷的神情感触。其间
意蕴,须于远近虚实之间求之。

**【注释】**

①去时景:丁钞、聚珍本、《宋诗钞》作"去时路"。

②"微雨"二句:韩愈《酬司门卢四兄云夫院长望秋作》:"长安雨洗新秋
出,极目寒镜开尘函。"

# 寒　食

竹篱寒食节,微雨淡春意。喧哗少所便①,寂寞今有味。
空山花动摇,乱石水经纬。倚杖忽已晚,人生本何冀。

**【题解】**

此诗作于建炎二年(1128)。陈与义在写这首诗的时候,明显地对人生
已有了较不同的看法,年青时候喜欢热闹,满怀壮志,哀乐随心,如今在寂
寞的生活里竟能品出滋味来,还说人生本来又何所冀求。这种淡漠的情
怀,是经历了一定沧桑后的豁悟,当然与年纪、生活、时节以及眼前景物都
有关。正如诗中"喧哗少所便"二句所云,凡湛怀息机、悠然心远者,自会在
空虚静寂中体验到最大的精神充实。

**【注释】**

①"喧哗"句:谢灵运《过始宁墅》:"拙疾相倚薄,还得静者便。"刘长卿
《归弋阳山居留别卢邵二侍御》:"偶俗机偏少,安闲性所便。"又《卧病喜田
九见寄》:"不解谢公意,翻令静者便。"

# 清　明

雨晴闲步涧边沙<sup>①</sup>,行入荒林闻乱鸦。寒食清明惊客意,
暖风迟日醉梨花<sup>②</sup>。书生投老王官谷,壮士偷生漂母家。<sup>③</sup>不
用秋千与蹴鞠<sup>④</sup>,只将诗句答年华。

## 【题解】

此诗作于建炎二年(1128)。诗写惊魂乍定,前途未料的心情。首联说
春雨初晴,漫步涧边,直入荒林,耳边寒鸦乱鸣,绘出了一幅乱世荒山的典
型环境,揭示了诗人心绪的不宁。颔联扣题,点出这是客中过清明,而且是
在丧乱之中,即使想要陶醉于暖风春花之中也是不能的。颈联进一步写明
自己的处境和心情:临近暮年而被迫隐退,但大志未泯,仍希望有所作为。
最后说流亡之中没有、也不需要任何游乐,只能以诗句来打发日子。又,虚
实对,是以虚字对实字,亦即以一非实体词对实体词。虚实对唐人用者尚
少,宋人则用之甚多,更是江西诗派的不二法门。方回评此诗"三、四变
体",意谓第三句"寒食清明惊客意"整句皆虚字,第四句"暖风迟日醉梨花"
整句皆实字,是律诗的变格。

## 【注释】

①雨晴:《瀛奎律髓》卷二六作"清明"。

②"暖风"句:迟日、梨花,原本作"晴日"、"黎花",据潘本、丁钞、聚珍本
校改。韩琮《春愁》:"劝君年少莫游春,暖风迟日浓于酒。"迟日,春日。

③"书生"二句:《新唐书·司空图传》:"图本居中条山王官谷,有先人
田,遂隐不出。作亭观素室,悉图唐兴节士文人,名亭曰休休,作文以见
志。"《史记·淮阴侯列传》:"信钓于城下,诸母漂,有一母见信饥,饭信,
漂数十日。信喜,谓漂母曰:'吾必有以重报母。'母怒曰:'大丈夫不能自
食,吾哀王孙而进食,岂望报乎!'"

④"不用"句:蹴鞠(jū),犹今之足球。《汉志》颜师古注:"鞠,以韦为

之,中实以毛,蹴蹋为戏乐也。"《荆楚岁时记》:"寒食有打球、秋千、施钩之戏。"杜甫《清明二首》其二:"十年蹴踘将雏远,万里秋千习俗同。"

## 【辑评】

元方回《瀛奎律髓》卷二六:三、四变体,又颇新异。呜呼! 古今诗人,当以老杜、山谷、后山、简斋四家为一祖三宗,余可预配飨者有数焉。又,清冯舒:山谷著他看门,后山著他扫地,简斋姑用捧茶。("壮士"句)史只言进食,不曾到漂母家,子美有此漏逗否? 又,清冯班:"偷生漂母家",不惟"家"字不稳,一句全不妥。

# 与夏致宏孙信道张巨山同集涧边
# 以散发岩岫为韵赋四小诗①

哦诗谷虚响,散发下岩半。披丛涧影摇,集鸟纷然散。
乱石披浅流,水纹如绀发。②驰晖忽西没,林光相映发。③
举头山围天④,濯足树映潭。山中记今日,四士集空岩。
张子卧石榻,夏子理泉窦。孙子独不言,搘颐数烟岫⑤。

## 【题解】

此组诗作于建炎二年(1128)。陈与义写景、咏物、题画诸作,大抵南渡前尚露刻削痕迹,取法于黄陈。南奔途中由于融入了国破家亡之感,忧世伤时之思,其凝重处似老杜,其幽雅处似韦柳。达官后则清雅闲淡,恬适自然,多呈陶王韦柳风致,又有自己独特的风格。其中,部分写景抒怀诗与山水诗,在艺术表达上明显表现出了融合唐宋诗风的倾向。这一点,对改变北宋末年宋诗渐已僵化的格局,具有重大的诗史意义。又,张嵲(巨山)《与陈去非夏致宏孙信道游南涧同赋四首》(首句分别为"策杖南涧边"、"山桃深复浅"、"共坐石上苔"、"三日山中游"),与陈与义此组诗系一时同游之作,可以参读。

293

①诗题中"夏致宏",丁钞作"夏致弘"。散发,聚珍本作"微步"。张嵲,字巨山,襄阳关化人。夏致宏,胡《注》:名廙。《紫微集》卷三一《岁寒堂记》作"珙"。尝任湖北漕。

②"乱石"二句:披浅流,丁钞作"飞沙浅",聚珍本作"披沙浅"。白居易《送毛仙翁》:"绀(gàn)发丝并致,韶容花共妍。"

③"驰晖"二句:驰晖,时光,光阴。谢朓《暂使下都夜发新林至京邑赠西府同僚》:"驰晖不可接,何况隔两乡。"映发,辉映。《世说新语·言语》:"从山阴道上行,山川自相映发,使人应接不暇。"

④山围天:丁钞作"四围天"。

⑤"揸颐"二句:揸颐,以手托腮。王维《赠东岳焦炼师》:"揸颐问樵客,世上复何如。"烟岫,云雾缭绕的山峦。江淹《草木颂·栟榈》:"烟岫相珍,云壑共宝。"

【辑评】

宋刘辰翁《评点》:(第一首)南涧。(第二首)辋川。(第四首)并画。

# 出山宿向翁家

纸坊山绝顶,直下夕阳斜。却看来处路①,南北两岩花。田翁邀客宿,笑指林下家。问我出山意,无乃贵喧哗②。

【题解】

此诗作于建炎四年(1130)。向翁,当即武冈向权叔。诗末"问我出山意"二句,以反问句形式反说正意。

【注释】

①来处路:原本作"来路处",据丁钞、聚珍本校改。

②"无乃"句:左思《蜀都赋》:"喧哗鼎沸,则唱聒宇宙。"柳宗元《巽上人以竹间自采新茶见赠酬之以诗》:"咄此蓬瀛侣,无乃贵流霞。"

# 出山道中

雨歇淡春晓，云气山腰流。高崖落绛叶，恍如人世秋。
避地时忽忽，出山意悠悠。溪急竹阴动①，谷虚禽响幽。同行
得快士，胜处频淹留。乘除了身世，未恨落房州。

## 【题解】

此诗作于建炎二年(1128)。诗中"避地时忽忽，出山意悠悠"、"胜处频
淹留"、"未恨落房州"等语，表现了随缘自适的人生态度。

## 【注释】

①竹阴：聚珍本作"竹影"。

# 咏青溪石壁

青溪宜晓日，曲处千丈晦。天开苍石屏，影落西村外。
虚无元气立，明灭河汉对。人行峥嵘下，鸟急浩荡内。向来
千万峰，琐细等蓬块。①老夫倚杖久，三叹造物大②。惜哉太史
公，意短遗此快。更欲访野人，穷探视其背。

## 【题解】

此诗作于建炎二年(1128)。《简斋集增注》："此诗拟杜《万丈潭》。"山
水诗忌平庸俗弱，两诗皆以奇崛之笔写山川之峭拔幽渺，这是其相同处。
而杜甫《万丈潭》(首句"青溪含冥寞")多正面落笔，细致刻画，字法、句法皆
神奇险怪；陈诗多侧面衬托，景亦阔大，但笔势却不及杜诗奇拗，是其不似
处。如果就陈与义这一时期的其他山川行役诗而言，还可看出陈与义尽管

有意模仿追随杜甫发秦州入蜀道中诗,精神上与杜却有所不同。杜甫山川行役诗的感人之处,更在于诗中所表现的顽强不息的精神状态,而且杜甫的精神是积极进取的,给人以鼓舞和激励。陈与义则不同,一方面忧国忧民,另一方面也对如此劳顿坎坷的人生世事时怀疲惫苦痛之情,欲求解脱。他的山川行役诗就内容思想的深度来说,是不及杜诗的。当然,他对兵戈不息、山河破碎、人民涂炭的乱亡景象,也同样痛切肺腑,正和杜甫有同样的情怀,这种情怀在他的七律诗里表现得最为充分。

**【注释】**

①"向来"二句:向来,丁钞作"向东"。《博物志》卷六:"徐州人谓尘土为蓬块。"蓬块,即蓬埠,亦作蓬颗。陈初童谣:"合盘贮蓬块,无复扬尘已。"

②造物:丁钞、聚珍本、《宋诗钞》作"造化"。

**【辑评】**

元刘辰翁《评点》:("老夫"二句)伟哉造物。(末句)贤于"壮士掷天外"之诞。


# 闻王道济陷虏①

海内堂堂友,如今在贼围②。虚传袁盎脱,不见华元归。③浮世身难料④,危途计易非。云孤马息岭,老泪不胜挥。⑤

**【题解】**

此诗作于建炎二年(1128)。王道济,宋史无传。或即黄庭坚《王道济寺丞观许道宁山水图》中"王道济"。诗作为友人的安危担心,同情他们的遭遇。

**【注释】**

①诗题中"虏",潘本、丁钞作"贼",聚珍本作"敌"。

②贼围:聚珍本作"敌围"。

③"虚传"二句:《史记·袁盎传》:"以太常使吴。吴王欲使将,不肯。

欲杀之,使一都尉以五百人围守益军中。"一从史救之得脱。《左传·宣公二年》:"郑公子归生受命于楚伐宋,宋华元、乐吕御之。二月壬子,战于大棘,宋师败绩,囚华元,获乐吕。……宋人以兵车百乘,文马百驷,以赎华元于郑,半入,华元逃归。"

④"浮世"句:岑参《衡郡守还》:"世事何反覆,一身难可料。"

⑤"云孤"二句:马息岭,丁钞、聚珍本作"马西岭"。老泪,《瀛奎律髓》作"老涕"。《舆地纪胜》卷八六:"马息山,在房陵北七十里;马息驿,在房陵县北六十里。"题苏武《古诗四首》其二:"俯仰内伤心,泪下不可挥。"

**【辑评】**

宋刘克庄《后村诗话》卷二:士大夫当离乱时,有幸不幸者。简斋云:"浮世身难料,危途计易非。"东莱云:"后死反为累,偷生未有期。"诵之皆可悲慨。

宋刘辰翁《评点》:(末句)愈读愈恨,诸集所无。

元方回《瀛奎律髓》卷三二:三、四善用事,五、六有无穷之痛焉。又,清冯舒:简斋如此尽佳。又,清冯班:如此用事,可谓清楚。又,清纪昀:此亦似杜。又,五、六乃良友相期以正之意,非痛词也。


# 均阳官舍有安榴数株着花绝稀更增妍丽


庭际安榴树①,花稀更可怜。青旌拥绛节,伴我作神仙。②迟日耿不暮③,微阴眩弥鲜。一樽兼百虑,心赏竟悠然。④

**【题解】**

此诗作于建炎二年(1128),时权摄均州。诗末"一樽兼百虑,心赏竟悠然",写出赏心悦目之景终究难掩南渡后到处奔波,有心报国而志不得伸的忧伤情愫。

**【注释】**

①"庭际"句:庭际,《全芳备祖》卷二四作"庭前"。安榴,安石榴的省

称。潘岳《闲居赋》李善注引《博物志》:"张骞使大夏,得石榴。"梁简文帝《大同八年秋九月》:"长乐含初紫,安榴拆晚红。"

②"青旌"二句:皇甫冉《少室山韦炼师升仙歌》:"红霞紫气昼氲氲,绛节青幢迎少君。"

③"迟日"句:丁钞、聚珍本作"日迟景不暮"。《诗·小雅·出车》:"春日迟迟,卉木萋萋。"苏轼《次韵詹适宣德小饮畀亭》:"涛雷殷白昼,梅雪耿黄昏。"

④"一樽"二句:竟悠然,丁钞、聚珍本作"更悠然",《全芳备祖》作"觉悠然"。谢灵运《拟魏太子邺中集诗序》:"天下良辰、美景、赏心、乐事四者难并。"又《相逢行》:"邂逅赏心人,与我倾怀抱。"谢朓《京路夜发》:"文奏方盈前,怀人去心赏。"

**【辑评】**

宋刘辰翁《评点》:("青旌"二句)无谓之谓。


# 和王东卿绝句四首

少年走马洛阳城,今作江边瓶锡僧①。说与虎头须画我,三更月里影崚嶒。②

来日安榴花尚稀,压墙丹实已垂垂。③何时著我扁舟尾④,满袖西风信所之。

只今当代功名手,不数平生粥饭僧⑤。独立江风吹短发,暮云千里倚崚嶒⑥。

平生不得吟诗力⑦,空使秋霜入鬓垂。太岳峰前满尊月,为君聊复一中之⑧。


**【题解】**

此组诗作于建炎二年(1128)。王东卿,名震。开封人。宣和初任太学官,绍兴初知沅州,移湖北漕而卒。第一首写面对南宋政局动荡不安、金兵不断向南方追逼的形势,诗人发出了感叹:当年在洛阳时,自己少年壮志,意气风发;现在却像一个游方和尚到处飘流。不过报国之志并没有衰退,应该请画家把自己的气概画出来。

**【注释】**

①"今作"句:瓶锡,僧人所用的瓶钵和锡杖。《景德传灯录》卷六:温州永嘉玄觉禅师,"因左溪朗禅师激励,与东阳策禅师同诣曹溪。初到,振锡携瓶,绕祖三匝。"

②"说与"二句:虎头,即顾恺之,小字虎头。杜甫《题玄武禅师屋壁》:"何年顾虎头,满壁画沧州。"崚嶒(léng céng),高耸突兀。沈约《钟山诗应西阳王教》:"郁律构丹巘,崚嶒起青嶂。"

③"来日"二句:张相《诗词曲语辞汇释》:"来日,犹云往日也。与作将来解者异。言往日则榴花尚稀,而今则榴子已结也。"

④"何时"句:著,犹安,置。苏轼《南堂五首》其四:"更有南堂堪著客,不忧门外故人车。"又《送鲁元翰少卿知卫州》:"冗士无处著,寄身范公园。"

⑤"不数"句:《新五代史·李愚传》:"是时,兵革方兴,天下多事,而愚为相,欲依古以创理,乃请颁《唐六典》示百司,使各举其职,州县贡士,作乡饮酒礼,时以其迂阔不用。愍帝即位,有意于治,数召学士,问以时事,而以愚为迂,未尝有所问。废帝亦谓愚等无所事,尝目宰相曰:'此粥饭僧尔!'以谓饱食终日,而无所用心也。"

⑥"暮云"句:王维《观猎》:"回看射雕处,千里暮云平。"倚崚嶒,丁钞作"已崚嶒"。

⑦"平生"句:刘禹锡《郡斋书怀寄河南白尹兼简分司崔宾客》:"漫读图书二十车,年年为郡老天涯。一生不得文章力,百口空为饱暖家。"

⑧"为君"句:《三国志·魏书·徐邈传》:"车驾幸许昌,问邈曰:'颇复中圣人不?'邈对曰:'昔子反毙于谷阳,御叔罚于饮酒,臣嗜同二子,不能自惩,时复中之。'"

# 观江涨

涨江临眺足消忧,倚杖江边地欲浮。叠浪并翻孤日去,两津横卷半天流。①鼋鼍杂怒争新穴,鸥鹭惊飞失故洲。②可为一官妨快意,眼中唯觉欠扁舟。③

### 【题解】

此诗作于建炎二年(1128)。诗中浪涛翻卷,天地漂浮,鼋鼍怒争,鸥鹭惊飞的山水奇景,恰如当日那天下大乱的时局。似乎可以这样说,诗人用通篇比兴之法,为写山水与写时事找到了一条相结合的途径。至少在使山水诗别开生面这一点上,还是有一定意义的。

### 【注释】

①"叠浪"二句:杜甫《宿江边阁》:"薄云岩际宿,孤月浪中翻。"横卷,犹席卷。

②"鼋鼍(yuán tuó)"二句:惊飞,潘本作"飞惊"。鼋鼍,神话传说中的巨鳖和大鳄。木华《海赋》:"或屑没于鼋鼍之穴,或挂胃于岑嶅之峰。"

③"可为"二句:快意,心情爽快舒适。《史记·李斯列传》:"快意当前,适观而已矣。"唯觉,《简斋集增注》:唯,闽本作"微"。

### 【辑评】

元方回《瀛奎律髓》卷一七:清纪昀:雄阔称题。

## 同左通老用陶潜还旧居韵

故园非无路,今已不念归①。秋入汉水白,叶脱行人悲。②东西与南北,欲往还觉非。③勿云去年事,兵火偶脱遗。可怜玲竮影④,残岁聊相依。天涯一尊酒,细酌君勿推。⑤持觞望江山,路永悲身衰。百感醉中起⑥,清泪对君挥。

## 【题解】

此诗作于建炎二年(1128)。左通老,未详。所和陶渊明原唱为《还旧居》(首句"畴昔家上京")。陈与义的怀亲念友之作,由于时代的灾变,在通常友朋间关心起居衣食、喜怒哀乐、穷通富达等常事常情的互相交流中,融入了深厚的抚事念乱、忧国伤时之情,这就使这类诗歌的思想突破了个人忧乐的狭小天地,而与时代精神息息相通,与老杜精神遥相呼应,从而达到了一种新的高度,在一己的哀乐中包含了国家兴亡的深广内涵,具有一种普遍的意义。

## 【注释】

①不念归:《简斋集增注》:念,闽本作"愿"。

②"秋入"二句:李白《江上寄元六林宗》:"霜落江始寒,枫叶绿未脱。客行悲清秋,永路苦不达。"

③"东西"二句:韩愈《感春四首》其一:"东西南北皆欲往,千江隔兮万山阻。"

④"可怜"句:玲竮(líng píng),同"伶俜",孤单。梁武帝《孝思赋序》:"年未髫龀,内失所恃,余喘玲竮,奶媪相长。"

⑤勿推:原本作"勿催",据陶诗原韵校改。

⑥"百感"句:白居易《别韦苏州》:"百年愁里过,万感醉中来。"

## 【辑评】

宋刘辰翁《评点》:("可怜"二句)短短语自可怜。(末句)自然之然,不忍言好。


# 同通老用渊明独酌韵


纷纷吏民散,遗我以兀然。悄悄今夕意,鸟影驰隙间①。

向来房州谷，采药危得仙<sup>②</sup>。忽驾太守车，出处宁非天<sup>③</sup>。何妨暂阅世，谋行要当先。西斋一壶酒，微雨新秋还。蛛网闪明晦，叶声饯岁年。呼儿具纸笔，录我醉中言。<sup>④</sup>

**【题解】**

此诗作于建炎二年(1128)。对于百姓蒙受的苦难，诗人感同身受："纷纷吏民散，遗我以兀然"。不过，对于当时诗坛上和陶之风大炽，朱熹深不以为然，提出："渊明诗所以为高，正在不待安排，胸中自然流出。东坡乃篇篇句句依韵而和之，虽其高才，似不费力，然已失其自然之趣矣。"(《靖节先生集·诸本评陶汇录》)

**【注释】**

①"鸟影"句：鸟影，聚珍本作"驹影"。张协《杂诗十首》其二："人生瀛海内，忽如鸟过目。"杜甫《贻华阳柳少府》："余生如过鸟，故里今空村。"

②"采药"句：《汉书·宣元六王传》："东平王宇曰：'今暑热，县官年少，持服恐无处所，我危得之！'"孟康注："危，殆也。"颜师古注："危者，犹今之言险不得之矣。"《新唐书·李抱真传》："好方士，谓不死可致。有孙季长者为治丹，且曰：'服此当仙去。'抱真表署幕府。尝语左右曰：'秦、汉君不偶此，我乃得之。后升天，不复见公等矣。'夜梦驾鹤，寤而刻寓鹤，衣羽服，习乘之。后益惑厌胜，因疾，请降官，七让司空，还为左仆射。饵丹二万丸，不能食，且死，医以彘肪谷漆下之。疾少间，季长曰：'危得仙，何自弃也？'益服三千丸，卒。"

③"出处"句：苏轼《熙宁中轼通守此郡除夜直都厅囚系皆满日暮不得返舍因题一诗于壁……》："却思二十年，出处非人谋。"又《怀西湖寄晁美叔同年》："独专山水乐，付与宁非天。"

④"呼儿"二句：杜甫《同元使君春陵行》："呼儿具纸笔，隐几临轩楹。"苏轼《和陶饮酒二十首》其十二："呼儿具纸笔，醉语辄录之。"

# 欲离均阳而雨不止书八句寄何子应

江城八月枫叶凋，城头哦诗江动摇。秋雨留人意恋恋，水风泛树声萧萧。①纶巾老子无远策②，长作东西南北客。不如何逊在扬州③，坐待梅花映妆额。

**【题解】**

此诗作于建炎二年(1128)。何子应，名麒。张商英甥。任太常少卿。诗作既然是写给何子应的，于是便想到了何逊的故事。诗人羡慕何逊，能够如愿以偿地在扬州坐待梅花开放。诗末"坐待梅花映妆额"句，据张嵲《赠何子应侍儿(去非有诗赠何兼及侍儿)》："何郎当日在房州，曾见梅花倚郡楼。赋罢凌风人已朽，后来白尽几人头。"知盖为子应侍儿发也。如果这样来理解，似乎更有意味。

**【注释】**

①"秋雨"二句：水风，聚珍本作"水色"，《宋诗钞》作"水光"。声萧萧，潘本、丁钞、聚珍本、《宋诗钞》作"风萧萧"。《史记·范雎列传》："然公之所以得无死者，以绨袍恋恋，有故人之意，故释公。"

②"纶(guān)巾"句：纶巾，古时头巾名，用丝带编成，一般为青色。《晋书·谢万传》："简文帝作相，闻其名，召为抚军从事中郎。万着白纶巾，鹤氅裘，履版而前。既见，与帝共谈移日。"沈约《长歌行二首》其一："局涂顿远策，留欢恨奔箭。"

③"不如"句：杜甫《和裴迪登蜀州东亭送客逢早梅相忆见寄》："东阁官梅动诗兴，还如何逊在扬州。"

# 均阳舟中夜赋

　　游子不能寐，船头语轻波。开窗望两津，烟树何其多。晴江涵万象，夜半光荡摩。①客愁弥世路，秋气入天河。汝洛尘未销，几人不负戈。长吟宇宙内，激烈悲蹉跎。②

**【题解】**

　　此诗作于建炎二年(1128)。诗中"游子不能寐"二句及"客愁弥世路"六句，哀婉的长吟，凝结着一腔怨愤。诗句后面，跳动着一颗忧国忧民的拳拳之心。动乱的时代改变了诗歌潮流的运行轨道，像陈与义这样在战火纷飞的岁月里走向生活的诗人，用自己的血泪写出了那个时代的诗史。

**【注释】**

　　①"晴江"二句：晴江，原本作"情江"，据丁钞、聚珍本校改。荡摩，相切摩而变化。杜甫《魏将军歌》："榾枪荧惑不敢动，翠蕤云旃相荡摩。"

　　②"长吟"二句：题苏武《古诗四首》其二："长歌正激烈，中心怆以摧。"蹉跎，光阴虚度。杜甫《寄高三十五书记适》："闻君已朱绂，且得慰蹉跎。"

**【辑评】**

　　宋刘辰翁《评点》：("开窗"二句)自然是个中。

# 舟次高舍书事

　　涨水东流满眼黄，泊舟高舍更情伤。一川木叶明秋序，两岸人家共夕阳。乱后江山元历历，世间歧路极茫茫。遥指长沙非谪去,古今出处两凄凉。(唐人多有此体,盖书生之便宜也。)①

**【题解】**

此诗作于建炎二年(1128)。高舍,未详。诗作直接抒发报国之志,风格更为沉郁了。

**【注释】**

①尾注,陈与义此诗三、四联失粘,故自注谓失粘体为唐人多有的一种体式。胡注:"老杜《白帝城楼》诗,严武忆老杜诗,皆用此格。"

**【辑评】**

宋刘辰翁《评点》:("乱后"二句)每以平平倾尽磊块,故自难得。

# 石城夜赋

初月光满江,断处知急流。沉沉石城夜,漠漠西汉秋①。为客寐常晚,临风意难收②。三更柁楼底③,身世入搔头。

**【题解】**

此诗建炎二年(1128)作。石城,郢州子城,湖北安陆府治。诗写身世之感,真切感人。

**【注释】**

①西汉:丁钞、聚珍本作"河汉",李氏藏本作"两岸"。

②"临风"句:苏轼《和子由闻子瞻将如终南太平宫溪堂读书》:"既得又忧失,此心浩难收。"

③"三更"句:杜甫《陪郑广文游何将军山林十首》其二:"翻疑柁楼底,晚饭越中行。"

305

# 登岳阳楼二首①

　　洞庭之东江水西，帘旌不动夕阳迟。登临吴蜀横分地，徙倚湖山欲暮时。万里来游还望远，三年多难更凭危②。白头吊古风霜里，老木沧波无限悲。③

　　天入平湖晴不风，夕帆和雁正浮空。楼头客子杪秋后，日落君山元气中④。北望可堪回白首⑤，南游聊得看丹枫。翰林物色分留少⑥，诗到巴陵还未工。


## 【题解】

　　此二诗作于建炎二年(1128)。其中，第一首前半写得宏伟，后半则声情趋于悲壮，至诗末，情景俱哀。"白头"已属不堪，"吊古"更增愁怀，"白头吊古"于"风霜"之中，更有老木沧波酸人眼目、添人悲情。写悲壮之意，可谓意象全工矣。全篇以宏伟之静景起，以悲壮之动景结。古人所谓"赋到沧桑句自工"，正是指这一类作品。朝鲜诗人俞泓(1524－1594)曾以第一首为韵作《次陈简斋》："前临七泽渺无涯，云阔天长度鸟迟。帆影依俙烟澹处，笛声凄切月明时。三年蓬梗羁怀恶，万里尘氛世道危。尽日徘徊搔白首，不禁多少古今悲。"可参。

## 【注释】

　　①诗题中"二首"，原本无，据聚珍本校补。

　　②"三年"句：杜甫《登高》："花近高楼伤客心，万方多难此登临。"

　　③"白头"二句：风霜，丁钞、聚珍本、《宋诗钞》作"霜风"。无限，原本作"无恨"，据丁钞、潘本、聚珍本校改。

　　④"日落"句：刘长卿《岳阳馆中望洞庭湖》："叠浪浮元气，中流没太阳。"

　　⑤北望：丁钞作"北看"。

⑥"翰林"句:这是推举李白《与夏十二登岳阳楼》(首句"楼观岳阳尽")为登楼的代表作。杜甫《岳麓山道林二寺行》:"宋公放逐曾题壁,物色分留与老夫。"

## 【辑评】

宋刘辰翁《评点》:("洞庭"四句)情景融至,尚属细嫩。("日落"句)须要一语如此。("北望"二句)好。

元方回《瀛奎律髓》卷一:简斋《登岳阳楼》凡三诗,又有《巴岳书事》一诗,皆悲壮激烈。如:"晚木声酣洞庭野,晴天影抱岳阳楼","四年风露侵游子,十月江湖吐乱洲";又如"乾坤万事集双鬓,臣子一谪今五年",近逼山谷,远诣老杜。今全取此首,乃建炎中避地时诗也。白乐天有此楼诗云:"春岸绿时连梦泽,夕波红处是长安。"下一句好,上一句涉妆点。又,清冯舒:"帘旌不动"无着落。又,清冯班:次句琐碎,气势不振。又,清纪昀:意境宏深,真逼老杜。"帘旌不动",乃地上闲寂之景,冯氏以为上下不接,非是。

明胡应麟《诗薮》外编卷五:("登临"二句)此雄丽冠裳,得杜调者也。

[朝鲜]李晬光《芝峰类说》卷九《诗评》:陈简斋《岳阳楼诗》,人亦脍炙,但"帘旌不动夕阳迟",语句似馁。且"登临"、"徒倚"、"凭危"及"夕阳"、"欲暮"等语似叠。

# 巴丘书事

三分书里识巴丘,临老避胡初一游①。晚木声酣洞庭野,晴天影抱岳阳楼。四年风露侵游子,十月江湖吐乱洲。未必上流须鲁肃,腐儒空白九分头。②

## 【题解】

此诗作于建炎二年(1128)。嘉庆《一统志》卷三五九:"巴丘故城,即今(岳州)府治。本名巴丘,晋置巴陵郡,历代因之。"诗人避难飘泊中,仍念念

307

不忘抗金战争形势。唯忧国情深，故所见所闻之自然景色，无不涂染上苍凉激越的情绪色彩和气氛。在诗艺上，除音节浏亮，语言爽朗，格律工细外，以雄浑中有奇警，壮阔中见细致为其特色。又，全诗首尾两联将怀古和伤时重叠而出，中间两联大幅写景，而由"四年风露侵游子"一句点叙身世以醒景中之意，绾结前后。这样的律诗结构艺术，可以说是平常中变化出神奇来了。

**【注释】**

①避胡：聚珍本作"避兵"。

②"未必"二句：《左传·昭公十七年》："司马子鱼曰：'我得上流，何故不吉？'"《三国志·吴书·吕蒙传》："鲁肃卒，蒙西屯陆口，肃军人马万余尽以属蒙。又拜汉昌太守，食下隽、刘阳、汉昌、州陵。与关羽分土接境，知羽骁雄，有并兼心，且居国上流，其势难久。初，鲁肃等以为曹公尚存，祸难始构，宜相辅协，与之同仇，不可失也。"

**【辑评】**

宋刘辰翁《评点》：（"晚木"二句）亦是极意壮丽，而语少情。

明胡应麟《诗薮》外编卷五：周尹潜："斗柄阑干洞庭野，角声凄断岳阳城。"陈去非："晚木声酣洞庭野，晴天影抱岳阳楼。"二君同时，二联语甚相类，皆得杜声响，未易优劣。

高步瀛《唐宋诗举要》卷六：（"晚木"二句）雄秀。（"十月"句）言水落而洲出也，"吐"字下得奇警。


# 晚步湖边

客间无胜日①，世故可暂逃。杖藜迎落照，寒彩遍平皋②。夕湖光景丽，晴鹳声音豪。天长兼葭响，水落城堞高。万象各摇动，慰此老不遭③。楚累经行地，处处余离骚。④幸无大夫责⑤，得伴诸子遨。终然动怀抱，白发风中搔。

此诗作于建炎二年(1128)。诗作一开始谓作客他乡,无"胜日"可言,唯能暂时摆脱世累,试作清游以消客愁。"杖藜"以下,写景明丽真切,妙有意象。"万象各摇动"二句括上引下,使前、后景情得以契合。"处处余离骚"句,炼意突兀出奇,语味幽长。篇末四句,立意一正一反。"幸无大夫责"二句说自己虽然贬谪身份如屈原,但幸好没有大夫之责,所以能够寻一时之适,也回应了首二句。末二句作一情感反复,以见虽有一时之恬适,然终难忘满身之忧患。全篇最动人处也在此,玩物适意与忧患身世两个主题融合在一起,产生特殊的形象效果。

**【注释】**

①"客间"句:杜甫《奉送苏州李二十五长史丈之任》:"客间头最白,惆怅此离筵。"

②平皋:水边平展之地。《史记·司马相如列传》:"泪减嚜习以永逝兮,注平皋之广衍。"

③"慰此"句:《汉书·孙宝传》:"且不遭者可无不为,况主簿乎!"《后汉书·冯衍传》:"顾尝好俶傥之策,时莫能听用其谋,喟然长叹,自伤不遭。"

④"楚累"二句:楚累,屈原的代称。《汉书·扬雄传》载雄《反离骚》:"因江潭而汜记兮,钦吊楚之湘累。"李奇曰:"诸不以罪死曰累,荀息仇牧皆是也。屈原赴湘死,故曰湘累也。"《史记·屈原贾生列传》:"离骚者,犹离忧也。"王逸《楚辞章句》:"离,别也;骚,愁也。"

⑤大夫责:聚珍本作"大夫贵"。

**【辑评】**

宋刘辰翁《评点》:("杖藜"六句)又《选》语所不能也。(末句)收从缃缃,类胜前人。


# 再登岳阳楼感慨赋诗①

岳阳壮观天下传,楼阴背日堤绵绵②。草木相连南服内,江湖异态栏干前。③乾坤万事集双鬓，臣子一谪今五年。欲题文字吊古昔，风壮浪涌心茫然。④

**【题解】**

此诗作于建炎二年(1128)。这首拗体七律的第二、第四、第八句均用三平调，音节拗怒，与诗人胸中抑塞难堪的不平之气甚相契合。诗中写景、炼字亦有可观处，如"江湖异态"句写湖水与江水之清浊分明，第五句以一"集"字写出心怀百忧之情，也都不显纤巧。

**【注释】**

①诗题中"感慨赋诗"，《宋诗钞》作"感赋诗"。

②绵绵：连续不间断。《诗·王风·葛藟》："绵绵葛藟，在河之浒。"毛传："绵绵，长不绝之貌。"白居易《长恨歌》："天长地久有时尽，此恨绵绵无绝期。"

③"草木"二句：周制，以土地距离国都远近分为五服，故称南方为南服。颜延之《始安郡还都与张湘州登巴陵城楼作》："江汉分楚望，衡巫奠南服。"司马相如《上林赋》："荡荡乎八川分流，相背而异态。"

④"欲题"二句：古昔，聚珍本作"今古"。陈师道《舟中》："恶风横江江卷浪，黄流湍猛风用壮。"李白《行路难》："停杯投箸不能食，拔剑四顾心茫然。"

**【辑评】**

宋刘辰翁《评点》：("草木"句)时事隐约。(末句)写得至此，气尽语达，乃不复可加。

陈衍《宋诗精华录》卷三：江水浊黄，湖水清碧，第四句七字写尽。五六学杜而得其骨者。

# 里翁行

里翁无人支缓急，天雨墙坏百忧集。①卖衣雇人筑得墙，不虑偷儿披户入。夜寒干掫不经过②，偷儿若来知奈何。君不见巴丘古城如培塿，鲁肃当年万人守。

**【题解】**

此诗作于建炎二年（1128）。诗作亦《巴丘书事》之旨，特假里翁事发之。"君不见巴丘古城如培塿"二句，也正可作为《巴丘书事》尾联"未必上流须鲁萧，腐儒空白九分头"的注脚。

**【注释】**

①"里翁"二句：缓急，急迫、困难的事。《史记·游侠列传序》："且缓急，人之所时有也。"《韩非子·说难》："宋有富人，天雨墙坏，其子曰：'不筑，必将有盗。'其邻人之父亦云。暮而果大亡其财。"

②"夜寒"句：干掫(zōu)，原本作"干陬"；夜间巡逻击捕。《说文》："掫，夜戒有所击也。"《左传·襄公二十五年》："陪臣干掫有淫者。"


# 居夷行

遭乱始知承平乐，居夷更觉中原好①。巴陵十月江不平，万里北风吹客倒②。洞庭叶稀秋声歇，黄帝乐罢川杲杲。③君山偃蹇横岁暮，天映湖南白如扫④。人世多违壮士悲，干戈未定书生老。⑤扬州云气郁不动⑥，白首频回费私祷。后胜误齐已莫追，范蠡图越当若为。⑦皇天岂无悔祸意，君子慎惜经纶时。⑧愿闻群公张王室⑨，臣也安眠送余日。


**【题解】**

此诗作于建炎二年（1128）。诗作首二句点题。以下六句写巴陵十月景物，巨象纵横，从中烘托出遭乱流寓的客愁，从另一角度表达对中原家乡和承平时日的深深恋念。再以下，都是伤时忧国之语，"人世多违壮士悲"

四句抒写忠君爱国怀抱,其真切动人处,堪与"杜陵心事"比拟。"后胜误齐已莫追"二句引故实证今事。接着说,痛心往事既已难于追回,那么现在只有希望在朝君臣学习勾践、范蠡,努力经纶匡复大业。最后,在对当朝者寄予厚望的同时,也婉转地指出了自己有心报国而无处施展的境遇。全诗意绪纵横,声情激烈,句法瘦健,章法奇矫,堪称江西诗派中爱国主义题材方面的上佳之作。

## 【注释】

①"居夷"句:《论语·子罕》:"子欲居九夷。"

②"万里"句:苏轼《大寒步至东坡赠巢三》:"春雨如暗尘,春风吹倒人。"

③"洞庭"二句:《庄子·天运》:"(黄)帝张《咸池》之乐于洞庭之野。"杲(gǎo)杲,明亮貌。《诗·卫风·伯兮》:"其雨其雨,杲杲日出。"

④"天映"句:湖南,李氏藏本作"湖面"。高适《登百丈峰二首》其一:"汉垒青冥间,胡天白如扫。"

⑤"人世"二句:杜甫《移居公安敬赠卫大郎钧》:"自古幽人泣,流年壮士悲。"杜甫《苦战行》:"干戈未定失壮士,使我叹恨伤精魂。"

⑥"扬州"句:扬州,原本误作"杨州"。《汉书·高帝纪》:"季所居,上常有云气。"

⑦"后胜"二句:《战国策·齐策六》:"后胜相齐,多受秦间金玉,使宾客入秦,皆为变辞,劝王朝秦,不修攻战之备。"后齐王遂降,秦迁之共,处之松柏之间,饿而死。若为,怎样。《史记·越王勾践世家》:"范蠡事越王勾践,既苦身戮力,与勾践深谋二十余年,竟灭吴,报会稽之耻。"

⑧"皇天"二句:悔祸,丁钞、聚珍本、《宋诗钞》作"悔过"。《左传·隐公十一年》:"(郑庄公)若寡人得没于地,天其以礼悔祸于许。"《易·屯卦》:"云雷屯,君子以经纶。"孔颖达疏:"经谓经纬,纶谓纲纶,言君子法此屯象,有为之时,以经纶天下,约束于物。"

⑨"愿闻"句:《左传·宣公十八年》:(公孙归父)"欲去三桓,以张公室"。

# 又登岳阳楼

岳阳楼前丹叶飞,栏干留我不须归①。洞庭镜面平千里,却要君山相发挥。②

**【题解】**

此诗作于建炎二年(1128)。后二句"洞庭镜面平千里,却要君山相发挥",既实写出在君山映衬之下所显出的洞庭之美,也道出了诗文创作中的主客正衬之法,即用宾体正面衬托主体的笔法,又称主客映衬。

**【注释】**

①不须:丁钞、聚珍本作"不思"。

②"洞庭"二句:苏轼《次韵答刘泾》:"时临泗水照星星,微风不起镜面平。"发挥,辉映。刘禹锡《杨柳枝词九首》其二:"桃红李白皆夸好,须得垂杨相发挥。"

# 除夜二首①

城中爆竹已残更,朔吹翻江意未平。②多事鬓毛随节换,尽情灯火向人明。比量旧岁聊堪喜,流转殊方又可惊③。明日岳阳楼上去,岛烟湖雾看春生。

万里江湖憔悴身,冬冬街鼓不饶人④。只愁一夜梅花老,看到天明付与春。

**【题解】**

此二诗作于建炎二年(1128)。其中,第一首首联写所闻,城中夜深,

313

爆竹轰鸣,北风劲吹,江水澎湃。"翻江",给人以氛围动乱之感。中间两联写所感,一写年岁增,灯火明,一言比往岁聊可宽慰,流徙远方令人惊叹。"多事"、"尽情",言外之意战乱年代催人老,除夕灯火通宵明;"堪喜"、"可惊"作一顿挫,说明比之上年,并无大的转机。尾联宕开一笔,说拟登览当地名胜,翘盼来日春光,隐寓期盼时势好转之意。全诗平淡自然,清空如话。

**【注释】**

①诗题,原本无"二首",此据丁钞校补。《洞庭湖志》卷一一《艺文三》载此诗题作《巴陵除夕》。

②"城中"二句:《神异经》:"西方山中,有人长尺余,人见之即病寒热,名曰山臊。以竹著火中,爆竹有声,则惊遁远去。"苏轼《次韵秦少章和钱蒙仲》:"山围故国城空在,潮打西陵意未平。"

③殊方:远方,异域。班固《西都赋》:"逾昆仑,越巨海,殊方异类,至于三万里。"

④"冬冬"句:《新唐书·马周传》:"京师晨暮传呼以警众,后置鼓代之,俗曰冬冬鼓。"

**【辑评】**

元方回《瀛奎律髓》卷一六:清纪昀:(第一首)气机动荡,语亦清老,结有神致。(末二句)闲淡有味。

# 火后问舍至城南有感

魂伤瓦砾旧曾游①,尚想奔烟万马遒。遂替胡儿作正月,绝知回禄相巴丘。②书生性命惊频试,客子茅茨费屡谋。③唯有君山故窈窕④,一眉晴绿向人浮。

**【题解】**

此诗作于建炎三年(1129)。本年正月,岳州发生大火灾,陈与义旧寓所遭焚,借住郡守王接的"君子亭",此诗即涉及此事。危苦繁难中,但见君山窈窕,也是难得的慰藉。

**【注释】**

①旧曾游:李氏藏本作"满曾游"。

②"遂替"二句:胡儿,聚珍本作"他人"。《左传·昭公十八年》:郑子产"禳火于玄冥、回禄"。杜预注:"玄冥,水神也;回禄,火神也。"柳宗元《贺进士王参元失火记》:"其实出矣,是祝融、回禄之相吾子也。"

③"书生"二句:惊频,聚珍本作"曾经"。屡谋,原本作"屡谌",此据冯校校改。茅茨,茅屋。丘为《寻西山隐者不遇》:"绝顶一茅茨,直上三十里。"

④故窈窕:犹云仍窈窕或尚窈窕。

# 晓登燕公楼①

栏干纳清晓,拄杖追黄鹄。燕公不相待,使我立于独。②
雾收天落川,日动春浮木。举手谢时人,微风吹野服。③

**【题解】**

此诗作于建炎三年(1129)。燕公楼在岳阳楼北。唐开元四年,中书令张说除守岳州,于岳阳楼北百步复创此楼。张说封燕国公,后人因以名楼。诗末"举手谢时人"云云,暗寓于世事多所感愤之意。

**【注释】**

①诗题中"晓登",原本作"晚登",此据聚珍本校改;《洞庭湖志》卷一一《艺文三》载此诗,作"晓登"。

②"燕公"二句:《庄子·田子方》:"孔子见老聃,老聃新沐,方将被发而干,慹然似非人。孔子便而待之,少焉见,曰:'丘也眩与? 其信然与? 向者先生形体掘若槁木,似遗物离人而立于独也。'"杜甫《暇日小园散病将种秋菜督勒耕牛兼书触目》:"鸾皇不相待,侧颈诉高旻。"

③"举手"二句:《礼记·郊特牲》:"草笠而至,尊野服也。"孔颖达疏:"尊野服也者,草笠是野人之服。今岁终功成,是由野人而得,故重其事而尊其服。"

**【辑评】**

宋刘辰翁《评点》:("栏干"二句)奡脱情语。("雾收"句)胜下句。

# 火后借居君子亭书事四绝呈粹翁

天公恶剧逐番新,赖是今年有主人。君子亭中眠白昼,燕公楼上步青春。

祝融回禄意佳哉,挽我梅花树下来。一夜东风不知惜,月明满树十分开。

斫竹和梢编作篱,微风如在竹林时。无人来访庞居士①,晚日疏阴光陆离。

入山从此不须深,君子亭中人不寻。青竹短篱园昼静,梅花两树照春阴。

**【题解】**

此组诗作于建炎三年(1129)。粹翁姓王名接,或谓即王岩叟之子,俟考。组诗以稍显轻松的笔调,写出借居君子亭后的种种情状,含感激之意。

**【注释】**

①"无人"句:《景德传灯录》卷八:"襄州居士庞蕴,字道玄,世称庞居士、庞翁,衡州衡阳人。"

# 用前韵再赋四首<sup>①</sup>

西园芳气雨余新,唤起亭中入定人。为报使君从酿酒,梅花落尽不关春。

扬州云气郁佳哉<sup>②</sup>,百虑方横吉语来。却看诗书安隐在<sup>③</sup>,竹篱阴里得时开。

危楼只隔一重篱,谁见扶筇独上时。如许江山懒搜句,燕公应笑我支离<sup>④</sup>。

欲识道人门径深,水仙多处试来寻。青裳素面天应惜,乞与西园十日阴。<sup>⑤</sup>

**【题解】**

此组诗作于建炎三年(1129)。其中第三首,谓江山如此美好,理应出外寻诗,却因疏懒而未能成行。诗中称燕子为"燕公",极具情味。可见,陈与义南渡之后的类似作品中,同样贯彻了亲近大自然、向自然界寻找诗歌素材的理念。

**【注释】**

①诗题,原本作"再赋",此据聚珍本校改。

②扬州:原本作"杨州",此据聚珍本校改。

③"却看"句:安隐,聚珍本作"安稳"。《楞严经》:"身心泰然,得大安隐。"杜甫《闻官军收河南河北》:"却看妻子愁何在,漫卷诗书喜欲狂。"

④"燕公"句:《庄子·人间世》:"夫支离其形者,犹足以养其身,终其天年,又况支离其德者乎?"

⑤"青裳"二句:苏轼《和柳子玉喜雪次韵仍呈述古》:"琼瑶欲尽大应惜,更遣清光续残月。"《汉书·朱买臣传》:"买臣乞其夫钱,令葬。"乞,音气,给予。《左传·昭公十六年》:"毋或丐夺。"秦观《牵牛花》:"仙衣染得天边碧,乞与人间向晓看。"

# 二十一日风甚明日梅花无在者
# 独红萼留枝间甚可爱也①

昨日梅花犹可攀,今朝残萼便斓斑。群仙已御东风去,
总脱绛袂留林间。

**【题解】**

此诗作于建炎三年(1129)。诗中尤其是后二句"群仙已御东风去,总脱绛袂留林间",描写细致,想象生动,饶有诗趣。可见,陈与义善于在平常的景物中捕捉诗情,也很善于生动地描写平常的自然景物。这对后来的杨万里等人有所影响。

**【注释】**

①诗题中"甚"、"也",聚珍本无。又李氏藏本"甚"作"亦"。

# 咏水仙花五韵

仙人缃色裘,缟衣以裼之。①青悦纷委地,独立东风时。②
吹香洞庭暖,弄影清昼迟。寂寂篱落阴,亭亭与予期。③谁知
园中客,能赋会真诗。④

**【题解】**

此诗作于建炎三年(1129)。前四句形容水仙花的形象。"独立东风时"句和下面的"吹香洞庭暖"二句则是从虚处表现水仙花的神韵。以下手稿本所作"万里北渚云"二句,以湘夫人比水仙花,就本地风光点染形象,用意、意境均甚佳。末二句双关仙、女两意,回应首句。全篇语有芬芳,境现

妙相，将水仙形神兼备的姿态，以至自己避地客居、徘徊顾望的形象寄托在了里面。黄庭坚《王充道送水仙花五十枝欣然会心为之作咏》（首句"凌波仙子生尘袜"）可以参读。

**【注释】**

①"仙人"二句：缃（xiāng），浅黄色。《礼记·玉藻》："君衣狐白裘，锦衣以裼（xǐ）之。"郑玄注："君衣狐白毛之裘，则以素锦为衣覆之，使可裼也。裼而有衣曰裼，必覆之者，裘裘也。"

②"青帨（shuì）"二句：青帨，原本作"青帨"，此据丁钞、聚珍本校改。《全芳备祖》卷二一作"青帻"。东风，《全芳备祖》作"春风"。帨，佩巾。

③"寂寂"二句：故宫博物院藏陈与义手书此诗墨迹作"万里北渚云，亭亭竟何期"。又，《全芳备祖》"予"作"子"。

④"谁知"二句：谁知，手稿作"唯应"。《野客丛书》谓："唐有张君瑞遇崔氏女于蒲，崔小名莺莺。"张生名君瑞，这是后人为了编这个传奇故事而补上的。《莺莺传》中说张生曾写过一篇三十韵的《会真诗》，以记他和莺莺初次幽会的情况。但传文中不载此诗，却载了河南元稹的《续会真诗》三十韵。这是元稹故弄狡狯。所谓《续会真诗》，就是张生的《会真诗》，今元稹诗集中的《会真诗》，也就是《莺莺传》中所谓《续会真诗》。（参施蛰存《唐诗百话》）又，杨巨源有《崔娘诗》，李绅有《莺莺歌》。

**【辑评】**

宋刘辰翁《评点》：（"仙人"二句）语好。（末句）亦好。


# 望燕公楼下李花

燕公楼下繁华树，一日遥看一百回。羽盖梦余当昼立，缟衣风争过墙来。①洛阳路不容春到，南国花应为客开。今日岂堪簪短发②，感时伤旧意难裁。

【题解】

此诗作于建炎三年(1129)。诗写因观李花而"感时伤旧"。前四句写楼前李树枝叶如盖,花开繁盛飘飞欲仙,表现神往之情,意境隽美。后半写因观花而产生的家国之思。国破家亡之恨时刻萦绕心头,诗亦为此而作。

【注释】

①"羽盖"二句:《三国志·蜀书·先主传》:"舍东南角篱上有桑树生高五丈余,遥望见童童如小车盖……先主少时,与宗中诸小儿于树下戏,言'吾必当乘此羽葆盖车'。"韩愈《李花二首》其二:"长姬香御四罗列,缟裙练帨无等差。"王安石《寄蔡氏女子二首》其一:"积李兮缟夜,崇桃兮炫昼。"

②岂堪:《全芳备祖》卷九作"喜堪"。

# 陪粹翁举酒于君子亭亭下海棠方开①

世故驱人殊未央②,聊从地主借绳床。春风浩浩吹游子,暮雨霏霏湿海棠。③去国衣冠无态度,隔帘花叶有辉光。④使君礼数能宽否,酒味撩人我欲狂。⑤

【题解】

此诗作于建炎三年(1129)。首联叙借居之事。是说作者避乱寓居岳州又遭火灾,而今后正不知还有多少这一类的世故事变正等着自己呢。中间两联都是上句自叙,下句描写海棠花。自称"去国衣冠",四个字已经自占地步,所以其下"无态度"及"使君礼数能宽否"二句,都不妨仿效老杜之法写得颓放一些。全篇笔意浩浩,能畅发其情事,凸现其景象,不落纤细之境。起落两联尽有应酬之意,然语意磊落有气度,无一毫酸乞相。

【注释】

①诗题中原本无第二个"亭"字,此据《瀛奎律髓》卷二六校补。

②"世故"句:未央,未已,未尽。旧题苏武《古诗四首》其四:"嘉会难两

遇,欢乐殊未央。"

③"春风"二句:杜牧《东兵长句十韵》:"凯歌应是新年唱,便逐春风浩浩声。"霏霏,雨雪盛貌。《诗·小雅·采薇》:"今我来思,雨雪霏霏。"

④"去国"二句:《荀子·修身》:"容貌、态度、进退、趋行,由礼则雅。"《南史·夏侯详传》:子亶"晚年颇好音乐,有妓妾十数人,并无被服姿容,每有客,常隔帘奏之,时谓帘为夏侯妓衣。"苏轼《岐亭五首》其三:"行当隔帘见,花雾轻幂幂。"阮籍《咏怀八十二首》其十二:"夭夭桃李花,灼灼有辉光。"

⑤"使君"二句:礼数,礼节。杜甫《严公仲夏枉驾草堂兼携酒馔得寒字》:"非关使者征求急,自识将军礼数宽。"《汉书·盖宽饶传》:"无多酌我,我乃酒狂。"

【辑评】

元方回《瀛奎律髓》卷二六:此诗中四句皆变,两句说己,两句说花,而错综用之。意谓花自好,人自愁耳。亦其才能驱驾,岂若琐琐镌砌者之诗哉。又,清纪昀:此从杜诗"风吹客衣日杲杲,树搅离思花冥冥"化出,却无痕迹。三、四二句又胜"世事纷纷"一联。又,"无态度"三字不雅,未熨贴。

# 春夜感怀寄席大光(鄂州)①

管宁白帽且蹁跹②,孤鹤归期难计年。倚杖东南观百变,伤心云雾隔三川。③江湖气动春还冷,鸿雁声回人不眠。苦忆西州老太守④,何时相伴一灯前。

【题解】

此诗作于建炎三年(1129)。从总体上看,陈与义诗作的丰富内容,可以归为走向政治与走向自然两大部类,而其诗风的多样表现,适应着具体内容的分野,亦显然可见雄浑开阔的气势与清远邃密的神理两大类型。陈与义在南渡以后,目睹社稷倾覆,自身饱经乱离,其抒写家国之痛与身世之

感的作品,明显地表现出如同杜诗那样沉郁悲壮、雄阔苍凉的风格,已为人
所共识,如本篇即属此类。

**【注释】**

①诗题下,蒋刻无"郢州",此据冯校校补。

②"管宁"句:《三国志·魏书·管宁传》:"常著皂帽,布襦裤、布裙,随
时单复。"杜甫《严中丞枉驾见过》:"扁舟不独如张翰,皂(一作白)帽还应似
管宁。"蹁跹,旋舞貌。元稹《代曲江老人》:"掉荡云门发,蹁跹鹭羽振。"

③"倚杖"二句:东南,李氏藏本作"东风"。百变,原本作"北变",此据
丁钞、《宋诗钞》作校改。三川,谓洛阳。白居易《赠皇甫六张十五李二十三
宾客》:"昨日三川新罢守,今年四皓尽分司。"

④苦忆:丁钞、《宋诗钞》作"苦意"。


# 夜赋寄友


　　卖药韩康伯①,谈经管幼安。向来甘寂寞,不是为艰难。
微月扶疏树②,空园浩荡寒。细题今夕景,持与故人看③。


**【题解】**

此诗作于建炎三年(1129)。诗中"向来甘寂寞"二句,是在避兵,却又
是在避世。

**【注释】**

①"卖药"句:《后汉书·韩康传》:"韩康字伯休,一名恬休,京兆霸陵
人。家世著姓。常采药名山,卖于长安市,口不二价,三十余年。时有女子
从康买药,康守价不移。女子怒曰:'公是韩伯休那?乃不二价乎?'康叹
曰:'我本欲避名,今小女子皆知有我,何用药为?'乃遁入霸陵山中。博士
公车连征不至。"

②"微月"句:微月,丁钞、聚珍本作"微明"。扶疏,枝叶繁茂。陶渊明
《读山海经十三首》其一:"孟夏草木长,绕屋树扶疏。"

③持与故人：原本作"持与古人"，据丁钞、聚珍本校改。

# 阴　风①

阴风三日吹南极，二月巴陵寒裂石②。长林巨木受轩轾③，洞庭倒流潇湘黑。君不见古庐竹扉声策策，中有伶俜落南客。④曾经破胆向炎官，敢不修容待风伯。⑤

**【题解】**

此诗作于建炎三年(1129)。诗写举目有山河之异之悲，如岳珂《宝真斋法书赞》卷二三所云："右简斋先生《阴雨》诗帖真迹一卷。按先生集题篇为《阴雨》，今书则无之，盖惟以寓草圣也。旧与帖同卷，既别诗文，亦别而汇之。赞曰：世谓北客惟暑之畏，亦何至是，先生之诗，殆他有所谓。新亭之泣，如王导辈，亦何尝赐死于吴地，盖惟以其举目有山河之异耳。予侍先君子，每见言及河朔旧事，未尝不潸然陨涕。鸣呼，先生之作此诗，其亦以是耶！予家江南者三世矣，岁月易易，后生者当不复记，传此帖以示，庶毋忘斯意。"

**【注释】**

①诗题，原本作"阴雨"，据丁钞、聚珍本、《宋诗钞》校改。

②"二月"句：巴陵，《宝真斋法书赞》作"已晴"。苏轼《梅花二首》其一："一夜东风吹石裂，半随飞雪度关山。"

③"长林"句：车前高后低为轩，前低后高为轾(zhì)。《诗·小雅·六月》："戎车既安，如轾如轩。"杜甫《送从弟亚赴安西判官》："崆峒地无轴，清海天轩轾。"

④"君不见"二句：策策，象声词。白居易《秋月》："落叶声策策，惊鸟影翩翩。"潘岳《寡妇赋》："少伶俜而偏孤兮，痛切怛以摧心。"张铣注："伶俜，单子貌。"《古猛虎行》："少年惶且怖，伶俜到他乡。"韩愈《南海神庙碑》："人士之落南不能归者与流徙之胄百廿八族，用其才良，而廪其无告者。"

⑤"曾经"二句：《汉书·谷永传》："臣永所以破胆寒心，豫言之累年。"

323

颜注："言惧甚。"炎官，神话中的火神。韩愈《游青龙寺赠崔大补阙》："光华闪壁见神鬼，赫赫炎官张火伞。"《礼记·檀弓》："曾子与子贡入于其厩而修容焉。"修容，郑玄注："更庄饰。"

# 雨

霏霏三日雨，蔼蔼一园青①。雾泽含元气，风花过洞庭②。地偏寒浩荡，春半客伶俜。多少人间事，天涯醉又醒。

## 【题解】

此诗作于建炎三年(1129)。诗作前四句直接扣题，写南国之地，细雨霏霏，水气氤氲中一片绿肥红瘦，正是春色荡漾之时；然而后半笔锋一转，却是以乐景写哀情。天涯孤客，伶俜一人，只觉寒气逼人，这"寒"是因身处僻地的春寒料峭，更是现实冷峻的心绪之"寒"。作者将满腹的感慨浓缩在最后两句，于无可奈何之中寓含无限悲愤。

## 【注释】

①蔼蔼：聚珍本作"霭霭"。

②"风花"句：李白《与诸公送陈郎将归衡阳》："回飙吹散五峰雪，往往飞花落洞庭。"

## 【辑评】

元方回《瀛奎律髓》卷一七：清纪昀：三、四笨而滞。又，寒不可说"浩荡"，结亦落套。

# 春 寒

二月巴陵日日风，春寒未了怯园公。(借居小园，遂自号园公。)海棠不惜胭脂色，独立蒙蒙细雨中。

324

## 【题解】

此诗作于建炎三年(1129)。仓惶逃难,备尝艰辛,客居他乡,饱受寂寞,再加上春寒料峭,风雨凄凄,个中滋味,难以言传。一个"怯"字,道出无限辛酸。凄凉之际,庭下的海棠傲然挺立,为全诗抹上了一片亮色。冒雨盛开的海棠给身处凄风冷雨中的诗人以精神上的启迪。钱锺书赞赏这首诗的"风致",就在于后两句不仅包括有"暮雨霏霏湿海棠"(《陪粹翁举酒君子亭下》)的优美画面,而且融入了诗人自己的思想人格,形象中蕴含着哲理,意境深远,非一般咏物诗所比。


# 次韵傅子文绝句①


风雨门前十日泥,荒街相伴只筇枝。②从今老子都无事,落尽园花不赋诗。


## 【题解】

此诗作于建炎三年(1129)。末句"落尽园花不赋诗"中"园花",于济、蔡正孙编《唐宋千家联珠诗格》作"闲花"。在这里,用"闲"字形容花既是赋予人性,也照应了上文"都无事"所体现出的"闲"意,似优于"园"字。

朝鲜诗人对陈与义诗歌的接受,有多种表现形态。如金时习(1435－1493)《山居集句》其四即属于直接引进:"踏破溪边一径苔(戴石屏),梨花梅花参差开(崔鲁)。从今老子都无事(简斋),一日须来一百回(杜工部)。"只是,在这一过程中会偶尔出现讹误。如许薰(1836－1907)《秋夜集句》:"户庭无尘杂(陶渊明),有酒与桐君(陈去非)。药径深红藓(钱起),山篱带薄云(杜子美)。"实出自陈师道《次韵苏公西湖观月听琴》。又,申靖夏(1681－1716)《答李和仲》中所说"陈与义所谓'俗士推不去,可人挽不来'者,正道此也",出自陈师道《寄黄充》。又,李光胤《秋日客中》:"辞家远客怯秋风(简斋),身似流星迹似蓬(吴商浩)。落木无边江不尽(后山),更堪回首夕阳中(张泌)。"则是出自唐代杨凭《雨中怨秋》。

①诗题中"傅子文",未详。

②"风雨"二句:荒街,《宋诗钞》作"荒阶"。杜甫《狂歌行赠四兄》:"长安秋雨十日泥,我曹辅马听晨鸡。"

# 周尹潜雪中过门不我顾遂登西楼
# 作诗见寄次韵谢之三首①

晓窗飞雪惬幽听②,起觅新诗自启扃。不觉高轩墙外过,贪看万鹤舞中庭。③

堪笑癯仙也耐寒④,飞花端合上楼看。深知壮观增诗律,洗尽元和到建安。

敲门俗子令我病,面有三寸康衢埃⑤。风饕雪虐君驰去,蓬户那无酒一杯。⑥

【题解】

此组诗作于建炎三年(1129)。立足点高,视野广远,便于选景建构广袤无垠的空间境界。南渡文人,无论是否真的在登高临远,往往都会有意识地把诗词的视点放置高处。陈与义此诗中"深知壮观增诗律",既是赞许周莘,也说出了这种高视点俯视的艺术构思及其审美效应。

【注释】

①诗题中"雪中",原本无此二字,据丁钞、聚珍本校补。作诗,丁钞、聚珍本作"赋诗"。周尹潜,名莘,周邠孙,周邦彦从侄。尝为岳州决曹掾。《瀛奎律髓》卷三二载其《野泊对月有感》一首,纪昀评为"深稳之中,气骨警拔,自是简斋劲敌"。

②晓窗:明本作"晴窗"。

③"不觉"二句:《唐摭言》卷五:"韩文公、皇甫补阙见李长吉,时年七

岁,二公不之信,因面试《高轩过》一篇。"

④"堪笑"句:司马相如《大人赋》:"列仙之儒居山泽间,形容甚癯。"

⑤"面有"句:《列子·仲尼》:"尧微服游于康衢。"《尔雅》:"四达谓之衢,五达谓之康,六达谓之庄,七达谓之剧。"

⑥"风饕"二句:韩愈《祭河南张员外文》:"岁弊寒凶,雪虐风饕。"杜甫《季秋苏五弟缨江楼夜宴》:"对月那无酒,登楼况有江。"


# 城上晚思


独凭危堞望苍梧①,落日君山如画图。无数柳花飞满岸,晚风吹过洞庭湖。

## 【题解】

此诗作于建炎三年(1129)。诗写独倚岳州城头的雉堞,遥望远处的苍梧山,而落日下的洞庭君山,更美得像画图。这时候又看到城下的湖岸上柳絮漫舞,到处都是;一阵晚风,将这些柳絮轻轻扬扬地吹向湖面,看样子要吹过整个洞庭湖吧!这幅图画确实很美,用意含思,几乎不露一丝痕迹,令人神往。题云"城上晚思",可都是描绘眼前所见之景,"晚思"正含于晚景中,是典型的意余象外、情景交融之体,无怪乎受到王士禛的青睐。这种诗甚至也不用活法,不露巧思,在神韵派诗人看来,正是其含蓄浑成之处。

## 【注释】

①"独凭"句:堞(dié),《说文》:"城上女垣也。"段玉裁注:"古之城以土,不若今人以专也。土之上,间加以专墙,为之射孔,以伺非常……今字作堞。"堞,本义是指城墙上呈齿状的矮墙,亦称"女墙"。苍梧山,一名九嶷山。《史记·五帝本纪》:"(舜)南巡狩,崩于苍梧之野。"

## 【辑评】

清王士禛《池北偶谈》卷一九:偶为朱锡鬯太史彝尊举宋人绝句可追踪唐贤者,得数十首,聊记于此。

# 雨中对酒庭下海棠经雨不谢

巴陵二月客添衣,草草杯觞恨醉迟<sup>①</sup>。燕子不禁连夜雨,海棠犹待老夫诗<sup>②</sup>。天翻地覆伤春色,齿豁头童祝圣时<sup>③</sup>。白竹篱前湖海阔<sup>④</sup>,茫茫身世两堪悲。

**【题解】**

此诗作于建炎三年(1129)。诗写经雨不谢的海棠,但另以瑟缩檐下的燕子作陪衬对比,就有了"体物寓兴"的隐喻功能,即对苟且偷安的鄙视,对志趣高洁的赞扬。此诗与《春寒》写于同一时期,气候环境相同,情怀也约略相似,而容量扩大了许多,将个人的痛苦和国家的灾难紧紧连在一起,具有广阔的空间感和深沉的历史感。从情感逻辑来看,消沉中有振作,希冀中有失望,抑扬起伏,沉郁顿挫。

**【注释】**

①"草草"句:王安石《示长安君》:"草草杯盘供笑语,昏昏灯火话平生。"杯觞,饮酒。

②"海棠"句:杜甫《遣兴》:"问知人客姓,诵得老夫诗。"

③"齿豁"句:韩愈《进学解》:"头童齿豁,竟死何裨。"

④湖海:《瀛奎律髓》作"湖水"。

**【辑评】**

宋罗大经《鹤林玉露》卷六:自陈、黄之后,诗人无逾陈简斋。其诗由简古而发秾纤,值靖康之乱,崎岖流落,感时恨别,颇有一饭不忘君之意。如"天翻地覆伤春色,齿豁头童祝圣时",皆可味也。

元方回《瀛奎律髓》卷一七:清纪昀:意境深阔,题外燕子,题内海棠,不觉添出,用笔灵妙。此南渡后诗,故有"天翻地覆"四字。又,清冯舒:("海棠"句)不好。又,清冯班:("海棠"句)厌。

# 寻诗两绝句①

楚酒困人三日醉,园花经雨百般红②。无人画出陈居士,亭角寻诗满袖风。

爱把山瓢莫笑侬,愁时引睡有奇功。③醒来推户寻诗去,乔木峥嵘明月中。

## 【题解】

此二诗作于建炎三年(1129)。文学创作有其自身的规律,而创作灵感的来临,有时确实需要外物的引动,正所谓"物色之动,心亦摇焉。"(刘勰《文心雕龙·物色》)陈与义在这两首诗中,描写了自己的创作经验,带有浓厚的个人情感体验的色彩。

## 【注释】

①诗题中"寻诗",原本作"寻酒",据聚珍本、《宋诗钞》校改。

②"园花"句:韩愈《游城南十六首》其三《晚春》:"草树知春不久归,百般红紫斗芳菲。"

③"爱把"二句:韦应物《寄释子良史酒》:"应泻山瓢里,还寄此瓢来。"又《重寄》:"复寄满瓢去,定见空瓢来。若不打瓢破,终当费酒材。"又《答释子良史送酒瓢》:"此瓢今已到,山瓢知已空。"白居易《晚亭逐凉》:"趁凉行绕竹,引睡卧看书。"陈师道《赠知命》:"请将饮酒换吟诗,酒不穷人能引睡。"

# 寒食日游百花亭

晴气已复浊,虚馆可淹留①。微花耿寒食,始觉在他州。自闻鼙鼓聒,不恨岁月流。乱代有今夕②,兹园况堪游。云移

树阴失，风定川华收。曳杖新城下，日暮禽语幽。群行意易
分③，独赏兴杂周。永啸以自畅④，片月生城头。

【题解】

此诗作于建炎三年(1129)。诗写寒食日游百花亭所感。

【注释】

①"虚馆"句：谢灵运《斋中读书》："虚馆绝诤讼，空庭来鸟雀。"杜甫《晦日寻崔戢李封》："每过得酒倾，二宅可淹留。"

②"乱代"句：乱代，乱世。杜甫《寄柏学士林居》："乱代飘零余到此，古人成败子如何。"

③"群行"句：韩愈《陪杜侍御游湘西两寺独宿有题一首因献杨常侍》："群行忘后先，朋息弃拘检。"

④"永啸"句：《楚辞·招魂》："招具该备，永啸呼些。"

【辑评】

宋刘辰翁《评点》：（"晴气"二句）胜选。（"风定"句）佳语。（"群行"二句）甚有商量。

## 王应仲欲附张恭甫舟过湖南久未决今日忽闻遂登舟作诗送之并简恭甫

我身如孤云，随风堕湖边。①墙东木阴好，初识避世贤。②从
来有名士，不用无名钱。③披君三径草，分我一味禅。④胡为黄鹄
举，忽上湖南船。竟随文若去，聊伴元礼仙。⑤洞庭烟发渚，潇湘
雨鸣川。三老好看客，天高柂楼前⑥。子鱼独留滞，坐送管邴
还。（华歆与管宁、邴原相友善。管、邴同县人也。及还辽东，而子鱼独不
与。应仲、恭甫亦同县人也。）⑦作诗相棹讴，寄恨余酸然。⑧

此诗作于建炎三年(1129)。王应仲,名铢。绍兴壬戌任中书舍人。张恭甫,名叔献。枢密叔夜嵇仲之子。尝知临安府。王铢随叔献舟过湖南,是为了避难。诗写送别友人时的依依惜别之情。其中"从来有名士,不用无名钱",赞应仲之贤,是说已经有名望的人,当然要有相应的行为准则,所以对来路不正的"无名钱"分文也不会取。

**【注释】**

①"我身"二句:陶渊明《咏贫士七首》其一:"万族各有托,孤云独无依。"

②"墙东"二句:《后汉书·逢萌传》:"初,萌与同郡徐房、平原李子云、王君公相友善,并晓阴阳,怀德秽行。房与子云养徒各千人,君公遭乱独不去,侩牛自隐。时人谓之论曰:'避世墙东王君公。'"

③"从来"二句:《后汉书·方术传论》:"汉世之所谓名士者,其风流可知矣!虽弛张趣舍,时有未纯,于刻情修容,依倚道艺,以就其声价,非所能通物方,弘时务也;及征樊英、杨厚,朝廷若待神明,至竟无它异。英名最高,毁最甚。李固、朱穆等以为处士纯盗虚名,无益于用,故其所以然也。然而后进希之以成名,世主礼之以得众,原其无用,亦所以为用,则其有用或归于无用矣!"《汉书·张安世传》:"安世以父子封侯,在位大盛,乃辞禄。诏都内别臧张氏无名钱以百万数。"

④"披君"二句:《三辅决录》:"蒋诩舍中竹下开三径,唯羊仲、求仲与之游。"《诸方广语》:"有僧辞归宗,云:'往诸方学五味禅。'归宗曰:'我这里只有一味禅,为甚不学?'僧云:'如何是一味禅?'宗便打。"

⑤"竟随"二句:《三国志·魏书·荀彧传》:"荀彧字文若,颍川颍阴人也。……董卓之乱,求出补吏,除亢父令。遂弃官归,谓父老曰:'颍川,四战之地也,天下有变,常为兵冲,宜亟去之,无久留。'乡人多怀土犹豫。会冀州牧同郡韩馥遣骑迎之,莫有随者,彧独将宗族至冀州。……卓遣李傕等出关东,所过虏略,至颍川、陈留而还。乡人留者多见杀略。"《后汉书·郭太传》:"郭太字林宗,太原介休人也。……始见河南尹李膺,膺大奇之,遂相友善,于是名震京师。后归乡里,衣冠诸儒送至河上,车数千两。林宗

唯与李膺同舟而济,众宾望之,以为神仙焉。"李膺,字元礼。

⑥"天高"句:《唐摭言》卷一三:"令狐赵公镇维扬,处士张祜常与狎宴。公因视祜,改令曰:'上水船,风又急,帆下人,须好立。'祜应声答曰:'上水船,船底破,好看客,莫倚柂。'"

⑦"子鱼"二句:《三国志·魏书·华歆传》注引《魏略》:"华歆与邴(bǐng)原、管宁三人,俱游学厚交,时号三人为'一龙',歆为龙头,原为龙腹,宁为龙尾。"

⑧"作诗"二句:汉武帝《秋风辞》:"箫鼓鸣兮发棹歌,欢乐极兮哀情多。"酸然,凄然,悲伤。《晋书·殷仲堪传》:"镇江陵,将之任,又诏曰:'卿去有日,使人酸然。'"

**【辑评】**

宋罗大经《鹤林玉露》卷一四:士大夫若爱一文,不直一文。陈简斋诗云:"从来有名士,不用无名钱。"

# 周尹潜以仆有郢州之命作诗见
# 赠有横槊之句次韵谢之

一岁忧兵四阅时,偷生不恨隙驹驰。如何南纪持竿手[①],却把西州破贼旗。傥有青油盛快士[②],何妨画戟入新诗。因君调我还增气,男子平生政要奇。[③]

**【题解】**

此诗作于建炎三年(1129)。陈与义诗在结构上最显著的特点是句律的流丽,从整体结构上形成一种似疏而实密的特色。其诗之语句所以较为活泼流动,是诗人已经由追求对仗的工稳,发展到突破工稳的境地,所以能在谨严的格律中以流动之风调,发深沉之情思。陈与义的七律中常用流水对,如此诗中的"如何南纪持竿手,却把西州破贼旗"。由于大量使用流丽灵活的对句,就使得一向以整饬缜密为特点的七律,在外观形式上具有了一种疏荡自如的特点,可以使诗人少受限制地表达思想情怀。这是一种走向通俗化的尝试。当然,句律的流丽、外观形式的疏荡自如并不意味着陈与义诗在构思上疏略无次。相反,通过貌似疏散的外在形式,还是可以发现其诗文思的缜密精细,以及句与句之间内在命意上的紧密契合。这种特点的形成,是陈与义遗貌取神、以意为主的文学追求的生动体现。

**【注释】**

①南纪:南方。《诗·小雅·四月》:"滔滔江汉,南国之纪。"郑玄笺:"江也、汉也,南国之大水,纪理众川,使不壅滞;喻吴、楚之君能长理旁侧小国,使得其所。"杜甫《公安送李二十九弟晋肃入蜀余下沔鄂》:"南纪连铜柱,西江接锦城。"

②"傥有"句:《南史·萧韶传》:"韶昔为幼童,庾信爱之。……后为郢州,信西上江陵,途经江夏,韶接信甚薄,坐青油幕下,引信入宴,坐信别榻,有自矜色。"韩愈《晚秋郾城夜会李正封联句上王中丞卢院长》:"从军古云乐,谈笑青油幕。"《三国志·蜀书·黄权传》:"黄公衡,快士也。"

③"因君"二句:政要奇,丁钞、聚珍本、《宋诗钞》作"竟要奇"。《三国名臣序赞》:"后生击节,懦夫增气。"韩愈《试大理评事王君墓志铭》:"天下奇男子王适,愿见将军白事。"

# 次韵尹潜感怀

胡儿又看绕淮春,叹息犹为国有人。①可使翠华周宇县②,谁持白羽静风尘。五年天地无穷事,万里江湖见在身。③共说金陵龙虎气,放臣迷路感烟津。④

**【题解】**

此诗作于建炎三年(1129)。首联谓金兵入侵,还能听到有人对国事的叹息,可见国家还是有人才的。这是对朝中误国权奸极端蔑视的说法,也包含有国事毕竟非几声叹息所能解决的意思，表现出作者对国事深深的忧虑。这种忧虑转成激愤的心情，于是就有了颔联的"可使翠华周宇县"二句。可无论焦虑也好、惊呼也好，都化为热切的期望，期望出现济世雄才，扫清胡尘。颈联一句总叙国事，二句自叙，而自身的遭遇正是因为国事而起。"见在身"三字，既是说自己遭乱流离、虎口余生，此身尚在；又有侥幸尚在，但今后如何则不可知之意。另有一层意思，即云自己仍是江湖放闲之身，言外充满不能为国事出力的遗憾。尾联是说，皇上大概也已下了定都金陵、以图恢复的决心吧，若是这样的话，我这个江湖流放之臣，也能看到前途和希望了。全篇造语简劲、气格壮健，具有很强的表现力。

**【注释】**

①"胡儿"二句：胡儿，聚珍本作"干戈"。贾谊《陈政事疏》："倒悬如此，莫之能解，犹为国有人乎？"

②"可使"句：白羽，潘本作"白扇"。司马相如《上林赋》："建翠华之旗，树灵鼍之鼓。"《史记·秦始皇本纪》："宇县之中，承顺圣意。"裴骃《集解》："宇，宇宙；县，赤县。"《北史·周高帝纪》："朕君临宇县，十有九年。"宇亦作寓。谢朓《和伏武昌登孙权故城》："圣期缺中壤，霸功兴寓县。"

③"五年"二句：杜甫《绝句漫兴九首》其四："莫思身外无穷事，且尽生前有限杯。"牛僧孺《席上赠刘梦得》："休论世上升沉事，且斗樽前见在身。"

④"共说"二句：《太平御览》卷一五六引张勃《吴录》："刘备曾使诸葛亮至京，因睹秣陵山阜，叹曰：'钟山龙盘，石头虎踞，此帝王之宅。'"杜甫《喜闻盗贼蕃寇总退口号五首》其一："北极转愁龙虎气，西戎休纵犬羊群。"祢衡《鹦鹉赋》："放臣为之屡叹，弃妻为之欷歔。"感烟津，潘本作"惑烟津"。

**【辑评】**

元方回《瀛奎律髓》卷三二：周尹潜诗亦学老杜。此诗壮哉，乃思陵即位之五年绍兴元年也。又，清冯班：（"白扇"句）"白"字若作"羽"更胜。又，清纪昀：次句缩一字，宋人有此句法。五、六警动。

# 五月二日避贵寇入洞庭湖绝句

鼓发嘉鱼千面雪①，乱帆和雨向湖开。何妨南北东西客，一听湘妃瑶瑟来②。

**【题解】**

此诗作于建炎三年(1129)。贵寇,谓贵仲正。诗作简练抒写避寇入洞庭,似有举重若轻之感。

**【注释】**

①"鼓发"句：《宋史·地理志》："嘉鱼县,属鄂州。"苏轼《惜花》："腰鼓百面如春雷,打彻凉州花自开。"

②"一听"句：《楚辞·远游》："使湘灵鼓瑟兮,令海若舞冯夷。"

# 过君山不获登览

我梦君山好,万里来南州。青眉横玉镜①,色照城中楼。胜日空倚眺,经年未成游。今朝过山下,贼急不敢留。嵌空浪吞吐,荟蔚风飕飗。②龙吟杂虎啸,九夏含三秋。③了与遥赏异,况乃行岩幽。蚍蜉何当扫,延伫回我舟④。掷去九节筇⑤,褰裳走林丘。会逢湘君降,翠气衣上浮。⑥山椒望苍梧,寄恨舒冥搜。⑦

**【题解】**

此诗作于建炎三年(1129)。诗中"今朝过山下"二句,描述仓皇逃难情景。陈与义的这部分诗歌,记事简略,感喟深沉,以平易浅显、朴实凝练的语言,真实地记录了战乱给人民带来的巨大不幸和灾难,反映了家国事变中难民们的共同遭遇和感受,极富典型意义,与杜甫"三吏"、"三别"在精神上是一致的。

**【注释】**

①"青眉"句:李白《陪族叔刑部侍郎晔及中书贾舍人至游洞庭五首》其五:"淡扫明湖开玉镜,丹青画出是君山。"

②"嵌空"二句:杜甫《铁堂峡》:"修纤无垠竹,嵌空太始雪。"荟蔚,云雾弥漫貌。《诗·曹风·候人》:"荟兮蔚兮,南山朝隮。"《文选》李周翰注:"荟蔚,云雾津润气也。"飗飗(liú),原本作"飀飀",此据李氏藏本校改;形容风声。李颀《听安万善吹觱篥歌》:"枯桑老柏寒飗飗,九雏鸣凤乱啾啾。"

③"龙吟"二句:张衡《归田赋》:"尔乃龙吟方泽,虎啸山丘。"司马相如《上林赋》:"其北则盛夏含冻裂地,涉冰揭河。"

④"延伫"句:屈原《离骚》:"悔相道之不察兮,延伫乎吾将反。"

⑤"掷去"句:《真诰》:"杨羲梦蓬莱仙翁,拄赤九节杖而视白龙。"黄庭坚《次韵石七三六言七首》其二:"生涯一九节筇,老境五十六翁。"

⑥"会逢"二句:《博物志》卷六:"君山,洞庭之山是也。帝之二女居之,曰湘夫人。帝女遣精卫至王母取西山之玉印,印东海北山。"庾穆之《湘州记》云:"昔秦皇欲入湘观衡山,而遇风浪溺败,至此山而免,因号君山。"又《荆州图经》云:"湘君所游,故曰君山。"屈原《九歌·湘夫人》:"帝子降兮北渚,目眇眇兮愁余。"扬雄《甘泉赋》:"曳红采之流离兮,飏翠气之宛延。"

⑦"山椒"二句:《礼记·檀弓》:"舜葬于苍梧之野,盖二妃未之从也。"孙绰《游天台山赋序》:"非夫远寄冥搜,笃信通神者,何肯遥想而存之?"


# 细　雨

避寇烦三老,那知是胜游①。平湖受细雨②,远岸送轻舟。天地悲深阻③,山川慰久留。参差发邻舫,未觉壮心休。

## 【题解】

此诗作于建炎三年(1129)。诗人在转徙奔走东南诸州郡途中,屡为沿路的名山胜水和异地风物所吸引,写下不少优秀的写景咏物诗。如此诗中"避寇烦三老,那知是胜游",便可视为创作此类诗篇的契机。此二句,写出悦山乐水,苦中强乐,而又并非全心一意的情状,与另一首诗中"儿女不知来避地"二句,以儿女无知、将"避地"作"胜游"的情态,反衬出诗人内心国破家亡之忧愤,构思几乎是完全一样的,尤见深刻。

## 【注释】

①"那知"句:胜游,丁钞、聚珍本作"旧游"。韩愈《祖席·秋字》:"莫以宜春远,江山多胜游。"

②"平湖"句:杜甫《春归》:"远鸥浮水静,轻燕受风斜。"

③"天地"句:深阻,路途偏远险阻。干宝《晋纪总论》:"性深阻有如城府,而能宽绰以容纳。"杜甫《宿青溪驿奉怀张员外十五兄之绪》:"中夜怀友朋,乾坤此深阻。"

## 【辑评】

宋刘辰翁《评点》:(末句)好。

元方回《瀛奎律髓》卷一七:清纪昀:亦近杜。

[朝]金安老《复用前韵》诗后注:尝读简斋诗,有"江湖受细雨"之句,心甚喜之,而犹不解到尽之妙。久在江湖间,见细雨冥蒙,则水色尤光,然后方觉妙在"受"字上。为诗不尽物态妙处,则难言工。看诗不以吾意所到获彼得处,则难以语诗。诗道之难,有如此夫。夫得雨而气色新活,不独山也。潋潋明莹,于水尤可见,惟细雨为然,若大雨则更昏浊矣。

# 泊宋田遇厉风作

逐队避狂寇,湖中可盘嬉①。泊舟宋田港,俯仰看云移。造物犹不借,颠风忽横吹。②洞庭何其大,浪挟雷车驰③。可怜岸上竹,翻倒不自持④。老夫元耐事,淹速本无期⑤。会有天风

定<sup>⑥</sup>，见汝亭亭时。五月念貂裘<sup>⑦</sup>，竟生薄暮悲。萧萧不自畅，
耿耿独题诗。

## 【题解】

此诗作于建炎三年(1129)。诗写"逐队避狂寇"、仓皇南奔途中，目睹
亡国惨祸，又经历辗转流亡的艰苦生活，在思想感情上所发生的变化。

## 【注释】

①"湖中"句：盘嬉，盘桓游乐。韩愈《病鸱》："夺攘不愧耻，饱满盘
天嬉。"

②"造物"二句：不借，丁钞、聚珍本作"不惜"。杜甫《逼侧行赠毕曜》：
"晓来急雨春风颠，睡美不闻钟鼓传。"

③"浪挟"句：雷车，丁钞、聚珍本作"云车"。《淮南子·原道训》："电以
为鞭策，雷以为车轮。"韩愈《讼风伯》："山升云兮泽上气，雷鞭车兮电
摇帜。"

④"翻倒"句：《庄子·知北游》："真其实知，不以故自持。"郭象注："与
变俱也。"司马相如《子虚赋》："怕乎无为，憺乎自持。"

⑤"老夫"二句：耐事，以忍让处事，经得起得失，荣辱等人事之变。《新
唐书·娄师德传》："其弟守代州，辞之官，教之耐事。"贾谊《鵩鸟赋》："淹速
之度兮，语予其期。"

⑥天风：丁钞、聚珍本作"大风"。

⑦"五月"句：李白《游水西简郑明府》："五月思貂裘，谓言秋霜落。"

# 二十二日自北沙移舟作是日闻贼革面

宛宛转湖滩<sup>①</sup>，遥遥隔城邑。是时雨初霁，众绿带余湿<sup>②</sup>。
晓泽淡不波，菰蒲觉风入<sup>③</sup>。我生莽未定，世故纷相袭。觍然
贺兰面，安视一坐泣。<sup>④</sup>岂知虎与狼，义感功反集。<sup>⑤</sup>尧俗可尽

338

封⑥,呜呼吾何及。气苏巨浸内,未恨乏供给。⑦日历会有穷,吾行岂须急。近树背人去,远树久凝立。聊以忧世心,寄兹忘怏悒。⑧

作》："汀洲稍疏散，风景开怏悒。"

## 赠傅子文

渔子牧儿谈笑新，先生胜日步湖漘[①]。沙边忽见长身士，头上仍攲折角巾。[②]豺虎不能宽远俗[③]，山川终要识诗人。芦丛如画斜阳里，拄杖相寻无杂宾[④]。

**【题解】**

此诗作于建炎三年(1129)。诗作赠人，夹叙夹议，脉络清晰，富含揄扬之意，又兼及时事，如"豺虎不能宽远俗"二句所云。

**【注释】**

①漘(chún)：水边。《诗·魏风·伐檀》："坎坎伐轮兮，置之河之漘兮。"

②"沙边"二句：韩愈《唐正议大夫尚书左丞孔公墓志铭》："孔世卅八，吾见其孙。白而长身，寡笑与言。"《后汉书·郭太传》："身长八尺，容貌魁伟，褒衣博带，周游郡国。尝于陈、梁闲行遇雨，巾一角垫，时人乃故折巾一角，以为'林宗巾'。"

③"豺虎"句：王粲《七哀诗》其一："西京乱无象，豺虎方遘患。"

④"拄杖"句：《南史·谢弘微传》："次子谌，不妄交接，门无杂宾。有时独醉，曰：'入吾室者，但有清风；对吾饮者，唯当明月。'"

## 晚晴野望

洞庭微雨后，凉气入纶巾。水底归云乱，芦丛返照新[①]。遥汀横薄暮，独鸟度长津。兵甲无归日，江湖送老身。悠悠只倚杖,悄悄自伤神。天意苍茫里,村醪亦醉人<sup>②</sup>。

**【题解】**

此诗作于建炎三年(1129)。明李蓘《宋艺圃集》卷一〇误题此首作者为陈师道。相较于诗人入洞庭时所写的其他作品,此诗风格清新,寓意亦蕴藉深沉。全篇由雨晴至水色,至天景,至孤鸟,及于身世,再由身世而感伤,而醉酒,条理清晰。写景处准确逼真,凝炼紧凑;抒情时含蓄不发,沉郁深厚。篇中无不糅合着诗人的匠心与身世之感、忧国之情,颇得哀而不伤、怨而不怒之旨。

**【注释】**

①芦丛:原本作"芦聚",此据潘本校改。

②村醪(láo):村酒。司空图《柏东》:"免教世路人相忌,逢着村醪亦不憎。"

**【辑评】**

元方回《瀛奎律髓》卷一七:"兵甲"二句句法,诗家高处。又,清冯舒:此亦不减唐人。又,清纪昀:此首入之杜集,殆不可辨。又,"兵甲"二句诚为高唱。结意沉挚。

# 雨　中

雨打船篷声百般,白头当夏不禁寒。<sup>①</sup>五湖七泽经行遍,终忆吾乡八节滩。<sup>②</sup>

**【题解】**

此诗作于建炎三年(1129)。诗作以朴素自然的语言,抒发年老漂泊、思乡念家的悲愁,感情真挚,情韵悠长。

**【注释】**

①"雨打"二句:船篷,原本作"船蓬",此据聚珍本校改。杜甫《王竟携

酒高亦同过共用寒字》:"移时劝山简,头白恐风寒。"

　　②"五湖"二句:《周礼·职方》:"其浸五湖。"张勃《吴录》:"五湖者,太湖之别名,以其周行五百余里,故以五湖为名。"司马相如《子虚赋》:"臣闻楚有七泽,尝见其一,未睹其余也。臣之所见,盖特其小小者耳,名曰云梦。"杜甫《岳麓山道林二寺行》:"暮年且喜经行近,春日兼蒙暄暖扶。"《新唐书·白居易传》:"东都所居履道里,疏沼种树,构石楼香山,凿八节滩,自号醉吟先生,为之传。"


# 舟抵华容县

　　篙舟入华容,白水绕城堞①。夹津列茂树,倒影青相接。远色分村坞,微凉动芦叶。天地困腐儒,江湖托孤楫。②

### 【题解】

　　此诗作于建炎三年(1129)。嘉庆《一统志》卷三五八:"华容县,在府西一百八十里。古云梦地,宋至和元年徙治,属岳州。"诗作描写华容古城的景色极细致而生动,结尾抒发感慨,深切的生命体验包含于一路流离漂泊的辛酸中,也能与景物相映衬。

### 【注释】

　　①绕城堞:原本作"满城堞",此据聚珍本校改。

　　②"天地"二句:杜甫《江汉》:"江汉思归客,乾坤一腐儒。"《荀子·非相》:"故《易》曰:'括囊,无咎无誉。'腐儒之谓也。"杨倞注:"腐儒,如朽腐之物,无所用也。引《易》以喻不谈说者。"


# 夜　赋

　　泊舟华容县①,湖水终夜明。凄然不能寐,左右菰蒲声。

穷途事多违,胜处亦心惊②。三更萤火闹,万里天河横。阿瞒狼狈地,山泽空峥嵘。③强弱与兴衰,今古莽难评。④腐儒忧平世⑤,况复值甲兵。终然无寸策,白发满头生。

**【题解】**

此诗作于建炎三年(1129)。诗写曹操败走华容之事,而意在言外,希望宋之于金,能以弱胜强。但宋无用兵意,故诗人为国事而生愁。这种穷愁之态,经过了大悲大痛的号呼,因而真实可感。

**【注释】**

①华容县:原本作"叶容县",此据冯校校改。

②亦心惊:李氏藏本、《诗林广记》卷八作"心亦惊"。

③"阿瞒"二句:狼狈,原本作"狼狈",此据冯校校改。山泽,丁钞阙"泽",朱笔补作"川"。《三国志·魏书·武帝纪》注引《山阳公载记》曰:"公船舰为备所烧,引军从华容道步归,遇泥泞,道不通,天又大风,悉使羸兵负草填之,骑乃得过。羸兵为人马所蹈藉,陷泥中,死者甚众。军既得出,公大喜。诸将问之,公曰:'刘备,吾俦也,但得计少晚;向使早放火,吾徒无类矣。'备寻亦放火而无所及。"

④"强弱"二句:强弱,聚珍本作"弱强"。莽难评,丁钞、聚珍本作"莽难平"。

⑤"腐儒"句:平世,太平清明的时代。《孟子·离娄下》:"禹、稷当平世,三过其门而不入,孔子贤之。"苏轼《田表圣奏议叙》:"古之君子,必忧治世而危明主。"

**【辑评】**

宋刘克庄《后村诗话》前集卷二:造次不忘忧爱,以简洁扫繁缛,以雄浑代尖巧,第其品格,故当在诸家之上。

宋刘辰翁《评点》:("泊舟"二句)古语平平,如"清晨闻扣门",贵其真也。不如此起,眼前俯拾便是。("强弱"二句)若无此十字,亦属气索。("腐儒"四句)人人有此怀,独写得至黯然销魂而不失悲壮,故是家数。

# 月 夜

　　独立夜轇轕<sup>①</sup>,芦声泛遥津。月下风起波,莽莽白龙鳞。<sup>②</sup>
阴彩凝草木,暑气森星辰。天地尘未消,江湖气聊伸。人生
几今夕,乱代偶此身。胡为不少乐,况乃迹易陈。三更大鱼
舞<sup>③</sup>,悄怆惊心神。永怀骑鲸士,发兴烟中新。<sup>④</sup>

**【题解】**

　　此诗作于建炎三年(1129)。月夜咏怀,其中"人生几今夕,乱代偶此
身。胡为不少乐,况乃迹易陈",谓人生世事颠簸坎坷,令人心神疲惫,希望
这样的苦痛能够得以解脱。

**【注释】**

　　①"独立"句:轇轕(jiāo gé),或作胶葛。《楚辞·远游》:"骑胶葛以杂
乱兮。"刘向《九叹·远逝》:"潺湲轇轕,雷动电发,驶高举兮。"司马相如《上
林赋》:"张乐乎胶葛之寓。"吕向注:"胶葛,广大貌。"

　　②"月下"二句:韦应物《夕次盱眙县》:"浩浩风起波,冥冥日沉夕。"白
居易《秋日与张宾客舒著作同游龙门醉中狂歌凡二百三十八字》:"嵩峰余
霞锦绮卷,伊水细浪鳞甲生。"

　　③"三更"句:杜甫《陪王侍御同登东山最高顶宴姚通泉晚携酒泛江》:
"灯前往往大鱼出,听曲低昂如有求。三更风起寒浪涌,取乐喧呼觉
船重。"

　　④"永怀"二句:苏轼《次韵张安道读杜诗》:"骑鲸遁沧海,捋虎得绨
袍。"杜甫《题郑县亭子》:"郑县亭子涧之滨,户牖凭高发兴新。"

# 晚　晴

幽卧不知晴，檐梢见斜日。披衣起四望，天际山争出。光辉渚蒲净，意气沙鸥逸。避寇半九围<sup>①</sup>，两脚不遗力。川陵各异态，艰难常一律。胡为作弧矢，前圣意莫诘。<sup>②</sup>岂知百代后，反使奸宄密。<sup>③</sup>腐儒徒叹嗟，救弊知无术。<sup>④</sup>人生如归云，空行杂徐疾。薄暮俱到山，各不见踪迹<sup>⑤</sup>。念此百年内，可复受忧戚。林水方翳然，放怀陶兹夕。<sup>⑥</sup>

**【题解】**

此诗作于建炎三年(1129)。诗写晚晴而稍放忧戚之怀，其中"腐儒徒叹嗟"二句，写出徒怀忧国之心，而回天无力的悲恨。

**【注释】**

①"避寇"句：《诗·商颂·长发》："帝命式于九围。"毛传："九州也。"

②"胡为"二句：杜甫《写怀二首》其二："古者三皇前，满腹志愿毕。胡为有结绳，陷此胶与漆。"弧矢，弓箭。《易·系辞下》："弧矢之利，以威天下。"

③"岂知"二句：百代，原本作"百伐"，此据聚珍本、《宋诗钞》校改。《尚书·舜典》："蛮夷猾夏，寇贼奸宄。"《说文》："宄(guǐ)，奸也。外为盗，内为宄。"

④"腐儒"二句：叹嗟，聚珍本作"嗟叹"。苏轼《戏子由》："读书万卷不读律，致君尧舜知无术。"

⑤"各不"句：苏轼《赠写真何充秀才》："此身常拟同外物，浮云变化无踪迹。"

⑥"林水"二句：林水，丁钞、聚珍本作"林木"。兹夕，李氏藏本作"今夕"。

# 寥 落

寥落洞庭野,微风泛客裾。袁宏咏史罢,孙登清啸余。<sup>①</sup>
月明流水去,夜静芙蓉舒。城郭方多事,野兴一萧疏。

**【题解】**

此诗作于建炎三年(1129)。诗写得很平白,当中三、四句的两个典故,
并不构成阅读的障碍:在冷落清寂的洞庭之野,明月当空,情与景会,既可
咏史,亦可长啸,尽抒胸中怀抱。诗人既是要描写动人的天籁,又寄托了得
赏识者知遇的期望。

**【注释】**

①"袁宏"二句:《晋书·袁宏传》:"谢尚时镇牛渚,秋夜乘月,率尔与左
右微服泛江。会宏在舫中讽咏,声既清会,辞又藻拔,遂驻听久之,遣问焉。
答云:'是袁临汝郎诵诗。'即其咏史之作也。尚倾率有胜致,即迎升舟,与
之谭论,申旦不寐,自此名誉日茂。"《晋书·阮籍传》:"籍尝于苏门山遇孙
登,与商略终古及栖神道气之术,登皆不应。籍因长啸而退,至半岭,闻有
声若鸾凤之音,响乎岩谷,乃登之啸也。遂归著《大人先生传》。"

# 自五月二日避寇转徙湖中复从华容道
# 乌沙还郡七月十六日夜半出小江口泊
# 焉徙倚柁楼书十二句<sup>①</sup>

回环三百里,行尽力都穷。巴丘左移右,章华西转东。<sup>②</sup>
江声摇斗柄,秋事弥葭丛。<sup>③</sup>群木立波上<sup>④</sup>,芙蕖披月中。镜湖
应足比,剡溪那可同。<sup>⑤</sup>世将非识事,孤啸聊延风。<sup>⑥</sup>

## 【题解】

此诗作于建炎三年(1129)。诗中"回环三百里,行尽力都穷。巴丘左移右,章华西转东",反映了当日历时两月有余奔窜疲命的情况。

## 【注释】

①诗题中"从",聚珍本作"徙",此据《经训堂帖》所载陈与义此诗手稿校改。又"乌沙",原本作"乌纱",此据手稿校改。又"还",手稿作"趋",又于"趋"字旁注改为"欲还"。又"泊",原本作"宿",此据手稿校改。原本"书"下有"事"字,此据手稿校删。

②"巴丘"二句:章华,原本作"章叶",此据丁钞、潘本、聚珍本、手稿校改。巴丘山,又名巴陵山,在湖南岳阳县治西南隅,濒临洞庭湖。章华台,春秋时楚灵王所建,故址在今湖北监利西北。《梦溪笔谈》卷四:"华容即今之监利县,非岳州之华容也,至今有章华故台,在县郭中,与杜预之说相符。"

③"江声"二句:摇斗柄,原本脱"摇",此据聚珍本、手稿校补。秋事,秋色,原本作"秋色",此据手稿校改。

④波上:聚珍本作"江上"。

⑤"镜湖"二句:手稿作"青溪何足比,镜湖聊可同",又改"聊"为"应"。镜湖在越州城南,东西二十里,南北数里。剡溪在嵊县南。李白《子夜吴歌四首》其二:"镜湖三百里,菡萏发荷花。"

⑥"世将"二句:《晋书·王廙传》:"王廙字世将,丞相导从弟,而元帝姨弟也。……廙性俊率,尝从南下,且自寻阳迅风飞帆,暮至都,倚舫楼长啸,神气甚逸。王导谓庾亮曰:'世将为伤时识事。'亮曰:'正足舒其逸气耳。'"成公绥《啸赋》:"飘游云于泰清,集长风乎万里。"柳宗元《酬贾鹏山人郡内新栽松寓兴见赠二首》其一:"贞幽夙有慕,持以延清风。"

# 闰八月十二日过奇父共坐翠窦轩赏木犀花玲珑满枝光气动人念风日不贷此花无五日香矣而王使君未之知作小诗报之

清露香浮黄玉枝,使君未到意低迷①。极知有日交铜虎,可使无情向木犀。

**【题解】**

此诗作于建炎三年(1129)。孙奇父,名伟,号七泽老渔。江陵(今属湖北)人。建炎四年,为朝奉郎、宣抚处置使司,主管机宜文字。绍兴间,谪居融州,寓桂日久,与刘长历、刘芮父子,蒋颖兄弟游,惟以讲学为务,开桂林学问之源。官终判监,晚居衡山,卒于绍兴二十六年前。盖亦其时流寓岳州者。王使君,粹翁。诗中"清露香浮黄玉枝",写出木犀的姿态、神韵,但全篇又同时牵及相关人事,并未极尽描写之能事。下录二首,也是如此。

**【注释】**

①"使君"句:嵇康《养生论》:"夜分而坐,则低迷思寝。"

## 再赋二首呈奇父(奇父自号七泽先生)

国香薰坐先生醉,秋叶藏花客子迷。①驱使晚风同胜地,东轩不用镇帷犀。②

香遍东园花一枝,寻花觅路忽成迷。③先生莫道心如铁,喜气朝来横角犀。④

此二诗作于建炎三年(1129)。

【注释】

①"国香"二句:《左传·宣公三年》:"以兰有国香,人服媚之如是。"黄庭坚《次韵答马中玉三首》其一:"锦江春色薰人醉,也到壶公小隐天。"李白《春日游罗敷潭》:"云从石上起,客到花间迷。"

②"驱使"二句:驱使,聚珍本作"驰使"。杜牧《杜秋娘诗》:"虎睛珠络褓,金盘犀镇帷。"苏轼《四时词》四首其四:"夜风摇动镇帷犀,酒醒梦回闻雪落。"

③"香遍"二句:香遍,丁钞、聚珍本作"香过"。陶渊明《桃花源记》:"太守即遣人随其往,寻向所志,遂迷不复得路。"

④"先生"二句:莫道,聚珍本作"莫谓"。苏轼《章质夫寄惠崔徽真》:"为君援笔赋梅花,未害广平心似铁。"《国语·郑语》:"恶角犀丰盈,而近顽童穷固。"韦昭注:"角犀谓颜角有伏犀,丰盈谓颊辅丰满:皆贤明之相也。"


# 十三日再赋二首其一以赞使君是日对花赋此韵诗落笔纵横而郡中修水战之具方大阅于燕公楼下也其一自叙所感忆年十五在杭州始识此花皆三丈高木尝赋诗焉①


我丈风流元祐枝,晴轩雨雹笔端迷。②从容文武一时了,赋罢木犀观水犀。③

武林曾识最高枝,④百感重逢岁月迷。向日擘笺须彩凤,如今执楯要文犀。⑤


【题解】

此二诗作于建炎三年(1129)。从诗题文字可知,陈与义年十五时曾至杭州,并且写过题咏木樨花的诗,可惜已无存。至于远道去杭的原因,则不可详知。《陈与义集校笺》疑是"随亲宦游",亦无确证。又,粹翁当日亦曾对花赋此第一首韵之诗,落笔纵横。或与此第一首类似,都多少牵涉到了时事。

**【注释】**

①诗题中"落笔",原本作"笔落",此据丁钞、聚珍本校改。又"其一自叙",丁钞作"其二自叙"。又"尝赋诗焉",聚珍本作"尝赋诗"。

②"我丈"二句:粹翁为王岩叟之子,岩叟元祐六年拜枢密直学士签书院事,故云"元祐枝"。雨雹,丁钞作"雨电"。苏轼《太虚以黄楼赋见寄作诗为谢》:"夫子独何妙,雨雹散雷椎。"

③"赋罢"句:《国语·越语》:"今夫差衣水犀之甲者亿有三千。"

④"武林"句:武林,本山名,即今杭州西灵隐山。《方舆胜览》卷一:"武林山,在钱塘旧治之北半里,今为钱塘门里太一宫道院土阜是也。元名虎林,避唐朝讳改虎为武。"因借指杭州城。苏轼《送子由使契丹》:"沙漠回看清禁月,湖山应梦武林春。"

⑤"向日"二句:擘笺,原文作"璧笺",此据聚珍本校改;裁纸。"如今"句下,李氏藏本有"自注"二字。《纸谱》:"陈后主常令妇人擘彩笺,制五言诗。"又云:"唐初将相官诰,用金凤笺书之。"刘禹锡《奉和中书崔舍人八月十五日夜玩月二十韵》:"静对挥宸翰,闲吟擘彩笺。"楯(shǔn),阑槛横木。《国语·吴语》:"建肥胡,奉文犀之渠。"韦昭注:"文犀之渠,谓楯也。"


# 九月八日登高作重九奇父赋三十韵与义拾余意亦赋十二韵(二禅老同自燕公楼过冠鳌亭)①


九月风景好②,节意满天涯。书生尊所闻,登高乱城鸦。③虽无后乘丽④,前驱载黄花。两楼压波壮⑤,众泽分天斜。居夷惊有苗,访古悲章华。⑥萧条湖海事,胜日一笑哗⑦。兴移三里亭⑧,木影杂蛟蛇。二士醉藜杖,两禅风袈裟。⑨奇哉古无有,未觉欠孟嘉。⑩天公亦喜我,催诗出微霞。赋罢迹已陈,忧乐如转车⑪。却后五百岁,远俗增雄夸⑫。

## 【题解】

此诗作于建炎三年(1129)。诗中"赋罢迹已陈"四句,可见陈与义学习和借鉴前人的艺术成就,取径甚宽,风标自高,重在创新,力求脱俗。这与黄庭坚要求诗歌"脱去流俗"的精神是一脉相传的,是一种"不可以常理待之"的创新意识。

## 【注释】

①诗题下自注,聚珍本无。

②九月:丁钞、聚珍本作"九日"。

③"书生"二句:《汉书·董仲舒传》:"尊其所闻,则高明矣。"《续齐谐记》:"汝南桓景随费长房游学累年。长房谓曰:'九月九日汝家当有灾,宜急去,令家人各作绛囊,盛茱萸以系臂,登高饮菊花酒,此祸可除。'"

④后乘:从臣的车马。亦泛指随从在后面的车马。皮日休《陪江西裴公游襄州延庆寺》:"不署前驱惊野鸟,唯将后乘载诗人。"

⑤"两楼"句:两楼,谓岳阳楼、燕公楼。燕公楼在岳阳楼北。

⑥"居夷"二句:《书·大禹谟》:"七旬有苗格。"孔传:"三苗之国,左洞庭,右彭蠡。"《史记·楚世家》:"太史公曰:'楚灵王方会诸侯于申,诛齐庆封,作章华台,求周九鼎之时,志小天下;及饿死于申亥之家,为天下笑。操行之不得,悲夫!'"王逸《九思·伤时》:"顾章华兮太息,志恋恋兮依依。"

⑦"胜日"句:苏轼《泗州除夜雪中黄师是送酥酒二首》其一:"使君夜半分酥酒,惊起妻孥一笑哗。"

⑧"兴移"句:杜甫《陪郑广文游何将军山林十首》其五:"兴移无酒扫,随意坐莓苔。"三里亭,即冠鳌亭。

⑨"二士"二句:中斋云:"风袈裟,疑用《楞严经》'风吹伽梨角'语。"

⑩"奇哉"二句:《晋书·孟嘉传》:"九月九日,温燕龙山,寮佐毕集。时佐吏并著戎服,有风至,吹嘉帽堕落,嘉不之觉。温使左右勿言,欲观其举止。嘉良久如厕,温令取还之,命孙盛作文嘲嘉,着嘉坐处。嘉还见,即答之,其文甚美,四坐嗟叹。"

⑪"忧乐"句:苏轼《子由将赴南都与余会宿于逍遥堂作两绝句读之殆不可为怀因和其诗以自解……》二首其二:"但令朱雀长金花,此别还同一转车。"

⑫雄夸:盛赞。

# 两绝句①

西风吹日弄晴阴,酒罢三巡湖海深②。岳阳楼上登高节,不负南来万里心。

二士相随风满巾,两禅同队景弥新。但得黄花不牢落,莫嫌惊倒岳州人③。

**【题解】**

此二诗作于建炎三年(1129)。据《经训堂帖》刊手稿所题,可与上一首并读。

**【注释】**

①诗题,《经训堂帖》所刊手稿作"九日与孙奇父戴菊登高已而开旦二禅老至自岳阳楼步至冠鳌亭"。

②"酒罢"句:三巡,聚珍本作"三更"。欧阳修《依韵答相公宠示之作》:"平生未省降诗敌,到处何尝欣酒巡。"《左传·桓公十二年》:"三巡数之。"杜预注:"巡,遍也。"

③"莫嫌"句:苏轼《次韵秦观秀才见赠秦与孙莘老李公择甚熟将入京应举》:"忽然一鸣惊倒人,纵横所值无不可。"

# 粹翁用奇父韵赋九日与义同赋兼呈奇父

安隐轻节序，艰难惜欢娱。先生守菖蕍，朝士夸茱萸①。前年邓州城，风雨倾客居。②何常疏麴生，麴生自我疏。③岂无登高地，送目与云俱。门生及儿子，劝我升篮舆。出门复入门，戈斾填街衢。④去年郢州岸，孤楫对坏郛。莫招大夫魂，谁揽使君须。⑤独题怀古句，枯砚生明珠。⑥亦复跻荒戍，日暮野踟蹰。⑦白衣终不至，眇眇空愁予。今年洞庭上，九折余崎岖。⑧时凭岳阳楼，山川看萦纡⑨。孙兄语蝉连，王丈色敷腴⑩。不用踏筵舞⑪，秋风摇菊株。乐哉未曾有⑫，是梦其非欤。丈夫各堂堂，坐受世故驱。会须明年节，醉倒还相扶。⑬此花期复对，勿令堕空虚。明月风景佳，南翔先一凫。⑭何言知机早，政尔因鲈鱼。⑮分襟肺肝热，抚事岁月迁。⑯归来问瓶锡，生理何必余。⑰相期衡山南，追步凌忽区。⑱回首望尧云，中原莽榛芜。⑲臣岂专爱死⑳，有怀竟不舒。老谋与壮事，二者惭俱无。㉑

## 【题解】

此诗作于建炎三年(1129)。诗作对作者近三年行踪作了形象的概括。末尾"回首望尧云"云云，慨叹既无老谋，又无壮事，回首中原，满目荆榛，真是感慨系之了。正因为如此，所以除了回忆过去，留恋故土，追怀古人外，便常常把笔墨停留在自己的日常生活中来。并且，宋世氛围投射在诗人心灵卜的阴影，使其前期已有的意欲遁世远引的思想更加发展，"臣岂专爱死"二句即流露出了这种思想。

## 【注释】

①"朝士"句：杜甫《九日五首》其二："茱萸赐朝士，难得一枝来。"

②"前年"二句:苏轼《与赵陈同过欧阳叔弼新治小斋戏作》:"江湖渺故国,风雨倾旧庐。东来三十年,愧此一束书。尺椽亦何有,而我常客居。"

③"何常"二句:苏轼《答任师中家汉公》:"何尝疏小人,小人自阔疏。"

④"出门"二句:杜甫《九日寄岑参》:"出门复入门,雨脚但如旧。"

⑤"莫招"二句:《晋书·桓伊传》:"奴既吹笛,伊便抚筝而歌《怨诗》曰……安泣下沾衿,乃越席而就之,捋其须曰:'使君于此不凡!'帝甚有愧色。"

⑥"独题"二句:杜甫《奉和贾至舍人早朝大明宫》:"朝罢香烟携满袖,诗成珠玉在挥毫。"

⑦"亦复"二句:题李陵《与苏武诗》三首其一:"屏营衢路侧,执手野踟蹰(chí chú)。"杜甫《赠韦左丞文济》:"岁寒仍顾遇,日暮且踟蹰。"踟蹰,徘徊。

⑧"今年"二句:《汉书·王尊传》:"琅邪王阳为益州刺史,行部至邛郲九折阪,叹曰:'奉先人遗体,奈何数乘此险!'"

⑨萦纡:盘旋环绕。班固《西都赋》:"步甬道以萦纡,又杳窱而不见阳。"白居易《长恨歌》:"黄埃散漫风萧索,云栈萦纡登剑阁。"

⑩"孙兄"二句:《晋书·王蕴传》:"时王悦来拜墓,蕴子恭往省之,素相善,遂留十余日方还。蕴问其故,恭曰:'与阿大语,蝉连不得归。'"白居易《岁日家宴戏示弟侄等兼呈张侍御二十八丈殷判官二十三兄》:"犹有夸张少年处,笑呼张丈唤殷兄。"敷腴,喜悦貌。鲍照《拟行路难十八首》其五:"人生苦多欢乐少,意气敷腴在盛年。"

⑪"不用"句:韩愈《感春三首》其三:"艳姬踏筵舞,清眸刺剑戟。"

⑫乐哉:原本作"几哉",此据聚珍本、《宋诗钞》校改。

⑬"会须"二句:苏轼《水调歌头》:"我醉歌时君和,醉倒须君扶我,惟酒可忘忧。"

⑭"明月"二句:题苏武《别李陵》三首其一:"二凫俱北飞,一凫独南翔。"

⑮"何言"二句:何言,原本作"可言",此据丁钞、聚珍本校改。苏轼《戏书吴江三贤画像三首》其二《张翰》:"不须更说知机早,直为鲈鱼也自贤。"

354

⑯"分襟"二句:肺肝,聚珍本作"肝肺"。杜甫《夏日扬长宁宅送崔侍御常正字入京得深字》:"不堪垂老鬓,还对欲分襟。"又《铁堂峡》:"飘蓬逾三年,回首肝肺热。"傅亮《为宋公修张良庙教》:"微管之叹,抚事弥深。"

⑰"归来"二句:苏轼《送小本禅师赴法云》:"林泉有旧约,何年挂瓶锡。"生理,犹言生计。杜甫《北征》:"新归且慰意,生理焉得说。"

⑱"相期"二句:《淮南子·精神训》:"同精于太清之本,而游于忽区之旁。"高诱注:"忽恍无形之区旁也。"

⑲"回首"二句:《史记·五帝本纪》:"帝尧者,放勋。其仁如天,其知如神,就之如日,望之如云。"杜甫《赠韦左丞丈济》:"君能微感激,亦足慰榛芜。"

⑳"臣岂"句:《礼记·檀弓》:"申生有罪,不念伯氏之言也,以至于死。申生不敢爱其死。"

㉑"老谋"二句:壮事,聚珍本作"壮士";壮举。《国语·晋语》:"郤叔虎将乘城,其徒曰:'弃政而役,非其任也。'郤叔虎曰:'既无老谋,而又无壮事,何以事君?'被羽先升,遂克之。"

**【辑评】**

宋刘辰翁《评点》:(末句)常以短语述无限,跌宕可思。

# 送王因叔赴试

枫落南纪明,秋高洞庭白①。自是天涯人,更送湖上客。人生险易乘除里,富贵功名从此始。②不须惜别作酸然,满路新诗付吾子。

**【题解】**

此诗作于建炎三年(1129)。诗中"富贵功名从此始"句颇堪注意。宋人普遍积极追慕科名的思想,决定了宋代注重科举教育的社会风气,从中央到地方的官方教育与书院、私学、家庭教育相配合,形成了较为完善的教育体系。宋代读书人在科举人生之路的起点上与诗为伴,这些诗记录了他们读书受教育的环境、生活状况,展现了他们的精神世界。在诗歌史上,宋代关于科名思想与科举教育的诗,尤其是一些通俗的劝学名作,成为后世教育、激励学生读书应举的典范。

**【注释】**

①"秋高"句:王维《送邢桂州》:"日落江湖白,潮来天地青。"

②"人生"二句:从此始,丁钞、聚珍本、《宋诗钞》作"从此起"。《易·系辞上》:"是故卦有大小,辞有险易。"黄庭坚《跋元圣庚清水岩记》:"夫奇与常相倚也,险与易相乘也。古之人正心诚意,而游于万物之表,故六经,我之陈迹也;山林冠冕,吾又何择焉。"

# 己酉九月自巴丘过湖南别粹翁①

离合不可常,去住两无策。②眇眇孤飞雁,严霜欺羽翼。使君南道主③,终岁好看客。江湖尊前深,日月梦中疾。世事不相贷,秋风撼瓶锡。南云本同征,变化知无极。④四年孤臣泪,万里游子色。临别不得言,清愁涨胸臆。

**【题解】**

此诗作于建炎三年(1129)离岳阳去邵阳时。作为"四年孤臣"、"万里游子",在乾坤动荡之时,往事既不堪回首,前途更是茫然,"离合不常"、"去处无策",不能掌握命运与进退唯谷之感冲口而出。而"世事不贷",无处可依,像行脚僧那样,漫无目的地飘泊四方,时乖命蹇之悲猛击内心。更为难堪的是,时势就像伴随自己的南来之云一样,变化不定而难以预卜。诗人就是这样在告别友人的时候,倾诉了乱离社会中人们普遍的哀伤与共同的心情,诗情是很深沉感人的。

**【注释】**

①诗题中"己酉"二字,丁钞、聚珍本无。又"九月",聚珍本作"九日"。

②"离合"二句:去住,原本作"去处",此据丁钞、聚珍本校改。陆机《为顾彦先赠妇》二首其二:"离合非有常,譬彼弦与括。"苏轼《辩才老师退居龙井不复出入轼往见之……谨次辩才韵赋诗一首》:"去住两无碍,人天争挽留。"

③"使君"句:《魏书·裴仲规传》:"咸阳王禧为司州牧,辟为主簿,仍表行建兴郡事。车驾自代还洛,次于郡境,仲规备供帐朝于路侧。……车驾达河梁,见咸阳王,谓曰:'昨得汝主簿为南道主人,六军丰赡,元弟之寄,殊副所望。'"

④"南云"二句:宋玉《高唐赋》:"其上独有云气,崪兮直上,忽兮改容,须臾之间,变化无穷。"《列子·穆王》:"千变万化,不可穷极。"

## 【辑评】

宋刘辰翁《评点》:("离合"二句)畅似后山。


# 留别康元质教授

腐儒身世已百忧,此去行年岂堪记。岳阳楼前一杯酒,与子同州复同味。①洞庭秋气连苍梧,天高地远鱼龙呼。②莫倚仲宣能作赋,不随文若事征途。

## 【题解】

此诗作于建炎三年(1129)。康元质,未详。此前,白居易、杜甫本人也许未必意识到自己的作品是"史"或"年谱"而采取这种写法的。但在"诗史"说或"年谱式思维"通行的宋代,部分文人已有意识地明确采用"史"或"年谱"这种写法。比如,宋代诗人多在诗中写明年月。有时也用自序和自注的形式,记下有关创作时期等内容信息。并且,这种情况正如贺铸《庆湖遗老诗集》自序说的那样,"随篇叙其岁月与所赋之地者,异时开卷,回想陈迹,喟然而叹,莞尔而笑,犹足以起予狂也",也是有意识地将之作为保存、传播记录的方法来使用的。正是在这种意义上,此诗中"此去行年岂堪记"

句颇堪注意。陈与义将自己的诗比作"行年记"。所谓"行年记",可以认为指的是按编年形式记录个人事迹的、类似年谱的文献。沈曾植《影元本简斋诗集跋》(《陈与义集校笺注》附录《寐叟题跋》卷一),即基于陈与义《冬至》之诗句,说"简斋自定本系编年"。(参[日]浅见洋二《距离与想象——中国诗学的唐宋转型》)

**【注释】**

①"岳阳"二句:同州,聚珍本作"同舟"。柳宗元《报崔黯秀才论为文书》:"恨与吾子不同州部,闭口无所发明。"

②"洞庭"二句:连苍梧,原本作"运苍梧",此据丁钞、聚珍本校改。地远,丁钞作"地冷"。


# 留别天宁永庆乾明金銮四老

我生能几何,两脚疲世故。忽破巴丘梦,还寻邵阳路。穷乡得四老,足以慰迟暮①。胜事远公莲,深心懒残芋。②本是群山云,暂聚当别去。③那知天风便,不得还相聚。凡情我未免,临别吐幽句④。慎勿过虎溪⑤,晓霜侵杖屦。


**【题解】**

此诗作于建炎三年(1129)。诗中"忽破巴丘梦,还寻邵阳路",此时已决计作邵阳之行,诗题中"留别"即指此。"慎勿过虎溪"二句,表明诗人与此四老交情非浅。

**【注释】**

①"足以"句:杜甫《羌村三首》其二:"如今足斟酌,且用慰迟暮。"

②"胜事"二句:《庐山记》:惠远法师与十八贤同修净土,为白莲社。杜甫《不离西阁二首》其二:"平生耽胜事,呀骇始初经。"《类说》卷二引李繁《邺侯家传》:"(李)泌在衡岳,有僧明瓒,号懒残。泌察其非凡人也,中夜潜

往谒焉。懒残命坐,发火煨芋以啖之,曰:'勿多言,领取十年宰相。'"袁郊《甘泽谣》:"性懒而食残,故号懒残。"颜延之《陶征士诔》:"深心追往,远情逐化。"

③"本是"二句:顾况《华山西冈游赠隐玄叟》:"想是悠悠云,可契去留躅。"

④幽句:原本作"幽处",此据丁钞、聚珍本校改。

⑤"慎勿"句:虎溪,在江西庐山东林寺东,古时以溪畔多虎得名。《庐山记》:惠远法师送客,以虎溪为界。一日,陶渊明同道士陆修静谒师,师送之,三人共语,不觉过虎溪,遂相与大笑。

**【辑评】**

宋刘辰翁《评点》:(末句)别语皆浅浅,自不可堪。


# 别岳州

朝食三斗葱①,暮饮三斗醋。宁受此酸辛,莫行岁晚路。丈夫少壮日,忍穷不自恕②。乘除冀晚泰,乃复逢变故③。经年岳阳楼,不见宫南树④。辞巢已万里,两脚未遑住。水落君山高,洞庭秋已素⑤。浮云易归岫⑥,远客难回顾。飘然一瓶锡,未知所挂处⑦。寂寞短歌行,萧条远游赋。⑧学道始恨晚,为儒孰非腐。⑨乾坤杳茫茫⑩,三叹出门去。


**【题解】**

此诗作于建炎三年(1129)。总的来说,陈与义诗的语言自然而不雕饰,畅达而不做作,即便忧愤深广、寄寓遥深如此诗者,亦是如此。又能不因用语浅显而减其内容之深广、风格之沉郁。而且,即使是在素称对仗谨严、用字工切、凝练浓缩,并以用典见长的律诗中,诗人也常有明白畅达、自然流美之作。当然,用语明白自然只是就陈与义诗总体而言,并不是说其诗中没有精雕细刻、曲尽形容之作。又,此种讲求精工、烹字炼句的情况在陈与义诗中只是少数,且多见于前期诗作中,盖当时锤炼而未造乎自然也。

## 【注释】

①"朝食"句:《新唐书·屈突通传》:"擢左武卫将军,莅官劲正,有犯法者,虽亲无所回纵。其弟盖为长安令,亦以方严显。时为语曰:'宁食三斗艾,不见屈突盖。宁食三斗葱,不逢屈突通。'"

②"忍穷"句:自恕,丁钞作"自怒"。韩愈《赠崔立之评事》:"东马严徐已奋飞,枚皋即召穷且忍。"

③逢变故:聚珍本作"遭变故"。

④宫南:聚珍本、《宋诗钞》作"南宫"。

⑤"洞庭"句:梁元帝《纂要》:"秋曰素秋,风曰素风,节曰素节。"

⑥"浮云"句:陶渊明《归去来兮辞》:"云无心以出岫,鸟倦飞而知还。"

⑦未知:聚珍本作"不知"。

⑧"寂寞"二句:曹操《短歌行》:"对酒当歌,人生几何。"《楚辞·远游》:"山萧条而无兽兮,野寂莫乎无人。"

⑨"学道"二句:苏轼《和陶读〈山海经〉》十三首其一:"学道虽恨晚,赋诗岂不如。"

⑩"乾坤"句:杜甫《成都府》:"鸟雀夜各归,中原杳茫茫。"

# 奇父先至湘阴书来戒由禄唐路而仆以它故由南洋路来夹道皆松如行青罗步障中先寄奇父①

云接湘阴百里松,肃肃穆穆湖南风②。随时忧乐非人世,迎我笙箫起道中。③竹舆两面天明灭,秋令不到林西东。未必禄唐能办此,题诗著画寄兴公④。

此诗作于建炎三年(1129),时陈与义方去湘潭。南洋,未详,其地似应在自岳阳至湘阴途中。禄唐,荆湖南路全州清湘县有禄唐砦,未知即其地否。道中题诗,抒写忧乐人世。

【注释】

①诗题中"南洋",丁钞、聚珍本作"南阳"。

②"肃肃"句:王俭《褚渊碑文》:"肃肃焉,穆穆焉。"

③"随时"句:人世,聚珍本作"人事"。杜甫《七月一日题终明府水楼二首》其一:"绝壁过云开锦绣,疏松隔水奏笙簧。"

④"题诗"句:著,犹作也。意谓借诗作画。孙绰,字兴公。博学善属文。

# 初识茶花①

伊轧篮舆不受催,湖南秋色更佳哉。青裙玉面初相识,九月茶花满路开。②

【题解】

此诗作于建炎三年(1129)。这首陈与义前期咏物七绝的成功之处,不仅在于以拟人手法逼真刻画"初相识"的茶花,使之形神兼备,而且语言精警、风格清丽,还取决于全首的篇章结构。其中,第三句的一"转",既是对前面"起"、"承"二句的拓展,又造成了末句的顺水行舟之势,巧妙收"合"全篇。

【注释】

①诗题原本脱"花"字,此据丁钞、《宋诗钞》校补。

②"青裙"二句:青裙玉面,《全芳备祖》卷二〇"裙"作"裾"。《优古堂诗话》:"陈去非《茶花》诗云:'青裙白面初相识,九月茶花满路开。'盖用白乐天《江岸桃花》诗意:'梨花有思缘和叶,一树江头恼杀君。最似婵闺少年妇,白妆素袖碧纱裙。'"

# 以玉刚卯为向伯恭生朝<sup>①</sup>

仲冬吉日，风穆气休。<sup>②</sup>我出刚卯，以寿元侯。<sup>③</sup>祝融之玉，奠此离方<sup>④</sup>。元侯佩之，如玉之刚。攘除厉凶，以迪明王。<sup>⑤</sup>南门不键，有室则强。<sup>⑥</sup>三肃元侯，既赠既祷。曷其报我，当以刚卯。<sup>⑦</sup>

**【题解】**

此诗作于建炎三年(1129)。玉刚卯，佩印也，以正月卯日作，刻铭于上，以辟邪厉。诗作祝寿兼怀热望，形式上全如刚卯之铭，意亦相同，盖效其体。

**【注释】**

①诗题中"伯恭"，原本作"伯共"，此据丁钞、聚珍本校改。南宋词人向子諲，字伯恭。建炎三年在潭州率军民抗金。又"生朝"下，丁钞、聚珍本均有"赞"字。

②"仲冬"二句：屈原《九歌·东皇太一》："吉日兮辰良，穆将愉兮上皇。"《诗·大雅·烝民》："吉甫作诵，穆如清风。"《尚书中候》："荣光起河，休气四塞。"

③"我出"二句：《国语·鲁语》："元侯作师，卿帅之，以承天子。"韦昭注："元侯，大国之君也。"又"天子所以飨元侯也。"注："元侯，乃牧伯也。"

④奠此：丁钞作"真此"，聚珍本作"色比"。

⑤"攘除"二句：以迪，聚珍本作"以迎"。《汉书·王莽传》《刚卯铭》："帝令祝融，以教夔龙，庶疫刚瘅，莫我敢当。"诸葛亮《前出师表》："庶竭驽钝，攘除奸凶。"

⑥"南门"二句：《左传·僖公三十二年》："杞子自郑使告于秦，曰：'郑人使我掌其北门之管，若潜师以来，国可得也。'"又《文公十六年》："(麇

人)将伐楚,于是申、息之北门不启。"《南史·齐始兴简王鉴传》:"州城北门常闭不开,鉴问其故于虞悰,悰答曰:'蜀中多夷暴,有时抄掠至城下,故相承闭之。'鉴曰:'古人云:善闭无关楗。且在德不在门。'即令开之,戎夷慕义,自是清谧。"张衡《南都赋》:"排揵陷扃,蹴蹈咸阳。"李善注引《说文》:"揵,距门也。"《书·立政》:"古之人迪惟有夏,乃有室大竞。"孔传:"古之人道,惟有夏禹之时,乃有卿大夫,室家大强。"《老子》:"善闭,无关键而不可开。"

⑦"曷其"二句:曷其,原本作"曷以",此据丁钞、聚珍本校改。刚卯,原本脱,此据丁钞校补。《诗·卫风·木瓜》:"投我以木瓜,报之以琼琚。"张衡《四愁诗》:"美人赠我金错刀,何以报之英琼瑶。"

# 别伯恭

樽酒相逢地,江枫欲尽时。①犹能十日客,共出数年诗。
供世无筋力,惊心有别离。②好为南极柱③,深慰旅人悲。

## 【题解】

此诗作于建炎三年(1129)。诗首写作者与伯恭相见长沙。五、六句写己身之衰及与伯恭作别。七、八句写伯恭为南天砥柱,使作者感到欣慰。聚散悲欢之情,跃然纸上,且见所关注者为一国之安危。

## 【注释】

①"樽酒"二句:韩愈《赠郑兵曹》:"樽酒相逢十载前,君为壮夫我少年。"

②"供世"二句:陈师道《巨野二首》其二:"将身供世事,结缆待回风。"江淹《别赋》:"别方不定,别理千名,有别必怨,有怨必盈,使人意夺神骇,心折骨惊。"

③"好为"句:《列子·汤问》:"物有不足,故昔者女娲氏练五色石以补其阙,断鳌之足以立四极。其后共工氏与颛顼争为帝,怒而触不周之山,折

天柱,绝地维;故天倾西北,日月星辰就焉;地不满东南,故百川水潦归焉。"
屈原《天问》:"斡维焉系? 天极焉加? 八柱何当? 东南何亏?"王逸注:"言
天有八山为柱,皆何当值?"杜甫《送长孙九侍御赴武威判官》:"西极柱亦
倾,如何正穹昊。"

**【辑评】**

　　元方回《瀛奎律髓》卷二四:此长沙帅向子諲,字伯恭。此诗绝似老杜。
又,清纪昀:后四句言己已衰朽,不得报国,惟以立功望故人耳。四句连读,
方见其意。


# 再　别


　　多难还分手,江边白发新①。公为九州督,我是半途人。②
政尔倾全节,终然却要身。③平生第温峤,未必下张巡。④


**【题解】**

　　此诗作于建炎三年(1129)。意类前首,亦谓己之不得报国,惟有以成
功靖难寄望故人而已。

**【注释】**

　　①"江边"句:李商隐《赠郑谠处士》:"浪迹江湖白发新,浮云一片是
吾身。"

　　②"公为"二句:《晋书·桓玄传》:"太元末,出补义兴太守,郁郁不得
志。尝登高望震泽,叹曰:'父为九州伯,儿为五湖长。'弃官归国。"《中庸》:
"君子遵道而行,半途而废。"

　　③"政尔"二句:倾全节,潘本作"须全节"。《晋书·温峤传》:"史臣
曰:……负荷受遗,继之全节。"白居易《偶吟自慰兼呈梦得》:"尊荣富寿难
兼得,闲坐思量最要身。"

　　④"平生"二句:第温峤,《瀛奎律髓》卷二四作"慕温峤"。未必,《瀛奎
律髓》作"不必"。《晋书·温峤传》:"王敦构逆,峤率众与贼战。击王含,败

之,追钱凤于江宁。及苏峻反,京师倾覆,峤率义兵直指石头,斩峻,降其党。"《旧唐书·张巡传》:"安禄山反,巡起兵讨贼,至雍丘,为令狐潮所围,大小数百战,潮遂败走。后与许远守睢阳,为尹子奇所围,大小四百战,食尽城破,为子奇所杀。"《世说新语·品藻》:"世论温太真是过江第二流之高者。时名辈共说人物,第一将尽之间,温常失色。"《简斋集增注》:"张巡睢阳之守,许远自以材不及巡,授之柄而处其下,巡受不辞。今按'第'字、'下'字本此,中斋云:'此二句以成功靖难望之。'"

**【辑评】**

元方回《瀛奎律髓》卷二四:温峤、张巡之说,当观时义。殷有三仁,或死或不死,自靖、自献而已。又,清纪昀:此阴解出郭迎降之事。六句未醒豁。


# 别孙信道

万里鸥仍去,千年鹤未归。极知身有几,不奈世相违。[①]
岁暮蒹葭响[②],天长鸿雁微。如君那可别,老泪欲沾衣。


**【题解】**

此诗作于建炎三年(1129)。当时金兵不断南进,长江中下游一带,遍野烽烟。作者此次与孙信道客地相逢,欲留无计;分别以后,会晤难期。诗作正写出乱离中在异乡与知心朋友别离的痛苦。

**【注释】**

①"极知"二句:《左传·文公十七年》:"畏首畏尾,身其余几。"
②蒹葭:原本作"兼葭",此据丁钞、聚珍本校改。

# 游道林岳麓

耽耽衡山麓<sup>①</sup>,翠气横古今。济胜得短筇,未怕山行深<sup>②</sup>。路盘天开阖,风动龙噫吟。<sup>③</sup>峰峦惨淡处,照以布地金。<sup>④</sup>世尊诸天上,燕坐朝千林。向来修何行<sup>⑤</sup>,不受安危侵。道人轻殊胜,来客费幽寻。<sup>⑥</sup>恍然结愿香,独会三生心<sup>⑦</sup>。山中日易晚,坐失群木阴<sup>⑧</sup>。勿唾此山地<sup>⑨</sup>,后日重窥临。

## 【题解】

此诗作于建炎三年(1129)。道林寺,在善化县西岳麓山下。《岳麓志》:自碧虚盘纡而下,衍为平坂之区者,道林也。林蔚茂而谷幽清,大江在其襟袖,唐马燧作藏修精舍,名曰道林。又杜甫《岳麓山道林二寺行》所谓"玉泉之南麓山殊,道林林壑争盘纡"是也。此诗记游,秀丽风光如在目前。又,诗中"不受安危侵"之"受",洪迈《容斋四笔》卷七尝评曰:"杜诗所用受、觉二字皆绝奇。用之虽多,然每字命意不同,又杂于千五百篇中,学者读之,唯见其新工也。若陈简斋亦好用此二字,未免频复者,盖只在数百篇内,所以见其多。"

## 【注释】

①"耽耽"句:张衡《西京赋》:"大厦耽耽,九户开辟。"薛综注:"耽耽,深邃之貌也。"左思《吴都赋》:"玄荫耽耽,清流亹亹。"李善注:"耽耽,树阴重貌。"

②"未怕"句:杜甫《法镜寺》:"神伤山行深,愁破崖寺古。"

③"路盘"二句:风动,李氏藏本作"松动"。《老子》:"天门开阖,能为雌乎?"杜甫《滟滪》:"江天漠漠鸟双去,风雨时时龙一吟。"

④"峰峦"二句:杜甫《丹青引赠曹将军霸》:"诏谓将军拂绢素,意匠惨淡经营中。"《阿含经》:"给孤独长者侧布黄金八十顷买祇陀太子园,为佛建

立精舍,曰祇洹,今呼为金地。"

⑤"向来"句:陈师道《城南寓居二首》其二:"潭潭光明殿,稽首西方仙。平生修何行,步有黄金莲。"

⑥"道人"二句:杜甫《西枝村寻置草堂地夜宿赞公土室二首》其二:"幽寻岂一路,远色有诸岭。"

⑦独会:丁钞、聚珍本作"未会"。

⑧"坐失"句:坐失,犹云旋失也。

⑨"勿唾"句:杜甫《丈人山》:"自为青城客,不唾青城地。"

## 【辑评】

宋刘辰翁《评点》:("不受"句)并用后山语,而句意弥高。(末句)靄然余情,不废愿望。


# 江行野宿寄大光

樯乌送我入蛮乡,天地无情白发长。①万里回头看北斗,三更不寐听鸣榔。②平生正出元子正,此去还经思旷傍。③投老相逢难衮衮,共恢诗律撼潇湘。④


## 【题解】

此诗作于建炎三年(1129)。此诗乃离长沙、赴衡岳时作,以席益先已在衡,故有"此去还经思旷傍"之语。诗中五六二句,用事精切,纪昀所谓"江西习气"之评,乃在于未深考当日情事。

## 【注释】

①"樯乌"二句:樯乌,樯竿上刻为乌形,以占风。阴铿《广陵岸送北使》:"亭嘶背枥马,樯啭向风乌。"杜甫《大历三年春白帝城放船出瞿唐峡久居夔府将适江陵漂泊有诗凡四十韵》:"雁儿争水马,燕子逐樯乌。"王粲《七哀诗》其二:"荆蛮非我乡,何为久滞淫。"杜甫《新安吏》:"眼枯即见骨,天地

终无情。"

②"万里"二句：看北斗，潘本作"望北斗"。不寐，丁钞、聚珍本、《宋诗钞》作"不睡"。杜甫《秋兴八首》其二："夔府孤城落日斜，每依北斗望京华。"潘岳《西征赋》："纤经连白，鸣桹厉响。"李善注：《说文》曰：桹，高木也。以长木叩舷为声，言曳纤经于前，鸣长桹于后，所以惊鱼，令入网也。

③"平生"二句：思旷傍，丁钞作"师旷傍"。《世说新语·品藻》："殷侯既废，桓公语诸人曰：'少时与渊源共骑竹马，我弃去，已辄取之，故当出我下。'"又《方正》："阮光禄赴山陵，至都，不往殷、刘许，过事便还。诸人相与追之。阮亦知时流必当逐己，乃遄疾而去，至方山不相及。刘尹时为会稽，乃叹曰：'我入，当泊安石渚下耳，不敢复近思旷傍。伊便能捉杖打人，不易。'"

④"投老"二句：撼潇湘，原本作"戚潇湘"，此据聚珍本校改。杜甫《酬孟云卿》："相逢难衮衮，告别莫匆匆。"又《承沈八丈东美除膳部员外阻雨未遂驰贺奉寄此诗》："诗律群公问，儒门旧史长。"

【辑评】

元方回《瀛奎律髓》卷三四：清纪昀：四句太不对，五、六江西习气，结不妥。

# 寄信道

衡山未见意如飞①，浩荡风帆不可期。却忆府中三语掾，空吟江上四愁诗②。高滩落日光零乱，远岸丛梅雪陆离。③剩欲平分持寄子，白头才尽只成悲。④

【题解】

此诗作于建炎三年(1129)。陈与义喜用平对实字，此诗中"高滩落日光零乱，远岸丛梅雪陆离"即为一例。而末二句"剩欲平分持寄子，白头才尽只成悲"谓对景难绘。

## 【注释】

①未见:李氏藏本作"未觉"。

②"空吟"句:张衡《四愁诗序》:"张衡不乐久处机密,阳嘉中,出为河间相。时国王骄奢,不遵法度,又多豪右并兼之家。衡下车,治威严,能内察属县。奸猾行巧劫,皆密知名,下吏收捕,尽服擒。诸豪侠、游客,悉惶惧逃出境,郡中大治。争讼息,狱无系囚。时天下渐弊,郁郁不得志,为《四愁诗》。"

③"高滩"二句:杜甫《戏为韦偃双松图歌》:"已令拂拭光零乱,请君放笔为直干。"又《陪裴使君登岳阳楼》:"雪岸丛梅发,春泥百草生。"

④"剩欲"二句:剩欲,颇想。高适《赠杜二拾遗》:"听法还应难,寻经剩欲翻。"平分,聚珍本作"平生"。杜甫《秦州杂诗二十首》其十六:"野人矜绝险,水竹会平分。"《梁书·江淹传》:"淹少以文章显,晚节才思微退,时人皆谓之才尽。"

# 适 远①

处处非吾土,年年备虏兵②。何妨更适远③,未免一伤情。石岸烟添色④,风滩暮有声。平生五字律,头白不贪名。⑤

## 【题解】

此诗作于建炎三年(1129)。诗写适远伤情之意,与杜诗非常接近。

## 【注释】

①诗题,丁钞作"远适"。

②备虏:聚珍本作"避敌"。

③"何妨"句:杜甫《南征》:"偷生长避地,适远更沾襟。"又《发同谷县》:"怆怆去绝境,杳杳更远适。"

④"石岸"句:杜甫《雨》:"烟添才有色,风引更如丝。"

⑤"平生"二句:苏轼《用前韵再和许朝奉》:"何如五字律,相与一樽

留。"《史记·商君列传》:"非其位而居之曰贪位,非其名而有之曰贪名。"

**【辑评】**

宋刘辰翁《评点》:(末句)负恃不浅。

# 衡岳道中四首<sup>①</sup>

野客元耕崧岳田,得游衡岳亦前缘。<sup>②</sup>避兵径度吾岂忍,欲雨还休神所怜。<sup>③</sup>世乱不妨松偃蹇,村空更觉水潺湲<sup>④</sup>。非无拄杖终伤老,负此名山四十年。

客子山行不觉风,龙吟虎啸满山松。纶巾一幅无人识,胜业门前听午钟<sup>⑤</sup>。

城中望衡山,浮云作飞盖<sup>⑥</sup>。竭来岩谷游,却在浮云外。<sup>⑦</sup>危亭见上方<sup>⑧</sup>,林壑带残阳。今日岂无恨,重游却味长。

**【题解】**

此组诗作于建炎三年(1129)。其中的第三首,写游衡山的一点新发现与感受,即远观与近看的差异,这与北宋著名山水画家郭熙在《山水训》里说的"山形步步移"的道理是完全一致的。且诗的形象的表达,是对衡山美的赞赏。

**【注释】**

①诗题中,原本无"四首",此据丁钞、《宋诗钞》校补。又,聚珍本无"道中"二字。

②"野客"二句:《诗·大雅·崧高》:"崧高维岳,骏极于天。"亦前缘,丁钞、聚珍本、《宋诗钞》作"是前缘"。

③"避兵"二句:苏轼《铁拄杖》:"便寻辙迹访崆峒,径渡洞庭探禹穴。"黄庭坚《过洞庭青草湖》:"似为神所怜,雪上日杲杲。"

④潺湲(yuán):水流动貌。屈原《九歌·湘夫人》:"慌惚兮远望,观流

水兮潺湲。"

⑤胜业:胡注:胜业寺,在衡山下。

⑥"浮云"句:曹丕《杂诗》二首其二:"西北有浮云,亭亭如车盖。"

⑦"朅来"二句:意谓远望山时,浮云在山顶,何以至游山时,却在浮云外也。"却在浮云外",犹云反在浮云上,以状山之高。司马相如《大人赋》:"回车朅来兮,绝道不周。"李白《送王屋山人魏万还王屋》:"朅来游嵩峰,羽客何双双。"

⑧"危亭"句:解琬《奉和九月九日登慈恩寺浮图应制》:"瑞塔临初地,金舆幸上方。"

## 【辑评】

宋吴曾《能改斋漫录》卷八:陈去非《衡岳道中》诗:"客子山行不觉风云云。"按唐黄巢既败,为僧,投张全义,舍于南禅寺,有写真绢本,巢题诗其上云:"犹忆当年草上飞,铁衣脱尽挂僧衣。天津桥上无人识,独倚栏干看落晖。"去非诗意同。(案:所引"犹忆当年草上飞"一首,"乃以元微之《智度师》诗窜易磔裂,合二为一。"赵与峕《宾退录》卷四)并非黄巢所作。)

宋吴子良《荆溪林下偶谈》卷三:简斋之诗晚而工,如"世乱不妨松偃蹇,村空更觉水潺湲",皆佳句。


# 跋任才仲画两首大光所藏①

远游吾不恨,扁舟载幅巾。山色暮暮改,林气朝朝新。②
野客初逢句,薄雾欲生春③。因知子任子④,胸怀非世人。

前年与孙子,共作南山客。扶疏月下树,偃蹇涧边石。
赋诗题古藓,三叫风脱帻。任子不同游,毫端有畴昔⑤。


## 【题解】

此二诗作于建炎四年(1130)。任谊,字才仲。宋复古之甥。官至澧州通判。第一首赞任氏所画山水清润可喜。

**【注释】**

①诗题中,"大光"原本作"太光",此据潘本、丁钞校改。聚珍本题作"跋大光所藏任才仲画二首"。李氏藏本"两首"下有"自注"二小字,"大光所藏"亦作小字。

②"山色"二句:《玉树后庭花》:"璧月夜夜满,琼树朝朝新。"

③薄暮:原本作"薄暮",此据李氏藏本校改。

④子任子:潘本作"予任子"。

⑤畴昔:以前。《礼记·檀弓》:"于畴昔之夜,梦坐奠于两楹之间。"

**【辑评】**

宋刘辰翁《评点》:(第二首)造意脱洒,语更不费。


# 跋江都王画马①


天上房星空不动,人间画马亦难逢。②当年笔下千金鹿,此日窗前八尺龙。③


**【题解】**

此诗作于建炎三年(1129)。江都王绪,霍王元轨之子。胡仔《苕溪渔隐丛话》后集卷二六:"山谷《题伯时天育骠骑图》云:'明窗盘礴万物表,写出人间真乘黄。邂逅今身犹姓李,可非前世江都王。'山谷用此事于伯时,尤为亲切,姓与艺皆同也。江都王画马,今犹有存者,陈去非尝跋以小诗云云。"诗作赞誉王绪画马图之神妙。

**【注释】**

①诗题,原本作"跋江都王马",此据聚珍本校补。

②"天上"二句:《汉书·天文志》:"房为天府,曰天驷。"《隋书·天文志》:"其四星曰天驷,旁一星曰王良,亦曰天马星,动则车骑满野。"白居易《八骏图》:"穆王得之不为戒,八骏驹来周室坏。至今此物尚称珍,不知房

星之精下为怪。"

③"当年"二句：笔下，李氏藏本作"下笔"。窗前，丁钞、聚珍本作"窗间"。《韩非子·外储说右上》："夫马似鹿者而题之千金，然而有百金之马而无千金之鹿者，何也？马为人用而鹿不为人用也。"《淮南子·说山训》："马之似鹿者千金，天下无千金之鹿。"《周礼·夏官·庾人》："马八尺以上为龙。"

### 【辑评】
宋刘辰翁《评点》："千金鹿"三字难用。


# 与王子焕席大光同游廖园①

三枝笻竹兴还新，王丈席兄俱可人。侨立司州溪水上②，吟诗把酒对青春。（王、席皆洛人。）


### 【题解】
此诗作于建炎三年(1129)。诗写与友游园。《郡国志》："魏文受禅，都洛阳。陈留王以司隶校尉所掌置司州，领河南、河东、河内、弘农、平阳五郡。"又《晋书·地理志》："晋元帝渡江之后，侨置司州于徐，非本所也。后以弘农、河东人流寓于寻阳等郡，侨立为弘农等郡。"据知诗中"侨立司州"句别有意味。

### 【注释】
①诗题中"大光"，原本作"太光"，此据聚珍本校改。
②"侨立"句：溪水，原本作"春水"，此据丁钞、就聚珍本校改。

### 【辑评】
宋佚名《简斋集增注》引邓剡(中斋)：用"侨立"字新。

# 除夜次大光韵大光是夕婚①

一杯节酒莫留残②,坐看新年上鬓端。只恐梅花明日老,夜瓶相对不知寒。

**【题解】**

此诗作于建炎四年(1130)除夕。题中"婚",当系纳妾。诗作明显流露出一种岁月催人老,前途渺茫难知的情绪。这当然是混乱的现实和流离的生活在诗人心中激起的反响。

**【注释】**

①诗题中"大光",原本作"太光",此据聚珍本校改。

②"一杯"句:留残,丁钞作"辞残"。黄庭坚《西江月》:"一杯行到手留残,不道月明人散。"

# 除夜不寐饮酒一杯明日示大光

万里乡山路不通①,年年佳节百忧中。催成客睡须春酒,老却梅花是晓风。

**【题解】**

此诗作于建炎四年(1130)。这首诗是写完上一首后,意犹未尽,夜不能寐而写成的。前一首诗中流露的惆怅感伤情绪,在这首诗中便明白地披示了出来——诗人的愁绪完全是因为北国沦陷,乡山阻隔,每逢佳节,百忧攒心之故。他要借酒浇愁,以酒催眠,但又怕明日醒来,梅花已被晓风吹残了。全篇将故乡之思与对国事的感慨融为一体,言简意深,读来凄楚动人。

**【注释】**

①万里乡山:原本作"万事乡山",此据丁钞、聚珍本校改。又,丁钞"乡山"作"江山"。

# 元　日

　　五年元日只流离,楚俗今年事事非。后饮屠苏惊已老,长乘舴艋竟安归。①携家作客真无策,学道刳心却自违。②汀草岸花知节序,一身千恨独沾衣③。

**【题解】**

　　此诗作于建炎四年(1130)。陈与义自靖康元年从陈留避地南奔,至今已过了五个年头。诗中"五年元日只流离,楚俗今年事事非","汀草岸花知节序,一身千恨独沾衣",可以作为《伤春》中"每岁烟花一万重"句的注脚。作为一个流离失所的"孤臣",今天又一次面对着祖国大地的"万重烟花",而国事日非,此身将老,怎不令人伤感。

**【注释】**

　　①"后饮"二句:惊已老,丁钞作"今已老",朱笔改"惊"。舴艋(zé měng),原本作"舴艋",此据莫校、冯校校改。《荆楚岁时记》:"正月一日,是三元之日也。长幼以次拜贺,进屠苏酒。问(董)勋曰:'俗人正日饮酒,先饮小者,何也?'勋曰:'俗云小者得岁,先酒贺之;老者失岁,故后饮酒。'"苏轼《除夜野宿常州城外》二首其二:"但把穷愁博长健,不辞最后饮屠苏。"《广雅·释水》:"舴艋,舟也。"《艺文类聚》卷七一引《宋元嘉起居注》曰:"扬州刺史王弘,上会稽从事韦诣解列:先风闻余姚令何玢之,造作平床一乘,舴艋一艘,精丽过常,用功兼倍,请免玢今官。"苏轼《发洪泽中途遇大风复还》:"风浪忽如此,吾行欲安归。"

　　②"携家"二句:苏轼《任安节远来夜坐三首》其三:"便思绝粒真无策,

苦说归田似不情。"《庄子·天地》:"夫子曰:'夫道,覆载万物者也,洋洋乎大哉! 君子不可以不刳(kū)心焉。无为为之之谓天,无为言之之谓德。'"郭象注:"有心则累其自然,故当刳而去之。"

③"一身"句:杜甫《忆弟二首》其一:"即今千种恨,惟共水东流。"

【辑评】

元方回《瀛奎律髓》卷一六:此绍兴元年辛亥元日也。又,清纪昀:简斋诗格高于宋人,措语亦修整而不甜。结句稍弱。

# 别大光

堂堂一年长,渺渺三秋阔。恍然衡山前,相遇各白发。岁穷窗欲霰,人老情难竭。君有杯中物,我有肝肺热。①饮尽不能起,交深忘事拙②。乾坤日多虞,游子屡惊骨。③衡阳非不遥,雁意犹超忽。④一生能几回,百计易相夺。⑤滔滔江受风,耿耿客孤发。他夕怀君子,岩间望明月。

【题解】

此诗作于建炎四年(1130)。诗写战乱年代与友人相见时难,别亦难。

【注释】

①"君有"二句:杯中,丁钞作"林中"。肝肺,丁钞作"肺肝"。陶渊明《责子》:"天运苟如此,且进杯中物。"

②"交深"句:杜甫《投简咸华两县诸子》:"自然弃掷与时异,况乃疏顽临事拙。"

③"乾坤"二句:杜甫《北征》:"乾坤含疮痍,忧虞何时毕。"

④"衡阳"二句:张衡《鸿赋序》:"南寓衡阳,避祁寒也。"杜甫《归雁二首》其一:"万里衡阳雁,今年又北归。"衡阳衡山有回雁峰,相传雁至此峰不过,遇春北回。

⑤"一生"二句:杜甫《绝句漫兴九首》其四:"二月已破三月来,渐老逢
春能几回。"

## 【辑评】

宋刘辰翁《评点》:("滔滔"二句)情语自别。

# 道 中

雨子收还急①,溪流直又斜。迢迢傍山路,漠漠满村花②。
破水双鸥影,掀泥百草芽。川原有高下,随处著人家。

## 【题解】

此诗作于建炎四年(1130)。此诗从表面看完全是客观的写景,然而仔
细读去,仍然可以透过和平宁静的景物描写,接触到诗人那颗忧危愁苦、急
剧跳动着的心。首二句谓诗人此际正沿着山边的驿路不停地遄征,春初的
雨点刚刚止住,又急剧地落起来。而路边曲曲折折的溪水,默默地伴随着
行人,也就特别引人注目。三、四句是宏观,是远景。山边的驿路,无穷无
尽地向前伸展去,使人产生何处才是尽头的怅惘不堪之情。山中的桃李已
经盛开,从烟雨迷离中远远望去,蒙蒙漠漠,使整个山村都笼罩上一片春
色。五、六句是微观,是近景。雨后的溪水是碧绿的。可是,一对对轻鸥掠
空而过,那白色的身影,却把这绿色的镜面划开了一条裂纹。道上的泥土,
在新雨中变得特别松软,越冬的草芽也乘势破土而出,表现出无限的生机。
用一"掀"字,更觉春意盎然。结尾又回到远景,那高下起伏的河川、原野,
处处都能望见人家烟火,又是那样的宁静、安谧,差一点使人忘记诗人此际
正颠沛流离,奔走道途,而时局也是那样的动荡不安了。以下《金潭道中》
《晓发杉木》等诗也是用回家的安静与客于的流荡无归相对照,但把事情说
穿了,反不如这首只是客观写景,而寓情于景,情在景中,更觉含蓄深婉,耐
人寻味。全篇在摄像取景、选声配色方面,均力避前代山水行旅诗的惯常
蹊径,既不繁缛痴肥,也不权丫生硬,而是落笔淡远,寄兴深微,正是所谓

"以简严扫繁缛"的代表之作。其寄兴深微处,则与韦、柳诗风为近。

## 【注释】

①"雨子"句:雨子,《瀛奎律髓》卷一七作"雨势";雨点。《荀子·赋》:"托地而游宇,友风而子雨,冬日作寒,夏日作暑,广大精神,请归之云。"

②满村:原本作"满林",此据《瀛奎律髓》校改。

## 【辑评】

元方回《瀛奎律髓》卷一七:清纪昀:夷犹有致。


# 金潭道中


晴路篮舆稳,举头闲望赊。①前冈春泱漭,后岭雪槎牙。②海内兵犹壮,村边岁自华。③客行惊节序,回眼送桃花④。


## 【题解】

此诗作于建炎四年(1130)。诗中"海内兵犹壮"专谓金人再度南侵。

## 【注释】

①"晴路"二句:篮舆,原本作"蓝舆",此据聚珍本校改。赊,长,远。王勃《滕王阁序》:"北海虽赊,扶摇可接。"

②"前冈"二句:泱漭(yāng mǎng),浓郁貌。司马相如《上林赋》:"经乎桂林之中,过乎泱漭之野。"刘禹锡《客有为余话登天坛遇雨之状因以赋之》:"混漾雪海翻,槎牙玉山碎。"

③"海内"二句:《左传·宣公十二年》:"随季曰:'楚师方壮,若萃于我,吾师必尽。'"颜延之《秋胡诗》:"昔醉秋未素,今也岁载华。"

④送桃花:聚珍本注:"送,一作望。"

## 【辑评】

元方回《瀛奎律髓》卷二一:"后岭雪槎牙",于雪如画,佳句也。又,清纪昀:后四句雄深圆足。末句"送"字较"望"字有味。

# 绝 句

野鸭飞无数,桃花湿满枝。竹舆鸣细雨<sup>①</sup>,山客有新诗。

## 【题解】

此诗作于建炎四年(1130)。诗情画意,如在目前。《永乐大典》卷一四五七六"杉木铺"条下载此诗,无题,无作者姓名。

## 【注释】

①"竹舆"句:《公羊传·文公十五年》:"胁我而归之笋将而来也。"何休注:"笋者竹箯,一名编舆,齐鲁以北名之曰笋。"

# 甘棠道中

笋舆碍石一悠然<sup>①</sup>,正月微风意已便。桃花向来浑不数,山中时见绝堪怜。

## 【题解】

此诗作于建炎四年(1130)。纪行诗,不无忧生悯乱之意。如"桃花向来浑不数"二句,即谓甘棠道中桃花早开,尽管它向来难比它花,也自惹人怜惜。

## 【注释】

①"笋舆"句:高适《途中酬李少府赠别之作》:"驱马出大梁,原野一悠然。"

# 将至杉木铺望野人居

春风漠漠野人居，若使能诗我不如。数株苍桧遮官道，一树桃花映草庐。

**【题解】**

此诗作于建炎四年(1130)。诗人在奔走中看到路边桃花掩映的农舍，艳羡之情油然而生，于是吟出了这四句诗，白描中曲折有意趣，且颇具风神情韵。苍桧遮道，尘嚣必少；桃花映庐，世外之征，都表现了作者的理想和追求，也即对和平、宁静生活的渴望。

# 晓发杉木①

古泽春光淡，高林露气清。纷纷世上事，寂寂水边行②。客子凋双鬓，田家自一生。有诗还忘记，无酒却思倾。

**【题解】**

此诗作于建炎四年(1130)。陈与义学黄庭坚、陈师道的诗大抵新生瘦刻，用意曲深，构思新颖，颇具宋诗特色。即如此诗，感情沉挚，造句朴拙，近于陈师道，可以见出黄、陈诗影响之一斑。

**【注释】**

①《永乐大典》卷一四五七六"杉木铺"条下载此诗，题作"晓发杉木诗"，无作者姓名。

②寂寂：原本作"寂寞"，此据丁钞校改。

# 先寄邢子友

　　作客经年乐有余①，邵阳歧路不崎岖。山川好处欹纱帽，桃李香中度笋舆。②欲见旧交惊岁月，剩排幽话说艰虞③。人间书疏非吾事④，一首新诗未可无。

**【题解】**

　　此诗作于建炎四年(1130)。《永乐大典》霁韵"寄"字下引《邵阳志》录《六月十七日夜寄邢子友》《先寄邢子友》二诗，谓为沈伯达诗，《全宋诗》据此入沈伯达名下。沈为孝宗淳熙时人，与邢子友年代不合。邢子友，洛人，时为郡倅。诗写作客经年，留滞思动之意。

**【注释】**

　　①经年：《永乐大典》卷一四三八〇作"今年"。

　　②"山川"二句：《周书·独孤信传》："信在秦州，尝因猎，日暮驰马入城，其帽微侧。诘旦而吏民有戴帽者，咸慕信而侧帽焉。"笋舆，竹舆。王安石《台城寺侧独行》："独往独来山下路，笋舆看得绿阴成。"

　　③"剩排"句：幽话，丁钞、聚珍本、《宋诗钞》作"幽语"。艰虞，艰难忧患。陈师道《寒夜》："留滞常思动，艰虞却悔来。"

　　④"人间"句：嵇康《与山巨源绝交书》："素不便书，又不喜作书，而人间多事，堆案盈机不相酬答则犯教伤义，欲自勉强则不能久，四不堪也。"杨玢《八代谈薮》："丹阳陶弘景永平中谢职隐茅山，山是金陵洞穴，名曰华阳洞天。由是自称华阳隐居，人间书疏皆以此代名。"

# 立春日雨①

　　衡山县下春日雨，远映青山丝样斜。②容易江边欺客袂，

分明沙际湿年华。竹林路隔生新水,古渡船空集乱鸦。未暇
独忧巾一角,西溪当有续开花。

**【题解】**

此诗作于建炎四年(1130)。全诗皆作纪行写景之语,不用情事语相
配,写景能达,行色如画,雅丽清新。首联造语妙,写景饶有新致。起句的
组合,能使本来纯属自然的"春雨"带有某种人文的气息,启发读者更多的
想象。次句精致,且能写出青山与雨色相互映衬的真景象,其细致真切处
前此似未之见。次联将"春雨"拟人化,反宾为主,语最灵活。这种化实为
虚、化写景为立意的写法,是陈与义擅长的一种技法。以下一联是纯粹客
观的写景,其境界可与阴铿《江津送别刘光禄不及》中"泊处空余鸟,离亭已
散人"参看。末二句写雨行的兴致。"巾一角"典事仅取郭林宗忧雨之意,
说自己并不像林宗那样折巾遮雨,而是兴致特高,还要匆匆地赶到前面的
西溪,去看那雨后又开的花呢。

**【注释】**

①诗题,潘本作"立春雨"。

②"衡山"二句:衡山,《宋诗钞》作"衡阳"。张协《杂诗》:"腾云似涌烟,
密雨如散丝。"杜甫《雨不绝》:"鸣雨既过渐细微,映空摇飏如丝飞。"

**【辑评】**

元方回《瀛奎律髓》卷一七:清纪昀:亦有姿致,然非高作。又,"丝样
斜"三字欠雅。


# 正月十二日至邵州十三日夜暴雨滂沱

邵州正月风气殊,鹑尾之南更山坞。①昨日已见三月花,
今夜还闻五更雨②。笺与天公一破颜,走避北狄趋南蛮。③梦
到龙门听涧水,觉来檐溜正潺潺④。

此诗作于建炎四年(1130)。诗作写滂沱暴雨,借以表达对故国家园的深切思念。其中"梦到龙门听涧水"二句,即谓在梦中回到了洛阳,仿佛听到龙门涧水潺潺流动的声音,醒后方知是屋檐滴水声。

**【注释】**

①"邵州"二句:胡注:"鹑尾当翼轸之宿,于地属楚分。"邵州,楚地之南也。

②五更:丁钞、聚珍本作"五月"。

③"笑与"二句:北狄,聚珍本作"北骑"。黄庭坚《次韵石七三六言七首》其四:"为君试讲古学,此事可笑天公。"任渊注引苏子美《爱爱歌》曰:"此乐亦可笑天公。"《礼记·王制》:"东方曰夷,南方曰蛮,有不火食者矣。西方曰戎,北方曰狄,有不粒食者矣。"郑玄注:不火食,地气暖,不为病。不粒食,地气寒,少五谷。

④檐溜:檐沟。亦指檐沟流下的水。贾岛《郊居即事》:"叶书传野意,檐溜煮胡茶。"


# 初至邵阳逢入桂林使作书问其地之安危①


湖北弥年所,长沙费月余。初为邵阳梦,又作桂林书②。老矣身安用,飘然计本疏。管宁辽海上,何得便安居③。


**【题解】**

此诗作于建炎四年(1130)。国事日益不如人意,又无能为力,所以,陈与义除了回忆过去,留恋故土,追怀古人外,便常常把笔墨停留在自己的日常生活中米。一切欢娱都成过去,诗中"老矣身安用"二句的一声长叹,包涵了对家国离乱,个人身世的多少怆恨!

**【注释】**

①此诗,《外集》重出,题中"作书"作"以书"。

②桂林：《外集》作"桂州"。

③便安居：原本作"便端居"，此据《经训堂帖》所载陈与义手稿、《外集》校改；《宋诗钞》作"更安居"。

# 舟泛邵江

老去作新梦，邵江非旧闻。滩前群雁起，柁尾川华分。①
落花栖客鬓，孤舟溯归云。快然心自足，不独避嚣纷。②

**【题解】**

此诗作于建炎四年(1130)。诗写欣于所游，快然自足。

**【注释】**

①"滩前"二句：群雁，原本作"群鹭"，此据《经训堂帖》所载陈与义手稿校改。川华，浪花。

②"快然"二句：王羲之《兰亭集序》："虽趣舍万殊，静躁不同，当其欣于所遇，暂得于己，快然自足，不知老之将至。"嚣纷，喧嚷纷扰。朱异《还东田宅赠朋离》："曰余今卜筑，兼以隔嚣纷。"

# 过孔雀滩赠周静之

海内无坚垒，天涯有近亲。不辞供笑语，未惯得殷勤。①
舟楫深宜客，溪山各放春。②高眠过滩浪，已寄百年身。

**【题解】**

此诗作于建炎四年(1130)。苍莽激越之作。孔雀滩，在宝庆府治西四十里资水中。周静之，当即周仪(紫阳人，登雍熙甲科)之后，亦即下录诗作中所称"地主"、"主人"者。诗中"天涯有近亲",则周氏于陈与义为近亲。邵阳诸周,为陈与义妻族。

【注释】

①"不辞"二句:杜甫《百忧集行》:"强将笑语供主人,悲见生涯百忧集。"司马迁《报任安书》:"未尝衔杯酒,接殷勤之欢。"

②"舟楫"二句:深宜客,潘本作"深容客"。杜甫《留别公安太易沙门》:"沙村白雪仍含冻,江县红梅已放春。"

【辑评】

元方回《瀛奎律髓》卷三四:清纪昀:简斋诗毕竟大雅。"勤"字入真韵,唐人部分如是,宋韵乃入文韵。

# 江行晚兴

曾听石楼水,今过邵州滩。一笑供舟子,五年经路难①。云间落日淡,山下东风寒。烟岭丛花照,夕湾群鹭盘。生身后圣哲,随俗了悲欢。淹旅非吾病,悠悠良足叹②。

【题解】

此诗作于建炎四年(1130)。陈与义继承了江西诗派的一些艺术法门,也扬弃了很多,对南宋诗坛影响深远。陆游创作大量的爱国诗歌,便是陈与义爱国题材诗作的延伸。陈与义更多地从与大自然的"亲切晤谈"中感发诗兴,对杨万里的"诚斋体"是直接的先导。黄庭坚的"夺胎换骨"、"点铁成金",所产生的客观效果是引导江西派诗人以书本为诗材,更多的人工安排,而陈与义则更多地在与社会、自然的接触中触发诗兴,如此诗,即不难看出其得自"天机"的感兴性质。

【注释】

①经路难:丁钞、聚珍本、《宋诗钞》作"行路难",《停云馆帖》所载陈与

义手稿作"经路难"。

②良足叹：丁钞作"长足叹"，手稿作"良足叹"。


# 夜抵贞牟①

野暝犹闻远，川明不恨迟②。焚山隔岸火，及我系船时。
夜半青灯屋，篱前白水陂。殷勤谢地主，小筑欲深期。③

**【题解】**

此诗作于建炎四年(1130)。贞牟，当在武冈州东，紫阳山麓。在南逃途中，陈与义虽离战火渐远，但一种亡国破家的悲痛与感慨，却愈趋强烈。因此，沿途所作如此首，感慨淋漓，忧国伤时之情淹没了景物形象。

**【注释】**

①诗题中"贞牟"，《停云馆帖》所载陈与义手稿作"征牟"。

②"川明"句：韦应物《春游南亭》："川明气已变，岩寒云尚拥。"

③"殷勤"二句：《左传·哀公十二年》："夫诸侯之会，事既毕矣，侯伯致礼，地主归饩。"杜甫《畏人》："畏人成小筑，褊性合幽栖。"又《暮春江陵送马大卿公恩命追赴阙下》："尊前江汉阔，后会且深期。"又《寄岳州贾司马六丈巴州严八使君两阁老五十韵》："每觉升元辅，深期列大贤。"


# 晚　步

畎亩意不释①，出门聊散忧。雨余山欲近，春半水争流。②
众籁夕还作③，孤怀行转幽。溪西篁竹乱，微径杂归牛。④

**【题解】**

此诗作于建炎四年(1130)。此诗吟咏所涉之物并不新奇，而淡淡写来,意境气韵俱足,尽得陶诗平淡而有无穷余味之妙。如"雨余山欲近"二句,用字质朴,手法白描,然有景有情,清晰流动。又,尾联之"乱""杂"字,也都能于平淡中显精神。

**【注释】**

①不释:方回《瀛奎律髓》卷一七作"不适"。

②"雨余"二句:"春半"句,原本作"春水半溪流",此据潘本、丁钞、聚珍本校改。白居易《中书寓直》:"天晴更觉南山近,月出方知西掖深。"

③"众籁"句:《庄子·齐物论》:"地籁则众窍是已。"

④微径:小路。《六韬·军用》:"狭路微径,张铁蒺藜。"杜甫《飞仙阁》:"土门山行窄,微径缘秋毫。"

**【辑评】**

元方回《瀛奎律髓》卷一七:清纪昀:别有淡远之意。

# 雨

云物淡清晓,无风溪树闲。①柴门对急雨,壮观满空山②。春发苍茫内③,鸟鸣篁竹间。儿童笑老子,衣湿不知还。

**【题解】**

此诗作于建炎四年(1130)。由于与陶渊明的接近,陈与义有时也受到学陶的韦应物、柳宗元的影响,如此诗,语言平淡而清丽,意境淡泊且幽美,即体现出这种影响,陈与义的整个诗风中也就自然表现出清远平淡的一面。

**【注释】**

①"云物"一句:溪树,原本作"溪自",此据《停云馆帖》所载陈与义手稿校改。《左传·僖公五年》:"凡分至启闭,必书云物。"孟浩然断句:"微云淡河汉,疏雨滴梧桐。"

②"壮观"句:张衡《东京赋》:"穆穆焉,皇皇焉,济济焉,将将焉信天下

之壮观也。"

③"春发"句:潘岳《哀永逝文》:"视天日兮苍茫,面邑里兮萧散。"

**【辑评】**

元方回《瀛奎律髓》卷一七:清纪昀:四句鄙。"发"字稍稚。


# 今 夕

今夕定何夕<sup>①</sup>,对此山苍然。偷生经五载,幽独意已坚<sup>②</sup>。微阴拱众木,静夜闻孤泉。唯应寂寞事,可以送余年。


**【题解】**

此诗作于建炎四年(1130)。陈与义兼具注目细事琐物的态度、小中见大的思维方式以及遗貌取神的审美追求,使其对事物的观察往往透表入里,对外界的感受亦时显敏锐细致。如此诗,即通过体察傍晚至入夜时分由山色"苍然",到"微阴拱众木",再到"静夜闻孤泉"的光色及声响的细微变化,写出对夜色山林的朦胧体貌下的精细感受。

**【注释】**

①"今夕"句:《诗·唐风·绸缪》:"今夕何夕,见此良人。"

②"幽独"句:独意,原本作"意独",此据《停云馆帖》所载陈与义手稿校改。杜甫《久雨期王将军不至》:"天雨萧萧滞茅屋,空山无以慰幽独。"又《客堂》:"居然绾章绂,受性本幽独。"


# 暝 色

残晖度平野<sup>①</sup>,列岫围青春。柴门一枝筇,日暮栖心神。暝色著川岭,高低郁轮囷。<sup>②</sup>水光忽倒树<sup>③</sup>,山势欲傍人。万化元相寻④,幽子意自新。肃肃夜舟久,空明动边垠⑤。田鹳吟相应,我独荒无邻。⑥短篇可不就,所寄聊一伸。⑦

**【题解】**

此诗作于建炎四年(1130)。陈与义五古大抵重意境,善白描,每每从闲淡处取神,和江西派诗风各异其趣。明代的评论家一般鄙薄宋诗,但像此诗中的"残晖度平野,列岫围青春",在当时也被誉为"脍炙艺林"(安世凤《墨林快事》卷七)。

**【注释】**

①"残晖"句:萧纲《雉朝飞操》:"晨光照麦畿,平野度春晖。"

②"暝色"二句:川岭,《停云馆帖》所载陈与义手稿作"川领"。轮囷,原本作"轮困",此据聚珍本、手稿校改。枚乘《七发》:"龙门之桐,高百尺而无枝。中郁结之轮菌,根扶疏以分离。"

③倒树:丁钞、聚珍本、《宋诗钞》作"到树"。

④"万化"句:相寻,聚珍本作"相孚"。陶渊明《己酉岁九月九日》:"万化相寻异,人生岂不劳。"

⑤"空明"句:韩愈《祭郴州李使君文》:"航北湖之空明,觊鳞介之惊透。"苏轼《赤壁赋》:"桂棹兮兰桨,击空明兮泝流光。"又《崔文学甲携文见过萧然有出尘之姿问之则孙介夫之甥也故复用前韵赋一篇示志举》:"蹭蹬阻风水,横斜挂边垠。"

⑥"田鹳"二句:田鹳,原本作"田鹳",此据手稿校改。荒无邻,原本作"无荒邻",此据手稿校改。司空曙《喜外弟卢纶见宿》:"静夜四无邻,荒居旧业贫。"

⑦"短篇"二句:可不,原本作"不可",此据手稿校改。颜延之《五君咏·刘参军》:"颂酒虽短章,深衷自此见。"

**【辑评】**

元吴师道《吴礼部诗话》:唐子西诗文皆精确,前辈谓其早及苏门,不在秦、晁下。以予评之,规模意度,殆是陈无己流亚也。世称宋诗人,句律流丽,必曰陈简斋;对偶工切,必曰陆放翁。今子西所作,流布自然,嘲故事故语,融化深稳,前乎二公已有若人矣。《刘后村诗话》尝举十余联,考其集中,盖不胜举也。《春日郊外》诗:"水生看欲到垂杨。"绝句:"疑此江头有佳句,为君寻取却茫茫。"简斋有"水光忽到树"及"忽有好诗生眼底,安排句法已难寻"之句,非袭用其语,则亦暗合者与?

# 贞牟书事①

留侯辟谷年,汉鼎无余功②。子真策不售,脱迹市门中。③神仙非异人,由来本英雄。抚世独余事,用舍何必同。④眷此贞牟野,息驾吾其终。⑤苍山雨中高,缘草溪上丰。仲春水不丽,禽鸣清昼风。⑥祸福两合绳,既解一身空。⑦荣华信非贵,寂寞亦非穷。⑧

**【题解】**

此诗作于建炎四年(1130)春。诗中"神仙非异人"二句,与苏轼《安期生》诗中"乃知经世土,出世或乘龙"并读,可见依照中国古人的观念,英雄回首即神仙,英雄事业与神仙心肠本非二事。所以《易经·观卦》说:"圣人以神道设教。"教就是教化。神仙与经世,原是一体之两面。

**【注释】**

①诗题中"贞",《停云馆帖》、《岁寒堂诗话》卷一作"征"。

②"汉鼎"句:《汉书·吾丘寿王传》:"及汾阴得宝鼎,武帝嘉之,荐见宗庙,臧于甘泉宫。群臣皆上寿贺曰:'陛下得周鼎。'寿王独曰非周鼎。"

③"子真"二句:《汉书·梅福传》:"福,字子真,九江寿春人。为郡文学,补南昌尉。后去官归寿春。元始中,王莽颛政,福一朝弃妻子,去九江,至今传以为仙。其后,人有见福于会稽者,变名姓,为吴市门卒云。"

④"抚世"二句:《庄子·天道》:"以此进为而抚世,则功大名显而天下一也。"《论语·述而》:"用之则行,舍之则藏。"

⑤"眷此"二句：眷此，丁钞、聚珍本、《宋诗钞》作"眷兹"。向秀《思旧赋》："瞻旷野之萧条兮，息余驾乎城隅。"

⑥"仲春"二句：杜甫《宿凿石浦》："早宿宾从劳，仲春江山丽。"

⑦"祸福"二句：贾谊《鹏鸟赋》："夫祸之与福兮，何异纠缠。"应劭注："祸福相为表里，如纠缠索相附会也。"

⑧"荣华"二句：嵇康《与山巨源绝交书》："吾顷学养生之术，方外荣华，去滋味，游心于寂寞，以无为为贵。"陶渊明《拟古九首》其四："荣华诚足贵，亦复可怜伤。"

# 山　中①

当复入州宽作期，人间踏地有安危。②风流丘壑真吾事，筹策庙堂非所知。③白水春陂天淡淡，苍峰晴雪锦离离。④恰逢居士身轻日，正是山中多景时。

**【题解】**

此诗作于建炎四年(1130)。胡仔《苕溪渔隐丛话》后集卷三四："去非旧有诗云：'风流邱壑真吾事，筹策庙堂非所知。'其后登政府，无所建明，卒如其言。"《简斋集增注》："此诗正言似反，以寄恨意。苕溪之评，是以成败论，非知人者，非知诗者。"

**【注释】**

①此诗重出于《外集》，题作《欲入州不果》。

②"当复"二句：杜甫《遣兴五首》其二："昔者庞德公，未曾入州府。"苏轼《鱼蛮子》："人间行路难，踏地出赋租。不如鱼蛮子，驾浪浮空虚。"

③"风流"二句：《世说新语·品藻》："明帝问谢鲲：'君自谓何如庾亮？'答曰：'端委庙堂，使百僚准则，臣不如亮；一丘一壑，自谓过之。'"

④"白水"二句：春陂、苍峰，潘本分别作"春波"(《外集》中"春陂"，丁钞亦作"春波")、"苍松"。

元方回《瀛奎律髓》卷二三：参政简斋陈公，名与义，字去非，洛阳人。自黄、陈绍老杜之后，推去非与吕居仁亦登老杜之坛。居仁主活法，而去非格调高胜，举一世莫之能及。初以《墨梅》诗见知于徽庙："客子光阴诗卷里，杏花消息雨声中。"大为高庙所赏。欲学老杜，非参简斋不可。此乃不欲赴召之诗。"风流"、"筹策"一联，苕溪诗话似乎未会此意。后学宜细味此等诗与许丁卯高下如何。又，清纪昀：起二句未佳，后六句风格自健，但无意味耳。又，评简斋，确；惟以吕居仁并称，则究嫌非偶。江西亦有一种套子，其俗较丁卯更甚，亦不可不知。

# 入　城

昨艋溯溪水，款段踏山去。<sup>①</sup>入城缘底事，要识崎岖路。稻塍白纵横，茅岭青盘互。<sup>②</sup>牧儿歌不休，孤客自多惧。士行犹运甓，文公亦习步。<sup>③</sup>我敢忘艰难，冲烟问荒渡。

**【题解】**

此诗作于建炎四年(1130)。诗中运典嘉誉陶侃精神可贵，是希望也能为了恢复中原，而磨练自己，以便担当重任。

**【注释】**

①"昨艋"二句：溯(sù)溪，原本作"沂溪"，依冯煦校本据库本改。款段，马行迟缓貌。李白《江南赠韦南陵冰》："昔骑天子大宛马，今乘款段诸侯门。"

②"稻塍(chéng)"二句：《说文》："塍，稻中畦也。"杜牧《战论》："高山大河，盘互交错。"

③"士行"二句：甓(pì)，砖。《晋书·陶侃传》："侃字士行，为广州刺史，在州无事，朝运百甓于斋外，暮运于内。人问其故，对曰：'吾方致力中

原,过尔优逸,不堪事事。'其励志勤力如此。"《后汉书·任文公传》:"任文公晓天官风角秘要,辟司空掾。平帝即位,称疾归家。王莽篡后,文公推数,知当大乱。乃课家人负物百斤,环舍趋走,日数十。时人莫知其故。后兵寇并起,其逃亡者少能自脱,惟文公大小负粮捷步,悉得完免。"

# 谢主人

春禽劝我归,主人留我住。一笑谢主人,我自归无处<sup>①</sup>。拟借溪边三亩春,结茅依树不依邻<sup>②</sup>。伐薪政可烦名士,分米何须待故人。<sup>③</sup>

## 【题解】

此诗作于建炎四年(1130)。主人,当指邵阳周氏。陈与义飘泊天涯,不能不寄人篱下,但又希望不给主人带来太多的麻烦,多少冲淡些寄居的苦闷。诗作分为两个部分,分用五、七言形式,极好地配合了内容的表达。

## 【注释】

①归无处:聚珍本、《宋诗钞》作"归无处"。
②依邻:原本作"依怜",依冯煦校本据莫校改。
③"伐薪"二句:《酉阳杂俎》卷二:"邢和璞偏得黄老之道,善心算……又曾居终南,好道者多卜筑依之。崔曙年少,亦随焉。伐薪汲泉,皆是名士。"杜甫《酬高使君相赠》:"古寺僧牢落,空房客寓居。故人供禄米,邻舍与园蔬。"

# 罗江二绝

荒村终日水车鸣,陂北陂南共一声。洒面风吹作飞雨,

老夫诗到此间成。<sup>①</sup>

山翁见客亦欣然,好语重重意不传。行过竹篱逢细雨,
眼明双鹭立青田。

**【题解】**

此二诗作于建炎四年(1130)。从"洒面风吹作飞雨"二句可以看出,陈
与义常以诗人使命自期自任,自觉地把诗歌作为一种反映外在客观世界和
自己内在主观心灵的有用武器,并且潜心竭力而为之。更为可贵的是,这
些自谈创作兴会甘苦,表现佳句天成、妙手偶得乐趣的诗句,情动于中,有
感而发,乃是诗人理性认识的诗化表现:正是美好的大自然给人以无限的
诗情画意,诱发了创作的激情与灵感。

**【注释】**

①"洒面"二句:杜甫《四松》:"清风为我起,洒面若微霜。"

**【辑评】**

宋刘辰翁《评点》:("洒面"二句)创奇。

# 洛头书事

纶巾古鹤氅,日暮櫩林间<sup>①</sup>。谁使翁迎客,应闻屐响山。
占年又得熟<sup>②</sup>,劝我不须还。村酒困壮士,水风吹醉颜。

**【题解】**

此诗作于建炎四年(1130)。刘辰翁评此诗末二句之语有可说处。陈
与义最早学诗于崔德符,所接受的诗法是:"工拙所未论,大要忌俗而已。"
(徐度《却扫编》卷中)故"务一洗旧常畦径,意不拔俗,语不惊人,不轻出也"
(葛胜仲《陈去非诗集序》)是陈与义一生创作的圭臬,而这正与江西诗派好
新尚奇的风格不谋而合。刘辰翁的评语,一方面恰如其分地点出陈与义诗

作的此项特色；另一方面也显示了个人的欣赏取向。

**【注释】**

①槲(hú)：即柞栎。

②占年：占卜年成的丰歉。柳宗元《柳州峒氓》："鹅毛御腊缝山罽,鸡骨占年拜水神。"

**【辑评】**

宋刘辰翁《评点》：（"村酒"二句）甚有奇气。

# 三月二十日闻德音寄李德升席大光
# 新有召命皆寓永州①

尘隔斗牛三月余,德音再与万方初。②又蒙天地宽今岁,且扫轩窗读我书。自古安危关政事,随时忧喜到樵渔。零陵并起扶颠手,九庙无归计莫疏。③

**【题解】**

此诗作于建炎四年(1130)。诗写闻友人新有召命(或李、席二人先已被召,至五月复与简斋同召)而起感慨,正如刘克庄评"自古安危关政事"二句所云："造次不忘忧爱"(《后村诗话》前集卷二)。

**【注释】**

①诗题中"升",原本作"外",据聚珍本校改。

②"尘隔"二句：《汉书·地理志》："斗牛,吴、越分。"吴越地区当斗、牛二宿之分野,故称。《汉书·董仲舒传》："陛下发德音,下明诏,求天命与情性,皆非愚臣之所能及也。"杜甫《收京三首》其一："依然七庙略,更与万方初。"

③"零陵"二句：计莫疏,李氏藏本作"术莫疏"。《论语·季氏》："危而不持,颠而不扶。"潘岳《西征赋》："由伪新之九庙,夸宗虞而祖黄。"周制,天子七庙。汉代宗庙之制不用周礼。新莽地皇元年(20)又建九庙：黄帝太初

祖庙,帝虞始祖昭庙,陈胡王统祖穆庙,齐敬王世祖昭庙,济北愍王王祖穆庙,济南伯王尊祢昭庙,元城孺王尊祢穆庙,阳平顷王戚祢昭庙,新都显王戚祢穆庙。其后,历代皇帝均立九庙。

# 夏　夜

远游万事裂,独立数峰青。①明月照山木,荒村饶夜萤。翻翻云渡汉,历历水浮星。遥舍灯已尽,幽人门未扃。

**【题解】**

此诗建炎四年(1130)作。诗中"翻翻云渡汉,历历水浮星",与杜甫《送严侍郎到锦州》中"稍稍烟集渚,微微风动襟"在字句组合、动静搭配上结构相同,可以看出对杜诗句型上的学习。

**【注释】**

①"远游"二句:柳宗元《寄许京兆孟容书》:"立身一败,万事瓦裂,身残家破,为世大僇。"钱起《湘灵鼓瑟》:"曲终人不见,江上数峰青。"

# 题东家壁

斜阳步屧过东家①,便置清樽不煮茶。高柳光阴初罢絮,嫩凫毛羽欲成花。群公天上分时栋,闲客江边管物华。②醉里吟诗空跌宕,借君素壁落栖鸦。③

**【题解】**

此诗作于建炎四年(1130)。诗中"醉里吟诗空跌宕"二句,固然是自谦之语,却未尝不是实情,即道出了题壁这种传播方式的不足之处:不少题壁者,无论是在书写还是作品创作方面,都往往随意为之。即如陈与义,虽其诗作炼字得法者为数甚多,而此诗"群公天上分时栋"二句中"时栋"二字,也不无务求新警而失之奇僻处;只是,此类新警之求,又似非随意题壁者所能为之。此诗在体现文人士大夫闲雅情怀的同时,也有一种由气格高古、瘦硬枯劲的艺术处理所造成的骨干坚挺、真力丰沛的诗歌风貌——"风骨"。

## 【注释】

①"斜阳"句:《南史·袁粲传》:"粲为丹阳尹,尝步屐(xiè)白杨郊野间,道遇一士大夫,便呼与酣饮。"杜甫《遭田父泥饮美严中丞》:"步屐随春风,村村自花柳。"《说文》:"屐,履中荐也。"

②"群公"二句:分时栋,《简斋集增注》:"栋,一作政。"袁宏《三国名臣序赞》:"释褐中林,郁为时栋。"李善注:"亮为丞相,故曰时栋。"袁崧《后汉书》:"郭林宗与陈留盛仲明书曰:'足下诸人,为时栋梁。'"杜甫《曲江陪郑八丈南史饮》:"自知白发非春事,且尽芳樽恋物华。"

③"醉里"二句:江淹《恨赋》:"左对孺人,顾弄稚子,脱略公卿,跌宕文史。"《书小史》卷一〇:"邬肜善草书,时人比之张旭。吕摠云:'邬肜书如寒林栖鸦,平冈走兔。'"苏轼《次韵王巩南迁初归二首》其二:"平生痛饮处,遗墨鸦栖壁。"黄庭坚《奉和王世弼寄上七兄先生用其韵》:"大字如栖鸦,已不作肥软。"

## 【辑评】

宋刘辰翁《评点》:("高柳"二句)清丽。

元方回《瀛奎律髓》卷二三:三、四极天下之工,亦止言景耳。五、六逊"时栋"于天上群公,而以"江边"闲客自许。气岸高峻,骨格开张。殆天授,非人力。然亦力学,则可及矣。又,清纪昀:"时栋"字出《文选》,然字太古奥,入律不宜,冯氏抹之是也。

# 曳　杖

柳条一何长,我发一何短。余日会有几,经春卧荒疃。①
曳杖陂西去,悠然寄萧散。田垅粲高低,白水一时满。农夫
暮犹作,愧我读书懒。且复弃今兹,前峰青蹇嵼②。

**【题解】**

此诗建炎四年(1130)作。陈与义后期的作品由于世变确起了质的变
化,但慷慨激昂只是基于环境的刺激,他的内在仍属于温和一类,故发为诗
歌,虽然仍带着淡淡的哀愁,但明显表现一份对生活的关注和爱。如此诗
中"柳条一何长"二句,所表达的对自然的观赏,就有诗人悠然自得的生活
情感在。

**【注释】**

①"余日"二句:韩愈《南溪始泛三首》:"余年懔无几,休日怆已晚。"白
居易《酬梦得见喜疾瘳》:"末疾徒云尔,余年有几何。"《诗·豳风·东山》:
"町疃(tuǎn)鹿场,熠耀宵行。"《说文》:"疃,禽兽所践处也。"

②"前峰"句:司马相如《上林赋》:"蹇产沟渎。"张铣注:"屈折也。"

# 雷雨行①

忆昨炎正中不融,元帅仗钺临山东。万方嗷嗷叫上帝,
黄屋已照睢阳宫。呜呼吾君天所立,岂料四载犹服戎。②禹巡
会稽不到海,未省驾舶观民风。③定知谏诤有张猛,不可危急
无高共。④自古美恶周必复,犬羊汝莫穷妖凶。⑤吉诘四奏元气
通⑥,德音夜发春改容。雷雨一日遍天下,父老感泣沾其胸。⑦

臣少忧国今成翁,欲起荷戟伤疲癃。⑧小游太一未移次,大树将军莫振功。⑨刘琨祖逖未足雄,晏球一战腥臊空。⑩诸君努力光竹素,天子可使尘常蒙。⑪君不见夷门山头虎复龙,向来佳气元葱葱。⑫

**【题解】**

此诗作于建炎四年(1130)。诗作回顾靖康以来的国家大事,尽管当时的局势很严重,但诗人并没有丧失信心,坚信抗击侵略者的正义斗争一定会取得最后的胜利,热情地激励将士们努力抗敌,完成收复国土的大业。全诗气势磅礴,对敌人的愤恨和对祖国的热爱交织在一起,犹如一篇正气凛然的檄文,在思想内容和艺术风格上都是上继杜甫,下启陆游。其声情跌宕,苍凉悲壮,尤与老杜《冬狩行》为近。

值得注意的是,"犬羊汝莫穷妖凶"句中"犬羊",聚珍本作"兵戈",当系馆臣妄改。《四库全书》本《陈与义集》时有挖改,冯煦《增广笺注简斋诗集序》举出过好多例子。于此,柴德赓《四库提要之正统观念》有云:"大抵馆臣于宋,唯恐其不弱,唯恐其不亡,非诚有恶于宋也,为南明言之也。"(《史学丛考》)堪称诛心之论。

**【注释】**

①诗题,原本作"雷行雨",据聚珍本校改。

②"呜呼"二句:《左传·襄公十四年》:"天生民而立之君,使司牧之,勿使失性。"

③"禹巡"二句:《史记·夏本纪》:"帝禹东巡狩,至于会稽西崩。"

④"定知"二句:张猛,原本作"张猛",依冯煦校本据莫校改。谏净,直言规劝。《韩诗外传》卷一〇:"言文王咨嗟,痛殷商无辅弼谏净之臣而亡天卜矣。"《汉书·薛广德传》:"上酎祭宗庙,出便门,欲御楼船。广德当乘舆车,免冠顿首曰:'宜从桥!'诏曰:'大夫冠。'广德曰:'陛下不听臣,臣自刭,以血污车轮,陛下不得入庙矣。'上不说,先驱光禄大夫张猛进曰:'臣闻主圣臣直。乘船危,就桥安,圣主不乘危。御史大夫言可听!'上曰:'晓人不

当如是邪！'乃从桥。"《史记·赵世家》："三国攻晋阳，岁余，引汾水灌其城，城不浸者三版。城中悬釜而炊，易子而食。群臣皆有外心，礼益慢，唯高共不敢失礼。襄子惧，乃夜使相张孟同私于韩、魏。韩、魏与合谋，以三月丙戌，三国反灭知氏，共分其地。于是襄子行赏，高共为上。张孟同曰：'晋阳之难，唯共无功。'襄子曰：'方晋阳急，群臣皆懈，唯共不敢失人臣礼，是以先之。'"

⑤"自古"二句：《左传·昭公十一年》：子产曰："三年，王其有咎乎！美恶周必复，王恶周矣。"刘越石《劝进表》："逆胡刘曜，纵逸西都，敢肆犬羊，凌虐天邑。"李善注引《汉名臣奏》："太尉应劭等议以为鲜卑隔在漠北，犬羊为群。"

⑥元气通：原本作"元气道"，据库本校改。

⑦"雷雨"二句：《易·解卦》："雷雨作解，先生以赦过宥罪。"《旧唐书·陆贽传》："贞元初，李抱真入朝，从容奏曰：'陛下幸奉天、山南时，赦书至山东，宣谕之时，士卒无不感泣。臣即时见人情如此，知贼不足平也。'"

⑧"臣少"二句：《汉书·陈汤传》："小臣罢癃（lóng），不足以策大事。"疲癃，年老多病之状。

⑨"小游"二句：《汉书·郊祀志》："亳人谬忌奏祠泰一方，曰：'天神贵者泰一。'"《易纬乾凿度》注："太一者，北辰之神名也。"《类说》卷五三："太平兴国中，方士楚芝兰上言：按《太乙经》：'五福太乙为天九贵神。凡行五宫，四十五年一徙。今当入吴分。五福所至，民获其佑。'宜筑宫于苏州，太宗从之。宫成，芝兰又言：'祠太乙于吴，但福及吴民，可徙筑京城南三十里苏村。'遂改筑新宫。凡十殿，曰：君基太乙、臣基太乙、民基太乙、九气太乙、大游太乙、小游太乙、十神太乙、天太乙、地太乙，并五福为十八。"《后汉书·冯异传》："异为人谦退不伐，行与诸将相逢，辄引车避道，进止皆有表识，军中号为整齐。每所止舍，诸将并坐论功，异常独屏树下，军中号曰'大树将军'。"

⑩"刘琨"二句：腥臊，聚珍本作"烟尘"。《世说新语·赏誉》刘孝标注引《晋阳秋》："逖（tì）与司空刘琨俱以雄豪著名。年二十四，与琨同辟司州主簿，情好绸缪，共被而寝。中夜闻鸡鸣，俱起曰：'此非恶声也。'每语世

事,则中宵起坐,相谓曰:'若四海鼎沸,豪杰共起,吾与足下相避中原耳!'……逖既有豪才,常慷慨以中原为己任,乃说中宗雪复神州之计,拜为豫州刺史,使自招募。逖遂率部曲百余家,北度江,誓曰:'祖逖若不清中原而复济此者,有如大江!'攻城略地,招怀义士,屡摧石虎,虎不敢复窥河南,石勒为逖母墓置守吏。刘琨与亲旧书曰:'吾枕戈待旦,志枭逆虏,常恐祖生先吾著鞭。'"《新五代史·王晏球传》:"定州王都反,以晏球为招讨使,与宣徽南院使张延朗等讨之。都遣人北招契丹,契丹遣托诺将万骑救都。晏球闻托诺等兵且来,留张延朗屯新乐,自逆于望都。而契丹从他道入定州,与都出不意击延朗军,延朗大败。"

⑪"诸君"二句:《后汉书·邓禹传》:禹曰:"但愿明公威德加于四海,禹得效其尺寸,垂功名于竹帛耳。"《左传·僖公二十四年》:臧文仲对曰:"天子蒙尘于外,敢不奔问官守。"

⑫"君不见"二句:夷门,汴都。《史记·魏公子列传》:太史公曰:"吾过大梁之墟,求问其所谓夷门。夷门者,城之东门也。"葱葱,气象旺盛。李白《侍从游宿温泉宫作》:"日出瞻佳气,葱葱绕圣君。"

# 开壁置窗命曰远轩

钟妖鸣吾旁①,杨獠舞吾侧。东西俱有碍,群盗何时息。②丈夫堂堂躯,坐受世褊迫③。仙人千仞岗,下视笑予厄④。谁能久郁郁,持斧破南壁。窗开三尺明,空纳万里碧。岩霏杂川霭,奇变供几席。谁见老书生,轩中岸玄帻。荡漾浮世里,超遥送兹夕。⑤倚楹发孤啸,呼月出荒泽⑥。天公亦粲然,林壑受珠璧。⑦会有鹤驾宾,经过来见客。⑧

**【题解】**

此诗作于建炎四年(1130)。陈衍《石遗室诗话》卷二二:"苏堪在日本

有诗题曰《决壁施窗豁然见海名之曰无闷》,君重甚推其制题之善。余曰:
'陈简斋诗亦有题曰《开壁置窗命曰远轩》,诗系五古一首,又叠韵二首。'余
有《萧闲堂五言长律》三百韵,苏堪告余《米襄阳集》中,亦有《萧闲堂诗》,二
事皆偶然相类耳。"可见陈与义诗对后世影响之一斑。又,据有的学者研
究,从"飞山蛮"主要酋长的姓氏来看,"飞山蛮"酋潘金盛与"西原蛮"的潘
氏是同一个种族。据《唐书·西原蛮传》载,"西原蛮"为"峒僚",唐大历十
二年,其首领潘长安称"安南王",势力"北泊黔巫衡湘"。"飞山蛮"地处黔
巫,潘金盛与潘长安均为"峒僚"无疑。"飞山蛮"后期首领为杨氏,杨氏亦
"僚",故陈与义在武冈紫阳山寓居时写有"杨僚舞吾侧"之句。又,"钟妖"、
"杨獠"、"群盗"云云,也反映了作为封建士大夫的作者对农民起义者的阶
级偏见。

**【注释】**

①钟妖:原本"锺"误作"鐘",据聚珍本校改。

②"东西"二句:杜甫《石龛》:"熊罴咆我东,虎豹号我西。我后鬼长啸,
我前狨又啼。"

③"坐受"句:褊(biǎn)迫,窄狭。苏轼《和杂诗十一首》其七:"蓝桥近
得道,常苦世褊迫。"

④笑予厄:原本作"笑子厄",据丁钞、聚珍本校改。

⑤"荡漾"二句:荡漾,原本作"荡样",据聚珍本、《宋诗钞》校改。韩愈
《远游联句》:"观怪忽荡漾,叩奇独冥搜。"超遥,遥远。阮籍《清思赋》:"超
遥茫渺,不能究其所在。"

⑥"呼月"句:李贺《官街鼓》:"晓声隆隆催转日,暮声隆隆呼月出。"

⑦"天公"二句:粲然,笑貌。《汉书·律历志上》:"日月如合璧,五星如
连珠。"

⑧"会有"二句:驾宾,《宋诗钞》作"贺宾"。《述异记》:荀瓌"潜栖却粒,
尝东游,憩江夏黄鹤楼上。望西南,有物飘然降自霄汉,俄顷已至,乃驾鹤
之宾也。鹤止户侧,仙者就席,羽衣虹裳,宾主欢对。已而辞去,跨鹤腾空,
渺然而灭。"

# 再　赋

　　清晓坐南轩,望山头屡侧。居士亦岂痴,飞云方未息。乐哉此远俗,乱世免怵迫①。那知百战祸,岂识三空厄。②闭门美熟睡③,开门瞻翠壁。远客谢主人,分此一窗碧。④新晴鸟鸣檐,微暑风入席。萧然此白首,岂更冒朝帻⑤。誓将老兹地,不复数晨夕⑥。但恨食无肉,臞仙出山泽。⑦蛰雷转空肠,吐句作圭璧。⑧一笑示邻家,向来复此客。⑨

**【题解】**

　　此诗作于建炎四年(1130)。诗中虽言"誓将老兹地,不复数晨夕",却仍然是忧国忧民的:"那知百战祸,岂识三空厄。"

**【注释】**

　　①怵迫:诱迫。《管子·心术》:"不怵乎好,不迫乎恶。"贾谊《鵩鸟赋》:"怵迫之徒兮,或趋西东。"

　　②"那知"二句:杜甫《陪柏中丞观宴将士二首》其一:"极乐三军士,谁知百战场。"《后汉书·陈蕃传》:"夫安平之时,尚宜有节,况当今之世,有三空之厄哉! 田野空,朝廷空,仓库空,是谓三空。"

　　③"闭门"句:熟睡,原本作"享睡",据丁钞、聚珍本校改。

　　④"远客"二句:李白《留别贾舍人至二首》其一:"远客谢主人,明珠难暗投。"

　　⑤"岂更"句:《释名·释首饰》:"帽,冒也。"《汉书·隽不疑传》:"著黄冒。"颜师古注:"冒,所以覆冒其首。"

　　⑥"不复"句:陶渊明《移居二首》其一:"闻多素心人,乐与数晨夕。"

　　⑦"但恨"二句:苏轼《于潜僧绿筠轩》:"可使食无肉,不可居无竹。无肉令人瘦,无竹令人俗。"司马相如《大人赋》:"列仙之儒,居山泽间,其形

甚臞。”

⑧“蛰雷”二句：苏轼《叶教授和溽字韵诗复次韵为戏记龙井之游》：“空肠出秀句，吟嚼五味足。”圭璧，原本作“圭壁”，依冯煦校本据库本改。

⑨“一笑”二句：邻家，原本作“儕”，依冯煦校本据聚珍本改。《晋书·桓温传》：“既到，温甚喜，言平生，欢笑竟日。既出，温问左右：‘颇尝见我有如此客不？’”苏轼《和陈传道雪中观灯》：“只恐樽前无此客，清诗还有士龙能。”黄庭坚《和王观复洪驹父谒陈无己长句》：“主人自是文章伯，邻里颇怪有此客。”

# 又 赋

我昨在衡山，伤心冲路侧。岂知得此地，一坐数千息①。易安生痛定，过美出饥迫。②誓言如齐侯，常戒在莒厄。③要将万里身，独面九年壁④。如何不已奈⑤，开窗玩霏碧。招呼面前山，浮翠落衾席。一笑等儿戏，都忘雪侵帻。人生何不娱，今夕定何夕。向来万顷胸，余地吞七泽。⑥念此亦细事，未遽瑕生璧⑦。聊使山中人，永记山下客。⑧

【题解】

此诗作于建炎四年(1130)。对于自言“向来万顷胸”、胸怀远大的作者而言，“人生何不娱”实在是苦中作乐的无可奈何语。

【注释】

①“一坐”句：苏轼《十一月九日夜梦与人论神仙道术因作一诗八句即觉颇记其语录呈子由弟后四句不甚明了今足成之耳》：“照夜一灯长耿耿，闭门千息自漾漾。”

②“易安”二句：饥迫，原本作“肌迫”，依冯煦校本据库本改。陶渊明《归去来兮辞》：“倚南窗以寄傲，审容膝之易安。”韩愈《与李翱书》：“今而思

404

之,如痛定之人,思当时之痛,不知何能自处也。"苏轼《次韵王郎子立风雨有感》:"但恐陶渊明,每为饥所迫。"

③"誓言"二句:《史记·齐世家》:"齐襄淫于妇人,数欺大臣,群弟恐祸及,纠奔鲁,召忽傅之;小白奔莒(jǔ),鲍叔傅之。无知弑襄公,雍林人杀无知,议立君。高、国先阴召小白于莒,鲁亦送公子纠,而使管仲将兵遮莒道,射中带钩。小白佯死,管仲使人驰报鲁,鲁送纠者行益迟。六月至齐,则小白已立,号桓公。"《新序》卷四:"桓公与管仲、鲍叔、宁戚饮酒。桓公谓鲍叔:'姑为寡人祝乎?'鲍叔奉酒而起曰:'祝吾君无忘其出而在莒也,使管仲无忘其束缚而从鲁也,使宁子无忘其饭牛于车下也。'桓公避席再拜曰:'寡人与二大夫皆无忘夫子之言,齐之社稷必不废矣。'"

④"独面"句:《景德传灯录》卷三:"二十八祖菩提达摩自天竺国泛重溟,凡三周寒暑,达于南海,见梁帝,不契,回江北,止嵩山少林寺,面壁九年。"

⑤不已奈:李氏藏本作"不已耐"。

⑥"向来"二句:《世说新语·德行》:"叔度汪汪如万顷之波,澄之不清,扰之不浊,其器深广,难测量也。"司马相如《子虚赋》:"吞若云梦者八九,于其胸中,曾不蒂芥。"

⑦"未遽"句:《史记·廉颇蔺相如列传》:"相如视秦王无意偿赵城,乃前曰:'璧有瑕,请指示王。'"

⑧"聊使"二句:苏轼《辩才老师退居龙井不复出入轼往见之……》:"聊使此山人,永记二老游。"


# 伤　春①

庙堂无策可平戎,坐使甘泉照夕烽。②初怪上都闻战马,岂知穷海看飞龙。③孤臣霜发三千丈,每岁烟花一万重。④稍喜长沙向延阁,疲兵敢犯犬羊锋。⑤

【题解】

此诗作于建炎四年(1130)。诗作题为伤春,实是忧国伤时。前四句一气贯注,写出南北宋之交的国家患难,概括力极强。以下二句进入个人忧思,忧国深浓,如许烟花,无心欣赏。结末二句宕开一笔,赞扬抗敌壮举于江河日下的氛围中,透露出一点令人"稍喜"的讯息。全篇情调雄浑沉郁,忧愤深广,极近老杜。程千帆先生即指出:"读此诗,要细玩其用笔顿挫处,如首联平叙,而次联动荡;三联方叹烟花之无知,而尾联又赞疲兵之敢战。亦忧亦喜,一往情深。"(《古诗今选》)

朝鲜诗人裴应褧(1544-1602)《安村集》中有一首《国贼未讨秋月已暮銮与远迁宗社蒙尘坐负臣职积罪如山呜咽流涕不能自已因诵陈去非之句有感》:"一夜微霜万木凋,孤臣愁绪正迢迢。妖尘颎洞迷川陆,杀气凭凌满野桥。豺虎半年连蓟北,美人千里隔辽西。何当斩得平酋首,高挂边城赤帜腰。"无论从内容还是从风格上看,都应该明显受到了上述《伤春》诗或者就是裴氏所"诵"之诗的影响,可见陈与义诗在域外传播与接受情状之一斑。

**【注释】**

①此首,聚珍本无。

②"庙堂"二句:《新唐书·王忠嗣传》:"忠嗣为朔方节度使,上平戎十八策,斩米施可汗,自是虏不敢盗塞。"《汉书·匈奴传上》:"孝文十四年,胡骑入烧回中宫,候骑至雍、甘泉。"李白《塞下曲六首》其六:"烽火动沙漠,连照甘泉云。"

③"初怪"二句:上都,京师,首都。班固《西都赋》:"实用西迁,作我上都。"《后汉书·耿弇传论》:"余初读《苏武传》,感其茹毛穷海,不为大汉羞。"

④"孤臣"二句:李白《秋浦歌》十七首其十五:"白发三千丈,缘愁似个长。不知明镜里,何处得秋霜。"杜甫《伤春五首》其一:"西京疲百战,北阙任群凶。关塞三千里,烟花一万重。"

⑤"稍喜"二句:延阁,汉朝皇帝藏书之所。当时的长沙太守向子諲,以前曾担任过直秘阁学士,故以"向延阁"称之。《晋书·挚虞束皙传论》:"或摄官延阁,裁成言事之书;或莅政秩宗,参定禋郊之礼。"庾信《预麟趾殿校书和刘仪同》:"芸香上延阁,碑石向鸿都。"杜甫《诸将五首》其三:"稍喜临

406

边王相国,肯销金甲事春农。"

【辑评】

元方回《瀛奎律髓》卷三二:谓潭州向伯恭。又,清冯舒:学杜,故下句俱露,但杜尚有不尽之致。又,清冯班:("孤臣"句)此亦不工,宋人不会用古语。又,清纪昀:此首真有杜意。又,"白发三千丈",太白诗,"烟花一万重",少陵句,配得恰好。

# 题水西周三十三壁二首①

不管先生巾欲摧,雨中艇子便撑开。青山隔岸迎人去,白鹭冲烟送酒来②。

周子篘中早得春,唤人同渡一溪云。③贪看雨歇前峰变,不觉斟时已十分。

【题解】

此二诗作于建炎四年(1130)。由"青山隔岸迎人去,白鹭冲烟送酒来"可见,靖康之变后陈与义的诗歌语言更接近于韦、柳,尽管其时陈与义诗风发生了转变,语言也变得深沉。

【注释】

①《经训堂帖》刊有此二诗手稿,题下无"二首"二字。

②"白鹭"句:《魏书·官氏志》:"初,帝欲法古纯质,每于制定官号,多不依周、汉旧名,或取诸身,或取诸物,或以民事,皆拟远古云鸟之义。诸曹走使谓之凫鸭,取飞之迅疾;以伺察者为候官,谓之白鹭,取其延颈远望。"

③"周子"二句:篘(chōu),保护酒瓮的竹笼。白居易《尝酒听歌招客》:"一瓮香醪新插篘,双鬟小妓薄能讴。"李贺《始为奉礼忆昌谷山居》:"不知船上月,谁棹满溪云。"

# 山斋二首①

夏郊绿已遍,山斋昼自迟。云物忽分散,余碧暮逶迤。
寒暑送万古,荣枯各一时②。世纷幸莫及,我麈得常持。③

虽愧荷锄叟,朝来亦不闲。自剪墙角树,尽纳溪西山。④
经行天下半,送老此途间。日暮烟生岭,离离飞鸟还。⑤

**【题解】**

此二诗作于建炎四年(1130)。虽然身处"世纷幸莫及"之地,但"经行天下半"的诗人,看见日暮烟岭之上"离离飞鸟还"的景象,还是不免于其心有戚戚焉。

**【注释】**

①诗题中"二首",原本无此二字,据聚珍本校补。

②"荣枯"句:黄庭坚《次前韵谢与迪惠所作竹五幅》:"风雪烟雾雨,荣悴各一时。"

③"世纷"二句:莫及,《经训堂帖》作"已远"。陶渊明《述酒》:"朱公练九齿,闲居离世纷。"麈(zhǔ),用麋鹿(俗称"四不像")的尾毛做的拂尘。《晋书·王衍传》:"每捉玉柄麈尾,与手同色。""迁太尉、尚书令如故。"

④"自剪"二句:白居易《截树》:"一朝持斧斤,手自截其端。万叶落头上,千峰来面前……始有清风至,稍见飞鸟还。开怀东南望,目远心辽然。人各有偏好,物莫能两全。岂不爱柔条,不如见青山。"

⑤"日暮"二句:陶渊明《饮酒二十首》其五:"山气日夕佳,飞鸟相与还。"

# 散　发

百年如寄亦何为,散发清狂未足非。<sup>①</sup>南涧题诗风满面,东桥行药露沾衣<sup>②</sup>。松花照夏山无暑,桂树留人吾岂归<sup>③</sup>。藜杖不当轩盖用,稳扶居士莫相违。

**【题解】**

此诗作于建炎四年(1130)。"散发清狂",盖缘于淹留难归的苦痛。

**【注释】**

①"百年"二句:曹丕《善哉行》:"人生如寄,多忧何为。"杜甫《遣兴五首》其三:"贺公雅吴语,在位常清狂。"

②行药,原本作"行乐",据聚珍本、《宋诗钞》校改。

③"桂树"句:《楚辞·招隐士》:"桂树丛生兮山之幽……攀援桂枝兮聊淹留。王孙游兮不归,春草生兮萋萋。"

# 六月六日夜

蕴隆岂不坏,凉气亦徐还。<sup>①</sup>独立清夜半<sup>②</sup>,疏星苍桧间。晦明莽相代<sup>③</sup>,天地本长闲。四顾何寥落,微风时动关。

**【题解】**

此诗作于建炎四年(1130)。诗咏天贶而谓四顾寥落,似别有所思。

**【注释】**

①"蕴隆"二句:蕴隆,暑气郁结而隆盛。《诗·大雅·云汉》:"蕴隆爞爞。"《毛传》:"蕴蕴而暑,隆隆而雷,爞爞而热。"

②清夜半：原本作"秋夜半"，据丁钞、聚珍本校改。

③"晦明"句：《庄子·齐物论》："日夜相代乎前，而莫知其所萌。"

# 六月十七夜寄邢子友

暑雨虽不足，凉风还有余。<sup>①</sup>乐此城阴夜，何殊山崦居<sup>②</sup>。
月明苍桧立，露下芭蕉舒。试问澄虚阁，今夕复焉如。

**【题解】**

此诗作于建炎四年(1130)。澄虚阁，当即邢子友所居。诗写与友人欢饮于其居所的无以复加之乐。陈与义词《虞美人·邢子友会上》胡注引《大生法帖》云："予庚戌岁客邵州，时乡人邢子友为监郡。一日过之，会天大暑，子友置酒于超然台上，得白莲花置樽间，相对剧饮至夜，踏月而归，尝作此词。后九年，予守吴兴，病归越，而堂下白莲盛开，意欣然，赏其高丽，为独酌一杯。数年多病，意绪衰落，不复为诗矣。偶追记此词，恍然如昨日云。绍兴戊午五月廿四日。"所记与此诗当即一时前后之事，可互参。

**【注释】**

①"暑雨"二句：《书·君牙》："夏暑雨。"《礼记·月令》："孟秋凉风至。"

②山崦(yān)：山坳。许浑《岁暮自广江至新兴往复中题峡山寺四首》其一："树随山崦合，泉到石棱分。"

# 观  雨

山客龙钟不解耕，开轩危坐看阴晴。<sup>①</sup>前江后岭通云气，万壑千林送雨声<sup>②</sup>。海压竹枝低复举<sup>③</sup>，风吹山角晦还明。不嫌屋漏无干处，正要群龙洗甲兵。<sup>④</sup>

此诗作于建炎四年(1130)。"前江后岭通云气"二句,从"声"、"势"两方面笔墨淋漓地写足了急雨掠过江面、山峰、林壑的情景,气势雄壮。又注意观察和描写细致的情态变化。"海压竹枝低复举"句,写足了竹枝挺拔倔强的形象,对于阔大的雨中山景起到点染作用。"风吹山角晦还明"句,则是说虽然暴雨如注,但是狂风吹动着山角,却呈现出时阴时明的情景。这种多样化的变幻景象,使得整个画面姿态横生。诗人目接雨景,联想起"正要群龙洗甲兵",即景言志,生发出抗战思想,使雨中山景的描写内容得以深化。

【注释】

①"山客"二句:龙钟,原本"鍾"误作"鐘"。黄朝英《缃素杂记》:"古语有二声合为一字者,如不可为叵,何不为盍。从西域二合之音,切字之元也。龙钟、潦倒,正二合之音,龙钟切癃字,潦倒切老字,欲言癃,欲言老,即以龙钟潦倒言之。"危坐,两膝着地,耸起上身。后泛指正身而坐。《管子·弟子职》:"危坐乡师,颜色毋怍。"

②千林:《方舆胜览》卷二六作"千岭"。

③"海压"句:海压,潘本、聚珍本作"梅压"。丁钞"海"作"湿"。杜甫《朝献太清宫赋》:"九天之云下垂,四海之水皆立。"白居易《有木诗八首》其六:"雪压低还举,风吹西复东。"

④"不嫌"二句:杜甫《茅屋为秋风所破歌》:"床头屋漏无干处,雨脚如麻未断绝。"《六韬》:"太公曰:'祖行之日,雨,辎车至轸,是洗濯甲兵也。'"杜甫《洗兵马》:"安得壮士挽天河,净洗甲兵长不用。"

【辑评】

元方回《瀛奎律髓》卷一七:清纪昀:前六犹是常语,结二句自见身分。

# 寄大光二绝句①

心折零陵霜入鬓,更修短札问何如。江湖不是无来雁,只惯平生作报书②。

芭蕉急雨三更闹,客子殊方五月寒。近得会稽消息否,稍传荆渚路歧宽③。

**【题解】**

此二诗作于建炎四年(1130)。第二首中"会稽消息",盖指易相事。自范宗尹代吕颐浩为相,方大力起用废籍,故诸人特别关心。

**【注释】**

①诗题中"二绝句",原本无,据丁钞、聚珍本校补。

②"只惯"句:李翱《答独孤舍人书》:"所以不数附书者,一二年来往还,多得官在京师,既不能周遍,又且无事,性颇慵懒,便一切画断,只作报书。"报书,回信。陈琳《饮马长城窟行》:"报书往边地,君今出言一何鄙。"

③路歧:歧路。《初学记》卷一六引王廙《笙赋》:"发千里之长思,咏别鹤于路歧。"

# 寄德升大光①

君王优诏起群公,也置樵夫尺一中。②易着青衫随世事,难将白发犯秋风。共谈太极非无意,能系苍生本不同。③却倚紫阳千丈岭,遥瞻黄鹄九霄东④。

**【题解】**

此诗作于建炎四年(1130)。德升、大光,谓李擢、席益。诗中"太极"一语,与"苍生"相对,较难捉摸其意。以诗作述及同时诏命之事,陈与义自己的辞命与感慨,以及对李、席二人从政的勉励,当指天下或国家之事,也有一点道家隐居的风味,似未必是指一个固定的哲学概念。

**【注释】**

①此诗编次,丁钞在《别诸周》二首后。

②"君王"二句：君王，原本作"君玉"，据聚珍本校改。《后汉书·李云传》："今官位错乱，小人谄进，财货公行，政化日损，尺一拜用不经御省。"李贤注："尺一之板谓诏策也，见《汉官仪》。"又《陈蕃传》："陛下宜采求失得，择从忠善。尺一选举，委尚书三公。"注："谓板长尺一，以写诏书也。"

③"共谈"二句：《晋书·纪瞻传》："太安中，弃官归家，与顾荣等共诛陈敏。语在《荣传》。召拜尚书郎，与荣同赴洛，在涂共论《易》太极。……至徐州，闻乱日甚将不行。会刺史裴盾得东海王越书，若荣等顾望，以军礼发遣。乃与荣及陆玩等各解船弃车牛，一日一夜行三百里，得还扬州。"又《谢安传》："征西大将军桓温请为司马，将发新亭，朝士咸送。中丞高崧戏之曰：'卿累违朝旨，高卧东山，诸人每相与言，安石不肯出，将如苍生何。苍生今亦将如卿何！'安甚有愧色。"

④九霄：天之极高处。《抱朴子·畅玄》："其高则冠盖乎九霄，其旷则笼罩乎八隅。"《太清玉册》卷八称九霄名分别为：神霄、青霄、碧霄、丹霄、景霄、玉霄、琅霄、紫霄、太霄。

**【辑评】**

宋刘克庄《后村诗话》卷一：李义山《答令狐补阙》云："人生有通塞，公等系安危。"于升沉得丧之际，婉而成章。简斋南渡初被召，柬同时召客云："共谈太极非无意，能系苍生本不同。"则气象益开阔矣。

宋刘辰翁《评点》：（"共谈"二句）优柔悃疑，甚可讽味，与前"旧喜读书今懒读"之诗同意。

元方回《瀛奎律髓》卷四二：清纪昀：看似率易，而笔力极为雄阔。


# 次韵谢邢九思①


平生不接里闾欢，岂料相逢虺蜮坛。②能赋君推三世事，倦游我弃七年官。③流传恶语知谁好，勾引新篇得细看。④六月山斋当暑令，风霜独发卷中寒。

此诗作于建炎四年（1130）。邢九思，名绎，和叔尚书恕之孙。邢恕有二子居实、倞，九思或即倞子。陈与义以宣和六年谪监陈留酒，至是已七年，故诗中有"倦游我弃七年官"之语。诗写读友人新篇所感。《四库全书》本、乾隆《武英殿聚珍版丛书》本删去此首（另删去《送大光赴石城》《伤春》两首）。

**【注释】**

①丁钞、聚珍本无此首。李氏藏本题下有"二首"两字，其第二首即后"百年鼎鼎"一诗。

②"平生"二句：司马迁《报任安书》："未尝衔杯酒，接殷勤之余欢。"虺蜮(huǐ yù)，毒蛇与能含沙射人的短狐。鲍照《芜城赋》："坛罗虺蜮，阶斗麏鼯。"

③"能赋"二句：《诗·鄘风·定之方中》传："故建邦能命龟，田能施命，作器能铭，使能造命，升高能赋，师旅能誓，山川能说，丧纪能诔，祭祀能语，君子能此九者，可谓有德音，可以为大夫。"《史记·司马相如传》："今文君已失身于司马长卿，长卿故倦游，虽贫，其人材足依也，且又令客，独奈何相辱如此。"

④"流传"二句：苏轼《刘贡父见余歌词数首以诗见戏聊次其韵》："门前恶语谁传去，醉后狂歌自不知。"杜甫《风雨看舟前落花戏为新句》："影遭碧水潜勾引，风妒红花却倒吹。"


# 村　景①


黄昏吹角闻呼鬼，清晓持竿看牧鹅。蚕上楼时桑叶少，水鸣车处稻苗多。


**【题解】**

此诗作于建炎四年（1130）。诗作昭示出诗人历经磨难，返璞归真，与大自然完全融合在一起，精神得到了最大的解脱，内心的超然旷达已然展现出来,也从平淡自然这一个侧面,展现出陈与义诗歌创作多样化的艺术风格。

**【注释】**

①丁钞此题凡两首,第二首即下"谏议遗踪"一诗。原本无第二首。


# 次周漕示族人韵①

谏议遗踪尚可望,曳裾不必郊邹阳。②但修天爵膺人爵③,
始信书堂有玉堂。


**【题解】**

此诗作于建炎四年(1130)。诗作借次韵表达颂赞之意。

**【注释】**

①自此诗至《别诸周二首》共七首,原本俱无,据丁钞、聚珍本校补。此首,丁钞连前首共题作"村景",聚珍本题作"偶成",今依李氏藏本。

②"谏议"二句:《简斋集增注》:"宋周仪登雍熙科,子湛登天禧第,武冈人。少读书紫阳山千寻石室,后为谏议,称嘉祐名臣。"《汉书·邹阳传》:"饰固陋之心,则何王之门,不可曳长裾乎?"

③"但修"句:《孟子·告子上》:"有天爵者,有人爵者。仁义忠信,乐善不倦,此天爵也;公卿大夫,此人爵也。古之人修其天爵,而人爵从之。今之人修其天爵,以要人爵;既得人爵,而弃其天爵,则惑之甚者也,终亦必亡而已矣。"


# 水 车

江边终日水车鸣,我自平生爱此声。风月一时都属客,
杖藜聊复寄诗情。

此诗作于建炎四年(1130)。一幅素朴的江村浮世绘。


# 山居二首

点检行年书阀阅<sup>①</sup>，山中共赋几篇诗。如今未有惊人句，更待秋风生桂枝<sup>②</sup>。

宅图不必烦丘令，已卜坡东涧水边。<sup>③</sup>更与我为烧药灶<sup>④</sup>，只愁君要买山钱。

【题解】

此二诗作于建炎四年(1130)。第一首中"如今未有惊人句"二句，谓诗情需待自然景致的激发。

【注释】

①"点检"句：《史记·高祖功臣侯者年表》："古者人臣功有五品，以德立宗庙定社稷曰勋，以言曰劳，用力曰功，明其等曰伐，积日曰阅。"

②"更待"句：沈约《游钟山诗应西阳王教五章》其三："春光发陇首，秋风生桂枝。"

③"宅图"二句：坡东，聚珍本作"东坡"。王羲之《丘令帖》："丘令，送此宅图，云可得卌亩。尔者为佳，可与水丘共行，视佳者，决便当取问其贾。"

④"更与"句：杜甫《寄彭州高三十五使君适虢州岑二十七长史参三十韵》："竹斋烧药灶，花屿读书床。"


# 拜　诏

紫阳山下闻皇牒，地藏阶前拜诏书<sup>①</sup>。乍脱绿袍山色翠，新披紫绶佩金鱼。<sup>②</sup>

【题解】
　　此诗作于建炎四年(1130)。诗写拜诏之喜。陈与义本官宣教郎,正七品,服绿,至是改服绯,故诗中云:"乍脱绿袍山色翠,新披紫绶佩金鱼。"

【注释】
　　①"地藏"句:《简斋集增注》:"地藏,必紫阳山之近寺名。"
　　②"乍脱"二句:《宋史·舆服志》:"元丰元年,去青不用,阶官至四品服紫,至六品服绯,皆象笏,佩鱼。九品以上则服绿,笏以木。……中兴仍元丰之制。四品以上紫,六品以上绯,九品以上绿。服绯、紫者必佩鱼,谓之章服,非官至本品不以假人……鱼袋,其制自唐始,盖以为符契也。其始曰鱼符,左一右一,左者进内,右者随身,刻官姓名,出入合之,因盛以袋,故曰鱼袋。宋因之,其制以金银饰为鱼形,公服则系于带,而垂于后,以明贵贱,非复如唐之符契也。"

# 别诸周二首①

　　风送孤蓬不可遮,山中城里总非家。临行有恨君知否,不见篱前稻著花。

　　陇云知我欲船开,飞过江东还复回。不似周顗趋阙去,山灵应许却归来。

【题解】
　　此二诗作于建炎四年(1130)。应诏赴朝,留别亲友,借林泉丘壑抒写幽独之怀。

【注释】
　　①诗题中"周",丁钞、聚珍本作"州"。

# 题向伯共过峡图二首

旌旗翻日淮南道,兴罢归来雪一船①。正有佛光无处着,独将佳句了山川。②

过峡新图世所传,峡中犹说泛舟仙。③柱天动业须君了④,借我茅斋看十年。

**【题解】**

此二诗作于建炎四年(1130)。向伯共,即向子谭。诗作鼓励和颂扬奋勇抗金的爱国志士。

**【注释】**

①雪一船:丁钞、聚珍本作"雪满船"。

②"正有"二句:《简斋集增注》:"嘉州峨眉山,普贤示现处也。有光相寺在山顶,时时雨后云雾四起,佛光现焉,大如圆镜,四围青黄红绿之色,光明洞澈,毫发毕照。而观者但见自己形貌,不见他人,谓之摄身光。范石湖帅蜀,尝记其事。按:'过峡乃入蜀之路,佛光疑用此。'中斋云:'佛光疑用退之见大颠语。'"

③"过峡"二句:峡,原本均作"硖",据丁钞、聚珍本校改。

④"柱天"句:须君了,聚珍本作"须君子"。《简斋集增注》:"后汉刘缤字伯升,慷慨有大节,进围宛城,自号柱天大将军。张祜咏武人王智兴侍中诗:'王氏柱天勋业外,李陵章句右军书。'"

# 题赵少隐青白堂三首①

小谢为州不废诗,庭中草木有光辉。②一林风露世人世,更着梅花相发挥。③

　　使君堂上无俗客，白白青青两胜流。添得吟诗老居士，千年一笑泽南州④。

　　雪里芭蕉摩诘画，炎天梅蕊简斋诗。它时相见非生客，看倚瑯玕一段奇。⑤


**【题解】**

　　此组诗作于建炎四年(1130)。赵少隐，名子岩，终于朝议大夫、广西漕使。建炎三年守邵阳日，植梅竹于郡斋，榜曰"青白"。组诗第三首中"雪里芭蕉摩诘画"二句，值得注意。沈括《梦溪笔谈》卷一七云："书画之妙，当以神会，难以形器求也。世之观画者，多能指摘其间形象、位置、彩色瑕疵而已，至于奥理冥造者，罕见其人。如彦远画评，言王维画物多不问四时，如画花往往以桃、杏、芙蓉、莲花同画一景。余家所藏摩诘画《袁安卧雪图》，有雪中芭蕉。此乃得心应手，意到便成，故造理入神，迥得天意，此难可与俗人论也。"雪里芭蕉，俗人往往讥为"不知寒暑"(另有佛教寓意、政治寓意二说，此处暂不展开讨论)。但陈与义一反世俗之见，并以夏天梅花之诗为例，说明艺术想象重在神韵，而脱略形似，艺术虚构所创造的意境的审美意义，与机械的写实模仿异其旨趣。无论是"雪中芭蕉"，或是"炎天梅蕊"，现实生活中可说绝无此事，纯属艺术虚构之境。但艺术家创作之时，兴会所至，得心应手，意到便成，迥得天趣而造神入微，此理固难与俗人论。这也正是陈与义思理迥拔流俗的地方。

**【注释】**

　　①诗题中"少隐"，聚珍本作"少尹"。"青白堂"，原本作"清白堂"，据聚珍本校改。

　　②"小谢"二句：《南史·谢朓传》："朓善草隶，长五言诗，沈约常云：'二百年来无此诗也。'"楼炤《谢宣城诗集序》："南齐吏部郎谢朓，长五言诗，其在宣城所赋，藻缋尤精。故李太白咏'澄江'之句而思其人，杜少陵亦曰'诗接谢宣城'也。"李白《宣州谢朓楼饯别校书叔云》："蓬莱文章建安骨，中间

小谢又清发。"黄庭坚《呈外舅孙莘老二首》其二:"甓社湖中有明月,淮南草木借光辉。"陈师道《西湖》:"三年哦五字,草木借辉光。"

③"一林"二句:王安石《题画扇》:"青冥风露非人世,鬓乱钗横特地寒。"

④"千年"句:杜牧《忆齐安郡》:"平生睡足处,云梦泽南州。"《简斋集增注》:泽南州乃借用,邵阳亦楚地也。

⑤"它时"二句:苏轼《游庐山诗序》:"庶几它日不作生客也。"瑯玕(láng gān),传说中的仙树。《山海经·海内西经》:"服常树,其上有三头人,伺琅玕树。"郭璞注:"琅玕子似珠。"《抱朴子·祛惑》:"(昆仑)有珠玉树,沙棠、琅玕、碧瑰之树。"杜甫《玄都坛歌寄元逸人》:"知君此计成长往,芝草琅玕日应长。"


# 次韵邢九思

百年鼎鼎杂悲欢,老去初依六祖坛。<sup>①</sup>玄晏不堪长抱病,子真那复更为官。<sup>②</sup>山林未必容身得,颜面何宜与世看。白帝高寻最奇事,共君盟了不应寒。<sup>③</sup>(尝约同人蜀。)

【题解】

此诗作于建炎四年(1130)。宋代文人吸收禅学思想,一方面是借禅宗顿悟来进行心灵修养,因为禅宗教义认为真如是唯一真实永恒不变的,人人具有真如佛性,如对真如佛性有所觉悟,去掉妄念,就可成佛。另一方面是由佛禅的平等观来培养自己,对待人生力求超然物外,对待社会力求公平无二,万物一家。陈与义生当其世,自然亦不免于这种时代风气,作品中常带一种禅悟式的理趣,表现对社会生活和自然景物的观察。如此诗中的"山林未必容身得"二句,未必一定要看作是消极避世情绪的发泄。

【注释】

①"百年"二句:鼎鼎,引申为蹉跎。陶渊明《饮酒二十首》其三:"鼎鼎

百年内,持此欲何成。"《景德传灯录》卷五:"广州法性寺印宗和尚者,吴郡人也。姓印氏,从师出家,精《涅槃》大部。唐咸亨元年抵京师,敕居大敬爱寺,固辞,往蕲春谒忍大师。后于广州法性寺讲《涅槃经》,过六祖能大师,始悟玄理,以能为传法师。"

②"玄晏"二句:《晋书·皇甫谧传》:谧自号玄晏先生,得风痹疾,遂不仕。"后武帝频下诏敦逼不已,谧上疏自称草莽臣曰:臣……久婴笃疾,躯半不仁,右脚偏小,十有九载。"辞切言至,遂见听许。苏轼《王文玉挽词》:"玄晏一生都卧病,子云三世不迁官。"杜甫《送杨六判官使西蕃》:"子云清自守,今日起为官。"

③"白帝"二句:杜甫《望岳》:"稍待西风凉冷后,高寻白帝问真源。"《左传·哀公十二年》:"盟可寻也,亦可寒也。"


# 遥碧轩作呈使君少隐时欲赴召①

我本山中人,尺一唤起趋埃尘。②君为边城守,作意邀山入窗牖。朝来爽气如有期,送我凭轩一杯酒。丈夫已忍猿鹤羞,欲去且复斯须留。③西峰木脱乱鬓拥,东岭烟破修眉浮。主人爱客山更好,醉里一笑惊蛮州④。丁宁云雨莫作厄,明日青山当送客。⑤

**【题解】**
此诗作于建炎四年(1130)。诗作表达良好祝愿,其中,"我本山中人,尺一唤起趋埃尘。君为边城守,作意邀山入窗牖"为扇面对(隔句对)。

**【注释】**
①诗题中"隐",丁钞作"尹"。
②"我本"二句:白居易《游悟真寺诗一百三十韵》:"我本山中人,误为时网牵。"《晋书·潘岳传》:"岳性轻躁,趋世利,与石崇等谄事贾谧,每候其

出，与崇辄望尘而拜。"

③"丈夫"二句：孔稚珪《北山移文》："蕙帐空兮夜鹄怨，山人去兮晓猿惊。"题李陵《与苏武诗三首》其一："长当从此别，且复立斯须。"

④"醉里"句：《世说新语·排调》："郝隆为桓公南蛮参军……桓公曰：'作诗何以作蛮语？'隆曰：'千里投公，始得蛮府参军，那得不作蛮语也？'"

⑤"丁宁"二句：送客，聚珍本、《宋诗钞》作"逐客"。《汉书·谷永传》："以丁宁陛下。"颜师古注："丁宁，谓再三告示也。"林逋《长相思》："两岸青山相送迎，谁知离别情。"


# 石限病起

幽人病起山深处，小院鸦鸣日午时。六尺屏风遮宴坐，一帘细雨独题诗。

## 【题解】

此诗作于建炎四年(1130)。石限，未详，《陈与义集校笺》疑是"占限"之讹。杨万里《小雨》诗云："雨来细细复疏疏，纵不能多不肯无。似妒诗人山入眼，千峰故隔一帘珠。"自然界中迷迷离离、细细疏疏的细雨，就是这样构成了清丽婉约的古典审美形式，仿佛更能唤起诗人的无限诗情，唤起细雨题诗的艺术创造力，一如此诗末句"一帘细雨独题诗"所云。


# 同范直愚单履游浯溪

潇湘之流碧复碧，上有铁立千寻壁。河朔功就人与能，湖南碑成江动色。①文章得意易为好，书杂矛剑天假力。②四百年来如创见,雷公雨师知此石。③小儒五载忧国泪④,杖藜今日溪水侧。欲搜奇句谢两公⑤,风作浪涌空心恻。

**【题解】**

此诗作于建炎四年(1130)九月四日。范直愚、单履,未详。浯溪,在湖南永州,溪上刻石,刻元结所作《大唐中兴颂》。南渡诗人的创作,固然弥漫着感时伤世的低徊情绪,而表达对于"中兴"的期盼,也是此期诗作的重要主题。因此,蕴含着"中兴"之义的"浯溪",就不断出现在诗人们的观照视野中。身处国家危乱的现实环境,自然对于"中兴"有更迫切的渴望,所表现的内容也具有更为强烈的现实意义。浯溪吟咏大体集中在企盼中兴、理性反思两个方面。前者即可以陈与义的这首《同范直愚单履游浯溪》为代表。作者杖藜于浯溪之侧,"风作浪涌"的景象,与其说是眼前实景,毋宁说是表现出了饱含忧国之泪的诗人,在心潮起伏中对于如"河朔功就"般的中兴之梦的无限向往。

据周必大《朝散大夫直秘阁陈公从古墓志铭》,陈从古"尤爱陈去非诗,取简斋集尽次其韵"。陈从古和陈与义诗仅见一首(首句"浯溪一股寒流碧"),即和此《同范直愚单履游浯溪》者,作于绍兴三十一年(1161),今仍存于浯溪崖壁,并载陆增祥《八琼室金石补正》卷九一(《全宋诗·陈从古》即据以录入)。

**【注释】**

①"河朔"二句:人与能,聚珍本作"人预能"。《易·系辞下》:"人谋鬼谋,百姓与能。"班固《典引》:"君臣动色,左右相趣。"李白《经乱离后天恩流夜郎忆旧游书怀赠江夏韦太守良宰》:"览君荆山作,江鲍堪动色。"

②"文章"二句:矛剑,聚珍本作"剑矛"。杜甫《郑典设自施州归》:"他日辱银钩,森疏见矛戟。"又《李潮八分小篆歌》:"况潮小篆遍秦相,快剑长戟森相向。"陈师道《寄晁载之兄弟》:"钩章棘句天与力,念子方壮我已衰。"

③"四百"二句:《史记·司马相如传》:"符瑞众变,期应绍至,不特创见。"颜师古注:"初创而见。"《简斋集增注》:"世传鲁公为雷吏。鲁公平生手书石刻,无不震裂,惟浯溪独全,故有'雷公雨师知此石'之句。"

④"小儒"句：杜甫《谒先主庙》："向来忧国泪，寂寞洒衣巾。"

⑤"欲搜"句：胡注："两公，谓颜（真卿）、元（结）也。"

**【辑评】**

宋吴子良《荆溪林下偶谈》卷二：读《中兴颂》诗，前后非一。惟黄鲁直、潘大临皆可为世主规鉴，若张文潜之作，虽无之可也。陈去非篇末云："小儒五载忧国泪，杖藜今日溪水侧。欲搜奇句谢两公，风作浪涌空心恻。"盖当建炎乱离奔走之际，犹庶几少陵不忘君之意耳。张安国篇末亦云："北望神皋双泪落，只今何人老文学。"语亦顿挫含蓄，然首句云："锦绷儿啼思塞酥。"虽曰纪事，其淫亵亦甚矣。首以淫亵犯分之语，似非臣子所宜言。至于末句乃若爱君忧国者，则吾未敢信也。

# 愚　溪①

小阁当乔木，清溪抱竹林。寒声日暮起②，客思雨中深。行李妨幽事③，栏干试独临。终然游子意④，非复昔人心。

**【题解】**

此诗作于建炎四年(1130)。诗作于萧疏淡远之景物中，蕴含淡淡的离乡去国之愁，与柳宗元愚溪诸咏意同调。兹选录柳诗一首附读："宿云散洲渚，晓日明村坞。高树临清池，风惊夜来雨。予心适无事，偶此成宾主。"（《雨后晓行独至愚溪北池》）沈德潜所论似亦可移评陈与义诗："愚溪诸咏，处连蹇困厄之境，发清夷淡泊之意，不怨而怨，怨而不怨，行间言外，时或遇之。"（《唐诗别裁集》卷四）

**【注释】**

①诗题，《瀛奎律髓》卷一七作"雨思"。《舆地纪胜》卷五六："愚溪，在州西一里，色如蓝，谓之染水。或曰冉氏尝居于此，故名冉溪，又曰染水，柳子厚更名曰愚溪，作《八愚诗》纪于溪石上云。"

②"寒声"句：李白《劳劳亭歌》："苦竹寒声动秋月，独宿空帘归梦长。"

③"行李"句:幽事,幽景。杜甫《早起》:"春来常早起,幽事颇相关。"

④"终然"句:终然,纵然。李白《送友人》:"浮云游子意,落日故人情。"

【辑评】

宋刘辰翁《评点》:("终然"二句)好。

元方回《瀛奎律髓》卷一七:清纪昀:亦闲雅。(末句)"人"字似当作"年"字,再校。

# 己酉中秋之夕与任才仲醉于岳阳楼上明年十一月二十日南游过道州谒姜光彦出才仲画轴则写是夕事也剪烛观之恍然一笑书八句以当画记①

去年中秋洞庭野,寒瑶万顷兼天泻。岳阳楼上两幅巾,月入栏干影潇洒。世间此境谁能孤②,狂如我友人所无。一梦经年无续处,道州还见倚楼图。

【题解】

此诗作于建炎四年(1130)。任才仲,名谊。姜光彦,名仲谦。嘉庆《一统志》卷三七〇:"道州,在府南一百五十里。宋曰道州江华郡,属荆湖南路。"诗作忆写昔日俊游事,以为友人所作图画题记。厉鹗《宋诗纪事》卷四四引《岳州府志》载姜仲谦诗《己酉中秋任才仲陈去非会饮岳阳楼上酒半酣高谈大笑行草间出诚一时俊游也为赋之》(首句"岳阳楼高几千尺"),可以参读。

【注释】

①诗题中"道州",原本无"州"字,据李氏藏本校补。

②此境:原本作"此影",据李氏藏本校改。

宋刘辰翁《评点》:("一梦"二句)两句首尾毕备。

# 甘泉吴使君使画史作简斋居士像居士见之大笑如洞山过水睹影时也戏书三十二字①

两眉轩然,意像无寄。②而服如此,又不离世。鉴中壁上,处处皆是。简斋虽传,文殊无二③。

## 【题解】

此诗作于建炎四年(1130)。诗咏本身肖像,以机语开示《维摩经》空、有不二的妙理。洞山良价过水睹影,从而开悟,难怪喜禅的陈与义自负如此。

## 【注释】

①诗题中"吴使君",聚珍本作"吾君",李氏藏本作"吴君"。"三十二",原本作"二十三",据聚珍本校改。《景德传灯录》卷一五:"筠州洞山良价禅师,会稽人也,姓俞氏……又问云岩:'和尚百年后,忽有人问:还貌得师真不,如何祗对?'云岩曰:'但向伊道:即遮个是。'师良久,云岩曰:'承当遮个事,大须审细。'师犹涉疑。后因过水睹影,大悟前旨。因有一偈曰:'切忌从他觅,迢迢与我疏。我今独自往,处处得逢渠。渠今正是我,我今不是渠。应须恁么会,方得契如如。'"

②"两眉"二句:轩然,聚珍本作"昂然"。无寄,聚珍本作"如寄"。孔稚珪《北山移文》:"尔乃眉轩席次,袂耸筵上,焚芰制而裂荷衣,抗尘容而走俗状。"《汉书·李广传》:"广不谢大将军而起行,意象愠怒而就部,引兵与右将军食其合军出东道。"

③文殊无二:《楞严经》卷二:"我真文殊,无是文殊。何以故?若有是者,则二文殊。"

# 题道州甘泉书院<sup>①</sup>

甘泉坊里林影黑,吴氏舍前书榜鲜。床座略容摩诘借,桂枝应待小山传。<sup>②</sup>兵横海内犹纷若,风到湖南还穆然。勉效周生述孔业<sup>③</sup>,赋诗吾独愧先贤。

**【题解】**

此诗作于建炎四年(1130)。在当时兵荒马乱的情况下,湖南的甘泉书院还能为文化的传承而弦歌不辍,两相对照,益见其难能可贵。又,据此诗可知甘泉书院的院名、院址、创建时间和创建人。

**【注释】**

①诗题中原本"道州"二字作题下注,据丁钞、聚珍本校改。

②"床座"二句:《维摩诘经》:舍利佛念室中无床座,维摩现神通力,东方须弥灯王佛造三万二千狮子座来入其室。桂枝,原本作"桂林",据聚珍本校改。《楚辞·招隐士》:"猿狄群啸兮虎豹嗥,攀援桂枝兮聊淹留。"王逸《章句》:"《招隐士》者,淮南小山之所作也。昔淮南王安,博雅好古,招怀天下俊伟之士。自八公之徒,咸慕其德,而归其仁,各竭才智,著作篇章,分造辞赋,以类相从,故或称小山,或称大山。其义犹《诗》有《小雅》、《大雅》也。"刘禹锡《杨柳枝词九首》其一:"塞北梅花羌笛吹,淮南桂树小山词。"

③"勉效"句:《南史·颜延之传》:"雁门周续之,隐庐山,儒学著称。永初中,征诣都下,开馆以居之。武帝亲幸,朝彦毕至。"萧统《陶渊明传》:"时周续之入庐山事释惠远,彭城刘遗民亦遁迹匡山,渊明又不应征命,谓之'浔阳三隐'。后刺史檀韶苦请续之出州,与学士祖企、谢景夷三人,共在城北讲礼,加以雠校,所住公廨,近于马队,是故渊明示其诗云:'周生述孔业,祖谢响然臻。马队非讲肆,校书亦已勤。'"

# 度　岭①

年律将穷天地温,两州风气此横分②。已吟子美湖南句,更拟东坡岭外文。③隔水丛梅疑是雪,近人孤嶂欲生云。④不愁去路三千里,少住林间看夕曛。

**【题解】**

此诗作于建炎四年(1130)。为避难而辗转湖南、岭外,但想起杜甫的流落、苏轼的贬谪,借他们的遭遇以自我安慰,也就不再愁长路漫漫了。

**【注释】**

①诗题,李氏藏本题下有"贺州桂岭"四字注,原本题下有"一首"二字,据丁钞、聚珍本校删。简斋由道州去临贺,所度当是五岭之第四岭临贺萌渚岭,在冯乘县北一百三十里。

②"两州"句:两州,潘本作"两川"。

③"已吟"二句:王洙《杜工部集记》:"起太平时,终湖南所作。"吕大防《杜少陵年谱后记》:"考其辞力,少而锐,壮而肆,老而严,非妙于文章,不足以致此。"《苕溪渔隐丛话》后集卷三〇:"余观东坡自南迁后诗,全类子美夔州以后诗,正所谓'老而严'者也。子由云:'东坡谪居儋耳,独喜为诗,精练华妙,不见老人衰惫之气。'鲁直亦云:'东坡岭外文字,读之使人耳目聪明,如清风自外来也。'观二公之言如此,则余非过论矣。"

④"隔水"二句:苏子卿《梅花落》:"只言花是雪,不悟有香来。"杜甫《登兖州城楼》:"孤嶂秦碑在,荒城鲁殿余。"又《天宝初南曹小司寇舅于我太夫人堂下累土为山……》:"望中疑在野,幽处欲生云。"

**【辑评】**

元方回《瀛奎律髓》卷二九:"欲生云",用老杜《假山》诗也。又,清冯班:次句好。又,清纪昀:此首最浅俗,不似简斋之笔。首句笨,结稍可。

# 游秦岩

秦岩昧旧闻,胜会非复常。异哉五里秘,发此一日狂。
篝灯破大阴<sup>①</sup>,拄杖入仙乡。散途杨梅实,承磴菌荁房。石液
白瑶堕,泉气青霓翔。度危心欲动,逢衍兴未央。眩人黝谷
深,覆我翠极长。降登穷田垅,开阖到鞠场。龙遮侧岸路,猫
护高廪藏。力士倒履空,应真俨成行。<sup>②</sup>碾缺神所咨<sup>③</sup>,帐空仙
莫量。水鸣沉寥内,柱立森罗傍<sup>④</sup>。语闻受远响,力极生微
阳。梦中出小窦,立处忽大荒<sup>⑤</sup>。尘缘信深重,仙事岂渺茫。<sup>⑥</sup>
灵武唐业开<sup>⑦</sup>,湘滨耀文章。望夷秦政坏,岭底畏祸殃。<sup>⑧</sup>隐显
非士意,安危存国纲<sup>⑨</sup>。且复置此事,更将适何方。赋诗意未
惬,吾欲栖僧廊。

## 【题解】
此诗作于建炎四年(1130)。诗借记游秦岩而生发议论。

## 【注释】
①"篝灯"句:《史记·陈涉世家》:"又间令吴广之次所旁丛祠中,夜篝
火,狐鸣呼曰'大楚兴,陈胜王'。"徐广曰:"篝者,笼也。"《淮南子·坠形训》
许慎注:"龙衔烛以照太阴。"

②"力士"二句:《宝积经》有密迹力士。孙绰《游天台山赋》李善注:
"《百法论》曰:并及八辈应真僧。然应真谓罗汉也。"杜甫《数陪李梓州泛江
有女乐在诸舫戏为艳曲二首赠李》其二:"翠眉萦度曲,云鬓俨分行。"

③碾缺:原本作"碾鈌",依冯煦校本据库本改。

④柱立:聚珍本作"鸟集",原本作"粒",据李氏藏本校改。

⑤大荒:原本作"太荒",据丁钞、聚珍本校改。

⑥"尘缘"二句:韩愈《华山女》:"仙梯难攀俗缘重,浪凭青鸟通丁宁。"

429

又《桃源图》:"神仙有无何渺茫,桃源之说诚荒唐。"

⑦"灵武"句:《旧唐书·肃宗纪》:"甲子,上即皇帝位于灵武。"

⑧"望夷"二句:《史记·秦始皇本纪》:"赵高遣阎乐将吏卒千余人至望夷宫殿门,乐遂斩卫令,直将吏入,二世自杀。"《高士传》卷中:"四皓见秦政虐,乃逃入蓝田山,后共入商洛山,以待天下定。"

⑨"安危"句:《晋书·庾冰传》:"广引时彦,询于政道,朝之得失必关圣听,人之情伪必达天聪。然后览其大当,以总国纲,躬俭节用,尧舜岂远。"

# 戏大光送酒

折得岭头如玉梅,对花那得欠清杯。不烦白水真人力①,便有青州从事来。

**【题解】**

此诗作于建炎四年(1130)。"对花那得欠清杯"写的是文人情趣,以引起后文。后二句是"戏"言。全篇写来流畅自然。

**【注释】**

①"不烦"句:《后汉书·光武帝纪论》:"及王莽篡位,忌恶刘氏,以钱文有金刀,故改为货泉。或以货泉字文为'白水真人'。"

# 次韵谢吕居仁居仁时寓贺州①

别君不觉岁时荒,岂意相从魑魅乡②。箧里诗书总零落,天涯形貌各昂藏。③江南今岁无胡虏,岭表穷冬有雪霜。④傥可卜邻吾欲住⑤,草茅为盖竹为梁。

此诗作于建炎四年(1130)。盖当时吕本中侍亲在桂,故得于贺州与陈与义相晤。宣和五年夏,陈与义与吕本中、张元干同游慧林寺,分韵赋诗,之后似乎再无由相见,至此已近八载,故此诗中有"别君不觉岁时荒"之语。从诗史意义上看,真正能够将后来杨万里的"诚斋体"与吕本中的"活法"理论连接起来的,正是陈与义。又,吕本中原唱为《贺州闻席大光陈去非诸公将至作诗迎之》(首句"五年避地走穷荒"),可以参读。

**【注释】**

①诗题中"居仁时",李氏藏本作"居仁",丁钞作"时",原本无,据聚珍本校补。居仁时寓贺州,《瀛奎律髓》卷二七作题下注。

②"岂意"句:相从,李氏藏本作"相逢"。《左传·文公十八年》:"流四凶族,投诸四裔,以御魑(chī)魅。"颜师古注:"魑,山神也。魅,老物精也。"宋之问《桂州三月三日》:"代业京华里,远投魑魅乡。"

③"箧里"二句:零落,聚珍本、《宋诗钞》作"寥落"。杜甫《追酬故高蜀州人日见寄》:"自蒙蜀州人日作,不意清诗久零落。"昂藏,气度轩昂。《北史·高昂传》:"昂字敖曹……幼时便有壮气。及长,俶傥,胆力过人,龙眉豹颈,姿体雄异。其父为求严师,令加捶挞。昂不遵师训,专事驰骋,每言:'男儿当横行天下,自取富贵,谁能端坐读书,作老博士也?'其父曰:'此儿不灭吾族,当大吾门。'以其昂藏敖曹,故以名字之。"李泌《长歌行》:"焉能不贵复不去,空作昂藏一丈夫。"

④"江南"二句:胡虏,聚珍本作"征战"。穷冬,隆冬,深冬。韩愈《重云李观疾赠之》:"穷冬百草死,幽桂乃芬芳。"

⑤"傥可"句:卜邻,丁钞作"卜居";吾,聚珍本作"我"。

**【辑评】**

元方回《瀛奎律髓》卷二九:读诸家诗忽到后山、简斋,犹舍培塿而瞻太华,不胜高耸,自是一种风调。又,清冯班:犹去华堂而入厕屋,后山尚可,简斋可恨。又,清纪昀:"荒"字欠妥。

# 舟行遣兴(贺溪舟中)①

会稽尚隔三千里,临贺初盘一百滩。殊俗问津言语异②,长年为客路歧难。背人山岭重重去,照鹢梅花树树残③。酌酒柁楼今日意,题诗船壁后来看。

**【题解】**

此诗作于绍兴元年(1131)。由"殊俗问津言语异"、"题诗船壁后来看"等句,可以想象南渡者之众。

**【注释】**

①题注"贺溪舟中"原本无,据李氏藏本校补。

②"殊俗"句:殊俗,不同的风俗。陶渊明《桃花源记》:"南阳刘子骥,高尚士也,闻之,欣然规往。未果,寻病终。后遂无问津者。"

③"照鹢(yì)"句:《淮南子·本经训》:"龙舟鹢首,浮吹以娱。"高诱注:"鹢,水鸟也,画其象着船头,故曰鹢首。"扬雄《方言》作艗首,注:"艗,鸟名,今江东贵人船首作青雀,是其像也。"

**【辑评】**

元方回《瀛奎律髓》卷二九:清纪昀:八句皆对,用宗楚客格,虽无深致,而不失朴老。"照鹢"二字,杂。

# 康州小舫与耿伯顺李德升席大光郑德<br>象夜话以更长爱烛红为韵得更字①

万里衣冠京国旧②,一船风雨晋康城。灯前颜面重相识,海内艰难各饱更。天阔路长吾欲老,夜阑酒尽意还倾③。明朝古峡苍烟道，都送新愁入橹声。

## 【题解】

此诗作于绍兴元年(1131)。嘉庆《一统志》卷四四七："德庆州,在府西一百八十里,西至封州县界六十里,北至广西梧州府怀集县一百六十五里。唐武德四年置南康州,兼置都督府,贞观十二年更名康州。宋为端州,属广南东路。绍兴元年升为德庆州。"郑滋,字德象,建德人。中原沦陷,在流落异地中相逢,自然是满腔心事,倾诉不尽;入眼风光,都惹人愁。全诗情调,苍凉悲壮。

## 【注释】

①诗题中"伯"、"话",原本分别作"百"、"语",据聚珍本校改。

②"万里"句:王维《和贾至舍人早朝大明宫之作》:"九天阊阖开宫殿,万国衣冠拜冕旒。"

③意还倾:聚珍本、《宋诗钞》作"意难倾"。


# 与大光同登封州小阁

去程欲数莽难知,三日封州更作迟。青嶂足稽天下士<sup>①</sup>,锦囊今有峤南诗。共登小阁春风里,回望中原夕霭时。万本梅花为我寿,一杯相属未全痴。

## 【题解】

此诗作于绍兴元年(1131)。嘉庆《一统志》卷四四七："封州县,在府西三百三十里。宋开宝五年为封州临封郡,至道二年属广南东路。"此诗中心思想在于"回望中原夕霭时",对国事寄予无限感慨。前面所说青嶂足以留人,岭外可以写诗,都是无可奈何语。末二句,说梅花仿佛亦在祝自己康健,表示尚堪为国出力。

①"青罍"句:《后汉书·马援传》:"天下雄雌未定,公孙不吐哺走迎国士,与图成败,反修饰边幅,如偶人形,此子何足久稽天下士乎?"

【辑评】

元方回《瀛奎律髓》卷一:老杜诗为唐诗之冠,黄、陈诗为宋诗之冠,黄、陈学老杜者也。嗣黄、陈而恢张悲壮者,陈简斋也;流动圆活者,吕居仁也;清劲洁雅者,曾茶山也。七言律,他人皆不敢望此六公矣。若五言律诗,则唐人之工者无数,宋人当以梅圣俞为第一,平淡而丰腴,舍是,则又有陈后山耳。又,清纪昀:格不甚高,读之只似近人诗。三句、八句亦太露,江西习气。

# 登海山楼①

万航如凫鹥,一水如虚空。②此地接元气,压以楼观雄。
我来自中州,登临眩冲融③。白波动南极,苍鬈承东风④。人间
路浩浩,海上春蒙蒙。远游为两眸,岂恤劳我躬⑤。仙人欲吾
语,薄暮山葱珑⑥。海清无蜃气,彼固蓬莱宫。⑦

【题解】

此诗作于绍兴元年(1131)。眺望浩瀚南海,神驰蓬莱仙宫,生动有气势,且富浪漫主义色彩。

【注释】

①诗题,李氏藏本有注:"广州"。嘉庆《一统志》卷四一二:"海山楼,在南海县东门外,楼下即市舶亭,宋嘉祐时经略魏炎建。"

②"万航"二句:苏轼《晓至巴河口迎子由》:"孤舟如凫鹥(yī),点破千顷碧。"白居易《泛太湖书事寄微之》:"烟渚云帆处处通,飘然舟似入虚空。"朱熹《诗集传》:"凫,水鸟,如鸭者。鹥,鸥也。"

③"登临"句:木华《海赋》:"浮天无岸,冲融沆瀁。"杜甫《渼陂行》杨伦笺注:"冲融,谓水波溶漾。"

④"白波"二句:白波,原本脱"白"字,据丁钞、聚珍本校补。承东风,原本作"永东风",据丁钞、聚珍本校改。

⑤"岂恤"句:岂恤,聚珍本、《宋诗钞》作"岂惜"。《诗·邶风·谷风》:"我躬不阅,遑恤我后。"

⑥葱珑:聚珍本作"葱龙"。

⑦"海清"二句:《史记·天官书》:"海旁蜃气象楼台。"《梦溪笔谈·异事》:"登州海中,时有云气,如宫室台观,城堞人物,车马冠盖,历历可见,谓之海市。或曰蛟蜃之气所为,疑不然也。欧阳文忠曾出使河朔,过高唐县,驿舍中夜有鬼神自空中过,车马人畜之声一一可辨,其说甚详,此不具纪。闻本处父老云,二十年前尝昼过县,亦历历见人物。土人亦谓之海市,与登州所见大略相类也。"

## 【辑评】

宋刘辰翁《评点》:(末句)不著乱字,更是慨然。


# 次韵大光五羊待耿伯顺之作①

康州艇子来不急,过岸橹声空复长。百尺楼头堪望远,淡烟斜日晚荒荒。


## 【题解】

此诗作于绍兴元年(1131)。耿伯顺,即耿延禧。诗中"康州艇子来不急",谓耿伯顺犹在康州。"百尺楼头堪望远"二句,颇具荒远之美。

## 【注释】

①诗题中"五羊",《南部新书》:"吴修为广州刺史,未至州,有五仙人骑五色羊负五谷而来。今州厅梁上画五仙人骑五色羊为瑞,故广南谓之五羊城。"

# 雨中再赋海山楼①

百尺阑干横海立，一生襟抱与山开②。岸边天影随潮入，楼上春容带雨来③。慷慨赋诗还自恨，徘徊舒啸却生哀④。灭胡猛士今安有，非复当年单父台。⑤

**【题解】**

此诗作于绍兴元年(1131)。上半写海山楼所见壮观之景。首句起得有气势，次句意亦新警。次联写得阔远，语亦精，"天影"、"春容"相对甚佳。下半写忧国的一段意气，声节颇壮。五、六句谓徒能慷慨作赋，却未能报效国家，扫乎金虏，故云"还自恨"。登楼徘徊舒啸，本为观赏海山奇景，以散客中愁怀，反倒惹起家国之恨，所以说"却生哀"。这既可以说是登楼的现场情景，也不妨看作诗人南渡以来的生活缩影。最后两句大声疾呼，殷切期望有志之士勇于献身，赴难报国，为抗金御虏一展雄才。陈与义的爱国诗篇往往情调低沉，此首却写得相当激昂，景色雄伟，意气风发，浑然一体。也许是由于诗人拜诏入朝，颇想有一番作为，不无自励励人的用意吧。

**【注释】**

①诗题，原本"楼"下有"诗"字，据聚珍本校删。

②"一生"句：与，犹向。杜甫《奉待严大夫》："身老时危思会面，一生襟抱向谁开。"

③春容：犹春色。齐己《南归舟中》二首其一："春容含众岫，雨气泛平芜。"

④"徘徊"句：舒啸，丁钞作"舒笑"。陶渊明《归去来兮辞》："登东皋以舒啸，临清流而赋诗。"

⑤"灭胡"二句："灭胡"句，聚珍本作"世间猛士今安在"。杜甫《昔游》："昔者与高李，晚登单父台。寒芜际碣石，万里风云来。桑柘叶如

雨,飞藿共徘徊。清霜大泽冻,禽兽有余哀。是时仓廪实,洞达寰区开。猛士思灭胡,将帅望三台。"单父台,故址在今山东单县南。《史记·仲尼弟子列传》:"子贱为单父宰。"张守节《正义》:"宋州县也。《说苑》云:宓子贱理单父,弹琴,身不下堂,单父理。巫马期以星出,以星入,而单父亦理。"

# 题长乐亭

远山云迷颠,近山净如沐。客子曳竹舆,伊鸦过山麓①。我行一何迟,时序一何速。东风所经过,林水一时绿。疏雨忽飞坠,声在道边木。淑气自远归,光景变川陆。②遥知存存子,明亦戒征轴。③霁色虽宜诗,不见此清穆④。

## 【题解】

此诗作于绍兴元年(1131)。诗写山水而多感慨。据其中"遥知存存子,明亦戒征轴",知席、李二人先行。后录《题长冈亭呈德升大光》即和此首韵。

## 【注释】

①伊鸦:丁钞、聚珍本作"伊哑"。

②"淑气"二句:淑气,温和之气。杜审言《和晋陵陆丞早春游望》:"淑气催黄鸟,晴光转绿蘋。"

③"遥知"二句:席大光自号存存子。谢朓《和王著作八公山》:"浩荡别亲知,连翩戒征轴。"

④"不见"句:潘岳《闲居赋》:"其东则有明堂辟雍,清穆敞闲。"

# 和大光道中绝句

已费天工十日晴<sup>①</sup>,今朝小雨送潮生。转头云日还如锦,
一抹葱珑画不成<sup>②</sup>。

**【题解】**

此诗作于绍兴元年(1131)。诗作笔调轻快,似不费力,然仔细体会,仍
可发现诗人的推敲之功。如第一句中的"费"字,用法新奇,颇具谐趣;末句
中的"抹"字,也很见匠心。全诗多有自然的感发与清远的神韵,又不落纤
巧,颇有浑然之气。

宋人认为,山水画长于表达相对类型化的感受,而在内在情蕴的传达
方面有力所不及之处,如此诗中"转头云日还如锦"二句所云。诗与画相互
借鉴和彼此影响,在宋代社会已经得到普遍接受。在这个过程中,诗的意
境对山水画的创作产生的影响是巨大的,是主要的方面,画家在这个过程
中不仅学会了用诗人的眼光看自然山水,更学会了通过诗人的发现把握自
然中那些也许曾被忽略的部分。绘画所做不到、完不成的事情由诗来补
充,这种融合,深化了山水画作为一种"见"的艺术的内涵,具象了作为"读"
的艺术的山水诗的自然因素,使宋人对自然的审美从深度和广度上都得到
了拓展,并影响了画家和诗人对自然的审美取向。(参叶青《应物传神:中
国画写实传统研究》)

**【注释】**

①天工:聚珍本作"天公"。

②葱珑:同"葱茏",草木青翠茂盛貌。晏殊《奉和圣制除夜二首》其一:
"丹闱肃穆犹凝夕,佳气葱珑渐报春。"

# 又和大光

寂寂孤村竹映沙,槟榔迎客当煎茶①。岭南二月无桃李,
夹路松开黄玉花。

**【题解】**

此诗作于绍兴元年(1131)。恰似一幅广东小村风俗画。

**【注释】**

①"槟榔"句:嵇含《南方草木状》:"槟榔树,高十余丈,皮似青桐,节如
桂竹,下本不大,上枝不小,调直亭亭,千万若一。森秀无柯,端顶有叶。叶
似甘蕉,条派开破,仰望眇眇,如插丛蕉于竹杪。风至独动,似举羽扇之扫
天。叶下系数房,房缀数十实,实大如桃李,天生棘重累其下,所以御卫其
实也。味苦涩,剖其皮,鬻其肤,熟如贯之,坚如干枣。以扶留藤古贲灰并
食,则滑美下气消谷。出林邑。彼人以为贵,婚族客必先进,若邂逅不设,
用相嫌恨。一名宾门药饯。"

# 题长冈亭呈德升大光①

久客不忘归,如头垢思沐。②身行江海滨,梦绕嵩少麓③。
马何预得失,鹏何了淹速。④匣中三尺水,瘴雨生新绿。⑤胡为
古驿中,坐听风吟木。既非还吴张,亦异赴洛陆⑥。两公茂名
实,自是宜鼎轴。⑦发发不可迟,帝言频郁穆。⑧

**【题解】**

此诗作于绍兴元年(1131)。诗作写呈先行一同去广的两位友人,祝愿

之余兼抒一己久客之怀。

**【注释】**

①诗题中"呈",原本作"皇",据丁钞、聚珍本校改。

②"久客"二句:白居易《喜雨》:"似面洗垢尘,如头得膏沐。"黄庭坚《次韵寄李六弟济南郡城桥亭之诗》:"客心如头垢,日欲撩千篦。"

③"梦绕"句:嵩少,丁钞、聚珍本作"嵩山"。李白《鸣皋歌奉饯从翁清归五崖山居》:"去时应过嵩少间,相思为折三花树。"嵩高、少室二山,在洛阳登封县。

④"马何"二句:《淮南子·人间训》:"夫祸福之转而相生,其变难见也。近塞上之人有善术者,马无故亡而入胡,人皆吊之,其父曰:'此何遽不能为福乎?'居数月,其马将胡骏马而归,人皆贺之,其父曰:'此何遽不能为祸乎?'家富良马,其子好骑,堕而折其髀。人皆吊之,其父曰:'此何遽不能为福乎?'居一年,胡人大入塞,丁壮者控弦而战。近塞之人,死者十九。此独以跛之故,父子相保。故福之为祸,祸之为福,化不可极,深不可测也。"鹏(fú),古书上说的一种鸟,形似猫头鹰。贾谊《鹏鸟赋序》:"谊为长沙王傅三年,有鹏鸟飞入谊舍。鹏似鸮,不祥鸟也。谊既以谪居长沙,长沙卑湿,谊自伤悼,以为寿不得长,乃为赋以自广。"

⑤"匣中"二句:三尺水,丁钞、聚珍本作"三尺冰";喻剑。李贺《春坊正字剑子歌》:"先辈匣中三尺水,曾入吴潭斩龙子。"

⑥"亦异"句:庾信《哀江南赋》:"逢赴洛之陆机,见离家之王粲。"晋太康末,陆机与弟云俱入洛。

⑦"两公"二句:司马相如《封禅文》:"蜚英声,腾茂实。"《汉书·彭宣传》:"三公鼎足承君,一足不任,则覆乱美实。"颜师古注:"鼎轴,宰辅,宰相。"《汉书·车千秋传赞》:"车丞相履伊、吕之列,当轴处中。"韩愈《山南郑相公樊员外酬答为诗其末咸有见及语樊封以示愈依赋十四韵以献》:"荥公鼎轴老,烹斡力健倔。"

⑧"发发"二句:发发,闽本作"夕发"。刘琨《答卢谌诗》:"郁穆旧姻,嬿婉新婚。"五臣注吕延济曰:"郁穆,和美貌。"

# 甘棠驿怀李德升席大光

破驿难并休，差池便薪水。山川会心地，还思对君子。道边千尺榕，午荫清且美。①极知非世用②，我爱不能已。东风吹南服，莽莽绿万里。此地亦可耕，胡为茧予趾③。

## 【题解】

此诗作于绍兴元年(1131)。甘棠驿，在龙溪县南四十里，接漳浦县界。李德升，名擢。诗作怀人，又因其风景优美，足以洗涤尘嚣，而约略表现出未知所用的困惑，以及安所困苦的向往。又，自此之后，陈与义诗集中不见提及大光之作。考陈与义此年夏方至会稽行在所，而大光既已先行，当先于陈与义抵达会稽。陈与义南渡入朝后，肯定有机会与席益交往。但诗集中不见两人交往迹象，他书亦未有言之者。岂因鉴于席益"心术不正，力庇邪佞，中伤善类，阴夺相权"(《建炎以来系年要录》卷七三)之所为，陈与义与之断交耶？抑未可知也。

## 【注释】

①"道边"二句：杨孚《异物志》："榕树栖栖，长与少殊。高出林表，广荫原丘。孰知初生，葛藟之俦。"刘恂《岭表录异》："榕树，桂、广、容南府郭之内多栽此树。叶如冬青，秋冬不凋，枝条既繁，叶文蒙细；而根须萦绕，枝干屈盘，上生嫩条，如藤垂下，渐渐及地，藤梢入土，便生根节，或一大榕树三、五处有根者。又横枝着邻树，则连理，南人以为常，不谓之瑞木。"

②"极知"句：《庄子·逍遥游》："今子有大树，患其无用，何不树之于无何有之乡，广莫之野，彷徨乎无为其侧，逍遥乎寝卧其下……物无害者，无所可用，安所困苦哉！"

③"胡为"句：《淮南子·修务训》："昔者楚欲攻宋，墨子闻而悼之，自鲁趋而十日十夜，足重茧而不休息，裂衣裳裹足，至于郢。"杜甫《观公孙大娘弟子舞剑器行》："老夫不知其所往，足茧荒山转愁疾。"

# 赠漳州守綦叔厚

　　过尽蛮荒兴复新,漳州画戟拥诗人。十年去国九行旅,
万里逢公一欠伸。王粲登楼还感慨,纪瞻赴召欲逡巡。①绳床
相对有今日,剩醉斋中软脚春。(叔厚自兼直得漳州,蒙犯霜雪,以
十二月到郡,适公库新造腊酒成,因名曰"软脚春",盖取郭子仪软脚局字以
寓意焉。)②

## 【题解】
　　此诗作于绍兴元年(1131)。嘉庆《一统志》卷四二九:"綦崇礼,高密
人。建炎四年知漳州。"赵挺之有一姊(或妹)嫁其父綦亢,赠封文安郡夫
人,故崇礼为赵明诚表兄。又,洪迈《翰苑群书》卷下《翰苑题名》谓崇礼绍
兴元年二月,以吏部侍郎权直学士院。后李清照因诉后夫张汝舟入狱,得
其援助。崇礼为陈与义宣和四年任太学博士时僚友,故诗作于赞贺中自然
存有"十年去国九行旅"之句的回想。

## 【注释】
　　①"王粲"二句:王粲《登楼赋》:"心凄怆以感发兮,意忉怛而憯恻。"《晋
书·纪瞻传》:"瞻忠亮雅正,识局经济,屡以年耆病久,逡巡告诚。朕深明
此操,重违高志。今听所执,其以为骠骑将军,常侍如故。服物制度,一按
旧典,遣使就拜,止家为府。"
　　②"剩醉"句:剩醉,多醉饮,再醉饮。白居易《赠梦得》:"只有今春相伴
在,花前剩醉两三场。"苏轼《仇池笔记》:"唐人名酒多以'春'。"尾注,原本
混入胡注,据李氏藏本校正。

## 【辑评】
　　元方回《瀛奎律髓》卷四二:清纪昀:"一欠伸"三字不妥。

# 宿资圣院阁①

暮投山崦寺,高处绝人群。远岫林间见②,微泉舍后闻。阁虚云乱入,江阔野横分。欲与僧为记,今年懒作文。

## 【题解】

此诗作于绍兴元年(1131)。诗写得清淡简远,"流荡自然"(刘辰翁序《增广笺注简斋诗集》),颇近唐调,酷肖韦、柳。由此可见,韦、柳萧疏淡远的景物诗,对陈与义确实也产生了很大的影响。

## 【注释】

①《经训堂帖》刊有陈与义手书此诗,无"阁"字。

②远岫:帖本作"列岫"。

# 题大龙湫

晓行苍壁中,穷处仍高崖①。白龙三百丈,欲下层颠来②。映日洒飞雨,绕山行怒雷。③潭影纳浩荡,云气扶崔嵬。小儒叹造化,办此何雄哉。④亦知天下绝,尊者所徘徊。⑤三生清净愿,俗缘故难开。⑥践胜吾岂敢,稽首傥兴哀⑦。

## 【题解】

此诗作于绍兴元年(1131)。诗题入龙湫,既感叹天工造化,又不免践胜兴衰。

## 【注释】

①仍高崖:丁钞作"乃高崖"。

②层颠,又作"层巅",高耸而重迭的山峰。王维《暮春太师左右丞相诸公于韦氏逍遥谷宴集序》:"馆层巅,槛侧径。"

③"映日"二句:韩愈《卢郎中云夫寄示送盘谷子诗两章歌以和之》:"是时新晴天井溢,谁把长剑倚太行。冲风吹破落天外,飞雨白日洒洛阳。"韦应物《听嘉陵江水寄深上人》:"水性自云静,石中本无声。如何两相激,雷转空山惊。"

④"小儒"二句:李白《望庐山瀑布二首》其一:"仰观势转雄,壮哉造化功。"

⑤"亦知"二句:《梦溪笔谈》卷二四:"温州雁荡山,天下奇秀。然自古图牒,未尝有言者。祥符中,因造玉清宫,伐山取材,方有人见之,此时尚未有名。按西域书,阿罗汉诺矩罗居震旦东南大海际雁荡山芙蓉峰龙湫。唐僧贯休为《诺矩罗赞》,有'雁荡经行云漠漠,龙湫宴坐雨蒙蒙'之句。此山南有芙蓉峰,峰下芙蓉驿,前瞰大海,然未知雁荡、龙湫所在。后因伐山,始见此山。山顶有大池,相传以为雁荡,下有二潭水,以为龙湫。又有经行峡、宴坐峰,皆后人以贯休诗名之也。谢灵运为永嘉守,凡永嘉山水,游历殆遍,独不言此山,盖当时未有雁荡之名。"

⑥"三生"二句:《树萱录》:"有一省郎,游华严寺,梦至碧岩下。一老僧前,炉中香燧极微。僧云:'此是檀越结愿香,烟存而檀越已三生矣。'"

⑦"稽首"句:韩愈《汴州乱二首》其一:"诸侯咫尺不能救,孤士何者自兴哀。"

# 雨中宿灵峰寺①

雁荡山中逢晚雨,灵峰寺里借绳床。只应护得纶巾角,还费高僧一炷香。

**【题解】**

此诗作于绍兴元年(1131)。黄庭坚的"夺胎换骨"、"点铁成金",所产生的客观效果是引导江西派诗人们以书本为诗材,更多的人工安排。陈与义则更多地在与社会、自然的接触中触发诗兴,这从某些诗作的题目,如《雨中宿灵峰寺》中就不难看出其得自"天机"的感兴性质。

【注释】

①诗题中"灵峰寺",当为雁荡山十八古刹之一。


# 自黄岩县舟行入台州①

宴坐峰前冲雨急,黄岩县里借舟迟。百年痴黠不相补②,万事悲欢岂可期。莽莽沧波兼宿雾③,纷纷白鹭落山陂。只应江海凄凉地,欠我临风一赋诗。


【题解】

此诗作于绍兴元年(1131),时应召自闽入台。黄岩县,在台州府东南六十里。台州,宋曰台州临海郡。诗写一种江海凄凉之怀。

【注释】

①诗题下,李氏藏本有注"按黄岩县属台州"。

②"百年"句:《晋书·顾恺之传》:"初,恺之在桓温府,常云:'恺之体中痴黠各半,合而论之,正得平耳。'"

③沧波:丁钞、聚珍本作"苍波"。


# 过下杯渡

夜宿下杯馆,朝鸣一棹东。湖平天尽落,峡断海横通。冉冉云随舸,茫茫鸟溯风。仙人蓬岛上,遥见我乘空。①

此诗作于绍兴元年(1131)。下杯渡,未详。诗画相通,创作山水诗,如果能够发挥诗人在绘画方面的艺术优势,往往可以使其描写形象鲜明生动,具有较强的画意。本诗中"湖平天尽落"二句,便是如此,又或者可以帮助我们进一步理解"诗中有画"这一著名论断。

【注释】

①"仙人"二句:乘空,凌空。王维《送秘书晁监还日本国》:"积水不可极,安知沧海东。九州何处远,万里若乘空。"

# 王孙岭

已过长溪岭更危,伏龙莽莽向川垂①。斜阳照见林中石,记得南山隐去时。

【题解】

此诗作于绍兴元年(1131)。王孙岭,未详。诗写过岭而思及往事。其中"记得南山隐去时",当指建炎二年春自房州遇虏奔入南山事。

【注释】

①"伏龙"句:苏轼《起伏龙行叙》:"元丰元年春旱,或云置虎头潭中可以致雷雨,用其说作《起伏龙行》一首。"莽莽,无涯际貌。宋玉《九辩》:"蹇充倔而无端兮,泊莽莽而无垠。"

# 泛舟入前仓

曾鼓盐田棹,前仓不足言。尽行江左路,初过浙东村。春去花无迹,潮归岸有痕。百年都几日①,聊复信乾坤。

此诗作于绍兴元年(1131)。前仓,属温州平阳县。诗中"春去花无迹"二句,见岸上沙痕而联想潮涨潮落,并以春去与潮归对举,对仗工稳,形象鲜明。

**【注释】**

①"百年":元稹《遣悲怀三首》其三:"闲坐悲君亦自悲,百年都是几多时。"

# 送熊博士赴瑞安令①

衣冠衮衮相逢处②,草木萧萧未变时。聚散同惊一枕梦,悲欢各诵十年诗。③山林有约吾当去,天地无情子亦饥。④笑领铜章非失计⑤,岁寒心事欲深期。

**【题解】**

此诗作于绍兴元年(1131)。诗作前四句写与熊彦诗客中相聚,后四句写送熊赴瑞安令,而以岁寒心事相期,归来偕隐。聚散悲欢之情,写得比较动人,却也不免略显粗率浅俗之弊。

**【注释】**

①诗题中"熊博士",名彦诗,字叔雅。安仁人。熊本之孙。靖康中为太学博士。瑞安,嘉庆《一统志》卷三〇四:"在府南八十里。南至平阳县界十五里,北至永嘉县界五十二里。唐上元年割属温州,天复二年改曰瑞安,五代及宋因之。"

②相逢处:原本作"相逢地",据丁钞、聚珍本校改。

③"聚散"二句:苏轼《至济南李公择以诗相迎次其韵二首》其二:"聚散细思都是梦,身名渐觉两非亲。"白居易《岁暮寄元微之三首》其二:"枕上从妨一夜睡,灯前读尽十年诗。"

④"山林"二句:白居易《和微之春日投简阳明洞天五十韵》:"白首青山约,抽身去得无。"当去,闽本作"当老"。李翱《与陆俊书》:"李观之文章如此,官止于太子校书郎,年止于二十九。虽有名于时俗,其卒深知其至者果谁哉?信乎天地鬼神之无情于善人,而不罚罪也甚矣。为善者将安所归乎?"
⑤"笑领"句:《汉书·百官公卿表》:"县令,铜印黑绶。"

【辑评】

元方回《瀛奎律髓》卷二四:简斋诗气势雄浑,规模广大。杜之后有黄、陈,又有简斋,又其次则吕居仁之活动,曾吉甫之清峭,凡五人焉。又,清冯舒:余差他去杜家递茶不谬。又,清纪昀:语语沉着。


# 病中夜赋①


抱病喜清夜,形羸心独开。不知药鼎沸,错认雨声来。②
岁晚灯烛丽③,天长鸿雁哀。书生惜日月,欹枕意茫哉。

【题解】

此诗作于绍兴元年(1131)。这是一个风清人静、灯烛妍丽的良宵,抱病而形羸的诗人生活、仕途也出现了转机,似乎很有几分陶醉于自然之景而忘却自我的欣喜。但这显然不是他所认可的归宿。华丽的灯烛并没有去掉长空雁唳带来的悲凉之意,生活的安定并不意味着天下的太平,个人的升迁也不意味着光复大业的实现。会稽城中,这长空哀鸿正可以看成是诗人的自我写照。尾联带有激愤意味的自嘲,更为强烈地透露出辛酸、无奈和失望的情绪,蕴意极为深厚。诗以喜意起,以悲意终,真切地写出了诗人那无时不在、无所不在的爱国激情,尽管全篇皆为即景抒情,全无一字提及时局,触及当道。

【注释】

①诗题,原本无"病中"二字,据丁钞、聚珍本校补。

②"不知"二句:刘禹锡《西山兰若试茶歌》:"骤雨松声入鼎来,白云满碗花徘徊。"

③岁晚:原本作"岁时",据丁钞、聚珍本校改。

【辑评】

宋刘辰翁《评点》:("抱病"二句)语意洒然。("书生"句)五字自是。

# 喜 雨

秦望山头云,昨日鸾凤举。①冥冥万里风②,淅淅三更雨。小臣知君忧,起坐听檐语。风力有去来,龙工杂文武。灯花识我意,一笑相媚妩③。泥翻早朝路,弥弥光欲吐④。郁然苍龙阙,佳气接南亩。⑤千官次第来,豫色各眉宇⑥。记事以短篇,不工还自许。

【题解】

此诗作于绍兴元年(1131)。诗作写雨又着重围绕"喜"字上下功夫,尤以末四句"千官次第来,豫色各眉宇。记事以短篇,不工还自许"为流畅生动。

【注释】

①"秦望"二句:嘉庆《一统志》卷二八三:"秦望山,在钱唐县西南十二里。陈顾野王《舆地志》:秦始皇东游,登此山瞻望,欲渡会稽,故名。"陆机《浮云赋》:"鸾翔凤鶱,鸿惊鹤奋。"《汉书·宣帝纪》:"鸾凤万举,蜚览翱翔,集止于旁。"

②万里风:李氏藏本作"万里润"。

③"一笑"句:苏轼《于潜女》:"逢郎樵归相媚妩,不信姬姜有齐鲁。"

④"弥(mí)弥"句:弥弥,水满貌。苏轼《七月一日出城舟中苦热》:"稀星乍明灭,暗水光弥弥。"

⑤"郁然"二句:佳气,丁钞作"佳意"。陆倕《石阙铭》李善注引《三辅旧事》:"未央宫东有苍龙阙,北有玄武阙。"

⑥"豫色"句:《孟子·公孙丑下》:"夫子若有不豫色然。"《易·豫卦》郑玄注:"豫,喜豫,悦乐之貌也。"


# 醉　中

醉中今古兴亡事,诗里江湖摇落时。①两手尚堪杯酒用,寸心唯是鬓毛知。稽山拥郭东西去,禹穴生云朝暮奇②。万里南征无赋笔,茫茫远望不胜悲。③


## 【题解】

此诗作于绍兴元年(1131)。诗中"醉中今古兴亡事"二句,是以精妙的语言论述了酒与诗的关系,似浪漫实微妙。

## 【注释】

①"醉中"二句:兴亡,原本作"兴衰",据潘本校改。杜甫《蒹葭》:"江湖后摇落,亦恐岁蹉跎。"

②"禹穴"句:《史记·太史公自序》:"二十而南游江、淮,上会稽,探禹穴。"裴骃《集解》引张晏曰:"禹巡狩至会稽而崩,因葬焉。上有孔穴,民间云禹入此穴。"朝暮奇,潘本作"朝暮期"。

③"万里"二句:《梁书·张缵传》:"(大同)九年,迁宣惠将军、丹阳尹,未拜,改为使持节,都督湘、桂、东宁三州诸军事,湘州刺史。述职经途,乃作《南征赋》。"

## 【辑评】

元方回《瀛奎律髓》卷一九:此以醉中为题耳。三、四绝妙,余意感慨深矣。又,清纪昀:十四字,一篇之意,妙于作起,若作对句便不及。

450

# 不见梅花六言①

荆楚岁时经尽,今年不见梅花。想得苍烟玉立,都藏江上人家。

## 【题解】

此诗作于绍兴元年(1131)。梅花迎腊开放,岁岁皆然,今年独独不见,缘由恐怕不在自然,而在人事,不是梅花未开,而是人多困扰,时局危迫,无心赏花。村野炊烟,孤缕直上,尽藏于江上人家,望而不得。梅、烟"不见"湮灭了几多希望,无尽困惑深埋了几番盼想,在这清寂萧条、毫无生机的画面中,蕴蓄着诗人无尽的怅然失落之感,透示出忧时伤乱的深切感情。

## 【注释】

①诗题,聚珍本作"不见梅花"。

# 梅花二首①

铁面苍髯洛阳客,玉颜红领会稽仙②。街头相见如相识,恨满东风意不传。

画取维摩室中物,小瓶春色一枝斜。③梦回映月窗间见,不是桃花与李花。

## 【题解】

此二诗作于绍兴元年(1131)。诗写梅花,游走于人与花、内与外、花与花之间,写来着实不俗。

## 【注释】

①诗题下,原本有注:"一本云行市得梅一枝。"据聚珍本校删。

451

②红领：丁钞作"红颔"。

③"画取"二句：《维摩诘所说经》卷五："于是长者维摩诘现神通力，即时彼佛遣三万二千师子座，高广严净，来入维摩诘室。诸菩萨大弟子释梵四天王等，昔所未见，其室广博，悉皆包容三万二千师子之座，无所妨碍。""有一天女，见诸大人闻所说法，便现其身，即以天花散诸菩萨大弟子上。"一枝斜，原本作"一枝钭"，据冯煦校本、莫友芝校本校改。

# 雨

听雨披夜襟，冲雨踏晨鼓。①万珠络笋舆②，诗中有新语。老龙经秋卧，岁暮始一举。成功亦何迟，光采变蔬圃。道边闻井溢，可笑遽如许。③旧山百尺泉，不知旱与雨。

**【题解】**
此诗作于绍兴元年(1131)。诗写冬雨。

**【注释】**
①"听雨"二句：夜襟，聚珍本作"衣襟"。韩愈《病中赠张十八》："不踏晓鼓朝，安眠听逢逢。"

②"万珠"句：络笋舆，聚珍本作"落笋舆"。《列子·周穆王》："化人之宫构以金银，络以珠玉，出云雨之上，而不知下之据，望之若屯云焉。"《公羊传·文公十五年》："胁我而归之，笋将而来也。"何休注："笋者，竹箦，一名编舆。齐鲁以北名之曰笋。"

③"道边"二句：闻井溢，原本作"开井溢"，据聚珍本校改。《后汉书·孝桓帝纪》："郡国六地裂，水涌井溢。"《后汉书·左慈传》："忽有一老羝屈前两膝，人立而言曰：'遽如许。'"李贤注："言何遽如许为事。"

452

# 瓶中梅

明窗净棐几①，玉立耿无邻。红绿两重袂，殷勤满面春。
曾为庾岭客，本是洛阳人。②老我何颜貌③，东风处处新。

## 【题解】

此诗作于绍兴元年(1131)。南渡后，陈与义的诗中充满思乡之情。他在诗中一再表明"曾为庾岭客，本是洛阳人"。《宋史》本传也说他"其先居京兆，自曾祖希亮始迁洛，故为洛人"。直至靖康元年他的父亲去世前，陈与义一家一直居住在洛阳。不过，其间显然已经有成员迁居别处。如宣和二年，陈与义弟陈与能及叔父陈援即在汝州，与义欲奉母居汝。后陈与义母在汝州去世，陈与义丁内艰，就"忧居汝州"，按庐墓守葬的礼制，看来陈与义并未扶母柩回葬洛阳。汝州与洛阳毗邻，回葬当无大困难，陈与义却将母亲葬在了汝州，主要缘由当是：陈氏有不少族人居住在汝州，估计除陈庸后代外，别支世系也有人在，他们在汝州已辟有墓地；当时士人多转徙天下，回葬礼制并不严格。

## 【注释】

①棐(fěi)几：棐，古通"榧"，香榧。用棐木做的几桌，亦泛指几桌。《晋书·王羲之传》："尝诣门生家，见棐几滑净，因书之，真草相半。"

②"曾为"二句：《白孔六帖》卷九九："大庾岭上梅，南枝落，北枝开。"

③"老我"句：颜貌，原本作"颜面"，据潘本、丁钞、聚珍本校改。陈师道《寄答王直方》："念子颇似之，老我何所恨。"任渊注："《笔谈》曰：欧公诗：'老我倦鞍马，谁能事吟哦。'王介甫诗：'老我孤主恩，结草以为期。'此文章佳语也。"

# 除　夜

畴昔追欢事,如今病不能①。等闲生白发,耐久是青灯。
海内春还满②,江南砚不冰。题诗饯残岁,钟鼓报晨兴。

## 【题解】

此诗作于绍兴元年(1131)除夕。一起和盘托出今不如昔的深沉感叹,
为全诗定下了灰色、压抑的情感基调。以下,既勾画出一个多年颠沛流离、
忧国伤时者的孤寂形象,心情沉重、苦闷;却又蕴含着对春的渴望,热切希
望国是能逐步好转,字里行间透露出激荡于心中的喜悦之情,也为此诗增
添了一些亮色。全篇平易朴实,而稍显沉闷。

## 【注释】

①“如今”句:杜甫《九日登梓州城》:“追欢筋力异,望远岁时同。”
②“海内”句:谢朓《和徐都曹出新亭渚》:“宛洛佳遨游,春色满皇州。”

## 【辑评】

元方回《瀛奎律髓》卷一六:“海内春还满”,此一句甚壮。又,清纪昀:
四句沉着有味。(“海内”句)此句有偏安之感,非壮语也。

# 雨　中

北客霜侵鬓,南州雨送年。未闻兵革定,从使岁时迁①。
古泽生春霭,高空落暮鸢。山川含万古,郁郁在樽前。

## 【题解】

此诗作于绍兴元年(1131)。与杜甫的伤春忧时一样,陈与义南渡后所

作咏物写景诗往往感慨良多、寄托遥深,大不同于前期的清淡萧散。如此诗,表达兵戈未息的愁思,境界深阔,颇有杜意,却全由作者自铸语辞意象,体现出学杜的高妙之境。

**【注释】**

①"从使"句:杜甫《寄岳州贾司马六丈巴州严八使君两阁老五十韵》:"笑为妻子累,甘与岁时迁。"

**【辑评】**

元方回《瀛奎律髓》卷一七:清纪昀:此首近杜,意境深阔,妙是自运本色,不似古人。

# 渡　江

江南非不好,楚客自生哀。<sup>①</sup>摇楫天平渡,迎人树欲来。雨余吴岫立,日照海门开。<sup>②</sup>虽异中原险,方隅亦壮哉<sup>③</sup>。

**【题解】**

此诗作于绍兴二年(1132)正月。诗为移跸而作。首联直畅地叙出渡江所生的感慨。身丁迫逼奔亡,因此忧虞仍然很深,但抒情又不能不有所保留。中间两联写渡江所见奇景,立体感很强。一从水面平视取景,一写放眼望远之景,角度不同,句式亦异,配合在一处,整体性地描绘出钱塘江的壮阔景观。尾联是观览壮阔后所生的感觉,也含蓄地回应了首联的意思。

**【注释】**

①"江南"二句:《楚辞·招魂》:"湛湛江水兮上有枫,目极千里兮伤春心,魂兮归来哀江南。"

②"雨余"二句:《简斋集增注》:"吴山,在钱塘县南六里,上有伍子胥庙。"又:"凤凰山,在钱塘城中,上瞰大江,直望海门。"杨巨源《送章孝标归杭州》:"曾过灵隐江边寺,独宿东楼看海门。潮色银河铺碧落,日光金

柱出红盆。"

③"方隅"句：杜甫《赠李十五丈别》："沔公制方隅，迥出诸侯先。"

## 【辑评】

元方回《瀛奎律髓》卷一：此谓渡浙江也。简斋绍兴初避地广南，赴召由闽入越行在，时寓会稽，过钱塘。简斋洛阳人，诗逼老杜，于渡浙江所题如此，可谓亦壮矣哉。又，清冯舒：第四句是好句，然亦何必是江。"立"字欠自然。到落句应生出哀。又，清冯班：(末句)至此不见生哀意，何也？又，清何焯："楚客"用屈平，"险"字不如"盛"字。此句为南渡言之，"险"字贴大江，"盛"字宽矣。即宋诗亦不可轻易讥评也。又，清纪昀：颇见风格。末言虽属偏安，然形胜如是，天下事尚可为，而惜当时之无能为也。冯氏讥其与"自生哀"意不合，失其旨矣。又，清查慎行：简斋与后山才力相近，而烹炼不及后山，观其全集自见。又，结语微含讽意。

# 夙　兴

美哉木枕与菅席，无耐当兴戴朝帻。①巷南巷北闻锻声，舍后舍前唯月色。事国无功端未去，竹舆伊鸦犹昨日。②不见武林城里事，繁华梦觉生荆棘③。成坏由来几古今，乾坤但可著山泽。④西湖已无金碧丽，雨抹晴妆尚娱客⑤。会当休日一访之，摩挲苍藓慰崖石。只恐冷泉亭下水，发明白发增叹息。⑥

## 【题解】

此诗作于绍兴二年(1132)。诗作自"美哉"至"昨日"，写清新的黎明景色如画，"巷南"二句新颖。但如画的景色中，寄托着作者忧郁的感情。以下，通过对遭乱后的武林城和西子湖的惋叹，流露出浓厚的感慨盛衰之意。"西湖已无金碧丽"二句令人不忍深味。结末"只恐冷泉亭下水"二句，则在许多种感慨外，又生了一种伤老的感情，使叹息之上复增叹息。陈与义古诗,始终是用江西派的诗格和诗法,取法黄、陈,句法瘦健,章法曲折,以气格胜,其抒情欲尽不尽,炼意务求深刻,不徒以形象取人。就像这首《夙兴》,情意深沉,曲折多层次地表达出来,给人以"深"、"瘦"、"硬"的感觉,是一种可以深味无穷的艺术境界。

**【注释】**

①"美哉"二句:菅席,草席。无耐,丁钞、聚珍本作"无禁"。

②"事国"二句:事国,聚珍本作"国事"。伊鸦,丁钞、聚珍本、《宋诗钞》作"伊轧"。

③"繁华"句:梦觉,原本作"梦里",据丁钞、聚珍本、《宋诗钞》校改。《晋书·索靖传》:"靖有先识远量,知天下将乱,指洛阳宫门铜驼,叹曰:'会见汝在荆棘中耳。'"阮籍《咏怀》八十二首其三:"繁华有憔悴,堂上生荆杞。"

④"成坏"二句:成坏,聚珍本、《宋诗钞》作"成败";形成毁坏。著山泽,犹云爱山水。张相《诗词曲语辞汇释》:"著,犹爱也,亦犹云注重也。"

⑤"雨抹"句:苏轼《饮湖上初晴后雨二首》其二:"水光潋滟晴方好,山色空蒙雨亦奇。欲把西湖比西子,淡妆浓抹总相宜。"

⑥"只恐"二句:冷泉亭,在钱塘飞来峰下。宋玉《风赋》:"发明耳目,宁体便人。"


# 幽　窗

贫士工用短,壮夫溺于诗。①破壁为幽窗,我笔还得持。高鸟度遗影,风扉语移时。②迨我休暇日,与物聊同嬉。③古来贤哲人,畎亩策安危④。一行或大谬,半隐良亦痴。⑤寄言山中友,即岁以为期⑥。


**【题解】**

此诗作于绍兴二年(1132)。诗中的一些见解,如"与物同嬉",体现了极富诗意的自然观。

①"贫士"二句：《淮南子·说山训》："物莫措其所修而用其短也。"《世说新语·品藻》："刘令言始入洛，见诸名士而叹曰：'王夷甫太解明，乐彦辅我所敬，张茂先我所不解，周弘武巧于用短，杜方叔拙于用长。'"溺于诗，《宋诗钞》作"弱于诗"。

②"高鸟"二句：《简斋集增注》：天衣怀禅师语曰："譬如雁过长空，影沉寒水，雁无遗踪之意，水无涵影之心。"遗影，丁钞作"移影"。杜甫《雨》："风扉掩不定，水鸟过仍回。"移时，原本作"多时"，据丁钞、聚珍本校改。

③"迨(dài)我"二句：迨，等到。《诗·小雅·伐木》："迨我暇矣，饮此湑矣。"张衡《归田赋》："谅天道之微昧，追渔父以同嬉。"

④"畎(quǎn)亩"句：《国语》韦昭注："下曰畎，高曰亩。亩，垄也。"引申指民间。《汉书·刘向传》：向上封事曰："忠臣虽在畎亩，犹不忘君，惓惓之义也。""和气致祥，乖气致异。祥多者其国安，异众者其国危，天地之常经，古今之通义也。"

⑤"一行"二句：嵇康《与山巨源绝交书》："一行作吏，此事便废。"司马迁《报任安书》："而事乃有大谬不然者。"《新唐书·王龟传》："龟字大年，性高简，博知书传，无贵胄气。常以光福第宾客多，更住永达里，林木穷僻，构半隐亭以自适。"

⑥"即岁"句：《诗·卫风·氓》："将子无怒，秋以为期。"


# 题伯时画温溪心等贡五马①

漠漠河西尘几重②，年来画马亦难逢。题诗记着今朝事，同看联翩五匹龙③。

**【题解】**

此诗作于绍兴二年(1132)。题画而慨叹国难。后来，戴表元也写过一首《题李伯时画五马图》(首句"呜呼！良马不世出")，可以参读。

【注释】

①诗题,原本脱"贡"字,据聚珍本校补。

②"漠漠"句:杜甫《秋日夔府咏怀奉寄郑监李宾客一百韵》:"兵戈尘漠漠,江汉月娟娟。"

③联翩:形容连续不断。张衡《思玄赋》:"缤连翩兮纷暗暧。"王安石《和蔡枢密孟夏旦日西府书事》:"联翩入贺知君意,咫尺威颜不隔霄。"

# 休日马上

休日不自休,骑马踏荒径。却扇受景风①,今朝我无病。春云闷晨耀,群绿淡相映。山川与朝市,一动自一静。九衢行万人,谁抱此怀胜。不得与之语,萧萧寄孤咏。

【题解】

此诗作于绍兴二年(1132)。休日骑马出游,最后却不免带出淡淡的哀愁、忧伤的情调,正诗末二句"不得与之语,萧萧寄孤咏"所谓。这是陈与义晚年感情渐趋沉郁的结果。

【注释】

①"却扇"句:《史记·律书》:"景风者,居南方。景者,言阳道竟,故曰景风。"《淮南子·天文训》:"清明风至四十五日,景风至。"高诱注:"离卦之风也。"《尔雅》:"四时和为通正,谓之景风。"

# 题　画

分明楼阁是龙门,亦有溪流曲抱村①。万里家山无路入,十年心事与谁论②。

此诗作于绍兴二年(1132)。"靖康之变"给陈与义的诗所带来的变化，不仅体现在增添了早期创作中所没有的内容题材，而且还体现在使那些与早期创作的相同题材的作品也发生了质的变化。即如此诗，由观画而引起联想，悲叹有家难还，思乡之情实则带上了故国之思的意味，悲切深沉，体现了作者对故国家园的深厚感情，寄寓着深沉的渴望收复失地的爱国情怀。

【注释】

①"亦有"句：杜甫《江村》："清江一曲抱村流，长夏江村事事幽。"

②与谁：原本作"有谁"，据丁钞、聚珍本、《宋诗钞》校改。

# 题崇兰图二首

两公得我色敷腴①，藜杖相将入画图。我已梦中都识路，秋风举袂不踟蹰。②

奕奕天风吹角巾，松声水色一时新。山林从此不牢落③，照影溪头共六人。

【题解】

此二诗为绍兴五年(1135)秋，在衢州与程俱、赵子昼唱酬之作。诗作题画而及于三人相从园馆间之乐。胡注："赵叔问居三衢，治园筑馆，取《楚辞》之言，名之曰'崇兰'。尝与陈简斋、程致道从容其中，命江参贯道为之图，及令画史各绘像其上，乃赋诗焉。今留叔问子平甫家。叔问名子昼，尝为礼部侍郎。致道名俱，终于中书舍人，徽猷阁。"程俱一时之作载其《北山小集》卷一一(首句分别为"婴朔千年契义深"、"崇兰深寄北山幽"、"道义宁论故与新"、"置我正须岩石里")，题云："叔问作崇兰馆图画，叔问、去非与余相从林壑间，二公各题二绝句，余同赋四首。"可以参读。

①"两公"句:杜甫《遣怀》:"忆与高李辈,论交入酒垆。两公壮藻思,得我色敷腴。"仇兆鳌注:"敷腴,喜悦之色。"杜诗中"两公",即高适、李白。

②"我已"二句:都识路:丁钞、聚珍本、《宋诗钞》作"多识路"。沈约《别范安成诗》:"梦中不识路,何以慰相思。"李善注:"缪袭《嘉梦赋》曰:'心灼烁其如阳,不识道之焉如。'《韩非子》曰:'六国时,张敏与高惠二人为友,每相思,不能得见,敏便于梦中往寻。但行至半道,即迷不知路,遂回。如此者三。'"

③山林从此:原本脱去"从此"二字,据聚珍本校补。

# 秋夜独酌

凉秋佳夕天氛廓①,河汉之涯秋漠漠。月出未出林彩变,幽人露坐方独酌②。自歌新词酒如空,天星下饮觥船中。③忽思李白不可见,夜半乔木摇西风。百年佳月几今夕,忧乐相寻老来疾。④琼瑶满地我影横⑤,添酒赋诗何可失。

## 【题解】

此诗作于绍兴五年(1135)秋。诗作总体上写得境象开阔,奇思迭现,如"忽思李白不可见"、"琼瑶满地我影横"二句,一写想将李白作为酒友却见不到,一则视洒满地上的秋月光为"琼瑶",而谓"我影"则"横"卧其上,都生动表现了欣喜之情,且造语新异。陈与义晚年也写过一些跟他早年清奇诗风相似的作品,比较值得注意的是,这部分诗往往于清奇之外另具一份洒脱之风。即如此诗,与早年之作《雨晴》、《秋夜》相比,同样都是秋夜之景,风致也都比较清旷,不同之处在于此诗刻画了一个独酌并有些醉态的隐士形象,并通过这一形象,展现了一种历史的沧桑感,表达了甘愿流连诗酒的人生态度。

①佳夕天氛：聚珍本作"佳夕天气"。

②"幽人"句：苏轼《十月十四日以病在告独酌》："幽人得佳荫，露坐初独酌。"

③"自歌"二句：李白《前有樽酒行》二首其二："琴奏龙门之绿桐，玉壶美酒清若空。"又《月下独酌四首》其二："天若不爱酒，酒星不在天。"新词，聚珍本、《宋诗钞》作"新调"。觥船，大酒杯。孔颖达《毛诗正义》引《礼图》："觥大七升，以兕角为之。"《太平广记》卷二三三引《乾膜子》："弘泰次第揭座上小爵，以至觥船，凡饮皆竭。"杜牧《题禅院》："觥船一棹百分空，十岁青春不负公。"

④"百年"二句：几今夕，聚珍本作"今几夕"。相寻，相继。江淹《效古》十五首其一："谁谓人道广，忧慨自相寻。"

⑤"琼瑶"句：苏轼《西江月》："可惜一溪风月，莫教踏碎琼瑶。"

# 九日示大圆洪智①

自得休心法②，悠然不赋诗。忽逢重九日，无奈菊花枝。

【题解】

此诗作于绍兴五年(1135)九月。诗中"自得休心法，悠然不赋诗"，谓以"不赋诗"为"休心法"，盖有所避忌。以下两则材料可为明证："绍兴三年七月，朱胜非以右仆射丁母忧，未卒哭，降起复制词，吏部侍郎权直学士院陈与义之文也。以'兹宅大忧'四字，令翰林学士綦崇礼帖改为'方服私艰'，陈待罪而放。议者谓麻制中有'於戏，邦势若此，念积薪之已然；民力几何，惧奔驷之将败。朕之论相，何可以不备？卿之图功，亦在于收终'。同列恶其言，故以'宅忧'疵之。"(庄绰《鸡肋编》卷二)"叶懋字天经，少师陈简斋与义。初，与义劝之仕，懋不答。及与义参知政事，动见格于执政，气抑

抑不得伸,乃叹曰:'吾今始知天经之高也。'"(《吴兴备志》卷一二《人物》引《乌青志》)

## 【注释】

①诗题中"大圆洪智",疑即寿圣院僧。

②"自得"句:《景德传灯录》卷三〇:菩提达摩略辩大乘入道四行序:"法师感其精诚,诲以真道。令如是安心,如是发行,如是顺物,如是方便。此是大乘安心之法,令无错谬。"


# 与智老天经夜坐①


残年不复徙他邦,长与两禅同夜釭。②坐到更深都寂寂,雪花无数落天窗。③


## 【题解】

此诗作于绍兴五年(1135)。全篇妙在诗中"坐到更深都寂寂"二句,不具体涉及"夜坐"谈禅的许多内容,而是出之以虚笔,借助环境渲染,写出话题深长,双方思路惘然、意绪落寞的情状。

## 【注释】

①诗题中"天经",原本误作"天泾",据丁钞、聚珍本校改。

②"残年"二句:他邦,丁钞、聚珍本作"他乡"。釭(gāng),(油)灯。王融《咏幔》:"但愿置樽酒,兰釭当夜明。"

③"坐到"二句:江淹《别赋》:"夏簟清兮昼不暮,冬釭凝兮夜何长。"天窗,原本作"前窗",据丁钞、聚珍本校改。王延寿《鲁灵光殿赋》:"尔乃悬栋结阿,天窗绮疏。"李善注:"高窗也。"

# 观　雪

　　无住庵前境界新,琼楼玉宇总无尘。开门倚杖移时立,我是人间富贵人①。

**【题解】**

　　此诗作于绍兴五年(1135)。全诗构思精巧,情深辞婉。通篇未见"雪"字,却又处处有雪。"开门倚杖移时立"二句,最是平中蕴奇。诗人以清白圣洁为富有,表现了高洁闲适之趣,并将自己与整个江山,皑皑雪景相融为一体,可谓情满意溢。

**【注释】**

　　①"我是"句:陈师道《次韵秦少游春江秋野图二首》其一:"翰墨功名里,江山富贵人。"

## 题江参山水横轴画俞秀才所藏二首①

　　卷中衮衮溪山去,笔下明明开辟初。②不肯一裈为妇计,俞郎作计未全疏。③

　　万壑分烟高复低,人家随处有柴扉。此中只欠陈居士,千仞岗头一振衣。

**【题解】**

　　此二诗作于绍兴五年(1135)。江参,字贯道。江南人。长于山水。俞秀才,名恺,字羲仲。其人事迹未详。在北宋末年,崔鸥于江西诗派专从古人书中讨生活,作诗为文讲求"无一字无来处"(黄庭坚《答洪驹父书》)的风气笼罩下,独能拔出流俗之外,提出作诗"慎不可有意于用事"(徐度《却扫编》卷中引)的主张,是难能可贵的。他不仅教导别人如此作诗,也在自己的诗歌创作中勠力践行,对后学产生了积极的影响。曾于崇宁四年向崔鶠请教作诗之要的陈与义,就是其中受影响比较大的一位。试以陈与义此组诗之第二首与崔氏《与叔易过石佛看宋大夫画山水》相比较:"霜落石林江气清,隔江犹见暮山横。个中只欠崔夫子,满帽秋风信马行。"便很可以见出,陈与义对崔诗的有意学习及其显著效果。(参杨玉华《陈与义陈师道研究》)

**【注释】**

①诗题,丁钞、聚珍本作"题俞秀才所藏江参山水横轴二首"。

②"卷中"二句:溪山去,聚珍本作"溪山出"。王延寿《鲁灵光殿赋》:"上纪开辟,邃古之初。"

③"不肯"二句:裈(kūn),裤。《世说新语·德行》:"(范)宣洁行廉约争,韩豫章遗绢百匹,不受。减五十匹,复不受。如是减半,遂至一匹,既终不受。韩后与范同载,就车中裂二丈与范,云:'人宁可使妇无裈邪?'范笑而受之。"作计,聚珍本作"作意"。黄庭坚《戏赠彦深》:"我读扬雄逐贫赋,斯人用意未全疏。"

**【辑评】**

宋刘辰翁《评点》:等闲两绝,跌宕。

# 小阁晨起

纸帐不知晓,鸦鸣吾当兴。①开窗面老松,相对寒崚嶒。幸无公家责,欲懒还不能。汲井颒我面②,铜盆旋敲冰。梳头风入槛,纷散霜满膺③。四瞻郊泽间,苍烟惨朝凝。却望塔颠日,光景舒层层。乾坤有奇事,变化忽相乘。客来无可语,语此不见应。今晨胡床冷,愧我无虢虢④。

【题解】

此诗作于绍兴五年(1135)冬。"洛阳情结"是南渡文人,尤其是陈与义等原为北方人的南渡文人无法释怀的一种普遍情怀。这种情结,不仅是对故乡的牵挂,更是对昔日美好时光的缅怀与追念。所以,才会有不少诗歌中反复表达的种种敏锐感受。加之其时陈与义"与赵鼎论事不合,故引疾求去"(《建炎以来系年要录》卷九〇),也才会有此诗中的"幸无公家责"、"乾坤有奇事"等愤激之语。与"洛阳情结"稍有不同的,是叶梦得等曾在汴京或北方其他地域为官的南方文人的"松江情怀",他们的作品中,中原之思就相对少一些。两相对读,当别有一番领悟。

【注释】

①"纸帐"二句:不知晓,丁钞作"不自晓"。吾当,聚珍本作"当吾"。

②"汲井"句:颒(huì),洗脸。《礼记·内则》:"其间面垢,燂汤请颒。"

③纷散:聚珍本、《宋诗钞》作"散发"。

④毾毹(tà dēng):毛毯。《后汉书·西域传》:"天竺国有细布、好毾毹。"

【辑评】

宋刘辰翁《评点》:("客来"二句)屡语不合。


# 小阁晚望

泽国候易变①,孟冬乃微和。解襟凭小阁,日暮归云多。苍苍散草木,莽莽杂山河。荒野虫乱鸣,长空鸟时过。万象各无待,唯人顾纷罗②。备物以养己③,更用干与戈。天风吹我来,衣袂生微波。幽怀眇无寄,萧瑟起悲歌。

【题解】

此诗作于绍兴五年(1135)。诗作表达了一个北方人居住南方的敏锐感受,以及"幽怀""无寄"的萧瑟情怀。

**【注释】**

①"泽国"句:《周礼·地官·掌节》:"凡邦国之使节,山国用虎节,土国用人节,泽国用龙节。"

②纷罗:杂然罗列。韩愈《施先生墓铭》:"古圣人言,其旨密微。笺注纷罗,颠倒是非。"

③"备物"句:《左传·僖公三十年》:"国君,文足昭也,武可畏也,则有备物之飨,以象其德。"


# 梅　花

一枝斜映佛前灯,春入铜壶夜不冰。昔岁曾游大庾岭,今年聊作小乘僧。①


**【题解】**

此诗作于绍兴五年(1135),时寓寿圣院。《景德传灯录》卷一五载会稽人俞氏成为筠州洞山良价禅师,过水睹影,顿悟空偈:"切忌从他觅,迢迢与我疏。我今独自往,处处得逢渠。渠今正是我,我今不是渠。应须恁么会,方得契如如。"以形比实有的个体,以影喻空界的自性,谓禅师开悟全由一己实证,不可他求。正因为自己能独自去求,才能处处遇到那自性。佛性自性包容一切,自性中就有我在,所以作为总体大全的佛性就是我;但作为个性的我却不能容纳佛性大全,所以才说我并不是佛性。这么领会,才可以契合真如。全偈关于影形关系的见解,触及整体和部分、空和色的关系问题,与艺术创作、欣赏不无相通之处。从这个意义上讲,陈与义此诗首句"一枝斜映佛前灯",或亦不乏"以禅入诗"的意味。

**【注释】**

①"昔岁"二句:曾游,李氏藏本作"曾行"。苏轼《次韵定慧钦长老见寄八首》其一:"崎岖真可笑,我是小乘僧。"《魏书·释老志》:"初阶圣者,有三

种人,其根业各差,谓之三乘,声闻乘、缘觉乘、大乘。取其可乘运以至道为名。此三人恶迹已尽,但修心荡累,济物进德。初根人为小乘,行四谛法;中根人为中乘,受十二因缘;上根人为大乘,则修六度。虽阶三乘,而要由修进万行,拯度亿流,弥历长远,乃可登佛境矣。”

# 得张正字书①

送老茅屋底②,天寒人迹稀。一觞犹有味,万事已无机。③
岁暮塔孤立,风生鸦乱飞。此时张正字,书札到郊扉④。

**【题解】**
此诗作于绍兴五年(1135)冬。张正字,即张嵲,字巨山。光化人。早从表叔陈与义学诗。本年以荐召对,遂除秘书省正字。先点明自己的境况,再写孤寂中的心意,并以写景烘托此孤寂之感。尾联承上六句而来,以写实之笔照应诗题,另辟新境。全篇不施藻绘,朴质老苍,沉郁中有顿挫,能得杜诗之神,可算作“诗风已上少陵坛”(杨万里《跋陈简斋奏草》)的代表作品。

**【注释】**
①诗题中“书”,原本作“诗”,据丁钞、聚珍本校改。张正字,张嵲,字巨山。陈与义表侄。《建炎以来系年要录》卷八九:“绍兴五年五月丙子,左迪功郎张嵲特改左承仕郎。嵲,光化人,早从陈与义学诗,以荐召对,遂除秘书省正字。”张嵲《紫微集》卷二有《将至临安途中偶成呈表叔陈给事去非》,诗中“凡庸辱推荐”之语,则张嵲之召,简斋实荐之。故嵲撰简斋《墓志》亦云:“顷公寓居汉上,某从公游,质问诗文利病。其后仕学,公颇有力,不专为亲也。”
②“送老”句:杜甫《秦州杂诗二十首》其十四:“何时一茅屋,送老白云边。”《简斋集增注》:“《传灯录》:咸泽禅师住杭州广严院,有僧问:‘如何是广严家风?’师曰:‘一坞白云,三间茅屋。’又,老杜《巳上人茅斋》诗:‘巳公

468

茅屋下,可以赋新诗。'按公时居青墩镇之僧舍,故用'茅屋'事。'岁暮塔孤立',正指寺中之塔也。"

③"一觞"二句:犹有味,聚珍本、《宋诗钞》作"尤有味"。《庄子·天地》:"有机事者必有机心。"

④"书札"句:陈师道《答苏迨》:"白首相逢恐无日,几时书札到林泉。"

# 江　梅①

风雪集岁暮,江梅开不迟。朝来幽窗底,明珰缀青枝②。上天播淑气,百卉分四时。寒村值西子,足以昌吾诗③。

## 【题解】

此诗作于绍兴五年(1135)冬。诗中"寒村值西子"二句,是说好诗需要自然景致的触发。好诗就在自然万物中,体现出陈与义明确的"师法自然"的诗学观念。这种观念,是两宋之际诗歌史上的精妙之论,对于打破江西诗派末流的艰涩瘦硬之弊,是一副对症的良药。陈与义诗当时号称"新体",这个"新",也可以理解成是相对于江西派诗专意于文字、重瘦硬艰深而言。建立在对自然万物真切体悟基础之上的向自然寻诗,所导致的诗学思维、眼光乃至创作方法上的变化,迥异于江西派"闭门觅句"的一贯做派,正是"新体"诗的重要内涵之一,无疑为诗坛注入了新的活力,为宋诗的繁荣开辟了新的天地。后来,杨万里便是延续并拓展了师法自然的路子,从而成为诗坛中兴的动力之一。

## 【注释】

①诗题,丁钞、聚珍本作"咏江梅"。

②明珰(dāng):耳珠。《艺文类聚》卷八七引士逸《荔枝赋》:"皮似丹甗,肤若明珰。"

③"足以"句:足以,《全芳备祖》卷一作"似是"。韩愈《贞曜先生墓志铭》:"呜呼贞曜,维执不猗,维出不訾,维卒不施,以昌其诗。"

# 雪

穷腊见三白①,江南无旧闻。天上春已暮,尽日花缤纷②。平生虽畏寒,遇雪心所欣。拥裘未敢出,投隙致殷勤③。窗户忽相照,川陵已难分。二仪有巨丽,老我不能文。④高吟黄竹诗⑤,薄暮心无垠。浮屠似玉笋,突兀倚重云⑥。

**【题解】**

此诗作于绍兴五年(1135)。置三白,指连降三场雪,多指农历腊月前或正月降三次雪。其时有利农业。诗词中常用以咏雪,表达欣喜之意。

**【注释】**

①"穷腊"句:三白,三度下雪。《朝野佥载》:"正月见三白,田公笑赫赫。"

②"尽日"句:谢惠连《雪赋》:"至夫缤纷繁骛之貌。"

③"投隙"句:韩愈《喜雪献裴尚书》:"骋巧先投隙,潜光半入池。"

④"二仪"二句:曹植《惟汉行》:"太极定二仪,清浊始以形。"司马相如《上林赋》:"君未睹夫巨丽也。"老我,聚珍本作"我老"。文,聚珍本作"闻"。

⑤"高吟"句:谢惠连《雪赋》:"姬满申歌于黄竹。"李善注引《穆天子传》:"天子游黄台之丘。大寒,北风雨雪,天子作诗三章,以哀人夫:'我徂黄竹员闶寒。'乃宿于黄竹。"

⑥"突兀"二句:突兀,高耸貌。杜甫《茅屋为秋风所破歌》:"何时眼前突兀见此屋。"重云,重叠的云层。韩愈《重云李观疾赠之》:"重云闭白日,炎燠成寒凉。"

# 小　阁

　　栏干横岁暮，徙倚度阴晴<sup>①</sup>。木落太湖近，梅开南纪明。<sup>②</sup>病余仍爱酒，身后更须名。<sup>③</sup>鹳鹤忽双起，吾诗还欲成。

**【题解】**

　　此诗作于绍兴五年(1135)。诗写徙倚小阁，但见木落梅开，鹳鹤双起，逗引诗情一片。

**【注释】**

　　①"徙倚"句：王粲《登楼赋》："步栖迟以徙倚兮，白日忽其将匿。"

　　②"木落"二句：太湖近，原本作"大湖近"，《荆溪林下偶谈》卷三作"太湖白"。

　　③"病余"二句：身后，李氏藏本作"身外"。陈师道《怀远》："生前只为累，身后更须名。"

**【辑评】**

　　宋刘辰翁《评点》：("身后"句)明犯后山，改"外"字自可。

　　朱自清《朱自清全集·外编》：高宗尝称赏其"客子光阴诗卷里，杏花消息雨声中"的诗，但这两句不过铺排门面，并非是极至之作。如宋人诗话所称的"木落太湖白，梅开南纪明"，"慷慨赋诗还自恨，徘徊舒啸独生哀"，"山林有约吾尝去，天地无情子亦饥"，"楼头客子杪秋后，落日君山原气中"，"世醉不妨松偃蹇，村空更觉永潺湲"等句，那才是言深意远，有一唱三叹的景象呢。……大概简斋诗是，小诗自能回环往复，景象超妙，而风格遒上，思力沉挚，自有不可言说之处。七律更觉调高意永，一洗山谷粹率艰涩之弊。但长篇大体，微觉腕弱，不能胎息雄厚，迈往无前。所以山谷、后山各为雄长，互有工拙了。

# 元　夜①

今夕天气佳，上天何澄穆②。列宿雨后明，流云月边速。空檐垂斗柄，微吹生丛竹。对此不能寐，步绕庭之曲。遥睇浮屠颠，数星红煜煜③。悟知烧灯夕，节意亦满目。④历代能几诗，遍赋杂珉玉⑤。栖鸦亦未定，更鸣伴余独。百年滔滔内，忧乐两难复。唯应长似今，寂寞送寒燠⑥。

**【题解】**

此诗作于绍兴六年(1136)。诗作赋元夜所见所感，颇有自怜幽独之意。

**【注释】**

①诗题，聚珍本作"元夕"。

②"上天"句：澄穆，清和。苏轼《十月十四日以病在告独酌》："月华稍澄穆，雾气尤清薄。"

③"数星"句：苏轼《二十七日自阳平至斜谷宿于南山中蟠龙寺》："谷中暗水响泷泷，岭上疏星明煜煜。"

④"悟知"二句：烧灯，原误作"晓灯"，据丁钞、聚珍本校改。《史记·乐书》："汉家常以正月上辛祠太一甘泉，以昏时夜祠，到明而终。"《初学记》卷四："今人正月望日夜游观灯，是其遗事。"《春明退朝录》："上元燃灯，或云沿汉祠太一自昏至昼故事。"

⑤"遍赋"句：《说文》："珉(mín)，石之美者。"《礼记·聘义》："子贡问于孔子曰：'敢问君子贵玉而贱珉何也？为玉之寡而珉之多与？'孔子曰：'非为珉之多，故贱之也；玉之寡，故贵之也。夫昔者君子比德于玉焉。'"鲍照《见卖玉器者》："泾渭不可杂，珉玉当早分。"

⑥燠(yù)：《说文》："热在中也。"

# 怀天经智老因访之①

今年二月冻初融，睡起苕溪绿向东②。客子光阴诗卷里，杏花消息雨声中。西庵禅伯还多病，北栅儒先只固穷③。忽忆轻舟寻二子，纶巾鹤氅试春风。

## 【题解】

此诗作于绍兴六年(1136)春。智老，僧洪智。诗中"客子"一联历来传诵。宋诗属对，已不完全注意字面上的工整精美，而更着重上下句之间的内在联系。即如此联，上句写客中无聊，唯有吟诗送日，下句则写一个初春清冷的境界来衬托，就显得一我一物，一情一景，水乳交融。至于客子与杏花，诗卷与雨声是得得对，则宁可有意地给以忽视了。又，"客子"、"杏花"是实象，缀以"光阴"、"消息"两个词，分别都成了虚象，然虚中仍有实感。再分别加以"诗卷里"、"雨声中"这两个词组，虚象又化成一个更大的实象。但这两个大的实象其实只是创造出来的，是艺术的形象，非实有的形象，这里"客子"、"杏花"、"诗卷"、"雨声"都已取消实物名词的性质，成为艺术形象中的有机构成部分，我们通常称之为"意象"。江西诗派将此种虚实变化的艺术创造称为"点化"、"活法"，正是他们对诗歌艺术创造规律的把握。

## 【注释】

①诗题中"因"，潘本、《瀛奎律髓》卷二六作"因以"。

②"睡起"句：《简斋集增注》："湖州有苕(tiáo)溪，岸多芦苇，故名。"

③"北栅"句：胡注："谓洪智老居西庵，叶天经居北栅，皆青镇中。"儒先，儒生。《史记·匈奴列传》："匈奴俗，见汉使非中贵人，其儒先，以为欲说，折其辩。"裴骃《集解》："先，先生也。《汉书》作'儒生'也。"《论语·卫灵公》："君子固穷，小人穷斯滥矣。"

## 【辑评】

宋胡仔《苕溪渔隐丛话》前集卷五三：陈去非诗平淡有工。如："疏疏一

473

帘雨,淡淡满枝花。""官里簿书何日了,楼头风雨见秋来。""客子光阴云云。"

元方回《桐江集》卷二八《至节前一日六首》其一:客子光阴诗卷里,杏花消息雨声中。我谓简斋此奇句,元来出自后山翁。原注:"老形已具臂膝痛,春事无多樱笋来。"后山诗也,简斋诗本诸此。然亦出于少陵翁也。又,《瀛奎律髓》卷二六:以客子对杏花,以雨声对诗卷,一我一物,一情一景,变化至此,乃老杜"即今蓬鬓改,但愧菊花开",贾岛"身事岂能遂,兰花又已开"翻窠换臼,至简斋而益奇也。后山"老形已具臂膝痛,春事无多樱笋来"一联,极其酸苦,而此联有富贵闲雅之味。后山穷,简斋达,亦可觇云。又,清纪昀:("睡起"句)次句言睡起出门,正见苕溪东流耳。冯氏以"睡时不向西"诋之,亦奇。

明瞿佑《归田诗话》卷中:陈简斋诗云:"客子光阴云云。"陆放翁诗云:"小楼一夜听春雨,深巷明朝卖杏花。"皆佳句也,惜全篇不称。叶靖逸诗:"春色满园关不住,一枝红杏出墙来。"戴石屏诗:"一冬天气如春暖,昨日街头卖杏花。"句意亦佳,可追及之。

陈衍《宋诗精华录》卷三:("客子"二句)视放翁之"杏花",气韵偶乎远矣。

顾随《简斋简论》:简斋"客子光阴诗卷里,杏花消息雨声中"二句并不伟大,而是诗,此必心思细密之作,绝非浮躁之言。青年不可心浮气粗,要心思周密,而心胸要开扩。着眼高,故开扩;着手低,故周密。对生活不钻进去,细处不到;不跳出来,大处不到。《离骚》我们学不了,而应读,读之可开扩心胸。前所言"客子"二句,全诗是:"今年二月冻初融,睡起苕溪绿向东。客子光阴诗卷里,杏花消息雨声中。"此诗实前二句意更好,三、四句小气,此才力、体力不够故也。王维《奉和圣制〈从蓬莱向兴庆阁道中留春雨中春望〉之作应制》:"云里帝城双凤阙,雨中春树万人家。"京城春色,大气。"春色满园关不住,一枝红杏出墙来"(叶绍翁《游园不值》),亦小气。简斋诗就全体看似不深刻、不伟大,而总有一二句真深刻伟大。才力不够可以学力济之,而体力不够便没法。此首诗后二句该拼命了,若老杜就拼了,而简斋则不成了。诗人中有志之士原亦想有一番作为,而结果不成,其志可嘉,其力不足。

# 黄修职雨中送芍药五枝

　　微雨湿清晓，老夫门未开。煌煌五仙子，并拥翠蕤来。胭脂洗尽不自惜，为雨归来更无力。①老夫五十尚可痴②，凭轩一赋会真诗。

## 【题解】

　　此诗作于绍兴六年(1136)。黄修职，未详。诗作写的不过是些寻常内容，一是说芍药花美若天仙，二是说自己爱花情深。不过，由于诗人在描述自己的心理感受和情绪变化时，灵活运用了多种手法，比如"为雨归来更无力"句的把想象当作现实来写。所以，能够造成动人心弦的艺术效果，清丽飘逸，平实感人。

## 【注释】

　　①"胭脂"二句：胭脂，原本误作"烟脂"，兹从冯煦校本据聚珍本改。《唐摭言》卷一三："裴虔余，咸通末佐北门李公淮南幕，尝游江，舟子刺船，误为竹篙溅水，湿近坐之衣。公为之色变。虔余遽请彩笺，纪一绝云：'满额鹅黄金缕衣，翠翘浮动玉钗垂。从教水溅罗衣湿，知道巫山行雨归。'公览之，极欢，命讴者传之。"

　　②"老夫"句：《后山诗话》："昔之黠者，滑稽以玩世。曰彭祖八百岁而死，其妇哭之恸，其邻里共解之曰：'人生八十不可得，而翁八百矣，尚何尤。'妇谢曰：'汝辈自不谕尔，八百死矣，九百犹在也。'世以痴为九百，谓其精神不足也。又曰：'令新视事，而不习吏道，召胥魁，具道笞十至五十及折杖数。'令遽止之曰：'我解矣，笞六十为杖十四邪？'魁笑曰：'五十尚可，六十犹痴邪。'长公取为偶对曰：'九百不死，六十犹痴。'"可痴，《全芳备祖》卷二作"儿痴"。

# 樱 桃

四月江南黄鸟肥,樱桃满市粲朝晖①。赤瑛盘里虽殊遇,
何似筠笼相发挥。②

**【题解】**

此诗作于绍兴六年(1136)。诗写来自中原的作者食用了樱桃后,对其
极为赞赏,至生"爱屋及乌"之意。

**【注释】**

①"樱桃"句:《吕氏春秋·仲夏纪》:"仲夏之月,羞含桃。"高诱注:"为
莺鸟所含,故曰含桃。"《礼记·月令》:"羞以含桃。"郑玄注:"樱桃也。"

②"赤瑛(yīng)"二句:赤瑛,即火晶。水晶之红者,古云可取火,故名。
《艺文类聚》卷八六:"后汉明帝于月夜宴群臣于照园,大官进樱桃,以赤瑛
为盘,赐群臣。月下视之,盘与桃同色,群臣皆笑,云是空盘。"杜甫《野人送
朱樱》:"西蜀樱桃也自红,野人相赠满筠笼。"何似,《全芳备祖》后集卷九作
"何必"。

**【辑评】**

宋刘辰翁《评点》:("何似"句)"相发挥"屡见,亦不为佳。

# 叶柟惠花

无住庵中老居士,逢春入定不衔杯①。文殊罔明俱拱手,
今日花枝唤得回。②

**【题解】**

此诗作于绍兴六年(1136)。陈与义集中有与叶懋诗,叶柟当为懋之兄

弟。诗作于致谢友人惠花中,又不无拈花微笑之意。

**【注释】**

①入定:佛教称坐禅时,心不驰散,进入安静不动的禅定状态。《妙法莲华经·叙品》:"佛说此经已,结跏趺坐,入无量义处三昧,身心不动。"《观无量寿经》:"出定入定,恒闻妙法。"

②"文殊"二句:《罔明经》:"文殊欲出女人定,托升梵天,不能出。罔明弹指一声,女即从定而起。"黄庭坚《寄杜家父二首》其一:"闲情欲被春将去,鸟唤花惊只么回。"

# 牡　丹

一自胡尘入汉关①,十年伊洛路漫漫。青墩溪畔龙钟客,独立东风看牡丹。

**【题解】**

此诗作于绍兴六年(1136)。眷怀故国,是陈与义后期诗歌中的一个重要主题。从开始"易破还家梦,难招去国魂"(《道中书事》)的凄凉,到最后"故园非无路,今已不念归"(《同左通老用陶潜还旧居韵》)的绝望,陈与义其实始终未曾忘怀洛阳。此诗简洁有力的笔法背后,寓含的是无限丰富复杂的个人情感。但诗只写到看牡丹便戛然而止,而把那无限感慨浓缩为独立风中凝视无言的形象,盘马弯弓,引而不发,传达出对"伊洛"的怀念和对"胡尘"的愤恨的弦外之音。"用意深隐,不露麟角"(胡穉《简斋诗笺叙》),平淡中见沉郁,与陈与义早期同类题材之作的轻灵流动是迥然不同的。

**【注释】**

①胡尘:聚珍本作"边尘"。

**【辑评】**

宋刘辰翁《评点》:("青墩"二句)语绝。

清沈曾植《手批简斋诗集》:(后二句)含蓄无限,怦怦动心,绝调也。

钱锺书《宋诗选注》:陈与义这首诗的意思在南宋诗词里常常出现,例如陆游《剑南诗稿》卷八十二《赏山园牡丹有感》也是看见牡丹花而怀念起洛阳鄜畤等地方来,还说:"周汉故都亦岂远,安得尺棰驱群胡!"刘克庄《后村大全集》卷一百八十七《六州歌头》又卷一百八十八《木兰花慢》、《昭君怨》等咏牡丹词用意略同。

吴熊和《唐宋诗词探胜》:(结句)写得很含蓄。他花前久立,不忍离去,真的是在赏花吗?他是对花而起故国之思,家乡沦陷,恢复无期,怀归不得,他正要对花溅泪,凄然欲哭呢!二、三两句受岑参《逢入京使》"故园东望路漫漫,双袖龙钟泪不干"的影响,是很明显的。

# 盆　池

三尺清池窗外开,茨菰叶底戏鱼回①。雨声转入浙江去,云影还从震泽来②。

## 【题解】

此诗作于绍兴六年(1136)。陈与义晚年诗作多于小景小事中包蕴政治内涵。具体地看,是其政治意识与忧世之心的表现方式;从诗歌创作的普遍意义看,则是一种小中见大的艺术思维方式。从陈与义自身创作看,体现了与其自身学杜由江西派大多数诗人着眼的法则规范到禅理意境的角度转换的一贯精神的共通;从宋诗艺术渊源看,则又显示了与欧阳修、梅尧臣有意识地使阔大的胸襟、宏肆的议论与细小的题材联系起来的创作倾向,以及黄庭坚、陈师道写景咏物遗貌取神、曲折回旋的艺术特点的一脉相承。(参许总《宋诗史》)另外,从哲学意义上讲,这种以小见大更重要的还在于心性境界的扩大,所谓"万物皆备于我",所谓"求放心"。小小盆池,竟要卷风雨,幕云烟,游鱼自乐,也带来了心灵的怡然,叶底波声,荡起的是心灵的涟漪。就像东坡诗中所说的"君看古井水,万象自往还"(《书王定国所藏王晋卿画著色山二首》其一),从容往来的,又岂止是盆池里的游鱼?

**【注释】**

①茨菰:即慈姑。稽含《南方草木状》卷上:"绰菜,夏生于池沼间,叶类茨菰,根如藕条。"杨万里《憩怀古堂》:"茨菰无暑性,芙蕖有凉姿。"

②震泽:《简斋集增注》:"《书传》:震泽,吴南太湖名。"

**【辑评】**

宋刘辰翁《评点》:("雨声"二句)善赋。

# 松　棚

　　黯黯当窗云不驱,不教风日到琴书。只今老子风流地,何似茅山陶隐居①。

**【题解】**

此诗作于绍兴六年(1136)。以临时栖息之所为"风流地",欣然为乐,也是一种情怀。

**【注释】**

①"何似"句:《南史·陶弘景传》:"弘景字通明……于是止于句容之句曲山。恒曰:'此山下是第八洞宫,名金坛华阳之天,周回一百五十里。昔汉有咸阳三茅君得道来掌此山,故谓之茅山。'乃中山立馆,自号华阳陶隐居……性爱山水,每经涧谷,必坐卧其间,吟咏盘桓,不能已已……特爱松风,庭院皆植松,每闻其响,欣然为乐。"

# 西　轩

　　平生江海志,岁暮僧庐中。虚斋时独步,溯此西窗风。初夏气未变,幽居念方冲。三日无客来,门外生蒿蓬。①轻阴映夕幌,窈窕瓶花红。未知古今士②,谁与此心同。

**【题解】**

　　此诗作于绍兴六年(1136)。诗中"平生江海志,岁暮僧庐中",如果与"乡邑已无路,僧庐今是家"(《得长春两株植之窗前》)合观,可以涉及南渡士人与佛教的因缘。当然,问题也有另外的一面,即如此诗所云,心在江湖,身老僧庐,一种壮志未酬之慨,溢于言表。

**【注释】**

　　①"三日"二句:蒿蓬,原本误作"蓬蒿",据聚珍本校改;泛指杂草。陶渊明《咏贫士七首》其六:"仲蔚爱穷居,绕宅生蒿蓬。"又,《宋诗钞》无"轻阴映夕幌"以下四句。

　　②古今:丁钞作"古来"。


# 玉堂僝直①

　　庭叶珑珑晓更青,断云吐日照寒厅②。只应未上归田奏,贪诵楞伽四卷经。③

**【题解】**

　　此诗作于绍兴六年(1136)十一月初除翰林入直时。诗中流露出对清冷孤寂的学士院生活的厌倦之情。在其前后的文人官员所作相关诗篇,大抵皆如是。如杨亿《直夜》、苏轼《卧病逾月请郡不许复直玉堂十一月一日锁院是日苦寒诏赐官烛法酒书呈同院》、周必大《走笔次李仁甫夜直观月韵》、范成大《玉堂寓直晓起书事记直舍老兵语》，等等。只是，在特定的社会历史条件下，陈与义对佛老思想浸染过深，以佛老之理入诗者颇为不少，诗中的佛老思想也似乎要比同时代其他诗人浓厚，如《闻葛工部写华严经成随喜赋诗》《陈叔易赋王秀才所藏梁织佛图诗邀同赋因次其韵》等，即是明证。到了晚年，这种佞佛之深的情况更加突出，就像这首诗所展示的那样。此外，由于还受到了道家齐万物、一死生以及随顺自然、委运任化思想的影响，陈与义在不免醉心诗酒、放情山水的同时，也善于内省，并且把这种内省投射到诗作中，使之充满了一种平淡冷峻的色调。

**【注释】**

①诗题中"玉堂"，学士院正厅也。杨亿《文公谈苑》："苏易简为学士，最被恩遇。上作五七言诗各一首赐之，为真草行三体，刻于石。又飞白书'玉堂之署'四字以赐本院，今尭于堂南门之上。"僝直，官吏在官府连日值宿。《资暇录》："新官并宿本署，曰僝直，合作豹字。豹性洁，善服气，雨雪霜露，伏而不出，虑污其身。则并宿公署，雅是豹伏之义。"王禹偁《赠浚仪朱学士》："何时僝直来相伴，三入承明兴渐阑。"

②吐日照：聚珍本作"度日照"。

③"只应"二句：只应，丁钞、聚珍本作"只因"。《景德传灯录》卷三："菩提达摩谓慧可：'吾有《楞伽经》四卷，亦用付汝，即是如来心地要门。'"《续高僧传·慧可大师传》："初，达摩以《楞伽经》授可曰：'我观汉地，唯有此经，仁者依行，自得度世。'"

**【辑评】**

清光聪谐《有不为斋随笔》丁卷：憨山《观楞伽记》云："昔达摩授二祖，以此为心印，自五祖教人读《金刚经》，则此经束之高阁，知之者希矣。"陈简斋《玉堂僝直》诗云云。以憨山之语证之，方明此诗之意。盖言此经惟秘馆有之，归田去则求诵矣。

钱锺书《管锥篇》：刘宋《天竺三藏求那跋陀罗》译《楞伽经一切佛语心品》……居易《见元九悼亡诗因以此寄》："人间此病治无药，只有楞伽四卷

481

经。"正指宋译；自唐译七卷本流行，四卷本遂微。陈与义《简斋诗集》卷三
〇《玉堂儤直》："只应未上归田奏，贪诵楞伽四卷经。"用居易旧句恰合。光
聪谐《有不为斋随笔》丁卷本憨山心语，谓《楞伽经》为《金刚经》所掩，"惟秘
馆有之，归田去则难求诵"，故陈诗云然。似欠分雪。唐译"楞伽七卷经"初
不"难求"，未足为不"归田"之藉口也。


# 病　骨

　　病骨瘦始轻，清虚日来入。①今朝僧阁上，超遥久风立②。
茂林榴萼红，细雨离黄湿③。物色乃可怜④，所悲非故邑。

## 【题解】

　　此诗作于绍兴八年(1138)七月以后。陈与义绍兴六年六月离开乌镇
后，集中只有该年十一月所作《玉堂儤直》一首，绍兴七年全年无诗作。这
次再到乌镇后，写了《病骨》《晨起》等诗，时距其辞世仅四个半月。在这些
作品中，陈与义较多流露出病中所思所感，如此诗末"物色乃可怜"二句
即是。

## 【注释】

　　①"病骨"二句：始轻，聚珍本作"如轻"。《世说新语·言语》："庾公造
周伯仁，伯仁曰：'君何所欣说而忽肥？'庾曰：'君何所忧惨而忽瘦？'伯仁
曰：'吾无所忧，直是清虚日来，滓秽日去耳。'"

　　②"超遥"句：《庄子·天地》："尧治天下，伯成子高立为诸侯。尧授舜，
舜授禹，伯成子高辞为诸侯而耕。禹往见之，则耕在野。禹趋就下风，立而
问焉。"

　　③离黄：聚珍本作"鸳黄"。《说文》："离黄，仓庚也。"亦作鸳黄。《尔
雅》："鸳黄，楚雀。"

　　④"物色"句：韩愈《寒食日出游夜归张十一院长见示病中忆花九篇因
此投赠》："可怜物色阻携手，空展霜缣吟九咏。"

482

# 晨 起

寂寂东轩晨起迟，蒙笼草木暗疏篱。<sup>①</sup>风来众绿一时动，正是先生睡足时。

**【题解】**

此诗作于绍兴八年(1138)。其中，随风"一时动"的"众绿"，与"正是先生睡足时"联系起来看，写得传神而有趣味。类似的苦中自嘲的写法，在《襄邑道中》《观雪》《罗江二绝》其二等诗篇中也都有所表现。着意在诗中表现谐趣，大大增加了陈与义诗歌的艺术魅力，可以视为其所开创的"新体"的艺术特质之一。清人贺裳论陈与义诗(详下)，就强调了"以趣胜"，虽不尽满意，也不得不承认其"俊气自不可掩"——仅此一点，似亦可将"新体"与杨万里的"诚斋体"区分开来。这种评价固然不是专门针对"新体"，但用于"新体"则更为准确。

**【注释】**

①"寂寂"二句：晨起迟，丁钞、聚珍本作"晨起时"。蒙笼，聚珍本作"朦胧"。《汉书·晁错传》："草木蒙笼，支叶茂接。"颜师古注："蒙笼，覆蔽之貌也。"

**【辑评】**

清贺裳《载酒园诗话》卷五：陈简斋诗以趣胜，不知正其着魔处，然俊气自不可掩。如《雨晴》诗："墙头语鹊衣犹湿，楼外残雷气未平。"《以事走郊外示友》："黄尘满面人犹去，红叶无言秋又归。"《观江涨》："叠浪并翻孤日去，两津横卷半天流。"俱可观。《送熊博士赴瑞安令》一作尤佳："衣冠衰衰相逢处，草木萧萧未变时。聚散同惊一枕梦，悲欢各诵十年诗。山林有约吾当去，天地无情子亦饥。笑领铜章非失计，岁寒心事欲深期。"虽格调不足言，颇为入情也。

# 登　阁

今日天气佳，登临散腰脚[1]。南方宜草木，九月未黄落。
秋郊乃明丽，夕云更萧索。远游吾未能，岁暮依楼阁。

**【题解】**

此诗作于绍兴八年(1138)。其中，开篇"今日天气佳"二句，乃是借用
陶渊明《诸人共游周家墓柏下》成句入诗(另一处为《试院春晴》中"今日天
气佳，忽思赋新诗")。陈与义还曾有多首次韵陶诗之作，如《诸公和渊明止
酒诗因同赋》《同左通老用陶潜还旧居韵》《同通老用渊明独酌韵》等。所
以，集中的一些诗，无论从意境到语言，都写得非常像陶诗。陈与义诗受陶
诗影响颇深，其诗作艺术风貌中尤其是清远平淡的部分，与陶诗的启迪不
无干系。

**【注释】**

①"登临"句：李峤《谢加赐防阁品子课及全禄表》："臣苦腰脚软弱，不
获躬诣阙庭拜谢，无任惭悚喜荷之至，谨因留守奏事奉表陈谢以闻。"

# 芙　蓉

白发飘萧一病翁，暮年身世药瓢中。芙蓉墙外垂垂发，
九月凭栏未怯风。

**【题解】**

此诗作于绍兴八年(1138)。诗中"芙蓉墙外垂垂发"二句，源自杜甫

《和裴迪登蜀州东亭送客逢早梅相忆见寄》尾联"江边一树垂垂发，朝夕催人自白头"，"垂垂"意为渐渐，两者可以关联起来读解。此杜老诗句曾被王国维《人间词话》标举为"无一语道著"之姜夔咏物词的"反面"例证，是有其道理的。落魄之人见此萧索之境，物我合一，自然愁难以堪。


# 岁　华


　　岁华日已凋，飞叶鸣古瓦。白头倚危槛，高旻覆平野①。遥瞻疏柳林，下有清溪泻。三春既繁丽，九秋亦潇洒②。平生万事过，所欠茅一把。③山川郁日夕，有抱无与写。赋诗老不工，开篇咏风雅。


## 【题解】

　　此诗作于绍兴八年(1138)。诗末"赋诗老不工"二句，揭示诗人自己，当然也可以说是时人推重《诗经》之意，可作诗论看。宋人特重民族意识及儒家思想，认为《诗经》足以证明圣贤教化之所在——如陆游《读豳诗》所云"我读豳风七月篇，圣贤事事在陈篇"，是其推崇《诗经》的首要文化因素。故诗人于诗若未有得，所谓"山川郁日夕，有抱无与写"，则自然向《诗经》中求。

## 【注释】

　　①"高旻(mín)"句：《尔雅》："秋为旻天。"

　　②"九秋"句：张昇《离亭燕》："一带江山如画。风物向秋潇洒。"

　　③"平生"二句：苏轼《赠郑清叟秀才》："年来万事足，所欠惟一死。"《景德传灯录》卷一五：朗州德山宣鉴禅师："师抵于沩山，从法堂西过东，回视方丈，沩山无语。师曰：'无也无也。'便出，至僧堂前乃曰：'然虽如此，不得草草。'遂具威仪上参。才跨门，提起坐具唤曰：'和尚。'沩山拟取拂子，师喝之，扬袂而出。沩山晚间问大众：'今日新到僧何在？'对曰：'那僧见和尚

了,更不顾僧堂,便去也。'沩山问众:'还识遮阿师也无?'众曰:'不识。'沩曰:'是伊将来有把茅盖头,骂佛骂祖去在。'"

# 得长春两株植之窗前

乡邑已无路,僧庐今是家。聊乘数点雨,自种两丛花①。篱落失秋序②,风烟添岁华。衰翁病不饮,独立到栖鸦。

**【题解】**

此诗作于绍兴八年(1138)。长春,即月桂花。刘勰《文心雕龙·原道》有云:"(人)为五行之秀,实天地之心,心生而言立,立言而文明,自然之道也。"《明诗》篇亦云:"人秉七情,应物斯感,感物吟志,莫非自然。"刘辰翁受此自然创作论影响,不仅在《松声诗序》中说明过水到渠成、满心而发、自然流露的创作原理,也常常把"自然"作为品评佳篇、好句的原则,用于评赏陈与义诗作的造境、修辞、立意和风貌。即如此诗中"聊乘数点雨"二句,就被刘辰翁评为"颓然天成"。如果从称许其诗之创作不假人力、自然形成的角度着眼,这一评语也似可以移评全篇。

**【注释】**

①两丛:《全芳备祖》卷二〇作"两株"。
②自"篱落"句以下,《全芳备祖》所引分作第二首。

# 九月八日戏作两绝句示妻子

今夕知何夕,都如未病时。重阳莫草草,剩作几篇诗。小瓮今朝熟,无劳问酒家。重阳明日是,何处有黄花。①

【题解】

此二诗作于绍兴八年(1138)。日常身边的琐事,写来如同白话,也有情趣,固不必以深厚苛求之。

【注释】

①"重阳"二句:杜甫《九日诸人集于林》:"九日明朝是,相要旧俗非。"白居易《九月八日酬皇甫十见赠》:"惆怅东篱不同醉,陶家明日是重阳。"

【辑评】

宋刘辰翁《评点》:(末句)语甚不长。

# 拒　霜①

拒霜花已吐,吾宇不凄凉。天地虽肃杀②,草木有芬芳。
道人宴坐处,侍女古时妆。浓露湿丹脸③,西风吹绿裳。

【题解】

此诗作于绍兴八年(1138)。在文人的诗画作品中,木芙蓉是常见的题材,盖属意于其拒霜自守的"晚芳"品质,即陈与义此诗中所谓"天地虽肃杀,草木有芬芳"。如苏轼也有一首《和陈述古拒霜花》,意相仿佛,可与参读:"千林扫作一番黄,只有芙蓉独自芳。唤作拒霜知未称,细思却是最宜霜。"

【注释】

①拒霜:《本草纲目·木三》:"木芙蓉八月始开,故名拒霜。"柳永《醉蓬莱》:"嫩菊黄深,拒霜红浅。"

②虽:丁钞作"有"。

③丹脸:喻红色的花瓣。罗隐《秋霁后》:"渚莲丹脸恨,堤柳翠眉颦。"

# 微雨中赏月桂独酌

　　人间跌宕简斋老，天下风流月桂花<sup>①</sup>。一壶不觉丛边尽，暮雨霏霏欲湿鸦。

## 【题解】

　　此诗作于绍兴八年（1138），为陈与义绝笔。前两句将人与物相提并论，"跌宕"、"风流"表面看来豁达超然，实则内里隐含着难于明言的辛酸和苦痛，反映出诗人细微而又深刻的心理变化。后两句点题，将人与物、情与景结合得浑融无间。特别是以"暮雨霏霏"的浑茫景象作结，予人迷濛怅惘之感，有利于衬托、表现空虚索寞的情绪，更给读者留下了想象寻味的余地。

## 【注释】

　　①月桂花：《全芳备祖》卷二〇作"月季花"。

## 【辑评】

　　宋叶寘《爱日斋丛钞》卷二：近时称白石者，乐清钱文子文季，番阳姜夔尧章，三山黄景说岩老，各因其居号之尔。故尧章以谓居苕溪上与白石洞天为邻，潘德久字之曰白石道人。诗云："屋角红梅树，花前白石生。"或评乐天"黄醅酒"对"白侍郎"，陈去非"简斋老"对"月桂花"，此祖其格者。

集外诗

# 画　梅

　　娥眉淡淡自成妆①,驿使还家空断肠。脂粉不施憔悴尽,失身来嫁易元光②。

**【题解】**

　　此诗创作时地未详。据本于山谷句法的"失身来嫁易元光",知所画为墨梅,也为诗写"脂粉不施"的墨梅增添几许谐趣;句中"来"字原本误作"未",可据丁钞校改。

**【注释】**

　　①"娥眉"句:张祜《集灵台》:"却嫌脂粉污颜色,淡扫蛾眉朝至尊。"

　　②"失身"句:易元光,谓墨。苏易简《文房四谱》卷五《墨谱》引文嵩《松滋侯易元光传》:"易元光,字处晦,燕人也。其先号青松子……家世通元处素,其寿皆永。尝与南越石虚中为研究云水之交,与宣城毛元锐、华阴楮知白为文章濡染之友。明天子重儒玄,慕其有道,世为文史之官。特诏常侍御案之右,拜中书监儒林待制,封松滋侯。其宗族蕃盛,布在海内,少长皆亲砚席,以文显用也。"黄庭坚《戏咏猩猩毛笔》:"政以多知巧言语,失身来作管城公。"

# 竹

　　高枝已约风为友,密叶能留雪作花。昨夜常娥更潇洒,又携疏影过窗纱。

**【题解】**

　　此诗创作时地未详。诗作以风、月为衬托,声、形、光随之而出,竹之清绝飘逸的风姿与神韵随之而出,从而也使得所咏之物在一定程度上人格化了。

## 心老久许为作画未果以诗督之

布衲王摩诘,禅余寄笔端。试将能事迫①,肯作画工难。秋入无声句②,山连欲雨寒。平生梦想处,奉乞小巑岏③。

**【题解】**

此诗当是宣和二至三年(1120—1121)居忧汝州时作。画是无声诗,此说至宋代最为盛行,甚且有径以无声诗为画之别号者,如此诗中"秋入无声句"。

**【注释】**

①"试将"句:能事迫,宜秋馆本作"能事毕",原本作"能事毕迫",依冯煦校本据库本校删。杜甫《戏题王宰画山水图歌》:"能事不受相促迫,王宰始肯留真迹。"

②"秋入"句:黄庭坚《次韵子瞻子由题憩寂图》:"李侯有句不肯吐,淡墨写出无声诗。"

③"奉乞"句:巑岏(cuán wán),山高锐貌。刘向《楚辞·九叹·忧苦》:"登巑岏以长企兮,望南郢而窥之。"

## 偶成古调十六韵上呈判府兼赠刘兴州

稽首苏耽仙,乘云去无迹。①尚留橘井在,与世除狂疾。②谁能不饮此,识味亦可录③。坐令郑玄牛,亦抱荆山玉。④伟哉稚川裔,神交接朝夕。⑤游戏及小道,造化入大笔。⑥优为吴诗父,雅命楚骚仆。⑦岂其橘井助,本自同仙箓。坐中子刘子,知是当日客。⑧书悬元和脚⑨,语经建康力。先我登公门,不数鸷鸟百⑩。曾挹两仙袖,自然生羽翼。⑪嗟我无长才,学架屋下屋。⑫诗虽两牛腰⑬,事亦几蛇足。已穷犹不悔,政荷师友德。文盟傥许予,幸不疑籍湜⑭。

**【题解】**

此诗当是宣和二年(1120)秋冬间居忧初至汝州时作。判府,谓葛胜仲。刘兴州,名元忠,事迹未详。值得注意的是,诗作借赠人之语,也道出了自己的艺术理想:"游戏及小道,造化入大笔。"意谓诗歌寓大道于娱乐之中,为人乐于接受而不自知,功德无量。又,葛胜仲有《次去非韵简元忠使君》(首句"翻飞堕青冥"),即和此诗。

**【注释】**

①"稽首"二句:《水经注·耒水》:"黄溪东有马岭山,高六百余丈,广圆四十许里。汉末有郡民苏耽,栖游此山。《桂阳列仙传》云:"耽,郴县人,少孤,养母至孝,言语虚无,时人谓之痴。常与众儿共牧牛,更直为帅,录牛无散。每至耽为帅,牛辄徘徊左右,不逐自还。众儿曰:'汝直牛,何道不走耶?'耽曰:'非汝曹所知',即面辞母云:'受性应仙,当违供养',涕泗又说:'年将大疫,死者略半,穿一井饮水,可得无恙。'如是有哭声甚哀。后见耽乘白马还此山中,百姓为立坛祠,民安岁登,民因名为马岭山。"王维《送方尊师归嵩山》:"借问迎来双白鹤,已曾衡岳送苏耽。"

②"尚留"二句:《太平广记》卷一三〇引《神仙传》:"(苏仙公)乃跪白母曰:'某受命当仙,被召有期,仪卫已至,当违色养,即便拜辞。'母子歔欷。母曰:'汝去之后,使我如何存活?'先生曰:'明年天下疾疫,庭中井水,檐边橘树,可以代养,井水一升,橘叶一枚,可疗一人。'"杜甫《奉送二十三舅录事崔伟之摄郴州》:"郴州颇凉冷,橘井尚凄清。"

③"识味"句:黄庭坚《赣上食莲有感》:"食莲谁不甘,知味良独少。"扬雄《法言·吾子》:"弃常珍而嗜乎异馔者,恶睹其识味也?"

④"坐令"二句：白居易《双鹦鹉》："郑牛识字吾常叹，丁鹤能歌尔亦知。"自注："郑康成家牛，触墙成八字。"曹植《与杨祖德书》："当此之时，人人自谓握灵蛇之珠，家家自谓抱荆山之玉。"

⑤"伟哉"二句：葛洪字稚川，稚川裔指葛胜仲。《晋书·阮籍嵇康向秀传论》："怆神交于晚笛，或相思而动驾。"袁宏《山涛别传》："陈留阮籍、谯国嵇康并高才远识，少有悟其契者。涛初不识，一与相遇，便为神交。"

⑥"游戏"二句：《论语·子张》："虽小道，必有可观者焉。"李贺《高轩过》："殿前作赋声摩空，笔补造化天无功。"李商隐《韩碑》："公退斋戒坐小阁，濡染大笔何淋漓。"

⑦"优为"二句：钟嵘《诗品》："汤休谓(吴迈)远云：'吾诗可为汝诗父。'以访谢光禄，云：'不然尔，汤可为庶兄。'"

⑧"坐中"二句：子刘子，原本作"子列子"，此据丁钞、聚珍本校改。当日客，原本作"当客日"，此据冯校据聚珍本校改。

⑨"书悬"句：刘禹锡《酬柳柳州家鸡之赠》："柳家新样元和脚，且尽姜芽敛手徒。"苏轼《柳氏二外甥求笔迹》二首其一："君家自有元和脚，莫厌家鸡更问人。"

⑩"不数"句：《汉书·邹阳传》："臣闻鸷鸟累百，不如一鹗。"

⑪"曾捪"二句：郭璞《游仙诗》七首其三："左捪浮丘袖，右拍洪崖肩。"两仙，葛胜仲与刘元忠。骆宾王《帝京篇》："倏忽抟风生羽翼，须臾失浪委泥沙。"

⑫"嗟我"二句：《世说新语·文学》："庾仲初作《扬都赋》成，以呈庾亮。亮以亲族之怀，大为其名价云：'可三《二京》，四《三都》。'于此人人竞写，都下纸为之贵。谢太傅云：'不得尔，此是屋下架屋耳。事事拟学，而不免俭狭。'"刘孝标注引王隐论扬雄《太玄经》曰："玄经虽妙，非益也。是以古人谓其屋下架屋耳。"《颜氏家训·序致篇》："魏晋以来所著诸子，理重事复，递相模敩，犹屋下架屋，床上施床耳。"

⑬"诗虽"句：李白《醉后赠王历阳》："书秃千兔毫，诗裁两牛腰。"王琦注：苏颂曰："诗裁两牛腰，言其卷大如牛腰也。"

⑭"幸不"句：苏轼《潮州韩文公庙碑》："追逐李杜参翱翔，汗流籍湜(shí)走且僵。"籍湜，指张籍、皇甫湜。

# 再用迹字韵成一首呈判府

　　风雨一叶过，黄花已陈迹。人贫交旧疏，岁暮日月疾。贪人积胡椒，智不到鬼录。①那知庾郎菜，地瘦饱金玉。②不如学服气，清坐了晨夕。③尚余烟月债，驱使入吟笔。④晚逢葛先生，怜我出无仆。借车得时诣，谬窥文字箓。谈诗不知疲，或作夜半客。⑤挥毫写珠玉⑥，治郡盖余力。不羡江千万，不慕李八百。⑦愿传公句法，容我附风翼。城东刘子政⑧，著书方满屋。昨示一篇诗，三日叹未足⑨。仍闻供笔砚，家有樊通德。⑩（元忠有侍妾，常谓某曰："若人有可爱处，吾尝记书中事不审，使之寻，辄能知其处。诗成或使之写，亦往往如人意。"陈学士愿闻斯语。）但恐裴公门，从此近舍湜。⑪

## 【题解】
　　此诗当是宣和二年（1120）秋冬间居忧初至汝州时作。诗中"谈诗不知疲，或作夜半客。挥毫写珠玉，治郡盖余力……愿传公句法，容我附风翼"数语，足以说明陈与义对江西诗法的重视程度。

## 【注释】
　　①"贪人"二句：贪人，原本此下有小注："一作富人。"此据聚珍本校删。《新唐书·元载传》："及死，行路无嗟隐者。籍其家，钟乳五百两，诏分赐中书、门下台省官，胡椒至八百石，它物称是。"曹丕《与朝歌令吴质书》："观其姓名，已为鬼录。"
　　②"那知"二句：庾郎菜，原本作"庾郎莱"，此据冯校据聚珍本校改。《南史·庾杲之传》："清贫自业，食唯有韭菹、瀹韭、生韭杂菜。任昉尝戏之

曰：'谁谓庾郎贫，食鲑尝有二十七种。'"

③"不如"二句：清座，原本作"清坐"，此据宜秋馆本、聚珍本、《宋诗钞》校改。《晋书·许迈传》："初采药于桐庐县之桓山……常服气，一气千余息。"又《张忠传》："永嘉之乱，隐于泰山。恬静寡欲，清虚服气，餐芝饵石，修导养之法。"

④"尚余"二句：白居易《晚春欲携酒寻沈四著作先以六韵寄之》："顾我酒狂久，负君诗债多。"

⑤"谈诗"二句：《后汉书·彭宠传》："王莽为宰衡时，甄丰旦夕入谋议。时人语曰：'夜半客，甄长伯。'"

⑥"挥毫"句：黄庭坚《双井茶送子瞻》："想见东坡旧居士，挥毫百斛泻明珠。"

⑦"不羡"二句：《南史·南平王恪传》："宾客有江仲举、蔡薳、王台卿、庾仲容四人，俱被接遇，并有蓄积。故人间歌曰：'江千万，蔡五百。王新车，庾大宅。'"《太平广记》卷七引《神仙传》："李八百，蜀人也，莫知其名。历世见之，时人计其年八百岁，因以为号。"（案：李八百之名，异说纷纭，如钱锺书《管锥编》所谓"正如上古善射者皆曰羿，美女子皆曰西施耳"。）

⑧"城东"句：刘向字子政。此借指刘兴州。

⑨三日：原本作"三百"，此据冯校据聚珍本校改。

⑩"仍闻"二句：《飞燕外传自序》："买妾樊通德，嬺之弟。有才色，知书。颇能言飞燕姊弟故事。"

⑪"但恐"二句：《新唐书·皇甫湜传》："求分司东都，留守裴度辟为判官。度修福先寺，将立碑，求文于白居易。湜怒曰：'近舍湜而远取居易，请从此辞。'度谢之。"


# 蒙示黄涧佳诗三读钦羡辄继韵仰报嘉赐

痴儿了官事，官事那可讫。①岂知公偷闲，临水照缨绂②。虽微八川雄，暴怒常至沸。③傥或似山阴，清流可共祓。贪德实以济,行地不郁郁。④赵洛与陶丘⑤,相比亦仿佛。解后逢公赏⑥,一洗伏流屈。可爱不可唾,众议那可咈。⑦彼是公余波,本来非俗物。⑧

## 【题解】

此诗亦当是忧居汝州与葛胜仲唱酬之作。正德《汝州志》卷二:"黄涧河,在州东三十里,俗呼为赵落河。发源于左村之北,南流合于汝河。"钦羡,敬慕。《世说新语·赏誉》:"张天锡世雄凉州,以力弱诣京师,虽远方殊类,亦边人之桀也。闻皇京多材,钦羡弥至。"诗人钦慕葛氏所赠佳诗,继韵以报。胜仲原唱,今本《丹阳集》佚之。

## 【注释】

①"痴儿"二句:那可讫,宜秋馆本作"乃可讫"。《晋书·傅咸传》:"生子痴,了官事,官事未易了也。了事正作痴,复为快耳。"《因话录》卷二:"刘桂州栖楚为京兆尹,号令严明,诛罚不避权势……而与属吏言,未曾伤气,不叱责一官。人常谓府县僚曰:'诸公各有自了本分公事,晴天美景,任恣意游赏,勿致拘束。'"

②缨绂:冠带与印绶。亦借指官位。沈约《梁三朝雅乐歌·俊雅二》:"珩佩流响,缨绂有容。"

③"虽微"二句:原注:"《子虚赋》说八川云:'沸乎暴怒。'沸,音弗。"其中,"音弗"原本作"云沸",此据聚珍本校改。《子虚赋》应作《上林赋》,有云:"荡荡乎八川分流,相背而异态……触穹石,激堆埼,沸乎暴怒,汹涌彭湃。"郭璞注:"沸,水声也。音拂。"

④"贪德"二句:以济,丁钞、聚珍本作"似济"。行地,原注:"一作地中"。《易·坤卦》:"牝马地类,行地无疆,柔顺利贞。"《孟子·滕文公下》:"水由地中行,江淮河汉是也。"

⑤"赵洛"句:原注:"《尚书·禹贡》:济水于陶丘北也。"《禹贡》:"导沇水,东流为济,入于河,溢为荥,东出于陶丘北。"郭璞曰:"今济阴定陶城中有陶丘。"赵洛,《陈与义集校笺》疑当作"赵落",黄涧别称也。

⑥"解后"句:解后,同"邂逅"。

⑦"可爱"二句:韩愈《合江亭》:"红亭枕湘江,蒸水会其左。瞰临眇空阔,绿净不可唾。"《书·尧典》:"帝曰:吁!咈哉。"注:"咈(fú),戾也。"

⑧"彼是"二句:《世说新语·排调》:"嵇、阮、山、刘在竹林酣饮,王戎后往。步兵曰:'俗物已复来败人意。'"

# 蒙示涉汝诗次韵

城南天倒影,绿浪摇十里。使君云梦胸,犹复录此水。①舟行及雨霁,秋色在葭苇。烟涵翠縠润,月照金波委。②知公已忘机,鸥鹭宛停峙。向来趋热士,说似颡应泚。③俗子与清游,自古剧函矢。④如何有双脚,受垢不受洗。⑤异哉公殊嗜,记此两苦李。⑥诗成堕衡门,名字污纸尾。⑦(公诗赐某及家弟也。)明当蹑公迹,佳处不待指。会逢白沙渚,我舍真可徙。鸣驺傥重来⑧,傍舫倾我耳。

**【题解】**

此诗作于宣和二、三年(1120－1121)。正德《汝州志》卷二:"汝河,在州南五里。其源出天息山,径蔡颍州入淮。"诗作次韵酬赠葛氏,于未能同其泛舟清游汝河不无遗憾之情,更有期待之意。葛胜仲有《涉汝诗》(首句"居官行两周"),序云:"汝河在临汝门外半里所,余屡携客坐河桥上,观水石搏激为雷霆汹溺之声,然未泛舟也。今岁秋七月甲子,连雨三日,水暴涨数丈,渺如湖海。始招三舟,携二子出泛,以微热,不敢率去非昆仲。归作是诗。"可参。

**【注释】**

①"使君"二句:《公羊传·成公八年》:"录伯姬也。"何休注:"伯姬守节,逮火而死,贤,故详录其礼,所以殊于众女。"韩愈《送诸葛觉往随州读书》:"屡为丞相言,虽恳不见录。"

②"烟涵"二句：縠(hú)，本系绉纱一类的丝织品。罗隐《贺淮南节度卢员赐绯》："御题彩服垂天眷，袍展花心透縠纹。"汉《郊祀歌》："月穆穆以金波，日华耀以宣明。"

③"向来"二句：《晋书·王沉传》："融融者皆趋热之士，得其炉冶之门者，唯挟炭之子。苟非斯人，不如已已。"罗邺《宫中二首》其一："今朝别有承恩处，鹦鹉飞来说似人。"颡泚(sǎng cǐ)，表示心中惭愧、惶恐。《孟子·滕文公上》："其颡有泚，睨而不视。"赵岐注："颡，额也。泚，汗出泚泚然也。见其亲为兽虫所食，形体毁败，中心惭，故汗泚泚然出于额也。"

④"俗子"二句：《孟子·公孙丑上》："矢人岂不仁于函人哉？矢人惟恐不伤人，函人惟恐伤人。"

⑤"如何"二句：《礼记·内则》："足垢燂汤请洗。"

⑥"异哉"二句：《晋书·王戎传》："又尝与群儿嬉于道侧，见李树多实，等辈竞趣之，戎独不往。或问其故，戎曰：'树在道边而多子，必苦李也。'取之信然。"苏轼《次韵王定国南迁回见寄》："君知先竭是甘井，我愿得全如苦李。"

⑦"诗成"二句：《南史·蔡廓传》："我不能为徐干木署纸尾。"

⑧鸣驺(zōu)：古代随从显贵出行并传呼喝道的骑卒。孔稚珪《北山移文》："及其鸣驺入谷，鹤书赴陇。"

# 再　和

洪河岂不壮，余润弥九里。①海内所咏歌，在德不在水。②德人经行地，可敬及蒲苇。况有水如此，浪去剧雪委。念昔涉涛江③，怒鼍如山峙。天风怖杀人，舟定舷有泚。惕然三夜梦，沙砾下飞矢。至今逢沟壑，敢照不敢洗。忽诵涉汝诗，五字拟苏李。快言击汰事，想见鱼掉尾。④十年疑此乐，始误斗柄指。便当策我足，岁月忽转徙。未办志和舟⑤，且洗子荆耳。

【题解】

此诗作于宣和二、三年(1120－1121)。诗中"十年疑此乐"二句,谓少涉涛江,久存余悸,不敢近水。今读胜仲诗,始觉《涉汝》之乐,如瞻斗极,知所向往也。陈与义所再和者,为葛胜仲《再和涉汝诗呈去非伯仲》(首句"清汝如荆溪")。

【注释】

①"洪河"二句:班固《西都赋》:"带以洪河泾渭之川。"《庄子·列御寇》:"河润九里,泽及三族。"

②"海内"二句:《左传·宣公三年》:"在德不在鼎。"

③"念昔"句:枚乘《七发》:"并往观涛乎广陵之曲江。"

④"快言"二句:击汰,划船。屈原《九章·涉江》:"乘舲船余上沅兮,齐吴榜以击汰。"掉尾,摇尾。《淮南子·精神训》:"我受命于天……视龙犹螾蜒,颜色不变,龙乃弭耳掉尾而逃。"

⑤"未办"句:《新唐书·张志和传》:"颜真卿为湖州刺史,志和来谒,真卿以舟敝漏,请更之。志和曰:'愿为浮家泛宅,往来苕霅间。'"


# 游岘山次韵三首①


夜度一程云,平明踏山址②。山神岂妒我,飞雨乱眸子③。重岳衮衮去,前杰后俊伟④。晦明更百态,始望那及此。路穷得精庐,税驾咨祖始。老僧千金意,佳处相指似。⑤先生一笑领,得句易翻水。⑥安石未归山,却要山料理。⑦奇哉此一段,惊世无前轨。酬山以快饮,春蕨正滋旨。一丘傥许予,高卧饱松髓。⑧城中谩拄笏,那知有兹事。

高人买山隐,百万犹恨少。客儿最省事,有屐一生了。⑨东庄良不遥,十里望缥缈。萦纡并麦垅,翠浪四山绕。先生滞鹿车,去程通凤沼。⑩暂来山泉上,思与飞云杳。云北接云南,一径绝纷扰。竹林怀风雨,目断极窈窈。从来无世尘,相对真不挠。⑪龙儿争地出,头角已表表。⑫先生嘱支郎,勿使斤斧夭。⑬终当乞一杖,险路扶吾老。⑭

转路山突兀,众山之所望。⑮懒融不下山,揖山会虚堂。⑯大空出盘嬉,小空时侍傍。⑰我游瞻铁凤,力尽随木羊。⑱石窗非人世,意欲凌风翔。巉巉窗中人,出定发有霜。过眼几浮烟,关身一禅床。教我安心法,入鸟不乱行。⑲似知使君尊,起炷柏子香。陇云亦堪寄,分作我归装⑳。好在窗前竹,伴师老苍苍。

**【题解】**

此三诗作于宣和二至三年(1120—1121),均写游览岘山所感,与葛胜仲《游岘山》(首句"山随宇宙结")当系一时前后之作。陈与义所称葛胜仲原唱未见,当是今本《丹阳集》佚之。

**【注释】**

①诗题中"三首",原本无,此据聚珍本校补。

②山址:原本作"山地",此据冯校据聚珍本校改。

③"飞雨"句:李贺《金铜仙人辞汉歌》:"魏官牵车指千里,东关酸风射眸子。"

④"前杰"句:韩愈《南山》:"或如贲育伦,赌胜勇前购。先强势已出,后钝嗔涊懦。"

⑤"老僧"二句:窦群《赠阿史那都尉》:"年来马上浑无力,望见飞鸿指似人。"元稹《连昌宫词》:"指似傍人因恸哭,却出宫门泪相续。"

⑥"先生"二句:韩愈《寄崔二十六立之》:"文如翻水成,初不用意为。"

⑦"安石"二句:《晋书·谢安传》:"安虽受朝寄,然东山之志始末不渝。"黄庭坚《催公静碾茶》:"睡魔正仰茶料理,急遣溪童碾玉尘。"

⑧"一丘"二句:鲍照《在江陵叹年伤老》:"方瞳起松髓,颓发疑桂脑。"张华《博物志》卷四:"《神仙传》:松柏脂入地,千年化为茯苓。"

⑨"客儿"二句：钟嵘《诗品》卷上："初，钱塘杜明师夜梦东南有人来入其馆，是夕即灵运生于会稽。旬日而谢玄亡。其家以子孙难得，送灵运于杜治养之。十五方还都，故名'客儿'。"《宋书·谢灵运传》："寻山陟岭，必造幽峻，岩障千重，莫不备尽。登蹑常著木履，上山则去前齿，下山去其后齿。"《世说新语·雅量》："或有诣阮，见自吹火蜡屐，因叹曰：'未知一生当著几量屐。'"

⑩"先生"二句：《后汉书·鲍宣妻传》："妻乃悉归侍御服饰，更著短布裳，与宣共挽鹿车，归乡里。"又《赵熹传》李贤注引《风俗通》："俗说鹿车窄小，载容一鹿。"独孤及《贾员外处见中书贾舍人巴陵诗集览之怀旧代书寄赠》："公游凤凰沼，献可在笔端。"杜甫《赠韦左丞丈济》："鸰原荒宿草，凤沼接亨衢。"

⑪"从来"二句：《战国策·魏策四》："（唐且）挺剑而起，秦王色挠。"王引之《经义述闻》卷三一："挠，弱也。面有惧色，则示人以弱，胡谓之色挠。"

⑫"龙儿"二句：卢仝《寄男抱孙》："竹林吾最惜，新笋好看守。万籟苞龙儿，攒进溢林薮。"韩愈《柳子厚墓志铭》："能取进士第，崭然见头角。"

⑬"先生"二句：《庄子·逍遥游》："不夭斤斧。"

⑭"终当"二句：陶渊明《归去来兮辞》："策扶老而流憩，时翘首而遐观。"

⑮"转路"二句：《尔雅·释山》："梁山，晋望也。"郭璞注："晋国所望祭者。"

⑯懒融：原本作"懒慵"，此据聚珍本校改。

⑰"大空"二句：《景德传灯录》卷八："一日，观察使裴休访之，问曰：'师还有侍者否？'师曰：'有一两个。'裴曰：'在什么处？'师乃唤：'大空小空。'时二虎自庵后而出，裴睹之惊悚。师语二虎曰：'有客，且去。'二虎哮吼而去。"

⑱"我游"二句：陆倕《石阙铭》："苍龙玄武之制，铜雀铁凤之工。"《列仙传》："葛由者，羌人也。周成王时，好刻木羊卖之。一旦骑羊而入西蜀，蜀中王侯贵人追之上绥山。在峨眉山西南，高无极也。随之者不复还，皆得仙道。"

⑲"教我"二句:《景德传灯录》卷三:"慧课谓达磨:'我心未宁,乞师与安。'祖曰:'将心来,与汝安。'可良久曰:'觅心了不可得。'祖曰:'我与汝安心竟。'"《庄子·山木》:"入兽不乱群,入鸟不乱行。鸟兽不恶,而况人乎!"

⑳分作我:聚珍本作"分我作"。

# 再　赋

堂堂李杜坛①,谁敢蹑其址。先生坐坛上,持钺令余子。由来文字伯,不但表奏伟。高怀淡无嗜,寓兴或留此。平生上林手,避谤淹二始。②登临意超然,笔落风雨似。③事异柳司马,辛苦记山水。④乐哉邦无事,那待猛政理。⑤驾言慰吾民,不愧城门轨。⑥看山笑邹湛,句外寄深旨。⑦岩树阅几客,尚余尧时髓。⑧抚板歌公诗,未暇知余事。

兴公赋天台,千字一何少。⑨岘山逢巧匠,笼络六诗了。余情到娘子⑩,心动云缥缈。仿佛山阿人,薜荔一身绕。⑪殷勤供沚笔,路转得龙沼。应龙喜公来,嘘气纷雾杳。忽然张盖起⑫,知不受人扰。诗成中有画,幽情杂荒窈。从公虽一快,顾有和诗挠。是事姑置之,归路迷日表。安得永兹乐,彭铿尚为夭。⑬但愁归城中,念山令人老。

修眉入幽梦,起费西南望。⑭终愿学柳文,买泉筑愚堂。⑮错磨高壁翠⑯,日日在我旁。忽在新野邹,行从泰山羊。城中瞻使君,驾鹤高驰翔。诗成堕人世,字字含风霜。⑰平生仰止勤,不但上下床。⑱顾许俗士驾,平参丈人行。⑲封姨岂嗔予,霞怒挟阿香。⑳知公终可恃,不记当趋装。清欢岂有极,夜色来苍苍。

**【题解】**

此三诗作于宣和二至三年(1120—1121)。陈与义是南渡后才真正开始学杜的,且主要学习杜甫在安史之乱期间的诗风。前期虽曾将李杜对举,认为他们的诗歌成就无人可比,肯定杜甫诗歌绝高的成就,如此组诗中所云:"堂堂李杜坛,谁敢蹑其址。"但对杜甫的认识并不深刻,表现在同时又对杜甫的人生态度提出质疑。经过靖康之难的大变动后,才对杜诗的看法有了极大的转变。

**【注释】**

①"堂堂"句:杜牧《雪晴访赵嘏街西所居三韵》:"命代风骚将,谁登李杜坛。"

②"平生"二句:《南史·颜延之传》:"少帝即位,累迁始安太守。领军将军谢晦谓延之曰:'昔荀勖忌阮咸,斥为始平郡,今卿又为始安,可谓二始。'"又《裴邃传》:"由是左迁始安太守,邃志立功边陲,不愿闲远,乃致书于吕僧珍曰:'昔阮咸、颜延有二始之叹,吾才不逮古人,今为三始,非其愿也,将如之何!'"

③"登临"二句:杜甫《寄李十二白二十韵》:"笔落惊风雨,诗成泣鬼神。"

④"事异"二句:韩愈《柳子厚墓志铭》:"居闲,益自刻苦,务记览,为词章,泛滥停蓄,为深博无涯涘,而自肆于山水间。"

⑤"乐哉"二句:《后汉书·王充等传论》:"太叔致猛政之褒,国子流遗爱之涕。"注:《左传》曰:"郑子产有疾,谓子太叔曰:'我死,子必为政。唯有德者能以宽服人,其次莫如猛。'"

⑥"驾言"二句:《孟子·尽心下》:"城门之轨,两马之力与?"

⑦"看山"二句:《晋书·邹湛传》:"邹湛字润甫,南阳新野人也。父轨,魏左将军。湛少以才学知名……深为羊祜所器重……所著诗及论事议二十五首,为时所重。"又《羊祜传》:"祜乐山水,每风景,必造岘山,置酒言咏,终日不倦。尝慨然叹息,顾谓从事中郎邹湛等曰:'自有宇宙,便有此山。由来贤达胜士,登此远望,如我与卿者多矣!皆湮灭无闻,使人悲伤。如百岁后有知,魂魄犹应登此也。'湛曰:'公德冠四海,道嗣前哲,令闻令望,必

与此山俱传。至若湛辈，乃当如公言耳。'"

⑧"岩树"二句：原注："宗炳《登山》诗：'长松列靖肃，下凝尧时髓。'"

⑨"兴公"二句：《晋书·孙绰传》："尝作《天台山赋》，辞致甚工。初成，以示友人范荣期，云：'卿试掷地，当作金石声也。'荣期曰：'恐此金石非中宫商。'然每至佳句，辄云：'应是我辈语。'"

⑩"余情"句：娘子，未详。

⑪"仿佛"二句：《九歌·山鬼》："若有人兮山之阿，被薜荔兮带女萝。"

⑫"忽然"句：《三水小牍》："安定郡有岘阳峰，峰上有池，若雨，则云起池中，若车盖然。故里谚曰：'岘山张盖雨滂沱。'"

⑬"安得"二句：《庄子·齐物论》："天下莫大于秋毫之末，而大山为小；莫寿于殇子，而彭祖为夭。天地与我并生，而万物与我为一。"屈原《天问》："彭铿斟雉，帝何飨？"洪兴祖补注引《神仙传》云："彭祖姓篯名铿，帝颛顼之玄孙，善养性，能调鼎，进雉羹于尧，尧封于彭城。历夏经殷至周，年七百六十七岁而不衰。"

⑭"修眉"二句：原注："城中望山，正在西南。"韩愈《南山》："天空浮修眉，浓绿画新就。"

⑮"终愿"二句：柳宗元《愚溪诗序》："愚池之东为愚堂。"

⑯"错磨"句：杜甫《渼陂西南台》："错磨终南翠，颠倒白阁影。"

⑰"诗成"二句：《西京杂记》卷三："淮南王安著《鸿烈》二十一篇。鸿，大也；烈，明也，言大明礼教。号为《淮南子》，一曰《刘安子》。自云字中皆挟风霜。扬子云以为一出一入。"

⑱"平生"二句：《诗·小雅·车辖》："高山仰止，景行行止。"

⑲"顾许"二句：丈人行，对年辈较长者的尊称。《汉书·匈奴传》："汉天子，吾丈人行。"杜甫《李潮八分小篆歌》："岂如吾甥不流宕，丞相中郎丈人行。"

⑳"封姨"二句：《搜神记》："永和中，义兴人姓周，出都，乘马，从两人行。未至村，日暮。道旁有一新草小屋，一女子出门，年可十六七，姿容端正，衣服鲜洁。望见周过，谓曰：'日已向暮，前村尚远，临贺讵得至？'周便求寄宿。此女为燃火作食。向一更中，闻外有小儿唤'阿香'声，女应诺。

寻云：'官唤汝推雷车。'女乃辞行，云：'今有事当去。'夜遂大雷雨。向晓，女还。周既上马，看昨所宿处，止见一新冢。"

# 秋　月

祎暑推不去①，快风喜来过。西荣迟明月，与子聊婆娑。初如金盆涌，稍若玉鉴磨。②亭亭倚华魄，艳艳舒冻波③。夜气清入骨，奈此光景何。一杯幸相属，安能废吟哦。④纤阿无停轮⑤，衰鬓飒已多。及时会行乐，无惜醉颜酡⑥。

**【题解】**

此诗未详作于何年。诗作从咏月写到感叹年华似水以及时行乐。

**【注释】**

①"祎(pàn)暑"句：《诗·鄘风·君子偕老》："蒙彼绉绤，是绁祎也。"毛传："绤之靡者为绉，是当暑祎延之服也。"孔颖达疏："祎延，是热之气也。"《说文系传》："祎，烦溽也。"《晋书·邓攸传》："邓侯挽不留，谢令推不去。"

②"初如"二句：金盆，聚珍本作"金盘"。杜甫《赠蜀僧闾丘师兄》："夜阑接软语，落月如金盆。"李商隐《蝶》："初来小苑中，稍与琐闱通。"稍，犹旋也，已而也，还也。

③"艳艳"句：韩愈《八月十五日夜赠张功曹》："纤云四卷天无河，清风吹空月舒波。"

④"一杯"二句：谓对此好光景，酒之外，安能废诗。

⑤"纤阿"句：《史记·司马相如传》："阳子骖乘，纤阿为御。"司马贞《索隐》引服虔曰："纤阿为月御。"又引乐产曰："纤阿，山名，有女子处其岩，月历岩度，跃入月中，因名月御也。"

⑥酡(tuó)：饮酒朱颜貌。宋玉《楚辞·招魂》："美人既醉，朱颜酡些。"

王逸注："朱,赤也,酡,著也,言美女饮唱醉饱,则面著赤色而鲜好也。"洪兴祖补注:"酡,音驼,饮而赭色著面。"

# 均台辞二首①

小桃借春春已来,平分和气入均台。夜来台边草环绿,今朝芒生满三木②。街头拍手闹千儿,齐唱中和宣布曲。③使君坐啸闹如云④,请酿百川寿使君。但愿使君长乐职,不须更看杓虚实⑤。

东家西家尔盍来,听说空圄如春台。⑥决曹高卧印生绿,丛棘化为交逊木⑦。策勋此木那可遗⑧,动地风摇枝不曲。愿我无讼到来云,莫辞着力借寇君。⑨借得贤侯虽尔职,但恐朝廷要人调鼎实⑩。

**【题解】**

此二诗当是在汝州颂葛胜仲之作。均台,疑是"钧台"之误。正德《汝州志》卷二:"郏县钧台,在下黄道保。世传黄帝问道广成子,驻跸于此,大奏钧天广乐,故名。"诗作均采用接近民歌的句式,造成"以文为诗"的特点,而又流畅婉转,自然顺适。

**【注释】**

①诗题中"二首",原本无,此据聚珍本校补。

②"今朝"句:《汉书·司马迁传》:"魏其,大将也,衣赭,关三木。"颜师古注:"三木,在颈及手足。"

③"街头"二句:《汉书·王褒传》:"于是益州刺史王襄欲宣风化丁众庶,闻王褒有俊材,请与相见,使褒作《中和》《乐职》《宣布诗》,选好事者令依《鹿鸣》之声习而歌之。"李白《襄阳歌》:"襄阳小儿齐拍手,拦街争唱白铜鞮。"

507

④闹如云:《陈与义集校笺》疑当系"闲如云"之误。

⑤杓(sháo):杓子。《汉书·息夫躬传》:"将行于杯杓。"

⑥"东家"二句:盍来,聚珍本作"我来"。《管子·五辅》:"公法行而私曲止,仓廪实而囹圄空。"《老子》:"众人熙熙,如享太牢,如登春台。"

⑦"丛棘"句:《酉阳杂俎》续集卷一〇:"《武陵郡记》:白雉山有木名交让,众木敷荣后方萌芽,亦更岁迭荣也。"

⑧"策勋"句:《左传·桓公二年》:"凡公行,告于宗庙。反行,饮至,舍爵,策勋焉,礼也。"

⑨"愿我"二句:《尔雅·释亲》:"玄孙之子为来孙,来孙之子为昆孙,昆孙之子为仍孙,仍孙之子为云孙。"《后汉书·寇恂传》:"即日车驾南征,恂从至颍川,盗贼悉降,而竟不拜郡,百姓遮道,曰:'愿从陛下复借寇君一年。'"

⑩"但恐"句:《旧唐书·裴度传》:"果闻勿药之喜,更俟调鼎之功。"黄庭坚《古风二首上苏子瞻》其一:"古来和鼎实,此物升庙廊。"


# 长沙寺桂花重开

天遣幽花两度开,黄昏梵放此徘徊①。不教居士卧禅榻②,唤出西厢共看来。

**【题解】**

未知诗题中"长沙寺"是否即江陵之长沙寺。若然,则此诗当是建炎二至三年(1128－1129)间流寓荆、襄时作。诗写寺院桂花二度开放,引人观赏。

**【注释】**

①"黄昏"句:杜甫《大云寺赞公房四首》其三:"梵放时出寺,钟残仍殷床。"

②不教:原作"不交",此据聚珍本校改。

# 和若拙弟得陪游后园二首①

西园冠盖坐生风,更欲长绳击六龙。②惟有病夫能省事,北窗三友是过从③。

壮夫三箭功名手,儒士百篇藜苋肠。④莫道人人握珠玉,应须字字挟风霜。

**【题解】**

此二诗作于宣和二、三年(1120－1121)间。第二首中"莫道人人握珠玉,应须字字挟风霜",说的是文字的选择必须饱经历练与审度,才能成就好的作品。

**【注释】**

①诗题中"二首",原本无,此据聚珍本校补。又,"陪",原本作"倍",此据聚珍本校改。

②"西园"二句:曹丕《芙蓉池作》:"乘辇夜行游,逍遥涉西园。"曹植《公宴诗》:"清夜游西园,飞盖相追随。"长绳系日,比喻想留住时光。《太平御览》卷七六六引傅玄《九曲诗》曰:"岁暮景迈时光绝,安得长绳系日月。"

③"北窗"句:白居易《北窗三友》:"昨日北窗下,自问何所为。欣然得三友,三友者为谁。琴罢辄举酒,酒罢辄吟诗。三友递相引,循环无已时。"

④"壮夫"二句:《旧唐书·薛仁贵传》:"时九姓有众十余万,令骁健数十人逆来挑战,仁贵发三矢,射杀三人,自余一时下马请降。仁贵恐为后患,并坑杀之。更就碛北安抚余众,擒其伪叶护兄弟三人而还。军中歌曰:'将军三箭定天山,战士长歌入汉关。'九姓自此衰弱。"藜苋(xiàn),粗劣菜蔬。韩愈《崔十六少府摄伊阳以诗及书见投因酬三十韵》:"三年国子师,肠肚习藜苋。"

# 季高送酒

自接麴生蓬户外,便呼伯雅竹床头①。真逢幼妇著黄绢②,直遣从事到青州。

**【题解】**
此诗未详何年所作。季高,未详。诗酒相逢,相得益彰。

**【注释】**
①"便呼"句:曹丕《典论·酒诲》:刘表贵骄好酒,为三爵,大曰伯雅,受七升;次曰仲雅,受五升;又次曰季雅,受三升。

②"真逢"句:《世说新语·捷悟》:"魏武尝过曹娥碑下,杨修从。碑背上见题作'黄绢幼妇,外孙齑臼'八字。魏武谓修曰:'解不?'答曰:'解。'魏武曰:'卿未可言,待我思之。'行三十里,魏武乃曰:'吾已得。'令修别记所知。修曰:'黄绢,色丝也,于字为绝。幼妇,少女也,于字为妙。外孙,女子也,于字为好。齑臼,受辛也,于字为辞。所谓绝妙好辞也。'魏武亦记之,与修同,乃叹曰:'我才不及卿,乃觉三十里。'"

# 墨戏二首①

## 兰

鄂州迁客一花说,仇池老仙五字铭。②并入晴窗三昧手③,不须辛苦读骚经。

## 蕙

人间风露不到畹④,只有酪奴无世尘。何须更待秋风至,萧艾从来不共春⑤。

【题解】

此二诗未详何年所作。文人熟读楚辞,深受屈原式的比兴象征的思维方式的熏陶浸染,画兰时自然地联想到屈原及其作品,笔下之兰就自然像楚辞中那样,具有了高洁的品质。吟咏之作如第二首,亦以表现自己的人格与志趣,同时寄寓失落情绪。

【注释】

①诗题中"二首",原本无,此据聚珍本校补。

②"鄂州"二句:鄂州迁客,指黄庭坚。黄庭坚《书幽芳亭》:"兰蕙丛生,初不殊也。至其发华,一干一华而香有余者,兰;一干五七华而香不足者,蕙。蕙虽不若兰,其视椒樧则远矣。"仇池老仙,谓苏轼。苏轼《双石引至:"忽忆在颍州日,梦人请住一官府,榜曰仇池,觉而诵杜子美诗曰:'万古仇池穴,潜通小有天。'"杜集旧注:"世传仇池穴出神鱼,食之者仙。"

③"并入"句:三昧,梵语,一作三摩提,意为正定。《智度论》卷七:"善心一处不动,是名三昧。"李肇《唐国史补》卷中:"长沙僧怀素好草书,自言得草圣三昧。"

④"人间"句:畹(wǎn),古代地积单位,十二亩为一畹,一说三十亩为一畹。屈原《离骚》:"余既滋兰之九畹兮,又树蕙之百亩。"

⑤"萧艾"句:萧艾,艾蒿,蒿类植物的一种,有臭味。喻品质不好的人。屈原《离骚》:"何昔日之芳草兮,今直为此萧艾也。"杜甫《种莴苣》:"中园陷萧艾,老圃永为耻。"

# 和孙升之

姬国余芳代有人①,于今公子秀溪濆。处心如水尚书市,能赋临流靖节君。②花岛红云春句丽,月梅疏影夜香闻。③囊开古锦湖山出,何意一星窥妙文。④(此和升之咏周坚仲。十二年前到周子壁间,有诗曾见之,故有"一星窥妙文"之句。)

此诗亦未详作于何年。孙升之,未详。诗中"花岛红云春句丽,月梅疏影夜香闻",用词淡雅明丽,语言流丽清新,与韦应物诗相似。

【注释】

①"姬国"句:邓名世《古今姓氏书辩证》卷七:"孙,出自姬姓。卫康叔八世孙武公和生公子惠孙,惠孙生耳,为卫上卿,食采于戚,生武仲乙,以王父字为氏。"

②"处心"二句:靖节,原本作"静节"。《汉书·郑崇传》:"上责崇曰:'君门如市人,何以欲禁切主上?'崇对曰:'臣门如市,臣心如水。'"《南史·陶潜传》:"世号靖节先生。"《汉书·艺文志》:"登高能赋,可以为大夫。"

③"花岛"二句:夜香,聚珍本作"异香"。韩愈《奉和虢州刘给事使君三堂新题二十一咏》其八《花岛》:"欲知花岛处,水上觅红云。"

④"囊开"二句:李商隐《李长吉小传》:"恒从小奚奴,骑距驴,背一古破锦囊,遇有所得,即书投囊中。及暮归,太夫人使婢探囊,出之,见所书多,辄曰:'是儿要当呕出心乃已尔。'上灯与食,长吉从婢取书,研墨叠纸足成之,投他囊中。"一星谓一周星,岁星十二年一周。白居易《与刘苏州书》:"岁月易得,行复周星。"

【辑评】

清范大士《历代诗发》卷二六:("花岛"二句)新丽更在温、李之上。


# 寺　居


招提远占一牛鸣,阻绝干戈得暂经。<sup>①</sup>梦境了知非有实,醉乡不入自常醒<sup>②</sup>。楼台近水涵明鉴,草树连空写素屏。物象自堪供客眼,未须觅句户长扃<sup>③</sup>。


【题解】

以"招提远占一牛鸣"二句观之,此诗当是晚年寓居青镇寿圣院时作。

"楼台近水涵明鉴"二句直以画家眼光出之。

**【注释】**

①"招提"二句：一牛，原本作"一年"，此据聚珍本、宜秋馆本校改。杜甫《游龙门奉先寺》："已从招提游，更宿招提境。"《僧辉记》："招提者，梵言拓斗提奢，唐言四方僧佛，但传笔者讹拓为招，去斗，奢留提字，即今十方住持寺院耳。"黄庭坚诗序："高至言筑亭于家圃以奉亲，总其观览之富，命曰溪亭，乞余赋诗。余先君之敝庐，望高子所筑，不过十牛鸣尔。"史容注："释氏书：五里为一牛鸣。王荆公诗：'潮沟直下两牛鸣，十亩涟漪一草亭。'又诗：'京岘城南隐映深，两牛鸣地得禅林。'"杜甫《恨别》："草木变衰行剑外，兵戈阻绝老江边。"

②"醉乡"句：《新唐书·王绩传》："著《醉乡记》，以次刘伶《酒德颂》。"

③"未须"句：黄庭坚《病起荆江亭即事十首》其六："闭门觅句陈无己，对客挥毫秦少游。"


# 某窃慕东坡以铁拄杖为乐全生日之寿今以大铜瓶上判府待制庶几因物以露区区且作诗二首将之亦东坡故事①

要学东坡寿乐全，此瓶端合供儒先。铁如意畔无忧畏，玉唾壶傍耐岁年。②项似董宣真是强，腹如边孝故应便。③与公剩贮为霖水，不羡宫门承露仙。④

不与观音伴柳枝，要令奇相解公颐。会逢白氏编书日，犹梦陶家贮粟时。⑤安用作盘供歃血，也胜为钵困催诗。⑥千年秀结重重绿，长映先生鬓与眉。


**【题解】**

此二诗作于宣和二年(1120)冬。苏轼有《乐全先生生日以铁拄杖为寿》七律二首,乐全为张方平别号。铁杖在普遍使用竹木为杖的时代的确非常稀罕,陈与义慕此故事,仿之作诗以寿葛胜仲。

## 【注释】

①诗题中"某",聚珍本作"与义"。

②"铁如"二句:铁如意畔,原本作"铁如意伴",此据聚珍本校改。《晋书·石崇传》:"崇便以铁如意击之,应手而碎。"《拾遗记》卷七:"(薛灵芸)至升车就路之时,以玉唾壶承泪,壶即红色。"

③"项似"二句:《后汉书·董宣传》:"帝令小黄门持之,使宣叩头谢主,宣不从。强使顿之,宣两手据地,终不肯俯。主曰:'文叔为白衣时,藏亡匿死,吏不敢至门;今为天子,威不能行一令乎?'帝笑曰:'天子不与白衣同。'因敕:'强项令出。'"

④"与公"二句:《书·说命》:"若岁大旱,用汝作霖雨。"《三辅旧事》:"建章宫承露盘高二十六丈,大七围,以铜为之,上有仙人掌承露,和玉屑饮之。"

⑤"会逢"二句:《类说》卷五三引《谈苑》:"白居易作《六帖》,以陶家瓶数千,各题门目,作七层架列斋中,命诸生采集事类投瓶中,倒取抄录成书,故所记时代无次。"陶渊明《归去来兮辞序》:"余家贫,耕植不足以自给,幼稚盈室,瓶无储粟,生生所资,未见其术。"

⑥"安用"二句:《史记·平原君虞卿列传》:"平原君与楚合从,日中不决。毛遂按剑历阶而上,责楚王,楚王曰:'唯唯,诚若先生之言,谨奉社稷而以从。'毛遂曰:'从定乎?'楚王曰:'定矣。'毛遂谓楚王之左右曰:'取鸡狗马之血来!'毛遂奉铜盘而跪进之楚王,曰:'王当歃血而定从,次者吾君,次者遂。'遂定从于殿上。毛遂左手持盘血而右手招十九人曰:'公相与歃此血于堂下!公等录录,所谓因人成事者也。'"《南史·王僧孺传》:"竟陵王子良尝夜集学士,刻烛为诗,四韵者则刻一寸,以此为率。文琰曰:'顿烧一寸烛,而成四韵诗,何难之有?'乃与令楷、江洪等共打铜钵立韵,响灭则诗成,皆可观览。"

# 又用韵春雪

急雪催诗兴未阑,东风肯奈鸟乌寒。最怜度牖勤勤意①,更接飞花细细看。连夜抛回三白瑞,及时惊动五辛盘。②袁安久绝干人望,春破还思绮一端。③

## 【题解】

此诗用韵与《次韵张迪功春日》诸诗同,当作于宣和元、二年(1119－1120)冬春间,时在辟雍录任,与张元芳酬唱。面对纷纷飘来的春雪,诗人感慨万千,思绪不断,既为冬去春来、瑞雪兆丰年而欢欣,更热切盼望久已绝世的袁安再生,如同春雪洗刷污秽一样,弹劾那些专权弄国、陷害忠良、排挤贤才的权奸显贵。此诗写得情真意切,别有淡远之意。"最怜度牖勤勤意"二句至为精妙,生动有韵。

## 【注释】

①"最怜"句:李绅《苏州画龙记》:"每飞雨度牖,疏云殷空。"

②"连夜"二句:《朝野佥载》:"正月见三白,田家笑赫赫。"又北方谚曰:"要宜麦,见三白。"王安石《和王胜之雪霁借马入省》:"前年腊归三见白,霁色岭上斑斑留。"周处《风土记》:"元日造五辛盘,正月元日五薰炼形。"注:"五辛所以发五藏之气,即大蒜、小蒜、韭菜、云台、胡荽是也。"

③"袁安"二句:干人望,原本作"千人望",此据意以改。绮一端,原本作"骑一端",此据丁钞、《宋诗钞》、冯校据聚珍本校改。《后汉书·袁安传》注引《汝南先贤传》曰:"时大雪积地丈余,洛阳令自出案行,见人家皆除雪出,有乞食者。至袁安门,无有行路。谓安已死,令人除雪入户,见安僵卧。问何以不出,安曰:'大雪人皆饿,不宜干人。'令以为贤,举为孝廉也。"陶渊明《咏贫士》七首其五:"袁安门积雪,邈然不可干。"《古诗十九首》:"客从远方来,遗我一端绮。"《小尔雅》:"倍丈谓之端。"《集韵》:"布帛六丈曰端。"

# 次韵邢子友

壮士如今烂莫收，尚思抽矢射旄头。<sup>①</sup>不堪苦雾侵衰鬓，稍喜和烟入戍楼。万里中原空费梦，三春胜日偶成游。青松远岭偏惊眼，薄晚阑干更少留<sup>②</sup>。

**【题解】**

此诗作于建炎四年（1130）。浩气之作。黄公孟尝集陈与义诗句为七律十余首，辞意并茂，突过原作。如以下一首《登楼》，尾句即集自此诗："一笛西风夜倚楼，雨津横卷半天流。钓鱼不用寻温水，扫地还应学赵州。欲诣热官忧冷语，漫排诗句写新愁。梦阑尘里功名晚，壮士如今烂莫收。"

**【注释】**

①"壮士"二句：韩愈《远游联句》："离思春冰泮，烂漫不可收。"《史记·张仪列传》："张仪于是之赵，上谒求见苏秦。苏秦乃诫门下人不为通，又使不得去者数日。已而见之，坐之堂下，赐仆妾之食。因而数让之曰：'以子之材能，乃自令困辱至此。吾宁不能言而富贵子，子不足收也。'"《史记·天官书》："昂曰旄头，胡星也。"

②薄晚：丁钞作"薄映"。

# 某用家弟韵赋绝句上浣清视芜词累句非敢以为诗也愿赐一言卒相之<sup>①</sup>

万里平生几蛇足，九州何路不羊肠<sup>②</sup>。只应绿士苍官辈，却解从公到雪霜。<sup>③</sup>

此诗作于宣和三至四年(1121-1122)。严羽《沧浪诗话》谓"陈简斋诗亦江西诗派而小异",此诗即可为一例。诗呈葛胜仲,有寄托,有感慨,有讽寓之意,有伤离感乱之情,不是只在字意上讲脱胎换骨,也不是只在格律上讲拗体正体。

【注释】

①诗题,聚珍本作"上知府用家弟韵"。

②"九州"句:《史记·魏世家》:"昔者魏伐赵,断羊肠,拔阏与。"张守节《正义》:"羊肠坂道,在太行山上。"张为《主客图》载鲍溶断句:"万里歧路多,一身天地窄。"

③"只应"二句:樊宗师《绛守居园池记》:"有柏苍官青士,拥列与槐朋友。"赵仁举注:"苍官,松也。青士,竹也。"吴师道注:"松、竹,据注云尔,不知樊意政如此否?后来王介甫之用苍官,杨廷秀之用青士,皆出于此也。"

# 某以雨有嘉应遂占有秋辄采用家弟韵赋二绝句少赀勤恤之诚也①

云气初看龙起湫,雨声旋听树惊秋。已教农父歌田守,更遣虞人信魏侯。②(某比蒙宿戒游富家池,明日微雨犹不废出,故有是句。)

纪德刊碑不厌丰,龙眠深洞一言通。坐看绿浪摇千里,拔薤栽榆未当功。③

【题解】

此二诗作于宣和三至四年(1121-1122)。诗亦呈葛胜仲,称扬其执政清明爱民,如第二首所云:"坐看绿浪摇千里,拔薤栽榆未当功。"

**【注释】**

①诗题中"某",聚珍本作"与义",馆臣并于题下案云:"此二绝当亦是上知府之作,而编录者缺书。"

②"已教"二句:杜甫《遭田父泥饮美严中丞》:"田翁逼社日,邀我尝春酒。酒酣夸新尹,畜眼未见有。"《战国策·魏策一》:"文侯与虞人期猎,是日饮酒乐,天雨。文侯将出,左右曰:'今日饮酒乐,天又雨,公将焉之?'文侯曰:'吾与虞人期猎,虽乐,岂可不一会期哉!'乃往。"

③"坐看"二句:《后汉书·庞参传》:"拜参为汉阳太守。郡人任棠者,有奇节,隐居教授。参到,先候之。棠不与言,但以薤(xiè)一大本,水一盂,置户屏前,自抱孙儿伏于户下。主簿白以为倨。参思其微意良久,曰:'棠是欲晓太守也。水者,欲吾清也。拔大本薤者,欲吾击强宗也。抱儿当户,欲吾开门恤孤也。'于是叹息而还。"吴融《和峡州冯使君题所居》:"三年拔薤成仁政,一日诛茅葺所居。"


# 梅

爱欹纤影上窗纱①,无限轻香夜绕家。一阵东风湿残雪,强将娇泪学梨花。②


**【题解】**

此诗未详作于何年。"新体"(陈善《扪虱新话》卷四)的一个重要特点,是让笔下的山水、花草等都具有人的形象、思想和感情,作者笔下的自然是一种人格化的自然,其涵义接近修辞上的拟人。此诗也可为"新体"之一例,词句明净,音调响亮,且注意写出意境。前两句写梅影梅香,虽由林逋《山园小梅》中的名句得来,却点化自如,更富有动态。后两句以雨打梨花来比喻雪融白梅,生动活泼,趣味横生。

**【注释】**

①爱欹:原本作"爱歌",此据《宋诗钞》校改。

②"一阵"二句：白居易《长恨歌》："玉容寂寞泪阑干,梨花一枝春带雨。"

# 蒙知府宠示秋日郡圃佳制遂侍杖屦逍遥林水间辄次韵四篇上渎台览①

岁月移文外,乾坤杖屦中。铿然五字律,健在百夫雄。②秋入池深碧,寒欺叶递红。此间兼吏隐③,端不减游嵩。(客有游嵩山者,归以语公,公以不得游为恨。)

鸟语知公乐,晴山及我游④。尽排物外事,拚作酒中浮。菊蕊离双鬓,林声隐四愁。骚人例喜赋,政自不关秋。

竹际笙簧起,回听众籁微。时陪物外赏,肯念日斜阳。草色违秋意,池光净客衣。吟公清绝句,政尔不能肥。

一笑聊开口⑤,千忧不上眉。林深受风得,柏老到霜知⑥。小憩逢筇洞,幽寻及枳篱⑦。愿公勤秉烛,裁咏刺离离。⑧

【题解】

此组诗作于宣和二、三年(1120-1121)。知府,谓葛胜仲,然今本《丹阳集》中不见原作。诸作写来不卑不亢,确如范大士所评："与善事上官、献谀不绝口者,真有雅俗之分。"(《历代诗发》卷二六)

【注释】

①诗题,聚珍本作"知府示秋日郡圃佳制次韵四首"。

②"铿然"二句：五字律,原本"律"字卜有"一作句"小注三字,聚珍本无。陈子昂《送别出塞》："平生闻高义,书剑百夫雄。"

③"此间"句：吏隐,不以利禄萦心,虽居官而犹如隐者。宋之问《蓝田山庄》："宦游非吏隐,心事好幽偏。"杜甫《院中晚晴怀西郭茅舍》："浣花溪

519

里花饶笑,肯信吾兼吏隐名。"

④晴山:聚珍本作"山晴"。

⑤"一笑"句:《庄子·盗跖》:"上寿百岁,中寿八十,下寿六十,除病瘦死丧忧患,其中开口而笑者,一月之中,不过四五日而已矣。"

⑥霜知:丁钞作"霜枝"。

⑦枳篱:枳木篱笆。《晋书·成都王颖传》:"颖乃造棺八千余杖,以成都国秩为衣服,敛祭,葬于黄桥北,树枳篱为之茔域。"韩偓《南安寓止》:"此地三年偶寄家,枳篱茅厂共桑麻。"

⑧"愿公"二句:潘岳《笙赋》:"枣下纂纂,朱实离离。宛其落矣,化为枯枝。人生不能行乐,死何以虚谥为。"《古诗十九首》:"昼短苦夜长,何不秉烛游。"

# 送人归京师

门外子规啼未休,山村日落梦悠悠。故园便是无兵马①,犹有归时一段愁。

【题解】

此诗未详作于何年。诗作抒发遭逢战乱的身世之感,用字朴素,句法自然。抒情写景结合忧国伤时之心,都有一定的深度,尤其是抒忧郁悲愁之情而不至于凄厉。

【注释】

①便是无兵马:谓就使无兵祸也。便,犹虽,纵,就使。"便"字与下句"犹"字相应。

# 雪

　　仙人手持白鸾尾,夜半朝元明月里。①羽衣三振风不断,
下视银潢一千里②。玉轪戴花分后前,欲落未落天恍然。③余
标从向人间去,乞与袁安破晓眠。

## 【题解】

　　此诗未详作于何年。诗作以丰富的艺术想象力,似乎为读者编织了一个关于下雪的神话故事。原来是仙人手持白鸾尾,身穿羽衣,坐着玉车,在"夜半朝元"的路上抖动几次,加上风吹,于是天下茫然一片,形成千里银河。

## 【注释】

　　①"仙人"二句:仙人手持,原本作"仙手人持",此据丁钞、聚珍本校改。李贺《仙人》:"手持白鸾尾,夜扫南山云。"姚鹄《玉真观寻赵尊师不遇》:"羽客朝元昼掩扉,林中一径雪中微。"

　　②银潢:天河。苏轼《和文与可洋川园池三十首·天汉台》:"漾水东流旧见经,银潢左界上通灵。"

　　③"玉轪(dài)"句:玉轪,原本作"玉轪",此据聚珍本、宜秋馆本校改。屈原《离骚》:"屯余车其千乘兮,齐玉轪而并驰。"厉荃《事物异名录·舟车·车》:"《山堂肆考》:'天子车为紫盖,故曰紫轪。轪,车辖也。以玉饰之,又谓之玉轪。'"恍然,模糊不清,茫然。王琰《冥祥记》:"达既升之,意识恍然,不复见家人屋及所乘轝。"

# 赋康平老铜雀砚

邺城台殿已荒凉,依旧山河满夕阳。瓦砾却镵今日砚①,似教人世写兴亡。

**【题解】**

此诗未详作于何年。康平老,未详。何薳《春渚纪闻》卷九:"相州魏武故都所筑铜雀台,其瓦初用铅丹杂胡桃油捣治火之,取其不渗,雨过即干耳。后人于其故基掘地得之,镵以为研,虽易得墨,而终乏温润,好事者但取其高古也。"铜雀古瓦砚浓缩了沧桑变幻的历史,在诗人笔下,自然能比其他砚台多出几许怀古的幽思与感喟。陈与义诗虽然在诗歌题材方面不及欧阳修、梅尧臣诸人有意识地找寻日常生活中极细小之物,以扩大诗的表现范围,但仍包含了许多具体琐物细事。如此诗,即由一方瓦砚联系到古殿瓦砾,更明说人世兴亡的重大主题。

**【注释】**

①镵(chán):古代的一种掘土器。

# 和颜持约

半篙寒碧秋垂钓,一笛西风夜倚楼①。多少巫山旧家事②,老来分付水东流。

**【题解】**

此诗当作于宣和六年(1124)。诗作兴到神来,抒发一时感触,写得清淡简远,流荡自然,颇近唐调。又,与陈与义大致同时的李若水(1093—

1127),《全宋诗》载有其一首《题观城驿壁》,与此诗仅有两字之别,未审何故:"半篙寒碧秋垂钓,一笛疏风夜倚楼。多少巫山旧家事,老来分付与东流。"

**【注释】**

①"一笛"句:赵嘏《长安秋望》:"残星几点雁横塞,长笛一声人倚楼。"

②"多少"句:旧家,犹云从前。家作估量之辞,与作世家解之旧家异。欧阳修《玉楼春》:"寻思还有旧家心,蝴蝶时时来役梦。"


# 早　行


露侵驼褐晓寒轻,星斗阑干分外明①。寂寞小桥和梦过,稻田深处草虫鸣。②


**【题解】**

此诗未详何年作。诗人通过感觉、视觉和听觉的交替与综合,描绘了一幅独特的早行图。在景物描写中注入一系列微妙的主观感受,把读者带进一个清凉、寂寞而又宁静的感觉的世界,是此诗的独特之处。读者通过通感与想象,主人公一系列微妙的神态变化都宛然在目,天上地下一切景物特征也一一展现眼前。

值得注意的是,《两宋名贤小集》卷三〇六所录张良臣《雪窗小稿》中有一首《晓行》,亦选入《诗家鼎脔》卷上、《宋百家诗存》卷二一、《宋诗纪事》卷五三,与陈与义此诗大同小异:"千山万山星斗落,一声两声钟磬清。路人小桥和梦过,豆花深处草虫鸣。"又,韦居安《梅涧诗话》卷上所引李元膺《秋晚早行》诗一首,与陈与义此诗仅"露侵"、"分外"、"稻田"分别作"雾侵"、"野外"、"豆田"异。

**【注释】**

①阑干:横斜貌。曹植《善哉行》:"月没参横,北斗阑干。"

②"寂寞"二句：和梦过，原本作"知梦过"，此据丁钞、聚珍本、《宋诗钞》校改。草虫，聚珍本作"野虫"。

# 寄题康平老昳柯亭

　　高怀志丘壑，既足不愿余。惜哉三径荒，滞彼天一隅。小筑聊自适①，空园辟榛芜。清影吊高槐，气与西山俱。何以开了颜，庭柯作森疏②。月露洗尘嚣，天风吹笙竽。方其寓目时，万象供啸呼。终然成坐忘③，天地犹空虚。券外果何有，浮云只须臾。乃知钟鼎丰，未胜山林癯。渊明死千年，日月走名誉。不肯见督邮，归来守旧庐。可怜骨已朽，后有谁继渠。愿子副名实，此事吾欲书。

【题解】

　　此诗未详何年作。陈与义在创作方面颇有自己的心得体会，诗、书、画堪称三绝，深厚的艺术素养，使他有关艺术思维及诗歌形象的认识，很有自己的见解和特色，如此诗中"高怀志丘壑"二句、"方其寓目时"二句、"渊明死千年"二句所云。

【注释】

　　①小筑：蒋刻作"小菜"，此据冯校据聚珍本校改。

　　②"庭柯"句：陶渊明《归去来兮辞》："引壶觞以自酌，昳庭柯以怡颜。"森疏，树木繁茂扶疏。陶渊明《庚子岁五月中从都还阻风于规林》二首其一："高莽眇无界，夏木独森疏。"

　　③"终然"句：《庄子·大宗师》："曰：'回坐忘矣。'仲尼蹴然曰：'何谓坐忘？'颜回曰：'堕肢体，黜聪明，离形去知，同于大通，此谓坐忘。'"

# 余识景纯家弟出其诗见示喜其同臭味也辄用大成黄字韵赋八句赠之

阿奴喜气照人黄①，传得新诗细作行。可爱悬知似杨柳，忘忧复不待槟榔。②魏收已获崔昂誉，摩诘仍推相国长。③盍不少留东合醉④，剩收篇咏作归装。

**【题解】**

此诗作于宣和二年(1120)。景纯，宋唐年字。大成，谓葛胜仲。胜仲尝为国子祭酒，故以大成相称之。考葛胜仲《丹阳集》卷二〇诗题云"景纯到汝数日，遽求别。仆固不敢留客，然宋伯举(轩)为兄，苏勤道(大宁)为妇之兄，遽见去，似非人情。辄成是诗，率二僚留之"，据知唐年兄宋轩及妻兄苏大宁时在汝州知州葛胜仲幕，唐年时为光化主簿，此时自光化来汝省亲。陈与义诗中"崔昂"指苏大宁，"摩诘"指宋轩，一指妻兄，一指兄，用事甚为精切。

**【注释】**

①"阿奴"句：韩愈《郾城晚饮奉赠副使马侍郎及冯李二员外》："城上赤云呈胜气，眉间黄色见归期。"

②"可爱"二句：复不，聚珍本作"不复"。《南史·张绪传》："刘悛之为益州，献蜀柳数株，枝条甚长，状若丝缕。时旧宫芳林苑始成，武帝以植于太昌灵和殿前，常赏玩咨嗟，曰：'此杨柳风流可爱，似张绪当年时。'其见赏爱如此。"又《刘穆之传》："穆之少时家贫，诞节嗜酒食，不修拘检。好往妻兄家乞食，多见辱，不以为耻。其妻江嗣女，甚明识，每禁不令往。江氏后有庆会，属令勿来，穆之犹往。食毕，求槟榔，江氏兄弟戏之曰：'槟榔消食，君乃常饥，何忽须此？'妻复截发市肴馔为其兄弟以饷穆之，自此不对穆之梳沐。及穆之为丹阳尹，将召妻兄弟，妻泣而稽颡以致谢，穆之曰：'本不恶

怨，无所致忧。'及至，醉，穆之乃令厨人以金柈贮槟榔一斛以进之。"

③"魏收"二句：《北齐书·魏收传》："收娶其舅女，崔昂之妹。"又《崔昂传》："未几，复侍燕金凤台，帝历数诸人，咸有罪负。至昂，曰：'崔昂直臣，魏收才士，妇兄妹夫，俱省罪过。'"《旧唐书·王缙传》："王缙字夏卿，河中人也。少好学，与兄维早以文翰著名。"杜甫《解闷十二首》其八："不见高人王右丞，蓝田丘壑漫寒藤。最传秀句寰区满，未绝风流相国能。"《卢氏杂记》："王缙好与人作碑铭，有送润毫者误叩其兄门，维曰：'大作家在那边。'"

④"葛不"句：《汉书·公孙弘传》："于是起客馆，开东阁，以延贤人。"李商隐《哭遂州萧侍郎二十四韵》："早岁思东阁，为邦属故园。"又《九日》："郎君官贵施行马，东阁无因再得窥。"


# 次韵景纯道中寄大成①

闻道歌行伏李绅②，古来贤守是诗人。久钦乐广怀披雾，一见周瑜胜钦醇。③海内期公黄合老④，尊前容我白纶巾。佳篇咀嚼真堪饱，此日何忧甑有尘⑤。

【题解】

此诗作于宣和二年(1120)。诗中"久钦乐广怀披雾"二句，以"若饮醇醪"之典反映周瑜多姿多彩的精神内涵，如性度恢廓、雅量高致。将周瑜与晋时名士乐广并列，一相交如醇酒，一相交似水镜，有朋如此，岂不快哉？又，景纯原唱未见。葛胜仲《奉酬景纯道中见寄之什》(首句"惭无才望照簪绅")与陈与义此作皆次景纯韵者，可参读。

【注释】

①诗题中"大成"，原本作"大城"，此据丁钞、聚珍本校改。

②"闻道"句：《唐诗纪事》卷三九："绅字公垂，中书令敬玄曾孙，号短李。"白居易《编集拙诗成一十五卷因题卷末戏赠元九李二十》："一篇长恨

有风情,十首秦吟近正声。每被老元偷格律,苦教短李伏歌行。"后二句自注:"元九向江陵日,尝以拙诗一轴赠行,自后格变","李二十尝自负歌行,近见予乐府五十首,默然心伏"。

③"久钦"二句:《三国志·吴书·周瑜传》裴松之注引《江表传》:"(程)普颇以年长,数陵侮瑜。瑜折节容下,终不与校。普后自敬服而亲重之,乃告人曰:'与周公瑾交,若饮醇醪,不觉自醉。'时人以其谦让服人如此。"

④"海内"句:杜甫《将赴成都草堂途中有作先寄严郑公五首》其四:"生理只凭黄阁老,衰颜欲付紫金丹。"

⑤"此日"句:《后汉书·范冉传》:"穷居自若,言貌无改。闾里歌之曰:'甑(zèng)中生尘范史云,釜中生鱼范莱芜。'"甑,一种炊具。《后汉书·孟敏传》:"荷甑堕地,不顾而去。"

# 景纯再示佳什殆无遗巧勉成二章<br>一以报佳贶一以自贻①

皖皖休嫌笏与绅,如公本是九包人。②(来诗云:"还山终戴鹿皮巾。")读书只用三冬足,学道从来一色醇。③太尉谈辞仍玉麈,侍中风韵更纱巾。④谁言上界多官府,亦许散仙追后尘。⑤

诸公衮衮坐垂绅⑥,谁信北风欺得人。遮眼读书何用解,发颜要酒可须醇。⑦十年白社空看镜⑧,万里青天一岸巾。少待奇章到三日,试将冠盖拂埃尘。⑨

【题解】

此二诗作于宣和二年(1120)冬。诗作赞赏友人佳篇,兼以自砺。

【注释】

①诗题中"景纯再示佳什",原本作"再蒙宠示佳什",此据聚珍本校改。

②"皖(huàn)皖"二句:《庄子·天地》:"皖皖然在缧绁之中而自以为

得。"晥晥,《释文》引李云:"穷视貌。"一云眠目貌。《小学绀珠》:"凤六象九苞:头象天,目象日,背象月,翼象风,足象地,尾象纬;口包命,心合度,耳听达,舌诎伸,彩色光,冠矩州,距锐钩,音激扬,腹文户。"

③"读书"二句:《汉书·东方朔传》:"年十三学书,三冬文史足用。"

④"太尉"二句:仍玉麈,丁钞作"挥玉麈"。《唐语林》卷四:"路侍中岩,风貌之美,为世所闻。镇成都日,委执政于孔目吏边咸,日以妓乐自随,宴于江津,都人士女怀掷果之羡,虽卫玠、潘岳,不足为比。善巾裹,蜀人见必效之,后乃剪纱巾之角,以异于众也。间巷有袨服修容者,人必讥之曰:'尔非路侍中耶?'"

⑤"谁言"二句:韩愈《奉酬卢给事云夫四兄曲江荷花行见寄并呈上钱七兄阁老张十八助教》:"上界真人足官府,岂如散仙鞭笞鸾凤终日相追陪。"

⑥垂绅:大带下垂。借指在朝为臣。《礼记·玉藻》:"凡侍于君,绅垂。"孔颖达疏:"绅,大带也。身直则带倚,磬折则带垂。"

⑦"遮眼"二句:《景德传灯录》卷一四:澧州药山惟俨禅师:"看经次,僧问:'和尚寻常不许人看经,为甚么却自看。'师曰:'我只图遮眼。'"陶渊明《五柳先生传》:"好读书,不求甚解。"发颜,犹言使脸色发红。嵇康《养生论》:"劲刷理鬓,醇醴发颜。"

⑧"十年"句:白社,借指隐士或隐士所居之处。《晋书·董京传》:"初与陇西计吏俱至洛阳,被发而行,逍遥吟咏,常宿白社中。"李商隐《和刘评事永乐闲居见寄》:"白社幽闲君暂居,青云器业我全疏。"杜甫《江上》:"勋业频看镜,行藏独倚楼。"

⑨"少待"二句:《旧唐书·牛僧孺传》:"敬宗即位,加中书侍郎、银青光禄大夫,封奇章子,邑五百户。十二月,加金紫阶,进封郡公、集贤殿大学士、监修国史。"《云溪友议》卷中载刘禹锡《酬淮南牛相公述旧见贻》:"犹有当时旧冠剑,待公三日拂埃尘。"

# 同家弟用前韵谢判府惠酒二首①

衔杯乐圣便称贤，无酒犹堪卧瓮间。②使者在门催仆仆，曲车入梦正班班。③不烦白水真人力，来自青城道士山。④千载王弘同并美，未应杞菊赋寒悭。⑤

日饮知非贫士宜，要逃语阱税心轵。⑥所须唯酒非虚酒，以醉为乡可径归。⑦鹦鹉鸬鹚俱得道，螟蛉蝶蠃共忘机。⑧狂言戏作麻姑送，无奈阍人与我违。⑨

**【题解】**

前录有《次韵宋唐年主簿见寄二首》及《再用景纯韵咏怀》二首，此二诗所谓"用前韵"即用景纯"悭"字、"违"字韵也，知系一时之作，当在宣和二年（1120）冬。二诗感谢葛胜仲馈赠佳酿。

**【注释】**

①诗题中"二首"，原本无，此据聚珍本校补。

②"衔杯"二句：杜甫《饮中八仙歌》："左相日兴费万钱，饮如长鲸吸百川，衔杯乐圣称世贤。"《晋书·毕卓传》："比舍郎酿熟，卓因醉夜至其瓮间盗饮之，为掌酒者所缚，明旦视之，乃毕吏部也，遽释其缚。卓遂引主人宴于瓮侧，致醉而去。"

③"使者"二句：催仆仆，聚珍本作"虽仆仆"。仆仆，形容烦琐、屡屡之意。《孟子·万章下》："子思以为鼎肉使己仆仆尔亟拜也，非养君子之道也。"赵岐注："仆仆，烦猥貌。"班班，形容车辆众多，络绎不绝。《后汉书·五行一》："桓帝之初，京都童谣曰：'城上乌，尾毕逋。公为吏，子为徒。一徒死，百乘车。车班班，入河间。'"

④"不烦"二句：杜甫《谢严中丞送青城山道士乳酒一瓶》："山瓶乳酒下青云，气味浓香幸见分。"

⑤“千载”二句:《南史•陶渊明传》:"江州刺史王弘欲识之,不能致也。潜尝往庐山,弘令潜故人庞通之赍酒具,于半道栗里要之。潜有脚疾,使一门生二儿举篮舆;及至,欣然便共饮酌。俄顷弘至,亦无忤也。"陆龟蒙《杞菊赋序》:"天随子宅荒,少墙屋,多隙地。著图书所,前后皆树以杞菊。春苗恣肥,日得以采撷之以供左右杯案。及夏五月,枝叶老硬,气味苦涩,旦暮犹责儿童拾掇不已。人或叹曰:'千乘之邑,非无好事者家,日欲击鲜为具,以饱君者多矣。君独闭关不出,率空肠贮古圣贤道德言语,何自苦如此?'生笑曰:'我几年来忍饥诵经,岂不知屠沽儿有酒食耶?'退而作《杞菊赋》以自广。"苏轼《再过超然台赠太守霍翔》:"躬持牛酒劳行役,无复杞菊嘲寒悭。"

⑥“日饮”二句:税心轫,丁钞作"说心轫"。《汉书•爰盎传》:"南方卑湿,丝能日饮,亡何,说王毋反而已。"韩愈《秋怀诗十一首》其十:"诘屈避语阱,冥茫触心兵。"屈原《九章•悲回风》:"心轫羁而不开兮,气缭转而自缔。"王逸注:"肝胆系结,难解释也。"洪兴祖补注:"轫羁见《骚经》。不形,谓中心系结,不见于外也。"

⑦“所须”二句:《易•需卦》:"九五,需于酒食,贞吉。"孔颖达疏:"'需于酒食,贞吉'者,五既为需之主,已得天位,无所复需,但以需于酒食,以递相宴乐,而得贞吉。"《世说新语•任诞》:"后事平,冰欲报卒,适其所愿。卒曰:'出自厮下,不愿名器。少苦执鞭,恒患不得快饮酒。使其酒足余年,毕矣,无所复须。'"

⑧“鹦鹉”二句:李白《襄阳歌》:"鸬鹚杓,鹦鹉杯,百年三万六千日,一日须倾三百杯。"刘伶《酒德颂》:"二豪侍侧焉,如蜾蠃(guǒ luǒ)之与螟蛉。"螟蛉是一种绿色小虫,蜾蠃是一种寄生蜂。蜾蠃常捉螟蛉存放在窝里,产卵在它们身体里,卵孵化后就拿螟蛉作食物。

⑨“狂言”二句:《唐国史补》卷上:"李相泌以虚诞自任。尝对客曰:'令家人速洒扫,今夜洪崖先生来宿。'有人遗美酒一榼,会有客至,乃曰:'麻姑送酒来,与君同倾。'倾之未毕,阍者云:'某侍郎取榼子。'泌命倒还之,略无怍色。"

# 次韵家弟所赋

曹刘方驾信优为，不废东郊坐保厘。①投蚓问公逢老手，联珠及我愧连枝。②定知来者倾三叹，共了流年费几诗③。瘀絮车斜敢将去，乐天那畏一微之。④

**【题解】**

葛胜仲有《迮日诗卷承若拙编为小集见示且有诗因次韵》（首句"骊珠鱼目两无遗"）以及《蒙若拙见和复次韵》（首句"逸气轩轩盖搢绅"），陈与义此诗所用韵与胜仲第一诗同，皆次若拙韵。胜仲第二诗所用韵即《次韵景纯道中寄大成》诗"绅"字韵者，据知诸诗皆作于宣和二年（1120）冬。诗作表达对与能弟的勉励之意。

**【注释】**

①"曹刘"二句：优为，原本作"扰为"，此据冯校据聚珍本校改。杜甫《奉寄高常侍》："总戎楚蜀应全未，方驾曹刘不啻过。"方驾，两车并行。《后汉书·马防传》："临洮道险，车骑不得方驾。"《书·毕命》："以成周之众，命毕公保厘东郊。"白居易《司徒令公分守东洛移镇北都一心勤王三月成政……》："保厘东宅静，守护北门牢。"

②"投蚓"二句：《隋书·薛道衡传》："陈使傅绎聘齐，以道衡兼主客郎接对之。绎赠诗五十韵，道衡和之，南北称美。魏收曰：'傅绎所谓以蚓投鱼耳。'"《晋书·王羲之传》："子云近世擅名江表，然仅得成书，无丈夫之气，行行若萦春蚓，字字如绾秋蛇。"苏轼《龙尾砚歌》："粗言细语都不择，春蚓秋蛇随意画。"

③费几诗：原本作"废几诗"，此据聚珍本校改。

④"瘀絮"二句：白居易《和微之诗二十三首》序有云："微之又以近作四十三首寄来，命仆继和。其间'瘀絮'四百字，'车斜'二十篇者流，皆韵剧辞弹，瑰奇怪谲。又题云：'奉烦只此一度，乞不见辞。'意欲定霸取威，置仆于

穷地耳。大凡依次用韵,韵同而意殊,约体为文,文成而理胜,此足下素所长者,仆何有焉? 今足下果用所长,过蒙见窘。然敌则气作,急则计生,四十二章,麾扫并毕,不知大敌以为如何?"


# 徙舍蒙大成赐诗


南北东西共一尘,得坻随处可收身。<sup>①</sup>卜居赋就知谋拙,入宅诗成觉诗新。三径蓬蒿犹恨浅,九流宾客未嫌贫。<sup>②</sup>不须更待高轩过,袖有珠玑已照邻。<sup>③</sup>


**【题解】**

此诗作于宣和三年(1121)。徙宅之际,因葛胜仲赠诗祝贺而有所感慨。聚珍本原编次在《同家弟用前韵谢判府惠酒》之后,《谢杨工曹用前韵》之前,馆臣案:"此诗与前二首原本并错置《景纯再示佳什二章》之后,致前二首所用韵,及后一首《谢杨工曹》所用韵,各离隔不属,今校正。"

**【注释】**

①"南北"二句:坻,小渚,一曰水中高地。贾谊《鵩鸟赋》:"乘流则逝兮,得坻则止。"

②"三径"二句:黄庭坚《题宛陵张待举曲肱亭》:"仲蔚蓬蒿宅,宣城诗句中。"任渊注:"《三辅决录》注曰:张仲蔚,平陵人,所居蓬蒿没人。"《梁书·萧子显传》:"子显性凝简,颇负其才气。及掌选,见九流宾客,不与交言,但举扇一挥而已,衣冠窃恨之。"

③"不须"二句:袖有,原本作"神有"此据丁钞校改。《新唐书·李贺传》:"七岁能辞章,韩愈、皇甫湜始闻未信,过其家,使贺赋诗,援笔辄就如素构,自目曰《高轩过》。二人大惊,自是有名。"杜甫《上韦左相二十韵》:"独步才超古,余波德照邻。"

# 次韵宋主簿诗<sup>①</sup>

　　九折湾中万斛舟<sup>②</sup>,怪公随处得心休。未应菊径关心急,聊为鱼槎尽意留<sup>③</sup>。陆子旧踪余马顶,羊公遗碣见龟头。<sup>④</sup>遥知太白无多事,醉里诗成不待搜。

**【题解】**

葛胜仲有《次韵景纯将赴襄阳眷恋里第》(首句"枳棘栖鸾岂所宜"),陈与义此诗当是宋唐年去襄阳后唱酬之作,故用"鱼槎"、"马顶"、"羊公碣"、"太白诗"诸事;又不无艳羡之意。时在宣和三年(1121)春。

**【注释】**

①诗题,聚珍本作"次韵宋主簿"。

②"九折"句:苏轼《次京师韵送表弟程懿叔赴夔州运判》:"譬如万斛舟,行此九折湾。"

③"聊为"句:杜甫《解闷十二首》其六:"复忆襄阳孟浩然,清诗句句尽堪传。即今耆旧无新语,漫钓槎头缩项鳊。"

④"陆子"二句:《水经注·江水》:"洲上有奉城,故江津长所治,旧主度州郡,贡于洛阳,因谓之奉城,亦曰江津戍也。戍南对马头岸,昔陆抗屯此与羊祜相对,大宏信义,谈者以为华元、子反复见于今矣。"《晋书·羊祜传》:"襄阳百姓于岘山祜平生游憩之所建碑立庙,岁时飨祭焉。望其碑者莫不流涕,杜预因名为堕泪碑。"

# 用大成四桂坊韵赋诗赠令狐昆仲<sup>①</sup>

　　乡人洗眼看银黄,得桂运枝手尚香。<sup>②</sup>盛事固应传雁塔,新诗不减住鸡坊。③醍酥乳酪元同味，羯末对胡更合堂。④从此葛恢门下客，知名可但一杨方。⑤

**【题解】**

前录有《寄题商洛宰令狐励迎翠楼》诗，作于宣和四年(1122)春。令狐励当是令狐兄弟之一，与此诗当为一时前后之作。葛胜仲《四桂坊》(首句"蕊榜连年诏墨黄")引云："燉煌令狐吉光首以文艺第进士，其季茂之、寿墟、子建皆继登科，并时显仕，蔚为冕绂盛家。余为汝州，榜其坊曰四桂。岂独门阀之懿，且以劝来者。"陈与义诗即次胜仲此韵而作，表达对令狐昆仲的颂赞之意。

**【注释】**

①诗题，聚珍本作"用大成四桂坊韵赠令狐昆仲"。

②"乡人"二句：《汉书·杨朴传》："怀银黄，垂三组，夸乡里。"颜师古注："银，银印也；黄，金印也。"刘峻《广绝交论》："近世有乐安任昉，海内髦杰。早绾银黄，夙昭民誉。"李颀《行路难》："父子兄弟绾银黄，跃马鸣珂朝建章。"《避暑录话》卷四："世以登科为折桂，此谓郤诜对策东堂，自云桂林一枝也。自唐以来用之。温庭筠诗云：'犹喜故人新折桂，自怜羁客尚飘蓬。'"《古今合璧事类备要》前集卷三七："窦禹钧有子五人：仪、俨、侃、偁、僖，俱登科，冯道赠之诗曰：'燕山窦十郎，教子以义方。灵椿一株老，丹桂五枝芳。'"

③"盛事"二句：《唐国史补》卷下："进士为时所尚久矣。……既捷，列书其姓名于慈恩寺塔，谓之题名会。大宴于曲江亭子，谓之曲江会。"《唐摭言》三："进士题名，自神龙之后，过关宴后，率皆期集于慈恩塔下题名。故贞元中，刘太真侍郎试《慈恩寺望杏园花发》诗"，"白乐天一举及第，诗曰：'慈恩塔下题名处，十七人中最少年。'"戴埴《鼠璞》卷上："予得唐雁塔题名石刻，细阅之，凡留题姓名，僧道士庶，前后不一，非止新进士也。唐进士特于曲江宴赏之暇有此会。"杜甫《西郊》："时出碧鸡坊，西郊向草堂。"

④"醍(tí)酥"二句：《新唐书·穆宁传》："兄弟皆和粹，世以珍味目之：赞少俗，然有格，为酪；质美而多入，为酥；员为醍醐；赏为乳腐云。"《晋书·

534

谢万传》:"子韶,字穆度,少有名。时谢氏尤彦秀者称封、胡、羯、末。封谓韶,胡谓朗,羯谓玄,末谓川,皆其小字也。"

⑤"从此"二句:杨方,原本作"扬方",此据宜秋馆本校改。《晋书·杨方传》:"杨方字公回,少好学,有异才。初为郡铃下威仪。公事之暇,辄读五经,乡邑未之知。内史诸葛恢见而奇之,待以门人之礼,由是始得周旋贵人间。"

# 留别葛汝州

平生师友尘莫数,两眼偏明向公许。<sup>①</sup>一时盛德人中骥,四海名名地上虎。<sup>②</sup>东序阶墀再靴板,西州杖屦三寒暑。<sup>③</sup>我方庶兄汤惠休,公乃小儿杨德祖。<sup>④</sup>未颁还朝尺一诏,不愧专城丈二组。<sup>⑤</sup>为公剩买银管笔,容我时亲玉柄麈。<sup>⑥</sup>近蒙五字落珠玑<sup>⑦</sup>,如服一丸生翅羽。别离真成惜夜烛,感叹更值歌朝雨。<sup>⑧</sup>行看入侍玉皇案,与进不待金刚杵。<sup>⑨</sup>劝公慎勿学孔光,荐士何妨似张禹。<sup>⑩</sup>

**【题解】**

此诗当作于宣和四年(1122)离汝时。别离之际,不胜感叹,依依难舍之余兼有劝勉友人之意。葛胜仲《次韵去非留别韵》(首句"余子碌碌不足数")可参。

**【注释】**

①"平生"二句:偏明,原本作"遍明",此据聚珍本校改。李商隐《哭刘蕡》:"平生风义兼师友,不敢同君哭寝门。"

②"一时"二句:《南史·徐勉传》:"宗人孝嗣见之,叹曰:'此所谓人中之骐骥,必能致千里。'"《北史·高昂传》:"神武以昂为西南道大都督,径趣商、洛,昂度河祭河伯曰:'河伯,水中之神;高敖曹,地上之虎。行经君所,

故相决醉。'"

③"东序"二句:《礼记·王制》:"夏后氏养国老于东序。"

④"我方"二句:钟嵘《诗品》:"汤休谓(吴迈)远云:'吾诗可为汝诗父。'以访谢光禄,云:'不然尔,汤可为庶兄。'"《后汉书·祢衡传》:"唯善鲁国孔融及弘农杨修,常称曰:'大儿孔文举,小儿杨德祖。余子碌碌,莫足数也。'"苏轼《游罗浮山一首示儿子过》:"汝应奴隶蔡少霞,我亦季孟山玄卿。"

⑤"未颁"二句:《后汉书·陈蕃传》:"尺一选举。"李贤注:"尺一,谓板长尺一,以写诏书也。"吴均《答萧新浦》:"身纤丈二组,手擎尺一诏。"《汉书·严助传》:"陛下以方寸之印,丈二之组,填抚方外。"《陌上桑》:"三十侍中郎,四十专城居。"

⑥"为公"二句:《全唐诗话》卷六:"定辞为镇州王镕书记,聘燕帅刘仁恭,舍于宾馆,命幕客马或延接。马有诗赠韩云:'燧林芳草绵绵思,尽日相携陟丽谯。别后巉岏山上望,羡君时复见王乔。'或诗清秀,然意在试其学问。韩于座酬之曰:'崇霞台上神仙客,学辨痴龙艺最多。盛德好将银笔述,丽词堪与雪儿歌。'座宾靡不钦讶。然亦疑银笔之僻也。他日,或持燕帅之命,答聘常山,亦命定辞接于公馆。或从容问韩以'雪儿'、'银管'之事。韩曰:'昔梁元帝为湘东王时,好学著书,常纪忠臣义士及文章之美者,笔有三品,或以金银雕饰,或以斑竹为管。忠孝全者用金管书之,德行清粹者用银笔书之,文章赡丽者以斑竹书之,故湘东之誉,振于江表。'"

⑦"近蒙"句:杜牧《新转南曹未叙朝散初秋暑退出守吴兴书此篇以自见志》:"一杯宽幕席,五字弄珠玑。"

⑧"别离"二句:杜牧《赠别二首》其二:"蜡烛有心还惜别,替人垂泪到天明。"王维《送元二使安西》:"渭城朝雨浥轻尘,客舍青青柳色新。劝君更尽一杯酒,西出阳关无故人。"

⑨"行看"二句:苏轼《次韵钱越州》:"谪仙归侍玉皇案,老鹤来乘刺史轓。"《唐摭言》卷一二:"薛保逊好行巨编,自号金刚杵。太和中,贡士不下千余人,公卿之门,卷轴填委,率为阍媪脂烛之费,因之平易者曰:'若薛保逊卷,即所得倍于常也。'"

⑩"劝公"二句：慎勿，原本作"慎物"，此据聚珍本校改。原注："《孔光传》云：弟子见光居大位，几得其助，光终无所荐，其公如此。《张禹传》云：禹成就弟子尤著者，淮阳彭宣至大司空，沛郡戴崇至少时九卿。"


# 蒙赐佳什钦叹不足不揆浅陋辄次元韵①

退之高文仰东岱，籍湜传盟其足赖。固知法嗣要龙象，先生端是毗陵派。②方驾曹刘盖余力，压倒元白聊一快③。向来班门收众材，宾履费公珠几琲。④三熏会有堪此事，群犬未免惊所怪。⑤但知楼仰百尺颠，岂觉波涵千顷外。⑥南州短簿令公喜，巍峨峨冠陆离佩。⑦有如若士那可无⑧，笔势已超声律界。相将问道留十日，满座真成折床会。⑨清诗忽复堕华笺，要使握瑜夸等辈。⑩

【题解】

此诗亦酬葛胜仲。葛氏原唱，今本《丹阳集》佚之。诗作赞美葛氏及其赠诗。

【注释】

①诗题中"蒙"，原本作"梦"，此据丁钞、聚珍本校改。

②"固知"二句：陈师道《赠知命》："黑头居士元方弟，不肯作公称法嗣。"《景德传灯录》卷三："达磨是王之叔，六众所师，波罗提法中龙象。"《维摩经》："菩萨势力，譬如龙象蹴踏，非驴所堪。"梅尧臣《和张民朝谒建隆寺二次用写望试笔韵》："西汉衣冠拜原庙，五天龙象护经窗。"毗陵派，指独孤及，著有《毗陵集》，为韩、柳先河。此处以独孤之开风气之先推崇葛胜仲。

③聊一快：原本作"一聊快"，此据聚珍本校改。

④"向来"二句：《汉书·叙传上》："班输榷巧于斧斤。"《史记·春申君列传》："赵使欲夸楚，为玳瑁簪，刀剑室以珠玉饰之，请命春申君客。春申君客

537

三千余人，其上客皆蹑珠履以见赵使，赵使大惭。"珥(bèi)，成串的珠子。

⑤"三熏"二句：群犬，聚珍本作"群吠"。《国语·齐语》："庄公将杀管仲，齐使者请曰：'寡君欲亲以为戮，若不生得以戮于群臣，犹未得请也。请生之。'于是庄公使束缚以予齐使，齐使受而退之。比至，三衅、三浴之。"韦昭注："以香涂身曰衅，亦或为薰。"韩愈《答吕毉山人书》："方将坐足下三浴而三熏之，听仆之所为，少安无躁。"屈原《九章·怀沙》："邑犬群吠兮，吠所怪也。诽骏疑杰兮，固庸态也。"

⑥"但知"二句：《世说新语·德行》："(郭林宗)诣黄叔度，乃弥日信宿。人问其故，林宗曰：'叔度汪汪如万顷之波，澄之不清，扰之不浊，其器深广，难测量也。'"

⑦"南州"二句：令公喜，原本作"今公喜"，此据聚珍本校改。《韵语阳秋》卷一八："先文康公知汝州日，段宝臣为教官，富季申为鲁山主簿，而陈去非以太学录持服来寓。先公语人曰：'是三子者，非凡偶近器也。'是时，富在外邑，则以职事处之于城中。列三人者荐于朝，以为可用。"《世说新语·宠礼》："王珣、郗超并有奇才，为大司马所眷拔。珣为主簿，超为记室参军。超为人多须，珣状短小。于时荆州为之语曰：'髯参军，短主簿，能令公喜，能令公怒。'"屈原《九章·涉江》："带长铗之陆离兮，冠切云之崔嵬。"

⑧"有如"句：《淮南子·道应训》："卢敖游乎北海，经乎太阴，入乎玄阙，至于蒙谷之上。见一士焉，深目而玄鬓，泪注而鸢肩，丰上而杀下，轩轩然方迎风而舞。顾见卢敖，慢然下其臂，遁逃乎碑。卢敖就而视之，方倦龟壳而食蛤梨。卢敖与之语曰：'唯敖为背群离党，穷观于六合之外者，非敖而已乎？敖幼而好游，至长不渝。周行四极，唯北阴之未窥。今卒睹夫子于是，子殆可与敖为友乎？'若士者齤然而笑曰：'嘻！子中州之民，宁肯而远至此，此犹光乎日月而载列星，阴阳之所行，四时之所生，其比夫不名之地，犹突奥也。若我南游乎冈㝮之野，北息乎沉墨之乡，西穷窅冥之党，东开鸿蒙之先，此其下无地而上无天，听焉无闻，视焉无晌。此其外，犹有汰沃之汜，其余一举而千万里，吾犹未能之在。今子游始于此，乃语穷观，岂不亦远哉！然子处矣，吾与汗漫期于九垓之外，吾不可以久驻。'若士举臂而竦身，遂入云中。"

⑨"相将"二句:《景德传灯录》卷七:"湖南东寺如会禅师者,始兴曲江人也。初谒径山,后参大寂,学徒既众,僧堂内床榻为之陷折,时称折床会也。"

⑩"清诗"二句:《史记·屈原传》:"何故怀瑾握瑜而自令见放为?"等辈,同辈。《汉书·韦玄成传》:"以列侯侍祀孝惠庙,当晨入庙,天雨淖,不驾驷马车而骑至庙下,有司劾奏,等辈数人皆削爵为关内侯。"

# 某蒙示咏家弟所撰班史属辞长句三叹之余辄用元韵以示家弟谨布师席①

隽永杂俎虽甚旨②,何似三冬足文史。羡子皮里西京书,议论逼人惊亹亹③。戏为韵语网所遗,人皆百能子千之。④虽非张巡遍记诵,岂与李翰争毫厘。⑤不待区区隶古定,便令景宗知去病。⑥掇要虚烦四十篇⑦,三卷之博能拟圣。儒林丈人摘藻春,作诗印可融心神。⑧我亦从今悔迂学,不须更辨瓒称臣⑨。

## 【题解】

若拙《班史属辞》未见著录,所称葛胜仲题咏之作今本《丹阳集》佚之。诗题中"长句"指诗歌体裁,乃是承袭唐人称谓。如白居易《与元九书》:"又有五言、七言、长句、绝句,自一百韵至两韵者四百余首,谓之杂律诗。"皇甫湜《唐故著作左郎顾况集序》:"偏于逸歌长句"。陈与义七古效法苏黄,受元祐诗风影响,明显表现在次韵唱和方面,如此诗的格调高绝、韵致古奥即是。又,典故运用生僻而又贴切,也与苏黄同风。这说明陈与义读书极广,却又不肯专意于此,而能融汇无迹,独造自得。

## 【注释】

①诗题中"某"字,聚珍本无。

②"隽永"句：《汉书·蒯通传》："通论战国时说士权变，亦自序其说，凡八十一首，号曰《隽永》。"颜师古注："隽，肥肉也；永，长也。言其所论甘美而义深长也。"

③"议论"句：《世说新语·赏誉》："桓茂伦云：'褚季野皮里阳秋。'谓其裁中也。"《梁书·刘孝绰传》："孝绰子谅，字有信，少好学有文才，尤博悉晋代故事，时人号曰皮里晋书。"《世说新语·赏誉》："谢太傅未冠，始出西，诣王长史，清言良久。去后，苟子问曰：'向客何如尊？'长史曰：'向客亹（wěi）亹，为来逼人。'"亹亹，谈论不倦。

④"戏为"二句：韵语，原本作"语韵"，此据聚珍本校改。《中庸》："人一能之己百之，人十能之己千之。"

⑤"虽非"二句：韩愈《张中丞传后叙》："翰以文章自名，为此传颇详密。然尚恨有阙者：不为许远立传，又不载雷万春事首尾。"《旧唐书·文苑传》："（李）华宗人翰，亦以进士知名。天宝中，寓居阳翟。为文精密，用思苦涩，常从阳翟令皇甫曾求音乐，每思涸则奏乐，神逸则著文。禄山之乱，从友人张巡客宋州。巡率州人守城，贼攻围经年，食尽矢穷方陷。当时薄巡者言其降贼，翰乃序巡守城事迹，撰张巡、姚訚等传两卷上之，肃宗方明巡之忠义，士友称之。"

⑥"不待"二句：去病，丁钞、聚珍本作"竞病"。《尚书伪孔传序》："科斗书废已久，时人无能知者，以所闻伏生之《书》考论文义，定其可知者，为隶古定，更以竹简写之。"《南史·曹景宗传》："帝于华光殿宴饮连句，令左仆射沈约赋韵。景宗不得韵，意色不平，启求赋诗。帝曰：'卿伎能甚多，人才英拔，何必止在一诗。'景宗已醉，求作不已，诏令约赋韵。时韵已尽，唯余竞、病二字。景宗便操笔，斯须而成，其辞曰：'去时儿女悲，归来笳鼓竞。借问行路人，何如霍去病。'帝叹不已。"

⑦"掇要"句：《新唐书·敬播传》："玄龄患颜师古注《汉书》文繁，令掇其要为四十篇。"

⑧"儒林"二句：丈人，聚珍本作"文人"。《晋书·王沉传》："（裴）秀为儒林丈人。"黄庭坚《次韵王炳之惠玉板纸》："儒林丈人有苏公，相如子云再生蜀。"《维摩经》："不于三界现身意，是为宴坐。不起灭定而见诸威仪，是

540

为宴坐。能如是宴坐者,佛所印可。"苏轼《入寺》:"来从佛印可,稍觉魔忙奔。"摛(chī)藻,铺陈辞藻。班固《答宾戏》:"虽驰辩如涛波,摛藻如春华,犹无益于殿最也。"

⑨"不须"句:颜师古《汉书叙例》:"臣瓒,不详姓氏及郡县","后人斟酌瓒姓,附之傅族耳,既无明文,未足取信"。

# 蒙再示属辞三叹之余赞巨丽无地托言辄依元韵再成一章非独助家弟称谢区少褒之使进学焉亦师席善诱之意也①

书如嘉肴要知旨,区区太冲空咏史。百年能挂几牛角,火急编摩时亶亶。②柳家文类今无遗③,可忍行事空违之。此书真是群玉府④,事辞所不遗毫厘。子不见刘飐书成要人定,岂但令人愈头病。⑤偶向车前问沈公,果符梦里随先圣。⑥两诗入手喜生春,从今护持知有神。⑦便可缮写持献御,注解不须烦五臣。⑧

## 【题解】

此诗亦酬葛胜仲。赞赏葛氏赠诗"入手生春"外,也表达出对葛氏于其弟循循善诱的感谢之意。

## 【注释】

①诗题中"赞"下,聚珍本有"美"字。又"称"作"致"。

②"百年"二句:《新唐书·李密传》:"闻包恺在缑山,往从之。以蒲鞯乘牛,挂《汉书》一帙角上,行且读。越国公杨素适见于道,按辔蹑其后曰:'何书生勤如此?'"宋玉《九辩》:"时亶亶而过中兮,蹇淹留而无成。"

③"柳家"句:《新唐书·艺文志》著录柳宗直《西汉文类》四十卷。

④"此书"句:《穆天子传》:"群玉之山,阿平无险,四彻中绳,先王之所谓册府,寡草木而无鸟兽。"

⑤"子不见"二句:《梁书·刘勰传》:"初,勰撰《文心雕龙》五十篇,论古今文体,引而次之。……既成,未为时流所称。勰自重其文,欲取定于沈约。约时贵盛,无由自达。乃负其书,候约出,干之于车前,状若货鬻者。约便命取读,大重之,谓为深得文理,常陈诸几案。"

⑥"偶向"二句:《文心雕龙·序志》:"予生七龄,乃梦彩云若锦,则攀而采之。齿在踰立,则尝夜梦执丹漆之礼器,随仲尼而南行。旦而寤,乃怡然而喜。"

⑦"两诗"二句:《新唐书·刘禹锡传》:"(禹锡)素善诗,晚节尤精,与白居易酬复颇多。居易以诗自名者,尝推为'诗豪'。又言:'其诗在处应有神物护持。'"

⑧"便可"二句:《新唐书·艺文志》:"五臣注《文选》三十卷,衢州常山尉吕延济、都水使者刘承祖男良、处士张铣、吕向、李周翰注。开元六年,工部侍郎吕延祚上之。"


# 昨日侍巾钵饭于天宁蒙佳什谨次韵①

朱门未知禅悦义,富不期奢奢自至。②二韭虽寒故是公,万羊贾祸徒封卫。③我公居尘不染尘,便随一钵遗甘辛④。出家虽非将相事,食菜要是英雄人。⑤臞儒一生用心苦,何曾梦见鸡映黍。⑥中丞惜福幸见分,晚食从公当羔豚。⑦

【题解】

此诗当是酬葛胜仲者,葛氏原作未见。通篇就事论事,又似不仅满怀感激之意而已。

【注释】

①诗题中"蒙"下,聚珍本有"示"字。

②"朱门"二句:《战国策·赵策三》:"平原君谓平阳君曰:'公子牟游于秦,且东,而辞应侯。'应侯曰:'公子将行矣,独无以教之乎?'曰:'且微君之命命之也,臣固且有效于君。夫贵不与富期,而富至;富不与粱肉期,而粱肉至;粱肉不与骄奢期,而骄奢至;骄奢不与死亡期,而死亡至。累世以前,坐此者多矣。'"

③"二韭"二句:二韭,聚珍本作"二蓘"。《太平广记》卷一五六引《补录记传》:"德裕为太子少傅,分司东都时,曾闻一僧,善知人祸福,因召之。僧曰:'公灾未已,当南行万里。'德裕甚不乐。明日,复召之,僧且曰:'虑言之未审,请结坛三日。'又曰:'公南行之期定矣。'德裕曰:'师言以何为验?'僧即指其地:'此下有石函。'即命发之,果得焉,然启无所睹。德裕重之,且问南行还乎。曰:'公食羊万口,有五百未满,必当还矣。'德裕叹曰:'师实至人。我于元和中,为北都从事,曾梦行至晋山,尽目皆羊。有牧者数十,谓我曰:"此侍御食羊也。"曾志此梦,不泄于人,今知冥数,固不诬矣。'后旬余,灵武帅送米暨馈羊五百。大惊,召僧告其事,且欲还之。僧曰:'羊至此,是已为相国有矣,还之无益,南行其不返乎。'"

④"便随"句:《景德传灯录》卷二二:"有僧问如何是和尚家风?守清禅师曰:'一瓶兼一钵,到处是生涯。'"

⑤"出家"二句:原注:崔赵公问径山曰:'弟子出家得否?'答曰:'出家是大丈夫事,非将相所为。'"《续高僧传》:"道基顾玄奘师曰:'余少游讲肆多矣,未见少年神悟若斯人也!'席中听侣,金号英雄。"

⑥"臞儒"二句:臞儒,清瘦的儒者。含有隐居不仕之意。《汉书·司马相如传》:"相如以为列仙之儒居山泽间,形容甚臞,此非帝王之仙意也。"《论语·微子》:"杀鸡为黍而食之。"

⑦"中丞"二句:原注:"洪州廉使问一禅师曰:'弟子吃酒肉即是?不吃酒肉即是?'答曰:'若吃是中丞禄,不吃是中丞福。'"羔羜(zhù),羊羔。

# 蒙再示佳什不敢虚辱厚赐谨再用韵

先生明经今蔡义，念佛仍师大势至。①食菜不待周颙书②，要断贪杀兼自卫。颜回平生拾堕尘，蓼虫食蓼忘其辛。③先生种福我无祸④，成佛定是同功人。两诗见戒言甚苦，肯赋黄鸡啄秋黍。⑤从今但见懒残芋，不敢求尝鉴虚狞。⑥

**【题解】**

此诗亦是酬葛胜仲者。据诗中"两诗见戒言甚苦"句，知葛氏赠诗要旨盖在戒慎，可谓用心良苦。聚珍本于诗末有馆臣案语云："以上五首，原本连接《留别葛汝州》诗后，未标所指何人。"

**【注释】**

①"先生"二句：《汉书·蔡义传》："蔡义，河内温人也。以明经给事大将军莫府。"原注："大势至王子曰：我本因地以念佛，心入无生地。"《景德传灯录》卷二六："是时，有婆罗门子年二十许，幼失父母，不知名氏。或自言璎珞，故人谓之璎珞童子。游行闾里，丐求度日。尊者谓王曰：'此童子非他，即大势至菩萨是也。此圣之后，复出二人，一人化南印度，一人缘在震旦。'"

②"食菜"句：《南史·何胤传》："初，胤侈于味，食必方丈，后稍欲去其甚者，犹食白鱼、鲥脯、糖蟹，以为非见生物。……汝南周颙与胤书，劝令食菜。"

③"颜回"二句：《吕氏春秋·审分览·任数》："孔子穷乎陈、蔡之间，藜羹不斟，七日不尝粒，昼寝。颜回索米，得而爨之，几熟，孔子望见颜回攫其甑中而食之。选间，食熟，谒孔子而进食。孔子佯为不见之。孔子起曰：'今者梦见先君，食洁而后馈。'颜回对曰：'不可。向者煤炱入甑中，弃食不祥，回攫而饭之。'孔子叹曰：'所信者目也，而目犹不可信；所恃者心也，而心犹不足恃。弟子记之，知人固不易矣。'"李白《雪谗诗赠友人》："拾尘掇

蜂,疑圣猜贤。"王粲《七哀诗》三首其三:"蓼虫不知辛,去来勿与咨。"

④"先生"句:《三国志·魏书·曹植传》裴松之注引《文士传》:"廙尝从容谓太祖曰:'临菑侯天性仁孝,发于自然,而聪明智达,其殆庶几。至于博学渊识,文章绝伦,当今天下之贤才君子,不问少长,皆愿从其游而为之死,实天所以钟福于大魏,而永授无穷之祚也。'"

⑤"两诗"二句:李白《南陵别儿童入京》:"白酒新熟山中归,黄鸡啄黍秋正肥。呼童烹鸡酌白酒,儿女嬉笑牵人衣。……仰天大笑出门去,我辈岂是蓬蒿人。"

⑥"从今"二句:赵璘《因话录》卷四:"元和中,僧鉴虚本为不知肉味,作僧素无道行。及有罪伏诛,后人遂作鉴虚煮肉法,大行于世。不妨他僧为之,置于鉴虚耳。"


# 承知府待制诞生之辰辄广善思菩萨故事成古诗一首仰惟经世之外深入佛海而某欲托辞以寄款款适获此事发寤于心似非偶然者独荒陋不足以侈此殊庆耳①


岁星欲吐芒不开,昴星避次光低回。②麒麟鹓鸳纷夹侍,善怀菩萨当重来。③仙公风流今几岁④,再托高门瑞当世。买香趁浴惊众聋,要识此僧今我是。金粟后身何足言⑤,释迦亲送非虚传。稽首西来大菩萨,住世小劫须千年。宰官说法聊应会⑥,余事文章亦三昧。世间底物堪寿公,本自金刚无可坏。⑦


## 【题解】

此首作于宣和三年(1121)冬。陈与义诗学杜甫,在宗教方面则钦敬融

545

会佛道两教的王维与李白。他的佛教朋友主要是觉心禅师与张元干。在时空观上，陈与义说菩萨"住世小劫须千年"、"闻道隔几尘"（《食笋》），绝不强调人间为苦海"火宅"。此诗贺葛胜仲生日，用善思菩萨生于葛尚书家故事，由此铺张开来，以善思菩萨喻葛胜仲，意极恢肆。至末二句"世间底物堪寿公，本自金刚无可坏"始入祝寿正题，亦全篇立意所在。

**【注释】**

①诗题中"善思菩萨"，原本作"善怀菩萨"，此据冯校校改。又，"独"下原本有"依"字，此据丁钞、聚珍本校删。点校本改"依"作"恨"，未知何据。

②"岁星"二句：避次，聚珍本作"避此"。《汉书·李寻传》："岁星主岁事，为统首，号令所纪。"《书·尧典》："日短，星昴，以正仲冬。"

③"麒麟"二句：原注："《葛仙公起居注》云：'于时在葛尚书家，尚书年八十，始有此子。时有沙门自称天竺僧，于市大买香，市怪间。僧曰：'昨夜梦善思菩萨生葛尚书家，将以香浴之。'到生时，僧至，烧香，右绕三匝，礼拜恭敬，沐浴而止。"《灵宝法轮经》云："葛仙公生始数日，有外国沙门见仙公，礼拜抱持，而告仙公父母曰：'此是西方善思菩萨，今来汉地教化众生。'"鹥鷟（yuè zhuó），一种水鸟，似凫而大，赤目。

④"仙公"句：《晋书·葛洪传》："从祖玄，吴时学道得仙，号曰葛仙公。"

⑤"金粟"句：《头陀寺碑文》："金粟来仪，文殊戾止。"李善注："《发迹经》曰：净名大士，是往古金粟如来。"李白《答湖州迦叶司马问白是何人》："湖州司马何须问，金粟如来是后身。"

⑥"宰官"句：《法华经·普门品》："应以宰官身得度者，即现宰官身而为说法。"

⑦"世间"二句：《法苑珠林》："西方有人神，相貌狰狞，身披金甲，手持宝刀，名曰金刚。尝卫世尊说法于雷音寺。"瞿汝稷《指月录》："婺州木陈从朗禅师，因金刚倒，僧问：'既是金刚不坏身，为甚却倒地？'师敲禅床曰：'行住坐卧。'"

# 游紫逻洞

　　我不愿封万户侯,愿向紫逻从公游。<sup>①</sup>郓州溪堂虢州洞,未有退之诗可留<sup>②</sup>。水近山流清澈底,竹饱千霜节如此。廊庙之具千金躯,底事便着山岩里。<sup>③</sup>蒲鞭挂壁一事无,环佩声中了朝晡。<sup>④</sup>祝融不到林深处,客至五月怀貂狐。徇华大夫无此乐,从渠遮山用翠幕。<sup>⑤</sup>若问此间奇绝处,但道胸中有丘壑。

**【题解】**

　　此首当系居汝三年中,与葛胜仲众多唱酬之作中的一首。诗写游乐之地的奇绝风光,并因之而生隐逸之思。葛胜仲《次韵去非题紫逻洞》(首句"一麾谬作东诸侯")有云:"引泉叠山作竹洞,持以奉客充淹留。"据知此洞乃人工构筑,取紫逻以为名。

**【注释】**

　　①"我不"二句:李白《与韩荆州书》:"生不愿封万户侯,但愿一识韩荆州。"

　　②"未有"句:韩愈有《郓州溪堂》诗,又《奉和虢州刘给事使君伯刍三堂新题二十一咏》其三《竹洞》:"竹洞何年有,公初斫竹开。洞门无锁钥,俗客不曾来。"

　　③"廊庙"二句:《三国志·蜀书·许靖传评》:"许靖夙有名誉……虽行事举动,未悉允当,蒋济以为'大较廊庙器'也。"《史记·袁盎传》:"臣闻千金之子,坐不垂堂。"

　　④"蒲鞭"二句:《后汉书·刘宽传》:"典历三郡,温仁多恕,……吏人有过,但用蒲鞭罚之,示辱而已,终不加苦。"朝晡(bū),从辰时到申时(早七点至晚五点)。《三国志·蜀书·费祎传》:"顷之,代蒋琬为尚书令。"裴松之注引《祎别传》:"常以朝晡听事,其间接纳宾客,饮食嬉戏,加之博弈,每尽

547

人之欢,事亦不废。"

　　⑤"徇华"二句:张协《七命》:"于是殉华大夫闻而造焉。"李善注:"殉,营也。华,浮华。"《因话录》:"(李约)笑曰:某所赏者,疏野耳。若远山将翠幕遮,古松用彩物裹,腥膻涴鹿掊泉,音乐乱山鸟声,此则实不如在叔父大厅也。"

# 研　铭

　　无住庵,老居士。紫玉池,娱晚岁。不出庵,书诵偈。谁使之,践朝市。入承明①,司帝制。如智井②,久不治。百尺泉,来莫冀。古之人,轻百计。惟出处,不敢易。嗟已晚,觉非是。勒斯铭,戒后世。

**【题解】**

　　此首未详作于何年。据铭中"入承明,司帝制",则最早亦当作于绍兴二年(1132)四月试中书舍人兼掌内制之后。铭谓勒之以戒后世,实亦用以自警,当为此首主旨。或者视研铭为文而非诗,姑附录于此。

**【注释】**

　　①承明:即承明庐。梁元帝《去丹阳尹荆州》:"骖驾乘驷马,谒帝朝承明。"《汉书·严助传》张晏注:"承明庐在石渠阁外。直宿所止曰庐。"

　　②智(yuān)井:废井。《左传·宣公十二年》:"目于智井而拯之。"

诗补遗

# 山 居

耿耿虚堂一榻秋，人间高枕几王侯。乱云未放晓山出，片月不随溪水流。检校一身浑是懒，平章千古得无愁。湘波见说清人骨，恨不移家阿那州。

# 雨 过

水堂长日静鸥沙，便觉京尘隔鬓华。梦里不知凉是雨，卷帘微湿在荷花。

# 长干行

妾家长干里，春慵晏未起。花香袭梦回，略略事梳洗。妆台罢窥镜，盛色照江水。郎帆十幅轻，浑不闻橹声。曲岸转掀篷，一见兮目成。羞闻媒致辞，心许郎深情。一床两年少，相看悔不早。酒欢娱藏阄，园嬉索斗草。含笑盟春风，同心以偕老。郎行有程期，郎知妾未知。鹢首生羽翼，蛾眉无光辉。寄来纸上字，不尽心中事。问遍相逢人，不如自见真。心苦泪更苦，滴烂闺中土。寄语里中儿，莫作商人妇。

# 九日家中

风雨吴江冷，云天故国赊。扶头呼白酒，揩眼认黄花。

客梦蛩声歇,边心雁字斜。明年又何处,高树莫啼鸦。

**【题解】**

以上四首,为《陈与义集校笺》辑自厉鹗《宋诗纪事》卷三八引《珊瑚网》。原在《珊瑚网》卷七。其中第二首,李日华《六研斋笔记》卷一尝记曰:"甲午十二月十有七日,过项公定,出观书画卷二十余函,内有……宋陈简斋诗卷,书法高朗硕秀似李北海,而清栗逾之,有句云:'梦里不知凉是雨,醒来微湿在荷花。'殊幽蒨可喜。"

# 万玉亭

万玉中间作此亭,规模虽小意高深。稚篁畏日生檐下,老树禁风长绿阴。不道官中尽汤火,谁知闹里有山林。公余独在斜阳外,百岁顽身万古心。

# 宣风楼

楼迥云随画栱飞,卷帘又映雪晴时。千林冻解阴霾扫,放出青山分外奇。

**【题解】**

以上二首,为《陈与义集校笺》辑自光绪《湖南通志》卷三四。文曰:"武冈州:九曲亭在州东,有流泉,昔人作亭其上以流杯,又名万玉亭(《明统志》)。宋陈与义《万玉亭》诗云云。又:宣风楼在州治东,宋建(《一统志》)。宋陈与义《宣风楼》诗云云。"不过,最大的疑问在于,如果陈与义写有包括上首及此首在内的武冈十景诗,按一般情况,武冈本简斋诗集应该是会收入的。

# 曾徽言运判出张生所画马

槃礴解衣处，胸中应不群。未呈千里足，空见五花文。
良乐世难有，骥弩谁与分。高才喜能事，故遣画兰筋。

【题解】

此首为《全宋诗》辑自孙绍远《声画集》卷七。

# 海　棠

红妆翠袖一番新，人向园林作好春。却笑华清夸睡足，
只今罗袜久无尘。

【题解】

此首为《全宋诗》辑自陈景沂《全芳备祖》前集卷七。据《锦绣万花谷》
后集卷三七、刘克庄《后村千家诗》卷八，此首作者又作宋代诗人任希夷，唯
"人向"作"又向"异。《全宋诗·任希夷》已据《锦绣万花谷》录作《海棠二
首》其二。

# 烧　香

明窗延静昼，默坐息诸缘。聊将无穷意，寓此一炷烟。
当时戒定慧，妙供均人天。我岂不清□，于今醒心然。炉香
袅孤碧，云缕飞数千。悠然凌空去，缥缈随风还。世事有过

现,薰性无变迁。应如水中月,波定还自丸。

**【题解】**

此首为《全宋诗》辑自陈敬《陈氏香谱》卷四。明周嘉胄《香乘》卷二七所录,题作《焚香》,"清□"作"清友"。

# 红　葵

恐是牡丹重换紫,又疑芍药再飞红。妖娆不辨桑间女,蔽芾深迷苎下翁。

**【题解】**

此首为《全宋诗》辑自《增广事联诗苑丛珠》卷九。

# 来　禽

粲粲来禽已著花,芳根谁徙向天涯。好寻青李相遮映,风味应同逸少家。

**【题解】**

此首为《全宋诗》辑自彭大翼《山堂肆考》卷一九八。据《屏山集》卷一七,此首作者实应为刘子翚,祝穆等《古今事文类聚》后集卷二五、陈景沂《全芳备祖》前集卷九所录均作刘子翚诗。然《四库全书》据《永乐大典》所录,又载入宋苏泂《泠然斋集》卷八,唯题作《来禽诗》,《全宋诗》亦据以载录。未知孰是。

# 陈与义词集

# 法驾导引

　　世传顷年都下市肆中,有道人携乌衣椎髻女子,买斗酒独饮,女子歌词以侑,凡九阕,皆非人世语。或记之,以问一道士,道士惊曰:"此赤城韩夫人所制《水府蔡真君法驾导引》也。"乌衣女子疑龙云。得其三而亡其六,拟作三阕。[1]

　　朝元路,朝元路,同驾玉华君。[2]千乘载花红一色,人间遥指是祥云。回望海光新。

　　东风起,东风起,海上百花摇。十八风鬟云半动[3],飞花和雨著轻绡。归路碧迢迢。

　　帘漠漠,帘漠漠,天淡一帘秋。自洗玉舟斟白醴,月华微映是空舟。[4]歌罢海西流。

**【题解】**

　　此组词,《陈与义集校笺》以为当是作于靖康以前在东京时,托游仙以讽时政。盖徽宗崇信道教,至讽道录册已为"教主道君皇帝"。后宫刘贵妃本酒家女,能迎意旨,擅宠专席。而道士林灵素谓帝为"长生帝君",妃为"九华玉真安妃";每神霄降,必别置安妃位,图画肖妃像。游仙作为一种古老的文化现象,在不同的历史时期和发展阶段被不断地注入新的内容,形成了古代游仙诗中"列仙之趣"和"坎壈咏怀"两大主题。这组词应属于后者。

**【注释】**

　　①词调,施蛰存《读词四记》认为《法驾导引》本非词调名:"陈简斋所作三阕,《夷坚志》所载二阕,皆《望江南》词也,范成大所作六阕,亦《望江南》也。首句不叠者为正格,叠者为变格。《法驾导引》非词调名,简斋贻误后人,而后人又不能据《夷坚志》以正之,遂使宋词中有此不伦不类之词牌

矣。"词序中"斗酒"原本作"斟酒",毛晋刻《六十名家词》(简称毛刻)作"酒",据聚珍本校改。亡其六,丁钞、聚珍本、毛刻作"亡其二"。

②"朝元路"三句:朝元,程大昌《雍录》:"朝元阁在骊山。天宝七载,玄元皇帝见于朝元阁,改名降圣阁。"白居易《遇天宝乐叟歌》:"是时天下太平久,年年十月坐朝元。"《云笈七签》卷八:"天皇上真玉华三元君,曰天皇上真者,是上清真人之典禁主玉华仙女之母,故号曰玉华三元君也。乘神䡾之车,登云飚之宫,入流逸之室。"

③十八风鬟:《简斋集增注》:"唐柳毅客泾阳,见一妇人,风鬟雨鬓,牧羊于野。坡诗:'雾鬓风鬟木叶衣。'"

④"自洗"二句:舟,此谓酒樽。《周礼·春官·司尊彝》郑玄注引郑众云:"舟,尊下台,若今承盘。""月华"句,《简斋集增注》:"武冈本作'月华清映是瀛洲'。"白醴(lǐ),酒的一种。欧阳修《过张至秘校庄》:"焚鱼酌白醴,但坐且欢欣。"月华,月光,月色。张若虚《春江花月夜》:"此时相望不相闻,愿逐月华流照君。"李白《樽酒行》:"琴奏龙门之绿桐,玉壶美酒清若空。"

## 【辑评】

清永瑢等《四库全书总目》卷四〇《无住词》提要:开卷《法驾导引》三阕,与义已自注其词为拟作,而诸家选本尚有称为赤城韩夫人所制,列之仙鬼类中者。证以本集,亦足订小说之诬焉。

清陈廷焯《白雨斋词话》卷七:诗以穷而后工,倚声亦然,故仙词不如鬼词。哀则幽郁,乐则浅显也。宋代惟白玉蟾脱尽方外气,陈与义拟《法驾导引》三章,亦称佳构。……以清虚之笔,写阔大之境,语带仙气,洗脱凡艳殆尽。

郑骞《成府谈词》:《白雨斋词话》:"陈与义拟《法驾导引》三章,以清虚之笔,写阔大之景,语带仙气,洗脱凡艳殆尽。"的是确评。词中"自洗玉舟斟白醴,月华微映是空舟"、"千乘载花红一色,人间遥指是祥云",皆可为去非诗词写照。

## 虞美人 亭下桃花盛开,作长短句咏之

十年花底承朝露①。看到江南树。洛阳城里又东风。未必桃花得似、旧时红②。　　胭脂睡起春才好。应恨人空老。心情虽在只吟诗。白发刘郎孤负、可怜枝③。

【题解】

此词,《陈与义集校笺》据其中"十年"、"洛阳"等语,并参证《龙门》诗中"不到龙门十载强"句,认为是宣和四年(1122)春自汝归洛之作。闵定庆认为是靖康元年(1126)春逃难到邓州时所作。杨玉华《陈与义及其词》则认为是绍兴二年(1132)春回忆洛阳桃花而作。盖桃花又红,而南北暌隔,家山万里无路可入,不禁触动国破家亡之痛,今昔兴亡之慨。全篇以令词的短小篇幅表达如此厚重的主题,情感哀怨低回,创造出了令词的新境界。刘辰翁评点此词:"读之宛然当日之痛。"确实是看出了其中所寓含的深哀巨痛的。

【注释】

①承朝露:黄庭坚《古风二首上苏子瞻》其一:"桃李终不言,朝露借恩光。"

②得似:怎似,何如。齐己《寄湘幕王重书记》:"可能有事关心后,得似无人识面时。"

③白发刘郎:刘禹锡《游玄都观》:"玄都观里桃千树,尽是刘郎去后栽。"苏轼《送刘攽倅海陵》:"君先去,几时回,刘郎应白发,桃花开不开。"

## 忆秦娥 五日移舟明山下作①

鱼龙舞,湘君欲下潇湘浦。②潇湘浦。兴亡离合,乱波平

楚③。　　　独无尊酒酬端午。移舟来听明山雨。明山雨。白头孤客,洞庭怀古。

**【题解】**

此词建炎三年(1129)在岳州作。时金人入侵,湖湘一带又有贵仲正等作乱,正是国势岌岌可危、马乱兵荒的岁月。上片通过描绘叛乱平息后的眼前之景,抒发兴亡之慨。下片写避难的词人落寞孤独的节日境况。末三句尤能以雨声衬悲情,突出忧时伤世的情怀。整篇以凝重精炼的语言表达凄苦苍凉的意境,在端午诗词中别有一番风味。

**【注释】**

①词题中"明山",嘉庆《一统志》卷三五八:"在平江县南五十里,一名奉国山。高七十余丈,周回三十余里,三面峭绝,惟一径可通。"

②"鱼龙舞"二句:《简斋集增注》:"坡诗'鱼龙舞洞庭。'潇、湘,二水名。"李白《陪族叔刑部侍郎晔及中书贾舍人至游洞庭五首》其一:"日落长沙秋色远,不知何处吊湘君。"

③平楚:谓从高处远望,丛林树梢齐平。谢朓《郡内登望》:"寒城一以眺,平楚正苍然。"楚,《说文》:"丛木也。"《诗·周南·汉广》:"翘翘错薪,言刈其楚。"

**【辑评】**

宋刘辰翁《评点》:(上阕)隐约浓淡。(下阕)调意名称。


# 临江仙①

高咏楚词酬午日,天涯节序匆匆。②榴花不似舞裙红③。无人知此意,歌罢满帘风。　　万事一身伤老矣,戎葵凝笑墙东④。酒杯深浅去年同。试浇桥下水,今夕到湘中。⑤

此词作于建炎三年(1129),时在岳州。时避乱湖湘,借悼怀屈原而抒胸中垒块。起笔切题,怀先贤而叹时序匆促,"天涯"带出流徙羁旅之身。"榴花"、"舞裙",隐含昔盛今衰之慨。但"此意"谁知,唯向屈子慷慨悲歌。下片一起自伤,戎葵犹笑我老,意更沉痛。"酒杯"句寓心境不同往昔于言外,依然今昔对比手法。结拍杯酒酹江,呼应上片"高咏"、"歌罢",伤屈,亦伤国事,并伤己也。全篇于清秀自然中见其着意用笔,意蕴深沉丰厚,风格悲壮沉郁,颇类词人南渡以后诗篇。

## 【注释】

①《中兴以来绝妙词选》有词题作"端午"。

②"高咏"二句:午日,端午。《荆楚岁时记》:"俗谓五月五日是屈原死汨罗日,伤其死所,并命将舟楫以拯之,至今为俗。"节序,节气,节令。骆宾王《畴昔篇》:"江南节序多,文酒屡经过。"

③"榴花"句:《黄门倡歌》:"点黛方初月,缝裙学石榴。"白居易《卢侍御小妓乞诗座上留赠》:"郁金香汗裛歌巾,山石榴花染舞裙。"

④"戎葵"句:《尔雅》:"菺,戎葵。"郭注:"今蜀葵也。"凝笑,犹云痴笑;丁钞作"拟笑",《乐府雅词》作"疑笑"。

⑤"试浇"二句:《续齐谐记》:"屈原五月五日自投汨罗而死,楚人哀之,每至此日,以竹筒贮米投水而祭之。"《简斋集增注》:"'试浇桥下水',盖反独醒意,以吊灵均也。"

## 【辑评】

宋刘辰翁《评点》:(下阕)婉约纶至,诗人之词也。

唐圭璋《唐宋词简释》:此首感时伤老,吐语峻拔。一起言时光之速,景物之异,感喟不尽。"无人"两句亦高朗,所谓此意,亦羁旅之感也。下片,大笔包举,劲气直达。"万事"两句,沉痛。"酒杯"三句,抒怀念之意。

# 虞美人 大光祖席醉中赋长短句①

张帆欲去仍搔首。更醉君家酒。吟诗日日待春风。及至桃花开后、却匆匆。　　歌声频为行人咽。记著尊前雪。明朝酒醒大江流。满载一船离恨、向衡州。

## 【题解】

此词作于建炎四年(1130)春。席益,字大光。洛阳人。上年冬,词人与席益会于衡山之下,作有《与王子焕席大光同游廖园》《除夜次大光韵》《明日示大光》及为大光题画诸诗。《别大光》诗则与此词为一时之作。

词作刻意描写惜别情怀,句句不离离恨而又语语不相重复,要在不断地变化角度落笔,把离愁别绪融贯到对往昔的回忆和对前途的推想中去写,帆随江转,虚实结合。词中“吟诗日日待春风”二句,杨慎《词品》卷四评云:“绝似坡仙语。”而词末本自苏轼《虞美人》(波声拍枕长淮晓)中“无情汴水日东流。只载一船离恨、向西州”的“明朝酒醒大江流”二句,刘辰翁的评论虽也与苏轼有关,却是说:“不犯坡翁句否?”其实,陈与义在这里用的正是“江西诗派”所标榜的“脱胎换骨”法。东坡词句经过改易,似更显贴切,不仅深化了词的意境,气势也颇显宏大,予人袭故弥新之感。

## 【注释】

①词题,解缙等《永乐大典》卷二〇三五三作“大光祖席醉中”,《中兴以来绝妙词选》作“祖席醉中”。《左传·昭公七年》:“公将往,梦襄公祖。”杜预注:“祖,祭道神。”引申为饯行送别。《世说新语·方正》:“杜预之荆州,顿七里桥,朝士悉祖。”祖席亦称“祖帐”、“祖宴”。

# 点绛唇 紫阳寒食

寒食今年，紫阳山下蛮江左。竹篱烟锁。何处求新火<sup>①</sup>。不解乡音，只怕人嫌我。愁无那。短歌谁和。风动梨花朵。

**【题解】**

此词作于建炎四年(1130)春避地湖南武冈时。词人将自身的经历和时代的动荡敏感、巧妙地与传统节日融为一体。上片说"蛮江"居民与中原习俗不同，未出感慨之言，而写事已见其意。下片则说虽世乱可避，对文化差异的感受，已透出深深的凄寂孤苦。

陈克也写过一首《临江仙》(四海十年兵不解)，由北而南的迁移，除了带来生活上的困窘外，更多的是流落异乡的孤寂和凄凉。其实，要改变"愁损北人，不惯起来听"(李清照《添字丑奴儿》)的状态，适应南方生活也不难，难的是心理的平衡，因为语言和风景的陌生感之所以成为阻碍，根源在于南北分裂，无法北归的失望之情。正如朱敦儒《采桑子》(扁舟去作江南客)所谓"日落波平，愁损辞乡去国人"。

**【注释】**

①新火：《周礼·秋官·司烜氏》："中春，以木铎修火禁于国中。"郑玄注："为季春将出火也。"唐制，清明赐百官榆柳新火。杜甫《清明二首》其一："朝来新火起新烟，湖色春光净客船。"

**【辑评】**

明杨慎《词品》卷四：陈去非，蜀之青神人，陈季常之孙也，徙居河南。宋南渡后，又居建业。诗为高宗所简注，而词亦佳。语意超绝，笔力排奡，识者谓其可摩坡仙之垒，非溢美云，《草堂词》惟载"忆昔午桥"一首。其闽中《渔家傲》云："今日山头云欲举。青蛟翠凤移时舞。行到石桥闻细雨。

听还住。风吹却过溪西去。我欲寻诗宽久旅。桃花落尽春无数。渺渺篮舆穿翠楚。悠然处。高林忽送黄鹂语。"又《虞美人》云:"吟诗日日待春风,及至桃花开后却匆匆。"又《点绛唇》云:"愁无那云云。"又《南柯子》云:"阑干三面看晴空。背插浮图,千尺冷烟中。"皆绝似坡仙语。

# 虞美人 <small>邢子友会上</small>

　　超然堂上闲宾主。不受人间暑。冰盘围坐此州无①。却有一瓶和露、玉芙蕖。　　亭亭风骨凉生牖。消尽尊中酒②。酒阑明月转城西③。照见纱巾藜杖、带香归④。

**【题解】**

　　此词作于建炎四年(1130)夏。简斋集中有《先寄邢子友》《寄邢子友》等诗,与此词当为一时前后之作。南渡士大夫能以如此平和的心态享受如同承平时代一般的高雅生活,他们对高雅生活方式的追求可由此词略窥一斑。而南迁的悲苦,在友人的雅兴中似乎一点痕迹都没有了。这跟作者在另外的、"风云气多"的作品中,细腻描绘南迁士大夫的复杂心理和心态变换,是大不一样的。

**【注释】**

　　①"冰盘"句:冰盘,盘内放置碎冰,上面摆列藕菱瓜果等,夏季用以解渴消暑。《迷楼记》:"帝虚败烦燥,诸院美人各市冰盘,俾帝望之,以蠲烦燥。"此州,《中兴以来绝妙词选》、《乐府雅词》作"此间"。

　　②消尽:《中兴以来绝妙词选》作"更尽";用尽无余。《三国志·蜀书·姜维传》:"官给费用,随手消尽。"

　　③明月:《中兴以来绝妙词选》作"踏月"。

　　④纱巾:《中兴以来绝妙词选》作"幅巾";纱制头巾。刘长卿《赠秦系》:"向风长啸戴纱巾,野鹤由来不可亲。"

564

# 渔家傲 福建道中<sup>①</sup>

今日山头云欲举。青蛟素凤移时舞。行到石桥闻细雨。听还住。风吹却过溪西去<sup>②</sup>。　　我欲寻诗宽久旅。桃花落尽春无所<sup>③</sup>。渺渺篮舆穿翠楚。悠然处。高林忽送黄鹂语。

**【题解】**

此词作于绍兴元年(1131)春暮由闽入浙道中。山行逢雨,春去花落,原是不如意之事,但从另一个角度来看,山雨将来却风吹而过、桃花落尽却有黄鹂高鸣,跳出了一己的得失,也就不在意自然界的风雨春秋了。词人把自我的生命融入自然万物之中,斗转星移、花开叶落、鸢飞鱼跃、水落石出无一不是"道"的体现,就能在平淡乃至琐碎的日常生活中找寻到乐趣。这种在自然山水中体味乾坤的造化之心,天人合一而生意盎然的独特乐趣,是理学精神对宋词创作和接受领域的一种渗透,以及脱胎换骨般的文化改造,势必加速文人词的雅化进程。或谓此词所写,是寻诗,也是体悟"无住"的过程。诗兴如佛性,无所住着,又无处不在,不拘定所,随缘而起。

**【注释】**

①词题,《词品》作"闽中"。

②溪西:丁钞作"溪南"。

③无所:《中兴以来绝妙词选》卷一作"无数"。

**【辑评】**

宋刘辰翁《评点》:(上阕)妙语,迥非邪淫绮语之比。

# 虞美人

余甲寅岁,自春官出守湖州。秋杪道中,荷花无复存者。乙卯岁,自琐闼以病得请奉祠,卜居青墩。立秋后三日行,舟之前后,如明霞相映,望之不断也。以长短句记之。①

扁舟三日秋塘路。平度荷花去。病夫因病得来游。更值满川微雨、洗新秋。　　去年长恨挐舟晚。空见残荷满。今年何以报君恩。一路繁花相送、过青墩②。

## 【题解】

此词当作于绍兴五年(1135)。胡谱云:"绍兴四年甲寅二月,以病辞剧,改礼部侍郎,兼侍讲。至九月,丐闲,除徽猷阁直学士,知湖州。五年乙卯三月,复召为给事中。六月,又以病告,除显谟阁直学士,提举江州太平观。乃寓青镇寿圣院塔下。"李心传《建炎以来系年要录》卷九〇云:"绍兴五年六月丁巳,给事中陈与义充显谟阁直学士,提举江州太平观。与义与赵鼎论事不合,故引疾求去。"

词作节奏明快,情调轻松,于疏放中微蕴沉郁之旨。词可与序互证,虽以赋法为主,写得很平实,而轻快的心情,与一路的繁花相送,达到了高度的谐合。黄昇《中兴以来绝妙词选》卷一评陈与义词有云:"词虽不多,语意超绝,识者谓其可摩坡仙之垒也。"观此词清丽明畅的风格,的确与苏词颇为相似。又,方回尝论陈与义诗云:"两句景即两句情,两句丽即两句淡","又有一句景对一句情者,妙不可言"(《桐江集》卷五),是说其在艺术结构上讲究对称匀整,注重情景搭配,浓淡相宜。细审此首《虞美人》,也有这种特色,或亦可视为"以诗为词"的表现之一种。

## 【注释】

①词序中"琐闼",唐门下省给事中别称,由汉黄门郎日暮拜青琐门引

申而来,也称青琐闼。李商隐《为安平公(崔戎)遗表》:"高选掖垣,箴规未效;人居琐闼,论驳无闻。"青墩,聚珍本、毛刻、《乐府雅词》作"青墩镇";在桐乡县北二十五里,与湖州之乌镇止隔一水。明霞,聚珍本、毛刻、《彊村丛书》本作"朝霞"。

②"一路"句:过青墩,丁钞、聚珍本、毛刻作"到青墩"。苏轼《梅花二首》其二:"幸有清溪三百曲,不辞相送到黄州。"

**【辑评】**

宋袁文《瓮牖闲评》卷七:夫莲花在诸花中亦甚奇特,前辈赋咏之者多矣。《许彦周诗话》云:"世间花卉无逾莲花者,盖诸花皆藉暄风暖日,惟莲花得意于水月。"可谓纪其实矣。而陈去非乃独以"繁花"目之,其词有云:"今年何以报君恩,一路繁花相送到青墩。"使莲花有知,宁不称屈耶?

明徐献忠《吴兴掌故集》卷一二:姜尧章云:"吴兴号水晶宫,荷花盛丽。"陈简斋云:"今年何以报君恩,一路荷花相送到青墩。"东坡守湖时,与王子昆仲及子迈泛舟绕城观荷花,登岘山亭,晚入飞英塔,其诗云:"环城三十里,处处皆佳绝。浦莲浩如海,时见舟一叶。"然湖人务本力穑,虽士人视此境界,只寻常耳,皆不知其乐也。

# 浣溪沙

离杭日,梁仲谋惠酒,极清而美。七月十二日晚卧小阁,已而月上,独酌数杯。①

送了栖鸦复暮钟。栏干生影曲屏东②。卧看孤鹤驾天风。　起写一尊明月下,秋空如水酒如空。③谪仙已去与谁同④。

**【题解】**

此词作于绍兴五年(1135)。胡注:"仲谋,名汝嘉,括苍人。尝任户部尚书。"《陈与义集校笺》认为,"仲谋"当为"仲谟"之误。李心传《建炎以来系年要录》卷八五:"绍兴五年二月癸卯,尚书户部侍郎权知临安府梁汝嘉充徽猷阁待制知临安府。以汝嘉言心力有限,不能当两处繁剧故也。"同书卷一〇四:"绍兴六年八月丙午,显谟阁直学士知临安府梁汝嘉为巡幸随驾转运使。"据知,简斋离杭之日,汝嘉方在临安府任上。《秋夜独酌》与此词当系一时之作。

　　词作通过描述夜间景象,以抒发孤愤之情。其中,起拍"送了栖鸦复暮钟"二句,不直抒其情,而是以"栖鸦"、"暮钟"、"栏干"、"曲屏"等构成不同的场景画面,表达时间的推移和漫长难熬的心理感受,为后文的抒情作铺垫和渲染。这种"繁说婉曲式"(杨庆存《唐宋词修辞模式论析》)的写法,既透露了全词的情感基调,又深化了词作的意境。类似的例子,还有如柳永《剔银灯》上片数句:"何事春工用意。绣画出、万红千翠。艳杏夭桃,垂杨芳草,各斗雨膏烟腻"。

**【注释】**

①词序中"数杯",丁钞、聚珍本、毛刻无。

②"栏干"句:《列子·天瑞》:"《黄帝书》曰:'形动不生形而生影,声动不生声而生响,无动不生无而生有。'"

③"起写"二句:起写,原本作"起舞",据《乐府雅词》校改。如空,《乐府雅词》误作"如虹"。李白《江夏别宋之悌》:"楚水清若空,遥将碧海通。"

④"谪仙"句:陈与义《秋夜独酌》:"忽思李白不可见,夜半乔木摇西风。"


# 玉楼春 青镇僧舍作①

　　山人本合居岩岭②。聊问支郎分半境。残年藜杖与纶巾,八尺庭中时弄影。　　呼儿汲水添茶鼎。甘胜吴山山下井③。一瓯清露一炉云,偏觉平生今日永。

568

## 【题解】

此词作于绍兴五年(1135)。此词是窥探词人晚年行迹与精神境界的窗口。远离宦场名利争夺,所居乃岩岭,穿戴无非藜杖、纶巾,山泉烹茶,围炉品茗日不可少。这些,不免令人联想到陶渊明挂冠归隐之后的情致,正如张嵲《陈公资政墓志铭》中所云:"公尤邃于诗,体物寓兴,清邃超特,纡余闳肆,高举横厉,上下陶、谢、韦、柳之间。"其实不仅是诗,《无住词》中的闲适之作,咏物之词,无不展示其调近陶、谢,浪漫挥洒追慕李、苏之处。

## 【注释】

①词题中"青镇",聚珍本、毛刻、《乐府雅词》作"青墩"。

②山人:李盛铎藏日本翻刻明嘉靖朝鲜本《须溪先生评点简斋诗集》(简称李氏藏本)作"仙人"。

③吴山:《简斋集增注》:"吴山在钱塘县南,山下有井泉清而甘。"


# 清平乐 木犀

黄衫相倚。翠葆层层底。<sup>①</sup>八月江南风日美。弄影山腰水尾<sup>②</sup>。　　楚人未识孤妍<sup>③</sup>。离骚遗恨千年。无住庵中新事,一枝唤起幽禅。<sup>④</sup>


## 【题解】

此词作于绍兴五年(1135)。王灼《碧鸡漫志》卷二:"向伯恭用《满庭芳》赋木犀,约陈去非、朱希真、苏养直同赋,'月窟蟠根,云岩分种'者是也。然三人皆用《清平乐》和之。"向子諲《满庭芳》(月窟蟠根)序曰:"岩桂风韵高古,平生心醉其间。昔转漕淮南,尝手植堂下,芗林此花为多。戏作是词,当邀徐师川诸公同赋。"未云约简斋同作。词作上片先写桂花的整体形象,绿叶黄花,华贵而高雅。再写盛开的时地。下片是由桂花而引起的感受。先说桂花没有得到屈原的赏识而写到《离骚》中,实在是千古遗憾。再由眼前的桂花想到人事,发幽古之思。全篇形神兼备,语意超绝。

## 【注释】

①"黄衫"二句:杜甫《少年行》:"黄衫年少来无数,不见堂前东逝波。"《汉书·武五子传》:"当此之时,头如蓬葆,勤苦至矣。"颜师古注:"草丛生曰葆。"张衡《西京赋》:"垂翟葆,建羽旗。"

②"弄影"句:鲍照《舞鹤赋》:"叠霜毛而弄影,振玉羽而临霞。"黄庭坚《短韵奉乞腊梅》:"浅色春衫弄风日,遣来当为作新诗。"

③楚人:《乐府雅词》作"三闾"。

④"无住"二句:《简斋集增注》:"无住者,湖州青墩僧舍之庵名也。公绍兴间奉祠寓居焉。《金刚经》:'应无所住而生其心。'庵名本此。"新事,《苕溪渔隐丛话》后集卷三五作"新梦"。韩愈《送灵师》:"齐民逃赋役,高士著幽禅。"黄庭坚《偶成》:"花气薰人欲破禅,心情其实过中年。"

## 【辑评】

宋张侃《拙轩词话》:桂有两种,陈去非参政《清平乐》词云:"楚人未识孤妍,离骚遗恨千年。"盖楚人知有椒桂耳。

宋佚名《简斋集增注》引邓剡(中斋):此词疑用山谷《晦堂问答》。(案:晦堂问答,载《五灯会元》卷一六,略云:"一日侍堂山行次,时岩桂盛放,堂曰:'闻木犀华香么?'公曰:'闻。'堂曰:'吾无隐乎尔。'公释然,即拜之,曰:'和尚得恁么老婆心切。'堂笑曰:'只要公到家耳。'……后左官黔南,道力愈胜。于无思念中,顿明死心所问。")

# 定风波 重阳

九日登临有故常。随晴随雨一传觞。①多病题诗无好句。孤负。黄花今日十分黄②。　　记得眉山文翰老。曾道。四时佳节是重阳。③江海满前怀古意。谁会。阑干三抚独凄凉。

此词作于绍兴五年(1135)。词写独抱病躯佳节重阳身处异乡的寂寥，归家的无望在不经意间溢满全词，令人欷歔，曲折透露出凄凉心境。全篇在充分展示令词含蓄蕴藉的传统的同时，又以其较有新意的切入角度，一改往日作品中所体现的旷达超然，鲜明地凸现出词人的形象。

【注释】

①"九日"句：登临，聚珍本、毛刻、《彊村丛书》本作"登高"。故常，惯例。《庄子·天运》："变化齐一，不主故常。"韩愈《平淮西碑》："淮蔡不顺，自以为强；提兵叫讙，欲事故常。"传觞，宴饮中传递酒杯劝酒。张衡《南都赋》："儇才齐敏，受爵传觞。"

②"黄花"句：陈师道《九日寄秦觏》："九日清尊欺白发，十年为客负黄花。"黄庭坚《呈杨康国》："莫遣儿童酸打尽，要看霜后十分黄。"

③"记得"三句：胡注："东坡《与李公择小简》：'秋色佳哉，想有以为乐。人生唯寒食、重九，切勿虚过，四时之美，无如此节者矣。'"

# 菩萨蛮 荷花

南轩面对芙蓉浦①。宜风宜月还宜雨。红少绿多时。帘前光景奇。　　绳床乌木几②。尽日繁香里。睡起一篇新③。与花为主人④。

【题解】

此词绍兴五年(1135)作。沈辰垣等编《历代诗余》卷九误为康与之词。上片活画出书斋前的奇妙风光，下片则写书斋中人的闲适生活。流连光景之作，写来自然如行云流水，自成妙趣，且有一股超逸之气充溢其间，也是难得。

【注释】

①"南轩"句：嘉庆《一统志》卷二八七："陈与义宅，在桐乡县青镇广福

院后芙蓉浦上。与义自号简斋居士,扁所居曰南轩。元赵子昂榜其堂曰简斋读书处。”

②乌木:一种贵重木材。

③一篇:犹一片。《说文》:“篇,书也。”朱骏声《说文通训定声》:“谓书于简册可编者也。”

④“与花”句:白居易《花前叹》:“南州桃李北州梅,且喜年年作花主。”花主,赏花者。


# 南柯子 塔院僧阁①

矫矫千年鹤②,茫茫万里风。阑干三面看秋空③。背插浮屠千尺、冷烟中④。　　林坞村村暗⑤,溪流处处通。此间何似玉霄峰。遥望蓬莱依约、晚云东⑥。


**【题解】**

此词作于绍兴五年(1135)。浓郁禅意,洋溢全篇。据《宋史·钦宗纪》、《建炎以来系年要录》卷八六、《佛祖统纪》卷四八等,靖康之难后,为使中原士民流离失所者可得官舍、寺、观以居,钦宗、高宗都曾颁布公文。寓居寺院的印记,在南渡文人的诗文中在在可寻。长期寓居寺院,既可与僧人谈论佛法,切磋诗艺,又可借佛寺之“三藏”,对佛教义理进行研究,从而提高佛学修养。流离动乱的时代,士人容易借助佛教来消解生离死别所带来的痛苦,南渡士人与佛教的这种种因缘,自然会从其知、行中反映出来,只不过深、浅程度有所不同罢了。

**【注释】**

①词题中“塔”,广福禅院塔。嘉泰《吴兴志》卷一三:“广福禅院,在县东南九十里乌镇,本朝治平中建。熙宁中元年名寿圣。隆兴元年改赐今额。”

②矫矫:飞动貌。梅尧臣《依韵和达观禅师还山后见寄》:“矫矫将栖鸟,遥遥傍故林。”

③秋空：《词品》卷四作"晴空"。

④"背插"二句：苏轼《同王胜之游蒋山》："略彴横秋水，浮图插暮烟。"浮屠，佛塔。苏轼《荐城禅院五百罗汉记》："且造铁浮屠十有三级，高百二十尺。"

⑤林坞：林中低洼之处。

⑥"遥望"二句：晚云，丁钞、聚珍本、毛刻作"晓云"。沈汾《续仙传》："谢自然曰：'每登玉霄峰，即见沧海，蓬莱亦应非远。'"


# 临江仙 夜登小阁，忆洛中旧游①

忆昔午桥桥上饮，坐中多是豪英。②长沟流月去无声。杏花疏影里，吹笛到天明。　　二十余年如一梦③，此身虽在堪惊。闲登小阁看新晴。古今多少事，渔唱起三更。

**【题解】**

此词作于绍兴五年(1135)。上片回忆承平时节的豪气和雅兴，极具感染力。换头一句将时空拉回到眼前，所珍惜的岁月如今不过"一梦"，巨大的反差使人悲喜交集。时代的动荡，社会的剧变，全都包含在了这似乎顺手拈来的词句里。就在这转折处，词人又将笔势宕开，以闲情煞尾，令人无法平静，抚卷沉思。全篇淡雅清丽，空灵蕴藉，开阖自如的笔法，所流露出的旷达心胸及其背后隐藏的深深忧思，都差可与东坡比肩。

**【注释】**

①词题中"洛中"，洪武本《草堂诗余》后集卷二、《中兴以来绝妙词选》卷一作"吴中"。

②"忆昔"二句：忆昔，原本作"昨夜"，据丁钞、聚珍本校改。午桥，午桥庄，在洛阳城南十里。唐裴度曾于此建绿野堂，有亭榭之胜。豪英，豪杰英雄。李白《邺中赠王大》："投躯寄天下，长啸寻豪英。"

③如：洪武本《草堂诗余》作"成"。

573

## 【辑评】

宋胡仔《苕溪渔隐丛话》后集卷三四：忆洛中旧游词云："忆昔午桥桥上饮，坐中多是豪英。长沟流月去无声。杏花疏影里，吹笛到天明。"此数语奇丽。《简斋集》后载数词，惟此词为优。

宋佚名《简斋集增注》：太原元裕之自叙乐府云云。所载公词，"多是"作"都是"，"二十余年如一梦"作"三十年来成一梦"，"小阁看新晴"作"高阁赏新晴"。

宋刘辰翁《评点》：词情俱尽，俯仰如新。

宋张炎《词源》：词之难于令曲，如诗之难于绝句，不过十数句，一句一字闲不得。末句最当留意，有有余不尽之意始佳。当以唐《花间集》中韦庄、温飞卿为则。又如冯延巳、贺方回、吴梦窗亦有妙处。至若陈简斋"杏花疏影里，吹笛到天明"之句，真自然而然。大抵前辈不留意于此，有一两曲脍炙人口，余多近乎率。近代词人却有用功于此者。倘以为专门之学，亦词家射雕手。

明沈际飞《草堂诗余正集》：意思超越，腕力排奡，可摩坡仙之垒。又，流月无声，巧语也；吹笛天明，爽语也；渔唱三更，冷语也。功业则戚，文章自优。

明王世贞《艺苑卮言》：子瞻"与谁同坐，明月清风我"、"明月几时有，把酒问青天"，快语也；"大江东去，浪淘尽、千古风流人物"，壮语也；"杏花疏影里，吹笛到天明"，爽语也。此词在浓与淡之间。

清彭孙遹《金粟词话》：词以自然为宗，但自然不从追琢中来，亦率然无味。如所云绚烂之极，仍归平淡。若使语意淡远者稍加刻划，缕金错彩者渐近天然，则骎骎乎绝唱矣。若《无住词》之"杏花疏影里，吹笛到天明"，《石林词》之"美人不用敛蛾眉，我亦多情无奈酒阑时"，自然而然者也。

清许昂霄《词综偶评》：神到之作，无容拾袭。渔隐称为清婉奇丽，玉田称为自然而然，不虚也。

清黄苏《蓼园词选》：按"长沟流月"即"月涌大江流"之意，言自去滔滔而兴会不歇。首一阕是忆昔，至第二阕则感怀也。

清张宗橚《词林纪事》卷八：按思陵尝喜简斋"客子光阴诗卷里，杏花消息雨声中"之句,惜此词未经乙览,不然,其受知更当如何耶?

清陈廷焯《白雨斋词话》卷一:笔意超旷,逼近大苏。

清刘熙载《艺概》卷四:词之好处有在句中者,有在句之前后际者,陈去非《虞美人》"吟诗日日待春风,及至桃花开后、却匆匆",此好在句中者也。《临江仙》"杏花疏影里,吹笛到天明",此因仰承"忆昔",俯注"一梦",故此二句不觉豪酣转成怅恺,所谓好在句外者也。倘谓现在如此,则骎甚矣。

唐圭璋《唐宋词简释》:此首豪旷,可匹东坡。上片言昔事,下片言今情。"忆昔"两句,言地言人。"长沟"三句,言景言情。一气贯注,笔力疏宕。换头,忽转悲凉。"二十"两句,言旧事如梦。"闲登小阁"三句,仍以景收,叹惋不置。

图书在版编目（CIP）数据

陈与义诗词全集 / 谢永芳编著. —— 武汉 ：崇文书局，2022.8
（中国古典诗词校注评丛书）
ISBN 978-7-5403-6733-6

Ⅰ．①陈… Ⅱ．①谢… Ⅲ．①古典诗歌－作品集－中国－宋代 Ⅳ．① I222.744

中国版本图书馆 CIP 数据核字（2022）第 111794 号

选题策划：王重阳
项目统筹：郑小华
责任编辑：程可嘉
封面设计：甘淑媛
责任校对：董　颖
责任印制：田伟根

陈与义诗词全集【汇校汇注汇评】
CHEN YUYI SHI CI QUANJI HUIJIAO HUIZHU HUIPING

出版发行：长江出版传媒｜崇文书局
地　　址：武汉市雄楚大街 268 号 C 座 11 层
电　　话：(027)87677133　邮政编码：430070
印　　刷：湖北恒泰印务有限公司
开　　本：880mm×1230mm　　1/32
印　　张：19.125
字　　数：492 千字
版　　次：2022 年 8 月第 1 版
印　　次：2022 年 8 月第 1 次印刷
定　　价：76.00 元

（如发现印装质量问题，影响阅读，由本社负责调换）